KB053653

만주국 시기 중국소설

만주국 시기 중국소설

초판 1쇄 발행 2023년 6월 30일

지은이 산딩 외 11인
옮긴이 건국대학교 아시아문화정치연구소
펴낸이 강수걸
기획실장 이수현
편집장 권경옥
편집 강나래 신지은 오해은 이선화 이소영 이혜정 김소원
디자인 권문경 조은비
펴낸곳 산지니
등록 2005년 2월 7일 제333-3370000251002005000001호
주소 부산시 해운대구 수영강변대로 140 BCC 613호
전화 051-504-7070 | 팩스 051-507-7543
홈페이지 www.sanzinibook.com
전자우편 sanzini@sanzinibook.com
블로그 http://sanzinibook.tistory.com

ISBN 979-11-6861-151-1 93820

* 책값은 뒤표지에 있습니다.
* 잘못 만들어진 책은 구입처에서 교환해드립니다.
* 이 책은 2019년 대한민국 교육부와 한국연구재단의 지원을 받아 수행된 연구임.
(NRF-2019S1A5A2A03038613)

아시아총서 45

만주국 시기 중국소설

중국작가 12명이 그려낸
만주국의 풍경과 사람

산딩
구딩
메이냥
관모난
단디
샤오쑹
스쥔
왕추잉
우잉
위안시
이츠
줴칭

건국대학교 아시아문화정치연구소 옮김

산지니

서문

만주국 시기 중국소설

만주국 연구는 여전히 금기의 영역으로 보인다. 만주국 연구가 객관적이고 다각적으로 진행되기 어려운 원인으로, 지금도 이 시기를 '치욕의 역사'로 접근하는 중국 대륙의 입장이 먼저 언급되어야 할 것이다. 사회주의 정권의 정당성을 확보해야 하는 중국 정부 입장에서 식민지 역사는 '저항의 역사'로 획일화되었고, 그중에서도 만주국 역사는 판도라의 상자처럼 꺼내서는 안 되는 과거사로 처리되었다. 개혁개방 이후 일부 자료에 대한 정리 작업이 진행되기 시작하였지만, '괴뢰정권' 혹은 '위(僞)만주국'이라는 명명처럼 만주국이 일본에 의해 유린된 역사적 시공이라는 시각은, 만주국을 객관적인 연구대상으로 바라보는 데 완강한 저항선으로 작동되고 있다. 만주국에 대한 민족주의적 선입견은 중국뿐 아니라 일본이나 한국 역시 마찬가지인 형편이다. 일본의 경우 만주국에 대한 상당한 자료와 연구가 축적되어 있지만, 그 연구는 일본 제국사의 일부로 어디까지나 만주국 수립에 이르는 일본의 '만몽(滿蒙)' 정책과 제국

경영의 정당성을 증명하는 작업에 집중되어 있다. 한국 역시 사료 접근이 제한적인 상황에서 만주국에 체류한 한인과 연관된 문제에 국한된 일국사(一國史)의 시각을 넘어서지 못하고 있다. 한 세기 가까운 시간이 지난 현재까지도 만주국 연구는 만주국 당시 일본의 식민지 네트워크 안에서 여전히 머뭇거리고 있는 듯하다.

개인적으로 만주국이 남긴 후유증을 확인하는 계기가 있었다. 2017년 일본 체류 중이던 나는 만주국 문학을 주제로 한 학회에 참석하면서 낯선 장면을 마주하였다. 당시 주최 측인 일본 학자뿐 아니라 대륙과 타이완, 한국의 학자들 사이에 견해 차이는 만주국 역사에 대한 서로 다른 각국의 입장을 대변하는 듯하였다. 일본 연구자들이 주로 언급하는 만주국 문학은 당시 만주국에 이주했던 일본인들의 생활 체험을 기억하는 개인적인 기록에 가까운 텍스트이었다. 강한 노스텔지어 정서가 묻어나는 글에서 일본인들은 분명 만주를 그리워하고 있었다. 이에 반해 대륙이나 타이완, 한국 연구자의 발표는 주로 식민성 논의와 저항 문인에 집중되었다. 학회장 풍경은 서로 다른 만주국을 상상하면서 제국주의와 내셔널리즘 사이를 오가는 냉전의 모습 그 자체였다. 마치 조선 독립군의 전투 장면이나 간도에서 개간 작업을 하는 조선인 모습으로 상상했던 만주와 너무 다른 만주국 선전 사진을 본 것처럼, 학회장의 풍경은 한국의 중국문학 연구자인 나에게 많은 질문거리를 남겼다.

만주국을 다른 시각으로 생각하게 된 계기는, '만철'과 만주

영화, 하얼빈, 다롄 등의 만주국 문화연구 관련 글을 접한 이후이었다. 만주국 수립 이전 만주에는 일본의 근대화 전략이나 패권적 기획과 다른 성격의 혼종적 현상이 나타났고, 그 현상은 분명 식민지 기획을 넘어서는 '월경(越境)'의 성격을 지니고 있었다. 흥미롭게도 이러한 '혼종성'은 식민 지배의 주요 수단이었던 '만철'의 철도와 밀접한 연관성을 지닌다는 것이다. 만주의 철도는 일본에서 출발하여 조선을 거쳐 만주를 관통하고, 만주에서 시작하여 러시아로 연결되면서 인터내셔널한 문화 전파의 경로로 기능한 것이다. 이 노선은 일명 '오족협화(五族協和)'라고 하는 일본인, 한족, 조선인, 몽고, 만주인 외에 백계 러시아, 폴란드에서 온 망명자를 포함하여 다양한 이방인의 이동을 가능하게 하였고, 그들이 사는 공간에는 출신지와 이동 경로와 연계된 다층적이고 혼종적인 문화가 파생될 수 있었다. 그렇다면 만주의 문화적 혼종성이 제국 중심의 네트워크 고리를 약화하고 피지배층 연대의 고리를 확장할 수 있었을까. 아니면 만주의 문화적 유동성은 만주국 수립 이후 식민 지배 구도 내부로 수렴되었을까. 만주의 '역동성'이 인접 지역과의 문화적 교류를 통해 생산되었다고 한다면, 전후 냉전 구도 속에서 이러한 '역동성'이 어떠한 방식으로 동아시아 각 지역의 체제로 수용되었고, 나아가 동아시아 각 지역에서 어떠한 서사로 기억되는지까지 그 연속성 속에서 규명될 필요가 있다. 만주국에 대한 일국사의 시각으로는 이러한 문제에 답하기 어려울 것이다. 아시아 범주 혹은 세계사적 범주에서 만주국이 어떠한 역할과 의미를 지닐 수 있는가에 대한 고민은, 여전히 냉전의 인식에서 벗어나지 못한 우리에게 냉전의 의미를 재인식하는 중요한 출발점이 될 수 있다.

이러한 문제의식을 공유하는 연구자들이 함께 만주국 문학작품을 읽기로 하였다. 만주국 연구의 어려움은 자료를 구하는 단계부터 시작된다는 말처럼, 만주국 문학작품을 찾는 과정 역시 그러하였다. 만주국 문학 중 상당한 작품이 유실되거나 정치적 이유로 보존되지 않았기 때문에, 작품들은 주로 90년대 이후 정리된 총서를 중심으로 정리하였다. 『僞滿時期文學資料整理與研究』, 『東北現代文學大系1919-1949』, 『中國淪陷區文學大系』, 『抗戰時期黑土作家叢書』, 『東北淪陷時期作品選』과 단행본 『東北淪陷時期作家：古丁作品選』, 『去故集』, 『小工車』를 검토하면서 80여 편의 중단편소설을 선별하였다. 그 작품들은 '잃어버린 땅'으로 상징되는 동북문학에 비해 만주국의 다양한 전경을 보여 준다. 비판적 현실주의 계보를 이어 가는 작품이 다수 포함되었지만, 작품에 묘사된 전경은 오히려 그것과의 차이를 질문하게 한다. 항만과 철로 네트워크로 연결된 곳곳의 풍경에는, 전통과 근대의 혼종된 욕망 속에서 생존을 모색하는 다양한 생활상이 스며들어 있다. 거친 흑토(黑土)에 삶을 기대어 살아가는 가난한 농민과 광산 노동자의 생존 투쟁이 묘사되었지만, 그들이 전쟁과 기아로 떠돌면서 만나는 다른 피부색을 지닌 유민들은 비슷한 처지의 실향민이었다. 생존의 곤경을 맞닥뜨린 그들은 유랑자의 시선으로 서로를 공감하였다. 때로는 화려하고 모던한 소비문화와 욕망으로 도시의 타락한 정서를 묘사하기도 하지만, 도심 뒷골목의 혼종적 풍경은 동북만의 인터내셔널한 정서를 포함하고 있었다. 더욱이 황량한 초원과 광활한 원시림을 배경으로 묘사된 협객의 의협심은 동북의 향토성을 확인하게 해 주었고, 동북의 로컬리즘에 대한 성찰적 질문을 던지기에 충분한 소재가 되었다.

이 책의 번역은 만주국 문학에 나타난 다층적 풍경과 그 역동성을 소개하자는 기획으로 시작되었다. 제국과 식민지라는 이분법적 시각에서 벗어나 만주국에서 생활하였던 사람들의 역동적 삶의 현장과 다분화된 민족적, 계급적, 성별적 정체성을 전달하자는 취지에 공감하면서, 김혜주, 박민호, 정겨울, 정중석 선생님과 손유진 학생이 함께 번역을 진행하기로 하였다. 만주국 향토작가뿐 아니라, 친일작가로 비판받은 작가를 포함하여 검토하였고, 최종적으로 산딩(山丁), 구딩(古丁), 메이냥(梅娘), 관모난(關沫南), 단디(但娣), 샤오쑹(小松), 스쥔(石軍), 왕추잉(王秋螢), 우잉(吳瑛), 위안시(袁犀), 이츠(疑遲), 줴칭(爵青)을 포함하는 열두 작가의 스물두 편의 단편소설을 선별하여 번역을 진행하였다. 또한 번역작에 대한 이해를 돕기 위해 작가별로 해제를 덧붙이기로 하였다. 여러 명의 번역자가 공동의 기준을 마련하는 데 여러 차례 논의가 진행되었고, 익숙하지 않은 작가와 작품을 읽고 토론하는 과정에서 예상보다 많은 시간이 필요했다. 국내에서 처음 번역된 만주국 시기 중국소설인 만큼, 이 책을 계기로 동아시아 각국의 개별 문학사의 관성을 넘어서 다양한 층위의 대화가 활성화되길 기대한다. 기꺼이 지루한 작업에 동참해 주신 번역자들과 어려운 여건에도 흔쾌히 번역서 출간을 허락해 주신 산지니 출판사 관계자에게도 감사의 마음을 전한다.

2023년 6월, 노정은

차례

산딩

산바람 山風

투얼츠하 작은 마을에서 在土尔池哈小镇上

산딩(山丁) 1914~1997

본명은 량멍경(梁夢慶)으로, 청런(靑人), 덩리(鄧立), 량융스(梁咏時), 산딩(山丁) 등의 필명을 사용했다. 1914년 랴오닝성(遙寧省)에서 태어난 그는 중학교 재학 시절 교내 문예지의 편집을 맡아 활동하였다. 그는 중학교 재학 시기인 1931년, 청런(靑人)이라는 필명으로 동북대학에서 펴낸 월간지 『현실월간(現實月刊)』을 통해 지주의 탈곡장에 방화를 일으킨 농민들을 소재로 지은 단편소설 「불빛(火光)」을 발표하였다. 그는 고등학교를 졸업하기 직전 부모님의 뜻을 따라 혼인을 하였고, 하얼빈으로 이주해 장인이 교장으로 재직하고 있던 학교에 교사로 취직하였다. 그는 교사로 일하며 현지 세무국의 검찰장 집에서 개인 과외 선생으로도 일하였는데, 이 검찰장의 추천으로 그는 1933년부터 1939년까지 세무국에서 일하게 된다. 관청에서 일을 하면서도 문예란을 통해 꾸준히 작품을 발표해 오던 산딩은 『대동보(大同報)』 편집자의 소개로 샤오쥔(蕭軍), 샤오훙(蕭紅) 등의 작가와 친분을 쌓게 된다. 이때부터 그는 『대동보』, 『태동일보(泰東日報)』 등의 문예지에 다량의 소설을 투고하였다. 하지만 정부 당국의 탄압이 시작되자 샤오쥔, 샤오훙 등의 작가들이 감시를 피해 관내(關內)로 들어갔고, 산딩도 잠시 절필하였다. 이때 세무국에서 신징(新京)으로의 전근 명령이 내려오자 산딩도 하얼빈을 떠나게 된다.

1937년, 산딩은 신징에서 다시 붓을 들었다. 이때가 『명명(明明)』이 창간되고, 산딩, 우랑(吳郎) 등의 문인을 중심으로 한 '문총간행회(文叢刊行會)' 등이 설립되어 만주국 문학계가 부흥하고자 한 시기였다. 이때 산딩은 이츠(疑遲)의 소설 「산정화(山丁花, 한국어 번역본 「야광나무 꽃」)」에 대한 평론을 『명명』에 기고했고, 이를 발단으로 향토문학 논쟁이 전개되었다. 만주국에서 향토문학이 하나의 문학적 의미를 지닌 이론으로 등장하게 된 것이다. 산딩과 구딩(古丁) 등의 문인들은 논쟁을 진행하며 만주국 문예가 나아갈 방향, 특히 문학과 정치, 작가의 세계관, 창작 이론과 소재를 둘러싼 많은 논쟁거리를 던져 주었다.

산딩은 세무국을 나온 1939년 이후부터 베이핑(北平)으로 이주하기 전까지 만주영화협회 제작부에서 일하며 20권의 시나리오를 썼다. 1940년 그는 첫 단편소설집 『산바람(山風)』을 출간하고, 이어 『대동보·석간(大同報·夕刊)』에 첫 장편소설 『녹색의 곡(綠色的谷)』을 연재하기 시작한다. 『녹색의 곡』은 검열의 문제로 연재가 중단되었다가, 관련 내용이 삭제된 후 1943년 단행본으로 간행되었다. 이 일을 기점으로 만주국 당국은 산딩에 대한 검열과 수색을 강화하기 시작했고, 산딩은 비밀경찰들을 피해 그해 가을, 베이핑으로 들어갔다.

1939년 이후의 산딩 작품은 만주국의 불평등한 사회구조와 민족의 위기 현실을 핍진하게 형상화한다. 만주의 농촌 지역, 특히 편벽한 원시림, 개발이 막 시작되고 있는 산악 지대, 경제적 계급 질서가 고착화된 농촌의 모습들을 그려 내고 있다. 그의 장편소설 『녹색의 곡』은 원시림 마을의 모습을 통해 농촌 내부의 폐쇄적 계급 관계와 야만과 문명, 봉건 전통과 근대의 충돌을 보여 주고 있다.

수록작인 「산바람(山風)」은 한 대두 농가의 수매 모습을 통해 농촌 구성원들이 구조적으로 불합리할 수밖에 없는 상황을 보여 준다. 산딩은 농업 국가인 만주국의 이상적 이미지를 구성하는 하나의 항목인 대두를 소재로 삼아, 구조적 모순에서 오는 농촌의 연쇄 파산 상황과 삼중 착취에 놓여 있는 농민의 현실을 가감 없이 드러내고 있다.

「투얼츠하 작은 마을에서(在土尔池哈小镇上)」에서 산딩은 어느 마부의 서사를 통해 북만주의 황량한 모습과 복수 과정에서 엿보이는 북방 인물의 강인한 민족 정체성을 드러내고 있다. 주제는 함축적이지만 산딩이 녹여 내는 현실에 대한 은유적 풍자엔 강한 힘이 있다.

_ 손유진

산바람

1

거센 산바람이 봄을 몰고 와 성읍과 시골 마을을 들썩이게 했다.

예년과 마찬가지로, 근처 기차역의 양잔(糧棧)*은 그해의 곡물을 거둬 오라며 관리인을 마을로 내려보냈다.

농민들은 해묵은 곡식으로도 창고를 채우지 못했고, 곡물 창고는 이미 사람과 개의 변소가 되어 버렸다. 이것은 비단 이삼 년간의 일이 아니었다. 바깥양반이 집안의 가장이 되고 나서부터 해가 갈수록 생활은 안 좋아졌다. 선조가 남겨 주신 몇 마지기 땅으로 어찌 마누라와 아이들을 거둬 먹일 수 있겠는가. 그는 어쩔 수 없이 소작인이 되기로 하고 지주에게 몇십 경의 땅

* 양잔(糧棧)은 곡물 중개상으로 계약서 작성에서부터 곡물의 계량과 검사, 대금 결제 등의 업무를 담당하였는데, 농민과의 입도선매 계약을 통한 고리대금업을 주 업무로 삼았다.-역주

을 빌려 곡식을 심었다. 그는 전전긍긍하며 냉혹한 날들을 보냈다.

지주는 소작료인 곡식만 받으면 됐기에, 바깥양반이 종자를 사고, 가축을 사고, 일꾼을 고용하는 일 등에는 아무 신경도 쓰지 않았다. 바깥양반은 관리인이 가져온 인쇄된 계약서에 지장을 찍었고, 아직 열매도 맺지 않은 풋콩은 모두 양잔의 것이 되었다.

"한 석에 사백 전으로 하고, 사십 석에 사사 만 육천이다. 양력 십일월에 대두 사십 석을 납품하도록 한다. 만일 전부 납품하지 못하면 그때의 대두 시세를 반영하여 현금으로 갚아야 하고, 또 손해 배상액으로…."

세모 눈의 관리인이 눈을 희번덕거리며 설명했다. "동네 사람들은 연대보증을 서야 하니, 여기에 지장을 찍으시오!"

"흠! 네… 네…." 그는 감정을 참았다. '합격이고 손해배상이고 내가 알 게 뭐람, 만 육천 전의 관첩(官帖)이 내 손에 들어온다면 대출보다 빠르고 싸게 먹히겠지. 하늘이 무심하지 않다면 먹고살 수는 있겠어.'

노모는 또 다른 계약서 한 장을 은밀하게 궤짝 안에 넣어 두었다. 그녀는 며느리들과 작물을 심고, 밥을 짓고, 병아리와 돼지를 키웠다.

사시나무가 따뜻한 바람에 흔들리던 여름날, 일꾼들은 밭에서 곡식을 심고 김을 맸다. 어린 일꾼은 산꼭대기나 들판에 돼지 떼를 풀어놓았다. 풀과 벼 향기가 온 들판에 가득했다….

풍랑 없는 바다처럼 고요한 나날이 지나갔다.

사람들은 풍작을 기원했고, 아이들은 폭죽을 터트리고 고기 뼈라도 맛볼 생각에 부풀어 있었다. 마치 온 마을이 꿈 위에 몸을 웅크리고 있는 듯했다.

2

뜬소문은 점점 마을로 흘러 들어갔다.

—비가 계속 내리니, 땅속에서 곰팡이가 펴 곡식이 다 썩겠어.

—콩이 아주 콩나물이 되겠어!

알곡을 줍는 아낙네들은 밭두렁에서 굴러다니는 콩 다발을 안타깝게 바라보았다. 밭두둑에서부터 움푹한 곳으로 콩 다발들이 떠내려왔고, 밭고랑에 흐른 물은 만 갈래 강을 이루었다. 아낙들은 한숨을 쉬었다.

"구월 추석엔 떡이나 풍성하겠네!"

노모가 눈살을 찌푸리는 바람에 며느리들도 밥을 먹을 수 없었다. 늙은이든, 젊은이든, 건장한 일꾼이든, 어린 일꾼이든 모두 바짓단을 걷어 올리고 수건을 둘러맨 채 밭을 헤집고 다녔다.

움푹한 밭에 고인 빗물로 배를 띄울 수도 있겠네! 가축의 뱃가죽이 물 위를 휩쓸고 지나가면 사람들은 물속에서 곡식 낱알을 찾았다.

"이게 무슨 일이냐! 이미 베어 버린 콩밭에서 어떻게 더 버티겠어!"

"하늘이 이곳에 재앙을 내리시는구나!"

기침하는 노모는 벌거벗은 아이들을 쳐다보아도 구멍 난 솜옷을 꿰매고 싶은 마음이 들지 않았다. 오히려 마음이 무언가에 찔린 듯했다. 뒤편 산비탈 탈곡장에 비 맞은 곡물 더미가 몇 채 쌓이는 것을 보고 있노라니 노모는 한시름 놓을 수 있었다. 그의 주름도 좀 줄었으니 허공에 걸렸던 며느리들의 마음도 조금은 느슨해졌으리라.

하늘을 바라보니 날이 흐리고 태양도 없다. 먼 곳이 점차 밝아오는 듯하더니, 이내 눈 깜짝할 사이에 시커멓게 변해 버렸다.

비가 와서 곡식을 거둬들이지 않아도 되니 일꾼들은 되려 기뻐하며 옛 포대(砲臺)가 있던 둔덕에 누워 노랫가락을 흥얼거렸다. 밤이 되자, 마구간에선 당나귀가 목청을 길게 빼는 소리가 들렸고, 뒤편 언덕에서부터 쓸려 내려오던 급류가 돌에 부딪히며 소리를 냈다.

3

탈곡장의 농작물 위로 첫눈이 내렸다.

세모 눈의 관리인은 관례대로 수확물을 독촉하러 왔다. 익숙한 그의 희번덕거리는 눈을 보아하니, 여전히 경멸과 멸시를 담은 게 꼭 저승의 염라 같았다.

"십일월 말이 목전인데, 수확은 좀 어떨까나? 곡물 가격이 천이백까지 폭등했다고. 기차역 앞엔 콩 한 톨 없고 말이야! 사장은 당신네가 못 갚을까 염려하고 있으니 조심하는 게 좋을 것이네."

"어이구! 네, 네!" 바깥양반은 고분고분한 사람이라, 하고픈 말이 있어도 입 밖에 내지 못했다.

"십일월 장부엔 미리 수레 스무 대 분량을 팔았다고 적었고, 우린 당신네가 약속한 곡물로 그걸 메우려 기다리고 있다고. 이것을 전부 채우지 못한다면 한 수레당 천팔백 금표(金票)를 물어내야 해, 그럼 뒷감당이 안 될 텐데…."

"아이고! 네… 네…." 계약서에는 그의 지장이 찍혀 있고, 빳빳한 어음으로 가축도 샀고, 일꾼도 썼으니, 더 할 말이 남아 있겠는가.

세모 눈의 관리인이 탈곡장 여러 곳을 둘러보았다.

바깥양반은 지주에게 납부할 삼색조량인 수수, 대두, 조는 조금 늦게 낼 수도 있지만, 양잔에게는 약속한 대두를 내지 않으면 안 된다고 생각했다. 작년, 앞 동네 막내네도 약속한 곡식을 채우지 못해서 토지 문서를 팔았다. 그는 뱃속에 폭탄을 품고 있는 것처럼 온몸을 부들부들 떨며 쉰 목소리로 일꾼에게 말했다. "이제 이십 일 남았어! 대두 사십 석을 채우지 못한다면… 우리는…." 그는 말을 잇지 못했다. 일꾼들도 그가 더 이상 말하지 않았으면 했다. 모두가 결말을 알고 있지 않은가!

둔덕에 드러누워 노래를 흥얼거릴 마음이 전혀 생기지 않았다.

얼굴에 누런 종기가 난 듯, 탈곡장 한가운데에서 연자매가 이리저리 굴러다녔다.

—투둑

—투두둑

콩짚에 있던 낱알과 콩 껍질이 바닥으로 떨어졌다.

연자매가 맥없이 돌아가니 가축의 발자국도 제 모양으로 둥글게 따라 나지 못했고 가축들도 점점 더 힘없이 맴돌 뿐이었다.

일꾼들은 가축 등에 채찍을 내리꽂았다(분노를 가축에게 전가했다). 대낮엔 노모가 며느리와 아이들을 데리고 흙구들 위에 앉아 거친 손으로 콩알을 솎아 냈다. 일꾼들은 낮에는 마당에서 연자매를 돌렸고 밤이 되면 탈곡장을 지키면서 가축에게 먹이를 주었다.

먹이통의 먹이만 축내는 가축은 질퍽거리는 마당에선 아무런 쓸모가 없었다.

어쩌면 좋을까? 콩이 입에 넣자마자 곤죽이 되는걸!

바깥양반은 기차역으로 시세를 알아보러 나갔다. 시장 가격은 극도로 폭등해 있었다. 모든 화물 기차가 강의 북쪽에 나가 있어서 이곳 역엔 남은 화물칸이 없다고 양잔 직원이 말했다. 각 지방 산지에서는 곡물을 다 검수하지 못해 이곳으로 실어 보내지 못하는 실정이었다. 이처럼 곡물이 각 산지에 쌓여만 있으니 이곳 기차역의 콩 시세가 천육백까지 올랐다. '한 석에 천육백이라니. 염병, 풋곡식은 사백 전이었다고, 가격 차이가 너무 많이 나잖아!'

마을에는 금세 긴장감이 감돌았고 모두 흙구들 위에서 무른 콩을 말리기 시작했다.

사람들은 폭탄 한 줄을 꽁무니에 단 듯 행동했다.

4

두 번째 눈보라가 미친 듯이 몰아치던 날, 날이 밝아 닭이 울 때까지 미끄러운 도로에서는 묵직한 차 소리가 울려 퍼졌다.

바깥양반은 어린 일꾼과 수레 두 대를 몰고 양곡 시장으로 갔다. 시장은 온통 대두로 꽉 차 있었다. 수레와 차들은 엉켜서 붐비고 있었고 사람들은 고함을 치고 있었다.

양잔 직원이 검수 막대를 푹 찔러 넣었다.

“팔백 전이라 해도, 이런 걸 사는 사람은 아무도 없을걸.” 그는 고개를 가로저으며 유유히 지나갔다.

가슴이 쿵쾅거렸다. 곡식을 넘겨야 하는데, 불합격이면 어쩌지?

바오룽양행(寶隆洋行)의 서양 놈이 배를 내밀고 뒤뚱거리며 다가왔다. “젖은 콩은 단 한 푼도 못 줘….”

“이 개자식!” 양잔 직원들의 농간에 바깥양반의 분노가 극에 치달았다. ‘어째서 무른 콩은 남해를 못 건너고, 어째서 화물선에 무른 콩이 실리면 터져 버려서 전부 바다에 가라앉는다는 거야. 제기랄, 젖은 콩으로도 똑같이 두부를 만들고 기름을 짤 수 있다고!’

그는 정말로 분했다. 시퍼런 핏줄이 창백한 살갗 아래서 세차게 요동을 쳤다. 그의 마음속에선 알 수 없는 분노가 치솟아 고함을 지르려고도 했지만, 한편으로 씁쓸한 생각이 떠올라 결국 참아야 한다는 마음이 모든 것을 압도했다.

양곡 포대는 계약서를 쓴 양잔 가게에 맡겨 두고, 가까스로 웃음을 지으며 사장에게 애원했다.

"무른 콩이 조금 섞인 것은 사실이나, 세 석을 두 석으로 치면요? 사장님께서 받아 주시기만 하면…." 그는 울음이 섞인 목소리로 말했다. 하려던 말은 목구멍에서만 맴돌았다.

사장은 들을 마음이 없었다. 시외에서 걸려온 전화가 한바탕 울리자 사장의 낯빛은 금세 변했다. 담뱃잎을 담은 쟁반을 구들 위에 올려놓고 단 한 모금도 피우지 못했다! 직원들은 타작할 마음이 나지 않았다.

"방법이 없어. 보통 상품의 대두도 두 석을 한 석으로 친다니까. 무른 콩은 아무짝에도 쓸모가 없어요."

"무른 콩은 한 알도 값을 쳐주지 않나요?" 바깥양반은 부들거리며 한마디를 뱉었다.

아무도 그의 말에 대답하지 않았고, 그와 같은 처지의 농사꾼도 울상이 되어 애원했다.

"거참 말 많네! 불합격된 대두는 두 석을 한 석으로 친대도 필요 없다니까, 어서 비키게나!"

그는 말이 나오지 않았다. 농민들도 무슨 할 말이 있겠는가. 벽이 흔들릴 정도로 바람이 불었다. 그는 사장을 보곤 그도 걱정하고 있다는 사실을 알아차렸다. 양잔 사장과 직원들도 농민과 똑같이 눈꺼풀이 코까지 내려와 있었고, 집어삼킨 폭탄이 뱃속에서 꿈틀대고 있었다.

뱃가죽이 홀쭉해진 바깥양반은 넋이 나간 채 기차역을 떠났다. 열차는 텅 비어 있었다. 열차의 진행 방향을 따라 바라보니, 끝없이 검은 광야가 그를 삼키려 하는 것 같았다. 열차는 흔들리며 떠나갔고, 그는 마치 녹초가 되어 버린 듯했다.

세모 눈의 관리인은 지장을 찍고 보증을 섰던 이웃을 잡아와 방 안에 앉혔다.

바깥양반은 말이 나오지 않아 웅얼거렸고 일꾼들은 놀라 얼이 빠졌으며, 며느리들도 곧바로 방 안으로 들어왔다.

묘 두 기의 토지를 담보한 문서가 세모 눈의 관리인 손에 들어가 버렸다.

노모는 한바탕 넋두리하며 콧물과 눈물을 입가까지 흘렸다.

"패가망신할 놈, 조상이 남겨 준 가업을!"

온 집안의 아이와 며느리도 덩달아 흐느끼기 시작했다.

"내 생전에 이런 꼴을 보다니… 나는…." 노모의 두 눈은 마치 모진 고문을 받아 곧 죽게 될 사람의 눈과 흡사했다.

일꾼들은 이유 없이 해고되었고, 가축도 모조리 시장에 팔려나갔다.

나이 든 일꾼들이 마을에서 쫓겨나면 더 이상 무슨 일을 할 수 있겠는가.

5

기차역의 상황:

양잔 직원들은 눈이 벌겋게 달아올랐다. 양잔은 위장병이 생겨 먹지도, 소화하지도 못했다.

골목 가게에는 콩 자루가 더미로 쌓이고, 양곡 하역장에도 콩이 쌓여 산을 이뤘다. 상급 관리자들은 검사실에서 쪽잠을 자고 있었고, 시장엔 곡식을 실은 몇 대의 수레가 띄엄띄엄 놓여 있었다. 우두커니 서 있는 수레엔 아무도 관심을 가지지 않았다.

혼합보관(溷合保管)*에서는 콩 포대를 하나하나 뜯어보고 꿰매고, 다시 뜯어보고 꿰맸다! 일꾼들은 떨기 시작했다. 한 번 뜯고 다시 꿰맬 때마다 십여 원이라 한 수레만 검수한 것이 다행이었다. 그런데도 불합격이라니, 왜일까?

검수자가 포대 하나를 뜯으니 젖은 콩이 튀어나왔고, 그것을 깨물어 보자 곧바로 곤죽이 되었다. 그가 포대를 발로 걷어차자 사람들은 모두 달아나 버렸고 양잔 사람들은 몸을 부들부들 떨고 있었다.

"니미럴, 좀도둑 같은 쥐새끼들, 이 개자식들이!" 검수자는

---

* 만주국 시기에 양잔을 견제할 목적으로 일본이 남만에 세운 검사전이다. 대두는 작대기를 기준으로 수분의 고저에 따라 등급을 나누어 담고, 부대 속에 적송인의 이름과 연월일을 적은 종이도 넣어야 한다. 양잔이 대두 검사를 받으려면 수속비를 내야 하고, 불합격하면 벌금을 내야 한다.-역주

꼬리표에 적힌 이름을 수첩에 적고선 화가 났는지 검수를 그만두었다! 그는 우두머리 짐꾼과 욕지거리를 하며 콩을 둘러메고 검사실로 돌아갔다.

검사실의 유리 시험관으로 무른 콩을 증류해 보니 기름의 삼분의 일이 수분이었다. 검수자는 매우 화가 났다!

운수가 사나운 양잔, 그는 울상이 되었고 벌금으로 은화 삼백 원을 물어냈다. 먹고살 길이 사라지니, 양잔 직원들은 어둑한 구석에 멍하니 드러누워 버렸다.

거래일이 먼 거래의 대금도 치르지 못하고, 투묘(套卯)*를 한 양잔 주인 중 어떤 이가 야반도주를 하자, 외국 상인들이 그 점포를 압류해 버렸다. 도망가지 않은 양잔 주인들은 여러 집에서 빼앗은 토지 문서를 담보로 내놓았지만, 외국 상인들은 그들의 돈궤를 차지하고 곡식 하역장과 곡창을 봉쇄해 버렸다.

기차역의 약삭빠른 양잔은 모두 넋이 나갔고, 직원들은 하나 둘씩 짐을 꾸리기 시작했다.

건장한 직원들은 일꾼의 자리를 메웠다.

6

시간은 오래 지나지 않았다.

* 근월(近月) 곡식을 사서 원월(遠月) 곡식으로 파는 행위를 통해 이윤을 얻는 것-역주

시장 가격은 돌연 폭락해 버렸다. 콩 시세는 천육백에서 천으로, 천에서 또 팔백으로 떨어졌다.

가시덩굴이 사람들 뱃속에서 요동치는 것 같았다.

역에 산처럼 쌓인 대두는 외국 상인들이 헐값에 사들였고, 습기 찬 대두를 쌓아 둔 농사꾼들은 양잔에게 헐값에 그것을 넘겨주고 말았다.

산바람은 고함을 내지르는 듯 더욱 거세게 불어, 성읍과 시골 마을에 그 분노를 흘려보냈다.

소설집 『산바람(山風)』 수록, 창춘익지(長春益智)서점 1940년
(번역: 손유진)

투얼츠하 작은 마을에서

–어느 마부와 말의 이야기

1

1940년 정월 초열흘날의 어느 저녁, 만주로 향하던 열차가 투얼츠하(土尔池哈)* 부근의 광야에서 돌연 탈선하였다.

이 열차는 앙앙시(昂昂溪)에서 출발한 단거리 노선의 열차였다. 열차의 찻간은 러시아제국 시대의 것으로, 두껍고 무거운 차 벽이 북만 특유의 냉혹한 추위를 막아 내고 있었다. 나는 기울어진 화롯가에 앉았다. 화로에는 석탄이 아닌 흥안령에서 벌목해 온 기름기 자작한 장작이 타들어 가며 이따금 '타닥타닥' 하는 소리를 내고 있었다. 그 소리는 소란스러운 승객들 사이에서 조롱하는 듯 들렸고, 때때로 화로의 불빛이 승객들의 당혹스럽고 초조한 얼굴을 비추었다.

---

* 현 헤이룽장성 치치하얼시의 행정구역인 룽장현의 옛 지명으로, 예벤크족과 오로첸족의 수렵지였다. 예벤크족 우두머리의 이름을 따 '두루치하(都鲁齐哈)'라고 부르던 것에서 유래하였다.-역주

황량한 들판에서 기차가 멈추는 일은 대단히 위험하다. 나는 치치하얼에 있는 여관에서 종종 어떤 이가 철로의 나사를 빼버려 열차의 승객들이 이름도 모르는 곳에서 발이 묶이게 되었다는 이야기를 들은 적이 있었다. 나는 그런 불행이 나에게 찾아올 것이라고는 생각지도 못했다. 그러나 사냥을 마치고 돌아가는 몇몇 일본인이 주변에서 안절부절못하고 있는 모습을 보다 나 역시 자못 불안해지기 시작했다. 나는 젊고 거만한 차장에게 가서 언제쯤 열차가 복구되어 운행이 가능할지를 물었는데, 그는 내 질문에 관심도 없다는 듯 고개만 가로저었다. 나는 창문에 서린 성에를 가만히 바라보거나, 이따금 창문에 얼굴을 딱 붙이고 용수초가 숨겨져 있는 광야를 바라보았다.

내 앞에 앉은 기골이 장대한 중년 남성은 마치 눈앞의 이 상황에 개의치 않는 듯 조용히 담배를 피우며 독한 연기를 내뿜고 있었다. 묵직하게 주름진 미간과 옹졸한 실눈, 넓게 벌어진 콧구멍을 가진 그가 담배 한 모금을 피우자 그 작은 눈이 파르르 떨렸고, 독한 담배 냄새가 벌어진 콧구멍에서 분출되었다. 그가 눈을 감을 때면 사색하는 듯 무거운 눈꺼풀이 늘어졌고, 두 눈썹 사이에 종기가 돋은 것처럼 찌푸린 미간은 한참 뒤에야 평평해졌다.

광야에서 나고 자란 이 여행자의 앞에 앉아 있자니 나의 불안감은 더욱 커져 갔다. 그는 눈을 뜰 때마다 날카로운 시선으로 나를 쳐다보았다. 나는 고개를 떨구어 배낭 안에서 책 한 권을 꺼내 그의 시선을 피했다. 나의 나약한 얼굴을 가리기 위함이었지만 그렇다고 책이 읽힌 것은 아니었다.

객차 안에 서서히 어둠이 깔리기 시작했다. 윗층(이 열차는 칸막이로 구분되어 있고, 지금의 침대칸처럼 3층으로 구성되어 있는데 가운데 침대는 접어 놓을 수 있었다)에는 한쪽 눈을 잃은 나이 든 여인이 성경 구절을 중얼중얼 읊고 있었고, 그녀의 맞은편에는 걱정이 가득해 보이는 젊은 여인이 누워 있었다.

나이 든 여인이 말했다.

"베들레헴에서 예루살렘으로 가던 중 아무 데서도 마리아를 재워 주지 않자, 그녀는 하는 수 없이 어느 집 마구간 말구유에 아기 예수를 낳았도다."

중년 남자는 나이 든 여인의 목소리가 거슬렸는지 나를 한 번 힐끗 보고는 구리로 만든 담배통을 화로에 힘껏 내리쳐 그 안에 남은 재를 털어 냈다. 그러더니 고개를 돌려 전대에서 쌈지 하나를 꺼냈고 찐빵 두 개를 골라 내 손에 건네주었다.

"들게나! 내가 강 아래에서부터 가지고 온 거라네!"

그는 내가 그의 호의를 거절할 수 없도록 정중하면서도 호탕하게 말했다. 나는 그를 나쁜 놈이자 위험한 자라고 생각했지만, 얼마 지나지 않아 이런 못된 생각은 사라지고 말았다.

우리는 이렇게 가까워졌다.

"나는 마부라네." 그는 자신을 소개하며 이렇게 말했다. "웨이빙쿠이(魏秉奎)라고 하지, 강 아래 사는 사람이라면 모두 내 이름을 안다네."

나는 그의 자신만만한 소개에 그만 놀라고 말았다.

"어디까지 가십니까?"

"자란툰(扎蘭屯) 마을까지 간다네."

"고향으로 가는 길이신지요?"

"아닐세!" 그는 고개를 저으며 말했다. "난 집이 없어. 내 마누라는 지난 겨울 끝에 죽었다네, 지금은 그녀의 마지막을 고하러 가는 걸세!"

"병에 걸렸었나요?"

"종기가 생겼었지. 그 병은 낫기 어려운 병이라네." 그는 매우 애석해하며 말했다.

나는 죽었다는 사람이 그의 가족이 아니라 말이라는 것을 알게 되었다. 난 말에게 '마누라'라는 칭호를 쓰는 사람은 처음 보았다.

"난 그 녀석이 매우 보고 싶다네. 내 두 눈으로 똑똑히 그 시체라도 확인해 봐야겠어." 그는 혼잣말로 중얼거렸다. "듣기론 교배소에서 죽었다는군! 분명 무리하게 굴렸을 거야!"

그는 내게 죽은 말에 대한 이야기를 들려주었고, 우리는 허심탄회하게 이야기를 나누었다. 그는 암컷 말도, 여자도 그렇게 좋아하지 않으며, 아주 오래전 갑자기 여자가 싫어졌다고 말했다. 그는 내게 한 여인이 저지른 악랄한 사건을 이야기해 주었다.

위 침대에 있던 늙은 여인의 읊조림은 어느새 멈춰 있었다. 젊은 여인은 이미 잠이 들었고, 사냥하고 돌아오던 몇몇 일본인도 자리를 떠났다. 화로 옆에 쌓여 있던 장작은 빠르게 타들어 갔다. 보아하니 열차는 아직도 움직일 기미가 없는 모양이었다.

2

마부 웨이빙쿠이의 조부는 깊은 산중에서 생활하는 원시 민족인 오로첸 사람이었다. 그의 아버지가 쿠룬(库噜)으로 말을 몰고 갔을 때, 못생긴 한 몽골 여인을 알게 되었다. 그리고 웨이빙쿠이의 대에 이르러 그들은 대부분 한족화되었다고 한다. 그는 홀아비(그가 직접 이렇게 말했다)였고 자란툰 아랫마을에 사는 나이피*를 잘 만드는 여동생이 하나 있었다. 그에겐 외삼촌도 한 명 있었는데 아마 그는 투얼츠하의 작은 마을에 살고 있을 것이라 말했다.

나와 마부가 기차에서 집안 이야기를 나누다 보니 시간은 벌써 한밤중이 되었다.

찬 바람이 두꺼운 열차 문을 비집고 들어왔고, 서리는 진즉 문틀에서 얼음꽃을 피웠다. 탈선한 기관차는 여전히 앞쪽에서 헐떡이고 있었는데, 이런 광활한 들판에서는 바람의 성난 소리가 마치 악마의 소리처럼 들린다.

여행을 떠나기 전, 아내는 내게 매일 조금씩 추위에 몸을 녹

---

* 끓인 우유 표면에 생기는 얇은 지방막을 의미한다. 주로 건조된 나이피를 불에 구워 간식으로 먹는다. -역주

일 수 있도록 눈금이 그려진 약병에 백주를 가득 담아 주었다. 나는 가방에서 이 술을 꺼냈고, 우리 둘은 잔 하나로 번갈아 가며 술을 마셨다. 마부도 술꾼이었는데, 우리 같은 부류와는 다르게 고상한 품위라고는 전혀 찾아볼 수 없었다. 내가 술을 가득 부어 주자 그는 잔을 꺾어 곧바로 배 속에 술을 털어 넣었다.

"만약 내 말이 살아 있었더라면, 이 덜떨어진 기차 따윈 타지도 않았겠지." 그는 악담을 퍼부으며 가느다란 실눈으로 나를 멍하니 바라보았다. 그를 보고 있자니 마치 오래된 친구가 내 어깨를 두드리는 것 같았다.

"내가 자네처럼 젊었을 적엔 말이야, 매일 말 위에서 자곤 했다네!" 마부는 마지막 잔을 들이켜며 자랑스럽게 말했다. "내가 술에 취했어도 그 녀석이 알아서 날 등에 태워 집으로 데려갔었는데 말야."

그는 기억에 잠겨 무거운 눈꺼풀을 지그시 감았다.

"그 죽은 말은 내가 스물한 살이 되던 가을, 후룬베이에서 데려온 말들 중에서 하나를 고른 것이네. 내 외삼촌은 그 녀석의 윤기 나는 회색 털을 좋아하지 않았고 색도 그리 특별하지 않다고 했지만, 난 오히려 고집스럽게 그 말을 고르자고 했었지. 둥글고 견고한 말발굽과 탐스런 엉덩이를 보고 나는 그 녀석이 장차 준마가 될 거라 생각했지. 그 녀석이 네 살 무렵이었을 때라네."

"난 매일 직접 그 녀석의 말발굽을 갈고, 등을 솔질하고, 이를 닦아 주었지. 심지어 먹는 것, 마시는 것, 산책하는 것, 그리고 마구간의 모래까지 전부 내 손이 닿지 않은 것이 없었어. 그 말을 얻고 나서 갑자기 내 몸에 특별한 기운이 생겼다고 느낄 정도였다네. 일 년이 지난 후, 외삼촌도 명마를 알아본 내 안목을 극찬하셨지. 이따금 말의 콧바람 소리가 막역한 벗의 기침 소리라고 생각될 만큼, 그 녀석은 이미 출중한 명마였다네."

"어느 해 가을, 검은머리촉새가 울 무렵이었나. 내 말이 식음을 전폐하고 목을 길게 뺀 채 울부짖더니 마구간을 뛰쳐나간 일이 있었지. 그때 슬피 울었던 것을 기억하고 있네. 외삼촌은 나를 위로하며 쿠룬의 말 목장에 날 데려다주었지만, 목장의 말들 중에 내가 사랑한 그 말은 없더군."

나는 북쪽 지애의 황량한 마을에는 말 도둑이 적지 않을 것이라고 생각했다. 그러나 그는 말 도둑 때문이 아니라고 했다.

"이듬해 봄, 외삼촌과 함께 후룬베이에 갔을 때, 말 한 마리가 무리에서 놀라 뛰쳐나오는데 바로 그 녀석이더군. 그 긴 울음소리는 내가 익히 들은 소리였어. 그 녀석은 코로 내 손과 옷, 발 냄새를 맡으며 나를 따라왔지."

마부 웨이빙쿠이가 여전히 서툰 언어로 그의 애마 이야기를 하는 것을 듣고 있자니 나 또한 정신이 약간 몽롱해졌다. 그는 피곤해하지도 않고 마치 보석을 얻는 것처럼 껄껄 웃고 있었다. 그의 웃음소리에 위 칸에 있던 늙은 부인이 잠에서 깨어났다.

"그해, 나와 외삼촌은 투얼츠하에 살았었는데, 그때 한 여인을 알게 되었어. 그녀는 요사스런 계집이었고, 난 대부분의 돈을 그녀에게 갖다 바쳤지. 그런데 어느 날 밤 내가 징기스칸의 후예인 친구 집에서 술에 취했는데 글쎄 내 말이 나를 그 요부 집으로 싣고 갔지 뭐야. 달빛 한 점 없는 밤, 난 그곳에서 어렴풋하게 검은 그림자가 내 곁을 지나가는 것을 보았다네."

"그 검은 그림자 때문에 내 성격은 포악해졌고, 그때부터 나는 여자에 대해 혐오감을 느끼기 시작했다네. 나는 그 계집에게 다시 한번 다른 남자를 유혹하면 찢어발기겠다고 했지(도축한다는 의미일 것이다). 여자는 결국 다 요부이고, 미덥지 못한 것이네."

"어느 날 밤, 그녀를 농락할 기회를 엿보고 있던 참이었지. 난 내 말이 이상하게 울부짖는 소리를 듣고는 그 계집을 내팽개치고 밖으로 뛰어나갔다네. 희미한 별빛 아래 거대한 검은 그림자가 땅 위를 굴러다니고 있었고, 내가 덮쳤을 때 말은 이미 움직임을 멈춘 상태였다네. 그 녀석의 뒷다리엔 단도 한 자루가 꽂혀 있었는데, 자줏빛 피가 칼날을 타고 솟구치고 있었지. 내가 얼마나 고통스러웠을지 한번 생각해 보게나. 난 온몸이 떨려 어찌할 바를 몰랐다네."

"내겐 가장 친한 벗이 있는데, 그는 그 마을의 유일한 수의사였지. 이따금씩 그는 말구유에 독약을 발라 말이 바닥을 나뒹굴게 만든 후, 이미 조제된 해독제를 살짝 부어 말을 치료하곤 했다네. 말 주인을 벗겨 먹을 심산이었던 거지. 그의 계략은 익히 알고 있었기에 난 그자의 소행이라 확신했지."

"나는 수의사 친구 집에 찾아가 그의 꽁지머리를 움켜쥐고 내 말을 치료하라고 밀어붙이면서도, 그와는 한마디도 섞지 않았다네. 그 친구는 본인이 억울한 누명을 쓴 것이라며 내게 진정하라고 하더군. 그가 단도를 뽑아서 나에게 건네주며, 이 흉기를 가지고 내 말의 원수를 찾아낼 수 있을 거라고 했네. 난 그제서야 그를 풀어 주었지."

"그래서 대체 누가 한 짓입니까?" 내가 따져 물었다. "분명 그 검은 그림자야."

"내 말은 목숨은 부지했지만, 왼쪽 다리의 힘줄이 이미 끊어져 다리를 절게 되었어. 대체 누가 그랬는지 굳이 추궁하고 싶지 않더군!"

여기까지 말하자 마부의 말에 힘이 빠지고 목소리도 조금 변했는데, 나는 이자가 여자를 혐오하게 된 이유엔 아마 또 다른 이상한 이유가 있을 것이라고 생각했다.

그는 난로의 잔불을 빌려 담배에 불을 붙이곤, 연신 담배를 피워 댔다. 그는 마치 적의 골수를 빨아먹는 것처럼 두 눈을 질끈 감고 아무 말도 하지 않았다. 나는 어렴풋이 그의 눈가에 맺힌 물 한 방울이 거칠고 까무잡잡한 얼굴로 흘러내리는 것을 보았다.

마부는 오랫동안 침묵했다. 그가 이미 잠들었다고 생각되어 나 또한 눈을 붙이고 쪽잠을 청했다.

그런데 그가 오히려 내 어깨를 흔들었다.

"잠들지 말게나!"

"잔 게 아니라, 전 그 가여운 절름발이 말을 생각하고 있던 겁니다."

그의 고통스럽고도 쓸쓸한 표정이 내 고통과 외로움을 압도했다.

마부는 아무것도 모른다는 표정으로 단호하게 나를 바라보고 있었다.

"나는 기필코 내 말의 복수를 할 테야. 반드시, 반드시 복수할 테야."

동이 틀 무렵, 거만한 차장이 나타났다. 그는 차 문 발치에 서서 앵앵거리는 가느다란 목소리로 이 기차의 운명을 선포했다.

"여러분, 우리 열차는 운행할 수 없으니 모두 환승할 준비를 하십시오. ○십 호 열차가 앞 역에서 여러분을 기다리고 있습니다."

객실 안은 즉시 소란스러워졌다. 몇몇 승객은 야단법석을 떨며 욕을 하였고, 어떤 아이들은 훌쩍거렸다.

위층의 두 여자도 기어 내려와 당황한 표정으로 머리에 수건을 둘러맸다. 한쪽 눈을 잃은 늙은 여인이 남은 한쪽 눈으로 마부 웨이빙쿠이의 거친 얼굴을 경멸스럽다는 듯 바라보았다.

"마귀야, 하나님이 너를 벌주실 게다." 그녀는 입술을 삐죽 내밀고 중얼거렸다.

"사탄아!" 이번엔 젊은 여인이 나를 향해 욕을 퍼부었다.

마부는 종교적으로 가장 저속한 뜻의 이 말을 이해할 수 없었겠지만, 나는 알아들을 수 있었다. 나는 껄껄대며 그들에게 응수했다.

마부는 내게 물었다.

"어디로 가는 것이오? 무슨 처리할 일이 있어 가는가?"

나는 그에게 나 역시 자란툰으로 간다고 말하며, 볼일이 있어서 가는 것은 아니고 그저 여행차 방문하는 것이라고 설명했다.

그는 내 어깨를 툭 치며 열성적으로 말했다.

"좋구만, 여기서 이십 리 정도 가면 투얼츠하 마을이 있다네. 내가 살던 곳이지. 우리 거기 가서 한잔 걸치게나!"

"간 김에 속임수를 잘 썼던 그 수의사도 볼 수 있고, 어쩌면 내 부인과 외삼촌도 만날 수 있을 걸세." 그는 계속해서 말을 이었다.

내가 제안을 받아들이자 그는 매우 기뻐했다. 날이 밝자, 우리는 기울어진 기차에서 뛰어내렸다.

기찻길 옆은 전부 개간되지 않은 황무지로, 시든 잡초가 무성했다. 움푹 패인 땅은 곳곳이 갈라져 있었는데 흰 눈이 사이사이에 스며 있었다. 얼어붙은 모래가 섞인 매서운 북풍이 하늘 가득 몰려왔고, 풀 사이를 스치며 처연한 소리를 냈다.

이런 낯선 괴짜와 함께 황량한 땅을 걷는 것은 정말이지 모험이 아닐 수 없었다.

마부 웨이빙쿠이는 계속 내 앞쪽에 서서 나를 기다렸다. 그는 나의 의심스러운 기색과 힘없는 걸음걸이를 눈치챈 듯했다.

"날이 밝으면 도착한다네…" 그는 나를 위로하며 말했지만 얼어붙은 모래가 그의 목소리를 갈라 버렸다.

기찻길은 두 마리의 뱀처럼 앞을 향해 뻗어 있었고, 옅은 안개가 내린 아침에 서리가 앉은 기찻길은 단단하고 처연한 빛을 반사하고 있었다.

겨우 십 리 길에 나는 다리가 마비되어 꼼짝할 수 없었다.

우리는 전대를 풀어 눈밭에 깔고, 바람을 막아 주는 철로 둑 밑에서 휴식을 취했다.

"두려워 말게나, 이미 반이나 왔다네. 앞으로 나아갈 뿐 돌아갈 수는 없는 노릇이지." 그는 거의 훈계조로 말했다.

그가 신고 있는 목이 긴 털 장화에는 한가득 눈이 붙어 있었고, 내 장화에도 두꺼운 얼음과 눈이 붙어 있었다. 그는 장화에서 단도 한 자루를 뽑아 신속하게 내 신발에 붙은 얼음을 떼어 주었다. 눈부실 정도로 빛나는 단도를 보자 나는 섬뜩함을 느꼈다. 순간 불길한 예감이 밀려들었고, 그와의 우연한 만남도 후회되었다.

날이 점차 밝아 오자, 넓은 들판의 황량함도 더욱 뚜렷하게 드러났다. 눈앞에 나지막한 급수탑의 꼭대기가 어렴풋이 보이자, 나는 심장이 튀어나올 것만 같았다.

3

나와 마부 웨이빙쿠이는 투얼츠하의 거리를 걷고 있었다. 때마침 정월의 첫 장날이어서, 먼 마을에서 온 차량들이 길 어귀에 즐비했다. 노점은 장사꾼과 가격 흥정을 하는 농부로 붐비고 있었다.

거리를 두어 번 둘러본 후, 마부는 내게 "이 마을도 변했구려!"라고 탄식하며 말했다.

나는 그 말의 뜻을 이해하지 못했다. 문득 나는 이 마을의 문화 수준이 궁금해져 홀로 책을 파는 노점 앞에서 걸음을 멈추었다. 마부는 이발소 주인과 이야기를 나누기 시작했다.

그 노점은 매우 초라했다. 파란 꽃무늬 헝겊 위에 수십 권의 복각본 고사(鼓詞)*와 무협 소설들이 널려 있었는데, 새 책은 단 한 권도 없었다. 나는 마치 사막 한가운데로 들어선 것과 같은, 말로는 표현할 수 없는 적막감을 느꼈다.

마부는 소름끼치는 웃음소리와 함께 이발소 쪽에서부터 느릿느릿 걸어오더니 내 뒤에 멈춰 섰다. 뒤를 돌아보자 그는 내 손을 끌어당기며 말했다.

"나와 함께 술 한잔하러 가세!"

나는 그에게 이끌려 한 식당으로 들어갔다. 우리는 구들장 쪽에 자리를 잡고 앉아 술 두 잔을 단숨에 마셨다. 취기가 오른 듯한 마부의 얼굴에는 차가운 미소가 떠올랐다. 이해할 수 없는 웃음이었다. 그의 웃음은 증오와 분노로 가득했지만, 입에서는 듣기 거북할 정도로 부드러운 가락이 흘러나왔다.

그는 나에게 투얼츠하에 전해지는 저속한 속담 하나를 알려주었다. '투얼츠하에 오면 이곳의 여자는 모두 그대의 것이라네'였다. 때론 '그대'를 '나'로 바꿔 써서 이 지역 사람들의 넓은

---

* 이야기와 창(唱)으로 구성된 중국의 극 장르. 보통 북의 반주에 맞춰 진행된다.-역주

배포를 표현한다고도 했다.

술을 마신 후, 그는 나를 수의사에게 데려갔다. 문 앞에는 말을 묶어 두는 기둥이 네 개 있었는데, 모두 붉은 칠이 벗겨져 있었다. 집 안은 몹시 더러웠고, 귤 상자 두 개를 못 박아 만든 선반에는 독약으로 추정되는 낡은 병 몇 개가 놓여 있었다. 방구들에는 얼굴이 누렇게 뜬 시골 여자와 솜바지도 입지 못한 아이가 다섯이나 앉아 있어서 우리는 발도 붙일 수가 없었다. 우리는 근처 객잔에서 그 수의사를 마주쳤다. 술독이 오른, 빨간 코와 좁은 이마의 난쟁이는 말구유 주변을 서성이며 속임수로 돈을 벌고 있었다.

"이보게!" 마부 웨이빙쿠이가 그에게 가까이 다가갔다.

수의사는 뻗으려던 손을 도로 집어넣으며 겁에 질려 움츠린 채 몸을 옆으로 피했다. 그는 상대방의 눈을 똑바로 쳐다보지 못하고 비굴하게 굴었다.

마부가 이름을 부르자, 수의사는 옛 친구의 말투를 알아차리고는 구원을 받았다는 듯이 달려 나왔다.

"우용(吳用)(아마 그의 별명일 것이다), 자네 아직도 그렇게 돈을 버나?" 마부가 빈정대며 말했다.

우용은 고개를 떨구었다. 돼지 꼬리처럼 가늘게 땋은 그의 머리가 개가죽 모자의 오른편에 걸려 있었다.

"어쩔 수 없다네! 안 그러면 어쩌겠는가?"

"사람이 기개가 있어야지, 작은 일을 하더라도 이런 몰염치한 짓으로 돈을 버는 것보다는 훨씬 낫지. 사람들이 자네의 속임수를 모르면 그럭저럭 이 일을 할 수 있다고 생각하나 본데, 대체 언제까지 이 짓을 할 거야?"

"나도 그런 생각을 안 해 본 건 아니지만, 아무래도 그만둘 수가 없다네!"

"자네 집을 생각해 봐. 몇 년을 해 먹고도 이렇게 엉망인데. 자네 노모는, 그리고 자네 자식놈들은 또 어떻고. 바지도 한 벌 못 해 입히는데, 이게 무슨 생고생인가."

"다 가족을 먹여 살리려고 이 짓을 하는 건데, 나 스스로 옭아매고 있었어…."

눈물로 목이 멘 우용의 이어지는 말은 알아들을 수가 없었다.

"잘 돌아왔어, 나를 좀 도와주게!" 우용은 고개를 들어 간절한 눈으로 웨이빙쿠이를 한 번 쳐다보았다. 그는 빨갛게 언 자신의 딸기코를 만지작대며 수치스럽다는 듯 나를 바라보았다.

나는 그들에게서 멀찌감치 떨어져 혼자 조용한 곳에 숨어 있었다. 그때 나는 털이 반질반질한 준마 한 마리가 바닥에 엎드려 있는 쇠약한 암컷 말을 향해 다리를 절뚝이며 달려 나가는 모습을 보았다. 그 말은 달리면서 히잉 소리를 내었는데, 어린아이 같은 그 모습이 참 귀여웠다.

나는 마부에게 이 말이 그가 '입이 닳도록 말한 그 녀석'인지 물어보고 싶었다. 나는 말에 대해 좀 더 알고 싶어졌다.

그때 수의사가 마부의 귀에 대고 무어라고 말하자, 마부의 손바닥이 수의사의 얼굴에 시원하게 내리꽂혔다.

오랜만에 만난 옛 친구와 이런 거칠고 몰상식한 방식으로 인사를 한다는 것에 나는 매우 놀랐다. 나의 세계에선 이런 일은 있을 수 없었다.

그 수의사는 얻어맞은 뺨을 손으로 가리고, 다친 타조처럼 고개를 푹 숙였다. 나는 웨이빙쿠이와 함께 객잔을 떠났다.

4

오후의 마을은 적막했다. 널빤지를 덧댄 가게를 지나갈 때면 주사위 놀이를 하며 고함치는 소리를 쉽게 들을 수 있었다. 이 마을에서는 오래된 노름 기술이 아직도 먹히고 있었다.

나와 웨이빙쿠이는 한 찻집으로 들어갔다. 그곳은 이미 남자, 여자들로 가득 차 있었다. 우리는 원래 차를 마시러 들어온 것이었으나 웨이빙쿠이는 뜻밖에도 찻집 이야기꾼이 들려주는 역사소설에 흥미를 느꼈다. 그 바람에 나는 그 뒤에 끼어 앉아 있을 수밖에 없었다. 그는 자리를 뜰 마음이 없었다. 그가 담뱃대를 채운 후 담배를 피우자, 이내 짙은 담배 연기가 좁은 찻집을 가득 메웠다.

이 마을의 유일한 오락장은 이 찻집이었다. 이곳의 앞쪽에는 투박한 나무 상자로 만든 네모난 탁자 몇 개가, 뒤쪽에는 통나무를 베어 만든 의자가 두어 줄 놓여 있었다.

우리는 통나무 의자를 비집고 앉았다. 우리 앞줄에는 머리를 정갈하게 빗은 여자 몇 명이 앉아 있었다. 강한 담배 냄새 때문인지 그중 옅은 회분홍색 털조끼를 입은 여자가 손수건을 꺼내 코와 입을 막았다. 그녀의 머리카락이 내 턱에 닿았기 때문에 나는 그녀의 향기를 느낄 수 있었다. 이 여자는 예쁘장하면서도 아담하고 고상했다. 그녀는 다른 여자들처럼 이리저리 재며 웃음을 흘리는 모습이 없었다. 한눈에 대갓집 규수임을 알아볼 수 있었다.

웨이빙쿠이의 시선은 여자 손님이 아니라 이가 반쯤 빠진 이야기꾼에게 쏠려 있었다. 나는 목이 말라, 나이 든 종업원에게 진한 차 한 주전자를 주문했다. 차를 다 마시자 때마침 역사소설도 손님에게 공연비를 요구하는 대목에 이르렀다.

인파가 썰물처럼 빠져나가자 우리도 서둘러 일어섰다. 우리는 그 회분홍색 털조끼를 입은 여인의 뒤를 바짝 따라 찻집을 나왔다. 이는 물론 둘 중 누구도 입으로 내뱉지 않은 우리의 암묵적인 결정이었다.

그녀가 좁은 골목 어귀에 멈춰 서자, 우리도 발걸음을 멈췄다. 그녀는 식품점에 들러 설탕과 배를 샀고, 우리는 그녀를 기다렸다.

빨간 춘련이 붙어 있는 쪽문 앞에 도착하자 여인은 살며시 문을 열었다. 그러나 안으로 들어가지는 않고 익숙한 듯 우리를 쳐다보았다. 그녀의 요염한 눈빛에 나는 잘못을 저지른 아이처럼 난처함과 당황함에 어쩔 줄 몰라 하며 내 친구를 바라보았다.

웨이빙쿠이는 나를 아랑곳하지 않고 먼저 안으로 들어가 버렸다. 나도 그의 뒤를 따랐다.

작은 뜰은 고요했다. 작달막한 느릅나무의 마른 가지 위에는 눈이 소복이 쌓여 있었고, 썩은 말구유에는 살얼음이 맺혀 있었다. 꽃 갓을 한 수탉 몇 마리만 주변에서 시끄럽게 울어 댈 뿐이었다.

여인은 본채의 문을 열어젖히더니 내가 들어가자 문을 굳게 잠갔다. 문소리가 등 뒤로 들려오자 마치 금지된 궁궐 안으로 들어가는 듯했다. 심장이 요동치는 소리가 귓가에 들렸다.

그녀가 붉은 진흙으로 만든 화로를 가져오자, 내 친구는 기이한 웃음을 터트렸다. 이 웃음소리가 내겐 익숙한 것이라 나는 전혀 두렵지 않았지만, 그 여자는 놀라 살짝 뒷걸음질을 쳤다. 그녀는 아무 말도 하지 않았다. 나는 그녀가 벙어리가 아닐까 생각했다.

웨이빙쿠이는 그 기이한 웃음을 멈추지 않았다. 그는 나를 조금도 신경 쓰지 않고 용맹스러운 짐승처럼 벌떡 일어나 여인의 윤기 나는 머리칼을 움켜쥐었다. 그의 행동에 나의 모든 생각은 산산조각이 났다.

"내 말을 물어내!" 웨이빙쿠이는 이마를 찌푸리고 콧구멍을 벌린 채 고함을 쳤다. "빨리 말해, 내 절름발이 말을 어디에다 팔아먹었어?"

창백해진 그녀의 얼굴은 마치 산 채로 잡혀 온 어린양 같았다.

"이 화냥년!" 그는 무자비하게 악담을 퍼부었다. "낯짝도 두꺼운 년!"

그녀는 여전히 말없이 웨이빙쿠이의 가슴에 머리를 대고, 작은 어깨를 떨고 있었다.

"말해 봐!" 그가 명령조로 말했다. "나는 너 말고 그 절름발이 말이 필요해. 넌 필요 없어, 필요 없다고!"

그는 손에 쥔 물건을 공중에 내팽개치듯, 그 여자를 산산조각 내거나 파괴해 버릴 것만 같았다. 그녀를 이 세상에서 내쫓을 것만 같은 기세였다.

그녀는 두려움에 벌벌 떨면서도, 끈질기게 마부의 윗도리를 움켜쥐고 있었다. 그녀는 멸망의 날을 예감하듯 그의 분노를 고집스럽게 참아 냈지만, 결국 손에 힘이 풀려 문밖 먼 곳으로 나동그라졌다.

그녀는 이 폭군 앞에서 울지도 않고 일어났다. 산발이 된 머리를 묶고, 붉어진 아랫입술을 가린 채 여전히 말없이 그를 바라보며 용서를 빌었다.

"바로 이 여자라고, 이 뻔뻔한 화냥년!" 마부는 나에게 그녀를 소개하며 말했다. "내 말을 팔아 치운 것도 모자라서 병들어 죽은 거라며 나를 속였었어!"

나는 여태껏 그들이 무슨 연극을 하는지도 모르고 있던 숨죽인 관객이었다가, 이제야 이 여인이 마부가 내게 말했던 그의 부인인 것을 알게 되었다. 그녀는 겉보기에 그리 연약한 여자가 아닌 것 같았는데, 그의 매질을 그렇게 순순히 당하고만 있다는 것이 나에게는 정말 뜻밖의 일이었다.

그 여자는 아까 사 온 배를 나와 내 친구에게 나눠 주었다. 그녀는 내 앞으로 걸어오며 멋쩍게 말했다.

"분명 술을 많이 마셨을 거예요. 과일을 좀 드시면 나아지시겠죠."

그녀의 목소리는 낭랑하고 부드러웠다. 미인의 목소리로 손색이 없었다.

웨이빙쿠이는 자신이 술을 많이 마셨다는 사실을 인정하지 않고 여전히 이상한 웃음소리를 냈다.

"너 이리 와!" 그가 명령했다.

여인은 나를 지나쳐 그에게로 향했다.

"똑바로 말해. 너, 내 말 누구한테 팔아먹었어?" 웨이빙쿠이의 어조가 누그러졌다.

"전 모르는 일이에요." 그녀가 빙긋 웃으며 말했다.

장마가 그친 후 햇살을 가득 받아 활짝 핀 한 송이 꽃과 같은 미소였다.

"내가 왜 돌아왔는지 알 텐데. 말을 위해 복수하기 위해서야!" 웨이빙쿠이는 털 장화에서 단도를 뽑아 들었다.

"잘 됐네요!" 그녀는 비굴하게 나약한 모습을 보이지 않았다. "말해 주죠. 난 당신 말을 판 돈으로 여태 살아온 거예요. 난 그 말에게 질투가 났어요. 원망도 했고요. 당신이 사랑한 그 모든 것을 미워했어요. 당신 참 멍청하네요, 왜 늘 그 말을 잊지 못하는 거죠? 당신에게 그 말보다 더 사랑스러워 보이는 게 있긴 했던가요?"

"입 다물어!" 웨이빙쿠이가 자리를 박차고 일어나며 말했다. "네 사탕발림은 듣고 싶지도 않아. 듣고 싶지 않다고! 너라면 진절머리가 나!"

"맞아요, 제가 그 말을 해치웠어요. 사람을 고용해 찔러 죽인 후, 자란툰의 어느 방앗간에 팔아 버렸어요…" 그 여인은 약간 울먹이며 말했다. "저를 용서해 주세요, 제가 큰 잘못을 저지른 셈 치고요."

웨이빙쿠이는 꺼낸 단도를 도로 제자리에 집어넣고, 전대를 메고 떠날 채비를 했다. 그는 굳은 얼굴로 나를 보며 단호하게 말했다.

"갑시다!"

여인의 흐느끼는 울음소리가 우리를 배웅했다.

5

나와 웨이빙쿠이는 작은 역에 고요하게 앉아 기차를 기다렸다. 그는 두 주먹을 꼭 쥐고 눈을 크게 뜬 채, 먼 곳을 응시하고 있었다.

기차가 역에 들어오기 전, 그가 묵직하게 내 손을 잡고 말했다.

"나는 자란툰으로 가는 대신 내 외삼촌을 찾으러 갈 거요! 그를 오해한 것 같아 영 미안해서 말이야."

나는 홀로 만주행 기차에 올라탔다. 웨이빙쿠이는 내가 보이지 않을 때까지 나를 배웅해 주었다.

나는 기차에서 그 아담하고 요염한 여인을 생각하자 몹시 불안해졌다. 방앗간에 팔린 절름발이 말과 그 주인의 복수심, 거기다 그 단도와 찌푸린 미간이 떠올랐다.

자란툰 역에 도착한 것은 새벽 세 시경이었다. 별이 가득한 밤, 나는 기차역에 웅크린 채 밤을 새워야 했고, 날이 밝고 나서야 사륜마차 한 대를 잡을 수 있었다.

눈이 내렸다. 미끄러워진 길 위로 시골 사람들의 썰매가 빠른 속도로 미끄러져 나갔고, 그 썰매 위에는 종종 자색 옷을 입은 몽고인 관리가 앉아 있기도 했다. 내 마차는 자연히 그들 뒤쪽으로 처졌다.

마부는 거칠게 말을 부리며, 채찍으로 말의 등줄기를 모질게 내리쳤다.

나는 눈이 벌게진 마부에게 왜 이토록 말을 학대하는 것인지 물었다. 그러자 그는 대답했다.

"원래 이 말은 잘 달리기로 이름난 말이었는데 다리를 절게 되었지요. 그때부터 눈을 가린 채 방앗간에서 연자매를 돌리게 했는데, 매우 온순했고 일을 잘했죠. 그런데 마차를 끌게 했더니 생각과 다르게 금방 지쳐서 이렇게 나태해질 줄은 생각도 못했어요."

나는 그 절름발이 말의 엉덩이를 자세히 보았다. 과연 긴 흉터 하나가 나 있었다.

'설마 이 말이 웨이빙쿠이의 그 애마인가? 어떻게 이런 우연이 있을 수 있나!'

이런 생각에 잠겨 있는 순간, 그 절름발이 말이 갑자기 모진 채찍질에 놀라 날뛰었고 나는 바로 마차에서 굴러떨어졌다.

마차는 멀리 달아나 이름 모를 거리로 사라졌다.

마차에 두고 내린 가방을 찾기 위해 나는 이튿날 경찰서로 향했다. 그리고 그곳에서 시뻘겋게 눈이 충혈된 마부를 다시 마주쳤다.

그는 울상이 된 얼굴로 나에게 사죄하며 말했다.

"선생님, 제발 용서해 주십시오. 제 말은 어젯밤 눈 위에서 죽었습니다요!"

자란툰에서 이틀을 머무는 동안 내 마음은 온통 그 죽은 말 생각으로 심란했다. 사흘째 되던 날, 도박장에서 돌아오자 어떤 사람이 여관에서 나를 기다리고 있었다. 내가 낮은 여관 문에 들어서자 그 사람은 나를 조용한 객실로 불러냈다.

그 사람은 내게 개인적인 일을 물어본 후, 혹시 기차에서 수상한 사람을 보지 않았냐고 물었다. 나는 내가 겪었던 일을 조금도 숨기지 않고 그에게 털어놓았다.

그 사람은 한참 의심을 하더니 이내 친절하게 말을 했다.

"나중에 마부 웨이빙쿠이를 다시 만난다면, 그땐 꼭 그를 붙잡아 두세요. 그는 좋은 사람이 아닙니다."

'좋은 사람이 아니라니?' 내 마음은 복잡했다. '그가 나쁜 사람이었다고?'

나는 그곳에 계속 머물고 싶은 마음이 사라져 밤 기차를 타고 돌아왔다. 투얼츠하를 지나며 나와 이야기가 잘 통했던 마부와 그의 귀여운 여인을 떠올리자 마음이 얼얼해졌다. 도대체 그는 자신의 애마를 위해 어떻게 복수를 하려고 하는 것인지? 만약 마차를 끌다 놀란 그 말이 정말 그 마부의 애마였다면? 그 녀석은 두 번 다시 바람에 스치는 누런 콩 가는 소리를 들을 수도, 더 이상 고향인 후룬베이로 돌아가지도 못할 것이다!

소설집 『풍년(豐年)』에 수록, 베이징신민(北京新民)인쇄소 1944년
(번역: 손유진)

구딩

변금 變金

유리잎 玻璃葉

구딩(古丁) 1914~1960

본명은 쉬창지(徐長吉)이고 중화인민공화국 성립 후 쉬지핑(徐汲平)으로 개명했다. 1914년 지린성(吉林省) 창춘(長春)에서 태어났고 1924년에 만철(滿鐵)이 세운 창춘소학당(長春小學堂)에, 1927년에는 마찬가지로 만철이 선양(瀋陽)에 세운 남만중학당(南滿中學堂)에 입학하여 일본어, 일본문학 등을 익혔다. 1931년 선양에 소재한 둥베이(東北)대학에 입학했으나 만주사변 후 남하하여 1932년, 베이징(北京)대학 중문과에 입학했다. 같은 해 중국좌익작가연맹에 가입하여 북방부의 조직부장을 맡으며 『과학신문(科學新聞)』의 편집을 맡았다. 이 시기 그는 일본의 좌익 문학가들의 여러 저작을 중국어로 번역했으며, 톈진(天津)의 노동자 파업을 고무하기도 했다.

그러나 1933년 혁명 실패로 인한 좌절감을 안고 고향으로 돌아가 만주국 총무청의 통계처 직원으로 근무하면서 와이원(外文), 이츠(疑遲) 등과 함께 문학 단체를 결성했다. 특히 1937년에 『명명(明明)』 잡지를 발간하여 중국어 소설과 잡문 등을 창작하고 일본어 문학작품들을 번역했다. 『명명』이 정간된 후인 1939년 문예 동인지 『예문지(藝文志)』를 창간하였다. 태평양전쟁이 한창이던 1942년에서 1944년 사이, 만주국 중국인 문예계를 대표하여 세 차례에 걸쳐 '대동아문학자대회'에 참석하였다. 제2차 세계대전 종식 후 그는 만주 지역에서 '중소우호협회(中蘇友好協會)' 위원, '지린성 중소우호협회' 비서장, 둥베이대학 자료실 연구원, 『지식(智識)』 잡지와 『둥베이문예』의 편집인을 역임했다. 또한 중화인민공화국 성립 후에는 하얼빈평극원 관리위원회 주임, 둥베이희곡신보사의 비서 겸 편집인을 역임하는 등, 주로 만주 지역의 희곡 예술계에서 활동했다. 그러나 1958년 반우파투쟁 당시 우파로 몰려 1960년 감옥에서 병사했으며, 문화대혁명이 끝난 뒤인 1979년에야 명예 회복되었다.

구딩은 가장 정교하고 비판적인 문예 이론을 지녔던 만주국의 중국인 작가 중 하나였다. 그는 1930년대 중후반에 있었던 두 차례의 논쟁을 계기로 하나의 문예 경향을 대표하는 작가로 자리매김하게 되었다. '사인주의 논쟁'과 '향토문예 논쟁'으로 불리는 두 차례 논쟁에서 구딩은 문학을 특정한 개념이나 구호에 가두는 것을 반대하였고, 척박한 만주국 문단에서 양적으로나 질적으로나 다양하고 풍성한 문예 실험과 창작이 이루어져야 한다고 주장했다. 그러한 구딩의 생각은 그와는 문예이론상 대척점에 있던 산딩(山丁)과의 치열한 논쟁을 일으키기도 했다. 예컨대 '향토문예 논쟁'에서 구딩은 농후한 리얼리즘적 성격을 띤 량산딩의 '향토문예' 개념이 문인들의 자유로운 창작 활동을 구속하는 '공식'에 불과함을 강조하면서, 자신은 어떠한 '주의(主義)'나 '색채'도 없는 '방향 없는 방향(沒有方向的方向)'을 따를 것이라 말한다.

하지만 역설적이게도 구딩의 상당수 소설들은 만주국 하층민의 현실을 핍진하게 묘사한 전형적인 '향토문학'들이었다는 사실에 주목할 필요가 있다. 이는 구딩이 반대한 것이 '향토문예' 자체가 아니라, 그것을 일종의 '척도'로 삼아 문예의 다양성을 훼손하려는 폐쇄적 태도였다는 점을 말해 준다. 여기에 수록된 구딩의 작품 두 편은 모두 만주국 하층민의 극도로 피폐한 삶을 사실적으로 다루고 있다는 점으로 볼 때, 농후한 향토성을 내포하고 있다. 1937년작 「변금(變金)」은 비적의 약탈을 피해 조상 대대로 농사를 짓던 고향을 떠나 고모부가 살고 있는 류자바오(劉家堡)로 이사 온 거푸(葛福)라는 인물의 삶을 보여 준다. 식솔들을 먹여 살릴 책임을 지고 있는 거푸는 처음에는 날품팔이로 생계를 유지하다, 부유한 고모부로부터 땅을 빌려 노새를 보유한 옆집 사내와 소작을 시작한다. 그는 누런 땅이 금으로 변하는 장밋빛 상상을 하며 누구보다도 근면하게 땅을 일군다. 그러나 가을걷이가 끝난 그를 기다리고 있는 건 갖가지 명목의 세금들이었다. 소작료, 촌비(村費), 자위단비(自衛團費) 등등. 이제 그에게 다가올 새로운 해는 그를 행복한 상상으로 들뜨게 하는 장밋빛 미래가 아니라, 극도의 가난으로부터 도저히 벗어날 수 없게 만드는 지옥도 자체다.

1938년작 「유리잎」에서 묘사되는 농민의 삶은 더욱 처절하다. 대대로 훠자구(霍家谷)에 살며 양잠업에 종사한 훠유진(霍有金)·훠얼후(霍二虎) 부자는, 참새를 쫓는 양포(洋砲)의 사용이 금지되고 누에고치 가격이 폭락하자 생계에 큰 어려움을 겪게 된다. 형편이 넉넉한 친척들도 그들의 어려움을 나몰라라 하자, 그들은 극심한 영양실조와 기아 상태에 직면한다. 죽은 훠유진의 시신을 매장하는 훠얼후와 그의 가족들의 표정에 스며 있는 것은 슬픔이 아닌 자포자기의 감정이다. 훠얼후의 젊은 아내는 도시의 하녀로 팔려 가고, 그의 딸과 어머니는 극도의 굶주림을 이기지 못하고 차례로 숨을 거둔다. 그리고 아내를 찾아 도시로 향한 훠얼후는 달리는 인력거에 몸을 싣고 유곽 안으로 사라지는 아내를 발견한다. 위의 작품들은 구딩이 문학의 도구화에 반대하고 문학의 자율성을 강조했음에도 불구하고, 실제 창작에서는 만주국의 어두운 현실과 민중들의 고통 어린 삶에 커다란 관심을 가졌다는 점을 보여주는 사례라 할 수 있다.

_ 박민호

변금*

1

거푸(葛福)가 류자바오(劉家堡)로 이사 온 지 어느새 또 일 년이 지났다.

류자바오에 오기 전 거푸는 여기서 팔십 리 정도 떨어진 싼자즈(三家子) 마을에서 농사를 지으며 살았다. 거푸가 이사하기 전까지 그의 가족은 그곳에서 적어도 4대를 이어 왔었다. 그 해, 싼자즈는 비적 떼의 습격으로 난리가 났었다. 돈 있는 사람들은 일찍이 그 소식을 듣고 성(城)안으로 들어갔고, 그저 갈 곳 없는 소작농 몇 사람만 남아서 마음을 졸이며 땅을 지킬 뿐이었다. 거푸는 열 상(晌)** 정도 되는 땅에 농사를 짓고 있었는데 도망을 가자니 멀쩡한 땅을 그냥 버리는 꼴이었다. 게다가 백

* 원제 '다시 일 년(又一年)'.
** 토지를 세는 단위로 동북지역에서 1상은 대략 15묘(畝) 정도의 땅을 의미한다.-역주

양나무 아래 있는 무덤을 보면 조상을 뵐 낯도 없었다. 그렇다고 계속 남아 있자니 사람의 귀를 자르고 거꾸로 매달아 불태운다는 비적들의 잔인무도한 공격이 떠올랐다. 거푸는 경련이 날 정도로 등골이 오싹해졌다.

"비참하게 살아도 죽는 것보단 낫겠지!"

이곳에서 죽는 걸 기다리느니, 차라리 평화로운 곳에서 굶주리는 게 나을지 모른다. 거푸는 결국 류자바오에 있는 둘째 고모부를 찾아가기로 결심했다.

싸구려 이불 몇 개를 묶어 짐을 꾸렸다. 멜대 하나에 광주리 두 개를 연결해 한쪽에는 짐을, 다른 한쪽에는 세 살 난 아들을 실었다. 거푸는 옷장 바닥에서 창호지로 된 땅문서와 서너 겹의 종이로 싸맨 십 원 남짓한 돈을 찾아내서는 빨간색 천으로 단단히 싸맨 후 옷 주머니에 쑤셔 넣었다.

수수밭을 바라보니 김을 매어야 할 때였다. 대지는 푸르르고 싱싱했다. 바람이 수수 이삭을 스치자 물결이 일어 마치 이삭이 머리를 가볍게 끄덕이는 듯했다. 거푸는 묵묵히 뜨거운 눈물을 흘렸다. 고향을 떠나는 것은 그의 마음을 도려내는 것과 같았다.

그는 멜대를 짊어졌다가 갑자기 무언가 생각났다는 듯이 다시 내려놓고는 두꺼운 눈썹을 찌푸리며 말했다.

"아무래도 마을에 남아 있는 사람에게 땅을 좀 봐 달라고 부탁을 해야겠어!"

거푸의 아내는 어제 밤새 울어서 퉁퉁 부은 눈으로 남편을 바라보았다.

"누구에게 부탁을 한단 말이에요? 다리 달린 사람들은 다 도망가고 남아 있는 사람들이라곤 다 사기꾼들인데, 흥, 그들에게 부탁할 바엔 차라리 당신 혼령에다가 부탁하는 게 낫겠수!"

거푸는 크고 두툼한 손바닥으로 넓적한 얼굴을 쓰다듬으며, 납작한 입으로는 "쯧" 하고 혀를 찼다.

"그럼 신당에 가서 토지신에게 기도를 한번 드려야겠어! 음… 그러고 난 후 선산에 들러야지…."

조상 묘에 머리를 조아리고 나자 거푸는 땅에 있는 흙을 한 움큼 파서는 낡은 종이에 쌌고,이를 버드나무로 만든 광주리에 쑤셔 넣었다.

이렇게 고향을 떠난 것이 벌써 이 년이 넘었다.

2

태어날 때부터 건실한 체격이었던 거푸는 비록 가진 것 없이 가난했지만, 힘 좋은 몸뚱이로 생계를 책임지는 데는 문제가 없었다. 거푸는 류자바오에 도착한 후 곧바로 주변 마을에서 날품팔이를 했다.

마침 김을 매는 바쁜 시기였기에 거푸는 어슴푸레 날이 밝을 무렵이면 호미를 메고는 성안으로 바쁜 걸음을 재촉했다. 여름날의 새벽 날씨는 가을의 강물처럼 차가웠다. 그나마 짧은 겹옷이 찬 기운을 막아 주었다.

인력시장에 몰려든 사람들은 아직 날이 밝기도 전인데 옥수수떡을 뜯어 먹으며 와글와글 떠들고 있었다. 낡은 노점상 주인이 만두를 훔쳐 먹은 사람의 팔을 비틀어 옴짝달싹 못하게 한 후 매질을 하고 있었다. 사람들은 이를 둘러싸고 구경을 하고 있었다. 상점 주인에게 얻어맞고 있는 사람은 백발의 노인이었다. 그의 손에도 호미가 들려 있었다. 잠시 후, 사람들은 흩어지더니 또다시 둥글게 모여들었다. 그 가운데 중개인인 듯한 사람이 서서 거만한 태도로 말했다.

"이 각(角) 오 푼(分), 누가 갈 텐가?" 아무도 자진하는 사람이 없었고 무리는 다시 흩어졌다. 사람들의 얼굴에는 웃음 한 줄기 없었지만 그렇다고 엄숙한 것은 아니었다. 거무튀튀하고 경직된 얼굴에는 삶의 피로가 가득했다. 거푸 역시 이 무리 저 무리를 따라다니며 오늘의 일거리를 찾아 헤맸다.

"삼 각, 누가 가겠소?"

사람들이 앞으로 몰려들자 거푸도 따라 움직였다. 젊고 다부진 체격의 몇 사람이 뽑혀 갔다. 거푸는 실망하고 무리에서 빠져나왔다.

한 무리, 한 무리, 사람들이 줄줄이 불려 갔다.

마음이 초조해진 거푸는 넙데데한 얼굴 위에 있는 째진 눈을 이리저리 굴렸다. 배에서는 꾸르륵 소리가 울렸다. 그는 허리춤에서 아내 몰래 모은 비상금을 꺼내 옥수수떡 두 개를 사 담벼락 아래에 쭈그리고 앉아 뜯어 먹었다.

마침내 거푸도 일거리를 얻을 수 있었다. 그는 한편으로는 기쁘면서도 다른 한편으로는 마음이 심란했다. 예전에는 자신이 시내에 나가 일꾼들을 고용하곤 했었는데, 지금은 상황이 완전히 뒤바뀌어 다른 사람 집의 김을 매 주고 있다고 생각하니 어쩐지 마음이 씁쓸했다.

하루에 세 끼 식사와 담배 몇 갑이 제공되지만 해가 지평선으로 질 때까지 쉬지 않고 일을 해야만 했다. 집에서 왔다 갔다 하기에는 거리가 너무 멀어, 거푸는 다른 일꾼들과 함께 성안에 있는 여관을 얻어야만 했다.

여관은 높이 걸린 가로등의 담황색 불빛 아래 축 늘어져 있었다. 맞은편 구들장에는 짐이 줄지어 놓여 있었다. 탁하고 퀴퀴한 공기가 눈을 찌르는 담배 연기로 가득했다. 여관 안에는 유랑 생활을 하는 홀아비, 점을 보는 장님, 파리채를 파는 장사꾼, 물엿을 불어 인형을 만들어 파는 사람이 있었고, 심지어 거지도 있었다. 대다수는 김을 매는 일꾼이었다. 어떤 사람은 이를 잡아 손가락으로 바스락바스락 짓누르고 있었고, 어떤 사람은 담뱃대를 입에 머금고는 철학자마냥 아무 말도 하지 않고 있었다. 또 다른 사람은 큰 소리로 음탕한 이야기를 지껄이고 있었다. 어떤 사람은 '쓰합쓰합' 소리를 내며 누렇게 뜬 얼굴로 술을 마시고 있었다.

여관비는 하루에 오 푼으로 일 년 내내 동일했다. 가장 북적이는 시기는 김을 매고 수확을 하는 몇 달 동안이었는데, 곳곳에서 농민들이 품팔이를 위해 올라왔기 때문이다. 겨울에도 이따금씩 사람이 몰릴 때가 있었는데, 바로 토지세를 지불해야 할 때였다.

짐은 각자 알아서 가져와야 했는데 이를 몰랐던 거푸는 밤새 옷을 갈아입지 못했다. 온몸이 기름에 전 듯 끈적여 그는 불쾌감을 느꼈다.

다음 날, 거푸는 집으로 돌아가 짐을 챙겨 여관으로 돌아왔다.

매일매일이 똑같았다. 거푸는 한 달 남짓 이렇게 품팔이를 했다.

날이 흐리고 비가 오면 인력시장은 서지 않았다. 하지만 날씨가 맑다고 해서 매번 일자리를 구할 수 있는 것도 아니었다. 품삯은 하루가 다르게 낮아졌고 결국 일 각까지 떨어지는 상황이 되었다. 일이 없을 때면 끼니는 자기가 알아서 해결해야만 했다. 두 끼 식사로 큼직한 옥수수떡 한 개와 절인 야채를 먹으려면 최소한 이 각의 돈이 들었다. 거기에다 여관비 오 푼을 더하면 다 합해 이 각 오 푼이었다.

본래 거푸는 팔 원에서 십 원 정도의 돈을 벌 수 있으리라 생각했지만, 실제로 번 돈은 이 원도 채 되지 않았다.

거푸는 일 각짜리 양은 동전을 오른손에서 왼손으로 옮기며 한 닢씩 세어 보았다. 돈을 다 세고 나자 그는 탄식했다.

"일 원 팔 각 육 푼이라!"

3

춘궁기에는 곡식을 꾸어 생활해야만 했다.

“다시 갈 면목이 없어요, 이미 너 말[斗]*이나 꾸었는데, 또 꾼다면… 둘째 고모부의 그 못마땅한 표정이란!” 거푸의 아내는 아이에게 젖을 물리며 투덜거렸다.

거푸는 두 팔꿈치를 구들장 위에 있는 탁자에 괴고 말없이 수수죽을 들이켰다. 그러다 갑자기 쨍그랑 소리와 함께 밥그릇과 젓가락이 바닥에 나뒹굴었다.

“니미럴, 너만 체면이 있고 나는 없다는 거야! 도둑질을 하는 것도 아니고 서방질을 하는 것도 아닌데, 돈이 생기면 갚는다고, 아직 배가 덜 고픈가 보군.”

거푸의 아내는 입을 삐쭉거렸다.

“당신에게 말하지 않은 게 있는데, 지난번 곡식을 꾸러 갔더니 둘째 고모가 이렇게 말하더라니까요.”

“무슨 말을 했는데?” 거푸가 다그치며 물었다.

“둘째 고모가… 우리는 친척이라 별말 하지 않았지만, 다른 사람이었다면 곡식을 꿔 주면서 이자를 받는다고요. 자기네도 거저 얻는 게 아니라고요.”

“이자를 받으려면 받으라지, 내년에 농사를 지어 수확하면 그때 이자까지 한꺼번에 쳐서 갚으면 될 거 아니야. 친척은 니미럴!”

정오가 지난 후, 아내는 결국 2부 이자를 내기로 하고 곡식 두 말을 꾸어 왔다. 고모네는 서로 친척이니 담보는 요구하지

---

* 곡식을 세는 단위, 1말[斗]은 10되[升]이다.-역주

않고 거푸를 신뢰한다고 했다.

어느덧 가을이 되었다.

누렇게 잘 익은 농작물과 실하게 여문 벼 이삭을 낫으로 베어 냈다. 농작물을 실을 말들은 통통하게 살이 올라 있었다. 남자아이들은 밭에 몰래 들어가 서리한 풋콩을 불에 구워 먹었다. 먹물 방울 같은 제비는 짙푸른 하늘로 솟아올라 남쪽을 향해 날아갔다.

거푸는 시내에서 낫을 하나 사고는 인력시장에 나갈 채비를 했다. 그는 아침을 먹고 나서 잎담배에 불을 붙여 후후거리며 피웠다. 그는 담배를 입에 문 채 마당 밖으로 나섰다. 눈앞에 펼쳐진 농작지를 멍하게 바라보니 고향에 대한 그리움이 피어올랐다. 고향을 떠날 무렵 자신의 땅에 푸르른 윤기가 흐르는 수수와 콩이 자라 있었던 모습이 떠올랐다. '우리 땅도 수확을 할 때가 됐을 텐데. 아니야, 이미 잡초가 무성한 황무지가 됐겠지.' 그는 쏜살같이 달려가 고향 땅을 보고 싶었다. '비적들에게 짓밟힌 마을은 얼마나 처참할는지! 지붕에는 아마 거미줄이 가득할 거야.' 여기까지 생각이 미치자 그는 뜨거운 눈물을 흘렸다.

누군가 그의 어깨를 '탁' 치는 소리가 들렸다. 놀라서 뒤를 돌아보니, 둘째 고모부가 서 있었다. 그는 통나무 같은 몸에 저울추처럼 생긴 코 아래로는 양 갈래로 듬성듬성 난 수염을 기르고 있었다. 팔자 모양의 눈썹은 쥐새끼 같은 눈을 감싸고 있었다. 거푸는 황급히 옷소매로 눈을 닦으며 말했다.

"식사 하셨어요?"

"뭘 생각하고 있었나, 고향이 그리운가?" 둘째 고모부가 입을 벌리자 위아래로 가지런하게 놓인 누런 이가 드러났다.

"고향에 그리워할 만한 게 있나요? 일은 다 끝내셨어요?" 거푸는 화제를 돌렸다. "올해는 정말 풍년이네요!"

"그렇잖아도 자네에게 좀 도와 달라던 참이네… 작년 이맘때는 수확하는 일꾼들을 두 달이나 고용했는데, 올해는 자네가 있으니 한 달이면 충분할 거 같네… 일꾼들은 다 못 미더워서 말이지, 먹는 것만 밝히고 게으름을 피우니 말이야. 심지어 도둑질까지 하니…."

"저는 고모부님이 원하신다면야…" 거푸의 얼굴에는 즐거운 기색이 가득했다. 그는 기분이 너무 좋아 입이 다물어지지 않았다.

"오늘부터 일꾼에게 제공하는 밥을 먹게나, 정오에 가 보게!"

둘째 고모부는 말을 마치고 돌아갔다.

거푸는 이날부터 둘째 고모부 집에서 고용한 일꾼, 머슴, 달품팔이, 날품팔이와 함께 수확하는 일을 거들었다.

두 달이 채 안 되는 시간 동안 수숫단은 총을 든 군대처럼 논밭에 세워졌고, 콩은 무더기로 쌓여 갔다. 넓은 논밭은 피부를 벗겨 낸 것처럼 텅 비워졌다. 가축 네 마리가 끄는 큰 짐수레 몇 대가 농작물의 무게에 짓눌려 헐떡거렸다. 말이 끄는 연자매가 쉴 새 없이 돌아갔다.

거푸는 두 달 동안 일을 하고 나서, 못해도 십 원 남짓은 손에 쥘 수 있을 것으로 생각했다. 하지만 기대와 달리 품삯은 모두 빚을 갚는 데 썼다. 그나마 다행인 것은 둘째 고모부가 고모에게 전해 듣지 못했는지 이자를 요구하지 않는 것이었다.

거푸는 묵은 빚을 청산하고는 새로 곡식 두 말을 빌려 왔다.

4

얼음과 눈에 파묻힌 고달픈 겨울이 지나갔다.

버드나무에는 서리가 내린 듯 새싹이 피어났고, 강에는 봄기운이 떠다니고 있었다. 동쪽에서 부는 바람은 희망을 가져다주었다.

거푸는 등에 짚 더미를 한 짐 지고 집으로 들어섰다.

"힘들어 죽겠네!"

그는 이렇게 말하며 짚 더미를 내려놓았다. 그리고는 황급히 온돌 가장자리에 앉았다.

"염병할."

거푸의 아내가 그 소리를 듣고 고개를 돌렸다.

"젠장, 오는 길에 둘째 고모부와 마주쳤는데…" 거푸는 허리춤에서 작은 담뱃대를 꺼내 주머니에 쑤셔 넣고는 담뱃잎을 꾹꾹 눌러 담았다. "고모부에게 얘기를 꺼내긴 했어."

"땅 빌리는 일이요? 그래서 고모부는 뭐라고 말해요?" 거푸의 아내는 웃으며 물었다.

"고모부가…" 거푸는 뻐끔뻐끔 담배를 두 입 피우고는 이어서 말했다. "어려울 것 없다고, 하물며 친척인데 말이야. 남이었으면 까다로웠을 텐데, 아주 잘된 일이지 뭐… 그런데 보증인이 있어야 한다더군, 그래서 그러라고 했지 뭐….”

“사람도 땅도 낯선 이곳에서 누굴 보증인으로 세운단 말이에요?” 거푸의 아내는 걱정스러운 듯이 물었다. “당신은 어쩜 그렇게 쉽게 그러겠노라 대답을 한 거예요?”

“어차피 그냥 형식적으로 하는 것이니까…” 거푸는 코를 찡그리며 말했다. “가만있어 보자, 촌장에게 부탁을 해야 하나….”

“촌장이요? 그 사람이 시간이 남아돌아 이런 쓸데없는 일까지 도와주겠어요? 당신은 왜 그렇게 모든 걸 쉽게 생각하는 거예요!”

“그러면 내가 다시 부탁을 해 볼게… 친척 사이에 무슨 보증인이 필요하냐고, 젠장!” 거푸는 구들장 옆에서 담배통을 툭툭 치다 갑자기 벌떡 일어났다. “지금 바로 다녀올게!”

“여보!” 거푸의 아내가 그를 불렀다. “가서 덜렁이처럼 굴지 말아요. 손해 볼 거 없으니 우선 듣기 좋은 말도 좀 하고요. 남에게 부탁하는 입장이라면 응당….”

거푸는 아내가 “여보”라고 부를 때 무심하게 뒤를 돌아봤을 뿐, 이어지는 말은 들은 척도 하지 않고 가 버렸다.

그는 신바람이 나서 류(劉)씨 가문의 저택에 도착했다.

저택을 둘러싼 높은 흙벽의 네 귀퉁이에는 포대가 우뚝 솟아 있었고, 포안(砲眼)은 맹수의 눈과 같았다. 문은 활짝 열려 있었다. 왼쪽에 있는 말구유에서는 말 몇 마리가 노새와 함께 건초를 먹고 있었다. 오른쪽에 자리 잡은 창고는 그 높이가 웬만한 집보다도 더 높았다. 외부인이 오자 이리 같은 개 몇 마리가 왕왕 짖으며 달려들었다.

대문 안에서 사람이 나오며 꾸짖자 개들은 꼬리를 흔들면서 땅바닥에 드러누웠다. 거푸는 그 사람의 뒤를 따라 본채로 안내를 받았다.

"조카 왔는가… 앉게, 어서 앉게!" 둘째 고모는 얼굴을 찡그리며 구들장에 있는 옷장에서 이불 하나를 꺼내더니 탁자 옆에 깔았다.

"그러실 필요 없습니다. 고모…" 거푸는 앉으며 말했다. "고모부는요?"

"네 고모부는 거름을 좀 보러 나갔다. 왕(王) 씨네가 모아 둔 거름이 있는데 올해 농사를 적게 지어서 우리에게 좀 나눠 준다고 해서… 금방 돌아올 거야, 어서 앉으렴… 그래 조카며느리는 잘 있고? 아직도 바느질을 하니? 어째 우리 집에는 통 놀러 오질 않니?" 둘째 고모는 연이어 이것저것 재잘거리며 말했다.

"고모부가 집에 안 계시니 고모께 부탁을 드릴까 합니다. 오늘 정오에 풀을 베고 집에 오는 길에 고모부를 마주쳤습니다. 제가 고모부께 땅 몇 상을 좀 빌릴 수 있을까 해서요. 눈 깜짝할 새에 일 년이 지났고, 곧 청명절도 다가오는데… 품팔이도 일 년이나 했지만 별로 시답지가 않아서 입에 풀칠하기도 어렵습니다… 벌써 일 년 동안이나 고모 댁에 폐를 끼쳐 죄송하지만 한 번만 더 부탁을 드려야 할 것 같아요, 정말이지…."

“이럴 때만 친척이지?” 둘째 고모는 가식적인 웃음을 보이며 말했다. “어려운 일도 아니지… 그래, 얼마나 빌리려고? 어쨌든, 누구에게 빌려줘도 마찬가진데 친척에게 안 빌려줄 이유가 있겠니?”

“조금 전에 고모부께 말씀을 드렸는데 네다섯 상 정도면 먹고사는 데는 충분할 것 같습니다…” 거푸는 화색을 띠며 말했다. “그런데 땅도 물도 낯선 곳이다 보니 보증인을 찾을 길이 없어서 말입니다.”

“보증인이라니? 그게…” 고모는 잠시 멈추더니 말을 이어 갔다. “아주 애매하긴 하네. 너네, 땅문서는 가지고 왔고?”

“가지고 왔습니다. 아 참, 그걸 담보로 잡으세요. 고모, 그렇게 해도 될까요?” 그는 거의 애걸하다시피 말했다.

“맞다, 맞아. 내가 잊고 있었네. 좋다, 좋아. 그러고 나서 촌장이나 부촌장을 찾아서 보증을 서 달라고 하면 되겠네.” 고모는 수다스럽게 말했다.

“언제 계약서를 쓰면 될까요?”

“내일이고 모레고 다 괜찮지….”

거푸는 너무 기뻐 입을 다물지 못한 채 웃으며 말했다. “빠를수록 좋습니다. 내일로 하시죠, 고모가 고모부께 말 좀 해 주세요.”

거푸는 그날 밤 뒤척이며 잠을 이루지 못했다. 그는 같은 대잡원*에 사는 리(李) 형과 어떻게 공동 경작을 할지 생각했다. 리 형이 노새 한 마리를 내놓으면 거푸는 노동력과 종자 씨를 내놓고, 두 사람이 함께 쟁기를 구매하리라. 거푸는 꿈속에서 경작지에 농작물이 수려하게 자라 있는 모습을 보았다. 그는 한편으론 마치 고향에 돌아온 것 같기도 했고, 다른 한편으로는 자기도 모르는 다른 어느 곳에 와 있는 것 같기도 했다.

5

거푸는 아주 일찍 일어났다. 태양은 지평선 쪽에서 막 한 줄기 붉은빛을 드러내고 있었다.

오늘은 바로 땅문서를 쓰는 날이다.

리 형의 말에 따르면 땅문서를 쓸 때는 소작농이 땅 주인에게 한턱을 내야 한다고 했다. 하지만 이들은 친척이기 때문에 이런 절차는 생략했다.

거푸가 둘째 고모부 집에서 한참을 기다린 후에야 촌장을 모셔 올 수 있었다. 촌장은 이런 잡다한 일에 관여하는 것을 별로 좋아하지 않았는데 요새는 술 한잔 얻어먹기도 힘들었기 때문이다. 하지만 그렇다고 해서 오지 않을 수도 없었는데, 류씨 집안과는 먼 친척인 데다가 그들이 부자이기 때문이었다.

거푸는 촌장이 오는 모습을 보고 황급히 일어나 연거푸 말

* 여러 가구가 함께 거주하는 공간-역주

했다.

"촌장님께서 공사다망하실 텐데, 죄송합니다. 정말 죄송합니다."

촌장은 그저 몇 차례 "흠!" 소리만 낼 뿐 아무 말도 하지 않았다.

둘째 고모가 서둘러 차를 따랐고, 담배와 성냥을 찾았다.

촌장은 준비된 종이를 평평하게 펼친 후, 행서도 초서도 아닌 글자체로 토지 계약서를 써 내려갔다. 주변을 둘러싼 사람들은 이를 신기하다는 듯이 쳐다보았다. 촌장은 항상 써 오던 것이기에 임대료가 얼마인지, 세금을 얼마나 분담할지 잘 알고 있었다. 그는 그저 땅이 몇 상인지를 물어보더니 다음과 같은 계약서를 완성했다.

토지 계약서

임차인 거푸는 땅이 없어 농사를 지을 수 없는 자신의 상황을 토로하여 류위전(劉玉振) 명의하의 땅 다섯 상을 빌린다. 토지 임대료는 콩과 수수로 균등하게 모두 열다섯 석을 내며, 소작지에 있는 초가집 두 채에 대해 소작인은 어떠한 것도 손상해서는 안 되며 모두 온전한 상태를 유지해야 한다. 토지세는 임대인이 지불하고, 잡비는 임차인이 지불한다. 쌍방이 이에 동의하여 다른 말을 하지 않기로 약속하는 바이며 보증인의 책임하에 후일을 위해 이 차용증을 증거로 삼는다.

보증인 장환장(張煥章)

작성자 장환장(張煥章)

대만주국 강덕 X년 정월 13일

각 한 부씩 보관

계약서를 다 작성한 후 촌장은 자기 이름 아래에 도장을 찍었다. 거푸도 촌장의 지시에 따라 벌벌 떨며 붓을 들어 자기 이름 아래 십(十)자 모양을 그렸다. 계약서는 모두 두 장이었다. '각 한 부씩'이라는 글자의 중간을 잘라 내어 한 장은 둘째 고모부가 가지고, 다른 한 장은 거푸가 가졌다.

거푸는 옷 속에서 붉은 천으로 잘 싸맨 토지 증서를 꺼내 고모부에게 전달했다. 고모부는 또다시 촌장에게 부탁해 증명서 한 장을 쓰곤 거푸에게 주며 말했다.

"공적인 일은 정식으로 처리해야지, 이 위에 쓰여 있는 내용은… 촌장님, 뭐라고 쓰여 있나요?"

촌장은 증명서를 들고 그 내용을 읊어 주었다.

"거푸는 싼자즈 마을에 위치한 땅 다섯 상 육십 묘(亩)를 담보로 삼으며, 그 땅문서를 류위전 집에 맡긴다. 이에 대한 증서로 현 서류를 작성하여 보관한다."

거푸는 사실 '위치한… 한 부…'와 같은 단어들이 무슨 의미인지 아리송했다. 그러나 그는 힘차게 고개를 끄덕이며 이미 그 내용을 이해했다고 표시했다.

이렇게 땅을 빌려 놓고 난 후, 거푸는 그저 피땀만 쏟으면 올해는 처지가 나아질 것으로 생각했다.

6

동풍이 꽃샘추위를 몰아냈다. 대지는 이른 새벽 어둑함에 덮여 있었다. 까마귀가 마른 가지 위 둥지에서 날아오르며 깍깍 소리를 냈다. 토담집 한 켠에 있는 굴뚝에서는 흰 안개같이 밥 짓는 연기가 유유히 피어오르고 있었다. 노새와 말은 말구유에서 고개를 쭉 뻗은 채 탐욕스럽게 건초 더미를 씹고 있었고, 돼지는 혀를 내민 채 깨진 질그릇 안에 있는 검붉은 색의 물을 핥아먹으며 꿀꿀 소리를 냈다. 시골의 아침은 생생한 맥박처럼 약동했다.

거푸는 아침 일찍부터 리 형네 노새에 쟁기를 연결한 후 채찍을 휘두르며 몰았다. 그는 노새의 고삐를 잡아당기며 입으로 "이랴!" 하고 소리쳤다.

노새는 쟁기를 끌고 한 걸음 한 걸음 걷기 시작했다. 근 일 년 동안 가축을 몰아 쟁기질을 해 본 적이 없던 거푸는 노새와 쟁기를 바라보며 몰래 속으로 경쾌한 웃음을 지었다. 부드러운 흙을 발로 밟을 때면 그는 뛸 듯이 기뻤고, 전신의 세포가 활력으로 가득 차오르는 것을 느꼈다.

쟁기가 작년에 베고 남은 수수를 갈아엎자 신선한 흑토가 드러났다. 리 형은 뒤편에서 대두 종자를 거르고 있었다. 씨앗 하나하나가 황금과도 같았다. 거푸는 땅을 빌린 이후 다시 둘째 고모부로부터 이십 원을 빌렸다. 오 원으로는 쟁기를, 육 원으로는 대두 종자('벌 떼'라는 이름의 좋은 종자) 여섯 말을, 이 원으로는 수수('황커(黃殼)'* 종) 두 말을 샀고, 남은 돈으로는 쌀 몇 말을 샀다.

총 다섯 상의 땅을 빌려 석 상에는 대두를, 두 상에는 수수를 심었고, 자잘하게 남은 곳에는 좁쌀, 메밀, 옥수수 등의 씨를 뿌렸다.

"형님… 이게 우리 땅이었다면…" 거푸는 밭 가장자리 흙더미에 앉아 옷소매로 땀을 닦으며 말했다. 봄날의 정오는 겨울날의 뜨거운 구들장과 같았다.

"하늘이 무심할까 걱정일세, 올해는 그래도 비가 적당히 왔어. 땅이 너무 마르지도 습하지도 않게 말이야… 그래도 우리는 기운이라도 있으니…" 새우 눈의 리 형은 눈동자를 굴리며 옷소매로 땀을 닦았다.

형수님은 전족한 발로 비틀비틀 걸어 다니며 밭으로 식사를 날라다 주었다. 수수쌀로 지은 밥 한 공기, 대파 네댓 뿌리, 그리고 된장 한 종지가 다였다.

"형수님, 고생이 많으시죠?" 거푸가 수저를 들며 말했다. "형수님은 안 드세요? 헤헤, 제가 먹여 드려야 하나요?"

형수님의 앙상한 볼이 붉게 물들었다.

"거푸 이 죽일 놈 같으니, 저 입을 한 대 때려야겠네!"

---

* 수수 종자의 명칭-역주

"형수님이 때린다고 아플 리가 있나요, 어디 때려 보세요!"

형수님은 철썩하며 거푸의 어깨를 힘껏 한 대 내리쳤다. 이어서, 세 사람은 모두 하하 웃었다. 형수님은 생글생글 웃으며 "엉큼한 놈 같으니, 어쩐지 그 집 색시가 시도 때도 없이 자네를 때리더라니!"라고 말했다.

두 사람은 걸신이 들린 것처럼 크게 밥을 한입 떠먹고는 된장에 찍은 파를 씹어 먹었다.

집으로 돌아갈 때는 이미 해가 서쪽 산 너머로 떨어진 후였다.

이렇게 거푸와 리 형은 함께 다섯 상의 땅을 경작했다. 두 사람의 마음은 하나나 다름없었다. 그들은 '두 사람의 마음이 같으면 흙도 황금으로 바꿀 수 있다'는 말을 굳게 믿었다. 그들은 열심히 농사를 지었지만, 하루하루 입에 풀칠하는 것도 쉽지 않을 정도로 가난했다. 너무 가난한 나머지 사흘이 멀다 하고 아궁이에 불을 피우지 못할 때도 있었다.

그러나 그들은 강인한 소처럼 열심히 일했다. 농사를 짓는 일은 결코 쉬운 일이 아니었다!

뙤약볕 아래에서 그들은 수차례 흙을 파고 쟁기질을 했다. 호미 손잡이를 하도 잡아 살이 쓸린 손은 항상 아팠다. 삽질을 할 때면 여자들도 모두 나와 함께 일을 거들었다.

그래도 모두들 가을이 되어 황금알 같은 콩과 붉은 옥 같은 수수를 추수할 것을 생각하며 즐거워했다. 그들은 윤기가 흐르는 푸르른 모종에 불꽃 같은 희망을 걸었다. 피땀으로 길러 낸 농작물이 하루가 다르게 자라는 것을 바라보며, 그들의 희망 역시 날로 커져만 갔다. 거푸는 속으로 생각했다.

"올해는 분명히 형편이 나아질 거야!"

7

죽은 듯한 적막 속에 질식감이 몰려왔다. 가을밤 시골 마을에서는 개 짖는 소리밖에 들리지 않았다. 온 마을의 개가 짖어대며 짙은 먹물로 칠한 듯한 하늘을 진동시켰다.

백주 두 량(兩)*을 마신 거푸는 온몸이 노곤해졌다. 구들장 위에 드러누운 그는 적막한 밤에 개 짖는 소리를 듣고 있는 것 같기도, 무언가를 깊이 생각하는 것 같기도 했다.

"또 일 년이라니!" 거푸는 무력하게 탄식했다. 이어서 우울한 탄성이 이어졌다. "아아…."

땅 석 상에서는 아홉 석(石)이 조금 넘는 대두를, 두 상에서는 열두 석의 수수를 수확했다. 소작료로 대두 일곱 석 반, 수수 일곱 석 반, 모두 열다섯 석을 내고 나니 남는 것이 없었다. 남은 거라고는 대두 한 석 반, 수수 네 석 반이었다. 이를 다시 리형과 반씩 나누어 가지니, 각 사람이 얻는 몫은 대두 일곱 말 반 남짓, 수수 두 석 두 말 반 정도에 불과했다.

거푸는 대두 일곱 말 반을 다시 둘째 고모부에게 바쳤지만 겨우 십이 원의 빚만 갚을 수 있었다. 봄갈이를 할 때 빌려 썼던

---

* 술의 양을 세는 단위-역주

돈의 반은 갚은 셈이었다. 그 외에도 토지 한 묘당 삼 원 오 각을 헌납하고, 촌비로 이 원 오 각, 봄과 가을마다 내는 자위단 비용 십 원 오 각도 내야 했다. 결국 계약서에 쓰인 '잡비' 항목은 모두 십육 원 오 각이었다. 두 사람이 나누어 내니 한 사람당 팔 원 이 각 오 푼이었다. 사실상, 이 비용도 둘째 고모부로부터 빌린 것이었다.

"두 석 두 말 반이나 되는 수수를 모두 팔아 치웠는데도 둘째 고모부네 빚을 다 갚지도 못하다니." 거푸는 미친 사람처럼 포효했다. 그러고는 다시 조용히 중얼거렸다.

"또 일 년이라니!"

소설집 『분비(奮飛)』에 수록, 월간만주사(月刊滿洲社) 1938년
(번역: 정겨울)

유리잎*

1

산비탈에는 유리잎이 짙고 빽빽하다. 바람 한 점 없고 한낮 뜨거운 햇살에 허수아비는 낮잠을 자고 있다. 사람을 짜증 나게 하는 참새 떼는 나무 잎사귀 안에서 재잘재잘 지저귀고, 누에는 세 번째 잠을 자고 있다.** 참새는 누에를 부리로 쪼다가 날아갔다.

훠유진(霍有金)은 나이가 드니 키가 더욱 작아 보였고, 약간 휘어진 등에 금붕어 같은 눈동자, 앞니 두 개가 입술 밖으로 드러나 있었다. 찰싹찰싹 소리를 내며 힘껏 채찍을 휘두르지만, 어깨가 시큰거리고 온몸에 힘없이 일하는 모양새가 배갈을 마

* 유리잎(玻璃葉)은 떡갈나무(참나무)의 잎을 가리키는 중국 동북지방의 방언이다.-역주

** 누에는 다섯 번의 허물을 벗고 난 다음부터 실을 만들어내는데, 한 번 허물을 벗으면 1령이 된다.-역주

신 듯했다. 채찍을 명치까지 들어 올리고 고개를 들어 보니, 놀라 도망가지도 않는 참새 떼는 여전히 짜증 나게 재잘재잘 지저귀고 있었다. 유진은 참새 떼가 눈에 날아든 듯, 갑자기 눈앞이 캄캄하게 느껴졌다. 그는 별수 없이 다시 채찍을 뽑아 들었고, 눈앞의 참새 떼를 때려 죽일 요량으로 힘껏 휘둘렀다. 휘두르고 또 휘두르니 놀란 배 속이 꼬르륵댔다. 풀죽[糊塗]* 한 그릇만 겨우 마시고 아침 댓바람부터 산에 올라 채찍을 휘두른 터였다.

유진은 머리 부분에 큰 구멍이 뚫린 밀짚모자를 벗어 놓고, 오른 소매로 이마 위에 맺힌 땀을 닦았다. 그는 천천히 나무 밑동에 웅크리고 앉아 온몸의 자세를 풀고선 입을 벌리고 내내 숨을 골랐다.

지쳐 있던 유진의 아들 훠얼후(霍二虎) 역시 요우진이 있는 곳으로 와 쉬면서 땀을 식혔다. 꼭 판으로 찍은 듯이, 그는 아버지랑 똑 닮아 있었다. 오로지 뾰족한 아래턱만 어머니가 그에게 물려준 것이었다. 스물 된 이 청년은 이마에 주름이 잔뜩 져 있고, 금붕어 같은 한 쌍의 눈이 더욱 튀어나와 있었다. 얼후는 밀짚모자로 부채질을 하며 말했다.

“채찍 갖고 어떻게 놀래 쫓아내겠어요? 누에만 참새한테 깡그리 먹혀 버리겠어요… 어깨는 엄청나게 시큰거리는데, 밥을

---

* ‘糊塗粥’이라고 하며 느릅나무 잎에 수수를 섞어 만든 음식으로, 누에를 치는 사람들이 이 음식으로 허기를 채웠다. 본문에선 ‘풀죽’으로 번역하였다.

잘 못 먹으니 채찍도 제대로 휘두르지 못하고요." 유진은 얼후의 말을 못 들은 듯, 금붕어 같은 눈만 뜨고 풀만 바라볼 뿐 꿈쩍하지도 않았다. 얼후는 저고리를 벗어 얼굴의 땀을 닦고는 혼자 중얼거렸다.

"총을 쓰면 될 일을? 두 발만 쏴도 참새는 얼씬도 못 할 텐데."

유진은 푹 쉬었다는 듯 찬찬히 숨을 내쉬었다. "내가 누에를 친 지 47년이 되었는데 이런 해는 처음 본다. 누에 한 천(千)*당 5위안에도 살 수가 없는 데다 총까지 못 쓰게 하니! 정말로 눈 뜨고 죽으라는 소리지…" 또 탄식했다. 말소리처럼 힘이 하나도 없던 그는, 머릿속이 흔들거리고 미간에는 주름이 꽉 잡히며 핏대가 솟아올랐다.

하늘에는 구름 한 점 없었고, 참새는 여전히 재잘거리며 짜증 나게 지저귀었다. 유진은 그런 참새 떼에 그저 두 눈만 치켜뜰 뿐이었다.

2

훠자위(霍家峪)는 사방이 높고 낮은 산으로 둘러싸여 있었고, 이 산골짜기 안에 드문드문 집들이 자리 잡고 있었다. 백 년이 되었는지 이백 년이 되었는지 누구도 정확히 말할 순 없지만, 어쨌든 이 양잠 마을은 아주 유구한 역사를 갖고 있었다.

---

* 누에를 세는 단위

삼십 호 남짓한 인구 중 적어도 스무 집의 성(姓)이 훠(霍)씨였으며, 처음으로 누에를 치기 시작한 개척자 점상호(占上户)도 훠씨 집안의 먼 조상인 것은 두말하면 잔소리였다.

처음 누에를 치기 시작한 이후로 이 양잠 마을의 성쇠(盛衰) 변화가 어떠했는지 누구도 정확히 말하진 못하지만, 그들의 조상이 풀죽을 마신 적이 없고 나뭇잎을 먹은 적이 없다는 것만은 모두가 기억하는 듯했다.

유진만 보더라도 집 안에 조상이 물려준 누르스름한 오동나무 장롱이 두 개나 있었다. 지금은 팔려고 해도 팔 수가 없고 저당 잡으려 해도 잡을 수가 없을 줄 전혀 생각지도 못했다. 조상님은 당연히 풀죽을 먹지 않았을 것이다. 그렇지 않으면 어디 장롱을 들일만 한 여윳돈이 있었겠는가?

이리될 줄 누가 알았을까? 봄이 되어 가까스로 산을 저당 잡아 돈을 마련했고 남에게 부탁하여 누에알을 사 왔다. 올해는 기지개 좀 켜 볼 요량으로 가을을 코앞에 두고 가지뽕치기*를 막 할 참이었는데, 참새가 누에를 수두룩하게 쪼아 먹은 것이다. 유진은 이를 생각하니 부아가 치밀어, 배고파 울고 있는 손녀를 붙잡아 면전에 두고 때려 댔다.

"굶어… 굶어 죽어도 시원찮을 것!"

마침 풀죽을 쑤고 있던 아내가 바깥양반이 아이를 붙잡고 분

---

* 4~5령 누에에 뽕잎이 붙은 가지를 통째로 주는 사육법으로, 큰누에일 때 누에치기를 하는 방법이다.-역주

풀이하는 것을 듣고 부리나케 작은 발을 놀리며 걸어 들어왔다.

“이놈의 영감탱이가, 애가 뭘 안다고 때려요!” 어린 손녀를 끌고 나가며 끊임없이 영감탱이가 이렇고 저렇다며 흉을 봤다.

유진은 화가 좀 풀린 듯 뒷짐을 지고 방문을 나섰다. 마당을 빙빙 돌며 이리저리 궁리해도 방법이 없었다. 세 바닥[剪子]* 되는 뽕잎을 한 바닥 반에 수북이 깔고 며칠 전엔 반 말[斗] 되는 겨까지 빌려 왔는데, 눈앞에서 누에가 전부 먹히는 걸 보고 있으니 올해 가을은 어떻게 날 것인가. 그는 정말이지 엄두가 나지 않았다. 배가 꼬르륵대며 울렸고, 먹지도 마시지도 못하는 나날로 인해 몸도 더 버티고 있을 수 없어 급히 방으로 들어갔다. 구들장에 누우니 머릿속이 윙윙거렸다. 눈을 감으니 별이 솟아오르고, 몸에선 열이 나더니 안개를 타고 나는 듯 정신을 잃었다.

아내는 신경 쓰지 않는 듯, 아이를 달래 풀죽을 먹이며 영감탱이를 욕하고 있었다.

3

곡괭이를 휘둘러 묘지의 부드러운 흙을 파던 얼후는 파다가 쉬다가 했다. 어린 손자를 안고 있던 그의 어머니는 한쪽에서

---

* 누에를 치는 면적 단위를 통상 ‘한 바닥[一把剪子]’이라고 부른다. 정해진 크기는 없지만 대략 두 사람이 들어가서 돌볼 수 있는 면적이 ‘한 바닥’이다.

얼이 빠져 있었다. 유진의 시체는 낡은 구들장 아래 가만히 누워 있었다. 다섯 자도 파지 못하고 얼후와 어머니는 시체를 안으로 옮겼고, 흙을 그 위에다 덮어 불룩하게 쌓았다. 두 사람은 눈물을 흘리지 않았다. 산 위나 산 아래나 얼마나 많은 사람이 날마다 땅에 묻어 줄 사람도 없이 이렇게 죽어 갔는지 모른다. 굶주림에 죽지도 살지도 못한 채 언덕이나 산뿌리에 엎드려 있던 이들은 하나같이 푸르죽죽한 얼굴이었다.

"평생 뼈 빠지게 일하셨는데, 관도 하나 못 짜 드렸네!" 얼후는 그저 가볍게 탄식할 뿐이었다.

태양은 서산 밑에 떨어졌고, 흙집은 나른하게 산자락 아래 누워 있었다. 지친 훠자위는 온몸에 힘이 빠져 산기슭에 엎드린 듯했다.

얼후는 마치 잃어버린 물건을 찾듯이 곡괭이와 삽을 메고 고개를 숙인 채 걸었다. 어머니는 잠든 어린 손자를 품에 안고, 힘에 부친 듯 숨을 몰아쉬며 뒤따라 걸었다.

"어머니, 오늘 저녁은 어떻게 할까요?" 커다란 그림자 두 개가 나란히 앞을 향해 걸었다. "수숫겨도 다 떨어지고, 잎사귀도 딸 게 없으니…" 어머니도 들은 둥 마는 둥 대꾸했다.

집 문으로 들어와 얼후는 곡괭이와 삽을 어머니에게 건네주고는, "어머니, 들어가 계세요. 제가 떡갈나무 잎 좀 찾아서 갈게요."라고 말하며 몸을 돌려 산으로 갔다. 그러나 나뭇잎이 어디 있겠는가? 여름 들어 너도나도 잎을 따 가는 바람에 떡갈나무들은 전부 휑하니 볼썽사나운 모습이 되어 있었다.

스예(四爷)를 찾아가는 수밖에. 그는 이렇게 생각하면서 스예 댁을 향해 가고 있었다. 스예는 이름난 지주였다. 늘 곡식을 갖고 있었고 수숫겨도 관리하고 있으니, 조금만 빌린다면 눈앞의 어려움은 넘길 것이었다.

스예는 때마침 수수 쌀죽을 먹고 있었는데, 온 이마에 땀이 범벅인 채로 후루룩후루룩 마시고 있었다. 얼후는 배 속이 꼬르륵꼬르륵 울렸고 침을 꿀꺽 삼키며 어렵사리 입을 열었다.

"스예, 좀 너그러이 베풀어 주십시오. 저희 아버지를 막 묻어드린 참입니다… 집에 애들은 배가 고파 울어 대니 겨 약간만 빌려주십시오… 나뭇잎도 남김없이 다 따 갔습니다… 늦가을에 누에를 팔아서 현금으로 바꿔 갚겠습니다."

스예는 젓가락을 내려놓고 손가락으로 코끝을 눌러 코를 풀었다. "자네들은 이 스예가 재물신이라도 된 줄 알아서 빌려 달라면 다 되는 줄 알아… 올해 이 스예도 빈껍데기에 불과해." 뒤이어 트림하며 가래침을 뱉었다. "내 이 죽도 언제까지 마실 수 있을지 장담 못 하네. 우리는 한 가족으로, 밥이 있으면 다 같이 먹을 것인데, 누가 자네를 속이겠는가?"

얼후는 더는 애원하지 않고 풀이 죽어 집으로 돌아왔다. 해가 지고 달이 막 떠올랐다.

4

"당신네 며느리가 보기 드문 미인이잖소, 컥컥, 시내에는 부자 나리나 그 부인이, 컥컥, 여기 참새보다 많아… 그리 어려운 일도 아니잖소? 컥컥, 식모 될 만한 곳 찾는 것은 간단한 일이니 내게 맡겨 줘 봐. 컥컥, 당신네 며느리도 가려 하지 않겠어?" 야오씨 아줌마[姚婆]는 시내에 간 지 몇 년이 되었는데, 자신이 어느 부잣집에서 식모살이를 하고 있으며 이번에 마을에 내려온 건 함께 일할 사람을 찾기 위해서라고 했다. 일이 잘만 해결되면 함께 일할 사람을 데리고 바로 시내로 갈 계획이며, 그러면 더는 누에를 치지 않아도 된다고 말했다. 조금이라도 도움을 받으면 나을 거란 생각에, 얼후의 어머니는 야오씨 아줌마를 찾아 며느리가 밥벌이할 곳을 알아본 것이었다.

야오씨 아줌마는 말하면서 신이 나 있었다. 그들 나리가 얼마나 잘살고 얼마나 돈이 많은지 말하자 얼후의 어머니도 마음이 움직였다. 남겨질 손녀가 생각났지만, 곧바로 더는 생각하지 않고 며느리를 대신해 이렇게 말했다.

"풀죽 먹는 사람이 하나라도 줄면 됐지, 집에다 돈 부치는 것까지 바랄까요? 어쨌든 굶어 죽는 것보다 낫지 않겠어요?"

"그렇고 말고요, 시내에 가면 그야말로 복을 누리는 거지. 씻고 닦고 하다가 쉬고 싶으면 쉬고, 일하고 싶으면 일하고, 며칠만 있으면 살이 올라요. 그 사람들이 뭘 먹고 뭘 입겠어요? 키우는 똥강아지에게도 고기를 먹여요, 그 부인은!"

얼후의 어머니는 집으로 돌아와 며느리에게 낱낱이 이야기하고는, 마지막으로 말했다. "야오씨 아줌마가 나리께 비웃음을 사지 않도록, 네게 유행하는 치파오를 만들어 주겠다고 하더라.” 며느리도 마음이 움직였다. 치파오? 그녀는 입어 본 적이 없었다. 훠씨네 문턱에 들어선 후로 그는 옷을 해 입은 적이 없었다. 산에서 돌아온 얼후도 딱히 의논할 것이 없었다. 얼후 역시 말했다. “굶어 죽는 것보단 낫지 않겠어?”

5

훠자위에서 보내는 나날을 더는 견딜 방법이 없었다. 다리가 달린 사내들은 도망갈 수 있으면 다 도망갔고, 남겨진 늙은이와 어린아이들은 나무껍질이나 풀뿌리를 씹었다. 떡갈나무 속 참새 떼들은 쪼고 또 쪼았다. 쪼아 먹을 누에도 없으니 뭔 상관이랴? 쪼라지!

누에를 쳐서 뭘 하겠는가? 명주를 만들랴? 인조견사의 아름다움에 따라갈 수 없고, 그 값싼 가격에도 따라갈 수 없었다.

도망갈 사람은 다 도망가 버리니 조상들이 남겨 준 떡갈나무 몇 그루, 몇 군데 잠실(蠶室) 역시 지켜 낼 수가 없었다. 떠나고 떠나서 어디로 갔을까? 스예조차 떠나 버렸는데, 스예는 어디로 갔을까? 스예는 남에게 빌어먹고 살까 봐 두려웠다. 맞다, 그래서 그는 떠나 버렸다.

얼후는 나날이 사람이 줄어들고, 나날이 배가 홀쭉해지는 것을 지켜보고 있었다. 나무껍질과 풀떼기도 팔 데까지 다 파헤쳐 버렸으니, 뭘 먹어야 할까? 맞다, 누군가는 땅을 파서 먹었고, 흙을 먹자 배가 더부룩해져 죽었다.

"떠나요, 어머니."

"떠나? 네 아버지가 이룬 가업을 버리자고?" 얼후의 어머니는 누군가 나라에서 곡식을 나눠 줄 거라고 갑론을박하고 있으니, 며칠만 더 지켜보자고 했다.

"난 나이가 들었고 이 애는 또 어쩌고, 가고 싶어도 못 간다."

나라에서 풀린다는 곡식은 소식이 없었다.

"떠나요, 어머니." 얼후는 다시금 떠나자고 어머니를 부추겼다.

어머니도 이번에는 말이 없었다. 떠나지 않으면 어떡하겠는가? 흙도 먹을 수 없으면 사람까지 먹었다. 누군가 사체를 파서 먹고 있었다.

그날 솜이불 몇 개를 묶고 광주리 두 개를 들고서 시내를 향해 떠났다. 시내까지 80여 리 되는 길이었다. 길을 따라 나뭇잎을 먹고 풀뿌리를 먹었다. 30여 리를 걷고 나니, 얼후의 어머니는 더는 발을 놀리지 못하고 길에서 죽었다. 지쳐서 죽은 것일까 아니면 배고파서 죽은 것일까? 죽으면 죽은 거다. 얼후는 멜대를 내려놓고 손으로 흙을 모아 어머니를 불룩하게 덮었다.

다시 10여 리를 걸었다. 아이가 왜 아무 소리도 내지 않지? 그는 아이를 불렀지만, 대답이 없었다. 이상하다 싶어 멜대를 내려놓고 만져 보니 숨을 안 쉬었다. 얼후는 아예 멜대와 광주리를 모두 버리고 짐만 등에 진 채, 길을 따라 나뭇잎과 풀뿌리를 먹으며 떠났다.

6

이삼일 동안 80여 리의 길을 걸어 어렵사리 시내에 들어왔다. 얼후는 먼저 아내를 찾아야겠다는 생각이 들었다. 아내가 휘자위를 떠난 지 한 달이 넘어도 소식이 없었으니 누구에게 물어 찾아야 할까? 그는 경찰에게 물었지만, 경찰은 그를 미쳤다고 생각하여 상대해 주지 않았다. 그는 장사꾼에게도 물었지만, 장사꾼도 그가 미쳤다고 생각하곤 상대해 주지 않았다.

내일 다시 찾자, 좀 쉬러 가자 했다. 여인숙의 주인장은 그의 짐을 쓱 보더니 그를 긴 구들장 자리로 안내했다.

이튿날 그는 아내를 찾지 못했고, 주인장은 그에게 말했다. "여긴 당신네 마을이 아니라서 김 씨를 찾는다고 김 씨를 찾고, 이 씨를 찾는다고 이 씨를 찾는 게 아니라오… 천천히 부닥치면서 일단 힘쓰는 일을 찾아 보시게." 얼후는 그 말이 일리가 있다는 생각이 들어 인력시장으로 나갔다. 그는 미장이 일도, 목수 일도, 시멘트공 일도 할 줄 모르고 그저 땅만 팔 줄 알았는데, 그 일마저 찾는 사람이 너무 많아 빻어 올 수도 없었다.

여인숙에 돌아와 누워 있으니 배가 고팠다. 시내에는 나뭇잎도 없고 풀뿌리도 없었다. 배고파도 그저 버틸 수밖에, 내일 다시 얘기하자. 배가 고파 병이 드니 누군가 전병을 조금 나눠 주었다. 여인숙 주인은 그에게 숙박비를 요구하지 않았고, 그의 짐을 남겨 두었다가, "돈이 생기면 다시 갚게!"라고 했다.

그는 쫓겨났다. 병이 나서 비틀거리니 날품팔이도 할 수 없었다. "어르신, 마님. 좀 도와주십시오…" 하며 구걸만 할 수 있을 뿐이었다.

처음에는 입을 떼지 못하던 얼후도 나중 되니 너무 배가 고파 말이 술술 나왔다. 그렇지 않으면 어떡하겠는가, 굶는 것보단 낫지 않나. 쉬어 버린 밥도, 냄새나는 반찬도 나뭇잎과 풀뿌리보다 삼킬 만했다.

그렇지 않으면 언제까지고 담벼락 밑에 쭈그리고 앉아서 이나 잡고 있을 것이다. 사람들이 바글바글하더니 갑자기 자동차 두 대가 그의 앞을 스쳐 지나갔다. 아, 저건 아내와 야오씨 아줌마 아닌가? 얼후는 황급히 일어나 그녀를 불러 보려 했지만, 차는 저 멀리 달려가며 평캉리(平康里)로 들어서고 있었다.

소설집 『분비(奮飛)』에 수록, 월간만주사(月刊滿洲社) 1938년
(번역: 김혜주)

메이냥

난쟁이 侏儒
물고기 魚

메이냥(梅娘) 1920~2013

본명은 쑨자루이(孫嘉瑞)로 1920년 지금의 러시아 블라디보스토크에서 태어났다. 아버지 쑨즈위안(孫志遠)은 러시아에 머물 당시 메이냥의 친모를 만났는데 그녀는 본처가 아니었다. 메이냥이 네 살 되던 해, 아버지는 메이냥 모녀를 데리고 창춘(長春)으로 돌아오지만 그녀의 친모는 본처에 의해 쫓겨나고 결국 자살로 비극적인 생을 마감한다. 이후 메이냥은 친모를 잃은 슬픔과 계모의 학대 속에서 불우한 어린 시절을 보낸다. 그녀가 가장 애용했던 필명인 '메이냥'은 '어머니가 없다'는 의미의 중국어 '메이냥(沒娘)'과 동음어로, 여기에는 어머니에 대한 메이냥의 애틋한 감정이 반영되어 있다.

메이냥은 어린 시절부터 글쓰기에 탁월한 재능을 보였는데 1930년 10살이 되던 해 「여권 신장의 진흥을 논하다(論振興女權的好處)」라는 글을 쓰기도 했다. 1936년 아버지가 돌아가신 후, 메이냥은 형제자매들과 일본 유학길에 오른다. 같은 해, 그동안 습작한 글들을 모아 첫 소설집 『소저집(小姐集)』을 출판한다. 이듬해 메이냥은 일본 유학 시절 알게 된 류룽광(劉龍光)과 결혼을 하고, 1939년에는 남편이 『화문오사카마이니치(華文大阪每日)』의 편집 일을 맡게 되어 다시 일본으로 향한다. 1940년 일본에 거주하고 있던 메이냥은 고향인 창춘에서 자신의 두 번째 소설집인 『제2대(第二代)』를 출판하는데 이는 고향에 대한 메이냥의 남다른 애정을 잘 보여 준다. 1942년 남편과 함께 귀국해 베이징(北京)에 정착한 메이냥은 창작 활동을 지속하는데, 특히 1940년대 들어 메이냥은 그녀의 대표작로 알려진 '수족3부작(水族三部作)' 「조개(蚌)」, 「물고기(魚)」, 「게(蟹)」를 연달아 발표한다. 게다가 「게」는 1944년 난징(南京)에서 열린 제2회 '대동아문학자대회(大東亞文學者大會)'에서 '대동아문학상'을 수상하기도 한다.

해방 이후 메이냥은 가족들과 함께 창춘, 상하이(上海), 타이완(臺灣) 등지로 거주지를 옮겨 다닌다. 그러던 중, 1948년 남편 류룽광이 의문의 해상 사고로 사망한다. 이후 메이냥은 1949년 베이징에 다시 정착하고, 신중국 건국 이후에는 중국농업영화제작소에서 편집 일을 담당한다. 그러나 1957년 '우파분자'로 낙인찍혀 노동 개조 명령을 받게 되고, 1978년이 되어서야 비로소 명예가 회복된다. 이 기간에 메이냥은 자녀 둘을 병으로 잃고, 본인 스스로도 신체적, 정신적으로 적지 않은 고초를 당한다. 명예 회복 이후 1980~90년대 이르러 메이냥은 몇 편의 산문과 회고록 등을 남겼을 뿐 비교적 조용한 삶을 살다 2013년 지병으로 사망한다.

메이냥의 작품은 식민지 사회를 살아가는 여성, 사회 하층민들의 애환과 남녀 간의 애정, 모성 등과 같은 내용들을 주로 다루고 있다. 한 여성과 난쟁이 아이 사이에서 형성된 미묘한 감정을 그려 낸 「난쟁이(侏儒)」는 불우한 환경 속에서 학대당하는 하층민 아이에 대한 작가의 연민과 동정을 보여 준다. 메이냥은 어른들의 무관심과 무자비한 폭력 속에서 신체와 정신 모두 기형적으로 성장할 수밖에 없었던 난쟁이 아이의 불우한 삶과 죽음을 통해 모성의 발현과 선과 악의 양면을 가진 인간성을 되돌아본다.

'수족3부작' 중 하나인 「물고기」는 독백의 형식으로 주인공 여성의 험난한 인생 굴곡을 들려준다. 가족과 남편으로부터 버림받은 후 또다시 연인에게 버림받을 상황에 처한 주인공의 비극적 상황을 통해 메이냥은 가정과 사회 속에서 설 자리를 잃은 여성의 고통을 절실하게 토로한다.

_ 정겨울

난쟁이

누군가 밖에서 나를 부르고 있었다. 밖으로 나가 보니 주인집의 유일한 견습생 아이였다. 집주인은 페인트점을 운영하고 있었는데 주로 새로 지은 집에 페인트칠을 해 주는 일을 했다.

그 아이는 키가 아주 작았고, 대략 열한두 살 정도로밖에 보이지 않았는데, 커다란 머리가 왜소한 어깨에 올려진 듯한 모습이 매우 우스꽝스러워 보였다. 앞으로 툭 튀어나온 큰 배 때문에 더욱 가늘어 보이는 다리는 안쓰럽기까지 했다. 이 아이를 몇 번 본 적은 있었지만, 단 한 번도 이렇게 자세하게 살펴본 적은 없었다. 그래서 때마침 이렇게 얼굴을 마주할 기회가 생기자 나는 아이를 자세하게 관찰했다.

얼굴은 몸과 달리 제법 귀여운 구석이 있었다. 붉은 입술, 작은 치아, 코도 아주 단정했다. 그러나 둔해 보이는 표정은 약간 모자란 사람처럼 멍청해 보였다.

아이의 온몸은 다양한 색의 페인트 자국으로 뒤덮여 있었다. 심지어 머리에도 페인트가 드문드문 묻어 있었다.

"나를 찾는 거니?" 나는 미동도 없는 그 아이의 눈을 바라보며 물었다.

아이는 한참 동안 나를 물끄러미 쳐다보더니 얼버무리며 대답했고, 손가락으로는 주인집을 가리켰다.

아이의 눈은 아주 컸고 눈동자는 매우 또렷했다. 나는 우두커니 서서 그 아이가 나를 뚫어지게 쳐다보도록 내버려 두었다. 그런데 그 아이는 나를 쳐다보고 있지 않는 것 같아 보였다. 두 눈이 나를 향해 고정되어 있긴 했지만, 속으로는 다른 일을 생각하는 것처럼 보였기 때문이다.

주변 이웃들은 주인집과 마찬가지로 그 아이를 멸시했다. 사람들은 그 아이를 비웃었고 재미로 "미련곰탱이"라 부르며 놀려 댔다. 들리는 말에 의하면 그 아이는 바보보다 더 멍청했는데, 이곳으로 이사 온 지 3년이나 된 사람들조차 아무도 그 아이가 말하는 것을 들어 보지 못했다고 했다. 사람들은 그 아이가 그저 먹을 것이나 훔쳐 먹을 줄 알지 제대로 할 줄 아는 것은 아무것도 없다고 말했다.

그러나 나는 그 아이의 얼굴에서 남들이 말하는 그런 꼴불견스러운 모습은 찾아볼 수 없었다. 오히려 나는 그 아이의 인물이 제법 괜찮다고 생각했다. 얼굴에 묻은 때를 씻겨 내고 깨끗한 옷을 입혀 준다면 주인집 뚱보 아들보다도 더 보기 좋을 것이다.

나는 그 아이의 뒤를 따라 집주인네로 걸어갔다. 그 아이는 몇 번이고 멈춰 서더니, 옆에서 마치 무슨 괴물을 보듯 나를 자세하게 관찰했다.

말로 형용할 수 없는 의구심이 내 마음에 차올랐다. 이상하면서도 흥미로운 느낌이 들었다. 나는 그 아이가 멍청한 것이 아니라고 생각했다. 만약 그가 정말 멍청하다고 해도 이는 분명 사람들이 일반적으로 생각하는 그런 멍청함과는 다를 것이라고 확신했다. 이런 생각을 하며 나는 천천히 그 아이에게 다가갔다.

이때, 우리 주택가에서 가장 수다스러운 리(李)씨 아주머니가 대문 안으로 들어오고 있었다. 그녀는 한 손에 가지 꾸러미를 들고 있었고, 다른 한 손에는 작은 기름병을 쥐고 있었다.

"반찬거리 사러 다녀오시나 봐요?" 나는 그녀에게 인사하며 말했다.

"네, 아직 저녁을 못 했어요!" 그녀는 나에게 대답했다.

그러고는 손에 쥐고 있던 가지 꾸러미로 내 옆에 있던 견습생 아이의 머리를 힘차게 내리치며 농담조로 욕을 했다.

"이 쌍놈의 자식, 네까짓 것도 여대생이 좋은 줄은 아는구나. 나랑 걸을 때는 이렇게 가깝게 붙지도 않더니?" 그녀는 하하 웃으며 "놀라지 마세요, 새댁"이라는 말을 덧붙였다.

나는 마지못해 미소를 지어 보이며, 그녀가 쩌렁쩌렁한 소리로 웃으며 우리 곁을 지나가는 모습을 지켜볼 수밖에 없었다.

아이의 머리 위에는 보라색 가지의 작은 가시 두어 개가 붙어 있었다. 그는 그것을 털어 내려고 하지도 않았고, 이마를 손으로 만져 보지도 않았다. 마치 가지 꾸러미로 머리를 맞은 일

따위는 일어나지 않은 듯했다.

나는 마음이 상당히 불편했다. 사실은 내가 그 아이 곁으로 다가간 거였는데, 그는 오해를 받아 억울하게 매를 맞기까지 했다. 물론 가지가 딱딱한 물건은 아니지만 그렇게 큰 가지 꾸러미라면 분명히 상당한 충격이 있을 터였다.

가여운 마음에 나는 그 아이의 머리 위에 붙은 가지 가시를 털어 주고, 이마에 묻은 흙도 닦아 주었다.

아이는 내 쪽으로 몸을 기울였지만 불안하다는 듯 의심의 눈초리로 나의 얼굴을 빤히 쳐다보았다. 그는 입에서 웅얼거리는 소리를 내며 주저하는 듯했지만, 이내 나의 동정 어린 손길을 받아들였다.

나는 손수건을 꺼내 그의 머리 위에 붙어 있는 흙을 힘껏 털어 주려 했다. 그런데 내가 손을 드는 바로 그 순간, 그 아이는 야생 토끼마냥 내 옆구리 사이로 도망을 갔다.

깜짝 놀란 나는 그가 왜 이런 행동을 하는지 이해하지 못했다. 그 아이는 자기 자신을 보호하려는 듯 벽 모서리 쪽에 붙어 배가 불룩 나온 작은 몸을 움츠리고 앉아 있었다. 아마도 그는 내가 자기를 때리려는 줄 알고 도망친 것이리라. 이렇게 세상 물정을 모르는 모습을 보니, 사람들이 이 아이를 멍청하다고 하는 것에도 일리가 있는 것 같았다. 나는 아이의 모습에 화가 나면서도 웃음이 났고, 이렇게까지 멍청한 것이 가엾기까지 했다. 저렇게 몸을 움츠리면 머리는 숨긴다 해도 여전히 다른 사람들이 허리와 엉덩이를 마음대로 걷어찰 수 있지 않겠는가?

나는 다가가서 아이의 얼굴을 들어 올렸다. 아이는 저항하지 않았지만 눈은 질끈 감고 있었다.

나는 결국 한숨을 쉬며 그가 스스로 일어나기를 기다리는 수밖에 없었다. 이 아이는 매를 하도 맞아서 판단력을 잃은 것이 분명했다. 그 아이는 어떤 것이 애정의 손길인지, 매질을 하려는 것인지 전혀 분간하지 못했다.

이렇게 우리는 우스꽝스러운 모습으로 쭈그려 앉아 있었다. 한참이 지나자 그는 한쪽 눈을 슬며시 떠서 나를 쳐다보더니 이내 눈을 다시 감아 버렸다. 나는 방금 전까지 그 아이의 모습이 가소롭다고 생각했던 마음이 사라지고, 이제는 동정심과 기이하다는 생각만 들 뿐이었다. 나는 이 아이의 생활에 대해서 잘 알지 못했다. 그가 그저 일꾼들에게 페인트 통을 날라다 주는 일을 한다는 것만 알았다. 나는 이곳으로 이사 온 지 이제 막 일주일밖에 되지 않았기에 그 아이를 집주인이 고용한 일꾼 정도로만 생각했다. 그리고 이 아이는 집이 지독하게 가난해서 어쩔 수 없이 사나운 여주인의 학대를 참고 있는 것이라고 여겼다. 어쩌면 그는 돌아갈 집이 없어서 오랜 시간 동안 이렇게 도장공 일에서 벗어날 수 없는 건지도 모른다.

주인집 아주머니는 얼굴도 험상궂고 성격도 악랄한 것으로 유명했다.

아이는 계속 쭈그리고 앉아 움직일 생각이 없어 보였다. 내가 신경 쓰지 않는 척하며 고개를 다른 방향으로 돌리자, 아이는 쥐구멍에 숨어 있는 쥐가 구멍 밖에 있는 고양이를 쳐다보듯 슬쩍 눈을 떠 나를 훔쳐보았다.

나는 어떤 방법을 써야 그 아이가 나에게 품고 있는 두려움을 없앨 수 있을지 몰랐다. 아이를 쓰다듬어 주고 싶어도 내가 손을 올리면 도망갈까 걱정되었고, 그렇다고 잡아 일으켜 세우면 때리는 것으로 착각할까 걱정이었다. 나는 이렇게 계속 쭈그리고 앉아 있는 것은 그에게도 좋지 않다고 생각했다. 분명 주인집에서는 이 아이가 시킨 일을 빨리 마무리하고 돌아오기를 기다리고 있을 것이기 때문이다. 시간을 지체하면 흉포한 주인집 아주머니가 가만히 있겠는가?

나는 최대한 손을 움직이지 않고 자세를 유지하려고 했다. 그러고는 최선을 다해 내가 지을 수 있는 가장 선량한 표정을 지었다. 하지만 그를 정면으로 바라보지는 않았다.

과연 아이는 안심하는 듯 보였다. 그는 천천히 몸을 일으켰지만, 등은 여전히 벽에 기댄 채로 눈도 깜빡이지 않고 나를 뚫어져라 쳐다보며 조금씩 나에게서 멀어져 갔다.

아이는 고양이처럼 가볍게 내 곁을 스쳐 지나갔다. 나는 계속 쭈그리고 앉아 짐짓 못 본 체하며 몰래 그의 행동을 지켜보았다.

아이가 내 등 뒤로 갔을 때, 나는 그의 시선이 내 등에 머무르고 있음을 느낄 수 있었다. 나는 한동안 움직이지 않았다. 잠시 후, 나는 그가 천천히 가볍게 걸어가는 소리를 들었다.

내가 막 몸을 돌리려고 하는 순간, 벼락같은 고함과 함께 두툼한 살들이 맞부딪치는 소리가 들렸다.

나는 벌떡 일어나 뒤를 돌아봤다.

비대한 몸집의 주인집 아주머니가 그 아이 앞에 서 있었다. 아이는 방금 전처럼 몸을 웅크린 채 쭈그리고 앉아 눈을 감고 있었고, 왼쪽 볼은 벌겋게 부어올라 있었다.

나는 주인집 아주머니의 험상궂은 얼굴을 보며 그 아이를 위해 변명을 해야 할지, 아니면 그저 못 본 척을 해야 할지 망설였다. 주변의 이웃들은 그 아이가 호되게 매질을 당하는 것에 별로 신경을 쓰지 않았다. 심지어 어떤 이들은 "때려! 맞아야 해! 저놈은 맞아도 싸."라고 하며 부추기기까지 했다. 그러나 어쩌다 아이가 정말 심하게 매질을 당할 때면 다들 슬그머니 자리를 피했고 알아서 매질이 끝나기를 바랐다.

다행히 주인집 아주머니는 내가 있다는 것을 알아차렸다. 그녀는 미소를 지으며 내게 다가왔다. 나는 평소에도 그녀와 그다지 말을 섞지 않았는데, 그녀가 미소를 짓자 이유 없이 마음이 혼란스러웠다. 설마 내가 자기 집 일꾼을 잡아 두어 일을 지체시켰다며 나에게 위세를 부리려는 것은 아니겠지.

그녀는 계속 미소를 지으며 계면쩍다는 듯 말문을 열었다. 그녀가 이렇게 부자연스럽게 구는 모습을 보니 나는 더욱 의구심이 들었다. 나는 주인집 아주머니와 왕래한 적이 한 번도 없었기에 그녀가 어떤 사람인지 잘 몰랐다. 그저 다른 사람들이 그녀가 보통 성격이 아니라고 말하는 것만 들었을 뿐이다.

그 아이는 여전히 쭈그리고 앉아 눈을 감고 있었다. 아마 평소에 주인집 아주머니는 그를 한 대만 때리고 마는 것이 아닐 것이다. 그렇기에 그는 계속 눈을 감은 채 아주머니의 매질이 이어질 것을 기다리는 것일지도 모른다.

그녀는 상냥한 목소리로 나에게 듣기 좋은 말을 해 댔다. 내가 웬만한 남자보다 낫다고 하기도 했고 자기 남편, 그러니깐 집주인은 쓸모없는 사람이라고 욕을 하기도 했다. 그러더니 결국에는 나에게 경찰서에서 자기 집 일꾼들에게 요구한 이력서 한 장을 써 달라고 부탁했다. 그녀는 자기 남편도 글을 배운 사람이긴 하지만, 이런 신식 서류 양식은 어떻게 써야 좋을지 모른다고 말했다. 나중에는 다시 말을 얼버무리며 자기가 길목에 있는 문자점 치는 선생을 찾아가 부탁을 하려고 했는데, 그 얄미운 작자가 5각(角)도 더 하는 값을 내놓으라고 했다고 말했다. 그러면서 자기가 돈에 연연해서 그런 것이 아니라 그 선생이라는 작자가 이력서를 제대로 쓰지 못할까 걱정이었다고 변명했다. 그러고는 계속해서 나를 칭찬하는 말을 늘어놓았다.

그녀가 이렇게 한참 동안 수다를 떤 이유는 결국 나에게 이력서 몇 장을 대신 써 달라는 부탁을 하기 위한 것이었다. 사실 별로 어려운 일도 아니었기에 나는 그 자리에서 흔쾌히 그러겠노라고 대답했다.

그녀는 나의 호탕함에 기뻐하며 내 어깨를 두드리거나 손을 맞잡으려는 듯 손을 뻗었다. 그러나 호감을 표하려고 하는 이런 행동이 자칫 나에게 결례를 범하는 것으로 생각했는지 그저 손을 그럴싸하게 들었다 놓을 뿐이었다.

마음이 완전히 놓인 나는 집 문을 잠그고 오겠다며 아주머니에게 먼저 집으로 돌아가 있으라고 말했다. 하지만 그녀는 웃으며 자기는 급한 일이 없으니 나를 기다리겠노라고 했다.

사실 문을 잠그러 간다는 것은 그녀를 떼어 놓기 위한 핑계였다. 나는 그녀가 집에 먼저 돌아가야지만 그 가여운 아이가 몰래 도망갈 기회를 얻을 수 있다고 생각했다. 그 아이는 분명히 주인집 아주머니가 심부름을 보내 나를 찾아온 거였다. 그런데 이렇게 한참이 지나도 돌아가지 않았으니 보통 성격이 아닌 아주머니의 화를 돋우었을 것이 뻔했다.

내가 자그마한 집 문을 걸어 잠그고 밖으로 나오자 아주머니는 우리 집 맞은편에 서서 빙그레 웃음을 짓고 있었다. 그러나 나의 눈은 그녀의 비대한 몸집에 가려진 가여운 아이를 찾고 있었다. 그는 느릿느릿 일어서더니 슬그머니 몸을 피했다.

주인집 아주머니는 계속해서 나에게 입에 발린 소리를 하느라 정신이 팔려 있었다. 나는 도망갈 준비를 하는 그 작은 녀석이 행여 놀랄까 이내 시선을 돌렸다. 무슨 연유에서인지 나는 불쌍한 그 아이에게 약간의 호감을 느꼈다.

주인집 아주머니가 나에게 부탁한 일은 어려운 것이 아니었다. 나는 금세 주인집 부부와 다른 견습공 세 명의 경력을 적어 주었다.

내가 펜을 내려놓자 아주머니는 잊고 있던 일이 마침 생각났다는 듯이 나에게 물었다.

“그 잡종은 적든지 안 적든지 상관없겠지요?”

“그 잡종이라뇨?”

나는 그녀가 말하는 잡종이 사람을 의미하는지, 사물을 의미하는지 알 수 없었다.

"그 바보 녀석 말이에요. 선생님 좀 모셔 오라는 심부름도 제대로 못하는 멍청이요." 여주인은 약간 화가 난 듯했다.

"그 아이 아주머니 댁에 사는 거 아닌가요?"

"여기 안 살면 어디서 살겠어요. 그런 멍청한 놈을 누가 받아줄는지." 나는 아주머니가 하는 말이 그 아이를 멸시하려는 것인지 아니면 자기의 관대함을 드러내려는 것인지 알 길이 없었다.

"여기 산다면 같이 적는 것이 좋을 것 같네요!" 나는 접어 두었던 종이를 다시 펼쳐 들며 말했다.

"그럼 그 자식 성씨를 뭐로 한담?" 아주머니는 성가시다는 듯이 중얼거렸다.

"당연히 류(劉)씨죠." 스무 살은 넘어 보이는 젊은 일꾼 한 명이 우리 대화 사이에 끼어들며 장난스럽게 말참견을 해 댔다.

"뭐? 류씨? 너 그 불여시 같은 화냥년과 붙어먹기라도 한 거냐? 류씨라니, 내가 보기엔 장(張)씨 같은데." 주인집 아주머니는 눈을 부라리며 장씨 성을 가진 그 일꾼의 얼굴에 자신의 얼굴을 들이밀고는 이를 부득부득 갈며 말했다.

젊은 일꾼은 황급히 시선을 피해 그녀의 뒤로 가더니 멋쩍은 듯 혀를 낼름 내밀었다.

"류씨라, 좋다구, 그 자식이 류씨가 될 수 있다면 온갖 잡종 놈들도 다 류씨가 되겠네. 우리 바깥양반도 감히 그 녀석 성이 류씨라고 말하지 못하는데, 네 녀석이 그렇게 말하다니. 몇 번 품에 안겼다고 죽은 년의 잡종 새끼까지 감싸 주려는가 보군."
아주머니는 화가 풀리지 않는지 계속해서 그를 질타했다.

이미 안채로 들어가 버린 일꾼은 그 안에서 큰 소리로 대꾸했다.

"십육 년 전이면 내가 고작 여섯 살인데 그 여자가 나를 품에 안았다 해도 상관없지요. 스무 살 아가씨가 여섯 살짜리 꼬마 애를 안아 준 게 뭐 대수라고, 누가 뭐라고 하겠어요."

"아가씨? 무슨 아가씨? 그만하고 그 더러운 입이나 다물지 그래." 비록 말싸움에는 졌다 해도 아주머니의 기세는 자신의 적을 꼼짝 못 하게 만들기 충분했다. 안채에서는 더 이상 아무런 소리가 들리지 않았다.

나로서는 오리무중이었다. 나는 그들이 말하는 내용이 도대체 어떤 일인지 완전히 갈피를 잡을 수 없었다. 그렇다고 화가 잔뜩 나 있는 주인집 아주머니에게 이를 물어볼 수도 없었다. 나는 먹통에 붓을 몇 번이나 적시며 조심스레 문을 쳐다보았다. 그리고는 그 불쌍한 아이가 벌써 돌아온 것은 아닌지 살펴보았다.

이때, 집주인이 돌아왔다. 그는 유리문 바깥에 서 있었다. 그가 문을 밀고 들어설 때, 나는 살집이 두툼한 그의 얼굴을 쳐다보았다. 상당히 낯이 익은 얼굴이 어디선가 만나 본 적이 있는 듯했다. 가지런한 치아와 얼굴 윤곽, 어리둥절하다는 듯 쳐다보는 눈. 나는 갑자기 그 아이가 바로 이런 얼굴을 가졌다는 것이 떠올랐다. 그렇다면 그 아이는 집주인의 내연녀가 낳은 아이란 말인가?

주인집 아주머니는 고개를 돌려 남편이 들어오는 것을 보더니 그에게 벼락같이 달려들어 삿대질을 하며 말했다.

"다 당신 탓이야, 이런 망할 놈의 인간, 상스러운 짓거리나 하고 다니니 내가 남들한테 이런 모욕을 받지. 말 좀 해 보시지, 여기 선생님께서도 한참을 기다리고 계신데. 그 잡종 놈의 성씨가 대체 뭐요?"

집주인은 나를 쳐다보고 겸연쩍게 웃더니 고개를 끄덕여 인사했다.

"그냥 아무 성이나 하면 되지 무슨 상관이야, 알아서 하라고." 집주인은 화가 잔뜩 난 아내를 슬쩍 쳐다보며 기어들어 가는 목소리로 말했다. 그러나 눈을 부릅뜬 아내의 모습을 보자 서둘러 "그냥 왕씨로 하자고."라며 말했다.

"당신이 제일 잘 기억하겠지. 당연히 왕씨라고 해야지, 갈보년이 낳은 잡종은 당연히 지 애미 성을 따라야지."

아주머니는 남편을 내버려 두고는 내가 앉아 있는 긴 탁자로 다가왔다.

"선생님이 비웃으셔도 상관없어요." 그녀는 땅바닥에 거칠게 침을 뱉으며 말했다. "그 멍청이 같은 자식이 어디서 왔는지 아시나요. 우리 바깥양반이 아주 꼴사나운 짓을 했지 뭐예요. 밖에서 매춘부 하나와 붙어먹더니 아예 살림까지 차렸답니다. 아주 쥐도 새도 모르게 나를 속이고 돈도 말도 못하게 썼지요. 하늘이 도운 거지, 우연히 길에서 두 연놈을 마주쳐서 저도 겨우 알게 됐어요. 근데 그 갈보년의 배가 거추장스럽게 크더라고요. 내가 바깥양반한테 당장 그만 만나라고 했더니 말로는 그러겠다고 했지요. 그런데 누가 알았나요, 헤어지기는커녕 오히려 더 큰 집을 얻고는 나만 모르면 된다고 생각했더군요. 부처님이 보우하사 또 한 번 나한테 걸렸을 때는 벌써 애가 뛰어다닐 정도로 컸고 배가 또 불러 있더라고요. 얼씨구, 내 돈을 가지고 두 연놈이 알콩달콩 붙어먹다니. 그래서 그냥 물불 가리지 않고 그년을 힘껏 때렸지 뭐예요. 근데 그 화냥년이 매질을 못 견뎠는지 그만 유산을 하고 죽고 말더라고요. 죽었으니 됐지요. 흥, 그런데 제가 마음이 약해서 망할 늙은이가 울며불며 애원하는 걸 뿌리치지 못하겠더라고요, 그래서 결국 저 잡종놈의 새끼를 집으로 데려오는 것을 허락했답니다. 선생님, 말씀 좀 해 보세요, 지난 십오륙 년 동안 저놈한테 쓴 돈이 얼만데요, 그 돈이면 제대로 된 견습생을 얻고도 남지요. 거기다가 다른 사람들이 이러쿵저러쿵 하는 말도 들어야 하니 도대체 제가 왜 이래야만 하는 거지요, 선생님?"

주인집 아주머니는 자기가 그 아이한테 대단한 아량을 베풀었는데 아무도 이러한 덕행을 알아주지 못해 억울하다는 듯이 말했다.

"아, 그렇군요." 나는 그녀의 행동을 칭찬해야 할지 말아야 할지 몰랐다. "뭐라고 쓸까요, 그냥 왕씨라고 할까요?" 나는 이력서로 화제를 돌릴 수밖에 없었다.

"왕 후레자식, 아니면 왕 멍청이요, 열여섯 살, 걷기 시작할 때부터 페인트 통을 들고 다니더니 여태까지도 페인트 통 드는 것만 아는 놈이지요."

나는 종이 위에 '왕 멍청이', '열여섯', '페인트 통 운반공' 등을 적어 넣고는 펜을 내려놓았다.

그녀는 종이를 들고 이리저리 살펴보더니 흡족해하며 장부가 담긴 서랍장에 넣었다. 그러고는 나에게 고맙다고 말했다.

그녀와 인사를 하고 나는 집으로 향했다. 집주인도 아주머니 뒤에 서서 어색한 표정으로 고맙다고 말했다.

그날 밤, 나는 리씨 아주머니와 마주쳤다. 나는 그녀에게 주인집 아주머니가 했던 이야기를 들려주었다. 그러자 리씨 아주머니는 "그이는 만나는 사람마다 그 얘기를 하는데 아무도 그녀를 두둔하지는 않지요. 죽은 여자는 본래 뼈대 있는 집안의 아가씨였는데 장(張)씨 할머니 말로는 상당히 예뻤다고 하더라고요. 근데 집이 가난했고, 부모도 없었다지요."라고 말했다. 그리고는 나에게 바짝 붙어서 "그 애가 멍청해진 건 전부 다 그 여자가 때려서 그렇게 된 거예요. 아무리 맷집 센 사람이라도 그 여자의 매질은 못 버틸 거야."라며 작은 목소리로 말했다.

"그럼 집주인은 왜 가만히 있는 건가요?"

"그 사람이 뭘 할 수 있겠어요, 곰탱이 같은 집주인이 그 여자의 적수가 되겠나요. 원래 집주인은 그 애를 끔찍이 위했어요. 그런데 그가 아이를 예뻐할수록 여주인은 그 애를 더 때렸지요. 어쩔 땐 며칠씩 밥을 주지 않아 애가 배가 고픈 나머지 길에 떨어진 과일 껍질을 주워 먹은 적도 있었지요. 그때부터 집주인은 더 이상 그 아이를 예뻐할 엄두조차 못 냈답니다. 그런데 여주인이 상당히 수완이 좋긴 해요, 우리가 세 들어 사는 여기 집들도 다 그 여자 손을 거쳐서 사들인 거예요. 그런데 그 돈이 죄다 집주인 손에 들어가니 조만간 또 계집질을 할는지 모르죠."

나는 집주인과 그 아이 사이에 있던 어느 아름다운 여인의 싱그러운 생명이 어떻게 비참한 최후를 맞이했는지를 생각했다. 그녀는 분명히 온화한 성격에 소설에 나오는 미인처럼 아름다웠을 것이다. 그리고 그녀의 아이가 정상적으로 잘 자랐다면 아마 상당히 귀여웠을 것이다!

담벼락 구석에 몸을 움츠리고 가녀린 다리로 우스꽝스러운 큰 배를 지탱하고 서 있는 아이의 모습을 생각하니 마치 반짝이는 별 하나가 땅으로 추락해 돌덩이로 변한 것처럼 느껴졌다. 사람들에게 악의적으로 짓밟혀 이도 저도 아닌 물건이 되어버린 그런 돌덩이.

다시 며칠이 지났다. 나는 주인집 뒷문에서 아주머니가 마치 쓸모없는 물건을 내버리듯 그 아이를 내동댕이치고 있는 모습을 보게 되었다. 아이의 몸에는 아직 마르지 않은 파란색 페인트가 묻어 있었고, 주인집 아주머니의 발아래에는 파란색 페인트 통이 넘어져 있었다.

그녀는 아이를 내동댕이치고는 바로 문을 걸어 잠갔다.

해가 질 무렵이었다. 늦가을 북방의 황혼 무렵은 따뜻한 지역의 초겨울 날씨보다도 더 추웠다. 그 아이는 여기저기 구멍 난 덧옷만 걸치고 어른들이 신다 버린 낡은 신발을 맨발로 신고 있었다.

아이는 내쫓긴 그 자리에 쭈그리고 앉아서 말라비틀어진 작은 손으로 새파랗게 질린 얼굴을 가리고 있었다. 이상한 점은 그의 얼굴에서 눈물이 흐르지 않는다는 것이었다.

아이의 상처를 보고 있자니 나는 마음이 매우 불편했다. 마침 내 손에는 방금 사 온 과자 한 봉지가 들려 있었다. 나는 과자 두어 개를 꺼내 오들오들 떨고 있는 아이의 무릎 위에 올려놓았다.

그러자 그는 이전에 나를 쳐다보던 때와 같이 손가락 틈으로 몰래 나를 훔쳐보았다.

나는 다시 과자 두 개를 꺼내 들어 그의 무릎 위에 올려놓았다.

나는 과자 봉지를 찢어 아이의 왼쪽 어깨에 난 상처에서 흐르는 피를 닦아 주었다. 그는 이번에는 자신의 팔을 숨기려 하지 않았다.

그러더니 아이는 갑자기 오른손으로 과자 한 개를 집어 들어 순식간에 입속에 밀어 넣고는 한입에 꿀떡 삼켜 버렸다. 과자를 삼키자 그는 작은 손으로 다시 얼굴을 가렸다.

잠시 후, 아이는 또다시 신속하게 과자 한 개를 집어 들었다.

또 하나.

다시 또 하나.

나는 과자 네 개를 더 꺼내 그의 무릎 위에 올려놓았다.

주인집 마당에서 소리가 들렸다. 나는 주인집 아주머니가 나올까 두려워 과자 한 움큼을 꺼내 그의 앞에 두고는 집으로 들어갔다.

이 사건 이후로 그 아이는 다른 사람을 겁내듯 나를 무서워하지는 않았다. 길에서 나를 마주칠 때면 검은자와 흰자가 또렷한 눈망울로 나를 응시했다. 내가 자기를 쓰다듬으면 여전히 불안한 모습이 역력하기는 했지만 도망을 가지는 않았다.

그날 밤 그 아이가 내가 준 과자를 다 먹었는지는 모르겠다. 직접 물어보고 싶었지만 그가 말을 할 줄 아는지 확신이 들지 않았다.

그때부터 저녁만 되면 그 아이는 우리 집 창문 앞으로 와 유리창 너머에서 나를 몰래 쳐다보았다. 맨 처음 나는 이 아이 때문에 소스라치게 놀랐다. 아이는 자기 얼굴을 우리 집 유리창에 바짝 붙였는데 키가 작아 창문으로는 그저 창백한 얼굴만 보일 뿐이었다. 그나마 불이 켜져 있을 때는 괜찮았지만, 불이 꺼진 후 갑자기 그 얼굴을 보게 되면 무의식중에 귀신이 떠올랐다. 당시는 신혼이었지만 남편이 회사 일로 출장을 간 상태라 나는 혼자서 집에 있어야만 했다.

창문의 얼굴이 그 아이라는 것을 알고 나자 나는 기뻤다. 그가 우리 집 창문에 찾아온 것은 분명 내가 그에게 보인 동정심 때문이리라. 그리고 최소한 한 사람만은 그를 때리는 사람들과 다르다는 것을 분명히 아는 것이었다. 다음 날 밤, 나는 그날 먹고 남은 만두 몇 개를 아이가 서성이던 창가에 놓아두고는 일찍 불을 끄고 그가 오기를 기다렸다.

내가 잠이 들 때까지 그 아이는 찾아오지 않았다. 나는 밤새 뒤척이며 혹시 그가 심하게 얻어맞아 움직이지도 못하는 것은 아닌지 걱정했다. 그러나 날이 밝은 후 밖으로 나가 보니 만두는 흔적도 없이 사라진 뒤였다. 만두를 놓아 두었던 자리가 깨끗한 것을 보니 고양이나 다른 동물이 만두를 먹어 치운 것 같지는 않았다.

며칠 동안 나는 아이가 얼굴을 붙이고 있던 유리창의 커튼을 걷어 두었다. 그리고 같은 장소에 먹고 남은 음식을 가져다 놓았다.

그 아이는 이따금 우리 집을 찾아왔다. 나는 그 아이가 쥐새끼처럼 살금살금 우리 집 창 아래로 걸어와 미동도 하지 않은 채 집 안을 들여다보고는, 그릇에 담긴 음식을 재빠르게 먹어 치우는 모습을 창문 너머로 바라보았다. 어느 날, 나는 창문 전체의 커튼을 치는 것을 깜빡했다. 그날따라 감기를 심하게 앓고 있던 나는 머리가 아파 일찍 잠자리에 들었다.

몽롱한 가운데 아이가 오는 소리가 들렸다. 아이는 창문 앞에 한참을 서 있는 것 같았다.

그러나 다음 날 아침 그에게 주려고 내놓은 그릇을 살펴보니 담아 둔 음식은 손도 대지 않은 채 그대로였다. 그릇 주변에는 이전과 마찬가지로 페인트 냄새가 나는 듯한 작은 손자국이 있었다.

처음으로 내 머릿속에 그가 열여섯 살의 다 큰 사내아이라는 생각이 떠올랐다. 설령 그 아이가 멍청하다고 할지라도 감정까지 없지는 않을 것이다. 나는 그의 어린 마음속에 나에 대한 특별한 감정이 있음을 알아챘다. 나는 그가 사실은 매우 영리하다고 생각했다.

나는 두통 때문에 집안일을 대충 마무리하고 다시 침대에 누웠다. 뜻밖에도 그 아이는 대낮에 우리 집을 찾아왔다. 그는 심지어 문을 열고 집 안으로 들어오기까지 했다.

나는 어떻게 해야 좋을지 몰랐다. 사실 진즉에 그 아이에게 들어오라고 말하고 싶었지만 상대방이 놀랄까 두려웠다. 나는 줄곧 어떤 적당한 방법을 써야 그가 내 뜻을 이해할 수 있을지 좋은 아이디어가 떠오르지 않았다. 그 아이가 우리 집에 들어온다면 최소한 그 작은 몸이라도 녹일 수 있을 것이다.

그런데 오늘, 생각지도 못하게 그 아이가 스스로 우리 집을 찾아온 것이었다. 나는 눈을 감은 채 자는 척을 했다. 그러고는 그 아이가 벽에 붙은 채 천천히 침대 쪽으로 다가오는 소리를 들었다.

나는 눈을 감은 채 그가 한 발짝 한 발짝 내게로 다가오는 것을 느꼈다. 수년간 그의 몸에 밴 페인트 냄새가 내 코를 자극했다.

나는 몇 번이나 눈을 뜨고 싶은 충동을 느꼈지만 꾹 참고 계속 감고 있었다. 그는 어느새 침대 앞에 다가와 내 슬리퍼가 놓인 바닥에 쭈그리고 앉았다. 잠시 후, 차가운 손 하나가 이불 밖으로 나온 내 오른손에 닿았다. 그 손은 너무나도 차갑고 떨리고 있었다.

나는 살짝 가슴이 뛰었지만 계속해서 자는 척을 했다. 나의 작은 난쟁이가 무슨 꿍꿍이를 가지고 있는지 알 길이 없었다. 나는 그가 자기의 작은 손을 내 오른손 위에 올려 두게 내버려 두었다. 작고 차가운 손은 조금씩 따뜻해졌다.

잠시 후, 작은 손이 또다시 나의 오른손을 잡았다. 나의 난쟁이는 자리에서 일어서더니 내 오른손을 자신의 사타구니 아래로 잡아끌었다.

나는 그가 헐떡이는 소리를 들었다. 그는 내 오른손으로 자신의 다리를 쓰다듬고 있었다.

그 순간 예로부터 남녀가 유별하다는 생각이 내 마음속에 선명하게 떠올랐고 나는 눈을 떴다.

그 아이는 우스꽝스러운 모습으로 작은 몸을 흔들고 있었다. 얼굴에는 평소와는 다른 희열의 빛이 흘러넘쳤다. 흑백이 또렷한 큰 눈은 눈물을 머금은 듯 촉촉했고, 작은 입술 주변에는 탁한 침이 흘러나와 있었다. 그의 코 위에는 방금 얻어맞아 피가 밴 듯한 상처가 있었다.

내 심장은 미친 듯이 뛰었고 얼굴이 화끈거렸다. 나는 손을 끄집어내서는 있는 힘껏 그 아이의 어깨를 내리쳤다.

그는 외마디 비명을 지르더니 마치 쥐덫을 잘못 건드린 쥐새끼처럼 놀라 문을 열고 도망쳤다.

나는 자리에서 일어났다. 그 아이는 이미 사라져 창문 너머 어디에서도 보이지 않았다. 격앙되고 부끄러운 감정이 다소 진정되자, 나는 성급하게 그 아이를 때린 것을 후회했다. 그는 예전처럼 또 어딘가에서 몸을 웅크리고 있을 것이다. 나는 잠옷 단추를 다 채우고 황급히 그를 쫓아 나섰다.

밖에는 바람이 불고 있었다. 바람 속에서 마른 나뭇잎이 날렸다. 나는 추웠지만 마음은 매우 흥분한 상태였다. 그저 어서 빨리 그 아이를 찾아 예전처럼 상처에 난 피를 닦아 주고 싶었다. 나는 그가 분명 조금 전 어디선가 얻어맞고는 나를 찾아와 위로를 얻고 싶었던 것이라고 생각했다. 그의 저속한 행동은 멍청해서가 아니라, 오히려 그의 진심일지도 모른다. 허구한 날 방탕한 젊은 일꾼들과 지내며 그는 사랑을 표현하는 더 나은 방법을 배웠을 리 없다. 어쩌면 그들이 이런 방법으로 그 아이를 농락했을지도 모르는 일이었다.

생각할수록 그 아이에게 미안한 마음이 들었다. 후회스러운 마음에 눈물이 터질 것만 같았다. 주인집의 앞문과 뒷문을 모두 살펴보았지만 그저 조용하기만 했다. 일꾼들은 분명 일을 하러 나갔을 시간이었다. 그는 틀림없이 일을 하다 얻어맞아서 도망쳐 온 것일 터였다.

나는 우두커니 서서 펑퍼짐한 잠옷 사이로 불어 들어오는 바람을 온몸으로 맞았다. 큰 소리로 아이를 부르고 싶었다. 하지만 뭐라고 부른단 말인가? 그의 진짜 이름은 무엇이란 말인가?

얼굴 위로 흘러내린 눈물이 맨발 위로 떨어졌다. 한참이 지난 후 나는 어쩔 수 없이 집으로 돌아갔다.

나는 침대 위에 앉아 창문을 응시했다. 창문 밖에는 아무도 지나가지 않았다. 나는 무기력하게 울며 이불 속에서 추위에 온몸을 벌벌 떨었다.

오후가 되자 남편이 돌아왔다. 우리 둘은 두 주 동안이나 떨어져 있었다. 나를 안아 본 남편은 불덩이같이 뜨거운 내 몸에 몹시 놀랐다.

"그냥 감기라고? 나 속이는 거 아니지?" 그는 달아오른 내 뺨을 비비며 물었다.

나는 고개를 끄덕이며 몇 번이고 그저 감기에 걸린 것이라고 말했다. 하지만 그는 마음이 놓이지 않았는지 결국 의사를 불렀다.

저녁 시간, 나는 약을 먹었다. 남편이 창문의 커튼을 모두 내리려고 하자 나는 커튼을 계속 걷어 두었던 그 창문 하나는 그대로 두라고 부탁했다. 그러고는 밥과 반찬을 담은 그릇 하나를 창턱에 올려 달라고 했다.

그는 나에게 이유를 물었다. 나는 내 애인을 위한 것이라고 했다.

"애인?" 그는 놀라서 눈을 동그랗게 뜨고 물었다. "애인에게 줄 음식 그릇을 창턱에 올려 둔다고? 애인과 커튼이 무슨 상관이 있는데?"

나는 고집을 부리며 그냥 그렇게 해 달라고 했다. 남편은 웃으며 잠자코 내 부탁을 들어줬다. 그는 "당신 몸이 괜찮아지면 도대체 무슨 일인지 나에게 꼭 설명해 줘야 해."라고 말했다.

나는 남편에게 베개를 다시 잘 놓아 달라고 부탁했다. 그러고는 그의 몸에 반쯤 기대어 창문을 바라보며 초조한 마음으로 나의 가여운 아이를 기다렸다.

그 아이가 나타났다. 나는 너무 좋아 어쩔 줄 몰라 하며 생각할 틈도 없이 큰 소리로 그 아이를 불렀다. “멍청아!” 우리가 알게 된 이후 처음으로 해 본 말이었다.

아이는 그 자리에 서 있었는데 그 모습이 평상시보다 더 명료해 보였다. 그는 창가로 다가와 창문을 통해 침대 위에 있는 나와 남편을 쳐다보았다. 두 손으로는 자기 배를 받쳐 들고 있었다.

나는 일어나 똑바로 앉았다. 침대에서 내려가 그 아이를 집으로 불러들이려 했다. 하지만 남편이 나를 막아섰다.

“첸(倩), 당신 제정신이 아니군, 또 찬바람을 쐬면 정말 큰일 난다고. 내가 가서 데리고 올게, 저 애가 당신의 애인이란 거지?”

나는 고개를 끄덕이며 남편에게 빨리 나가 보라고 재촉했다.

남편이 신발을 신고 있을 때 다시 창밖을 내다보니 나의 작은 난쟁이는 이미 사라져 버린 후였다. 나는 안절부절못하며 머리카락을 움켜쥐었다. 남편이 원망스러웠다.

“당신 좀 봐, 이렇게 느리다니, 가 버렸어, 벌써 가 버렸다고, 빨리!”

“저런 애인이라면 내가 당신 대신 좇아갈 수 있어, 대신 당신은 내 말 들어, 침대에서 절대 일어나지 마.” 남편은 웃으며 문을 열고 밖으로 나갔다.

나는 남편을 기다리며 조급한 마음에 어쩔 줄 몰라 덮고 있던 이불을 걷어 올렸다.

남편이 돌아왔다. 그는 혼자였고 머리 위에는 흙먼지가 잔뜩 묻어 있었다.

"당신 애인 정말 대단하던데, 벽돌을 집어 들더니 내 머리를 향해 던지더라고. 재빨리 웅크려 앉았으니 망정이지, 그렇지 않았다면 분명 머리가 깨졌을 거야."

"왜 그런 건데?" 나는 급한 마음에 그의 입을 쳐다보았다.

"담벼락을 따라 도망가는 그 녀석을 금세 따라잡았지. 내가 붙잡으려고 하니까 반격을 하더라고. 그러고는 주인집으로 들어가 버렸어." 남편은 손수건으로 머리를 닦으며 농담 섞인 말투로 "어린 라이벌 녀석이 배짱이 대단하더군."이라고 말했다.

그가 주인집으로 들어갔다는 말에 나는 약간 안심했다. 나는 남편에게 그 아이의 몸이나 얼굴에 새로 생긴 상처가 없었는지 캐물었다. 그는 없었다고 말했다. 나는 그 아이가 오늘 밤은 또 매를 맞지 않으면 좋겠다고 생각했다. 만약 감정이 있는 사람이라면 그는 분명 오늘 나 때문에 속이 많이 상했을 것이다. 그 아이가 오늘 밤 얻어맞지 않는다면 내 마음도 조금은 괜찮아질 것 같았다. 나는 남편에게 그동안 나와 그 아이 사이에 있었던 일을 모두 이야기해 주었다. 내 이야기를 듣고 남편이 말했다. "우리 그 아이를 감화원*에 보낼 방법을 찾아보자. 그러면 그 애도 조금씩 괜찮아질 거야."

* 만 14세 이상 만 18세 미만의 청소년들을 수용하는 교정 시설-역주

"정말 그렇게 해 줄 거야? 정말?"

"왜 거짓말을 하겠어. 나도 당신처럼 그 아이를 사랑해 줄 수 있어." 남편은 웃으며 나에게 입을 맞추었다.

우리는 어떻게 그 아이를 주인집에서 몰래 데리고 나올 수 있을지 궁리했다. 감화원의 관리인 한 명이 남편과 친한 친구였기에 그쪽 방면에는 아무런 문제가 없었다.

불쌍한 그 아이가 이 짐승 같은 생활에서 벗어나는 것을 상상하니 나는 절로 미소가 흘러나왔다. 그날 밤 나는 아주 편하게 잠을 잘 수 있었다.

다음 날이 되자 열이 많이 떨어졌다. 나는 일어나 옷을 입었고, 남편은 나와 함께 병원에 갈 채비를 하고 있었다. 나는 먼저 대문을 나와서 차를 부를 준비를 했고, 남편은 내 뒤에서 문을 잠그고 있었다.

때마침 나의 난쟁이가 양손에 페인트 통을 들고 걸어오고 있었다.

얼마나 반갑던지! 기쁜 마음에 나는 그를 향해 가늘고 부드러운 목소리로 '멍청아'라고 불렀다.

그 아이는 멍한 표정으로 나를 쳐다보았는데 눈이 촉촉하게 젖어 있었다.

나는 한 번도 그 아이가 눈물을 흘리는 모습을 본 적이 없었다. 그의 젖은 눈은 내 마음을 무겁게 내리쳤다. 나는 아이의 머리를 쓰다듬으며 무릎을 꿇고 앉아 손으로 아이의 얼굴을 들어 올렸다.

그는 뒷걸음질 치며 나의 손길을 벗어나려는 듯했다. 나의 눈가에는 눈물이 고였다. 나는 아이의 작디작은 옷소매를 끌어당기며, 다른 한쪽 손으로는 피가 묻은 코를 쓰다듬어 주었다.

그 순간, 아이는 갑자기 날카로운 비명을 지르며 일어났고, 누군가 뒤쪽에서 고함치는 소리가 들렸다. 아이는 손에 들고 있던 페인트 통을 놓치곤 알아들을 수 없는 소리를 내며 계속해서 나를 한쪽으로 잡아당겼다.

나는 너무 놀라 곧바로 몸을 돌렸다.

그러자 내 뒤편에서 시뻘건 눈을 한 큰 개 한 마리가 씩씩거리며 달려오는 것이 보였다. 나는 심장이 쿵쾅거렸고 본능적으로 큰 대문이 있는 쪽으로 몸을 바싹 붙였다. 아이는 다시 페인트 통을 집어 들려 했고, 나는 황급히 그의 팔을 잡아당겼다.

바로 그 순간, 시커먼 개가 아이를 덮쳤다.

뒤쪽에서 누런 옷을 입은 청소원들이 소리를 치며 뛰어왔고, 한 사람은 개를 향해 큰 그물을 던졌다.

나는 어제 미친개 한 마리가 두 번이나 동네에 출몰했다는 이야기를 들은 것이 떠올랐다. 내 심장은 미친 듯이 뛰기 시작했다. 나는 나의 난쟁이에게 다가갔다. 그 아이는 이미 개에게 끌려가 한쪽에서 나뒹굴고 있었다. 눈앞에 보이는 사람들은 그물망에 걸린 개를 쳐다보고 있었다. 누런 옷을 입은 한 사람이 방망이를 들고 무서운 표정으로 나를 사납게 쫓아내며 큰 소리로 외쳤다.

"저리 가요! 뭐 좋은 볼거리가 있다고, 안으로 들어가요, 사람 목숨이 걸린 일이 애들 장난 같소?"

나는 어쩔 수 없이 대문 안으로 밀려났고 문은 곧 닫혔다. 뒤이어 남편이 뛰어왔고 다른 이웃들도 서 있었다.

그들은 나에게 그 개가 소문의 미친개인지를 물어봤고, 내가 아무런 해를 당하지 않아 다행이라고 했다.

나는 가슴이 찢어지는 듯했다. 가까스로 남편의 손을 부여잡은 채로 나는 온 힘을 다해 문밖에서 들리는 시끄러운 사람들의 소리 속에서 나의 난쟁이의 목소리를 찾아 헤맸다. 방금 전, 나는 그 아이가 개에 물렸는지는 확실하게 보지 못했다. 그러나 반쯤 비스듬하게 웅크려 있던 그 아이의 뒷모습은 매우 담담해 보였고 울고 있지도 않았다.

그 아이는 한 번도 운 적이 없었다. 그러나 분명 개에 물렸을 것이다. 개가 그 아이를 덮치는 장면을 내 눈으로 똑똑히 보았기 때문이다.

나는 참을 수 없어 남편의 손을 뿌리치고 대문을 열었다. 문 안쪽에 있는 사람들이 나를 말렸다. 문 바깥쪽에 있던 누런 옷을 입은 사람은 나에게 욕을 퍼부었다.

"니미럴, 죽고 싶소?"

남편이 나를 잡아 끌어당겼다. 나는 남편의 다리를 잡고 주저앉아 얼굴을 흙바닥에 대고는 대문 밑 틈 사이로 밖을 내다보았다.

내 눈에는 그저 똑같이 생긴 수많은 다리가 이리저리 왔다 갔다 하는 모습만 보였다.

"첸, 진정해." 남편은 나를 힘껏 일으켜 세웠다. "내가 대신 가서 보고 올게, 당신이 걱정한다고 될 일도 아니니 어서 집으로 돌아가서 나를 기다려."

나는 남편에 이끌려 집 안으로 들어갔다. 처절한 개의 울음소리가 두 번 들려왔다.

나는 뛰쳐나가려고 했지만 문은 밖에서 잠겨 있었다. 유리창 너머에서 남편은 "기다려, 내가 가서 보고 올게, 내가 어떻게든 도와줄게, 당신 마음을 아니까."라고 말하며 재빨리 나갔다.

"문 열어요, 문 열어."

나는 창문을 두드렸다. 유리창 너머에서 말하는 남편의 모습을 보니 나의 작은 난쟁이가 더욱 생각났다. 남편은 순식간에 내가 볼 수 없는 대문 쪽으로 사라졌다.

나는 멍청이가 맨 처음 얼굴을 붙이고 서 있던 창문에 내 얼굴을 바짝 붙이고는 입술을 꽉 깨물었다. 두 손을 모은 채 바깥을 뚫어지게 쳐다보았다. 시끄러운 소리가 잦아드는 듯했다. 그 커다란 개는 이미 맞아 죽었으려나?

눈이 아파 왔고, 심장의 전율이 손끝까지 전해졌다. 나는 여기저기 창살을 짚어 가며 큰 소리로 남편의 이름을 불렀고, 그가 어서 와 문을 열어 주기를 바랐다.

남편이 돌아왔다. 그는 매우 조용했다.

"그 녀석 개에 좀 물리긴 했는데 걱정할 정도는 아니야, 이미 병원으로 옮겨졌어." 남편은 이렇게 말하며 내 얼굴을 쳐다보았다.

"정말?"

"정말이야."

"벌써 갔어?"

"응."

"그럼 병원에 가 보자, 마음이 너무 아파." 나는 이렇게 말하며 남편의 팔을 잡아당겼다.

"당신은 좀 더 쉬어야 해." 그는 나를 침대로 밀어 넣고 내 신발을 벗겼다.

"새댁, 밖에 구경하러 나가 봅시다!" 이때 리씨 아주머니가 창밖에서 나를 부르며 창가로 걸어왔다.

"어머, 바깥양반이 돌아오셨군요!" 그녀는 이렇게 말하며 내 남편과 인사를 했다.

"주인집의 그 바보 녀석이 미친개한테 물렸는데 배를 물려서 그 자리에서 죽었다지 뭐예요. 집주인은 눈물만 훔치고 있고, 시신은 아직 수습하지 않았다고 하네요. 듣자 하니 새댁도 그 자리에 있었다던데 놀라진 않았나요?" 리씨 아주머니는 이렇게 말하며 나를 쳐다보았다.

"당신, 당신…" 나는 남편의 손을 움켜쥐었다. 나는 가슴속의 피가 거꾸로 솟고 눈앞이 캄캄해지는 것을 느꼈다.

『중국문예(中國文藝)』 제5권 제2기 1941년 10월에 수록
(번역: 정겨울)

물고기

제발 그렇게 차갑게 굴지 말아요, 린(琳)! 아직 바람이 불고, 비도 곧 그칠 것 같으니, 비가 그치면 가요. 비를 피하려고 나에게 온 거 아닌가요? 우리 둘 사이에 있던 일들을 떠나서, 인간적으로 조금 더 머물다 가도 되잖아요. 당신 친구의 부인이자 어린애를 키우는 연약한 여자가 이 큰 집에서 혼자 비바람 소리를 들으며 무서워 떨고 있는데, 좀 대범하게 위로해 주면 안 되나요? 게다가 등까지 꺼졌네요. 하늘이시여, 하필이면 이 순간에 등까지 고장인가요?

린, 착한 린, 그러지 말고 얼굴 좀 돌려 봐요. 바람이 더 세게 부네요. 아니, 바람이 울면서 무언가를 부르고 있어요. 바람도 잃어버린 무언가를 찾고 있는 것이겠지요. 린, 등이 수리될 때까지 조금만 더 있다가 가요. 등은 곧 들어올 거예요. 봐요, 가로등도 고장이니, 가로등을 고장난 상태로 너무 어둡게 놔두지는 않을 거예요. 그렇죠?

아이가 잠들었으니 아이를 침대에 눕혀 놓고 와도 될까요?

제 기억으로는 서랍에 반쯤 남은 초가 있던 것 같은데, 그걸 찾으면 좀 더 밝아질 거예요.

린, 내가 지겨워진 걸, 아니, 더 이상 내가 예전같이 신선하게 느껴지지 않는다는 걸 알아요. 당신은 분명 나를 사랑하지 않았어요. 일종의 연민 같은 동정일 뿐이었죠. 그래도 그것만으로도 난 충분했어요. 당신이 준 가장 큰 깨달음은 내가 누구인지 알게 해 주었다는 거예요. 그리고 사랑이 모호하게 다가오는 것이 아니라는 것도 알게 해 주었죠.

린, 왜 그렇게 의자를 빼고 앉나요, 내가 눈치 못 챌 것 같아요? 걱정 말아요, 도련님. 당신을 손가락 하나도 건드리지 않을 거니까. 내가 원하는 건 사랑이에요, 가슴에서 솟아나는 진정한 이해를 바탕으로 하는 사랑 말이에요. 안아 주고 입맞춤하고 쓰다듬어 주고, 그런 것들은 남편에게 쉽게 받을 수 있어요. 그가 나에게 휘두르는 주먹질이 애무와 맞먹는 정도이긴 하지만, 당신에게 강요하느니 차라리 그의 것을 받아들이겠어요. 당신은….

아, 가려고요? 갈 준비가 되었나요? 네, 난 당신이 말한 '사람들의 수군거림'은 잊었어요. 그래요. 오늘 밤은 사람들이 수군대기 좋은 소재겠죠. 밖에는 폭우가 내리고, 어두운 방에는 촛불이 켜져 있고, 철든 아이는 자고 있고, 이곳에는 당신과 나 단둘만이 어둠 속에서 마주하고 있으니까요. 당신이 왜 왔는지 말하기 두려운 건가요?

당신은 적막만 감도는 당신 집으로 가고 싶지 않았고, 어쨌든 이곳이 당신 집보다 낫다고 생각한 거잖아요. 여기에선 차 한잔, 뜨거운 홍차와 치즈 없은 디저트를 얻을 수 있고, 내가 마른 수건으로 당신의 젖은 머리를 닦아 주고, 빗물에 젖은 바짓단을 짜서 따뜻하게 보관해 줄 테니까요. 당신은 소파에 편히 앉아 당신의 사랑을 얻었다고 생각하는 여자가 당신을 위해 하는 모든 것을 쳐다볼 수 있겠지요. 하지만 당신이 분명히 알아둬야 할 게 있어요. 그녀는 자신이 사랑받고 있다고 생각해서 그랬다는 사실 말이에요. 그녀는 과연 자신의 사랑이 당신의 열 시간 정도 소일거리에 지나지 않다는 것을 알고 있을까요?

아, 참, 당신은 남편을 만나러 왔다고 말해도 괜찮아요. 그 사람은 어제 P시에 있는 집에서 돌아왔지만, 당신이 오기 30분 전 나와 다투는 바람에 오늘 밤엔 돌아오지 않을 거예요. 이 상황은 당신이 모두 예상할 수 있는 거였지요. 아닌가요?

짜증스러운가요? 아까 번쩍이는 번갯불에 당신의 얼굴이 또렷하게 보였어요. 비록 짧은 순간이었지만, 나는 당신이 눈썹을 찡그리고 이로 입술을 물고 있는 걸 분명히 보았어요. 당신이 나를 욕하는 건지 모르겠지만. 그렇다고 해도 여기서 나갈 생각은 아예 하지 마세요. 당신이 한 발짝만 움직여도, 사촌 형이 없는 틈을 타서 그의 부인을 강제 추행했다고 소리 지를 거니까. 내가 뭐라고 말할까 무서운가요, 체면을 차리고 싶으면 조용히 있어요. 당신은 충분히 나를 기만했으니, 이제 내가 즐길 순서예요. 비가 이리 세게 내리고 세찬 바람에 집이 무너질 것 같고, 천둥소리가 귓전을 울리는데, 나 혼자 이런 폭우 속에서 집을 지킬 용기가 없어요. 나와 함께 있다가 등이 다시 들어오고 비가 그치면, 그때는 보내 줄 테니 걱정하지 말아요.

린! 그렇게 우두커니 창가에 서 있지 말아요. 의자에 잠깐 앉는 것도 싫은가요? 이번 한 번만 날 가엽게 여겨 줘요. 더는 귀찮게 하지 않을게요. 그리고 나를 얕보지 말아요. 나는 절대 당신을 괴롭히지 않을 거니까. 우리가 사랑을 잘 했다면, 잘 헤어질 수도 있을 거예요. 오늘 밤, 내가 얼마나 괴로운지 당신은 아나요? 린, 지난번 만났을 때처럼 두 팔을 벌려 내가 당신의 품에서 잠시 쉴 수 있게 해 주어요! 격정적인 감정이 가슴에 차오르지만 표출할 수 없어요. 이렇게나 격렬하게 나를 때리네요. 린, 난 증오인지 사랑인지 모르겠어요. 하지만 원망도 사랑이에요, 린. 당신이 나를 가엽게 여긴다면, 연민 같은 사랑이라도 좋으니, 한 번만 나를 안아 줄 수 있나요? 방금 지나치게 흥분한 데다가 폭우까지 내리니, 배 속의 아기가 불안하게 움직이고 있어요. 두근대는 마음은 그 움직임 때문에 너무 공허하게 느껴지고, 머리는 혼미한데 감정은 슬프네요. 오늘 밤 유산할지도 모르겠어요. 다리가 너무 저리는데 잠깐이라도 당신에게 기대어 눈을 감고 쉬면서 위로를 느끼면 안 될까요! 린, 방금 우리가 격렬하게 싸운 게 맞나요?

린! 당신의 손은 정말 따뜻하네요. 당신의 손만으로도 난 충분히 따뜻해요. 몸 상태가 좀 나아진 거 같아요. 린, 당신은 눈을 뜨고 있는 것이 싫은가요? 나 역시 오늘 밤 내 모습이 귀신 같아 보인다는 것을 알아요. 눈을 뜨지 않아도 괜찮으니, 당신의 기억 속에 아름다운 모습으로 남고 싶어요! 당신은 수없이 내가 예쁘고 아름답다고 말했고, 내 눈에 가득 고인 눈물을 여러 차례 닦아 주었잖아요. 당신의 사랑이 있었기에 나는 억울한 눈물을 간직할 수 있었어요. 오늘 밤 눈물은 말라 버리고, 따뜻하게 남아 있던 눈물의 온기도 사라져 온몸이 건조하게 갈라지고 마디마디 다 아파요. 2시 전에 받았던 충격은 아직도 온몸에 남아 있어요. 린, 당신의 뜨거운 손으로 나를 부드럽게 쓰다듬어 줄 수 있나요?

아, 린, 당신이 이렇게 꽉 안는 걸 보니 당신은 여전히 나를 사랑하는군요. 린, 내 어깨에 머리를 묻지 말고, 당신을 볼 수 있게 해 줘요. 난 이제 내 자신보다 당신을 더 잘 안다고 믿어요. 당신이 날 사랑하고, 얼마만큼 사랑하는지도 알아요. 하지만 당신은 비겁해요. 당신은 주변의 것들에 저항할 수 없어서 나를 버리려고 하는 거예요. 당신은 편안한 관습에 길들여진 도련님이니까, 안락함을 포기할 수 없을 테고 나와 함께 배고픔과 싸울 결심도 하지 못하는 거겠죠. 내가 당신을 힘들게 하지 않을 거라는 거 알고 있잖아요. 집을 떠난 3년 동안 나는 생활의 무게를 알게 되었고, 결코 나와 아이의 무거운 짐을 당신 어깨에 지우진 않을 거예요. 만약이라도 남편이 정말 우리를 버린다면, 내 아이를 키우기 위해서 나는 무슨 짓이든 할 수 있어요. 심지어 매춘이라도 할 거예요. 운 좋게 난 외모도 괜찮고 아직 나이도 젊으니까, 스물네 살의 젊은 여자가 직업을 찾는 것은 그리 어렵지 않을 거라고 생각해요. 아이는 아빠가 없더라도 엄마가 있잖아요. 나는 평생 좋은 엄마가 되기 위해 최선을 다할 거예요. 돈 없는 과부는 자살하지 못하는 거예요. 린, 날 믿어요. 내가 당신에게서 얻고 싶은 마음은 공감이고 이해예요. 나는… 린! 너무 외로워요. 난 가족도 없어요. 일찍 어머니를 잃었고, 아버지는 너무 멀리 떨어져 있죠. 아버지와 나 사이에 남은 건 증오뿐이에요. 아버지는 내가 효도도 하지 않고 그의 체면을 구겼다고 미워했어요. 어린 동생들은 아버지에게 오만한 성격을 물려받아 나를 무시했고, 동정을, 아니, 불쌍하게 여겼죠. 이웃집 아주머니가 베푼 것보다도 못한 정도였지요. 자업자득인 게, 처음에는 그들의 말처럼 시집가서 편히 살려고 했어요. 그러나 난 그들을 배신하고, 내 자신을 구했죠. 3년 전 자수 놓은 신을 신었을 때 난 고통받기로 결심했어요. 지금의 나는 그때보다 진보했다고 생각해요. 비록 생활의 고단함으로 환상을 품었던 모서리는 다 닳아 버렸지만, 나는 결코 좌절하지 않아요. 당신, 돈 많은 도련님, 나는 당신이 냉수보다 커피 한 잔에 더 연연해한다는 것을 알아요. 당신이 처음에 나를 사랑한 것도 내 외모 때문이고, 당신이 여기 있는 것은 외로움 때문이죠. 린, 나는 이런 사랑을 후회해요. 이런 사랑은 이미 남편에게서 받았어요. 다만 그 차이점은 그는 신선함으로 시작했고, 당신은 연민에서 시작했다는 거예요. 린, 내 말에 상처받았나요? 화가 난다고 고개를 돌리지는 말아요. 린, 다시 얼굴 보여 주면 더 이상 이런 말은 안 할게요. 린, 내가 이 밤을 즐기겠다고 하지 않았나요? 우리 바싹 붙어 앉아서 캄캄한 하늘에 전

깃불이 어떻게 번쩍거리는지 같이 봐요. 밖에서 누군가가 전봇대를 들이받고 있는 것 같네요. 아마 수리하고 있을 거예요. 전등이 금방 들어오겠지요. 등이 들어오면 당신을 보내 준다고 했잖아요. 오늘 밤도 내가 당신에게 거짓말한 적이 없는 전례를 깨지 않을 거예요. 내가 정말 멍청해 보이죠? 이렇게 짧은 순간에 나는 왜 유쾌하지 않은 일만 찾아내는 걸까요?

린, 왜 그렇게 쳐다보나요. 내가 귀신처럼 보이나요. 방금 심한 충격을 받았으니 당신에게 한 번만 이렇게 호소하게 해 줘요. 이번 한 번만요. 오늘이 지나면 아마 우리는 더 이상 만나지 못할 거예요. 내일 남편이 돌아오면, 우리 사이의 모든 것은 결론이 나겠죠. 그물 속 물고기는 스스로 구멍을 찾아 뚫고 나가야지, 그물을 올린 사람이 다시 물속에 넣어 주기를 기다리는 것은 꿈보다 더 요원한 일이겠지요. 그물을 빠져나갈 수만 있다면, 물에 떨어지든 땅에 떨어지든 상관없어요. 나머지는 그 이후의 일이에요. 만약 그것이 두렵다면, 그물에 걸려 머리가 잘려 나가길 기다리거나, 아니면 숨을 쉬지 못해 죽을 수밖에 없겠죠. 아닌가요, 린? 당신은 그렇게 생각하지 않나요?

왜 웃나요, 린. 내가 빈말을 한다고 비웃는 건가요? 설마 예전에 나의 비겁함을 비웃는 거예요? 그건 나조차 수치스럽게 생각하고 있어요. 사실 그건 비겁함이 아니라 어리석음이고, 내 다리를 어디로 움직여야 할지 몰라서 그랬던 거였어요. 지금의 나는 반드시 걸어 나가야 한다는 걸 알아요. 한 걸음 내딛다가 맞아 죽거나 살해당하더라도 한 걸음 걸어 나갈 거예요. 당신은 내가 그렇게 큰 용기를 품고 있다는 걸 믿지 못할 거예요. 그렇죠?

린, 바람이 울고 있는 게 들리나요. 앞으로 당신을 볼 수 없다 생각하니, 마음이 굵은 밧줄에 꽁꽁 묶인 듯 아프네요. 소리를 지르고, 가슴에 있는 것들을 다 토해 내고 싶어요. 저리 자유롭게 마음대로 하늘을 휩쓸고 다니는 바람이 부럽네요. 가슴에 품고 있던 빗방울을 뿌리고 저렇게 목놓아 울고 나면, 마음속의 울분도 충분히 해소되겠죠. 나는요, 울음을 삼키면서 속으로 눈물을 흘려야 하고, 사랑한다고 말할 수 없고, 사랑하지 않는 것에 비위를 맞춰야 해요. 이것은 내가 이 남성 중심 사회에서 아내가 된 여자이기 때문이지요. 사람들은 나를 한 인간으로 대하지 않고, 단지 린성민(林省民)의 부속품이라고 여기지요. 친구는 "남편에게 물어봐."라고 얘기하고, 아랫사람은 "도련님한테 물어봐야죠."라고 말해요. 린씨네 사람들은 더욱 심하게 대하는데, "이런 물건을 무슨 마누라라고 아직도 내쫓지 않고 있어!"라고 하죠. 린성민은, "네까짓 게 뭔데 내 밥을 공짜로 먹어. 내 밥 먹으려면 내 말 들어야지. 동쪽으로 가라고 했으면, 서쪽으로 갈 생각은 하지 말라고."라고 하고요. 이것이 내가 받는 대우이고, 시집간 여자에게 주어진 자리예요. 이것은 너무 당연한 것이고, 당신들이 옳다고 생각하는 일이죠. 여자아이는 태어날 때부터 저주를 받고, 다행히 깨우친 부모가 교육을 시켜서 무언가 깨우치게 되더라도 이 깨달음은 스스로에게 화를 불러오게 되죠. 내가 만약 당신들이 생각하는 전형적인 여자라면, 나는 린씨 가문의 뜻대로 린씨네 집으로 들어갔을 것이고, 린씨 가문의 둘째 부인으로 만족하며 린씨 가문의 대를 이어 아들을 잘 키우겠지요. 린성민과 연애한 것을 후회하고, 아니, 내가 린씨 가문의 도련님을 유혹한 천한 것이라고 참회하면서, 그냥 편안하게 아랫사람에게 호령하며 지낼 수 있었겠죠. 린성민이 다른 사람을 사랑해서 떠나더라도, 그러지 않는 남자가 몇 명이나 되겠냐고 그러면서, 맞아, 난 좋은 사람이야라고 생각하고, 사람들도 그런 나를 존경하겠죠. 아이를 돌보고 요리하고 빨래를 해야 하는 이 지저분한 방을 떠날 수도 있고, 그럴듯하게 옷을 입고 다니며, 아이는 나 대신 돌봐 줄 사람이 있어서 그렇게 두 손을 늘어뜨리고 그 복을 잡을 수 있었겠죠. 내가 왜 그랬을까요. 알고 보니 린성민을 좋아할 때도 그런 복을 누릴 생각이 없었고, 난 내 아들을 그렇게 어리석은 사람으로 만들 수 없었어요. 린성민은 기회가 날 때마다 나를 속였고, 싫증이 나니까 틈을 보면서 다시 버리려고 하는 거예요. 그는 내가 그의 집으로 들어가지 않을 것을, 그의 둘째 부인이 되는 것을 달가워하지 않는다는 것을 잘 알고 있기 때문에, 이 사회가 승인한 남자가 마땅히 누려야 할 모든 권익을 믿고 자신의 위세를 과시하며 나를 몰아붙이고 학대했어요. 내가 그를 따른다면 번거로움을 덜 수 있고, 그를 따르지 않는다면 닳아빠진 헌 신발짝 내버리듯 날 내쫓겠죠. 린 국장의 아들씩이나 되는데 파마머리 여인 하나 찾지 못하겠어요.

방금도 이런 이유로 싸운 거예요. 그는 밖에서 돌아와 술을 많이 마시더니 굵은 목소리로 크게 고함을 지르며 노래를 불렀어요. 샤오민(小民)이 두려워하면서 울었죠. 샤오민이 무서워하면 할수록 더 노래를 불렀고, 목소리는 귀신이 울부짖는 것 같았어요. 난 아이를 안고 방 모퉁이에 앉아 있는데 마음은 한없이 우울해졌어요. 어제 그가 린가네에서 돌아왔으니 우리는 이미 보름 넘게 못 만났던 거고, 돌아와서는 약속이 있어서 나갔다가 방금 돌아왔다고 하더군요. 돌아오자마자 아이를 울리기나 하고, 결혼한 지 2년밖에 안 되었는데 반달 동안 얼굴도 보지 못하는 부부가 있을까요?

좀 지나 샤오민이 겨우 잠들었는데 다가와서 아이 얼굴을 만지려고 하길래, 만지지 말라고 하니 이렇게 말하더군요. “내 아들이 아닌 거 아냐? 당신이 아니라고 하면 안 만질게.” 하도 기가 차서 대답조차 안 했어요. 내가 대답을 안 하니까 화를 더 내면서 “그래, 당신이 바깥에 누군가 있어서 나를 상대하기 싫은가 본데, 여기는 내 집이야.”라며 꽃병을 들어 바닥에 던져 버리니 온몸에 물이 튀었어요. 내가 세면실로 달려가 수건을 가져다 물기를 닦는 동안, 방 안에 부서질 수 있는 모든 것이 다 망가졌어요. 어떻게 해야 좋을지 몰라서 세면대에서 눈물을 흘리고 있는데, 잠시 후 그가 갑자기 세면실로 들어와서 눈앞에 있는 거울을 떼어 던져 버리더군요. 이번에는 정말 참을 수가 없어서, “이렇게 부수지 말고, 할 말 있으면 바로 해요. 당신한테 기대지 않는데 왜 이러는 거예요?”라고 했어요.

“의지하지 않으려면 꺼지면 되겠네.”

"꺼져요? 그렇게 쉬워요? 당신이 사랑하고 싶으면 사랑하고, 싫으면 차 버리고. 나는 당신이 계집질하는 여자와는 다르다고요." 나는 가슴이 터질 듯 화가 나서 들이받았어요.

"아!" 그는 헛웃음을 치며 눈을 부릅떴어요. "당신은 스스로 괜찮다고 생각하는데, 기생보다 얼마나 나은데? 온전한 처녀도 아니면서. 다 필요 없고, 이제 당신이 나에게 애걸한다고 해도 소용없어."

"그래요! 린 선생님, 사람은 양심이라는 게 있어야지요. 저도 알아요. 당신도 당신 아버지처럼 돈만 알고 여자만 밝히니까. 당신 아버지가 나를 버리라고 했으니, 나와 같이 살면 충분히 억울하겠죠. 당신은 당신 집으로 가요. 린가네로 돌아가서 그 집 도련님으로 살아요. 당신 아버지는 가진 게 더러운 돈뿐이니까, 내 아들은 당신에게 줄 수 없어요. 당신이 나더러 꺼지라고 했으니 이제 못 나갈 것도 없지요. 내가 굶어 죽으면 그 또한 내 안목이 부족한 탓일 테니까. 고르고 골라 만난 게 하필이면 당신이었을까." 내가 화를 내며 방으로 들어가 샤오민을 안자, 그는 내 어깨를 잡아채면서, "꺼져! 내가 사 준 옷도 벗고 나가." 라고 했죠. 우리는 그렇게 밀치며 싸우기 시작했고, 그는 닥치는 대로 나를 때리고 나가 버렸어요.

그가 나가자 나는 바닥에 뒹굴었어요. 심한 자극으로 배 속의 태아가 거칠게 움직이자, 나는 배가 아파서 눈앞이 캄캄하고 구토할 것같이 속이 메스꺼웠어요. 이미 절정에 치달은 분노를 진정시킬 수 없었고, 공처럼 구르면서 내 머리카락과 옷을 잡아당기다가 두 손을 입에 넣고 물었지만 입에서는 경련으로 쉰 소리가 흘러나왔어요. 난 아이가 유산되기를 원했고, 린성민의 아이가 배 속에서 자라는 것을 원하지 않았죠. 속으로 아이 한 명이 줄어들면 짐 하나가 줄어든다고 생각하면서 그를 떠나기로 결심했고, 한 번 더 스스로 다짐했어요.

샤오민이 깨어나자, 난 침대에 기대어 희망이 깃든 작고 불그스레한 얼굴을 보면서 한 줄기 생명의 빛을 발견했어요. 그 부드러운 머리를 쓰다듬고 있으니 샤오민의 얼굴에 눈물이 뚝뚝 떨어졌고, 아이의 아빠를 생각하자 갑자기 히스테릭하게 큰 소리로 울음이 터져 나왔어요. 이 뜻밖의 소리에 샤오민은 놀라서 크게 울었고, 그 작은 머리로 내 품에 꼭 안기더라고요. 그렇게 아이가 겁을 먹고 크게 우는 것을 보니, 아이를 놀라게 한 게 후회가 되었어요. 그것이 바로 내가 가장 무서워하는 일이거든요. 아이는 내 목숨과 같아요. 나는 내 아들을 현명한 사람이 되도록 가르칠 거예요. 이 사회에 현명한 사람이 하나 더 늘어나면 여자는 덜 고통스러울 거예요. 샤오민의 작은 얼굴을 쓰다듬으며 나지막하게 말했어요. "샤오민, 엄마를 용서하렴. 엄마는 숨이 막힐 지경이지만, 너를 사랑해. 엄마는 죽어도 너를 떠나지 않을 거고, 저런 아빠는 있으나 없으나 상관없어. 샤오민, 나의…" 나는 참지 못하고 다시 흐느꼈어요.

그렇게 멍하니 바보처럼 샤오민을 안고 등만 쳐다보고 있는데, 갑자기 몰아치는 폭풍우 소리를 들으니 가슴이 요동치면서 공포와 절망의 감정이 맴돌더군요.

그때 갑자기 두드린 문소리에 내 귀를 의심했어요. 아마도 샤오민의 아빠가 돌아온 거라고 생각했어요. 그를 미워하지만 사랑하는 마음이 전혀 없다고도 할 수 없으니까요. 3년 동안 쌓인 시간을 생각한다면 그렇게 그를 떠날 수 있다고 말하기 어려울 것 같았죠. 나는 무의식적으로 그가 돌아오기를 바랐고, 약간의 위로를 받고 싶었나 봐요. 감정이란 정말 이상하죠. 그렇게 그를 미워하고 떠나려고 했지만, 그가 돌아온다면 우리는 다시 화해할 수 있을 거라는 생각이 들었어요. 아마도 아이가 있기 때문이겠지만, 얼마나 모순된 생각이고 모순된 감정인가요!

다시 노크 소리가 나서 귀를 기울여 보니 또 다른 익숙한 소리가 들렸어요. 당신을 떠올리면 흐린 하늘에 해가 떠오르는 광경을 보는 것 같았죠. 그러나 곧바로 당신이 요 며칠 동안 나에게 한 말이 떠오르더군요. 다가올 듯 멀어질 듯한 당신의 태도에, 당신에게 문을 열어 주기 위해 뛰쳐나가고 싶은 두 다리는 머뭇거렸어요.

그때 갑자기 모든 것을 집어삼킬 듯한 소리를 내며 바람이 불어닥쳤어요. 바깥에 내리는 차가운 비를 생각하는데, 번개에 이어 전등이 번쩍였어요. 그렇게 말라서 갈라지는 듯한 큰 소리에 나도 모르게 몸이 떨리기 시작했어요. 나는 더 이상 주저하지 않고 달려 나가 비에 젖은 당신을 위해 문을 열었어요.

그렇게 흥분된 기분이었는데 막상 냉담한 당신을 대면하고 보니, 당신이 화를 낼 만한 말을 많이 하게 되네요. 린, 당신은 나에게 화가 났나요? 나는… 린, 내 눈물을 닦지 말고 흐르게 놔두세요. 울고 나면 좀 시원해질 거예요. 나는 당신을 알아요. 당신은 나를 사랑한 게 아니라, 쓸쓸해서 자주 오다 보니 친해졌고 보통의 우정보다 조금 더 깊은 감정이 생긴 것뿐이잖아요. 그래서 당신은 남들의 구설수에 오를까 봐 두려워하고, 당신의 사촌 형인 내 남편이 당신을 무시하거나 당신과 싸우게 될까 걱정하고 있는 거 아닌가요. 진정한 사랑이라면 이런 것들은 전혀 문제가 될 게 없겠죠. 그렇지 않나요?

나는요, 린, 오늘 밤에야 비로소, 당신과 마찬가지로 나 역시 당신을 진정으로 사랑하지 않는다는 걸 알았어요. 당신이 나를 위로해 주니까, 외로울 때 곁에서 위로해 주니까 그랬을 뿐이었어요. 곰곰이 생각해 보면, 당신은 나에게 먼 등불과 같아요. 당신의 빛이 나를 비추지만, 나는 등불을 손에 쥔 채 그 빛에 기대어 어둠을 뚫고 나갈 수 없어요. 당신은 분수를 아는 사람이죠. 남편처럼 방탕하지도 않고, 당신의 삶 자체인 음악에 몰두해 있죠. 린, 화내지 말고 들어요. 마음의 상처가 느껴질 때 당신이 보내 준 그 베토벤 교향곡을 들어 봤지만, 아름다움을 느끼지는 못했어요. 집안일에 바쁘고 아이 때문에 마음이 편치 않은 여자는, 그런 숭고한 아름다움을 느낄 여유가 없는 거 같아요.

그리고 린, 내가 당신에게 가장 죄책감을 느낀 부분은, 바로 당신의 아내에게서 당신을 빼앗은 것이에요. 아니, 이렇게 말하면 내 자신을 너무 추켜세우는 것인가요. 당신이 집에 가서 부인과 즐겨야 할 시간을, 내가 침해했다고 말하는 게 맞겠네요. 나 역시 남편이 집에 돌아와야 할 시간에 그가 밖에 있는 것을 원치 않는다면, 당신 부인도 당연히 나와 같을 테니까요. 내가 그녀에게서 당신에 대한 권리를 빼앗은 것은 아니에요. 그래서 린, "우리는 이렇게 헤어지는 게 제일 좋아요, 당신도 나도." 당신이 즐겨 부르는 구절처럼요.

아! 전등이 들어왔네요. 소리를 들어 보니, 빗줄기도 훨씬 작아졌어요. 당신은 가야겠죠? 난….

린, 비가 정말 차가워요. 좀 춥네요. 당신 신발도 다 젖었어요. 샤오민이 깨어났을지 모르니 배웅은 안 할게요. 잘 지내요… 나는 늦어도 내일 이맘때까지 여길 떠날 거예요. 당신도… 조심하세요!

린, 당신인가요, 당신이 맞나요? 당신은 언제 돌아왔나요? 방금 누군가 비를 맞고 걸어오는 거 같았는데 옆집 남자인 줄 알았어요. 왜 문을 두드리지 않았어요? 깜짝 놀랐잖아요. 나는 유리에 흔들거리는 누군가의 그림자를 보고 도둑인 줄 알았어요. 숨죽이고 한참을 들여다보았는데, 불을 끈 후 그림자가 선명해져서 좀 낯익다고 느꼈지만, 당신이라고는 상상도 못 했어요. 나중에는 큰맘 먹고 문을 연 거예요. 안으로 들어와서 잠깐 앉을래요? 나는 아직 안 자고 물건들을 정리하고 있었어요.

린, 내 이야기 좀 들어 볼래요? 나와 남편이 어떻게 사랑하게 되었고, 내가 아버지 집에서 어떻게 나오게 되었는지 말이에요. 말하고 나면 조금 편해질 거 같고, 당신도 다른 사람들처럼 더 이상 나를 비웃지 못할 거예요.

그때는 두 달 후면 고등학교 생활이 끝나는 시기였고, 친구들은 모두 눈을 치켜뜨고 남은 학창 생활을 아쉬워했어요. 그 도시에는 여자가 갈 수 있는 최고 학부가 없었기 때문에 졸업은 곧 학교를 그만두는 것과 같았죠. 보통 가정에서 누가 돈을 들여 다 큰 여자를 번화한 도시로 보내겠어요? 글만 알면 됐지, 여자가 무슨 공부를 하느냐고 했으니까요.

난 짜증이 났지요. 고등학교도 어머니의 완강한 고집으로 다니게 된 거였고, 졸업을 하고 내 나이도 열아홉이 넘게 되자 아버지는 나를 더는 놔두지 않고 꼭 시집을 보내려고 했어요. 아버지 신조가 여자는 스무 살이 넘지 말아야지 스무 살만 넘으면 아무한테도 시집갈 수 없다는 거였으니까요.

린, 비웃지 말아요. 그 당시 나는 우리에게 국어를 가르친 젊고 친절하고 과묵한 선생님을 혼자 흠모하고 있었어요. 그는 나를 상대해 주지 않았고 다른 학생들과 똑같이 대하면서 심지어 내가 없어도 괜찮다고 말했어요.

그 당시 반 친구들은 대부분 나보다 나이가 많아 막 사랑에 눈을 뜰 나이였죠. 하지만 알고 있듯이 여학교이기 때문에 규정이 엄격해서 학교에 사는 학생은 일요일과 정기 방학을 제외하고 밖으로 나갈 수 없었어요. 어쩌다 나가서 물건을 좀 사거나 영화를 보는 정도가 다였어요. 외부와 교류할 수 있는 모든 기회가 차단되어 있었고, 생기발랄한 소녀들에게 그러한 비구니 같은 생활은 아직 상처받아 본 적 없는 순결한 감정을 단단히 묶어 놓는 것과 다름없었어요!

소녀들은 있는 대로 신경이 날카로워져서, 사랑에 관한 이야기를 들으면 바로 소문거리가 되었어요. 그때 반에 여학생 하나가 연애를 했는데, 아니, 남자를 막 만났을 뿐인데도 온 학교에 소문이 퍼졌을 정도였어요.

어느 기분 좋은 초여름의 해질녘, 나는 베벨의 『여성 진화론』*을 들고 교실에서 뛰쳐나와 강당 뒤에서 읽으려고 했어요. 강당 뒤편에는 포플러 그림자가 고요하게 드리워진 언덕이 있었고, 언덕에는 작은 풀들이, 언덕 아래에는 우리 학년의 학생들이 심은 오색 꽃들이 자라고 있었는데, 그곳은 우리가 작은 공원을 만들기로 계획한 장소였죠. 평소에 열심히 공부하는 학생 외에는 그곳에 가는 사람이 거의 없었어요. 토요일 오후에는 꽃향기와 새소리뿐이었죠.

나는 기분 좋게 걷고 있었어요. 맑고 푸른 하늘에 흰 구름이 떠다니고, 초여름 특유의 부드러운 바람이 나의 흰 비단 블라우스를 휘날리는 동안 잠시나마 모든 것을 잊었어요. 내 머릿속을 맴도는 앞날에 대한 답답한 생각을 모두 잊은 채, 나는 노래를 흥얼거리면서 걸었죠.

백양나무 뿌리 옆의 무성한 두 갈래 풀숲을 헤치고 언덕을 올라갔는데, 린, 그 순간 난 너무 놀라서 머리 위로 피가 솟구치는 줄 알았어요. 그때 내가 뭘 봤는지 알아요?

우리 국어 선생님이 거기 있었어요. 그는 쪼그리고 앉아 손

---

* 독일 사회주의자 아우구스트 베벨(August Bebel)이 1879년 유물사관에 입각해 여성 문제를 다룬 저서이며 원제목은 'Die Frau und der Sozialismus'이다.-역주

에 든 짚으로 땅에 글씨를 쓰고 있었고, 맞은편에는 나와 같은 흰 셔츠와 검은 치마를 입은 소녀가 있었어요. 우리가 샤오위(小玉)라고 부르는 같은 학년 2조 반 친구였는데, 그녀 역시 손에 짚을 들고 있었어요. 그때 그녀가 고개를 들었는데, 얼굴에는 마음에서 우러나는 달콤함이 묻어 있더라고요.

나도 모르게 온몸에 전율이 흐르고 얼굴이 하얗게 변하는 것 같았어요. 내가 무슨 말을 했는지 기억도 안 나요. 몸을 돌려서 한달음에 언덕을 내려왔어요.

나는 온 힘을 다해 뛰기 시작했는데, 목적도 없이 그곳을 빠져나가고 싶었어요. 거기에 있었던 것은 귀신이고 귀신이 나를 삼킬 것 같다고 느꼈어요.

뛰어서 어떻게 운동장까지 왔는지 모르겠지만, 모든 것이 안개에 가려진 것처럼 눈앞에 아무것도 보이지 않았어요.

그때 갑자기 누군가 내 팔을 잡아당겼는데, 웃기지 않나요. 그 사람은 바로 나를 무척 좋아하는 학급 주임이었어요. "왜 그렇게 고개를 숙이고 달리니? 하마터면 농구대에 부딪힐 뻔했어."라면서 손을 놓았어요.

농구대에 새로 칠한 옅은 파란색 페인트가 석양에 반사되고 있었어요.

정신을 가다듬고 학급 주임의 얼굴을 보고 나서야, 내 눈에 눈물이 가득 고여 있다는 걸 알았죠. 나는 말없이 발길을 돌려 빠르게 숙소로 달려갔어요.

내 뒤에서 아이들의 웃음소리가 들렸죠. 숙소에 도착해서 이

불을 잡아당겨 머리에 뒤집어쓰고, 게처럼 이불 속에서 몸을 좌우로 굴리면서 생각했죠. 좌절과 질투 사이에서 마음이 요동쳤는데, 강렬한 여인의 질투이었겠죠?

그때 우리 학교에서는 수재민을 위해 연극을 준비하고 있었는데, 공연일이 다음 토요일이었어요. 나는 〈벙어리 여인〉의 여주인공을 맡았고, 샤오위는 〈공작동남비〉의 란즈 역을 맡았어요. 나는 그녀가 나보다 부족하다고 확신했고, 공연에서 반드시 그녀를 제압할 수 있다고 생각했어요. 린, 당신은 내 무의식적인 자만심을 비웃고 있나요?

그러나 내 마음속의 불쾌감을 떨쳐 버릴 수 없었고, 며칠 동안 마음이 편치 않아 망연자실해 있었죠. 그사이 나에 관한 이상한 소문이 학우들 사이에 퍼지기 시작했어요. 나와 그 학급 주임에 관한 것으로, 정말 뜬금없는 일이었어요! 내가 우리 반의 반장이었기 때문에 공적인 접촉 외에는 평소에 학급 주임과 단둘이 마주치는 일이 거의 없었지만, 이 소문으로 걱정이 돼서 퇴학까지 하고 싶은 마음이었어요. 생활에 대한 구속과 나이에 대한 걱정 때문에 여학생들은 대부분 발산할 곳 없는 감정을 젊은 선생들에게 쏟고 있었거든요. 질투심 때문에 어떤 선생과 어떤 학생에 관한 말들은 빠르게 소문으로 돌았어요. 린, 다른 사람들처럼 그게 염치없는 일이라고 생각하지는 않죠? 사랑하고 싶은데 시작조차 할 수 없는 그 소녀들이 불쌍하지 않나요?

공연 날이 되었고, 나는 무대에서 최선을 다했어요. 무대 아래에서 몇 번이고 박수 소리가 들리자, 나는 흥분해서 얼굴이 벌겋게 달아올랐어요. 사랑을 받는 것 같았고 오만한 자존심도 회복한 거 같았어요. 얼마나 기뻤는지! 린, 그때 내가 공연한 배우들 사이에서 여왕이라도 된 듯 느껴져서, 화장을 지운 후 교복 상의를 걸친 채 흥분해서 관람석으로 달려갔어요.

가는 도중 입구에서 국어 선생님과 마주쳤는데, 그는 모자를 쓰고 있었고 방금 도착한 차림이었어요. 오로지 〈공작동남비〉를 보기 위해 온 거였죠.

그 순간 나는 얼이 나간 채 제 눈을 믿지 못했어요. 불빛이 휘황찬란하게 비추고 있는데, 그가 그날 언덕 뒤에서 입었던 회색 옷을 그대로 입고 있는 것을 또렷이 보았어요.

나는 뒷걸음질 쳤고, 몸을 벽에 붙였어요.

그는 웃으면서 "끝났니?"라고 말했지만, 내 대답도 듣지 않고 곧장 극장으로 들어갔어요.

난 완전히 멍해져서 5분 동안이나 가만히 서 있다가 정신을 차리고 극장 뒤로 달려갔어요. 그곳은 아주 큰 정원이 있었는데, 정원 한가운데 연못이 있고 연못 속에선 학 한 마리가 부리에서 잘게 부서진 물방울을 내뿜고 있었어요. 그곳까지 달려가자, 차가운 물방울을 머금은 바람이 내 얼굴을 향해 불었죠.

나는 미친 듯이 연못을 뱅뱅 돌았어요. 천 명이 넘는 관중의 박수갈채도 "끝났니?"가 주는 충격보다 강하지 않다고 생각했어요. 심지어 죽고 싶었고, 과거에 옳다고 여겼던 모든 것이 다 잘못되었다고 생각됐어요. 나의 모든 것이 의심스러웠고, 내가 가장 멍청하다고 생각하던 왕잉(王瑛)보다도 못났다고 느껴졌어요. 그때 내 얼굴은 틀림없이 파랗게 보였을 거예요.

시간이 흘러 흥분이 가라앉자, 나는 주머니에 손을 넣은 채 눈앞의 등을 우두커니 바라보며 서 있었어요. 눈물은 소리 없이 뺨을 따라 입술로 흘러내리고, 쓰디쓴 눈물이 뜨거운 목구멍을 타고 가슴으로 흘러내렸죠. 린, 그때 나는 처음으로 현실의 가혹함을 느꼈고, 처음으로 스스로를 부정했어요.

그때 누군가 가볍게 부르는 소리에 몸을 돌렸어요. 잘 차려입은 낯선 남자가 손에 빨간 테두리의 흰 손수건을 들고 서 있었어요.

그는 "당신 건가요?"라며 손수건을 건네주었는데, 언제 주머니에서 떨어졌는지 모르겠지만 손수건은 분명 내 것이었어요. 나는 고개를 끄덕였어요.

"여기 당신밖에 없으니 분명 그럴 거라고 생각했어요. 극장 안의 공기가 너무 탁하네요." 그는 반듯하게 빗어 가르마를 탄 머리 아래 넓은 이마를 쓰다듬으며 말했어요.

그 넓은 정원에는 우리 둘뿐이었고, 극장 안에서 한창 웃음소리가 흘러나온 걸 보니 아마도 쉬는 시간인 것 같았어요. 조금 전 경박한 남자에게 겪은 난감한 일을 생각하니 가슴이 두근거렸어요.

"고맙습니다!" 나는 극장 쪽으로 걸어갔어요.

"나는…" 그는 미소를 지으며 쫓아와 명함 한 장을 건네면서, "당신을 알고 싶은 사람과 인사하는 것을 싫어하지는 않겠지요!"라고 했어요. 명함에는, '린성민 외교부 XX과'라고 쓰여 있었고, 나는 고개를 들어 부드럽게 미소 짓는 그의 얼굴을 보았어요.

린, 당신은 이것이 재미있는 만남이라고 생각하나요?

공연 후 얼마 지나지 않아 졸업 시험을 치렀고, 국어 선생님과는 경직된 관계를 유지했어요. 나의 지나치게 무뚝뚝한 태도 때문에 나에 대한 소문도 조금씩 사그라들었고요. 나는 당장 학교를 떠나고 싶을 뿐이었고, 필요한 수업 외에는 모든 방과 후 활동을 중단하고 공도 치지 않았어요.

린, 그때 나는 상당히 큰 충격에 빠져 있었어요. 몸이 약한 어머니가 돌아가셨고, 나는 넋이 나가 학교에서 집으로 갔다가 다시 학교로 돌아오곤 했어요. 매일 유령처럼 일어났고, 인생의 희망과 즐거움이 마음에서 사라졌어요. 나의 열아홉 살 앞날이 어둠으로 가득 차 있다고 생각했던 거죠.

학교생활은 완전히 끝났고, 내가 꿈꾸던 사랑도 끝났다고 생각했어요. 난 친구들의 만류를 뿌리치고 무더운 어느 밤 혼자 집으로 가는 길에 올랐어요.

린, 차 안에서 느꼈던 슬픔을 어떻게 당신에게 설명할 수 있을지 모르겠어요. 어머니가 없는 집은 정말 감옥보다 힘들었는데, 나의 고지식한 아버지, 여우 같은 새엄마, 심지어 남과 같은 삼촌과 숙모들을 어떻게 모시고 같이 지낼 수 있을지 엄두가 나지 않았어요. 린, 나는 마치 생매장을 받아들일 각오로 집으로 향한 것이었고, 국어 선생님이 내게 남긴 강렬한 자극은 마음에 낙인으로 남아 있었어요. 나의 모든 것이 남보다 못한 것 같았고, 다른 사람과 경쟁할 능력도 없고, 그저 관에 들어갈 때까지 버티다가 지옥 같은 집에서 죽게 될 거라고 생각했죠.

기차 구석 자리에 웅크리고 앉아 있으니, 낯선 차의 공기가 조금이나마 나의 궁핍한 숨결을 자유롭게 해 주었어요. 처음에는 차가 좀 천천히 갔으면 했지만, 나중에는 영원히 멈추지 않기를 바랐어요. 나는 누구의 집으로 돌아가는 것이었을까요? 그 집을 나의 집이라고 부를 수 있는지도 모르겠더라고요.

기차가 노선의 중심 역인 P시에 도착하니 역 안은 떠들썩했어요. 만두 파는 사람은 김이 나는 찜통을 들고 있었고, 역 바깥의 높은 건물에는 네온사인이 반짝거리며 자극적인 빛을 내뿜고 있었어요. 일어나 차창에 기대어 서 있다 보니, 뭔가를 해야 할 것만 같았죠. 네, 뭘 좀 먹어야 할 것 같았어요.

우르르 몰려드는 승객들을 바라보며 식당차까지 가는 데 걸리는 시간과 어려움을 헤아리다 보니, 나도 모르게 기가 꺾여 다시 앉게 되었고 다시 앉으니 배고픔이 좀 더 뚜렷해지는 것 같았어요.

내가 열린 창문 사이로 머리를 내밀었을 때, 흰옷을 입은 잘생긴 남자가 나를 불렀어요.

"누구세요?" 기억을 뒤져 보았지만 그가 누군지 알 수 없었어요. 잠시 멍하니 있었는데, 그 순간 차가 출발하면서 결국 사려고 했던 것을 사지 못했어요. 그때 흰옷을 입은 사람이 내 앞으로 와 웃으며 인사를 건넸어요.

아, 그 사람은 XX극장에서 나에게 손수건을 주워 준 사람이었어요. 그가 웃으며 내 옆자리에 앉더니 손에 들고 있던 작은 가방을 내려놓았죠. 나는 조금 난처했어요. 두 번이나 낯선 사람으로 인해 답답해하는 자신을 발견하자 그다지 마음이 편하지 않았어요. 그의 인사에 어떻게 대답해야 할지 몰라 천천히 고개를 돌려 그를 바라봤어요.

그도 침묵하고 있다가, 잠시 후 조심스레 묻더라고요. "C시로 가시나요?" 나는 고개를 끄덕였어요.

"저도 출근길이에요, 우리 집은 P시에 있어요." 그가 이렇게 말하자 그의 명함이 떠올랐고, 거기에 외교부라고 쓰여 있던 것이 기억났어요.

"직장이 C시에 있나요?" 그는 일어나 상의를 벗으며 이렇게 물었어요. 나는 머리를 끄덕일 수밖에 없었어요.

"졸업 시험은 끝났죠?" 나는 그가 나에 대해 잘 알고 있다는 사실에 놀랐는데, 그렇다면 그날 밤 무의식적으로 손수건을 주워 준 게 아니라고 생각했죠. 그렇지 않으면 왜 그 사람만 정원에 있었을까요?

조금 당황스러웠지만, 멋진 젊은 남자의 주목을 받으니 기분 좋기도 했어요. "그럼, 우리에게 시간을 보낼 기회가 생겼군요." 그는 젊은 남자 특유의 온화한 눈빛으로 날 바라봤어요. 조금은 머쓱했지만 그에게 들키고 싶지 않아 웃으면서 붉어진 얼굴을 숙였어요.

창밖에 갑자기 소나기가 쏟아지더니 창문 위로 굵은 빗방울이 겹겹이 찍혔고, 엄청난 빗소리에 질주하는 차 소리도 묻힐 정도였어요. 공기는 선선해졌고 마음도 많이 가벼워졌어요. 얼굴을 창유리에 대고 어두컴컴한 바깥 밤 풍경을 바라보고 있으니, 내가 여정 중이고 열차가 곧 정차할 거라는 사실도 잊어버렸어요. 그는 몇 번이고 무슨 말을 하려는 듯 보였으나, 나의 침묵 때문에 입을 다물었던 것 같아요.

C시에 도착하자 그는 나에게 주소를 알려 달라고 했고, 자신은 X구역의 독신 아파트에 산다고 말했어요. 나는 잠시 망설이다가 결국 그의 명함 뒷면에 우리 집 주소를 적어 주었어요. 기차가 역에 도착하자, 그는 나의 물건을 내려 주면서 "내가 데려다줄까요?"라고 묻더군요.

나는 그의 제안을 거절했고, 이렇게 두 번째 만남은 끝났어요. 내 순진한 마음에 키가 크고 부드러운 그림자가 새겨졌고, 그 순간 국어 선생님보다 그가 더 낫다고 느껴졌어요.

집에 도착해 아버지의 기나긴 꾸지람을 듣고 난 후, 나의 본격적인 아가씨 생활이 시작되었죠. 늦게 일어나서 여유롭게 밥을 먹고, 새엄마의 여자 손님 중에 한 명이 부족할 때면 그녀들과 함께 패를 잡고 시간을 보내기도 했죠.

그러나 내 가슴에는 분노의 감정이 일렁였고, 그 시체 같은 생활로 나의 고민은 더 늘어났어요. 내 방에 들어오면 말 없는 가구에게 화풀이를 했는데, 그것들을 걷어차고 다시 주워 오고, 주워 오면 다시 걷어차는 행동을 반복했어요.

그때 나에게 온 편지는 전부 집사인 셋째 삼촌의 검열을 거쳐 나에게 전달되었어요. 소설은 일체 허용되지 않았고, 답답해서 미칠 것 같을 때는 집에 있는 목판에 쓰인 당송사(唐宋詞) 같은 것을 읽었죠. 린, 얼마나 지루한 생활인가요! 그야말로 답답해서 죽을 지경이었고, 언젠가 창문 밖으로 날아갈 수 있기를 꿈꿨어요.

답답하면 상상의 나래를 펼칠 때가 많아서, 하루 종일 침대에 누워 머릿속에 떠오르는 대로 생각하다가 피곤하면 이불을 머리까지 뒤집어쓰고 자곤 했어요. 그러고 나면 마음이 더 울적해져서 하루 종일 머리가 아팠고, 원래 매우 건강했지만 편안한 집이 오히려 나를 병들게 했죠.

린, 어느 날 편지 한 통을 받았는데, 잘 봉인된 흰색의 편지였어요. 우리를 잘 관리해야 하는 셋째 삼촌이 때마침 축하주를 먹으러 갔기 때문에, 이 편지는 뜯기지 않고 전달받을 수 있었죠.

표지에 아주 크게 '린(林)'이라고 쓰여 있는 것을 보고는 너무 놀라 가슴이 두근거려서, 나에게 편지 심부름을 한 샤오우(小五)에게 아무 이유도 없이 1위안을 주었어요. 샤오우가 나가자 문을 잠그고 커튼을 내린 뒤 급하게 그것을 뜯어 보았죠.

편지에는 존중하는 어투의 아첨하는 말이 적혀 있었고 글씨체도 예쁘게 쓰여 있었는데, 나는 그 편지가 아주 마음에 들었어요. 기분이 좋아서 폴짝거리며 작은 방을 이리저리 돌아다니다가 손에 잡히는 물건을 들었다 놨다 할 정도였어요. 반년 넘도록 그렇게 기분이 좋았던 적이 없었고, 흥분된 감정으로 뛰어다니다가 숨이 찰 정도가 되어서야 침대에 몸을 던졌어요.

따뜻하고 부드러운 침대는 아름다운 상상에 불을 붙였어요. 린, 나를 비웃는 거 아니죠! 나는 두 사람이 함께 노는 달콤한 광경을 떠올리면서, 나의 베개와 침대 기둥, 그리고 침대 옆에 있는 작은 램프를 껴안고 입을 맞추었어요.

그러나 얼마 지나지 않아 흥분된 감정이 지나가고 좌절된 사랑의 상처가 찾아왔어요. 다시 한번 자신을 의심하면서 이번에도 역시 슬픈 역할을 연기해야 한다는 생각이 들더군요. 그 잘생긴 사람에게 분명 나는 마음에 들지 않을 거라고 생각하면서, 그렇게 한참을 울다가 눈물이 마를 때쯤 잠이 들었어요.

이튿날이 되자 또다시 편지가 올까 두려웠어요. 어떤 남자가 나에게 편지를 보냈다는 것을 알게 되었을 때, 우리 가족의 분노하는 모습과 비웃는 모습을 상상해 봤죠. 아버지의 파란 얼굴과 귀밑까지 벌겋게 칠한 새엄마의 입술을 떠올리자, 밥을 삼킬 수도 없을 만큼 말 못할 괴로움이 위장을 가득 채웠어요. 불시에 일부러 회계장부를 둔 방에 찾아가서 셋째 삼촌의 얼굴을 훔쳐보기도 했지요. 그렇게 하루가 아무 일 없이 지나가면, 작은 침대에 누워 다행스럽기도 하고 실망스럽기도 하다고 느끼면서 눈물을 머금고 잠들었어요.

다음 날 C시에 사는 친구 둘이 나를 보러 왔는데, 그녀들은 C시에 있는 은행에서 여직원을 구한다는 소식을 전하면서 내 의향을 물었죠. 일단 친구에게 대신 신청해 달라고 부탁하고, 모든 응시 절차를 준비해서 나의 생활을 바꾸기로 결심했죠. 그리고 아버지와 소통할 방법을 고민했어요.

그날 밤 나는 린에게 답장을 썼어요. 냉정하게 우리 집안의 모든 것을 말하고, 그에게 다시는 편지를 보내지 말라는 뜻을 암시했죠. 그러나 편지에 썼던 냉담한 말은 오히려 나 자신의 마음을 다치게 했어요. 어째서 서로에게 좋은 방법을 생각해 내지 못하는지, 나의 어리석음을 증오했어요. 편지를 보낸 후 모든 상황을 상상하면서 스스로 희망의 끈을 잘라 버렸고, 목이 잘리는 편이 더 통쾌할 거 같다고 생각했어요. 잘 빗은 머리채를 부여잡고 다른 사람을 학대하듯 자신을 때리기도 했고요.

밤새 잠들지 못한 채 우울과 흥분을 반복하면서 유치한 감정과 상상이 나를 자극했고, 나의 애처로운 이성도 전부 마비되는 거 같았어요.

두 친구가 여자만 일하는 자리라는 것을 재차 담보하고, 어머니가 남긴 비취 팔찌로 아버지의 총애를 받는 새엄마를 구슬려 결국 은행에 응시해도 된다는 허락을 받아 냈어요. 그리고 운 좋게 합격했어요.

내 마음은 다시 바깥에서 생활할 수 있다는 기쁨으로 떨렸어요. 취할 수 있는 가장 경건한 자세로 아버지의 훈계를 들으면서 최선을 다해 착한 딸의 모습을 보였죠. 그리고 교육을 받고 사회에 진출하는 여성의 표정을 지으면서 가족들에게 당당하게 말했어요.

나는 새장을 빠져나온 새처럼 날면서 울었어요. 간단하고 간단한 일을 하였지만, 단 일 분이라도 늦게 집에 가면 안 됐어요. 일이 익숙해지자 다시 외로움이 밀려오기 시작했고, 잘생긴 그 남자를 떠올리게 되더라고요. 나는 점점 말이 없어졌어요. 내게 필요한 건 형식적으로 집을 떠나는 게 아니라 정신적 해방이었고, 진정한 사랑이었어요. 집의 무게가 더 가혹하다고 느껴졌고, 왜 반드시 정해진 시간에 돌아가야 하는지 이해가 되지 않았어요.

직장의 남녀 동료끼리 연애를 하면, 나는 한심한 짓거리라고 비웃었어요. 보자마자 사랑한다고 하면서 상대의 이름도 제대로 모르는 멍청한 사랑이라고 했죠. 린, 나는 그들을 피했지만 사실 경멸한다기보다 질투한 것 같아요. 사랑할 수 없다고, 자신을 마음의 문에 가두고 사랑하는 사람을 갈망하다니, 정말 불쌍한 모습이죠!

린, 그러던 어느 날 거리에서 우연히 린성민을 만났어요. 그가 차를 마시자고 했는데, 때마침 점심시간이었기 때문에 나는 조금의 경계심과 흥분된 마음을 갖고 갔어요.

우리는 아주 빠르게 사랑에 빠졌어요. 그가 편지를 나의 부서로 보내면, 우리는 짧은 점심시간을 이용하여 만났어요. 경험해 본 적 없는 쾌락에 휩싸여 옳고 그름을 판단할 수 없었고, 맹목적인 사랑에 빠져 모든 것이 원활하게 돌아간다고 생각했어요.

그때는 정말 나의 인생에서 가장 행복한 시간이었어요. 그동안 아무런 근거 없이 사랑에 좌절하고 있었는데, 단번에 이렇게 쉽게 사랑을 찾을 수 있다는 게 너무나 행복했어요. 스스로 여왕이 되었다고 생각하니, 나의 동료들이나 연애하는 친구들은 내 앞에서 빛이 바랜 듯 보였고, 나의 애인이 세상에서 가장 멋지고 사랑을 아는 사람이라고 자만하게 됐어요.

집에서의 생활을 더 이상 참기 힘들었던 난, 집에 돌아오기만 하면 다시 없을 열정 가득 찬 편지를 썼고, 가끔은 그런 편지들을 보내기도 했어요. 때때로 너무 흥분해서 내가 보기에도 창피할 정도면 침대 앞 작은 벽난로에 태워 버리기도 했고요. 모든 방법을 동원해서 일 분이라도 빨리 집을 나오고 싶었고, 직장에서 버티다가 일 분이라도 먼저 직장에서 외출할 수 있길 원했어요.

그러던 어느 날 저녁 드디어 외출할 기회가 생겼죠. 아버지가 부동산 일을 보기 위해 새엄마와 셋째 삼촌을 데리고 M시에 간 거죠. 어차피 숙모들은 평소에 나를 신경 쓰지 않으니까, 나는 평소대로 저녁을 먹고 놀자고 조르는 동생들을 밀어내고 머리가 아파서 방에 누워 있을 거라고 거짓말을 했어요.

잠시 후 날이 완전히 어두워지자 나는 분장을 하고 뒷마당의 작은 문으로 빠져나간 다음, 거리에서 차를 불러 X구역의 독신 아파트로 향했어요.

도착하니 심부름꾼이 나를 데리고 긴 복도를 지나 그의 방으로 안내해 주었어요. 그의 방은 어두웠지만, 심부름꾼은 개의치 않고 문을 열어 주더라고요. 방 안에는 아주 두꺼운 담요가 깔린 침대와 푹신한 의자가 놓여 있었고, 환하게 비추는 육십 촉의 불빛 아래서 그의 흉상이 나를 향해 온화하게 웃고 있었어요.

엄청 실망스러운 마음에 아무 생각이 없어진 나는, 돌아가야 할지 아니면 어떻게 하면 좋을지 몰라 우두커니 문 앞에 서 있었어요.

"들어가서 좀 기다리세요! 린 선생님은 곧 오실 겁니다."

심부름꾼이 이렇게 말하자, '들어가서 좀 기다려야지, 이렇게 어렵게 나왔는데.'라는 생각이 들었어요.

상당히 정교하게 꾸며진 그 방에서 혼자 서성대며 기다림에 애타는 마음을 꾹꾹 누르고 있었어요. 한 시간이 흘렀고 또 한 시간이 흘렀죠. 나는 그 웃고 있는 흉상을 들고 세심하게 눈썹을 보고, 눈을 보고, 입을 보았는데, 그 모든 것이 나를 사랑한다고 말하고 있었고 애타는 마음에 위로가 되었어요.

더 늦으면 우리 집 문이 잠길 테니 더는 기다릴 수 없다는 생각이 들었고, 최소한 우리 집 문이 닫히기 전에는 돌아가야 한다고 판단했어요. 9시, 늦기도 빠르기도 한 원망스러운 시간이죠! 나는 종이와 펜을 찾아 쪽지를 남겼어요. 모순되는 감정이 가슴에 솟구쳤고, 원망인지 사랑인지, 실망인지 안타까움인지 모르겠더라고요. 붓을 들고 있는데, 정성 들여 화장한 얼굴에 눈물이 흘러내렸어요.

펜을 놓고 작은 지갑을 손에 든 채 문을 나서기 전 주변을 돌아보는데, 침대 위에 떨어진 사진 한 장이 억울한 듯 시트에 반쯤 묻혀 있는 걸 보았어요. 그 사진을 원래 있던 곳에 두어야 한다고 생각했지만, 그냥 발걸음을 돌렸어요.

그 순간 복도에서 익숙한 구두 소리가 났어요. 나는 눈물을 닦으며 두근거리는 마음에 재빨리 문 뒤에 몸을 숨겼어요. 그는 문이 열려 있다는 사실에 의아해하면서 손에 들고 있던 보따리를 의자 위에 던지고 문을 닫았어요. 그리고 나를 발견했죠.

린, 그때 내가 그의 표정에서 발견한 것이 어떤 기쁨인지 예상할 수 있나요!

"아! 당신이었군요, 나의 작은 천사." 그는 나를 붙잡고 뜨거운 입맞춤을 퍼부으며, "어떻게 나올 수 있었어요?"라고 묻고서 나를 안았어요.

"오래 기다렸지요!" 난 고개를 끄덕였고, 진심으로 기쁜 마음에 방금 억울해하던 기분까지 더해져 나도 모르게 눈물이 났어요.

"용서해요, 내 사랑. 너무 답답해서 좀 걷다가 친구한테 이끌려 술을 마시게 되었어요. 멍청하게 당신이 온 줄도 모르고!" 그는 눈물을 닦아 주면서 자신의 머리카락을 잡아당겼는데, 그에게서 술 냄새가 많이 났어요.

나는 그의 손을 뿌리치며 "이만 돌아가야 해요."라고 말했어요.

그는 "뭐라고요?"라며 펄쩍 뛰었어요. "돌아간다고요? 방금 만났는데 가려고요, 나한테 화났나요? 그건 안 돼요. 펀(芬)은 세상에서 제일 마음 넓은 사람이잖아요." 그는 다시 나를 안고 내 눈을 빤히 보았어요.

나는 아무 생각도 나지 않았어요. 마치 마음속에서 가족과 사랑이 싸우는 것 같았고, 고개를 들어 보니 시계는 벌써 9시반을 가리키고 있으니까 마음이 무거워졌죠. 대문을 열어 달라고 특별히 부탁도 해 놓았기 때문에, 반드시 돌아가야 한다는 생각이 들었어요.

그 순간 불행한 예감이 엄습했어요. 당혹스러운 마음에 심장이 두근댔고 소파에 기대어서 어떤 말도 못 하고 있었죠. 그때 그가 문을 잠갔어요.

나는 멍해진 상태로 소파에 앉아, 그가 문을 잠그고 커튼을 치고 방금 가져온 소포를 여는 것을 지켜보고만 있었어요.

"사탕 하나 먹어 봐요. 사실 내일 당신에게 가져다주려고 한 거예요." 그는 곁에 앉아 내 손을 잡아당기면서, "어떻게 나왔는지 나에게 말해 줘요."라고 했어요.

어떻게 집을 빠져나왔는지 말하자, 그는 뛸 듯이 기뻐하며 손뼉을 치더군요. "그렇다면 급하게 돌아갈 필요도 없겠네요. 아무도 당신이 나온 걸 모르고, 방으로 가 볼 사람도 없을 테니 안심해요. 내가 보증할게요. 얼마나 소중한 만남이에요. 샤오펀, 기쁘지 않나요?"

그의 말은 나를 안심시켰고, 나 역시 그의 달콤한 방에서 빨리 나가고 싶지 않았어요. 사탕을 먹으면서, 그가 내 귓가에 속삭이는 부드러운 사랑의 말을 들었어요. 애무의 시간은 얼마나 빨리 지나가는지!

내가 다시 일어서려고 할 때는 이미 자정에 가까웠어요. "간다고요? 안 돼요, 펀. 날 믿어요. 아무도 당신이 나온 걸 눈치채지 못하고 있는데, 지금 당신이 돌아가면 오히려 큰일 날 거예요. 우리 조금만 더 얘기해요, 펀. 날 사랑한다면 가지 말아요!"

그는 나를 안아서 침대에 눕히고 불을 껐어요. 그 순간 불행한 미래가 떠오르고, 가족들과 주변의 비웃음도 걱정되고, 온갖 복잡한 감정들이 머릿속을 가득 채웠어요. 극심한 공포에 휩싸여 가슴이 쿵쾅거리더군요. 하지만 한편으론 애무로 인한 흥분을 억제할 수가 없었어요. 머리를 이불 속에 파묻은 채, 제정신이 아니었던 거 같아요. 린, 그때는 바로 옆이 낭떠러지였는데도 내 자신이 떨어지는 걸 막을 수 없었어요.

그날 밤, 나는 순결을 잃었어요.

다음 날 그는 미안하다고 변명하면서 자신을 질책하더군요. 그의 모든 말은 귓가에서 윙윙거렸고, 무슨 말을 하는지 알아들을 수 없었어요. 난 그저 침대에 누워 하얀 천장을 바라보며 소리 없이 눈물을 흘렸어요.

나의 외박은 빠르게 가족들에게 알려졌지요. 당연히 아버지는 진노하였고, 화가 나서 이를 악물고 부들부들 떨면서 나를 대신하여 은행에 사직서를 냈어요. 사람들 앞에서 밥 한술 떠먹을 자유도 없을 정도로, 나에게는 예상보다 훨씬 가혹한 비난이 닥쳤어요. 그들은 작은 방에 나를 가두고 감시할 아주머니를 붙였어요. 아이들조차 어른을 따라서 미친 사람을 본 것처럼 나를 비웃고, 내 얼굴에서 무언가를 발견하려는 것처럼 놀란 눈으로 쳐다보기도 했어요.

침대에 누워 있으면 사형당할 죄수처럼 별별 생각이 다 떠올랐어요. 생각이 경직되어 그들이 나를 어떻게 할지 모르겠더라고요. 죽음과 추방과 굶주림과 책망의 상념이 마음속에 빙빙 맴돌았어요.

사흘째 되는 날, 가족들은 나에게 그들이 정한 회사 사장의 아들과 결혼할 것을 요구했어요. 그러나 이미 가슴에서 나의 당혹스러운 사랑이 자라고 있었기에 그들의 요구를 거절하였고, 현실도피만 할 줄 아는 도련님에게 나의 몸을 맡길 수는 없다는 생각을 했어요.

이러한 행동이 다시 아버지를 화나게 하였고, 아버지는 나에게 욕을 하면서 죽은 엄마부터 엄마의 엄마까지 모두 싸잡아 근거 없이 저주를 퍼부었어요. 결국 화가 난 아버지가 나를 내쫓으면서 나 같은 딸은 없는 셈 친다고 말하더군요.

린, 드디어 커다란 문제가 나에게 닥친 거예요. 어떻게 해야 좋을지 몰라 막막해하며 뜰에 있는 버드나무 앞에 서서 생각할 때만 해도, 난 조금의 생활고도 모르고 살아서 집을 떠나면 배가 고프다는 것조차 몰랐고, 어디든 다 사람 사는 곳이니 굶어 죽지는 않을 거라고만 생각했어요. 그리고 사랑이 나에게 용기를 주었고, 두 사람이 한마음이 되어 금으로 변한 이야기를 떠올리면서 사랑하는 사람을 조금도 의심하지 않았어요. 새엄마가 내게 어떻게 아버지에게 용서받을 수 있는지 가르쳐 줬지만, 난 용기 있게 집을 나왔어요.

그는 열정적으로 나를 반기며 안아 주었고 그날의 일에 대해 용서를 구했어요. 내가 3일 동안 출근하지 않았다는 사실을 알고 있었지만, 그때까지 내 신변에 생긴 일을 알지 못한 채 그는 그저 내가 심하게 야단맞을까 걱정하고 있었어요.

한 번 누웠던 그 침대에 다시 누우니 흥분된 신경이 차츰 안정되어 평온해졌지만, 오히려 집을 떠난 후 생긴 모든 불행한 예감이 가슴속에 차올라 서러운 눈물이 주르륵 흐르더군요.

그때 그는 비할 데 없는 온기로 나를 안아 주었고, 나 역시 내 모든 것을 털어놓았어요. 그러나 나의 이야기를 듣고 난 후, 그는 고개를 들고 천장을 바라보면서 한참 동안 아무 말도 하지 않았어요.

그날 밤 나는 극도로 불안한 마음으로 그곳에 머물렀고, 그 역시 예전의 특별히 좋아하는 감정을 잃은 듯 보였어요. 우리는 여전히 안고 있었지만 내 마음에는 어두운 그림자가 드리워 있었어요.

린, 그 후에도 나의 셋째 삼촌이 두 번이나 엄포를 놓으며 중재하려고 했지만, 나는 모두 거절했어요. 나의 이런 결론은 우리 가족을 더욱 화나게 하였고, 결국 20년 동안 살던 그 집을 떠나게 된 거예요. 부유한 집에서 가지고 나온 것은 고작 어머니가 남겨 준 반지와 스무 살의 세상 물정 모르는 마음뿐이었죠.

이렇게 그는 새집을 구했고, 우리는 함께 이사해서 소박한 가정을 꾸려 갔어요.

얼마나 기뻤는지, 나는 작은 방에서 뛰어다니며 노래도 하고 간단한 가구를 놓아 우리의 작은 보금자리를 꾸몄어요. 며칠 후 일을 찾으면 그와 함께 출근하고, 퇴근하면 작은 방에서 공부도 하고, 밥도 먹고, 손님 접대도 하면서, 두 사람의 열정을 사회에 헌신할 계획도 세우면서, 마음속으로 수없이 많은 상상의 누각을 지어 보았어요.

하지만 린, 첫날부터 나의 기대는 꺾이고 말았죠. 그날, 방을 치우고 서툴지만 손수 우리의 저녁 식사를 차렸는데, 그 사람은 집에 돌아와야 할 시간에 돌아오지 않았어요. 기다리면서 최선을 다해 그를 용서할 수 있는 이유를 찾으려고 했지만, 마음속의 초조함과 적막감을 상쇄하기는 어려웠어요. 약간 의심스러운 마음이 있었지만, 그때는 그다음을 생각할 엄두를 내지 못하겠더라고요.

밤이 깊어서야 돌아온 그는 술을 많이 마신 상태였어요. 내 얼굴에 드리운 외로움이나 기대감은 아랑곳하지 않은 채, 자신의 품으로 나를 끌어당기면서 물어볼 틈조차 주지 않았어요. "당신이 나를 기다리고 있는 게 확실하니, 서둘러 집에 오지 않고 천천히 술을 좀 마셨어. 화내지 말라고."라며 침대에 엎어져 자더라고요.

몸이 굳어 버린 채로 사랑의 감정은 머리에서 빠져나가 버렸고, 나는 분노에 이를 갈며 찢을 수 있는 것들을 닥치는 대로 찢고 던질 수 있는 것들은 다 내던졌어요. 숨이 좀 가라앉고 나서야 소파에 누워 웅크린 채 잠들었지만, 한밤중에 침대에 눕혀졌고 애무와 함께 심한 유린을 당했어요.

이튿날 위로가 필요하다고 느꼈지만, 그는 그렇게 하지 않았어요. 출근할 때까지 잠을 자다가 겨우 일어나서 옷을 입고 나갈 준비를 하고 있었죠. 현관에서 뒤돌아보며 농담 섞인 말을 하는데, “샤오펀, 아가씨 성질은 버려야지, 여긴 당신의 공관이 아니라 내 집이라고. 망가트린 것들은 다 내 돈으로 사야 한다고!” 그는 말을 마치자 아무 일도 없다는 듯이 나가 버렸어요.

혼자 침대에 누워 사무치게 울었고, 한참을 울고 나서야 얼굴을 씻고 공원으로 나갔어요. 초가을의 태양이 내리쬐는 가운데 연못 주변에 우두커니 서 있는데, 연못에서 누군가가 노를 젓고 있더군요. 배 뒤쪽에서는 불안하게 물살이 튀어 올랐고, 길고 하얀 실이 휘날리고 있었는데, 하얀 실에는 시든 버드나무 잎이 나부끼고 있었어요. 그 초췌한 나뭇잎을 보니 마치 내 축소판을 보는 거 같더군요. 내일이면 완전히 누렇게 돼서 썩어 문드러질 것을 생각하니 나도 모르게 눈물이 났어요.

그 정원에서 사랑이 내게 주었던 흥분은 이제 하나도 남지 않은 것 같았고, 슬픈 역할을 맡게 될 거라는 예감은 눈 앞에 펼쳐진 상황이 증명하고 있는 듯했어요. 떠나온 집을 생각하면 마치 벗어던진 외투 같았는데, 그 외투는 이틀 전까지만 해도 신줏단지 모시듯 했던 그 사람에게도 걸쳐져 있던 거였어요. 그 순간 너무 외롭고 공허하다고 느꼈어요. 난 처음으로 사람이 과연 감정을 지닌 동물이란 걸 믿지 못하겠다고 생각했어요.

아직 시들지 않은 꽃을 어루만지고 마른 풀을 모았어요. 그것들도 나와 같은 운명을 가지고 있으니, 머지않아 썩어 진흙이 되겠죠! 머지않아 시간이 나를 데려갈 것이고, 이미 세월의 수레바퀴에서 밀려난 나는 곧 도랑으로 굴러떨어지겠죠.

해가 저물어 골목길의 잿빛 어둠이 내 마음을 덮었어요. 까

악까악 둥지를 찾는 까마귀를 보면서 집이 소중하다는 생각이 들었지만, 난 돌아갈 곳이 없었고 쉴 곳도 사라졌죠. 독수리 한 마리가 쪼그리고 있는 새로 지은 사랑의 둥지로는, 절대 굴복하면서 돌아갈 수 없다고 생각하며 자존심으로 날 지탱했어요.

날이 어두워져 밤은 소리 없이 무겁게 스쳐 지나가고 있었고, 가을의 서늘함이 비단옷을 뚫고 차가운 알갱이를 살갗에 뿌리자 오슬오슬 몸이 떨리기 시작했어요.

무의식적으로 그가 데리러 오길 바라면서도, 주머니에 있는 돈을 대충 세 보기도 하고 손에 낀 반지를 계산해 보면서 호텔 방을 구하고 싶었어요. 내일부터 어떻게 생활할지 상상하며 일을 찾을 수 있을까 걱정했어요.

유령처럼 쓸쓸하게 정원을 나오면서 차를 부르고 싶었는데, 갈 곳을 생각하고 돈을 생각하는 순간 말을 삼키게 되더라고요. 앞에 있는 불빛을 바라보며 작은 주머니를 움켜쥐었어요.

그때 차 한 대가 급하게 정원 입구에서 멈추고, 그 사람이 차에서 내렸어요. 무언가를 찾는 눈빛이 나를 발견했고, 한걸음에 달려왔어요.

“아, 내 사랑, 얼마나 놀랐는지 몰라. 당신이 갈 수 있는 곳을 다 찾아다녔어. 여기서 당신을 만나지 못했으면 경찰에 신고했을 거야. 당신 집에서 내가 당신을 꾀어내 팔아먹었다고 해도, 입이 닳도록 변명해 봤자 이 비난을 벗어날 수는 없을 거야!”

그를 보는 순간 아침의 분노는 사그라들었고, 남은 것은 그의 애원뿐이었어요. 나는 말없이 그의 위로를 받아들였어요.

나는요, 린, 그때서야 비로소 삶이 얼마나 고달픈 건지 깨달았어요. 난 일자리를 찾지 못했고, 나의 몸속에는 작은 생명이 자라고 있었어요. 외로움을 달래기 위해 나는 주변에 있는 책을 닥치는 대로 찾아 읽었어요. 물 쓰는 듯한 그의 낭비로 형편이 어려워서 모든 오락을 포기하였지만, 그를 사랑하려고 최선을 다했고 좋은 아내가 되기 위해 노력했어요.

내 주변 사람들과 내 친구들은 나를 비웃으면서, "그렇게 해봐야 너만 억울하지, 결혼식조차 하지 않는데."라고 말했어요. 나는 이러한 멸시와 비난을 감수했어요. 사랑에 선택이 있을 수 없다면, 내게 남겨진 유일한 길을 가야 할 뿐이라고 생각했지요. 비웃음은 그들의 권리라고 스스로를 위로했지만, 사랑이 공허하다는 생각이 들 때면 눈물이 났어요.

얼마 지나지 않아 샤오민이 태어나자, 번거로운 일이 더 많이 늘었고 책 읽을 시간마저 없어졌어요. 부엌에서 침실로, 침실에서 부엌으로, 내 세상은 담배와 아이의 울음뿐이었죠. 남편은 갈수록 나를 냉담하게 대하면서 며칠씩 집에 들어오지 않았어요.

나는 모든 희망을 아이에게 두었고, 너무 답답할 때면 아이를 안고 조용히 울었어요.

아이가 점점 귀여워지자 남편은 안정된 듯 보였고, 한동안은 꼬박꼬박 일찍 들어와 아이와 놀아 주었어요. 우리 사이에 다시 웃음이 생겼고, 난 기쁘고 행복했어요. 그 짧은 달콤함 위에 내 모든 희망을 걸었어요.

린, 그날은 당신을 알게 된 날이었어요. 아름다운 초여름 일요일이었고, 남편은 일찍 일어나 옷을 차려입더니 오랫동안 가보지 못한 공원으로 우리를 데리고 가겠다며 아이 챙기는 것을 도와주었어요.

이전에 내가 혼자 서성이던 연못가에 당신은 이미 도착해 있었고, 유쾌한 미소를 지으며 다가왔죠. 당신들은 미리 계획한 거죠, 맞나요, 린? 그는 당신을 소개한 후 의자에 앉으라고 하더니 혼자 나가 버렸어요.

그때, 린, 나는 행복한 상태였어요. 내가 다시 사랑받고 있고, 남편이 나에게 돌아왔으니, 나 역시 어떻게 이 작은 가족을 기쁘게 할 것인가에 대해 고민했어요. 나의 우울한 마음에 꽃이 핀 거죠.

당신은 아무 말도 안 하고 있다가, 여기에 도착한 지 얼마 안 되었고 앞으로 폐를 끼치게 될 거라고 간단히 인사했지요.

아이가 부드러운 작은 손으로 휘날리는 버드나무 잎을 만졌고, 나는 아이를 안은 채 아이의 손이 이끄는 대로 이리저리 걸으며 흔들리는 버드나무 가지를 쫓고 있었어요.

우리는 유쾌하게 웃었어요.

하지만 당신은 마음속에 무언가를 숨기고 있는 것처럼 보였어요. 때때로 우리를 훔쳐보고 눈길을 피하였지만, 초면이기 때문에 당신의 태도를 눈치챘어도 모르는 척했어요.

한참 뒤에 남편이 돌아와서는, 허둥지둥 두리번거리면서 자신이 일부러 가서 XX극장의 표를 사 왔다고 했어요. 그는 C시에서 방금 도착한 명배우 XX의 극을 보러 가려는데 당신도 같이 가자고 청했죠.

당신이 있어서 아무것도 묻지 않았지만, 내가 극을 싫어한다는 것을 남편은 잘 알고 있었고, 특히 아이가 극장의 소음을 견디지 못하는 것도 잘 알고 있을 텐데 이상하게 느껴졌어요.

극장 안에서 당신은 조금 활기차 보였어요. 두 번이나 일어서서 멀리 떨어져 있는 사람들과 인사를 나누더군요. 남편은 머뭇거리며 나갔다 들어왔다 하더니, 잠시 후 아이를 안고 가더군요.

아이가 저쪽에서 갑자기 울기 시작하자 아이가 있는 방향을 주시하게 되었는데, 아이는 늙은 여인의 손에 안겨 있었고 남편은 그 여자에게 뭐라고 말하고 있었어요.

당신은 내가 당황해하는 것을 보고 일부러 모른 척 고개를 돌리더군요. 당신네 둘 사이의 모든 것이 수상쩍다고 느껴져서 그 늙은 여자를 다시 자세히 보았어요. 오가는 사람들이 시선을 가려서 그녀의 뒷모습만 볼 수 있었지만, 그 뒷모습은 익숙하다고 느껴졌어요. 모르는 사람이었지만 왠지 잘 아는 사람 같았어요.

남편이 돌아왔을 때 무대에는 꽹과리와 북소리가 크게 울리고 있었고, 당신들은 잠시 내가 들을 수 없는 말을 주고받더니 당신이 작별을 고하고 나가고 남편은 나와 함께 그곳에 앉아 있었어요. 내가 이런저런 질문을 하자 그는 두루뭉술하게 대답하였고 때마침 아이가 잠들어서 시끄러운 그곳을 떠났어요.

그날 밤 남편은 우리를 집까지 데려다주고 서둘러 나가더니 아주 늦게 돌아왔죠. 그 당시 나의 즐거운 마음에 다시 어두운 그림자가 드리워진 일이 생겼는데, 바로 남편에게 오래전부터 아내가 있었고 가족은 P시에서 살고 있다는 소문을 들은 거예요. 혼자 낮에 있었던 일을 되짚어 보니, 당신이 C시에서 올 때 그의 가족이 함께 따라왔고, 당신이 내 옆에 있는 사이에 그들이 날 볼 수 있도록 한 거라는 생각이 들었어요. 그날 내 생각이 틀리지 않았다고 당신이 나중에 말해 주었지요. 린, 이번 사고는 모두 그날의 일로 인해서 벌어진 거예요. 그 늙은 여자는 당신의 고모이자 남편의 엄마였고, 그녀는 우리 아들이 마음에 든다고 했어요. 또 내 얼굴이 천한 상이 아니라고 생각했는지 아직 손자가 없는 그녀는 우리를 거두고 싶다고 했어요.

내 남편이요? 그 사람, 그 사람은 원래부터 나를 사랑한 게 아니에요. 린, 비웃지 말고 들어 줘요. 난 이제야 이 일을 확실히 알게 됐어요. 우리가 경제적으로 아주 궁핍했기 때문에 내가 그의 집으로 들어가기를 원한 거예요. 그러면 한편으로 힘 있는 아버지와 화해할 수 있고, 다른 한편으로 여자들을 후리고 다닐 기회를 얻을 수 있겠다 싶었던 거죠.

린, 나는요. 우리 가족을 저버리고 새로운 삶을 얻었다고 생각했기 때문에, 가녀린 손으로 거친 일을 가리지 않고 하면서 참을성 있게 아이를 돌보았고, 모든 쾌락을 포기한 채 어두운 등불 아래에서 외롭게 남편을 기다렸던 거예요. 그러나 내가 얻은 것은 무엇인가요? 아버지는 나를 불효녀라고 욕하고, 내 친구는 나에게 막산다고 비난하고, 린씨네 집안은 내가 염치없다고 욕하네요. 남편은 이미 결혼해서 아내가 있으면서도, 애정이라는 속임수로 나를 유혹한 것이고요. 결국 나는 그를 따라가서 둘째 부인이 되거나, 아니면 멸시와 질책을 받아야겠죠. 남편은 "당신한테 하얀 쌀과 고기를 먹인 보람이 하나도 없네!"라고 말하더군요. 내가 무슨 말을 할 수 있을까요? 여자는 이렇게 남의 집 하얀 쌀과 고기를 축내는 존재일 뿐인가요. 린, 부부의 진정한 의미는 무엇일까요?

린, 남편이 나를 쉽게 포기하고 싶어 하지 않는 것은, 아마도 내가 불쌍하거나 그에게 뒤집어씌울까 두렵기 때문일 거예요. 하지만 그가 내 말을 듣지도 않고, 나 또한 그를 따라가지 않으려 하기 때문에 결국 다투는 수밖에 없어요. 요 며칠 내가 당한 심각한 폭행은 모두 이러한 이유 때문이었어요.

난 바빴어요. 집을 정리하고 밥을 하고, 밥을 하면서 아이를 돌보고, 아이를 씻기고 재우고 하면 하루가 다 가요. 겨우 앉을 틈이 생기면 그와 싸웠어요. 린, 내 마음속 고통을 어떤 말로 당신에게 설명할 수 있을지 모르겠어요. 그저 나 자신을 원망하고 나의 경솔함을 원망할 뿐이에요. 곰곰이 되짚어 보면 스스로를 원망하지 말아야겠다는 생각이 들어요. 나는 평범한 인간이고, 사랑이 필요하고, 사랑하는 길은 오직 이 길밖에는 없었으니까요.

그러는 동안 내 마음속에 남은 희미한 빛은 바로 당신이었어요. 온갖 괴롭힘을 당한 후 당신을 떠올리면 마음이 따뜻해졌어요. 그날 그 순간을 떠올린 적이 한두 번이 아니었어요. 우리가 처음 입맞춤을 한 그날, 린, 얼마나 달콤한 순간이었는지 기억하나요. 린, 그날도 비가 내렸죠.

바로 그날 내가 남편에게 아내가 있다는 사실을 알았고, 그때 당신이 왔어요. 나는 한참을 울다가 울음을 그칠 즈음 아이를 안고 멍하니 앉아 있었어요. 남편은 P시로 돌아가는 중이었고, 아무도 나의 작은 방에 오지 않을 거라는 생각에 흥분해서 그 감정이 나를 지배하도록 내버려 둔 채 방을 엉망으로 휘저어 놓았어요. 침대에는 샤오민이 자고 있었죠.

그때 갑자기 노크하는 소리를 들은 거예요.

당신일지도 모른다고 생각했지만, 당신이 며칠 동안 다른 곳에 있다는 소식을 들었기 때문에 장담할 수가 없었어요. 린, 그때 나는 정말 당신이길 바랐고, 오직 당신만이 나를 비웃지 않고 공감해 줄 거라고 생각했어요.

난 옷매무새만 좀 가다듬고 문을 열었죠.

당신이라는 것을 확인하는 순간, 모든 억울한 감정이 울컥 치밀어 올랐어요. 솟아오르는 눈물은 어떻게 노력해도 억누를 수가 없었어요.

당신이 들어왔을 때, 집안에 어수선한 모습을 보였다는 것이 부끄러워서, 당신 앞에서 거드름을 피우며 애써 행복하고 사랑받는 아내인 척했어요. 하지만 그날 모든 것이 밝혀지면서 당신 앞에서 더는 감추고 싶지 않았고, 우리 사이에 모든 것을 당신이 잘 알고 있다고 생각했어요.

당신은 방 안의 상태를 보더니 가볍게 한숨을 쉬더군요.

"형님은 오늘 돌아오나요?" 잠시 뒤에 당신은 애써 이런 질문을 찾아내서 물었고, 나는 고개를 가로저었어요.

"이미 이렇게 되었으니 스스로를 소중하게 생각하세요!" 당신이 내 앞에 앉아 얼굴을 마주보며, 나를 향한 것 같기도 하고 자신을 향한 것 같기도 한 말을 했어요.

얼마나 따뜻한 말인가요! 오랜만에 듣는 온화한 말투는 내가 애써 참고 있던 모든 슬픔을 뒤집어 놓았고, 나는 걸어 놓은 옷에 머리를 파묻고 참을 수 없는 눈물을 쏟았어요. 그때 당신이 다가왔어요.

린, 그때 내 심장이 얼마나 뛰었는지 몰라요! 나는 두려우면서도 당신이 위로하러 다가오는 것이기를 바랐어요.

당신은 내 얼굴을 가린 옷을 치우면서, 처음으로 "펀!"이라며 내 이름을 불렀죠.

"울지 말고 나를 봐요!" 당신은 웃는 표정으로 내 손을 잡더군요.

꼭 잡은 두 손이 마음속의 슬픔을 모두 밀어냈어요. 당신은 나를 똑바로 바라보며 미동도 하지 않았고, 그 눈에는 사랑의 감정이 타오르고 있다고 느꼈어요.

그 사랑이 내 마음을 따뜻하게 덥혔고 마음속에 무언가 꿈틀거리는 게 느껴졌죠. 그것은 허탈했던 두 번의 연애 끝에 움튼 사랑의 싹이었어요. 그 순간 나는 당신의 눈길을 직시하지 못할 정도로 당황스러웠어요. 수없이 받았던 비난과 웃음은 나의 신경을 건드렸고, 남편을 떠올리자 이유 없이 경련이 일어나더군요. 더는 참을 수 없다고 생각되어 당신의 품에 안겨 실컷 울었어요. 린, 그것은 내가 태어난 후로 가장 통쾌한 울음이었고 귀한 통곡이었어요.

당신은 내 머리를 들어 올리고 눈물로 젖은 내 눈에 따뜻하게 입을 맞춰 주었어요.

린, 그 입맞춤만으로 나는 충분히 당신이 고마웠어요. 그 따뜻함, 그것은 사랑의 달콤함을 알려 주는 것이고, 인간 사이의 따뜻한 관계를 알게 해 주는 것이었죠. 당신의 입술 아래서 내가 얼마나 감격하여 전율하였는지 기억하나요?

얼마 지나지 않아 남편은 그동안 숨겨 왔던 모든 것을 내 앞에서 다 밝혔어요. 자신이 결혼한 적이 있지만 그것은 자신의 뜻이 아니었고, 그의 아버지는 우리의 당당하지 못한 결합으로 엄청나게 진노했다고 말했어요. 그는 자신의 경솔함을 후회한다고 하면서, 나와 관계가 생기기 전에 그의 아내를 내보냈어야 했다고 하더군요. 하지만 지금은 이미 늦었고 모든 것은 지난 일이라고도 했어요. 또한 남은 유일한 방법은 내가 그의 집으로 가서 스스로 만든 업보를 우리의 아이를 이용해 갚는 것뿐이라고 하면서, 그의 아버지가 손자를 보려는 마음으로 조급하니, 아이를 낳은 적이 없는 그의 아내는 마음대로 처리할 수 있을 거라고 했어요. 한마디로 그는 밖에서 고생하면서 비난을 받기도 싫고, 자신의 아버지를 배신할 수도 없다는 태도였어요.

린, 그의 말은 나의 모든 환상과 희망을 빼앗았어요. 과거 그의 방탕함도 내가 가진 가장 큰 인내심으로 용서했고, 잠시 화가 나더라도 우리 사이의 사랑을 의심해 본 적도 없었어요. 하지만 그는 내 마음의 창을 열어젖혀서 바깥세상이 어떤지 똑똑히 보게 했죠. 창밖의 그 어두운 구름이 곧 나를 짓누를 거라는 건 일찍부터 알고 있었지만, 나는 자신을 속이고 있었어요. 구름 뒤에는 맑은 날이 온다고, 바람이 한번 불기만 하면 그 어두운 구름은 곧 날아가 버릴 거라고 생각했어요. 얼마나 비겁한 생각인가요!

그가 모든 것을 해명하기 전에, 나는 이미 우리의 사랑에 대해 고민하고 있었어요. 당신이 내게 주는 위로를 거절할 수도 없었고, 한편으로 남편에게 충실하지 못하다는 것을 후회하고 있었죠. 그래서 당신이 왔을 때 제대로 당신의 위로를 받아들일 수 없었고 당신을 화나게 했던 거예요.

하지만 린, 이제야 명확해졌어요. 앞으로 나는 창가에 서 보려고 해요. 모든 장애물은 저항할 수 있다는 걸 알았고, 남편이 내게 준 것이 무엇인지도, 당신이 준 것이 무엇인지도 알게 됐어요. 과거에 나는 자신을 너무 소중하게 생각했어요. 하지만 당신의 사랑은, 당신이 부자라서 무심코 손에 있는 빵을 던졌을 뿐인데, 결국 배고파 죽을 것 같은 내가 주워 먹으며 비할 데 없는 은혜라고 생각했던 거예요. 린, 당신은 나를 사랑하지 않았어요. 단지 당신의 한가한 감정을 손에 잡히는 대로 아무렇게나 던졌을 뿐이죠. 내가 이렇게 말하면, 당신 기분이 상할까요?

내가 말이 많아서 싫은가요? 이런 말을 하는 게 얼마나 쓸모없는지 알지만, 그래도 말을 하는 것은 당신이 날 조금은 이해한다고 생각하고 또 날 해방시키고 싶기도 해서 그래요. 난 자존심 때문에 나를 너무 구속했어요. 얼마나 어리석은가요! 왜 남들 앞에서 남편이 나를 사랑하는 척을 했을까요? 왜 우리가 결혼도 안 하고 아이가 있다는 것을 숨기려고 했을까요? 왜 이미 나와 관계를 끊은 우리 가족을 자랑하고 있을까요? 어째서 다른 사람에게 거짓말을 지어내서 남편이 결혼하지 않았다는 것을 증명하려 했을까요? 왜 나는 다른 사람의 뜻에 따라 자신을 왜곡하고, 내가 그들과 같은 부류의 사람이라고 인정받으려 했을까요?

내가 한 일은 잘못이 아니에요. 난 사랑이 필요했고 결국 사랑했을 뿐이에요. 내 가족을 만들고 싶었기 때문에 당연히 부모 집을 나온 것이에요. 나는 누구도 다치게 하지 않았고, 누구도 불편하게 만들지 않았어요. 내가 한 일은 오직 한 가지, 이 길을 걸은 것뿐이에요. 나는 나 자신을 원했고, 그래서 그 길을 갈 수밖에 없던 건데, 내가 왜 다른 사람의 뜻을 따라야 하는 건가요?

만약 우리 집이 그렇게 나를 압박하지 않았다면, 아마도 그렇게 경솔하게 린성민과 사랑에 빠지지 않았을 것이고, 만약 린성민이 그런 방식으로 나를 기만하지 않았다면, 당연히 당신의 위로도 받아들이지 않았을 거예요. 결국 우리 식구도 옳고, 린성민도 옳고, 당신도 옳고, 나만 나쁜 거겠죠. 그렇다면 내가 나쁘다는 것을 감당하는 게 무슨 소용이 있을까요. 내가 왜 이런 불필요한 시비에 매달려야 하나요? 남들이 옳다고 하면 정말 옳은 건가요?

린성민에게 돌아가 그의 둘째 부인이 될 수는 없으니 결국 그를 떠날 수밖에 없어요. 그는 아버지를 배신할 수 없지만, 나는 그의 아버지를 배신할 자유가 있으니까요. 진정한 즐거움은 다른 사람에게 의존해서 얻을 수 있는 것이 아니에요. 난 지금의 생활을 참을 수 없으니 스스로 또 다른 길을 여는 수밖에 없겠죠. 내가 틀렸다고 생각하나요, 린?

린, 오늘 밤은 당신이 나를 이해해 주었으면 좋겠어요. 스스로 얼마나 사랑에 목마른 여자인지 부정하지 않을게요. 나에 대한 당신의 마음을 알아요. 나로 인해 몇 차례 비웃음거리가 되고 나서, 나와의 관계를 정리할 생각을 한 것도 이해해요. 당신은 원래 마음대로 빵을 던졌는데, 누군가 잘못 던졌다고 하니까 당신이 이 일로 공분을 살 필요는 없겠지요. 버리지 않는다고 당신이 손해를 보는 것도 아니니까요. 하지만 사람은 감정이 있고 감정은 무 자르듯 자른다고 잘리는 것도 아니죠. 그래서 오늘 밤 당신이 온 것이고, 나 역시 린성민의 품을 떠나기를 주저하는 거겠지요.

당신을 이해하면서 나 자신에 대해서도 잘 알게 되었어요. 그래도 난 바로 당신을 가라고 놓아줄 수 없어요. 폭우 속에서 혼자 있는 게 어떤 건지 알기 때문이기도 하고, 또 난 따뜻한 위로가 필요하고 나의 솟구치는 감정을 담을 곳이 필요하니까요. 내가 원하는 게 당신이 아니라는 걸 알지만, 린, 지금 내 곁에

다가올 수 있는 사람은 당신뿐이에요. 날 용서할 수 있나요, 린. 기분이 상하나요? 당신은….

『중국문예(中國文藝)』 제4권 제5기 1941년 7월에 수록
(번역: 노정은)

관모난

두 뱃사공 两船家

지하의 봄 地下的春

관모난(關沫南) 1919~2003

본명은 관둥옌(關東雁) 또는 관옌(關雁)이다. 1919년 11월 14일 지린성(吉林省) 용지현(永吉縣) 샤오란둔(小蘭屯)의 만주족 가정에서 태어났다. 관모난은 한 살부터 여덟 살까지 부모를 따라 여성 작가 샤오훙(萧红)의 고향 후란(呼蘭)에서 어린 시절을 보냈으며, 이후 북방 도시 하얼빈(哈尔滨)으로 왔다.

관모난은 열네 살에 『하얼빈공보(哈爾濱公報)』에 '보가이(泊丐)', '둥옌(冬雁)'이란 필명으로 「후란여유만기(呼蘭旅遊漫記)」와 「마가화원유기(馬家花園遊記)」를 발표하며 창작 재능을 선보였다. 1935년 그는 '모난(沫南)'이란 필명으로 하얼빈의 신문에 산문, 단편소설을 발표했고, 창춘(長春)에선 단막극을 발표했다. 생계의 어려움으로 그는 고등학교를 1년만 다니고 학업을 그만둘 수밖에 없었고, 1938년 봄부터 하얼빈 우정국의 말단 직원이 되어 가족의 생계를 책임졌다.

1937년 여름, 관모난은 왕충성(王忠生)을 알게 되는데, 그를 통해 화베이(華北) 지역의 항일투쟁 소식을 전해 듣고 신문에 시기 간행물과 마르크스주의 관련 저서를 소개받아 탐독하게 된다. 왕충성을 통해 난창(南昌) 봉기에 참여했던 여자 공산당원 관위화(關毓華)를 알게 되고, 관위화의 주도로 몇몇 문학청년이 '좌익문학소조(左翼文学小组)'('독서회(读书会)' 또는 '마스크스주의 문예학습소조

(马克思主义文艺学习小组)'라 불리기도 함)를 결성하여 마르크스주의 관련 저서를 학습하고, 막심 고리키(Maxim Gorky), 루쉰(鲁迅) 등 중외 저명작가들의 대표작도 찾아 읽었다. 그들은 당시 하얼빈의 『대북신보(大北新報)』에 『송수반월간(松水半月刊)』, 『대북풍(大北風)』 같은 전문 간행물을 만들었고, 관모난도 아이둔(艾循), 천티(陳隄), 왕광티(王光逖), 예푸(葉福) 등과 함께 글을 발표했다. 1938년, 하얼빈 징이인서국(精益印書局)에서 그의 첫 번째 단편소설집 『차타(蹉跎)』가 출판되었다.

1941년 12월, 태평양전쟁이 발발하자 일본 당국의 통치가 강화되었다. 12월 31일 늦은 밤 관모난은 집에서 체포되고 남은 구성원들도 줄줄이 붙잡혀 투옥된다. 이른바 '하얼빈 좌익문학사건(哈爾濱左翼文學事件)'으로, 그는 3년 정도 감옥에 갇혔다. 1994년 10월 다시 5년의 감외감시(監外監視)를 선고받고 가석방되었다가 1945년 일본의 항복 선언 후에 완전한 자유의 몸이 되었다. 해방된 창춘에서 지하 당 조직을 찾았고, 잡지 『신군(新群)』을 창간해 주편을 맡았다. 1946년 중국공산당에 입당했다. 1960년부터는 다칭(大慶)유전에서 생활하다 문혁으로 고초를 겪었고, 문혁이 끝날 때쯤 하얼빈으로 돌아와 원래 직장으로 복귀했다. 중국작가협회(中國作家協會) 헤이룽장(黑龍江) 분회 부주석, 헤이룽장성 문련(文聯) 부주석 등을 역임했다. 대표작으로는 단편소설 「두 뱃사공(兩船家)」, 「어느 마을의 어느 밤(某城某夜)」 등이 있으며, 소설집 『차타』, 『징푸호에서(在镜泊湖边)』, 『기슭의 포연(岸上硝烟)』, 『안개 짙고 노을 밝을 때(雾暗霞明)』 등과 산문집 『춘녹북강(春绿北疆)』, 『춘화추월

집(春花秋月集)』, 영화 극본 『빙설김달래(冰雪金达莱)』, 문학창작 논문집 『창작의 길 위에서의 탐색(在創作道路上探索)』이 전해진다.

만주족 출신이자 하얼빈에서 사회주의에 적극 투신하다 투옥된 관모난의 이력은 중화인민공화국 성립 이후에 만주국 시기 활약했던 많은 작가들이 비판의 대상이 되어 문단에서 사라진 것과 달리 둥베이 지역의 대표작가로서 꾸준한 창작 활동을 이어 갈 수 있었다. 1950년대부터 1960년대에 그는 '항련문학(抗聯文學)' 창작에 집중했으며, 이후 소수민족 출신 '항일문학' 작가로 자리매김한다.

그의 만주국 시기 창작에서는 봉건적 사상에 반대하는 주제의식과 일본 통치자, 지주의 억압과 유린 아래 하층민과 지식인의 처참한 생활 묘사가 두드러진다. 특히 그는 하얼빈 출신 작가로서, 그의 작품에는 당시 대표적 근대 도시였던 하얼빈의 모습이 잘 재현되어 있다. 하얼빈이란 대도시에 사는 하층민의 현실 묘사를 통해 빈부 문제, 계급 문제 등을 지적하며 비판과 반성의 목소리를 분명하게 전달한다. 대부분 작품에서 비판적 성격이 짙지만, 마지막엔 희망과 변화를 기대하는 이상주의적인 면도 엿보인다. 「두 뱃사공」은 관모난의 대표작으로, 일본인 연구자 오카다 히데키(岡田英樹)가 『문학에서 본 '만주국'의 위상』(역락, 2008)에서 언급하였듯이, 자본가 계급의 인물을 화자로 삼아 이야기를 전개하는 구성의 참신함이 있다. 독자는 1인칭 화자인 '나'의 심정에 몰입해서 이야기를 따라가다 보면 극적인 반전을 통해 '나'의 죄상을 알게 되는데 이를 통해 전해지는 울림이 있다. 만주국 시기 대도시이자 국제도시였던 하얼빈에는 수많은 무국적의 백계 러시아인이 거주하고 있었는데, 「지하의 봄」은 바로 러시아인의 삶의 일면을 엿볼 수 있는 작품이다. 중국인이나 러시아인이나 빈곤 앞에선 모두 똑같이 나약한 존재이며, 가난한 러시아 청년의 결심을 통해 삶의 희망을 놓지 않고 살아야 한다는 것을 전하고 있다.

_ 김혜주

두 뱃사공*

1

오후도 헛되이 지나가 버렸다.

그 사이 초조, 불안 그리고 기이한 공포에 사로잡혀 마음이 어지러웠다. 나는 이렇게 괴상한 느낌을 받은 적이 없었다. 가슴은 쉴 새 없이 요동쳤고 신경은 곤두섰으며 몸은 휘청휘청 비틀거렸다. 머릿속은 초조함 때문인지 생각의 실타래가 꽈배기처럼 배배 꼬여서 타들어 가듯 타닥타닥 머리통을 뒤흔들었다. 긴장으로 세차게 흐르는 피가 위로 솟구치고 있었다. 겉으로는 애써 침착한 척했지만, 눈에 닿는 모든 사물이 나를 신경질적으로 만들며 일각 심지어 일 분마다 극도의 위협을 느끼고 있었다. 해(害)가 될 만한 사건이 조만간 내게 닥칠 것 같았다. 그

* '배 위의 이야기(船上的故事)'라는 제목으로 1939년 5월부터 7월까지 『빈장일보(濱江日報)』에서 연재되었으나 이후 '두 뱃사공'으로 제목을 바꾸어 『신만주(新滿洲)』에 수록하였다.

리고 이 같은 불안과 감정적 동요를 일으키는 울렁거림은 불길한 사건이 닥치기 전의 징조 같았다.

세 번째로 여관 심부름꾼에게 부두로 가 배가 있는지 알아봐 달라고 할 즈음, 나는 큰 배가 오지 않으면 오늘 밤 민간 선박이라도 타고 여길 떠나야겠다고 마음먹은 터였다. 나는 어제 새벽녘 여기에 도착했다. 이곳은 꽈즈완(拐子彎, 모퉁이만)이라고 불리는 곳으로 쓸쓸하고 인적 드문 부두였다.

A무역항에서 나를 태우고 온 국제 기선은 어제 새벽 두 시 반쯤 나를 포함한 몇몇 승객만 이곳에 남겨 두고 곧바로 방향을 잡아 동쪽으로 돌아서 가 버렸다. 내가 가려는 곳은 다름 아닌 내 고향으로, 이곳에서 해안을 따라 북상해 이백 리 넘는 길을 더 가야 나오는 소도시였다. 그래서 지금 나는 여기서 배를 기다릴 수밖에 없었다.

바다 위 뱃길로 보면 이곳은 회항지였기에 큰 배들은 더 앞으로 나가지 않고 다른 목적지로 방향을 돌렸다. 배들이 직행하지 않는 이유는 여기서 해안을 따라 가더라도 모두 황량한 곳일 뿐 더는 큰 도시가 없기 때문이었다.

그리하여 낡은 돛단배와 노를 저어 가는 민간 선박이 그 자리를 대신하게 되었다. 그 밖에 속도가 빠른 기선이나 작은 배가 있긴 했지만 정해진 시간에 따라 이용해야 했고 그것도 며칠에 한 번 운항할까 말까였다. 운항하더라도 사람이 많을 때는 탈 수 있다는 보장이 없었다.

여관 심부름꾼이 이런 얘기를 내게 들려줬지만 나는 여전히 의심을 품고 그를 믿지 않았다. 수많은 외부의 자극과 내면의 모순된 느낌이 만들어 낸 두려움은 내게 서둘러 이곳을 떠나야 한다고 알리고 있었다. 이미 실망한 상태이긴 했지만 나는 여전히 스스로를 속인 채 큰 배가 올 거라는 희망을 품고 있었다. 그래서 심부름꾼을 여러 번 재촉하여 부두에 가서 살펴보라고 했던 것이다.

마지막으로 이마에 땀이 흥건한 채 비웃는 눈으로 심부름꾼이 내 앞에 섰을 때, 그는 그야말로 오만불손하고 단단히 화가 난 표정을 하고 있었다.

"선생님, 저기요 선생님! 열 번 스무 번을 돌아다녀도 큰 배는 없다니까요! 내가 여기서 6년을 있었는데 설마 며칠에 한 번 오는 배도 모를까 봐요? …나 참!"

그가 또 뭐라 말을 했지만 나는 전혀 듣지 않고 있었다. 그가 망가진 문을 힘껏 밀자 문 위에 쌓인 먼지가 땅에 떨어졌다. 문이 힘껏 밀려 부서져라 열릴 때, 나는 그가 화가 잔뜩 난 채 방문 밖으로 사라지며 쏟아 내는 불평을 들을 수 있었다.

"…드물어, 참 드물어. 이렇게 성미가 급하니 분명 집에서 어머니가 돌아가셔도 더 이상은… 나 참! 뜨거운 솥에 콩 볶듯 왔다 가는군…."

여기가 아니라 상하이나 A무역항이었다면 택도 없지! 다른 곳이었다면 내가 바로 쫓아가 주먹을 한 방 먹이거나 조계 경찰서로 데려가 채찍 맛 좀 보여 줬을 것이다. 그런데 지금 나는 찍소리도 못하고 조용히 삭힐 수밖에 없어 마음이 더 전전긍긍하고 있었다.

내가 이렇게 참았던 이유는 이곳의 민풍(民風)이 강하고 인심이 사나운 걸 봐서 그런 것도 있지만, 이곳이 내가 있던 세계가 아니라서 내겐 완전히 낯설고 아무런 감정적 유대가 없기 때문이기도 했다. 이곳은 아직 개척되지 않은 원시적 야만성이 있어서 나같이 도회지에서 자란 사람에겐 전혀 적합하지 않았다. 상하이와 A무역항의 문화인을 보며 법률 권위의 보호 아래 생활했던 나로선, 언젠가 내가 인류 사회에서 고독감과 무력감을 느끼게 될 것이라고는 전혀 생각지 못했다! 내가 그 번화한 곳에 살고 있을 때 나를 비롯해 나와 같은 부류의 사람들은 사회의 모든 것이 우리를 위해 존재하며 빈곤에 빠진 모든 사람이 우리를 위해 일하고 있고, 모든 이익은 응당 우리가 다 차지하는 것이며, 우리는 그저 편안과 휴식을 누리면 된다고 생각했다. 우리는 환경이나 인간관계에서 모든 것이 순탄했다. 이것이 우리를 선천적으로 교만하게 후천적으로 나태하게 성장하도록 했고, 지치지 않고 탐욕스럽게 모든 것을 착취할 줄만 알 뿐, 사람과 사람 사이의 동정심은 조금도 없도록 만들었다.

이제야 나는 각 계층의 사람마다 서로 다른 심리와 사람 대하는 태도를 지니고 있음을 깊이 깨닫게 됐다. 내가 이곳에 도착해서 처음 걸어 나갈 때, 주변의 사람들은 분명 기이한 눈빛을 내게 보내고 있었다. 그것은 외부인에 대한 그들만의 텃세 같은 것이었고, 그 텃세 가득한 눈빛은 내가 그들 무리에 속하지 않다는 것을 암시하는 듯했다. 그것은 나에 대한 거부이자 나를 배제하는 일종의 태도였다.

문명국에서 건너온 화려한 복장으로 한껏 빼입은 채 남루하고 헐벗은 사람들 무리 속으로 걸어갈 때, 나는 나의 멋진 모습에서 고귀함을 느끼기보단 오히려 치욕감, 자기 자신에 대한 비천한 모욕감을 느꼈다. 동시에 수많은 고단한 눈빛 아래에서 나는 떨리고 또 두려웠다! 내 몸에 오천 위안(元)의 현금이 있다고 생각하니 어떡해야 좋을지 더욱 알 수 없었다. 이 낯섦이 나를 섬뜩하게 했고, 살해당할 수도 있다는 생각에 민감해졌다.

오늘에서야 비로소 알게 됐다. 나 같은 사람이 세상에서 가장 나약하고 무력한 사람이란 것을!

2

해 질 무렵, 나는 마침내 돛을 단 민간 선박을 타고 그곳을 떠났다.

돗자리로 선실을 만들어 놓은 기다랗고 작은 협판선*에는 내 짐을 둘 곳과 내가 잘 곳이 있었고, 이를 제외한 나머지 끄트머리 공간에 농민 행색의 한 늙은 아낙이 아이를 데리고 누워 있었다. 그들은 날이 밝으면 바로 내릴 것이라 했다.

뱃사공은 서른 살가량의 남자 둘이었다. 한 사람은 다부진 보통 체격에 아주 과묵한 사람으로, 자신의 성이 자오(趙)라 했

* 합판으로 만든 배-역주

다. 그보다 조금 어려 보이는 사람은 말라깽이에다 웃긴 이야기를 좋아하는 익살스러운 사람이었는데 성은 왕(王)이었다.

성이 자오라는 그 사람은 내가 배에 오를 때 내 눈을 이상하게 주시했다. 나를 아는 듯이 그는 내게 말을 걸려고 했으나 자존심이 있다는 듯 아무 말도 하지 않았다. 이 점이 나는 걱정이 되었지만 그의 태도는 의외로 온화하고 악의가 없어 보였다. 침착하고 중후한 그 얼굴은 적어도 강도질을 할 만한 사람의 얼굴이 아니었다. 그리고 건장하고 구릿빛 피부를 가지고 고생스레 여러 해 동안 바다 위에서 밥벌이하는 사람을, 이렇게 사는 사람을 내가 당장 모른다고 말하려는 게 아니라 내 기억을 다 뒤집어 봐도 이런 사람을 만난 일을 찾을 수 없었다. 그가 사람을 잘못 본 거 아닐까? 이렇게 생각하자 내 마음도 곧 안정됐다.

게다가 배에 탈 때 나는 먼저 그들에게 뱃삯을 특별히 더 내겠다고 일러뒀다. 그 배에 내 동행자라곤 한쪽 구석의 늙은 아낙과 아이밖에 없고, 내가 이처럼 큰 공간을 차지하며 짐을 펴놓고 잠을 잘 수 있는 것도 뱃삯을 더 얹어 주겠다고 미리 그들에게 일러두었기 때문이었다. 돈이란! 돈은 모든 것을 결정할 수 있고 모든 것을 지배할 수 있기에 부유한 사람은 모든 것을 우월하게 누리는 주인공이 될 수 있었다. 이런 생각에 미치자 나는 여전히 승리자라는 생각에 교만한 미소를 감출 수 없었다.

하루를 꼬박 시달리고 대낮 동안 불안했던 느낌이 이제야 점점 사라졌다. 나는 오천 위안의 현금이 담긴 손가방을 몸 아래에 깔고, 윗몸을 받치고 누워 선실 창문을 통해 밖을 바라봤다.

상현달이 마침 나를 비추고 있었다. 얕은 구름은 달을 반쯤 가렸다 피했다 하며 달을 따라갔고 달은 우리 배를 따라오고 있었다! 바람은 펄럭펄럭 소리를 내며 선실의 꼭대기를 스쳐 갔다. 돛대가 바람의 힘을 크게 받자 선체도 따라서 요동쳤다. 선수(船首)의 라오자오(老赵)가 물을 버티는 키 소리에 맞춰 선미(船尾)의 샤오왕(小王)이 배 돌리는 소리가 어우러졌다.* 조화롭고 자연스러운 연주 속에서 배는 차분히 나아갔다.

이날 밤바람이 상류에서 불어왔고, 배는 이를 역류해 나아가려니 속도가 느려졌다. 선수에 있던 라오자오의 우람한 그림자가 이리저리 흔들리는 것을 보니 꽤 애를 먹는 듯했고, 그가 배를 앞으로 진행시키려고 안간힘을 쓰고 있음을 알 수 있었다.

배의 한쪽 모퉁이에 있던 농민 아낙과 아이는 처음에는 내가 그들과 이야기를 나누리라 생각했다가 내가 조금도 아는 체하지 않자 실망한 듯이 보였다. 그들은 자신의 신분이 나와 이야기 나누기엔 적합하지 않다는 것을 알고서는 한참 조용히 있다가 지금은 푹 잠이 든 듯했다.

나는? 확실히 피곤하긴 했다. A무역항에서부터 시작된 여정으로 몸이 지쳐 있었는데, 꽈즈완에서 겪은 공포로 마음까지 지쳐 있었다!

따지고 보면, 이번에 내가 집에 돌아가는 것도 아버지의 소

---

* 자기보다 연장자이거나 나이가 엇비슷한 사람을 친근하게 부를 때는 성 앞에 라오(老)를 붙이고, 아랫사람을 친근하게 부를 때는 성 앞에 샤오(小)를 붙인다. -역주

송 사건 외에 밖에서 지낸 지 삼 년이 되기 때문이었고 달리 급한 일이 있는 것은 아니었다. 내가 일찍이 가 본 적 없는 이 물길을 지나려고 이처럼 바삐 뛰어다니며 생고생을 하게 되자 이번 여정이 약간 후회가 됐다.

사실 후회하는 것은 내가 지름길로 가지 않고 호기심에 물길을 통해 가겠다고 한 것이었다. 영웅 심리가 발동해 하인을 한 명도 데리고 오지 않는 짓은 더 하지 말았어야 했다. 길에서 고독감과 무력감, 공포와 전율을 느끼게 된 걸 누굴 원망하랴? 내 자신을? 아니면 셋째 사촌 여동생을? 백만장자 외삼촌 슬하의 외동딸인 나의 그녀를…?

아니다! 그녀는 나를 사랑해서 단지 남들 앞에서 내게 뭐라고 말하기가 좀 그랬을 뿐이다. 출발을 앞두고 상하이의 삼촌 별장을 떠나던 그날 아침, 그녀는 말없이 삼촌 곁에 서서 나를 바라보고 있었다. 삼촌이 말했다.

"아버지의 소송 사건도 잘 해결하고 겸사겸사 삼 년 동안 못 본 할아버지도 만나 뵈러 한번 고향에 다녀오는 건 나도 찬성이네. 그런데 꼭 혼자 가겠다고 고집을 피우니 내 마음이 안 놓여!…"

외삼촌은 이렇게 말하고 일부러 나를 한번 쓱 쳐다보고는 탄식을 했다. 하지만 그때 나는 가장 경애하는 셋째 사촌 여동생 앞에 있었으니 어찌 용기를 안 낼 수 있었겠는가? 더구나 사촌 여동생은 평소 영웅을 좋아하고, 용감하고 의협심이 강한 사람을 좋아하는 여인이었다. 그녀가 나를 좋아하고, 존경해 내게 시집오도록 만들기 위해 나는 단호하고 호방하게 외삼촌에게 대답했다. 아버지의 소송 사건에 뇌물로 쓸 오천 위안의 경비를 내가 몸에 지니고 있어야 했기에 외삼촌은 주저했지만, 그때는 내 고집스런 영웅 심리에 결국 설득당해 외삼촌도 나의 기세를 믿고 나 혼자서 가는 것을 허락했다.

내가 가방을 쌀 때 도와주던 셋째 사촌 여동생이 엄지손가락을 치켜세우며 나보고 발전했다고 말했던 것도 기억난다!

셋째 사촌 여동생이 나를 우러러보도록, 그녀의 이상에 맞는 사람이 되고자, 나는 한 번도 겪어 본 적 없는 상황을 겪었다. 이런 결단이 내가 다시 돌아갔을 때 그녀가 나를 더 사랑하게 만들어 주지 않을까?

이리저리 따지고 생각하다 보면 나의 이 여정도 곧 끝날 것이다. 내일 바람의 방향이 좋아진다면 새벽녘 동이 틀 즈음에는 내 고향 X마을에 닿을 수 있을 것이다.

이런저런 잡다한 생각을 하다 담요를 뒤집어쓰고 꿈나라로 빠져들었다.

3

몸과 마음이 극도로 노곤할 때에는 죽은 듯이 자기 마련이다.

하룻밤이 지나고 날은 이미 대낮이었다. 내가 깨어났을 때 그 농민 아낙과 아이는 언제 갔는지 이미 보이지 않았고 배도 망망한 바다 한가운데를 지나고 있었다.

지난밤 죽은 듯이 잠들었던 것이 스스로 너무 조심성이 없었다는 생각이 들자 되레 약간 무서워졌다.

그러나 라오자오와 샤오왕 두 뱃사공이 배 앞쪽에서 아침밥을 짓고 샤오왕이 실실 웃으며 나더러 와서 먹으라고 하는 모습을 보니 반가우면서도 친근한 우정이 느껴져 나 자신도 모르게 마음이 풀어졌다.

밥을 먹은 후, 나는 그가 가재도구를 정리하는 것을 보면서 뱃머리에 서서 먼 곳을 바라봤다. 하늘과 물이, 물과 하늘이 맞닿아 있었고 수평선의 끝에선 은백색의 아침 햇살이 아득히 빛나며 바닷새 몇 마리가 땅에 내려올 생각이 없다는 듯 비행하고 있었다. 이날은 날씨가 너무 좋았고, 바람의 방향도 어제와는 약간 다른 듯했다. 가득한 햇빛과 수면이 마치 따뜻한 온탕 속에 있는 듯 몸을 편안하게 만들었지만, 정신은 무한한 기쁨과 팔팔 뛰는 에너지로 가득 차 있었다.

이는 A무역항에서 국제 기선을 탔을 때의 정경과 또 달랐다. 하나가 여전히 인간 세상을 벗어나지 못한 떠들썩한 시끄러움이라면, 다른 하나는 묵직하게 가라앉은 소탈함이라 생각되었다.

"당신들은 진짜 행복하겠소!" 나는 무심코 부럽다는 말을 내뱉었다.

"만약 이 시간만 따로 떼어 본다면 표면적으로는 그럴 수 있겠지요."

지식인과 같은 라오자오의 말투에 나는 깜짝 놀랐고, 이에 나도 모르게 그를 자세히 눈여겨보지 않을 수 없었다.

말이 없고 무표정한 그 얼굴은 남에게 말하기 싫은 은밀한 비밀을 무한히 감추고 있는 듯했고, 때때로 올라가는 미간은 늘 무언가 생각하고 있는 듯 보였다. 사람에게 악의를 느끼게 하지 않고 오히려 경의를 자아내는 그 태도에 나는 커다란 의혹이 일었다. 평범한 뱃사공이나 노 젓는 사람의 모습은 아니었다. 적어도 별다른 생각 없이 툭 내뱉는 말에는 지식인 계층 중에 신념이 있는 사람이 가질 법한 태도가 깃들어 있었고, 거기엔 나를 경멸하는 기색이 담겨 있었다!

나는 화를 내기보다는 그에 대해 호기심이 생겨 다시 물었다.

"왜 그렇게 말하는가? 이처럼 구속 없는 삶은 세상에 드물지 않은가?"

"선생은 왜 사건을 볼 때 그 표면적 현상만 보시오? 우리 같은 사람이 행복을 누리고 있다고? 당신이 행복을 누리고 싶다면, 당신은 왜 뱃사공이 되지 않으시오?"

그가 갑자기 고개를 들어 나를 봤다. 나의 이 말이 그의 원한을 샀는지, 그의 눈에선 강렬한 빛이 뿜어 나왔고 그 빛에는 더 큰 경멸이 담겨 있었다.

나는 겁이 나 더 말하지 않았다.

"행복? …몇 사람의 행복이지? 몇 사람만의 것이지. 너희들이 말하는 그 행복은…."

그는 하염없이 먼 곳을 바라보며 입으로 모호하고 알아들을 수 없는 말을 중얼거렸다. 그러고는 고개를 숙여 배를 저으며 노를 물속 깊이 꽂았다. 그 얼굴에선 침착함이 사라졌다. 지금은 해결할 수 없는 갈등으로 고심하고 있다는 듯, 안색이 매우 좋지 않았고 눈살을 찌푸렸다가 한숨을 내쉬었다가 했다.

나는 그 자리에 서서 다시 부드럽게 그에게 한참을 이야기했지만, 그는 내 말을 듣고 있지 않은 듯이 한마디도 하지 않았다.

선미에서 무를 깨물어 먹고 있던 샤오왕은 우물우물 씹으며 노랫가락을 흥얼거리고 있었다.

나는 몸을 돌려 그곳으로 가 그와 이야기를 나눴다. 난 라오자오에 관해 이것저것 물었지만, 그는 아무 대답도 하지 않고 단지 이렇게 말할 뿐이었다.

"저 사람은 정신병이 있어요, 그냥 무시해요!…"

그런 다음 다시 고개를 숙여 무를 씹으며 그 이름 모를 곡조를 흥얼거렸다.

샤오왕은 아무것도 얘기하지 않았고, 난 의혹을 내려놓을 수밖에 없었다. 그러나 난 시종일관 리오자오가 이런 삶을 살던 사람이 아니고, 이 황량한 대해(大海) 속 돛단배에서 만날 수 있는 사람도 아니라는 생각이 들었다. 그의 모습을 보면 범상치 않은 사람이란 걸 알 수 있었다.

아주 이상한 일이라는 생각이 들었지만 설명할 방법이 없었다. 이 같은 상황이 되면, 나는 종종 한 가지 문제로 고민하기보단 그것을 살짝 내려놓기를 좋아했다. 샤오왕과 한참을 이야기 나눈 후, 라오자오와도 이야기를 더 나눠 보고 싶었으나 그는 계속 날 무시했다. 난감하기도 했고 딱히 방법도 없어 나는 그가 진짜 정신병이 있는 사람이라고 의심할 수밖에 없었다.

오전에 바람이 살짝 변하더니 오후가 되자 우리의 배는 완전히 순풍 속에서 나아갔다.

바다 풍경을 바라보며 샤오왕과 대화를 나누고 있으니, 라오자오도 가끔 몇 마디 끼어들어 내가 상하이에서 무슨 일을 했는지, 무슨 지위에 있었는지를 물었고, 나는 얼버무리며 약간씩 그에게 알려 줬다. 그는 점점 나와 익숙해지고, 약간의 친밀한 감정이 생긴 듯했다. 이날의 운항 일정은 아주 빠르게 흘러갔다.

밤이 되어 나는 손가방에서 셋째 사촌 여동생이 나에게 준 소설 두세 권을 꺼내 선실 안에서 읽었고 깊은 밤까지 보다가 졸음이 몰려들어 눈을 감았다.

마음 놓고 평안하게 잠을 잤다. 그런데 밤이 깊어질 무렵 나는 금속 물체가 바닥에 떨어지는 소리에 놀라 갑자기 잠에서 깼다.

뱃머리를 바라보니 라오자오가 샤오왕을 갑판 위에 자빠뜨린 채 누르고 있었고, 동시에 번쩍이는 날카로운 칼 한 자루가 선실 입구와 멀지 않은 곳에 떨어져 있는 게 보였다.

이 상황을 보자마자 나는 화들짝 놀랐다. 소리를 지르고 싶었지만 목구멍에 무언가가 막힌 듯 소리가 나오지 않았다. 그저 넋을 잃고 그들을 멍하니 쳐다보았다.

라오자오가 나를 한 번 힐끗 보더니 매우 미안해하며 바닥에 넘어져 있는 샤오왕을 향해 소리쳤다.

"어서 일어나! 자네 때문에 장 선생이 놀라서 깼잖아… 자네도 참 헛똑똑이야, 배가 빠르게 가는 거랑 무슨 상관이 있다고 헷갈려서 돛대의 줄을 잘라 버렸나."

웃으면서 샤오왕을 일으켜 주었고, 동시에 땅에 떨어진 칼도 챙겼다.

"그게 있어도 쓸모없긴 한데, 나더러 정신병이라 하더니 자네가 더 그렇구먼. 아이처럼 가지고 놀다가 조만간 사고가 날지도 모르니 이 칼은 내가 자네 대신 없애겠네."

라오자오가 팔을 휘두르자 배 앞에서 풍덩 소리가 나며 칼이 바다에 빠졌다.

샤오왕을 보니, 그는 처음에는 놀란 듯 라오자오를 쳐다보다 라오자오가 칼을 바다에 던지고는 돌아보며 웃자 그 의미를 알아차렸다는 듯이 고개를 숙였다.

휘영청 밝은 달빛 아래에서 이 모든 장면을 생생하게 볼 수 있었다. 라오자오가 미소 지으며 선실로 와서 내게 사과할 때 비로소 나도 그 자리에 함께 있음을 깨달았다. 곧바로 오천 위안의 경비를 숨겨 둔 손가방이 잘 있나 생각이 나서 검은 천 속을 찬찬히 더듬었다. 아무런 변화가 없다는 것을 깨닫자 마음이 좀 놓였다.

아무도 내 목에 칼을 들이대지 않았지만 나는 되레 더 무서웠고 더 떨렸다.

두 눈을 크게 뜨고 선실 주변을 바라보니 잠잠한 바다가 묵직하게 끝없이 펼쳐져 있고, 바람은 바닷물을 머금은 채 낮게 휙휙 소리를 내고 있었다. 그러나 다른 배는 한 척도 보이지 않아 내가 소리쳐 도움을 청한들 아무런 소용이 없었다!

이제 마음속에는 숙명이란 생각만 남아 있었다. 나는 모든 것을 하늘의 뜻에 맡기자고 자신을 다독였다! 전설 속에서도 듣지 못할 이 기이한 항해의 마지막을 어떻게 보내야 하나?

날이 밝을 때까지 한껏 웅크린 채 두 눈을 부릅뜨고 있었다.

4

지금 나는 무사히 집에 도착해 있다.

집안 사람들, 할아버지 그리고 연세가 드신 큰아버지와 큰어머니 두 분까지 꼬박 며칠을 걸려 나를 보러 오셨다. 말로 표현할 수 없이 기뻤다. 그러나 어린 남동생과 여동생들은 내가 낯선 듯했다. 그들은 나랑 멀찍이 떨어져 서서 신기한 듯 눈빛을 보내며 아무 말이 없었다. 남녀 일꾼 몇이 아이들을 데려와 나와 이야기 나누게 했고, 그러자 조금 익숙해졌는지 부끄러워하며 다가오기 시작했다.

내가 돌아온 것이 집안사람들에겐 신선한 자극이 된 듯했다. 그들의 고요하고 적막한 생활에 잔잔한 파문이 일었다. 나를 위해 방을 쓸고 닦으며 지낼 곳을 마련해 준 숙부님들, 부엌에서 할아버지 감독 아래 바삐 음식을 하는 아주머니와 하인들, 그리고 근처 상점으로 달려가 식사 준비를 위해 재료를 사 오는 어린 남동생과 여동생들까지. 저마다의 마음은 어떨지 모르겠지만 안팎으로 바쁘고 어지러운 모습을 보니, 한편으로 이 모든 사람이 나를 위해 애쓰고 있다는 생각이 들어 뿌듯하면서도, 다른 한편으로는 내가 돌아와도 그들에게 딱히 가져다준 것이 없다는 생각에 마음이 불편했다!

—어떻게 설명할 수 있겠는가? 이것이 천륜 간의 사랑 아니겠는가?

절반은 기쁜 마음으로 절반은 막막한 기분으로 이렇게 한 가족이 모여 할아버지가 모두에게 아버지가 감옥에 가게 된 정황을 들려주는 가운데, 시골에선 제법 풍성한 점심을 먹었다.

식사 후, 홀로 조용히 어머니와 할머니의 무덤에 갔다.

죽은 듯 적막한 길을 돌아오는데 점심때 할아버지가 내게 오는 길이 어땠는지 물어서인지 바다에서의 막바지 여정과 그 민간 선박의 두 뱃사공, 특히 성이 자오였던 이상한 사람이 다시금 생각났다!

골똘히 생각을 하고 있던 중에, 집 대문에 다다랐다.

부두에서 날품팔이하는 아이가 맨발로 손에 편지 한 통을 들고 대문 앞에서 기웃거리고 있었다.

나를 보더니 다가와 미안한 듯 꾸벅 인사를 하고는 편지 한 통을 건네며 웃으며 말했다.

"어쩐지, 장 선생님이 돌아왔군요! …저를 못 알아보시겠어요…?"

나는 이 아이가 내게 뭐라 말하는지 주의를 기울이지 못했고, 그는 나를 잠깐 응시하는 듯하더니 냅다 뛰어가 버렸다.

가슴이 뛰고 손이 떨렸다. 연필로 내 이름이 적힌 편지를 전달받고 재빨리 뜯어 그 자리에서 읽어 보았다.

편지 첫머리에는 내 이름이 적혀 있고, 그 아래는 다음과 같이 쓰여 있었다.

공교롭게 파도가 치는 바다 위에서 다시 만나게 됐군.

몇 년 전의 자오차이민(趙柴民)이란 사람을 넌 이미 잊었겠지. 내 배에 앉아서 나랑 이야기를 나누면서도 조금도 나를 기억하지 못하더군. 너는 처음엔 내 동창이었고 내 친구였지만 우리는 같은 계층의 사람이 아니었기에 졸업 후 각자의 길을 가게 됐지. 너는 상하이에 있는 네 외삼촌의 힘을 믿고 내 여동생을 따라다녔어. 너는 내 동생이 어떤 사람인지 조금도 몰랐어. 네가 그녀를 모욕하고 큰 상처를 입히고 나서야 그녀가 쉽지 않은 여성이란 걸 느꼈고, 곧바로 내 여동생은 너희들의 손에 희생됐지. 우리 집은 당연히 용서할 생각이 없었고 법원에 고소했어. 그러나 그게 무슨 소용 있겠나? 이 세상 역시 너희 같은 부류의 것이라 모든 게 너희 손안이었던 것을. 너희는 돈으로 깡패들을 고용해 우리 집에 와서 협박하고 사람을 때렸지. 너희들은 우리 집이 하는 사업에 대해 안 좋은 소문을 퍼뜨리고, 이를 과장하고 날조하여 나를 체포했어. 내가 감옥에서 나왔을 때는 이미 집과 가족을 다 잃었고, 나는 떠돌아다닐 수밖에 없었지. 나의 신념과 무너진 사업이 내게 말해 주고 있었네. 이것은 단순한 개인의 원한이 아닌 꼭 해결해야만 하는 문제라고.

나는 여러 번 망설였지만 널 죽이지 않았어. 알고 있나? 네가 꿈에서 깬 그날 밤 내 동료가 그 칼로 자네의 목숨을 끊으려 했지. 나는 고심 끝에 그를 말렸어. 그렇게 되면 우리가 단순히 돈을 노려 목숨을 해한 꼴이 되기 때문이라서. 하물며 우리는 줄곧 이런 방법으로 너희와 우리 사이의 문제를 해결해선 안 된다고 생각했고, 해결할 수도 없었지.

이렇게 너는 다시 자유의 몸이 되었군. 너는 계속 호화롭고 사치스런 생활을 하며 약자와 무고한 사람을 멋대로 괴롭히겠지. 그러나 알아두라고, 이 모든 것이 영원할 순 없고 역사가 조만간 답을 내릴 테니.

비록 난 배 젓는 사공일 뿐이지만 굳게 믿고 있어.

잘 가게! 아마 우리가 다시 만난다면 바다 위 민간 선박에서는 아닐 거라 생각하네.

- 자오차이민 씀

머리가 지근대면서 눈에 핏줄이 곤두섰다. 편지를 다 읽고 나자 몸이 쓰러질 듯 휘청였다. 나는 다른 생각을 할 겨를도 없이 편지를 챙겨 큰 걸음으로 부두를 향해 뛰어갔다.

부두에 정박한 배는 많지 않았지만 고기 잡는 사람은 적지 않았다. 모든 배를 둘러봐도 두 뱃사공이 그 배를 어디로 몰고 갔는지 내가 탔던 그 배는 이미 보이지 않았다.

석양은 바다 저편에서 불타올랐고 바닷물은 살랑살랑 넘실대며 때때로 해안까지 솟구쳤다 다시 물러났다.

편지를 전해 준 아이가 바구니를 들고 노래를 부르며 걸어오고 있었다. 아이에게 묻자, 그는 동전 몇 푼을 보수로 받은 것 외에 아는 게 아무것도 없다고 했다.

이것은 마치 기적 같았다! 순간 누군가의 말이 생각났다.

—세상에서 가장 힘 있는 사람은 바로 그 기적이란 것을 만들어 내는 사람이다!

바닷물은 마치 하늘에서 세차게 밀려오다가 삽시간에 고요해진 것처럼 여전히 넘실거리고 있었다. 또다시 수수께끼를 감춰 놓은 듯했다. 바람은 위에서 휙휙 소리를 냈고 바다 물결은 말없이 출렁이며 날은 점점 어두워졌다.

나는 멍하니 서 있었다. 어둑어둑한 바다의 상공에서 난 어렴풋이 자오 성을 가진 그 의연한 얼굴을 본 것 같았다….

『신만주(新滿洲)』 4권 2기 1942년 3월에 수록
(번역: 김혜주)

지하의 봄

1

날 밝을 무렵, 파고드는 지하실의 눅눅한 습기에 잠에서 깼다. 그는 깨어나 곁에서 자고 있는 여인을 바라보니 두려워져 방의 또 다른 구석으로 시선을 돌렸다. 그곳은 마치 아담한 하나의 방처럼 보였지만, 꾀죄죄한 큰 커튼을 사이에 두고 둘로 나뉘어 있었다.

석탄 연기에 검게 그을린 그 낡은 커튼을 보고 있으니 그의 가슴이 갑자기 뛰기 시작했다. 하지만 오랫동안 안에서 사람 오가는 소리가 들리지 않고 아무런 기척도 없자, 그는 이안 페트로비치가 어젯밤에도 돌아오지 않았다고 생각했다. 그제야 악몽에 놀라서 깨어난 듯, 그는 여전히 깊은 잠에 빠진 안나를 바라보며 겸연쩍게 한숨을 쉬었다.

어젯밤의 일을 생각하니 범죄를 저질렀고 비열했다는 느낌이 들어, 그는 절로 몸서리가 쳐졌다. 깊이 생각할수록 후회의 감정에서 헤어 나올 수 없었다. 이쯤 되니, 여러 날 동안 그의 마음을 어지럽혔던 선과 악의 경계가 허물어져 완전히 뒤섞여 버렸다.

이처럼 악몽 같은 육체적 범죄를 저지른 것은 그의 생전 처음 있는 일이었다. 그는 확실히 이 혼혈 여인을 사랑하고 있었다. 이 여인도 그를 사랑하고 있었을까? 어젯밤 그녀가 정조를 너무 가볍게 여기는 모습 때문인지, 그때야 그는 자신의 돈이 이 방 안에서 제대로 말썽을 일으켰다는 생각이 들었다. 그녀가 격정적인 방랑에 자연적으로 순응하며 육체적이고 향락적인 삶을 사는 것을 인정하더라도, 동양인인 그의 눈에는 남편이 있는 아내가 정조를 가볍게 여기는 것이 엄연히 법을 어기는 범죄처럼 보였다.

그는 이때 후회와 부끄러움을 느꼈다. 지면 위로 난 지하실의 창문을 내다보니 길 위에 행인이 보이기 시작했다. 길 건너편에 낮게 줄지어 선 낡은 건물의 옥상에는 아침 해가 반짝이고 있었다.

"난 이안 페트로비치를 속였어!"

깊은 생각에 잠긴 채, 그는 옷을 입고 살며시 바닥으로 내려왔다.

낡아 빠진 무쇠 난로 하나가 구석에 가만히 앉아 있었다. 어젯밤부터 그 위에 놓여 있던 물 주전자를 기울여 차가워진 물을 한 잔 따라 마셨다. 그는 옷의 단추를 채우면서 몸을 숙여 난로에 불을 지폈다.

난로에 불이 붙자, 지하층에 묻힌 아담한 방이 점점 따뜻해지기 시작했다.

그가 탁자의 너저분한 물건들을 치우고 있을 때, 안나가 겁먹은 고양이마냥 깨어났다. 그녀는 그를 향해 원망스러운 미소를 지어 보이고는 손으로 흐트러진 긴 머리를 정리했다. 불안한 듯 방의 다른 한쪽을 바라보는 그녀의 표정에는 처연함이 서려 있었다.

그녀는 아무 말 없이 고개 숙여 서둘러 옷을 입고 침대에서 내려왔다. 땅바닥에 내려와 약간 머뭇거리는 그녀의 아름다운 두 뺨엔 아침노을처럼 홍조가 피어올랐다.

그녀는 묵묵히 방의 저쪽으로 들어갔고, 곧 커튼 안쪽에서 그녀의 낮고 애처로운 울음소리가 들려왔다.

안나는 흐느껴 울었다. 아침 해가 그녀의 울음소리와 함께 점점 솟아올랐다.

2

저녁에 이안 페트로비치가 오래된 빵 반 개를 옆구리에 끼고, 어디서 구해 왔는지 제대로 절여지지도 않은 청어 예닐곱 마리를 가지고 돌아왔다. 빵은 종이로 싸지도 않고 청어는 그의 구멍 난 낡은 호주머니 속에 쑤셔 박혀 있는데, 그 모습이 아주 우스꽝스러웠다. 그는 아주 신이 난 듯 지하로 들어오면서 먼저 안나를 불렀다. 커튼 안에 아무도 보이지 않는 것을 보고,

그는 어둠 속에서 창 앞에 서서 거리 풍경을 바라보던 선(琛)의 뒷모습을 향해 소리쳤다.

"류(劉) 선생님, 식사했어요?"

선은 어둠 속에서 몸을 돌렸다. 그는 이안의 흐릿한 얼굴을 바라보며 잠시 머뭇거리다가 당황하고 불안해하며 전등을 켰다.

"먹었어!"

그는 겸연쩍은 듯 대답하며 말했다.

"자네 왜 며칠 동안이나 밤마다 돌아오지 않았던 거야? 안나는 아마도 자넬 찾으러 나간 듯해!"

여느 때 같으면 그는 분명 심문하는 얼굴로 이안을 바라봤을 것이다. 하지만 지금 그는 이안의 눈을 피하고 있었고, 영양부족이지만 늘 웃음기 띤 그의 얼굴을 보기가 두려웠다. 그는 이 가난한 러시아 청년에게 미안했다. 어젯밤, 그는 이안의 안나를 모욕했다.

이안은 빵과 청어를 탁자 위에 놓았다. 얼굴에 웃음이 가득하고 목소리가 평소보다 들떠 있는 것이, 오늘은 술을 마시지 않은 듯했다. 선은 고개를 들어 의심스러운 눈으로 그를 바라보며 말했다.

"오늘 먹을 음식을 사서 온 걸 보니, 돈을 좀 땄나 보군?"

이안은 머리를 가로저으며 그가 가진 장난기를 다시 드러냈다.

"돈을 땄냐고요? 제 이번 달 월급은 요 이틀 밤에 그 잡놈의 새끼한테 다 빼앗겼어요. 빵과 생선은 며칠 동안 안 들어와서 안나가 화났을까 봐 외상 받아 온 거예요."

말을 마치고 그는 일부러 고개를 돌려 커튼을 바라봤다.

"여자들은 꼭 먹을 걸 원하니! 참, 정말 방법이 없어요!"

그가 난롯가로 가서 위에 놓인 주전자를 만져 보니 난롯불이 아직 타고 있었고 물도 뜨거웠다.

"이 물 끓인 거예요?"

선은 고개를 끄덕였다. 이안은 방 저편으로 넘어갔다.

접시와 컵, 빵을 자를 녹슨 칼을 든 그가 몸을 돌려 간절한 눈빛으로 선을 바라봤다.

"류 선생님 돈 좀 있어요? 우리 보드카를 사서 같이 마시면 어때요?"

선은 돈을 꺼내 그에게 건넸다.

"좋아! 나도 술이 좀 당기는데 술도 더 사 오고. 또 소시지랑 설탕도 사 와. 우리 같이 마시자고!"

이안은 신이 나서 나갔다.

선은 몸을 굽혀 난로에 석탄을 더 넣었다. 석탄이 안에서 이글이글 타는 것을 보고 있으니 그의 염려도 서서히 사그라들었다. 평정을 되찾으니 가슴이 콩닥거리는 소리가 다 들릴 지경이었다. 그는 오늘 안나의 모습이 떠올랐다. 안나가 후회하고 있으며, 그 마음이 고통스러운 것을 알 수 있었다.

그러나 뜻밖에 벌어진 이 범죄에 선도 결코 편안하지 못했다. 정신적 모욕, 육체적 능멸이 단지 이날 하루 사이에 안나에게, 또 자신에게 일어났고, 그는 이같이 평범하지 않은 감정을 경험하고 있었다.

어젯밤 안나는 술에 취한 상태로 자제력을 잃었다. 생활이 주는 우울함으로 인해 그녀는 자극과 분방함을 갈구했고, 남편을 원망하며 부도덕한 행동도 마다하지 않게 됐다. 그러나 이성이 되돌아오자 그녀는 자신을 다시 세우고 자신을 다독였다. 오늘, 그녀의 압박감이 강해질수록 고통도 깊어졌다.

안나와 이안 페트로비치를 생각하자, 선은 그녀가 했던 말이 생각났다. 그녀가 아름다운 고향을 떠나올 때는 아직 환상이 충만한 아이였다고 했다. 그녀는 당시 예닐곱 살밖에 되지 않았지만 앞뒤를 생각할 만큼 철이 들어 많은 일을 기억하고 있었다. 그녀는 대초원이 얼마나 매혹적이었는지, 태양이 얼마나 빛났는지, 해질녘의 산과 가축들이 얼마나 장관을 이루었는지 기억하고 있었다. 그녀는 결국 오랜 세월 뛰놀던 집을 버렸고, 나이든 가족과 어린 가족을 버렸다. 그녀는 더는 할머니를 따라 예배당에 가서 조용한 저녁기도를 할 수 없었고, 더는 여름밤의 아름다운 꿈속에서 종탑의 종소리를 들을 수 없었다. 그녀는 유년 시절의 카자크 마을을 뛰쳐나와 고향과 조국이 없는 사람이 되었고, 유랑하는 삶 속에서 점점 성장하여 아름다운 소녀가 되었다. 그녀의 외모는 눈길을 끌 정도로 우아했으나, 그녀의 마음은 반대로 처량하고 고독했다. 부모님이 돌아가시고 난 후로, 그녀는 유랑 도중에 이안 페트로비치를 만났고, 그들은 하얼빈으로 왔다. 그러나 이 대도시 지하층에서의 생활은 그들을 무력하게 만들고 방황하게 했다.

"일해 봐! 빵과 감자를 위해 일 좀 해 봐!"

이안은 이상(理想)을 잃었고, 에너지도 잃었고, 안나의 마음을 다독이는 법도 잃었다. 호텔이 그가 안락함을 느끼는 곳이 됐고, 도박은 그가 마음을 달래는 고향이 됐다.

지금, 삼 일 밤을 돌아오지 않던 그가 이번 달 월급을 깡그리 잃고 늘 그랬듯 또다시 빈손이 되어 돌아온 것이다. 그는 항상 안나를 울지도 웃지도 못하게 만들었고, 그녀를 희망 속에서 실망하게, 실망 속에서 절망하게 만들었다.

그들 대신에 생계를 생각했던 선은 당시 그들에겐 없어서는 안 될 존재였다. 그는 안나를 도왔고 또 이안을 도왔다. 다행히 그들은 함께 있을 수 있었다. 도시 인구가 증가해 주택을 구하기 힘들다는 목소리 속에 선은 기꺼이 곤궁함을 자처했다. 그는 백 위안이 채 안 되는 월급을 받는 말단 직원이었지만 이 빈곤한 남녀를 도울 힘은 있었다.

그러나 그는 안나를 사랑하고 있었고, 결국 그녀를 유혹했다. 앞으로 어떤 태도로 여기서 계속 살아야 하나, 어떤 고통스러운 마음으로 이안을 대해야 하나 생각하니, 그는 내심 후회가 됐다. 이날 그는 집 안을 왔다 갔다 하며 나가지 않았다. 그는 안나가 흐느끼는 것을 듣고 있었고, 그녀가 나가는 것을 보고 있었고, 또 이안이 유쾌하게 돌아오는 것을 보고 있었다. 그는 이 이국(異國) 남녀 사이에서 자신이 고통을 주는 존재이며, 죄악의 존재라고 느꼈다.

"그래 내가 다른 곳으로 이사 가서 사는 게 낫겠어!"

이런저런 잡다한 생각 끝에 그는 자신에게 이 같은 결론을 내렸다.

3

이안이 술을 사서 돌아왔고, 두 사람은 페인트칠이 벗겨진 작은 사각 탁자에서 술을 마셨다.

밤이 어두워져 창 앞은 칠흑 같았다. 밖을 내다보니 가로등이 보였고, 저 멀리 아득함 속에 드문드문 보이는 별 몇 개가 무섭도록 짙은 하늘 위에서 빛나고 있었다.

어두침침한 가로등 아래서 행인과 창기(娼妓)가 이동하고 있었고 빈 가마에는 가마꾼들이 앉아 있었다. 창 앞에서 누군가 콧노래를 흥얼대며 걸어갔다. 그 소리가 거리에서 지하실로 흘러들어 와 선의 귓가에 전해지자 오늘 밤은 그다지 조용하지 않을 거란 생각이 들었다.

그의 마음은 술로 타들어 갔다. 하고 싶은 말이 많았지만, 말을 꺼낼 수 없었다.

불빛은 이안의 뒷모습을 벽에다 큰 그림자로 그려 내고 있었다. 그의 헝클어진 황금빛 머리카락은 등불 아래서 매우 아름다워 보였다. 영양실조 상태의 그의 얼굴은 강렬한 보드카로 인해 빨갛게 달아올라 있었다. 검푸른 두 눈은 자기 두 손의 움직임을 하염없이 주시하고 있었다. 거친 일을 하면서 단련된 통통하며 투박한 큰 손 두 개가 녹슨 칼을 쥐고 빵을 쪼개고 청어의 꼬리를 아주 조심스레 자르고 있었다.

다른 나라 청년의 이렇게 귀여운 모습과 성실한 얼굴을 보고 있으려니 술기운 속에 선의 마음이 깊숙이 아려 오기 시작했다. 어젯밤의 일을 다 털어놓고 그의 죄과를 다 말하며 그는 소리치고 싶었고 그에게 용서해 달라고 애원하고 싶었다.

그러나 그는 용기가 없어 그렇게 할 수 없었다. 후회와 실의 속에서 고통스러웠다.

안나는 아직 돌아오지 않았고, 지하실은 춥고 싸늘했다. 창문 위는 칠흑 같았다. 길거리에선 누군가 웃고 떠들고 있었는데 말소리와 웃음소리가 발걸음을 따라 점점 멀어져 갔다. 두 사람은 남은 술을 마시며 끊어졌다 이어지는 사람들의 말소리를 듣고 있었다. 쓸쓸히 네 벽을 비추고 있는 등불은 사각 탁자 위 잡다한 음식을 비추고 있었다.

이안은 적막 속에서 빵을 먹고 있었다. 그는 청어의 머리도 세심하게 발라내어 빵과 함께 먹어 치웠다. 그는 흡족한 듯 미소를 지으며 마지막 술 한 방울까지 목구멍으로 넘겼다.

"왜 그래요? 류 선생님도 레바* 좀 드셔 보세요!"

다 먹고 난 후 그는 낡은 종이에다 더러워진 두 손을 닦았다. 그는 그제서야 선이 빵을 조금도 먹지 않았다는 것을 깨달았다.

선은 대답이 없었다. 이안은 고개를 들어 선을 봤고, 그의 표정이 이상하다고 느꼈다. 그는 선이 자기를 주시하면서 아주

---

* 러시아 빵의 음역어-역주

다정하게 또 아주 의심스러운 듯, 무슨 말을 하려다가 끝내 아무 말도 하지 않는 것을 보았다. 이안은 크게 웃었다. 선의 모습을 보며 알았다는 듯이 말했다.

"맞다, 맞어! 이 레바를 류 선생님은 못 먹죠. 하하하, 너무 질겨서 돌 같다고 못 먹죠, 완전 돌덩이라고. 나도 먹고, 안나도 먹을 수 있는데! 하하하!"

선의 얼굴은 전혀 움직임이 없었다. 깊은 생각에 빠져 멍해 있다가 이안의 웃음소리에 깜짝 놀라 정신이 들었다. 그는 이안의 말을 곰곰이 생각하다 시무룩하게 물었다.

"못 먹기는 무슨, 난 밥을 먹었다고! 네 말은 우리가 같은 사람이 아니라는 거야?"

"같은 사람이 아니죠." 이안이 대답했다.

"어떻게 다른데?"

"우리는 가난하잖아요! 자 보세요." 그는 자신의 낡은 옷을 가리켰다. "우리는 지금 가족이 없어요!"

가족이 없다는 말에 이안의 웃음소리가 즉시 잦아들었다.

"나도 가족이 없어, 이안!"

가족이 없다는 말에 선도 침묵했다. 그의 두 눈은 쓸쓸하고 노란 등불을 주시했고 더는 아무 말도 하지 않았다. 그는 자신이 결코 가족이 없는 게 아니란 걸 알고 있었다. 자신의 가족은 어느 틈에 뿔뿔이 흩어진 것뿐이었다.

아버지는 생전에 변방의 어느 현에서 8년 동안 현장(縣長)으로 근무하였다. 어머니는 그와 여동생 한 명만 남기고 오래전에 돌아가셨다. 아버지는 말년에 첩을 얻고 아편 중독에 빠지더니 한 차례 정변(政變)을 겪으며 현장 자리를 잃었다. 현장 자리에서 물러난 지 몇 년이 안 되어 아버지는 궁핍함 속에 돌아가셨다. 그가 아직 학교에 다닐 무렵이었는데, 열다섯 살 된 여동생은 계모가 사창가로 보냈고, 집에 남은 물건 중에 저당 잡을 게 더 없자 계모도 지나가는 행상을 따라 도망가 버렸다.

이것이 작은 가족이 흩어지게 된 경위였다. 선은 종종 이 생각만 하면 가슴이 답답해지고 애증이 가득 찼다. 그도 어찌 됐든 아버지가 지닌 사대부의 묵향을 물려받은 지식인이었다. 아직도 가문을 빛내고 조상을 드높일 꿈을 버리지 못했고 늘 가정을 세우길 바라고 있었다.

그러나 몇 년 동안, 그는 수많은 사람의 가정이 그와 같이 허물어지는 것을, 수많은 사람이 거센 물살 같은 삶 속에서 빙빙 돌고, 또 빙빙 돌고 있는 것을 보았다. 이같이 변화하는 광경은 그에게 적잖은 깨달음을 주었다.

그는 늘 가슴이 아팠지만 가족만큼은 더는 큰 기대를 품지 않았다.

하얼빈에 와서 그는 피땀 흘려 지금의 일자리를 얻었고 일찍 나가고 늦게 귀가하며 말단 직원의 삶을 살고 있었다.

그는 목표도 없고 이상도 없었다. 지금의 삶은 일종의 소모란 것을 스스로 인정하고 있었다.

그러나 그는 늘 고민했다. 이상은 없지만 현실의 가혹함을 느끼고 있었고 자신의 삶을 부정하고 싶진 않지만 자신이 고민하는 이유를 알고 싶었다.

한참 후, 그는 시선을 등불에서 이안으로 옮겨 물었다.

"우리 이렇게 사는 것이 무슨 의미가 있어? 이안!"

이안은 멍하니 그를 바라봤다. 변함없이 발랄하던 그의 성격도 오늘 밤에는 약간 침울해져 있었다.

"우리는 무언가를 늘 추구하고 있는 것 같죠?"

그는 뜻을 제대로 전달할 수 없다고 느꼈는지 이번에는 러시아어로 말했다. "추구하려는 마음을 잃어버리면 모든 것이 끝나 버려요! 사람은 이것에 의지해 사는 것 같아요!"

이안은 말을 마치고 고개를 숙였다. 많은 일이 생각나는 듯했다.

"전 지금 모든 게 끝났어요. 안나조차 나 때문에 고통받는걸요."

그의 목소리가 아주 낮게 흐느끼고 있었다. 이 때문에 선의 마음이 갑자기 쿵쿵 뛰었다.

"안나조차 나 때문에 고통받는다?" 선은 마음속으로 한 번 되뇌었다.

그는 과거에 돈으로 이안을 돕고, 돈으로 안나의 마음을 사려고 했다. 그는 이안을 속였고, 안나까지 모욕했다. 그의 죄악을 만든 것은 돈이었고, 그는 자신이 비열하고 수치스럽게 느껴졌다. 가난은 결코 부끄러운 것이 아니고 가난한 삶도 결코 부끄러운 것이 아니다. 오늘 밤 그는 이안이 자신보다 훨씬 위대하단 생각이 들었다.

이안은 가난 속에 살지만 그는 힘이 있었다. 이안의 힘은 자신의 삶에 대한 믿음에서 드러났다. 사람은 무언가를 추구하면서 살아야 한다고 한 그의 말에 선은 깊이 감동했다.

선은 술에 취한 후 더 감정적으로 변해 있었다.

“이안, 나를 용서해 줘. 난 타락했고, 다른 사람까지 타락하게 만들었어. 이 점은 네게 꼭 미안하다고 해야겠어, 나중에 내 말을 이해하게 될 거야!” 그는 러시아어로 말했다.

이안은 의심스러운 듯 그를 바라봤다.

“너는 힘이 있어. 가난하고 떠돌고 있지만 넌 어려운 처지에도 완전히 타락하지 않았잖아. 자신만의 생각도 있으니 분명 이상을 추구하며 살 수 있어. 술도 마시지 말고, 도박도 하지 말아. 안나가 네게 기대를 걸고 있잖아. 만약 네가 삶에 대한 신념을 굳게 갖고 지금부터 분발해서 안나를 데리고 여기를 떠난다면, 너희들의 미래도 구원받을 수 있을 거야!”

선은 얼굴이 붉어지면서 말더듬이로 변했지만 능숙하게 러시아어를 구사하고 있었다.

“이안, 난 말야, 난 너희들이 잘됐으면 좋겠어. 특히 안나에게, 그녀한테 미안해! 내가 부탁하는데 너희들은 떠나. 너희들은 여기를 떠나고, 넌 안나를 고생시키지 말아!”

선은 말하고 나니 눈에서 눈물이 났다. 술이 그의 마음을 들끓게 했고, 그의 마음은 괴로웠다. 그는 이안, 그 열정적인 청년의 얼굴을 바라봤다. 그들 두 사람이 같은 운명의 다른 나라 청년이란 생각이 들자, 그는 머리를 탁자에 파묻고 오열하기 시작했다.

이안은 선이 탁자에서 얼굴을 들 때까지 이상한 듯 선을 쳐다보고 있었다. 천천히 수그러들었지만 선은 여전히 흐느끼고 있었다.

등불은 점점 어두워지는 것 같았고 지하실의 창문은 더욱 검게 변했다. 길에 행인들도 점점 사라져 갔으나 안나는 여전히 돌아오지 않았다. 고요하고 냉엄한 지하실에는 선이 흐느껴 우는 소리만 들렸다.

텅 빈 커튼을 바라보던 이안은 안나에게서 벗어나고 싶은 생각이 들면서 마음이 혼란스러웠다.

그는 그들의 과거가 생각났다. 꿈 같은 카자크 마을이, 꿈 같은 첫사랑이 생각났다. 그는 벽에 몸을 기대고 눈을 감았다. 고향의 푸른 하늘, 자연의 원시 산림, 굽이굽이 이어진 산, 저무는 태양에 물든 대초원이, 그리고 울타리, 조용한 양 떼, 평화로운 이웃들이 보였다. 성탄절 밤의 시끌벅적함이 생각나자 그는 마음이 울컥했다.

선은 다시 고개를 들어 이안을 바라봤고, 그와 함께 깊은 생각에 빠졌다.

4

안나는 그날 밤 이후로 돌아오지 않았다. 어느 곳에서도 그녀의 그림자를 찾을 수 없었다.

이안 페트로비치는 슬픔과 초조함에 허우적대고 있었다. 그는 여러 날 일을 하러 가지 않았다. 시름에 잠겨서 온종일 한마디 말도 없었고 그 명랑하던 성격도 완전히 사라졌다.

술을 마시고, 시멘트 길바닥을 쏘다녔다. 한낮에는 이불을 머리끝까지 뒤집어쓰고 잠만 잤고, 밤에는 밖을 나가 밤새도록 걸어 다녔다. 지하실은 쥐 죽은 듯이 적막해졌고 영원히 햇볕이 들지 않을 것처럼 음침해졌다. 지하실은 이제 오래된 무덤이 되어 버렸고, 오래된 무덤 안에는 시체 같은 서로 다른 국적의 남자 둘이 있었다.

고통 속에 빠져 있던 선은 양심이 밤낮으로 그의 마음을 휘저어 놓아 잠을 제대로 잘 수 없었다. 그 역시 며칠 동안 사무실에 나가지 않았다. 큰 재앙이 내릴 것같이 그의 마음은 늘 조마조마했다.

그는 이안이 시멘트 길바닥을 쏘다니는 것을 매일 보았다. 그는 안나를 찾으러 곳곳을 뛰어다니고 있었다.

그러나 소식은 없었고, 그 뒤로 안나의 그림자를 다시 볼 수 없었다. 하루는 이안이 선에게 말했다.

"류 선생님, 저 때문에 선생님까지 마음 졸이게 해서 죄송해요!"

선은 머리를 푹 숙이고 말이 없었다.

선은 이안이 하는 말을 듣고만 있었다.

"안나가 저로 인해 더 고통받게 할 순 없어요, 그녀가 떠나고 분명히 알았어요. 그녀도 결국은 여자였다는 것을요… 전 혼자 남아도 싸요."

그는 손으로 살이 드러난 옷을 매만졌고 눈가에는 두 줄기 눈물이 흘렀다.

"살더라도 혼자서 사는 게 훨씬 편하고요…."

해 질 무렵 선은 그와 함께 나왔고, 그들은 함께 인근 거리를 걸었다.

석양 속에서 선은 살이 많이 빠진 이안을 볼 수 있었다. 잠을 못 잔 눈은 움푹 들어가 있었지만 헝클어진 그의 머리카락은 여전히 석양 속에서 빛나고 있었다. 다만, 구멍 난 옷과 낡은 고무장화로 진흙탕 길을 걸어 다닌 행색은 그야말로 거지나 범죄자와 다름없었다.

봄날의 저녁 바람이 그들에게 불어왔고 태양도 따사로웠다. 두 눈을 찡그리던 이안은 냉혹하고 무자비하게 변해 있었다. 그의 눈썹과 눈가에는 분노의 감정이 서려 있었는데, 바로 생존에 대한 분노였다. 그는 앞을 멀리 바라보았다. 유유한 구름, 고요한 하늘, 높은 건축물, 예배당의 십자가 탑을 바라봤다. 공기가 온화하면서도 사랑스럽게 느껴졌다. 그는 고개를 숙여 얼음이 완전히 녹은 거리와 푸른 기운이 감도는 가로수의 가지를 보았다. 도로 양쪽에는 실같이 가는 야생식물이 야트막한 흙 속에서 자라고 있었다. 그 가느다란 가지는 봄날의 늦바람 속에서 의연히 자신을 지탱하고 있었다.

이것들을 보자, 이안은 한층 힘을 받은 듯했다. 좀 걸으니 그의 얼굴에도 웃음기가 피어올랐고 눈에도 생기가 돌았다. 그가 말했다.

“앞을 향해, 대지와 푸른 하늘을 향해, 미래를 향해, 미지의 어떤 곳을 향해 나아갈 방법을 생각해서 전 꼭 떠날 겁니다. 전 아직 청춘이고 남은 삶이 있고, 이 귀중한 삶을 소중히 여기며 더 많은 일을 해 보려고요. 인생은 아마 사랑스러울 거고 앞으로의 삶도 저 따스한 태양같이 더 아름다워지겠죠. 전 이 태양의 반짝임 아래서 유랑하고 일하며 고생하겠지만요. 지금 저는 내세울 게 아무것도 없지만 위축될 필요도 없고 걱정할 필요도 없을 거예요. 제 힘과 제 피땀으로 인생이란 무궁무진한 바다를 향해 나갈 겁니다. 삶에 있어 약간의 위로와 기쁨이 여기에 있을지도 모르고요. 그렇지 않으면 제게 뭐가 더 필요하겠어요? 안나도 제 곁에 없는데. 큰 걸음으로 앞을 내딛기만 하면 행복과 기쁨 속에서 영원히 살 수 있을 것 같아요.”

그는 고개를 들어 석양을 향해 숨을 크게 내쉬었다. 그의 얼굴에서 이상한 광채가 났다.

“이런 것들 말고는 제 삶에 또 뭐가 필요하겠어요? 전 이미 제 모든 것을 잃어버렸는걸요!”

주저리주저리 혼잣말하며 머릿속이 한결 가벼워진 그는 신이 나 우랄강의 뱃사공 노래를 휘파람 불기 시작했다. 그의 고무장화 두 짝은 진흙 속에서 허우적대고 있었고, 구멍 옷에는 바람이 파고들고 있었다.

곁에서 걷고 있던 선은 감격해서 얼굴을 들고 그를 바라봤다. 그는 마치 이안에게 용서를 받은 듯했고, 그의 마음도 죄책감 속에서 약간 편안함을 느꼈다. 뭐라 더 표현할 게 있을까, 그는 그저 고마웠다. 그는 몇 푼 되지 않는 월급을 받는 말단 직원이었지만 돈으로 양심의 죄책을 산다는 말을 이해할 수 있을 것 같았다. 그는 웃옷에서 준비한 20위안을 비겁하게 꺼내서 얼굴을 붉히며 미안한 듯 이안의 손에 쥐어 줬다.

길을 걸으며 지폐 묶음을 찔러 넣는 손을 고개를 숙여 바라보던 이안은 의아해하면서 선의 얼굴을 바라봤다. 입을 열어 뭔가 말하려고 할 때, 그들은 싸구려 가정식 음식점 문 앞에 다다라 있었다. 선이 문을 밀고 먼저 들어갔다. 이안은 수중의 돈을 보고 주저하다가 선의 뒷모습을 따라 들어왔고, 작은 식당의 문짝이 펄럭였다. 더러운 마대 자루로 감싼 그 작은 문짝은 삐걱 소리와 함께 선과 이안의 뒷모습을 감추었다.

『신청년(新青年)』 1939년 수록
(번역: 김혜주)

단디

나무하는 아낙 砍柴婦

단디(但娣) 1916~1992

단디는 만주국 여성작가이자 편집자이다. 샤오홍(蕭紅), 바이랑(白朗), 메이냥(梅娘), 우잉(吳瑛)과 함께 대표적인 만주국 여성작가로 꼽힌다. 헤이룽장성 탕위안(湯原)현 출생으로, 본명은 티엔린(田琳)이고 필명으로 단디(但娣), 안디(安荻), 샤오시(曉希), 티엔샹(田湘) 등이 있다. 1979년 발표한 자전체 소설 「세 번 투옥되다(三入鐵窓)」와 몇 편의 회고글에서 언급한 자신의 창작 여정은 다음과 같다. 1935년 헤이룽장성립(省立)여자사범학교를 졸업했으며, 재학 기간 공산당원이었던 진젠샤오(金劍嘯)와 교류하면서 혁명문학에 영향을 받아 그녀가 주편을 맡은 『헤이룽장민보』 부간 『무전(蕪田)』에 「초혼(招魂)」을 발표하며 등단하였다. 1937년 국비 유학생으로 선발되어 일본 나라(奈良)여자고등사범학교에 입학하는데, 유학 기간 중 메이냥, 리우룽광(柳龍光) 등과 교류하면서 본격적인 창작 활동을 전개하였다. 대표작으로 평가받는 「바람(風)」, 「나무하는 아낙(砍柴婦)」, 「후마강의 밤(忽瑪河之夜)」, 「수혈자(售血者)」 등 단편소설과 『화문오사카마이니치(華文大阪毎日)』에서 중편소설상을 수상한 「안디와 마화(安荻與馬華)」 역시 이 시기 창작된 작품이다.

1942년 만주국으로 돌아온 단디는 카이위안(開原)여자고등학교에서 교직 생활을 하는 한편 신징(新京)에서 편집자로 활동하였다.

1943년 만주국에 전시상황이 악화되자 탈출을 시도하다가 일본 헌병대에 붙잡혀 구금되었으나, 옥중에서 작품집 『안디와 마화』를 출간한다. 1945년 일본 패망 이후 리정중(李正中), 장신스(張新實), 장원화(張文華) 등과 함께 문학잡지 『둥베이문학(東北文學)』을 간행하고, 단편소설 「혈족(血族)」, 「태양을 잃어버린 날들(失掉太陽的日子)」을 발표하였다. 1946년 국공내전 시기 그녀는 '국민당 간첩'으로 몰리면서 다시 투옥되었다. 다행히 오래지 않아 석방된 후 치치하얼에서 교직에 종사하다가, 신중국 수립 이후 헤이룽장성문련(文聯)에 소속되어 『베이팡문학(北方文學)』 편집자로 활동한다. 그러나 문화대혁명 시기 '일본 간첩', '국민당 간첩'이라는 죄명으로 다시 투옥되었고, 1979년 명예 회복된 후 1992년 사망한다.

단디는 다른 만주국 작가에 비해 비교적 늦게 등단하는데, 그녀의 창작 절정기인 1940년대 전후 시기는 일본의 강압적인 문예정책으로 식민지 현실을 직접적으로 묘사하는 작품은 대부분 발표되기 어려웠다. 그러나 이 시기 단디는 식민 당국에 타협하는 작품을 창작하지 않을 뿐 아니라 급진적인 정치적 입장을 직접적으로 드러내었다. 일제의 식민지 수탈로 고통받는 하층민의 생활상을 직접적으로 묘사한 그녀의 창작은, 비판적 현실주의 문학 전통을 계승하고 있다. 그녀의 작품에는 가족이 부재하거나 고향을 떠나 유랑하는 고아, 유랑자, 장애인, 매춘부, 혼혈 청년 등 사회 빈곤층의 비참한 생활상이 그려지는데, 특히 그의 작품에 자주 등장하는 '유랑자' 형상은 고리키를 포함한 러시아 문학의 영향을 받은 것으로 평가된다.

단디의 식민지 현실에 대한 비판적 창작 경향은 여성 인물의 형상화 과정에서 '고난 서사'의 특징을 보여 준다. 「바람」, 「나무하는 아낙」, 「안디와 마화」에는 갑작스런 남편의 죽음으로 해체된 가정을 홀로 책임져야 하는 여성의 생활고가 묘사되는데, 극단적인 생활고에 내몰린 작품 속 여성은 죽음으로의 유혹과 남겨진 아이에 대한 모성 사이에서 방황하는 심리 상태를 드러낸다. 예를 들어 「바람」에서 뱃일을 하러 바다로 떠난 남편은 해일로 인해 사고를 당하게 되고, 남편의 죽음을 알게 된 여인은 그 순간 홀로 아이를 낳게 된다. 절망 속에서도 아이를 위해 살아남아야 하는 여인의 절규를, 작가는 거친 해일과 폭풍우로 형상화하고 있다. 「안디와 마화」에서도 전쟁 중 가족의 생계를 위해 타향으로 떠난 마화의 죽음으로 안디는 아이와 생존의 위기 속에 남겨진다. 「나무하는 아낙」의 주인공 역시 사고로 죽은 남편을 대신하여 산에서 장작을 하는 도중 아이마저 낙상 사고를 당하게 되는데, 생활고에 지친 아낙은 반복되는 불운의 그림자에 절망한다. 단디의 작품은 식민지 현실에 민족, 계급의 모순을 여성, 특히 '모성'의 문제로 제시하고 있다.

_ 노정은

나무하는 아낙

폭우가 그치자 바닷빛 하늘에는 하얀 구름이 천천히 떠돌다 꿈결처럼 사라졌다. 산자락은 청명하게 짙은 색이 한 겹 덧씌워진 듯 보였다.

젊은 아낙이 산속 구덩이에서 가늘고 긴 목을 내밀고 손바닥을 뻗어 밖을 살피다가 다시 오므렸다.

"어머니, 더는 안 내리네요." 그녀는 아이를 업고 허리가 굽은 시어머니와 습하고 덩굴로 가득한 동굴—그녀들의 피우소(避雨所)—에서 걸어 나왔다.

산비탈에는 적송, 녹나무, 삼나무가 무성하게 줄지어 있고, 그 사이로 낮은 관목들이 뒤섞여 자라고 있었다. 바닥은 기다란 갈대로 덮여 있었다.

비 온 뒤 공기는 사과즙처럼 신선했다.

젊은 아낙이 잘라 낸 소나무 가지를 몇 번 흔들자, 가지에 달렸던 물방울이 나뭇잎에 맺힌 빗물 위로 떨어졌다. 그녀는 옷을 벗어서 나뭇가지를 덮었다.

"우리 아가! 여기서 얌전하게 있어야 해." 젊은 아낙은 아이에게 익살스런 표정을 지으며, 가지고 있던 먹을 것을 슬그머니 옷 사이에 숨기면서 머릿수건을 대강 걸치고 걸어갔다.

시어머니와 아낙은 서로 반대 방향에서 힘껏 나무를 베기 시작했다.

아낙은 서둘러 날이 선 낫을 민첩하게 휘둘렀다. 늙은 나무줄기에서 떨어져 나간 소나무 가지가 다른 가지에 부딪치며 '탁탁' 소리를 내었다.

"엄마! 배고파."

"배고파? 조금만 기다려."

시어머니는 바싹 마른 늙은 손으로 소나무 가지를 묶고 갈대와 풀잎으로 조심스럽게 표면을 덮었다.

"엄마, 감자 하나만 먹을게요."

"……"

"엄마! 감자 먹어도 되지?"

"어쩌면 그렇게 먹는 걸 밝히니?" 아낙은 부드러운 어투로 아이에게 핀잔을 주었다.

"배고프단 말이야!"

"……"

"엄마! 감자!"

"이제 소리 내면 안 돼. 숲 지키는 아저씨가 온다니까!"

아낙은 시어머니처럼 베어 낸 소나무 가지들을 묶고 풀잎으로 덮었다. 이곳은 벌채를 하면 안 되는 개인 소유의 산이기 때문에, 이렇게 해야지만 나무를 숨길 수 있었다.

오월의 바람이 산벼랑에 있는 숲으로 불어와 사박사박 소리를 내니 속삭임 같기도 하고 살금살금 걷는 발소리 같기도 하였다.

"어머니! 무슨 인기척이라도 들으셨어요?" 아낙은 무섭고 불안해 보였다. 그녀는 돌부처라도 된 듯 미동도 하지 않았다.

시어머니는 부들부들 떨며 허리춤에 낫을 감추었다. 그녀의 늙은 가슴에서 쿵쿵거리는 박동 소리가 멈추지 않았다.

그들은 불쌍한 다람쥐처럼 소나무 가지 밑에 엎드려 숨도 내쉬지 않았다. 이미 이런 상황에 익숙해진 아이도 할머니와 어머니를 따라 엎드려 아무 소리도 내지 않았다.

오랫동안 그들은 이렇게 움직일 수 없었다.

바람이 산 계곡으로 빠져나가자 숲은 잠시 고요해졌다. 아낙은 겁에 질려 일어났고, 주변을 살피는 그녀의 수정 같은 눈동자 속에는 과거의 두려움이 서려 있었다.

"어머니! 아무도 없는 것 같아요!"

아이도 고개를 들었다. 아이는 누구보다 두려웠다. 아직도 숲을 관리하는 사람의 수염과 음흉한 생김새를 기억하고 있었고, 그때 자신의 어머니를 때리던 그자의 모습을 떠올리면 무서워서 울음이 날 것 같았다.

아낙은 동여맨 나뭇짐을 짊어지고 산을 내려가려 하였다.

"할머니 힘들게 하지 말고, 엄마가 감자 가져올 때까지 기다리고 있어야 돼." 그녀는 이렇게 둘러댔다.

"싫어, 지금 먹고 싶단 말이야." 아이는 칭얼대며 울었다.

아낙은 아이를 달랠 시간이 없었다. 등에 진 짐의 무게로 구부정해진 그녀의 모습이 안쓰러워 보였다. 그녀는 아까워서 신지도 못하는 헝겊 신발을 양손에 든 채, 맨발로 딱딱한 석회암 산길을 내려갔다.

오후의 태양이 빽빽한 나무 틈 사이로 비치자, 녹색 잎사귀에는 황금빛 작은 별들이 반짝거렸다. 잎이 바람에 흔들리자 황금빛의 작은 별들도 부서져 사라졌다.

다시 돌아온 아낙은 이미 기진맥진해 있었다. 그녀는 숨을 몰아쉬며 산비탈에 기대어 앉았다.

시어머니는 옷깃 밑에서 감자 두 개를 슬쩍 꺼내 며느리에게 건네주었다. "저기 가서 먹어라, 애가 보고 달라고 하기 전에."

감자, 잘 익은 감자는 그녀들의 주식이었다.

"어머니는 드셨어요?"

"나랑 쟤는 이미 먹었다."

"엄마, 나 더 먹을래!" 그녀들의 말을 듣고 아이가 말했다.

"뭘 또 달래?" 시어머니가 따끔하게 야단을 쳤다.

"감자 말이야."

젊은 아낙은 미소를 지으며 아이에게 한 개를 나눠 주고는, 자신도 참지 못하고 나머지 하나를 허겁지겁 삼켰다.

"애가 해 달라는 대로 다 해 주다니! 요새 젊은 사람들은 진짜 못 봐주겠다." 시어머니는 화가 나 중얼거리며 일을 하러 갔다.

아낙은 채워지지 않은 배를 부여잡고 낫을 들었지만, 손에 힘이 없으니 동작은 느리고 둔하기만 하였다.

"엄마! 더 줘!"

"이제 없어, 먹고 싶으면 집에 가서 먹자."

"엄마, 언제 가는데? 나 집에 갈래!"

"소리 내면 안 된다고 했지, 숲 아저씨가 듣는단 말이야."

아이는 더 이상 소리를 내지 않았다.

시어머니와 아낙은 쉬지 않고 나무를 하였고, 소나무 가지는 끊임없이 잘려 나갔다.

"엄마! 언제 집에 갈 거야?" 아이는 가만히 앉아 있지 못했다.

산바람을 타고 인기척이 나더니, 한 쌍의 젊은 연인이 나타났다.

"랄라-라랄라, 랄라-라랄라-라."

그들은 자유로운 새처럼 보였다. 그들의 은방울 같은 노랫소리가 숲속에 울려 퍼졌고, 아름다운 진달래꽃은 비탈길을 붉게 물들였다.

"여기 좀 봐! 꽃이 활짝 피었어!" 젊은 아가씨는 회오리바람처럼 가볍게 산허리를 내려가면서 연홍색 꽃을 치마 가득 담았다.

제복을 입은 젊은 대학생이 갑자기 아이 곁으로 다가와 앉았다.

"얘야 몇 살이니?"

"몇 살인지 얼른 말해야지." 아낙은 몸을 돌려 아이를 재촉하였다. 그녀의 얼굴에는 잠시 부러움의 웃음기가 스쳐 지나갔다. 대학생이 배낭에서 귤 하나를 꺼내 아이에게 건넸다.

아이는 고개를 저으며 엄마를 바라보았다.

생활에 찌들어 어떤 자극도 느끼지 못하는 할머니는 늘 그렇듯이 침울한 표정으로 말을 건네려 하지 않았다.

"감사하다고 인사해야지!" 아낙은 당황하여 아이를 다그쳤다.

"선생님은 산에서 내려오신 건가요?"

오래지 않아 그들은 흥얼거리며 자리를 떠났다.

"랄라-라랄라, 랄라-라랄라-라."

노랫소리는 산골짜기로 낮게 울리다가 곧 사라졌다.

아낙은 망연자실하게 먼 곳을 바라보며 죽은 남편을 떠올렸다.

"엄마! 껍질이 안 벗겨져!" 아이가 소리쳤다.

"할머니한테 까 달라고 해서 같이 먹어!" 아낙은 마음이 괴롭고 답답했다.

시어머니는 말없이 잘려 나간 칼자루를 다시 고르고 있었다.

"엄마! 떨어졌어! 산 아래로 떨어졌어! 귤이……" 아이는 몸을 비스듬하게 기울여 그것을 잡으려고 하였다.

아낙이 고개를 돌렸을 때, 아이가 굴러떨어지는 것을 보았다. 산비탈은 험하게 경사져 있었다.

아낙은 온몸을 부들부들 떨며 황급히 숲으로 달려갔다. 나뭇가지와 바위의 뾰족한 귀퉁이에 그녀의 다리와 발이 찢겼다.

시어머니도 뒤따랐다.

아이는 나무숲으로 굴러떨어져 보이지 않았다.

아낙은 울음소리를 따라 쫓아갔지만, 울음소리도 점점 희미해졌다.

"아가! 아가!" 그녀의 마음은 죽음의 구렁텅이에 빠진 것 같았고, 숲속에서 울부짖는 모습은 미친 사자와 같았다. 그녀의 고함 소리가 낭떠러지에 처절하게 울렸다.

축축하게 젖은 계곡 근처에서 아낙은 황량한 오솔길 위에 아이가 누워 있는 것을 발견했다.

아낙은 몸을 구부려 피범벅이 된 아이의 얼굴에 뺨을 대고, 아이의 가슴팍을 손으로 쓸어내렸다. 그녀는 정신없이 개울에서 물을 떠다 아이의 이마에 부었다.

"아가! 아가!" 시어머니가 소리쳤다.

"아가!"

"아가야!" 그녀들은 한목소리로 미친 듯이 울부짖었다.

오래지 않아, 아이는 눈을 뜨고 엄마를 쳐다보았다.

"엄마!……" 아이는 더 말할 힘이 없었다.

시어머니는 한숨을 깊게 쉬며 말했다.

"상 치를 날일세, 작년 이맘때도 지 애비가 죽더니만!" 아낙이 가슴팍으로 아이를 끌어다 안았다.

"아가! 엄마 알아보겠니? 엄마야!" 아낙의 얼굴에 눈물이 흘렀다.

"엄마, 나 귤 먹고 싶어……." 아이는 자신의 오른팔을 뻗으려고 애썼지만 팔이 움직이지 않았다. 아이는 격렬한 통증을 느끼며 목 놓아 울기 시작했다.

아낙은 아이의 오른팔 뼈가 부러진 것을 알았다.

콸콸 흐르던 시냇물이 계곡 바닥을 지나자 맑고 잔잔해졌다. 계곡 바닥에는 잘게 부서진 돌멩이들이 깔려 있고, 양옆에는 푸른 이끼와 손바닥 크기의 양치초가 덮여 있었다. 물가에는 외로운 게 한 마리가 기어가고 있었고, 사방에는 짙은 습기와 썩은 나무 냄새로 가득하였다.

아낙은 슬픈 표정으로 시어머니에게 말했다.

"어머니! 제가 얘 데리고 먼저 갈 테니, 어머니는 산으로 가서 묶지 않은 나뭇가지를 풀로 덮어 놓으세요! 내일 저랑 와서 가져가요."

저녁 무렵이 되자 산에는 어슴푸레한 황혼이 엄습하였다.

시어머니는 저녁 안개 속으로 사라지는 며느리의 뒷모습을 바라보다, 눈물을 훔치며 조용히 산속으로 돌아갔다.

소설집 『벼랑끝(懸崖)』에 수록,
『둥베이문학총간(東北文學叢刊)』 편집부 1945년
(번역: 노정은)

샤오쑹

은방울꽃 鈴蘭花

샤오쑹(小松) 1912~미상

본명은 자오멍위안(趙孟原)이다. 1912년 10월 4일 랴오닝성(遼寧省) 헤이산현(黑山縣) 다후산진(大虎山鎮)에서 출생했다. 샤오쑹은 헤이산(黑山), 베이진(北鎮)과 신민삼현(新民三縣)에서 중학(中學) 교육을 받았고, 문학 사단인 '광음사(狂吟社)'에 가입하며 문학과 인연을 맺었다. 1930년대 초 선양(沈陽)에 있는 문회학원(文會學院, Manchuria Christian College) 서양문학과에서 공부하며, 신시(新詩)를 발표하였다. 1932년 몇몇 친구들과 '백광사(白光社)'를 발기했고, 『펑톈공보(奉天公報)』에서 발간한 문예간행물 『백광주간(白光周刊)』의 편집을 맡은 바 있다. 1934년 샤오쑹은 22세에 문회학원(文會學院)을 졸업하고, 선양에 있는 『민생만보(民生晚報)』에 취직한다. 부간(副刊)인 『문학주보(文學周報)』의 편집을 맡으며, 본격적인 문학의 길로 접어들었다. 1935년, 다롄(大連) 『만주보(滿洲報)』에서 문예 편집을 맡았고, 다롄에서 만주필회(滿洲筆會)를 만들었다. 만주필회는 이듬해 6월 만주문화회(滿洲文話會)로 발전했다.

1937년 3월, 샤오쑹은 월간(月刊) 만주사(滿洲社) 사장이던 일본인 시로시마 후네에(城島舟禮)의 출자로 만든 중문 종합지 『명명(明明)』 창간에 가담했고, 1938년 그는 홍보처(弘報處)에서 기획한 방일기자단(訪日記者團)으로 일본을 방문한다. 1939년 만주영화협회에서 발간한 『만주영화(滿洲映畫)』(1941년에 『영화화보(電影畫

報)』로 개명)에서 주편을 맡았다. 같은 해 저명한 동인 문학 간행물인 『예문지(藝文志)』의 창간에 참여하여, 구딩(古丁), 줴칭(爵青) 등과 함께 '예문지파'를 형성했다. 1940년 샤오쑹은 예문서방출판사(藝文書房出版社)의 부사장직을 맡으며, 통속문예 간행물인 『기린(麒麟)』의 초창기 5기까지 편집을 담당하기도 했다. 1941년 만주문화회가 만주국 선전기관인 국무원 홍보처에 의해 해산되고, 이를 대신해 관방에서 설립한 만주문예가협회(滿洲文藝家協會)가 출범하자 샤오쑹도 그 구성원으로 참여했다. 샤오쑹은 만주국의 대표로 1942년, 1944년 '대동아문학자대회(大東亞文學者大會)'에 참석하였으며, 그의 소설 『북귀(北歸)』는 '문예성경상(文藝盛京賞)'을 받았다.

만주국 문예계 저명인사로서 샤오쑹은 1945년 해방 후 공산당의 둥베이 접수과정에서 적극 협력하였다. 1946년 34세에 『중국신문(中國新聞)』 주편을 맡았고, 1947년 진저우(錦州) 철로소학(鐵路小學)에서 교사로 일했다. 1948년 철로국(鐵路局) 문서과(文書科)의 『철로공보(鐵路公報)』 편집을 맡으며 진저우시 철로인쇄소(鐵路印刷所)(이후 철로인쇄창(鐵路印刷廠)으로 개명)에서 일했다. 1982년 샤오쑹은 상부 기관에 의해 명예 회복되었다. 대표작으로 중편소설 「민들레(蒲公英)」, 「야생 포도(野葡萄)」와 소설집 『사람과 사람들(人和人們)』 등이 있다.

샤오쑹은 대동아문학자대회에 만주국 문인 대표로 참가하여 '성전(聖戰)'을 옹호하는 발언을 한 것으로 알려지며, 그간 대표적인 한간(漢奸) 작가로 꼽혀 왔다. 그에 대한 정치적 평가 때문에 샤오쑹에 대한 연구가 많지 않은데, 그가 쓴 산문 「기술자가 되고 싶다(我想做一个技师)」를 보면 그가 얼마나 문학을 사랑하는 열정 가득한 문인이었는지 알 수 있다. 그간 영화, 편집 일을 도맡은 것은 그의 꿈과 관련이 있으며, 문학이 이제는 이 둘을 능가한 꿈이 되자, 그는 '문학이란 꿈의 공장에서 충실하게 일하는 좋은 기술자'가 되고자 했다.

샤오쑹의 작품은 둥베이에 발을 딛고 사는 민중들의 삶을 추적하고 있으며 그의 시선에는 섬세함과 따스함이 담겨 있다. 둥베이 농민들의 현실을 좀 더 이해하고자 여행을 하며 소설의 소재를 얻었고 이를 통해 그의 글도 더욱 확장되었다. 수록된 단편소설 「은방울꽃(鈴蘭花)」은 그 성과 중 하나이며, 특히 「인견(人絹)」(민정기 엮음, 고재원 옮김, 『나의 이웃』, 소명출판, 2017년 수록)의 연장선에서 쓰인 소설로 「인견」 속의 주인공 류창린(劉長林)이 보조 인물로 등장하고, 동부 국경지대의 세관을 배경으로 공유하고 있다. 강줄기를 사이에 둔 만주와 조선 간의 밀수를 소재로 하여, 밀수꾼과 세관의 이야기를 교차시켜 긴장감 속에 당시 생존을 위해 국경을 넘나든 민중의 삶을 흥미진진하게 그려 내고 있다.

_ 김혜주

은방울꽃

1

은방울꽃이 필 무렵, 혀짤배기 마 씨(馬大舌頭)의 아내가 버드나무로 짠 작은 바구니를 들고 다리 어귀를 지나 어딘가에서 있다.

사나운 불같이 붉은빛을 산골짜기에 흘려보내던 석양은 세관 감시소의 지붕 위를 내리쬐고 있다. 국경의 해 질 녘은 아름답고 또 적막하다.

강을 잇는 다리 양 끝 둔치에 모여든 조선 아이들은 목소리를 낮추고 빠른 걸음으로 공포심이 가득한 눈망울을 반짝거리며 두리번거렸다. 사람들이 눈치채지 못한 틈을 노려 어떤 아이는 생선을 들고 어떤 아이는 쌀가마니를 끌어안고 이리저리 뛰어다녔다.

감시소 사람의 그림자가 돌연 적막한 석양 속에서 아른거리면, 이 아이들은 잽싸게 자취를 감추었다. 어떤 아이는 가진 것을 숨기고 일부러 감시소 문 곁을 여유로운 걸음걸이로 걸어가며 세관원에게 "전 아무것도 없어요."라고 말하기도 했다.

그들이 가장 좋아하는 표현은 "전 절대 밀수 안 했어요."였다. 이 아이들이 우연히 혀짤배기 마 씨의 아내를 만나면, 어떤 아이는 그녀에게 익살스러운 표정을 짓고 어떤 아이는 비웃었다.

"은방울꽃 있어요! 은방울꽃 사세요."

아이들 여럿이 귀에 거슬리는 말투로 그녀의 목소리를 똑같이 흉내 내도 그녀는 별로 화를 내지 않았다. 예전 같으면 그들에게 "조그만 고려인 주제에"라고 욕이라도 퍼부었겠지만, 감기 몸살을 한 번 앓은 후로는 말도 하기 힘들 정도로 여위어서 길을 걷기만 해도 숨이 차고 온몸에 땀이 흘렀다. 매일 집에서 시내까지 걸어가려면 아주 먼 산길을 지나야 했는데 도중에 몇 번이나 쉬었는지 모른다.

다리 어귀에 이 조선 아이들은 모두 그녀와 친숙했다. 이 아이들의 아버지는 혀짤배기 마 씨의 도박 친구였다.

해가 지고 산골짜기에서 그 선명한 붉은빛을 볼 수 없게 되면 강물에는 어둠이 드리워졌다. 감시대의 등은 이때가 되면 강렬한 하얀 빛을 발사했다. 온 산을 뒤덮은 은방울꽃은 마치 달빛에 잠겨 죽은 듯 보였다.

혀짤배기 마 씨의 아내는 오늘 밤도 늦게서야 돌아왔다.

산비탈에 엎드려 있는 낡은 돌집 한 채가 산골짜기에서 잠자고 있는 돌무더기처럼 어수선하고 너저분한 모습을 드러냈다. 여러 해 동안 다니며 길이 익숙하지 않다면 이 달빛 같은 등불의 그림자 속에선 찾기도 힘들었다.

마치 들짐승 한 마리가 자기 굴로 기어들어 가듯, 그녀는 허리를 구부리고 기어들어 갔다. 버드나무로 짠 바구니에서 시장에서 사 온 성냥을 더듬어 꺼내 등불을 붙였다.

방 안에는 아무도 없었다. 약간의 담뱃불 냄새도 전혀 나지 않았다. 그녀는 남편이 돌아오지 않을 것을 알았다.

그녀는 배가 고팠고 목구멍은 불을 뿜듯 목이 말랐다. 그녀는 저녁밥을 지을 힘이 없어 잠시 방구들 가장자리에 몸을 기댔다. 멍하니 타오르는 등불을 쳐다보고 있으니, 내일 아침에는 일찍 일어나서 왕씨 부인에게 꽃을 갖다줘야겠다는 생각이 들었다.

그때의 병이 나은 후로 그녀는 위와 목구멍이 칼로 긁어 낸 것처럼 느껴져 늘 무언가 먹어야겠다고 생각해야만 그나마 식욕이 생겼다. 조선 아이들이 밀수해 온 물고기를 매일같이 보면서 그녀는 도저히 저항할 수 없는 유혹을 받았다. 그녀는 간신히 밥을 지으면서 내일을 상상하며, 돈이 생기면 생선 두 마리를 사서 돌아오기로 마음먹었다. 그녀는 이전에도 혀짤배기 마씨에게 부탁을 했었다.

"한가한 시간에 강가에 가서 낚시라도 하면 하루에 어찌하든 3각(角), 5각에는 팔 거고, 그게 아니라도 먹을 생선 하나는 건질 수 있는데, 돈 노름은 무슨 도움이 돼요? 여태껏 이긴 적도 없잖아요."

혀짤배기 마 씨는 힘겹게 그 둔한 혀를 움직였다.

"느미 얼 바(빠)진 거, 밑뎐(천)이 적어서 그런거 아녀… 흥, 이걸 마(말)이라고."

그는 '말하다'를 '마하다'로 발음했다.

불꽃이 흔들거리자 그녀는 왠지 모르게 날마다 자신에게 은방울꽃을 사는 왕씨 부인이 갑자기 생각났다. 스물몇 살쯤 되는 이 젊은 여인은 나름대로 인재인 데다 꾸밀 줄도 알고 단정했는데, 왕씨 부인의 남편은 검고 흉악한 얼굴을 가지고 있어서 역으로 그녀를 아주 아름답고 현명한 주부로 돋보이게 해 주었다.

하얀 앞치마를 입고 귀엽게 웃는 여인이 그녀의 눈앞에서 아른거렸고 화염 속에서 행복한 빛을 뿜어내고 있는 것 같았다.

왕씨 부인의 가정은 왕 선생이 매달 고정된 수입이 있는 세관의 하급 관리라는 것 외에는 특별할 것이 없었다. 기껏해야 왕씨 부인이 몇 년간 공부했다는 정도였다. 혀짤배기 마 씨 아내 눈에는 이 같은 평범한 것들이 마치 기적처럼 놀랍게 느껴졌다.

근래 혀짤배기 마 씨가 자주 집을 비우자, 그녀는 늘 이렇게 왕씨 부인의 행복을 생각하며 홀로 적막한 밤을 보내고 있었다.

밤새 그녀는 이런저런 생각을 한참 한 끝에 생선 두 마리를 사기로 마음먹었다. 혀짤배기 마 씨가 돌아오지 않으면 어디에 가서 찾아야 할까? 그녀는 강가 북쪽의 수많은 도박장이 번뜩 생각났다.

날이 아직 밝지 않았지만, 그녀는 일어나 아침밥을 지었다. 왕씨 부인에게 좀 더 일찍 은방울꽃을 전해 줄 참이었다.

그녀는 여전히 흔들리는 불꽃 앞에서 도박으로 돈을 잃고 빚을 지고 밀수단에 가담한 남편을 생각하고 있었다.

잡다한 생각이 끊임없이 그녀를 어지럽혔다. 이마에서 식은 땀이 배어나자 그녀는 살짝 놀란 표정으로 일어나 어둠이 스며든 작은 창문을 바라봤다. 아득히 먼 시내에서 닭 우는 소리가 들렸다.

닭 우는 소리에 맞춰 누군가 노래를 불렀다. 노랫소리가 점점 가까워졌다.

"달빛 아래 영웅의 간담은 깨지고…. 고향의 그리움과 고토의 어려움은 날로 더하는데…. 나는 그 위츠 장군(尉遲帥)과 아무 원한이 없으니… 그가 고생스럽게 나를 붙잡는 것 어찌 된 일인가…."

죽솥같이 부글부글하는 소리에, 그녀는 혀짤배기가 돌아온 것을 알았다. 그녀는 버드나무로 짠 작은 바구니를 손에 들었다.

"손에 쥔 채찍으로 너를 때리고." 혀짤배기 마 씨가 문에 들어서며 노래를 하면서 잎이 달린 버드나무 가지로 아내의 머리를 툭툭 쳤다. 이어서 말했다. "허! 이렇게 일찍 어디 가게?"

"어디든 가고 싶으면 가는 거지요!"

"암캐가 사람만 보면 물려고 해." 혀짤배기는 여태껏 본 적이 없는 우쭐한 모습으로 방구들로 걸어가서는 옷 주머니 안에서 무언가를 끊임없이 끄집어냈다. "자 봐봐, 백은 족히 되지."

이렇게 많은 돈이 생기자 이 작은 집이 갑자기 환해진 것 같았다. 그녀는 자신의 눈을 믿을 수 없다는 듯이 혀짤배기를 멍하니 바라봤다.

한참 실랑이를 벌이면서도, 그녀는 혀짤배기 마 씨네로 시집을 와서 처음으로 행복감을 느꼈다. 그는 아내에게 조선 지폐 10원(圓)짜리 두 장을 주었다가 다시 한 장을 빼앗으려 했다.

"너 시내에 가다가 검문을 받게 되면…."

그는 변명을 한 바가지로 쏟아 내며 기어이 한 장을 빼앗아 갔다. 그녀는 불만스러웠지만 그래도 기뻤고, 산비탈로 가서 바구니 반이 못 되게 꽃을 따고는 아침 해를 맞으며 시내로 나갔다.

평소 그녀는 늘 한 바구니 가득 꽃을 담아 가곤 했지만, 꽃을 따면서 오늘만은 왕씨 부인에게 꽃을 전해 주고 빨리 돌아오리라 생각했다.

잠에서 덜 깬 듯 산기슭 아래 엎드려 있는 시가지가 아침 안개 속에서 저 멀리 보였다. 그러자 그녀의 심장은 쿵쾅쿵쾅 뛰었고 발걸음도 꼬였다. 옷은 그녀에게 등에 땀이 배어났다고 살며시 말하고 있었다.

시가지에 들어서자 그녀는 온몸이 뜨거워지며 눈과 귀가 모두 멍해졌다. 그녀는 기뻐서 머리가 어지러울 지경이었다. 길 위에 모든 사람이 부러운 눈으로 그녀를 바라보고 있었다. 그녀는 재빨리 왕씨네 집 뜰 안으로 들어갔다. 유리창에 붙어 걸레를 훔치던 왕씨 부인은 갑자기 들려오는 큰 소리에 흠칫 놀랐는지 몸이 휘청였다.

"무슨 일인데 이렇게 소란스럽지?" 투덜대며 고개를 돌려 보니 혀짤배기 마 씨의 아내였다. "일찍 왔네요, 우리는 아직 밥도 못 먹었는데!"

"제시간에, 제시간에 못 올까 봐요. 부랴부랴 달려왔어요." 그녀는 꽃을 그녀 앞에 두고는, "다 드릴게요. 저는 괜찮아요."

"그래도 가져가서 팔아요. 나도 이렇게나 많이는 필요 없어요."

"아니, 아녜요, 오늘은 더 안 팔고 돌아갈 거예요." 그녀가 빈 바구니를 들고 일어나자, 환한 유리창을 통해 집 안이 한눈에 들어왔다. 새빨간 나무 가구와 새하얀 벽이 행복한 빛을 반짝이고 있었다. 그녀는 무심결에 물었다.

"왕 선생님은 출근했나요?"

"출근이요?" 왕씨 부인은 마뜩잖은 듯, "아직 퇴근도 안 했어요. 어젯밤에 밀수단을 잡았다고 하던데, 알고 보니 고려인 술집에 술을 마시러 간 모양이더라고요."

이어서 왕씨 부인이 넋두리를 늘어놓기 시작했다.

혀짤배기 마 씨의 아내는 단지 그 집이 걱정되어 그런 건데 왕씨 부인의 넋두리까지 듣게 되자, 관심 없다는 듯 오늘은 돌아갈 테니 돈은 내일 올 때 달라고 말했다.

그녀는 바람처럼 쌩하니 왕씨네 집 뜰을 나서서 생선 시장을 지나갔다. 그녀는 문득 생선보다 더 맛있는 것을 사야겠다는 생각이 들어 생선을 사지 않았다.

그녀가 시내의 모든 물건을 다 살 요량으로 한참을 걷고 나니 해가 중천에 떠 있었다. 그녀는 작은 국수 가게에서 아무 맛도 나지 않는 국수 한 그릇을 먹고서 결국 아무것도 사지 못한 채 서둘러 집으로 돌아갔다.

온 들판에 핀 하얀 꽃, 어두운 강물과 산봉우리 위에 늘어선 붉은 지붕의 감시대, 그리고 밀수하는 아이들의 한 무리 한 무리…. 돌아오는 길 위의 그녀에겐 이것들이 전혀 눈에 들어오지 않았다. 그녀는 어둠에 점거된 그 작은 집으로 미친 사람처럼 돌진했다. 혀짤배기 마 씨에게 20원을 더 달라고 할 참이었다.

혀짤배기는 집에 없었다. 집 안의 모든 것이 아침과 똑같았다. 밥상 위에 그릇조차 그대로였다.

그녀는 공허함, 실망감이 들기 시작했다. 집 안의 공기에 질식할 것 같았던 그녀는 밖으로 나와 끝없이 펼쳐진 산과 물을 바라봤다.

풀 위를 걷는 다급한 발걸음 소리가 격류같이 그녀에게 밀려들자, 들끓던 마음이 바로 가라앉았다. 혀짤배기가 다시 돌아온 것이다.

그는 아무 말 없이 집 안으로 들어왔다.

"돈 내놔!" 그는 몸을 돌려 손을 벌렸다. 한가득 풀이 죽은 얼굴에 낮게 깔린 목소리가 설명할 수 없는 위협이 되어 그녀의 의지를 짓눌렀다.

"당신 설마…."

"빨리, 내놔!"

"또 잃었어요? 또 잃었네!" 그녀는 거의 흐느끼는 목소리로 말했다. "나, 난 못 줘요."

결국, 혀짤배기는 아내를 한 대 때리고 그녀가 국수를 먹고 남긴 9원 몇 각을 빼앗아선 밤새 돌아오지 않았다.

슬픔에 빠진 그녀는 컴컴한 동굴 같은 작은 집에서 밤이 될 때까지 계속 울었다. 밥 지을 무렵이 되자 그녀는 왜 시내에서 생선 두 마리를 사지 않았는지 자신을 욕하며 후회했다.

2

황량한 북방의 벌판.

드넓은 광야, 끝없이 이어진 산에선 울창한 산림이 사라졌다. 두만강의 물줄기는 겨울만 되면 쥐 죽은 듯 고요해지고, 대지는 호흡을 멈췄다. 큰 눈이 내린 뒤엔 하얀색이 이 경계 없는 세계를 점령했다.

밤이면 북방 변경지대의 찬 바람이 잔혹하게 불어왔다.

이 새하얀 지대는 도박꾼과 밀수단의 세계가 됐다. 역사가 남긴 습관을 그대로 물려받은 그들은 이 계절을 그들의 고단한 삶을 밝게 해 줄 행운의 시기라고 여겼다.

왕싱(王興)은 조선인 술집에서 얼큰하게 취해 감시대로 돌아왔다. 시계를 보니 벌써 첫 번째 순찰 시간이었다. 그는 급하게 방한화를 신고 가죽 겉옷으로 갈아입고서 머리와 얼굴을 꽁꽁 싸매고 나갈 채비를 했다.

장칭(張淸)이 밖에서 들어와 마스크를 벗은 뒤 겉옷에 쌓인 눈을 털어 냈다.

"내가 자네를 찾으러 술집까지 갔는데 방금 떠났다고 하더군. 자네가 또 늦을까 봐 걱정돼서 말이지."

"한두 번 그런 걸 가지고…." 왕싱은 호루라기, 손전등, 권총을 호주머니에 챙겼다. "어떻게 안 늦겠어? 그녀가 나를 붙잡고 자기 오빠가 밀수를 하는데 잘 봐달라고 하며, 나더러…."

그가 실성한 듯 웃으며 호주머니 속에 넣어 둔 물건을 또 무의식적으로 꺼내려 하자 장칭이 그를 떠밀었다.

"어서 가자고. 가면서 다시 얘기해. 자네랑 같은 순번이 되면 늦거나 일을 그르쳐 단 한 번도 개운하게 마친 적이 없어…."

"끝나면 내가 술 한잔 살게…."

왕싱은 쉴 새 없이 웃어 댔다. 감시대 안의 따뜻한 공기에선 그가 내뱉는 강렬한 술 냄새를 맡을 수 있었다. 그의 널따란 등이 장칭에게 떠밀려 나갔다. 두 개의 검은 그림자가 눈 쌓인 깊은 어둠 속을 나란히 걸어갔다. 왕싱은 술집 여인들의 이야기를 지껄였다. 잠에서 덜 깬 듯한 나른함과 피곤함에 그의 두 다리는 감각을 잃은 것처럼 질질 끌렸다.

북풍은 화가 난 듯 달려들며 길게 울부짖었고, 두 사람은 차가운 바람 속에서 힘겹게 허우적대고 있었다. 장칭이 말했다.

"오늘 또 두 패거리가 들어왔다는데, 아마 우리랑 마주칠지도 모르니 주의하라고. 몽롱한 눈에 술주정하다 일을 그르치겠어."

"뭐 그런 일이 있겠어. 내가 듣기로는 조무래기라던데, 어제 차 두 대 분량을 압수한 거 아냐?"

"조심 좀 해!" 장칭이 말했다. "일 그르치지 않게 방심하지 말고."

"난 안 되겠어. 이틀 동안 집에 안 들어갔더니 너무 졸려. 한 발짝도 못 걷겠어." 왕싱의 발걸음이 눈길에서 늘어지고 있었다.

"마누라 생각이 났구먼. 그치?" 장칭의 말이 채 끝나기도 전에 왕싱은 돌무더기 옆에 주저앉았다. 차곡히 쌓인 눈더미 위에서 두 다리가 풀려 일어나지 못했다.

"난 못 걷겠어!"

"기운 좀 내 보게!" 장칭은 눈 속에서 그를 힘껏 끌어냈고, 그 무거운 겉옷과 육중한 몸은 휘청거리며 다시 눈 위로 자빠졌다.

"두 패거리가 이미 넘어와서 오늘 밤 마주칠지도 모르는데 자네는…."

장칭의 작고 절박한 속삭임에 왕싱은 크게 웃어 댔다.

"조무래기란 걸 내가 안다는 데도. 자네 못 믿나? 오늘 내가 감시대에서 트럭 두 대가 지나가는 것을 똑똑히 봤어…."

장칭은 일어나 저 멀리 강가의 한 줄기 불빛을 바라봤다. 불빛은 얼음과 눈 덮인 강물 위를 비추고 있었고, 눈송이가 여전히 쓸쓸하게 휘날리고 있었다. 저 멀리 산봉우리 위에 들쭉날쭉 서 있는 감시대가 눈을 똑바로 뜬 채 강 동쪽을 노려보고 있었다. 그는 공포를 느꼈다.

"왕싱, 좀 일어나게. 우리 빨리 순찰 한번 돌고 자러 가자고."

"내버려 두게, 난 못 가. 일이 있는 셈 쳐 줘."

"순찰 근무표에… 내 출근 도장이 없으면…."

"내일 다시 얘기하세. 일은 내일 처리하자고."

장칭이 몸을 굽혀 왕싱에게 또 한 번 묻자, 그는 발버둥 치며 말했다.

"나 진짜 한 발자국도 움직일 수 없으니 자네가 내 도장을 가져가게. 난 여기서 기다릴게."

"날 기다리겠다고?"

"응! 기다릴게." 대답 소리가 가냘팠다.

장칭은 더는 그를 일으킬 방법이 없다는 것을 알고 실망한 채 장갑을 벗고 그의 호주머니를 더듬어 도장을 꺼냈다. 그는 다시 장갑을 호주머니에 넣으며 작은 소리로 말했다.

"어디 가지 말고, 조심하게. 내가 바로 돌아오겠네."

장칭은 그를 떠나 빠른 발걸음으로 눈 속을 헤치며 불빛을 내뿜고 있는 감시대를 향해 곧장 나아갔다.

감시대에 있던 두 명의 당직자는 숨 막힐 듯한 적막 속에 있다가 장칭을 보자 살짝 놀라며 반가워했다. 두 사람은 동시에 왕싱의 소식을 캐물었다.

이어서 한 사람이 또 장칭에게 말했다.

"오늘 오후에 왕싱의 부인이 왔었어. 의외로 꽤 예쁘던데. 왕싱을 찾아왔더라고."

"못 찾고 바로 돌아갔어?" 장칭이 물었다.

"아유, 두말할 필요 있나? 근데 듣자 하니 왕싱이 조선인 술집의 아가씨랑 뜨거운 사이라면서."

"나 참!" 장칭은 순찰표에 왕싱의 도장을 찍으며, "또 취해서 자빠졌어! 꼼짝도 못 하고."

"여복도 참 많아."

"무슨 움직임은 좀 있어? 두 패거리라면서." 장칭은 또 겉옷의 깃을 세우며 밖으로 나갈 준비를 했다. "이미 들어왔는데, 아직 꼬리도 안 보이네."

"밀고는 없고?"

"있었어. 밀고자가 밤에 구치소에서 도망쳐서 사람들이 다 의심하기 시작했지." 장칭은 걸어 나가며 손전등을 켰다. 희뿌연 노란빛 한 가닥이 흔들거렸다.

"조심들 해, 잡으면 내일 한턱낼게."

그는 유리창 사이로 자신을 보며 말없이 웃고 있는 두 얼굴을 보았다. 그는 빛을 토해 내고 있는 제2감시대를 향해 쓸쓸하게 발걸음을 옮겼다.

눈보라는 그칠 기미가 없었다.

열 개의 감시대는 똑같은 불빛을 토해 내며, 두만강 기슭과 들쭉날쭉한 산봉우리를 따라 불규칙적인 광선을 늘어놓았다. 성난 눈은 헐떡이는 숨을 멈춘 강물을 엿보며 한밤중에 도강(渡江)하는 사람들을 감시했다.

눈보라가 치는 길 위에서 밤늦게까지 유유자적하며 수다를 떠는 사람들은 모두 도박의 승패에 대해 왈가왈부하고 있었다.

저 멀리 시내에서 개 짖는 소리가 들려왔다. 주변의 산길이 울퉁불퉁한데 눈까지 쌓여, 장칭은 애를 먹고 있었다. 장칭은 왕싱과 비교하면 몸무게가 채 절반이 안 될 정도로 체구가 왜소했지만 직무에는 확실히 충실했다.

그가 홀로 동부 국경선의 눈보라를 뚫고 제2감시대에 들어오자, 류창린(劉長林)은 낭랑한 조선말로 감시대 당직을 서는 신입 청년에게 말했다.

"이쪽은 장칭이네. 작년에 우리 다섯 사람은 스무 명 남짓한 이복영(李福榮) 밀수단*을 소탕하고, 사천 위안이 넘는 인조견사를 압수했지."

그 청년은 장칭과 아주 친근하게 악수를 했다. 류창린은 장칭에게 말했다.

"새로 온 친군데 아주 똑똑해. 우린 때마침 작년 이복영 밀수단에 관한 이야기를 나누고 있었네." 갑자기 생각이 떠오른 듯 물었다. "어쩌다 자네 혼자 왔나, 왕싱은?"

"술 취해서 반쯤 걸어오다 드러누웠어."

"늑대라도 만나면 어쩌려고!"

"내가 순찰 끝나면 돌아가 보려고."

"자네가 다시 가게?" 류창린이 물었다.

"어찌 안 가 보겠어? 오늘 밤 안에 (밀수단이) 또 지나간다고 하지 않았나. 이 시간까지 도대체 어디에 숨어 있는지 모르겠네." 장칭이 벽에 있는 시계를 힐끔 보니 이미 새벽 두 시를 가

---

* 조선인 이복영(李福榮)이 중심이 된 밀수단으로, 이들의 검거 이야기는 샤오쑹이 소설 「인견(人絲)」(『나의 이웃』, 민정기 엮음, 소명출판, 2017년 수록) 속에 풀어냈다. '류창린'은 「인견」 속의 주요 인물이다.-역주

리키고 있었다. "이 시간이 됐는데도 움직임이 없어서 각 감시대에 전화로 물어봤는데 아무 소식도 얻지 못했어."

"그럼 내가 왕싱을 보러 가 보겠네." 류창린은 가죽 겉옷을 입고, 호주머니에서 손전등을 꺼냈다. "그 사람 어디서 자고 있어?"

"여름이 되면 제1감시대 동남쪽에 부인 하나가 자주 보이잖아. 그녀가 은방울꽃을 따는 산비탈 아래로 작은 길을 따라가서 그 부근을 뒤져 보면 찾을 수 있을 걸세."

류창린이 먼저 나갔다. 장칭은 순찰표에 두 사람의 도장을 찍고 나서 그 청년 세관원에게 말했다.

"나중에 보세!"

밖으로 나가니 눈보라가 좀 누그러져 있었다. 칼날같이 얼굴을 할퀴는 추위를 참을 수 없던 장칭은 연신 양가죽 장갑을 낀 손을 코에 갖다 댔다.

"없네, 한참을 찾았는데 아무것도 없어. 이렇게 추운 날씨에 눈더미에 앉아 기다리겠어? 자네가 대신 순찰을 돌아 주니 일찌감치 집에 돌아가 자고 있겠지."

류창린은 말을 마치고 하품을 했다.

"자네 잘 찾아본 거야?" 장칭은 줄기차게 물었다.

"내가 안 찾아봤겠어? 은방울꽃이 제일 많이 피는 그 산비탈도 다 찾아봤지. 거긴 도박꾼과 은방울꽃을 파는 아낙이 사는 데잖아…."

그를 비추던 불빛은 마치 작고 검은 눈덩이마냥 하얀 산봉우리에서 또 다른 하얀 산봉우리로 굴러갔다. 빛을 뿜어내는 세 관 감시대는 이 검은 눈덩이를 삼켰다가 또 토해냈다.

새벽 세 시.

장칭은 왕싱의 도장을 가지고 순찰을 한 바퀴 돌았다. 그는 다시 제2감시대로 돌아오면서 그곳에서 분명 왕싱을 만날 수 있으리라 생각했다.

그 신입 청년은 여전히 난롯가에 앉아 있었고, 류창린은 의자 등받이에 엎드려 쿨쿨 자고 있었다. 창밖에 바람이 씽씽 부는 것 외에는 모든 것이 고요했다.

“류창린!” 장칭이 다가가며 류창린의 헝클어진 머리카락을 만지작거렸다. “왕싱은? 못 찾았어?”

잠에서 덜 깬 류창린의 눈은 실내의 강렬한 불빛과 몽롱한 의식 속에서 누가 자기를 부르는지 알아보지 못했다.

잠시 정신을 차리고 나서야 그는 장칭이 다시 돌아온 것을 알아봤다.

실내의 온기가 장칭의 몸을 어루만지자 즉시 피로가 몰려왔다.

“내가 다시 한번 가 보겠네!” 장칭이 걸어 나가자 류창린이 그의 등 뒤에서 물었다.

“다음 순번은 누군데?”

장칭은 류창린의 말에 대답하지 않고 추위의 습격을 받으며 즉시 문밖으로 사라졌고 지나왔던 그 산비탈을 향해 서둘러 걸어갔다.

길 위에 얇게 쌓인 눈은 두껍게 쌓인 눈 위의 발자국을 덮었고, 울퉁불퉁 물결 같은 흔적을 만들어 냈다. 오직 장칭만이 여기가 왕싱이 취해 누워 있던 곳임을 알 수 있었다.

황량함과 추위가 북방을 뒤덮었다.

왕싱은 집으로 돌아간 것이다.

장칭은 홀로 등불 아래 그림자를 잡아끌며 제1감시대를 향해 걸어갔다.

3

길가로 난 작은 초가집 창문은 이미 도박꾼들이 드나드는 출입문으로 변했다.

집 한 귀퉁이에는 사람들이 온통 흙투성이가 된 멍석 위에 둘러앉아 한껏 흥이 오른 채 떠들썩했다. 그들은 돈 때문에 비정상적으로 신경이 곤두서 있었다.

하늘이 점점 흐려지며 어두워졌다. 짙은 안개가 황혼에 깃들었다.

날이 저물자 도박판이 끝났다. 그들은 오늘 밤이 밀수할 절호의 기회라고 느꼈다.

아무 결과 없이 도박판이 끝나서 기분이 좋지 않던 혀짤배기 마 씨는 검은 모자를 쓰고 하얀 옷을 입은 사람에게 말했다.

“김 사장(金掌柜), 우리 한판 더 놀자고. 날이 컴컴해져야 우리가 준비를 하는데, 세 시도 안 됐으니 지금은 아직 이르잖아.”

'삼(三)'을 '상(喪)'이라고 말하는 그의 목소리가 또렷이 들렸다.

혀짤배기 마 씨가 김 사장이라고 부른 그 사람은 말을 할 때면 양 콧수염을 손으로 매만졌는데, 아주 호탕하고 친구 사귀길 좋아하는 자였다. 그는 혀짤배기 마 씨의 요구를 거절하지 않고, 원래 있던 벽 모퉁이에 다시 앉아 두 손에 쥔 거무죽죽한 나무패를 가볍게 흔들었다.

"이번 판은 승부를 빨리 봅시다, 운이 누구 손에 있는지 보자고."

멍석 위에는 수많은 지폐가 놓였고, 김 사장은 조선옷을 입고 상고머리를 한 청년에게 손짓했다. 그 청년이 고개를 김 사장 가슴 앞으로 숙이자 김 사장은 낮은 소리로 말했다.

"안에 서 있을 필요 없으니 나가서 망 좀 봐."

그 청년은 밖으로 나갔다. 하늘은 우울한 얼굴처럼 흐렸다. 그는 낮은 처마 밑 문가에 서서 새하얗게 변한 세상을 바라봤다. 눈이 쉬지 않고 내리고 있었다. 그는 오늘 밤이 강을 건널 좋은 기회라고 생각했다.

집 안에서 도박하는 소리가 이따금 격해졌다. 한 시간이 지나 하늘빛이 황혼 속에 낮게 깔렸지만, 여전히 승패가 나지 않고 있었다. 김 사장은 이번에는 감정의 동요 없이 약간 조급한 기색을 내비치며 판을 끝냈다. 그리고는 집 밖에서 망을 보던 청년더러 혀짤배기 마 씨를 따라 강을 건넌 뒤 그의 집에서 지켜보다가 날이 컴컴해지면 물건을 옮기라고 지시했다. 길은 진작에 익혀 놨을 테니 이번에는 안심해도 된다고 했다.

얼음이 언 강은 아이들에게 여러 가지 편리함을 안겨 주었다. 그들은 더는 봄이나 여름처럼 다리맡에 모여서 기회를 기다리지 않아도 됐다. 강이 얼어붙은 후 대자연이 만든 얼음 다리로 오갈 수 있다는 것은 말할 수 없이 편리한 일이었다.

밀수단 역시 이 계절을 좋아했다. 특히 눈 내리는 밤에는 강기슭의 하얀 불빛이 흩날리는 눈송이에 가로막혀 사람의 시선을 먼 곳까지 닿을 수 없게 만들었다. 이때가 되면 그들은 앞다투어 인조견사를 운반하곤 했다.

그러나 김 사장의 커다란 보따리 여덟 개 안에는 인조견사가 아니라 무명 양말뿐이었다.

이것이 상고머리 청년이 김 사장을 위해 책임지고 시내로 운반하는 물건이었다. 그는 자기말고 네 사람을 더 찾았는데, 이 넷은 그를 대신해 운반해 줄 사람이었다. 이 네 사람 속에 혀짤배기 마 씨는 끼어 있지 않았다. 혀짤배기 마 씨는 그의 집을 밀수꾼들이 밤에 잠시 머물 곳으로 빌려준 것뿐이었다.

눈송이는 무겁게 한 차례, 가볍게 한 차례 산과 들판의 아득함 속에 내려앉았다. 그들이 물건을 지고 출발한 후 혀짤배기 마 씨는 께름칙하여 술을 두 잔 걸쳤다. 그리고 김 사장에게 인사를 하고 재빨리 강을 건넜다.

집에 도착하니 돌무더기 같은 집은 이미 눈 속에 파묻혀 있었다. 그는 아내가 물건을 이미 풀더미 속에 숨겨 놓았다는 것을 알았다. 어두컴컴한 집 안 한구석에는 몇 사람이 비좁게 앉아 있었다.

그들은 누구 하나 말 한마디 없이 함께 기다렸다. 혀짤배기 마 씨의 아내는 오늘 밤에는 불을 켜거나 말을 해서도 안 되고, 편안히 잠을 잘 수도 없다는 것을 알고 있었다.

시간이 더디게 흐르고 있었다. 집 안이 밝아졌다 어두워졌다, 다시 어두워졌다 밝아졌다 했다. 그 속에서 사람들은 피로와 공포로 인한 극도의 긴장이 풀리면서 편안하게 꿈속으로 빠져들었다. 집 안에서 숨소리가 오르락내리락했다.

집 밖의 들판은 눈 내리는 소리만 빼면 오래된 우물처럼 고요했다.

갑자기, 한 사람이 집 밖에서 들려오는 기괴한 소리에 놀라 깼다. 그는 고개를 들어 소리가 나는 곳을 찾으려고 했지만 다시 고요해지며 아무 소리도 들리지 않았다.

그리고 다시….

"조심 좀 해!" 한 사람이 말했다. "일을 그르치지 않게 방심하지 말고."

"난 안 되겠어. 이틀 동안 집에 안 들어갔더니 너무 졸려. 한 발짝도 못 걷겠어." 또 한 사람이 대답했다. 눈 밟는 소리도 들렸다.

"난 진짜 못 걷겠어!" 눈 밟는 소리가 멈췄다.

"억지로라도 해 보게!"

"두 패거리가 이미 넘어와서 오늘 밤 마주칠지도 모르는데 자네는…."

"조무래기란 걸 내가 안다는데도. 자네 못 믿나? 오늘 내가 감시대에서 트럭 두 대가 지나가는 것을 똑똑히 봤어…."

한바탕 웃는 소리에 집 안에 있던 사람들이 모두 깼다. 그들은 귀를 창에다 붙이고 가만히 듣고 있었다.

"왕싱, 좀 일어나게. 우리 순찰 한번 빨리 돌고 돌아가서 자자고."

"내버려 두게…."

"순찰 근무표에… 도장…."

"나… 움직일 수 없으니… 난 여기서 기다릴게…."

"…."

가냘픈 소리가 눈보라에 묻혔다.

한참 지나자 더는 말소리가 들리지 않고 눈보라 속에서 코 고는 소리만 울렸다. 두 사람이 나무 몽둥이를 들고 조심스럽게 걸어갔다.

청년이 눈 속에 누워 있는 왕싱의 머리를 향해 육중한 나무 몽둥이를 힘껏 내리치자 비참한 비명이 터져 나왔다. 재빨리 연거푸 몇 대 더 내려치자 머리가 깨지며, 다듬잇방망이가 젖은 옷감을 내리치는 것 같은 소리가 났다.

잠시 후, 허둥지둥하며 한데 몰린 검은 그림자는 소리를 낮추며 민첩하게 하나씩 흩어졌다. 빛도 없이 오직 눈송이만 반짝이는 어두운 산비탈에서 흔들거리는 그림자는 한여름 다리 밑에서 밀수하는 아이들보다 동작이 더 재빨랐다.

얼마 지나지 않아, 그들은 강가에서 걸어 올라왔다.

작은 집에서 속삭이던 소리는 이따금 밤이 깊어질 무렵 떠다니다 공포가 감도는 강가의 밤 속으로 아주 빠르게 묻혀 버렸다.

집 밖의 눈보라 속에서 행인의 눈 밟는 소리가 저 멀리서 들려오자, 빛 한 조각 없는 이 집은 이내 숨소리조차 멈춘 듯 고요해졌다.

일 분이 지나자 그 발소리가 갑자기 멈추었다. 커다란 공포가 거대한 짐승의 날카로운 발처럼 그들의 신경을 사로잡았다.

그 젊은이는 다시 가볍게 일어나 나무 몽둥이를 짚고선 창문으로 기어들어 올 것 같은 비스듬한 검은 그림자를 바라봤다.

검은 손 하나가 그 청년을 붙잡았다. 그 손은 크게 떨고 있었다. 고르지 못한 호흡이 혀짤배기 마 씨의 귓가에서 흔들렸다.

"한패 같은데…."

혀짤배기 마 씨는 머리가 어지러웠다. 밖에 있던 그 사람은 뭐라 혼잣말을 했지만 소리가 너무 작았고 얼마 안 가 불평을 늘어놓더니 가버렸다.

"어 저 사람은…." 혀짤배기 마 씨가 말했다.

한 사람이 손가락으로 그의 허벅지를 힘껏 찌르자 집 안은 이전의 고요함을 되찾았다.

눈발이 약해졌다 거세졌다 했다. 대여섯 사람이 한데 모여 눈만 뜬 채 아무 말도 하지 않았다. 몇 사람의 혈관에선 피가 빠르게 돌고 있었다. 오늘 밤 이들은 모두가 하나의 동맥으로 연결되어 있다고 느꼈다.

그들은 어떻게 모두의 동맥이 하나로 이어져 피가 섞이게 되었는지 알 수 없었다.

그러나 그들의 마음속에 드리운 그림자는 서로의 피로 씻어낼 수 없었고, 어떤 불안감이 그들을 휘감고 있었다. 예정된 시간보다 한 시간 더 빠르게, 다섯 개의 짐이 눈 속에서 움직이고 있었다.

공포로 휩싸인 산비탈을 향해 고개를 돌려 시선을 던지는 사람은 아무도 없었다.

혀짤배기 마 씨는 평안하게 하룻밤을 잤다. 밀수하는 사람들이 떠났다는 것을 알고 나서 그는 다음 날 오전까지 더욱 느긋하게 잠에 빠져들었다.

눈이 그쳤다. 하얗게 눈으로 뒤덮인 강은 반짝반짝 빛을 내고 있었고, 바람도 더 차가워진 듯했다. 이 적막한 동토는 백색지대가 되어 있었다.

혀짤배기 마 씨는 저녁을 먹은 뒤 해진 겉옷을 걸쳐 입고는 아내에게 말했다.

"강 건너가서 한두 푼 빌려 올게."

"수중에 돈이 생겼다고 도박하지 말고 빨리 돌아와요." 아내는 그의 뒷모습을 바라보며 중얼거렸다. 혀짤배기 마 씨는 누가 그에게 말을 하고 있는지조차 전혀 알아차리지 못했다. 날이 또 어두워졌다.

4

혀짤배기 마 씨는 영원히 돌아오지 않았다. 그 사건이 발생한 이튿날 새벽, 사람 몇이 집으로 찾아와 혀짤배기 마 씨의 사정을 시시콜콜하게 물었다. 그들은 그녀에게 밀수한 이들이 무슨 옷을 입고 있었는지, 어디 사람인지, 여기에 자주 왔었는지, 혀짤배기 마 씨가 자주 그곳에 갔었는지 등을 물었다. 그녀는 바보처럼 아무 말도 할 수 없었다. 눈 앞에 펼쳐진 이 흉악한 얼굴들이 그녀의 남편을 매장하기라도 한 듯이 무서웠다.

혀짤배기 마 씨의 아내는 남편의 소식을 물어볼까도 생각했으나 너무 무서운 나머지 말도 꺼내지 못했다. 몇 사람이 한참동안 집 안을 뒤지다가 결말을 내지 못하고 가고 난 뒤에도 그녀는 남편의 일로 이런저런 생각을 하면서 불안에 떨었다.

혀짤배기 마 씨는 영원히 돌아오지 않았다. 그녀는 멈출 수 없는 초조함 때문에 두 차례 강을 건넜었지만, 그 낯선 곳에선 아무것도 찾을 수 없었다.

그 후, 그녀는 시내에 있는 왕씨 부인이, 열망의 화염 속에서 활활 타오르는 불꽃 같던 그 상냥한 젊은 부인이 생각났다. 왕씨 부인 외에 그녀가 더 찾아갈 만한 사람도 없었다. 그녀를 괴롭히던 배고픔은 무정하게도 왕씨 부인이 여름에 은방울꽃 산 돈을 지불하지 않았다는 것을 생각나게 했다. 이외에도, 그녀는 왕씨 부인에게 자기가 할 만한 일을 찾아봐 줄 수 있는지 물어볼 참이었다.

그녀는 북풍을 뚫고 산길을 걸어갔다. 다리 어귀에는 사람 그림자 하나 보이지 않고 적막했다. 감시소 역시 아득한 침묵 속에 잠겨 있었다.

대지는 잠들어 있었다. 자연은 한없는 원망을 품고 있는 그녀를 아랑곳하지 않고, 그저 말없이 고요한 숨을 사방의 산과 들에 내뿜고 있었다.

말간 얼굴색을 드러낸 강물은 늘 그렇듯 봄바람이 불면 얼음도 녹는다는 것을 그녀에게 살며시 알려주고 있었다.

이런 생각이 들자 불현듯 온 산과 들에 가득한 은방울꽃이 떠올랐다.

은방울꽃이 필 무렵이면 아이들은 또다시 다리 어귀에서 밀수를 할 것이다. 그야말로 그립고도 애달픈 계절이다! 시내 거리의 형형색색한 풍경은 봄바람처럼 밝은 햇빛 속에서 봄날의 따스함을 붙잡은 듯한 느낌을 줄 것이다.

처마 밑으로 쏟아지는 햇살이 부드럽고 은은하게 비추고 있었다.

5

또다시 은방울꽃이 필 무렵이 되었다. 다리 어귀에 떼 지어 있던 아이들은 쫓겨나 흩어졌다가도 바로 다시 모여들었다. 저 멀리 산과 들의 녹음에는 겨울눈 같은 은방울꽃이 수놓아져 있었다.

혀짤배기 마 씨의 아내는 다시 은방울꽃을 땄다. 뜨거운 태양 아래 흩날리는 그 향긋한 향기는 예전과 같았지만, 그녀는 매일 아이들 무리에 섞여 있거나 여인들을 따라 다리 위를 바쁘게 걷고 있었고 그렇지 않으면 강가에 서서 저 멀리 산과 들을 바라보고 있었다. 그녀의 마음은 초조했고, 그 초조함은 영원할 것이다. 밤이면 그녀는 종종 왕씨 부인네 집에서 묵었다. 왕씨 부인은 그녀에게 이렇게 말하곤 했다.

"집 같지도 않는 그 집으로 무얼 하겠어요. 우리가 이렇게 2년 동안 나르면서 3천, 5천을 남겼잖아요. 그 집은 버리고, 당신도 그냥 여기에서 살아요."

두 여인은 그 지역 여인들이 대부분 하는 은밀한 일을 하면서, 매일 간장이나 화장품을 들고 감시소 문 앞의 그 긴 다리를 오갔다.

당직을 서고 있는 장칭이나 류창린을 우연히 만나면, 두 여인은 그들과 인사를 하면서 강을 건너 물건을 사러 가거나 놀러 간다고 간단히 둘러댔다. 하지만 두 여인은 매번 가져간 돈을 김 사장네 집에 건네고 서둘러 돌아왔다.

긴 다리는 역사를 싣고 끝없이 흐르는 물 위에 서서 두 곳을 잇고 있었다.

왕씨 부인과 혀짤배기 마 씨의 아내, 남편을 잃은 이 두 여인은 흐르는 물을 가로지르는 다리 그림자처럼 역사가 만든 원한으로 남겨졌다. 흐르는 물이 다리 그림자를 통과하는 것일까 아니면 다리 그림자가 흐르는 물을 끊어 내는 것일까? 남겨진 두 사람은 매일 이 긴 다리를 오가면서 서로를 언니 동생 삼아 함께 고난을 헤쳐 나가고 있었다.

은방울꽃의 하얀 은빛이 두만강 양쪽 둔치에서 흩날렸다.

『사람과 사람들(人和人們)』에 수록, 예문서방(藝文書房) 1942년
(번역: 김혜주)

스쥔

무주지대 無住地帶

스쥔(石军) 1912~1950

랴오닝(遼寧) 진저우(金州) 출신으로 본명은 왕스쥔(王世浚)이다. 뤼순사범학당(旅順師範學堂) 재학 시절, 루쉰(魯迅), 첸싱춘(錢杏邨) 등의 작품을 읽으며 문학 창작에 흥미를 갖기 시작했다. 그는 『태동일보(泰東日報)』에서 활동하던 이푸(夷夫)의 권고로 창작활동을 개시했다. 그의 회고에 따르면, 처음 문학을 창작할 당시에는 장쯔핑(張子平)이나 무스잉(穆時英) 류의 연애소설을 모방했지만, 점차 만주 지역의 농촌 현실과 민중들의 수난을 묘사하는 방향으로 나아갔다.

1928년부터 1932년까지 뤼순사범학당에서 수학한 후, 소학교 교사 및 슈옌현(岫岩縣) 행정과 과장 등으로 일한 바 있고, 만주문예가협회 회원, 대동아 연락부 부부장 등으로 활동했다. 특히 문학인으로서 그는 '향도사(響濤社)'를 조직하였고 『태동일보』 외에도 『만주보(滿洲報)』, 『명명(明明)』, 『예문지(藝文志)』, 『문선(文選)』, 『신청년(新青年)』 등에 자신의 작품을 게재하였다.

그가 남긴 대표작으로는 1939년, 『예문지』 2기에 발표한 「맥추(麥秋)」, 1944년 『만주작가소설집(滿洲作家小說集)』에 수록된 중편 「궤도를 벗어난 열차(脫軌列車)」, 그리고 제1회 대동아문학상 2등상을 수상한 장편 『옥토(沃土)』 등이 있다. 본서에 수록된 1942년작 「무주지대(無住地帶)」 또한 그의 창작 경향을 잘 보여 주는 단편으로서 자주 언급된다.

「무주지대」는 『화문오사카마이니치(華文大阪每日)』 1942년 4월호에 수록되었고, 후에 작가의 단편소설집 『변성(邊城)』에 「삼림지대(森林地帶)」라는 이름으로 재수록되었다. 이 작품 속 주인공 둥롄주(董連珠)는 둘도 없는 벗 쉐장푸(薛長富)와 외딴 삼림 오지에서 살고 있다. 그 두 사람은 한때 도박 중에 생긴 말다툼으로 칼부림을 할 만큼 적대적이었지만, 인적이 드문 삼림에서 우연히 다시 만난 후 누구보다도 서로를 아끼는 사이가 되었다. 어느 날 쉐장푸가 늑대에 물려 다리에 큰 부상을 안고 집에 돌아오자, 둥롄주는 그의 건강을 되찾기 위해 온갖 정성을 기울인다. 둥롄주에게 있어 쉐장푸가 없는 삼림이란 죽음보다 더 두려운 것이었다. 그는 어린 시절 불우했던 자신을 헌신적으로 보살핀 누이와 수년 만에 재회할 기회를 포기하면서까지 악착같이 쉐장푸의 치료에 매달린다. 쉐장푸가 원하는 음식을 구하기 위해 둥롄주는 먼 길을 떠나고, 헤이룽 강가에서 우여곡절 끝에 꿩과 물고기를 얻어 귀갓길을 재촉한다. 그러나 앞을 분간할 수 없는 짙은 안개와 울창한 숲에 갇힌 둥롄주는 결국 길을 잃고, 그 사이 건강이 악화된 쉐장푸는 조용히 숨을 거둔다.

스쥔의 이 작품은 만주 지역의 거친 원시림과 험악한 생존 환경을 섬세한 필치로 묘사하고, 그 속에서 살아가는 인간의 비애, 고독, 우정, 그리고 비참한 운명을 극적으로 서술함으로써 만주 문학 특유의 로컬리티를 잘 보여 준다. 작중 등장인물들에게 '삼림'이라는 환경은 한편으로는 극도로 위험하고 고독한 공간이지만, 바로 그러한 이유로 인간이 서로 끈끈하게 의지하고 신뢰하지 않으면 안 되는 연대의 공간이기도 하다. 작가는 이와 같은 공간 속에서 특별히 도드라질 수 있는 만주인들의 질박하고 순수한 성정을 완성도 있게 조탁함으로써 만주국 문학사의 비중 있는 한 페이지를 장식했다.

_ 박민호

무주지대

1

둥롄주(董連珠)는 토굴의 습한 구들 위에 누워, 지붕에 거꾸로 매달린 수숫잎, 새끼줄, 잿빛 거미줄 따위를 멍하니 바라보고 있었다. 집 안은 점점 어두워졌다. 노쇠할 대로 노쇠한, 깊어질 대로 깊어진 가을바람이 마대로 만든 문발 밖에서 누군가와 사이가 틀어진 듯 거세게 불고 있었다. 바람은 산이 무너지듯, 땅이 갈라지듯, 하늘이 주저앉듯, 바다가 울부짖듯, 마치 모든 것들이 종말을 맞은 듯 맹렬하게 내달리며 고함을 질러 댔다. 문틈 사이로 간간이 엄습하는 음산한 숲속의 바람은 정수리를 쪼개는 차디찬 물처럼 그의 뼈와 살을 시리게 했다. 이가 절로 부딪히고 얼굴과 목덜미엔 닭살이 돋았다. 검은 고양이도 날씨의 급격한 변화를 감지한 듯 “야옹— 야옹—” 울면서 꼬리를 만 채 방구들에서 몸을 일으켜 두 다리를 앞으로 곧게 뻗었다. 놈은 날카로운 발톱으로 구들 위의 볏짚을 움켜쥐고 허리를 활처럼 곧추세웠다. 놈이 힘껏 입을 벌리고 물기에 젖은 코를 오므리자 한동안 철사 같은 흰 수염이 불규칙적으로 흔들렸다. 그러고선 무척 친근하게 그에게 다가와 거칠게 갈라진 발바닥을 핥으며 자신의 얼굴을 그의 뺨에 대고 입 주변의 냄새를 맡았다. 뒤이어 그의 목 주변을 배회하면서 마치 위로라도 받으려는 듯 동정을 구하는 태도를 취하는 것이었다. 놈은 잠시 날카로운 소리로 "야옹— 야옹—" 울어 대더니, 그의 옆에 나긋나긋한 몸을 눕히고 늘 그렇듯 드르렁드르렁 소리를 내며 코를 골기 시작했다.

"불쌍한 녀석, 너도 외로움을 아는 거니?" 둥롄주는 손을 뻗어 놈의 머리를 매만지다가 등줄기를 따라 부드러운 털을 쓰다듬었다. 생각해 보니, 그를 따라 이삼백 리 주변에 인적이 없는 이곳 초원으로 들어온 후, 녀석은 더 이상 읍내에서처럼 그를 무시하지 않게 되었다. 놈도 이 거친 산야에서 자기에게 먹이를 주고 애정을 쏟아 줄 이에게 의지하는 것 외에는 다른 방도가 없었던 것이다. 이렇듯, 이 매정한 동물조차 어느새 인간에게 자신의 울타리를 열고 나날이 친밀감을 갖게 되었다. 녀석은 이미 그의 마음을 이해하는 것 같았다. 비록 놈이 언어나 동작으로 자신의 심경을 표현하진 못해도, 그는 녀석의 감정을 이해할 수 있었다.

"쉐장푸(薛長富)는 어째서 돌아오지 않지? 날이 벌써 이렇게 저물었는데." 그의 생각은 이 작은 동물의 감정에서 그의 동료에게로 옮겨 갔다. 그에게 분신이나 다름없는 쉐장푸는 아침을 먹자마자 푸야허(蒲鴨河) 서쪽 기슭의 숲으로 나무를 하러 갔다. 원래대로라면 그는 해가 기울기 전에 톱과 도끼를 어깨에 메고 산가(山歌)*를 부르며 집에 돌아왔어야 했다. 그가 이 시간까지 돌아오지 않는 것은 필시 무슨 불길한 일이 벌어졌다는 뜻이리라. 그는 두려움에 떨기 시작했다. 불길한 예감에 그는 숨도 쉬지 못할 정도였다. 온 땅을 뒤집어 놓을 듯 바람이 거세지자 그의 마음은 거듭 요동쳤다. 그러다 숯 굽는 일을 함께 하던 황궈량(黃國良)이라는 혈기왕성했던 청년이 머리에 떠올랐다. 작년에 막 스무 살이 된 그는 나무를 베러 산에 갔다가 갑자기 큰 눈을 만났다. 거기서 아편을 피운 후 방향을 분간하지 못해 길을 헤매던 그는 그만 늑대 무리의 공격을 당했다. 오장육부가 몸 밖으로 흘러나와 피와 살이 어지럽게 흩어져 있던 그 광경은 아직도 그의 뇌리에 선했다. 그의 유일한 동료가 이번에도 뜻밖의 재난을 만나 처참하게 죽고 만다면, 그 또한 목숨을 걸고 그의 동료를 위해 야생의 짐승들과 맞서 격투를 벌일 것이다.

그를 괴롭히는 공포감으로 인해 그는 더 이상 무사태평하게 누워 있을 수만은 없게 되었다. 서로의 목숨을 의지하던 고양이를 밀쳐 내고 일어난 그는, 남루하기 그지없는 반바지와 노루 가죽으로 만든 마고자를 뒤집어쓰고, 주체할 수 없는 기분으로 문발을 열고 축축한 지대를 지나 토굴 밖의 황야로 길을

* 중국 민간에서 부르는 노동요의 일종-역주

나섰다.

끝을 알 수 없는 거친 들판이 그의 눈앞에 펼쳐졌다. 들판의 지맥(地脈)은 용의 몸뚱이처럼 조용히 지면 위로 뻗어 우뚝한 산줄기와 깊은 계곡을 형성했다. 산과 계곡 사이는 빽빽한 숲이었다. 떡갈나무, 자작나무, 들메나무, 백양나무, 엄나무, 옥수수나무, 느릅나무, 고무나무 등이 무성하게 자라 어떤 것은 벌써 가지가 마르고 잎이 시들어 처량해 보였고, 어떤 것은 푸른 잎사귀들이 짙은 녹음을 이루고 있었다. 또 어떤 나무는 잎사귀가 온통 빨갛게 물들어 바람이 불 때마다 붉은 물결을 일으켰고, 어떤 나무는 잎과 가지가 모두 떨어져 초라했다. 토굴 근처의 나무들은 이미 벌목되어, 잎겨드랑이 없는 잡초들만 왕성하게 자라나 있었다. 이러한 수풀 속에서 우연히 모습을 드러낸, 베어진 지 몇 달이 지난 늙은 나무들은 껍질이 벗겨져 잿빛으로 변한 속살을 드러낸 채 마치 전장에 쓰러진 시체처럼 여기저기 흩어져 있었다. 저 멀리 삼림은 한 조각 연무처럼 여전히 황혼녘 하늘가를 뒤덮고 있었다. 북쪽에서 미친 듯 불어 대는 바람이 초목을 파고들며 쉴 새 없이 내는 구슬픈 소리에, 나뭇가지들도 서로를 비벼 대며 서걱서걱 처량한 소리로 호응했다. 풀줄기와 잎들이 엎치락뒤치락하며 내는 솨솨 소리도 한데 모였다. 홀아비의 얼굴처럼 슬픔으로 가득한 하늘 위에는 겹겹이 쌓인 괴석(怪石)과도 같고, 이를 드러내고 발톱을 세운 맹수와도 같은 구름들이 서로를 밀치며, 한 떼의 악귀들처럼 운집해 있었다. 저 멀리 목탄화의 배경 같은 밀림 너머의 황야에는 용이 춤을 추듯, 거센 강물이 용솟음치듯 들불이 갑자기 일었다 사라지기를 반복했다. 때때로 휘감겨 오르는 검은 연기 속에서 눈부신 불길이 치솟아 소용돌이를 일으키면, 하늘 언저리의 바람과 구름은 온통 투명한 붉은빛으로 물들었다. 불길이 힘을 잃어 짙은 연기만 남게 되면, 무엇이 연기이고 무엇이 구름인지를 분간할 수 없게 된다. 그리고 잠시 사그라들었던 불길이 다시 포효하듯 일어나 몇 리에 걸쳐 종횡무진 사람들을 놀라게 할 때면, 하늘 언저리는 또다시 핏빛으로 붉게 타오르는 것이었다.

"설마 불길에 무너져 버린 건 아니겠지?" 사방에서 이는 무시무시한 들불 때문에 둥롄주의 복잡한 마음은 더더욱 어지럽게 뒤엉키고 있었다. 그는 갑작스레 찾아올 불운을 염려하며, 살기등등한 폭풍을 뚫고 그들의 숯가마로 걸음을 옮겼다.

이 숯가마는 그와 그의 동료 쉐장푸가 금년 봄에 판 것이었다. 작년 겨울, 황궈량이 늑대에게 물려 죽은 후, 그들은 그곳 일대의 사나운 늑대들로부터 몸을 피하기 위해, 그리고 죽어가던 동료의 처참하기 이를 데 없던 모습을 잊기 위해 땅을 팠다. 그들은 눈물을 흘리며 상처 입은 영혼을 짊어진 채 그간 고생하여 일구었던 셰쟈린(謝家林)의 숯가마를 떠나, 집을 짓는 데 쓸 나무와 칼, 톱, 도끼 따위를 등에 지고 마른 풀을 헤치고 산과 늪지대를 건너 힘들게 이곳에 이르렀다. 높은 지대를 골라 토굴과 숯가마를 만드는 데 들어간 일손과 자재 비용을 합쳐 수백 위안이나 빚을 졌지만, 그들은 아직 본전도 챙기지 못했다. “오늘까지 꼬박 나흘째로군.” 둥롄주는 다른 사람에게 이야기하듯 자신에게 말을 건넸다. 몇 년 동안 친구가 없는 고독한 생활을 보내면서 이처럼 혼잣말을 하는 습벽이 생겨난 것이다. 그가 한 말은 나무를 숯가마에 집어넣은 지 나흘째라는 뜻이었다. 그것은 시간 가는 줄 모르는 산 속에서 단련된 기억이 아니라 오랜 경험이 그에게 알려 준 것이었다. 안 그렇겠는가? 나무를 가마에 집어넣은 후 처음 3일간은 가마의 궁둥이 쪽 자작나무 연통에서 시꺼멓고 짙은 연기가 뿜어져 나오지만, 나흘째 되는 날부터는 해 질 녘까지 맑고 하얀 연기가 나오는데, 연기가 더 이상 나지 않으면 반드시 연기구멍을 막아야 한다. 그는 혼잣말을 하며 속을 파낸 자작나무 연통을 뽑은 후 가장자리가 검고 거친 구멍을 눈앞의 젖은 진흙으로 완전히 막았다. 그런 후 거센 바람을 무릅쓰며 그는 아주 세심하게 숯가마를 한 바퀴 돌며 틈이 있는지를 살펴보았다.

이 가마는 길이가 한 장(丈)*, 너비가 8척(尺), 깊이가 3척으로, 모두 그가 직접 판 것이었다. 가마를 채우려면, 먼저 장작을 3척 길이로 잘라 위아래로 곧게 세워 가마 안에 넣고 다시 한 장 정도 길이의 원통형 나무로 가득 메운 후, 가운데가 살짝 튀어나오도록 위쪽에 횡으로 배열해야 했다. 장작을 다 넣은 후에는 위쪽에 풀을 깔고 젖은 황토를 덮은 뒤 삽으로 힘껏 때려 그것들이 철판처럼 견고해져야 비로소 일이 마무리된다. 그리

---

* 10척. 1척은 약 30cm-역주

고 남쪽에 6척의 정방형 굴을 파고 거기에 마른 장작을 가득 채운 후 윗부분을 흙으로 잘 봉합했다. 또 그 남쪽에 한 변이 1척인 정방형의 작은 굴을 팠는데 이는 불을 붙일 풀들을 두기 위해서였다. 가마에 풀을 다 집어넣고 흙으로 덮은 뒤 아래쪽 구멍에 불을 붙이면, 먼저 풀에 불이 붙고 마른 장작으로 이어진 좁은 구멍을 통해 화염이 들어가 장작에도 불이 붙는다. 이 화염이 작은 구멍에서 가마 안으로 들어가면, 곧 질식하게 될 장작들은 위아래로 끊임없이 활활 타오른다. 사방으로 바람이 통하지 않기 때문에 불씨 하나도 밖으로 나올 수 없으며 탁한 연기만이 연통을 따라 뿜어져 나올 뿐이다.

그는 사방을 자세히 둘러보았고 아무런 흠도 발견할 수 없었다. 다소 마음이 놓인 그는 생각했다. '사흘이 지나 가마를 열면 천오백 근의 좋은 숯을 얻을 수 있겠군.'

"아오오…." 둥렌주가 재빨리 고개를 돌리자 눈앞에 늑대 한 마리가 서 있었다. 찢어질 듯 날카로운 늑대의 울음소리에 그는 머리카락이 쭈뼛 서고 머릿속은 하얘졌다. 그는 정신을 차리고 가슴을 치며 손을 뻗어 나무막대기 하나를 집어 들었다. 그는 이 막대기를 저 야수에 맞설 최후의 무기로 삼아야 했다.

"니미럴! 누가 네까짓 걸 무서워할 줄 알고?" 둥렌주는 귀를 쫑긋 세우고 눈을 부라리며 곧장 달려들 기세를 취하고 있던 야생 늑대를 향해 욕설을 퍼부었다.

뜻밖에 늑대는 그가 내지른 소리에 멈칫하더니 기세가 꺾인 듯 산 쪽으로 몸을 돌려 황야의 칠흑 속으로 걸음을 옮겼다.

그는 긴장을 풀고 마른기침을 두 번 한 후 바삐 토굴로 되돌아갔다. 그는 곁에 있던 검은 고양이를 껴안더니 몸을 떨며 흐느껴 울기 시작했다.

2

다음 날 정오, 쉐장푸가 낙담한 표정으로 다리를 절룩이며 돌아왔다.

둥롄주는 토굴 앞에서 장작을 패다가 저 멀리 숲속에서 흔들리는 누군가의 그림자를 보았다. 그는 마치 꿈을 꾸듯 목을 길게 빼고 눈도 깜박이지 않은 채 그것을 응시했다. 부상을 입은 그의 동료가 마침내 울퉁불퉁한 산길을 따라 수풀을 헤치며 돌아오고 있었던 것이다. 둥롄주는 기쁜 나머지 한달음에 달려가 두 팔로 그를 격하게 껴안으려다가, 그가 메고 있던 큰 톱을 받아 들고선 소리쳤다. “아이고, 쉐 형. 나를 놀라게 해 죽일 셈이었소? 기다리다 눈이 빠질 지경이었다고.”

“둥 형, 우리 형제가 하마터면 다시는 못 볼 뻔했구려!” 쉐장푸는 멍한 표정으로 흐느껴 울었다. 그가 건넨 말에서 진실한 우정이 배어 나오고 있었다. 말을 마치자 그는 다시 눈물을 쏟았다. 닦아 내지 않은 투명한 눈물방울이 콧잔등으로 흐르고 있었다.

“무슨 일이 있었던 거요?”

“늑대였소! 깊은 산중에 또 뭐가 있겠소?”

"다리를 물린 거요?"

"왜 아니겠소? 보시오, 겨우 놈을 때려 쫓아내긴 했지만, 이 다리는 이제 불구가 되고 말았소."

쉐장푸가 부상당한 자신의 왼쪽 다리를 조심스레 앞으로 편 후 허리를 굽혀 찢어진 바지를 걷어 올렸다. 그의 허벅지에는 천조각이 휘감겨 있었다. 그가 풀뿌리로 만든 허리띠를 풀고 천조각을 들어올리자 다리는 피범벅이 되어 있었다. 핏자국으로 붉게 얼룩진 천조각과 문드러진 살은 서로 엉겨 붙어 있었다. 그는 이를 악물고 눈을 크게 부릅뜨면서, 천조각을 위로 더 벗기려 했다.

"쉐 형, 됐어요. 쉐 형에게 이런 형벌을 내리다니, 하늘도 정말 무심하구려!" 둥롄주는 하늘을 원망했고 마음속으로 커다란 아픔을 느꼈다. 그는 자기도 모르게 억울한 아이마냥 동정의 눈물을 흘렸다.

"둥 형, 이렇게 사느니 차라리 깔끔하게 죽는 게 나을 뻔했소. 폐인이 된 나를 누가 돌본단 말이오? 사는 것 자체가 형벌 아니겠소? 내 다리는 이미 놈들에게 물려 못쓰게 되었단 말이오."

두 사람은 토굴로 걸어 들어갔다. 습하고 퀴퀴한 냄새가 코를 찔렀지만, 쉐장푸는 오히려 어머니의 품에 안긴 것처럼 편안함을 느꼈다.

"그 무슨 터무니없는 소리요? 정말로 폐인이 된들 낙담하지 마시오. 내가 쉐 형을 늙어 죽을 때까지 보살필 거요. 사내대장부가 한번 말을 뱉었으면 끝까지 책임져야 하는 것 아니겠소?

우리 두 사람은 한 몸이나 다름없소. 우리가 갈라진다면 늑대 밥이 되고 말 거요. 그러니 애초에 우리 두 사람이 나란히 산신묘에 가서 무릎을 꿇고 향을 피우며 맹세했던 것 아니겠소." 둥롄주는 호기롭게 쉐장푸의 말을 반박하면서, 그를 부축하여 구들에 앉혔다. 쉐장푸는 이를 드러낸 채 입을 벌리고 신음하며 고통을 호소했다. 그는 오른팔을 베개 삼아 마치 상처를 입은 야수처럼, 혹은 곧 부패가 시작될 시체처럼, 아무런 소리도 내지 않고 바닥에 누워 있었다. 두 사람은 평온하게 추억의 요람 안으로 빠져들었다.—

살을 에는 차가운 바람이 불던 밤이었다. 북쪽 변경을 에두르는 헤이룽 강의 매서운 강바람에는 은색 눈꽃이 섞여 있었다. 하늘에는 아름다운 달빛이 가늘고 고운 눈망울처럼 산속 깊이 파묻힌 쑤자좡의 마을 길을 비추고 있었다. 다이아 반지처럼 반짝이는 별들은 은실 같은 빛줄기를 쏟아 냈다. 저 멀리 민가에서 개 짖는 소리는 마치 도둑을 만난 듯 혹은 잠꼬대를 하듯 긴장과 이완을 반복했다. 이 소리에 쑤 과부 집에서 패를 보고 있던 둥롄주와 쉐장푸는 도박꾼을 잡거나 순찰을 하는 경찰이 올까 봐 두려웠다. 그들의 심장은 몹시도 두근거렸다. 하지만 요행을 바라는 마음은 그들이 도박을 그만두지 못하게 했다. 희뿌연 등불 밑에서 그들은 매우 신중하게 "당신 차례요.", "단조팔병(單釣八餠)이오."*, "벽패에서 소(素)를 가져오고 어

* 마작 용어. 낚싯줄 하나에 미끼 여덟 개를 단다는 의미-역주

(魚)는 밖에 붙였소."* 따위의 말들을 우물거렸다.

타버린 심지가 쌓여 가고 기름도 얼마 남지 않은 한밤중이 돼서야 그들의 도박은 끝이 났다. 장완유(張萬有)는 5원(元) 정도를 잃었고, 쉐장푸 역시 2원 30전(錢)을 잃었다. 그들의 돈은 거의 다 둥롄주가 가져갔다. 손 복이 좋은 쑤 과부가 의외로 1원 몇 전을 딴 것을 제외하면, 나머지 돈들은 모두 둥롄주의 주머니 속으로 들어간 것이다.

"형수, 오늘 밤은 여기서 묶게 해 주시오. 날이 이리 어두워졌으니, 집에 가도 문을 열어 주지 않을 것 같구려." 둥롄주는 우물쭈물 어렵사리 말을 꺼냈다.

쑤 과부가 대꾸하기도 전에, 평소 쑤 과부와 마음을 주고받으며 하룻밤에 만리장성을 쌓기도 했던 쉐장푸가 입을 열었다. "니미럴, 두꺼비가 백조의 고기를 먹겠다는 수작이군! 오줌물에 니 쌍판이나 좀 비춰 보지 그래. 깜도 안 되는 주제에, 저 여자가 누구의 여자인 줄 알고?" 쉐장푸는 거들먹거리는 말투와 험상궂은 표정으로 비웃으며 그에게 무수한 바늘이 심장을 찌르는 것 같은 고통을 일으켰다. 여자 앞에서의 이러한 모욕은 정말이지 조상 팔대를 욕하는 것이나 다름없었다. 그의 얼굴은 새빨갛게 달아올랐다.

"니가 누굴 욕해? 짐승 같은 짓은 지가 하고선!" 둥롄주는 온몸에서 피가 끓어오르고 있었다. 그는 정신을 차리고 목청을

---

* 소(素), 어(魚)는 둥베이 지역에서 쓰는 마작 패의 일종인 듯하다.-역주

높였다. 여자 앞에서 그토록 커다란 치욕을 안겨 준 일을 그는 결코 참을 수 없었다.

“흥! 널 욕하는 걸로는 충분치 않지. 너에게 본때를 보여 주마.” 말이 끝나기도 전에, 그는 상대의 따귀를 크게 한 대 올려붙였고, 두 사람은 한데 뒤엉켜 격렬한 싸움을 벌였다. 쑤 과부는 얼른 기름 등을 가로채려 했지만, 그녀의 손이 닿기도 전에 돌연 그들의 팔에 부딪혀 그만 산산조각이 나고 말았다. 방 안은 금세 칠흑같이 어두워졌다. 두 사람의 결투가 최고조에 이르렀을 때, 둥롄주가 어둠 속에서 몸을 빼내 밖으로 달려나갔다. 식도(食刀)의 그림자가 아궁이 위에서 흔들렸던 것을 생각해 낸 그는 정말로 그것을 손에 쥐고, 뒤쪽에서 자신을 향해 달려드는 쉐장푸를 푹 찔렀다. 칼에 찔린 그는 짧은 비명을 질렀고, 무언가가 땅 위로 꽈당 하고 쓰러지는 소리가….

둥롄주는 자신이 실수를 저질렀음을 깨달았다. 경험으로 볼 때, 십중팔구 그는 목숨을 잃었을 것이었다. 그는 밤새 쑤자좡의 담장을 벗어나 무턱대고 서쪽으로, 서쪽으로, 걸음아 나 살려라 식으로 도망쳤다. 그는 유형을 선고받은 사람처럼, 아무것도 돌아보지 않고 서쪽으로 내달렸다. 달이 진 후에도 그는 달렸고, 별빛이 흐릿해진 후에도 그는 여전히 달렸다. 동쪽 하늘이 물고기 비늘처럼 하얘지기 시작한 후에도 그는 달렸고, 아침놀이 맑은 하늘을 물들일 때에도 그는 계속 달렸다. 꼬박 이틀 밤낮을 달린 후 그는 거친 평원과 울창한 숲이 천 리까지 펼쳐진 무주지대에 이르게 되었다.

작년 여름, 둥렌주의 숯가마는 산에서 흘러나온 물로 잠겨 버렸다. 그는 탄식을 내뱉으며 하는 수없이 그 가마를 버리고 지대가 높은 곳에 새로운 숯가마를 팠다. 그가 숯가마를 새로 팔 곳을 고르던 중 은사초 무리가 흔들리는 것을 보고 금세 이상하다고 느꼈다. 사람 키보다 더 큰 수풀 속에서 어떤 행인 하나가 길을 막고 있는 풀을 헤치며 이쪽으로 발걸음을 옮기고 있음이 분명했다. 이렇게 깊은 산중에 이곳 산길에 익숙지 않은 사람이 나타났다면, 그는 분명 둥렌주 자신이 알고 지내는 몇몇 숯 굽는 동료일 리가 없었다.

"누구요?"

"버섯*을 따는 사람이오."

"뭐요?" 이 갑작스러운 대답에 둥렌주는 어리둥절했다. 그는 자신이 잘못 들었는지 의심했다. 그는 큰 폭으로 걸으며 앞으로 나아갔다.

"엇?" 그는 귀신을 만난 것처럼 자기도 모르게 소리를 질렀다. 그는 그곳으로부터 달아났다.

"둥 형, 둥 형, 날 좀 구해 주시오, 왜 도망치는 거요?"

그는 고개도 돌리지 않고 풀숲으로 몸을 던져 힘껏 줄달음을 쳤다.

"둥 형, 날 좀 도와주시오. 나는 버섯을 줍다가 들판에서 방향을 잃고 집으로 가는 길을 찾지 못해 삼 일 동안 아무것도 먹

---

* 중국어로는 花臉蘑로, '자주방망이버섯'을 말한다.-역주

질 못했소." 뒤따라오는 사람은 다급한 마음에 어린양처럼 간절한 목소리로 거듭 도움을 요청했다.

그는 마침내 그 자리에 섰다. 그는 이 길 잃은 약자에게 절망감을 안겨 주고 싶지 않았던 것이다. 그는 숨을 고르고 땀을 닦으며 상대방을 응시했다. 그는 바로 쉐장푸였다.

"아, 둥 형, 이 거친 들판에서 사람을 만날 수 있으리라곤 전혀 생각지 못했소. 내가 여기서 죽는다면 아마 모기 때문일 거요. 보시오!" 진이 빠진 그는 숨을 고르면서 파란색 헝겊을 풀고 목을 절반 정도 드러냈다. 그의 목은 모기와 메뚜기 따위에 겹겹이 물린 자국과 흐르는 피로 가득했고, 얼굴, 머리, 두 팔에도 반점들이 줄지어 있었다.

"장푸, 나는 당신의 원수요." 둥롄주는 그의 상처를 보고 고개를 들어 안쓰러움에 말을 건넸다. 한 줄기 맑은 눈물이 그의 눈가에서 흘러내렸다. "원수라고요? 과거에는 그랬을지도 모르죠. 하지만 지금은 보시오. 이 황야에 누가 또 있소?" 쉐장푸는 흑백이 분명한 천진한 두 눈을 동그랗게 뜨고 그와 같이 말했다.

어떤 힘이 그들을 이끌었는지 알 수 없지만, 한때 불구대천의 원수였던 두 사람은 외딴 무인도 같은 이 황야에서 다시 만난 뒤 그림자처럼 떨어질 수 없는, 목숨을 의지하는 친구가 되었다. 쉐장푸는 차라리 오랫동안 정을 나눈 쑤 과부를 버릴지언정, 다시는 쑤자좡으로 돌아가지 않기로 했다. 그는 폭탄처럼 뜨거운 서른몇 살의 몸뚱이를 계곡과 숲에 파묻고, 과거 자신에게 죄를 진 둥롄주와 한평생 해가 뜨고 짐을, 달이 차고 기웂을, 꽃이 피고 떨어짐을, 봄이 오고 감을 지켜보려 했던 것이다….

“형, 이 상처는 왜 이렇게 아픈 거요?” 둥롄주는 이 말에 정신을 차렸고, 추억의 요람도 흩어져 버렸다. 그는 다시 이 세계로 돌아왔다. “형, 많이 아프시오? 어쩌죠? 이 산중 어디에 약을 짓는 이가 있겠소? 배도 고프지요? 내가 가서 먹을 걸 좀 만들어 오겠소.” 둥롄주는 따뜻하게 그를 위로하고, 윗목에 있던 불에 그슬리지 않은 노루 가죽을 당겨 그의 하반신을 덮어 주었다. 허리를 굽혀 토굴을 나온 그는 곡괭이를 어깨에 메고 산길을 따라 뒤쪽 산비탈 쪽으로 걸어갔다.

3

냇가에는 산골짜기에서 내려오는 계곡물이 마치 구슬이 옥으로 만든 접시 위를 구르듯 청아한 소리를 내며 졸졸졸 흐르고 있었다. 그는 이 물소리를 듣다 갑자기 갈증을 느꼈다. 아마도 그 매력 넘치는 독주(獨奏)에 홀린 것이리라. 그는 억누를 수 없는 감정으로 경사가 완만한 비탈길로 걸음을 내딛어 구불구불한 시냇가에 곡괭이를 내려놓고 허리를 굽혔다. 그러고선 소매를 걷어붙이고 두 손을 뻗어 무색무취의 청명한 가을 물속에 집어넣었다. 그 맑은 물을 두 손으로 움켜 떠서 입을 나팔 모양으로 만들어 입맞춤하듯 소리를 내며 한 움큼 한 움큼 마신 뒤 그는 비로소 초원 위에 앉았다.

가을 햇살이 고요한 이 초원 위를 따사로이 비추고 있었다. 하늘은 자색 수정처럼 구름 한 점, 갈라진 틈 하나 찾을 수 없었다. 그는 오랫동안 그것들을 바라보며 오늘의 하늘이 특별히 맑고 또 높다고 느꼈다. 때때로 줄지어 날아가는 기러기 떼들이 신비로운 하늘가를 비상하는 모습은 마치 뗏목이 거울처럼 잔잔한 강물을 떠가는 것도 같고, 무리를 지은 낙타들이 쓸쓸하게 끝없는 사막을 표류하는 것도 같았다. 종달새가 머리 위에서 절묘하고도 예리하게 울자, 그 평화롭고도 한가로운 목소리는 갈수록 웅장하게 퍼져 거대한 산야를 흔들었다. 푸르스름한 잿빛 들국화는 개울가에 화사하게 펴 있었다. 너무 진하지도, 너무 희미하지도 않은 그 청아한 향기는 때때로 향긋하고 청담하게 콧속을 파고들었다. 노랗고 검은 줄무늬가 교차하는 꿀벌은 조용하게 이 꽃술에서 저 꽃술로 날아다녔다. 맞은편 저 변화무쌍한 산봉우리 사이의 들판에서 흔들리는 단풍은 담홍색, 진홍색, 주홍색, 자홍색 아름다운 빛깔로 사람의 눈을 현혹하며, 하늘 가장자리에 이르기까지 일망무제 펼쳐져 있다. 그는 무심하게 이러한 깊은 산의 가을 색을 감상하다가 느닷없이 고향에 대한 생각에 사로잡혀 침울하게 앉아 있었다.

고향 생각이라고는 하지만, 사실 그는 떠올릴 만한 고향이랄 게 없었다. 그는 집 한 채, 땅 한 뙈기 없는 적빈한 농가에서 태어났다. 그의 어머니는 그를 낳은 후, 임신 기간 중의 과도한 노동으로 심신이 지칠 대로 지쳐 그만 죽고 말았다. 그가 세 살

때에는 돛단배로 강남과 강북을 야간으로 몰며 소금과 생아편을 팔던 아버지도 강 위에서 돌풍을 만나 배가 뒤집어져 노와 마음의 근심만을 껴안은 채 익사했다. 부모의 봉분에 향을 피워 줄 무거운 책임은 이 어리고 의지할 데 없는 고아에게 맡겨졌다. 다행히도 그에게는 누나가 있었다. 그녀는 이미 펑(馮)씨 집안 사람이었지만, 그를 펑씨 집안으로 받아들였고 어른이 될 때까지 친자식처럼 양육했다. 그는 돼지 키우기와 온갖 잡일부터, 회칠과 미장, 어린 종살이, 월 임시공, 가을걷이, 나중에는 머슴 노릇까지 나이가 들면서 하는 일이 계속 달라졌지만, 누이가 사는 고을 쑤자좡을 벗어난 적이 없었다. 마을 사람들은 그에게 눈을 흘기고 침을 뱉고 비웃었으며, 욕하고 학대하고 모질게 때리기도 했다. 몸이 약한 그는 셀 수 없을 만큼 배고픔, 추위, 질병, 피로를 감내해야 했다. 다행히 이 인간 세상에 그의 누이가 있어 그를 위로하고 격려하고 사랑하고 아껴 주었다. 그녀가 그를 이처럼 골육이나 식구로 여기지 않았다면, 그는 산속을 내달리는 노루나 사슴 따위와 전혀 다를 바가 없었을 것이다.

"누이를 보지 못한 게 벌써 3년이 다 되어 가네." 그는 또다시 혼잣말을 하며 풀줄기 하나를 꺾어 입에 물었다. 그의 빛나는 눈동자는 숲의 건너편을 응시하고 있었다.

"3일이면 쑤자좡에 돌아갈 수 있을 텐데." 그는 이어서 생각했다. 3년이라는 긴 시간 동안 누나는 어떻게 지냈을까? 얼굴은 초췌해지고 몸은 더 쇠약해졌겠지? 나이 쉰이 넘은 노인의 앞길에 상처, 무기력, 고뇌, 슬픔 말고 무엇이 더 기다리고 있을까?

“샤오싼쯔는 며칠 전 고향 소식을 전하면서, 누이가 온종일 내 걱정을 하다가 그만 두 눈이 멀고도 여전히 나를 잊지 못한다고 말했지.” 그는 나지막이 탄식하면서 숲의 건너편을 바라보았다. 초조하고도 건조한 표정이 낯에 새겨져 있었다.

계곡에서 내려오는 냇물이 졸졸 흐르고 있었다. 가을 들녘은 고요하고 적막했다. 그는 자신의 심방이 두근두근 뛰는 소리를 들었다.

“어떻게 하면 고향에 돌아가 누나가 죽기 전에 한 번이라도 볼 수 있을까!”

“어떻게 쉐장푸를 여기에 두고 가지?”

이 두 가지 생각이 거의 동시에 떠올랐다.

갑자기 떠오른 이 생각들은 그를 한시도 마음 편히 있을 수 없도록 만들었다. 그는 꿈에서 깨어난 듯 부랴부랴 일어나 괭이를 어깨에 메고 바지를 추켜 입고선 제비처럼 내달렸다. 한 마리의 들짐승처럼, 그는 개울을 넘고 만추의 낙엽을 밟으며 거칠고 투박하게 달렸다. 높은 고개 하나를 넘고 또 하나의 산비탈을 내려와 그는 점점 이끼 가득한 숲속으로 접어들었다.

그는 밥 한 끼 지을 정도의 힘을 들여 마침내 숲의 끝, 이미 벌목을 마친 빈 땅에 이르렀다. 곧 썩어 갈 몇 개의 늙은 나무들이 어수선한 풀밭 위에 해골처럼 가로로 누워 있었다. 나무들 사이에는 소똥 같은 버섯들이 빼곡히 자라나 있었고, 공기 중에는 오래된 나무의 냄새가 흘러 다녔다. 가을 햇빛은 늘 그렇듯 이 적막한 산야를 부드럽게 비추고 있었다. 이 원시적 비경은 천지가 개벽한 이래 단 한 번도 사람의 손때가 묻은 적 없었을 것이다.

"아! 고맙습니다, 산신령이시여." 둥렌주는 득의양양하게 웃었다. 그가 십수 일 전 이곳에 도착해서 노루굴 앞에 파 놓은, 길이 한 장에 깊이 6척, 너비 3척의 함정 안에 노루 한 마리가 들어 있었던 것이다. 이 노루는 함정을 덮은 나뭇가지와 풀 따위를 밟고 그것들과 뒤엉켜 아래로 떨어진 지 대략 3일 정도 되어 보였다. 둥렌주가 기쁜 나머지 함정 안으로 뛰어 들어가 노루의 목을 만져 보았다. 노루의 숨은 이미 멎은 상태였고, 목과 사지도 뻣뻣하게 굳어 있었다. 감지 않은 두 눈에는 한 겹 진흙이 덮여 있었고, 평상시에 습기로 반들반들했을 검은 코는 바짝 말라 있었다. 그리고 죽기 직전 여러 차례 울부짖었던 듯, 주둥이는 고통스럽게 벌어져 있었다.

둥렌주에게는 진작부터 계획이 다 있었다. 그는 그들이 사나흘 사이에 굶어 죽거나 나무껍질로 연명해야 할 정도까지는 되지 않을 거라 생각했다. 게다가 그는 큰 부상을 입은 쉐장푸를 떠올렸다. 병을 고칠 약도, 먹을 음식도 없다면 더욱 큰일 아니겠는가? 그가 노루 가죽옷을 벗자 쑤자좡에 있을 때만큼 튼실하지는 않은 황갈색 가슴과 팔 근육이 드러났다. 군살이 하나도 없어 마디마디 근육이 선명했고 뱃가죽 아래의 살도 거의 다 빠져 몸 전체가 가죽만이 뼈를 감싸고 있는 영양부족 상태를 보여 주고 있었다. 그는 구덩이 속으로 뛰어들어 나뭇가지와 풀을 젖힌 후 노루의 두 다리를 움켜쥔 채 구덩이 밖으로 끌어냈다. 토실토실한 노루의 몸을 잠시 살펴보니 밤색의 연한 털이 몸 전체에 골고루 퍼져 있었고, 사지는 겨릅대처럼 길쭉길쭉했으며, 검은 발굽은 무척 예쁘장했다. 배 아래쪽 털은 색깔이 연했고 엉덩이 쪽에는 순백색 털이 동그란 원을 이루고 있었으며….

그는 서쪽으로 점점 기울어 가는 태양을 보고 머지않아 황혼이 찾아오리란 걸 깨달았다. 그는 다시 함정 위에 낙엽과 풀을 수북하니 쌓아 들판의 지면과 완전히 똑같게 만든 후, 노루의 두 뒷다리를 움켜쥐고 순간 온몸에 힘을 줘 능숙하게 노루의 머리가 아래로 향하도록 등에 짊어졌다. 그는 늑대를 만날 경우를 대비해 준비한 괭이까지 어깨에 메고 획득한 사냥감을 끌면서 왔던 길을 되돌아갔다.

"형, 내가 돌아왔소. 우리 두 사람이 하루 이틀은 끼니를 걱정할 필요가 없겠구려. 내가 큼지막한 노루 한 마리를 잡아가지고 왔소. 다리는 좀 어때요?" 둥롄주는 몹시 피곤하고 걱정스러웠지만, 용을 써서 죽은 노루를 토굴 속에 옮겨다 놓은 후 황급히 집 안으로 들어가 곧장 동물의 날카로운 발처럼 생긴 그의 손바닥으로 쉐장푸의 뜨거운 이마를 어루만졌다. 그제야 쉐장푸는 깊은 잠에서 깨어나 눈을 떴다. 그러나 손을 뻗었을 때 다섯 손가락이 보이지 않을 만큼 깜깜한 어둠 속에서, 그의 안색이 어떤 감정을 내비치고 있는지 알 길이 없었다.

"오— 돌아왔구려, 돌아왔어." 뜻밖에도 그의 목소리는 매우 낮게 가라앉아 있었고 무척이나 쇠약해 꼭 가을벌레의 울음소리 같았다.

“형, 어쩌다 이렇게 상황이 나빠진 거요?” 불길한 예감에 그는 몹시 괴로웠다.

“아—, 목— 목이 마르구려. 물 한 바가지만 퍼서 내게 주—시오. 나는— 늑— 늑대 때문에 이 지경이 되었소.” 그는 여전히 기력 없는 낮은 목소리로 말했다.

“내가 물을 가져다줄 테니 기다리시오.” 둥롄주는 잠시 손으로 더듬어 그릇 하나를 발견하고선 토굴을 나와 언덕 하나를 넘어 석양 녘 햇빛이 반사되는 연못에 이르렀다. 그는 허리를 굽혀 그릇에 물을 담은 후 집에 돌아와 쉐장푸에게 건넸다.

“배고프시오?”

쉐장푸는 누운 채로 고개를 끄덕였지만, 둥롄주는 이를 보지 못했다.

“어째서 말을 하지 않는 거요, 형!” 이것은 원망이 아니라 두려움의 표현이었다.

“나— 나는 배가 고프오.” 쉐장푸가 미약한 목소리로 신음했다.

“형! 기다리시오, 내가 노루 고기를 구워 오겠소.”

둥롄주는 토굴문 앞에서 모닥불을 피웠다. 불이 붙자 그는 그곳에서 날카로운 칼로 노루의 가죽을 벗기고 배를 갈라 내장을 끄집어냈다. 그리고 흐릿한 핏자국이 묻은 칼을 입에 물고 노루를 뒤집은 뒤 등 부분의 가죽을 다시 벗겨 냈다. 가죽을 다

벗긴 후에는 노루 비린내를 애써 견디며, 나무 자를 때 쓰는 도끼를 가져다가 노루의 오른쪽 다리를 잘랐다. 자른 다리를 흙을 겹쳐 쌓은 옥외 아궁이 위에 올려놓고 불을 피우자 연기가 모락모락 하늘로 솟았다. 잠시 후, 노루 고기의 겉면에서 지글지글 소리가 나자 구운 고기의 냄새가 밤공기에 떠다녔다. 불은 그의 야윈 뺨을 대추처럼 붉게 물들였다. 저 멀리 들녘에서도 성난 들불이 어지럽게 날뛰며 납작 엎드려 있는 산천초목을 환하게 비추었다. 들불은 이곳 아궁이 불과 서로를 밝혀 주고 있었다.

둥롄주는 이마 위에 맺힌 완두콩 같은 땀방울을 닦으며 노루의 뒷다리를 앞뒤로 뒤집어 가며 구웠다. 그리고 고기가 다 익었다고 생각되자, 그것을 들고 방 안으로 들어가 외쳤다. "형, 이 고기의 향 좀 맡아 보시오. 야들야들할 때 어서 들어요. 금년에 태어난 노루 고기요." 땅 위에 숯불이 남아 있어 고기가 먹음직스러워 보일 때 그는 노루 뒷다리를 쉐장푸에게 건넸다. 병으로 힘들어하면서도, 먹는다는 말에 그는 마치 날개를 단 듯 재빨리 몸을 일으켰다. 그의 두 눈에는 기근이 들었을 때나 볼 수 있는 탐식의 불꽃이 반짝였다. 그는 마치 들짐승이 먹이를 먹듯 고기를 들고 씹었다. 둥롄주의 마음에는 큰 빚을 깨끗이 갚아 짐이 가벼워진 듯한 기분이, 또 죽어 가는 사람을 구한 데서 오는 기쁨과 쾌감이 일었다.

문밖에는 한 무리의 늑대가 울부짖고 있었다. 멀리서부터 전해 오는 그 소리가 처량하면서도 우렁차게 들렸다.

4

“둥 형, 나는 형이 고향에 돌아가 누이를 좀 만나 봤으면 좋겠수.” 3년 전, 둥롄주와 함께 쑤자좡의 벙어리 자오 씨네 집에서 머슴을 살았던 샤오싼쯔가 오늘 또 현성에 내다 팔 숯을 싣고 가기 위해 소달구지를 끌고 왔다. 그는 둥롄주가 가마 밖으로 숯을 옮기는 것을 도우면서, 그에게 진심 어린 충고를 건네고 있었다.

둥롄주는 불을 붙인 후 8일째가 된 숯가마를 일찌감치 열어 놓았다. 숯가마를 막고 있던 누런 진흙으로 만든 덮개는 동이나 철처럼 단단해져 다시는 부서지지 않게 되었다. 그는 어깨를 드러내고 찜통같이 무더운 가마 속으로 뛰어 들어가 버드나무 광주리를 잿더미가 쌓인 빈 공간에 두고 엉덩이를 치켜든 채 딱딱한 숯덩이들을 주워 담기 시작했다. 숯은 아직도 무척 뜨거웠다. 그가 한 광주리에 숯을 가득 채운 후 가마 문을 열고 샤오싼쯔에게 건네면, 샤오싼쯔는 광주리를 받아 마대 안에 숯을 쏟아부었고, 마대가 가득차면 저울을 가져다 무게를 쟀다.

“나도 돌아가서 누이를 보고 싶은 생각은 있지만, 차마 쉐 형을 두고 갈 수가 없단 말일세.” 숯가마에서 기어 나온 둥롄주의 얼굴과 가슴팍에는 물오리마냥 굵은 땀방울이 맺혀 있었다. 또 얼굴에 묻은 숯가루와 땀이 뒤엉켜 코와 입을 분간할 수 없을 지경이었다. 샤오싼쯔는 참을 수 없다는 듯 두 번 크게 한숨을 몰아쉬더니, 눈으로는 불똥으로 마모되어 버린 저울을 찾으며 둥렌주에게 대꾸했다.

"형에게 누이는 피붙이잖소. 누이가 형만 바라다 눈이 멀었는데도 돌아가지 않고, 피 한 방울 섞이지 않은 쉐장푸를 위해 여기서 고생하다니. 참으로 매정하우. 내 말 듣고 돌아가서 누이를 좀 만나 보라니까." 샤오싼쯔는 둥렌주가 왜 그리도 고집을 부리는지 도대체 알 수가 없었다. "라오싼, 자네는 뭘 모르는구먼. 나는 다시는 그곳에 돌아갈 생각이 없네. 일손이 많은 곳은 통 재미가 없거든. 사람이 많을수록 인심이 고약하고 냉담하지. 자네가 굶어 죽어 간다 해도 자네를 위해 밥 한 끼 줄 사람이 없을 테고, 자네가 얼어 죽는다 해도 자네를 위해 옷 한 벌 덮어 줄 사람이 없을 걸세. 이 들판에서는 일손은 적지만 마음이 함께 있고, 복은 다 같이 나누고 화는 다 같이 짊어지지. 쉐장푸가 원래 내 원수였지만 지금은 친형제보다 화목한 것도 그런 이유일세." 평소 말하는 것을 좋아하지 않던 둥렌주는 손짓 발짓을 하며 말을 건넨 후, 힘이 들었는지 연거푸 기침을 해댔다.

달구지에 숯을 다 실은 샤오싼쯔는 채찍을 휘두르며 소를 몰아 돌아갔다. 둥렌주는 집이 있어도 돌아갈 수 없는 이들에게서 볼 수 있을 쓸쓸한 표정을 하다가 갑자기 샤오싼쯔를 불러 세웠다. "어이, 내가 한 가지 잊은 일이 있군 그래. 우리 집의 쉐형이 늑대에 다리를 물려 못쓰게 되었는데, 산에는 약이 없다네. 자네가 성에 가거든 상처에 바를 연고를 인편으로 부쳐 주고, 두 번 복용할 양의 치리싼(七厘散)*도 사다 주게. 혹 그의 다리가 독을 지닌 늑대의 이빨에 상한 것이라면 얼른 방법을 써야지, 안 그러면 불운을 피하지 못할 걸세." 그는 달구지에 다가가 바퀴에 몸을 기댄 채 샤오싼쯔가 그에게 준 숯 삼백 근 값에 해당하는 9위안을 도로 주머니에서 꺼내, 세어 보지도 않고 고스란히 샤오싼쯔에게 건넸다. 그는 속으로 생각했다. '깊은 산중에 돈이 무슨 소용인가. 쉐장푸의 목숨을 살리는 것이 더 중요해.'

샤오싼쯔는 돈을 받고서 감동 어린 눈빛을 둥렌주에게 보냈다.

"다음번 숯을 가지러 올 때는 절대 약을 사가지고 오는 걸 잊지 말게. 혹 돈이 남거든 내 누이에게 전달해 주게." 둥롄주는 미련하리만치 정직한 샤오싼쯔를 애달픈 마음으로 바라보다 하마터면 눈물을 흘릴 뻔했다. 그는 쓰라린 마음을 안고 고개도 돌리지 않은 채 집으로 돌아갔다. 샤오싼쯔 역시 그가 옮긴 한 조각 슬픔에 사무쳐 한참을 멍하니 서 있었다.

"형, 가슴에서 불길이 일고 있소." 쉐장푸는 찢어지고 해진 동물가죽 속에서 머리만 내밀고 있었다. 긴 머리카락은 죄수처럼 몹시 헝클어져 있었다. 밀랍처럼 푸르죽죽한 그의 얼굴에 오랜 질병으로 인한 초췌한 기색이 역력했다. "형, 가슴에서 불이 난다고? 물을 좀 줄까요?" 둥렌주는 애정을 담아 지렁이처럼

* 부기를 가라앉히고 통증을 멎게 하는 내복약-역주

핏줄이 튀어나온 그의 이마를 쓰다듬었다.

"형, 물은 괜찮소. 나는 신선한 음식을 먹고 싶소." 쉐장푸는 목숨을 부지하려는 솔직한 목소리를 거리낌 없이 전했다. 그의 눈가에는 눈물이 반짝였다. "신선한 음식을 먹고 싶다고?" 이 어려운 문제는 둥롄주를 난처하게 만들었다. 그는 속으로 생각했다. "이 드넓은 황야에 어떤 신선한 먹거리가 있을 것인가? 기러기 고기, 노루 고기, 버섯, 딸기, 이런 것들 외에 어떤 신선한 것이 또 있을까?" 생각이 바로 떠오르지 않자 그는 비할 데 없는 곤혹감을 느꼈다. 자신의 분신과도 같은 동료가 크나큰 위기에 처해 있는 이때, 그의 욕구조차 해결해 주지 못한다면 어떻게 떳떳한 사내대장부라 할 수 있겠는가. 그는 무의식적으로 쉐장푸의 손을 잡았다. 자신의 손이 그의 손에 막 닿았을 때에는 죽은 이의 그것처럼 차가웠지만, 계속 손을 쥐고 있으면 손 한가운데서부터 가느다란 따스함이 스며 나와 그의 마음 깊숙한 곳까지 전해졌다. 그는 쉐장푸의 손에서 나오는 온기를 민감하게 의식했다. 그 온기는 평소보다도 뜨거웠고, 맥박 또한 더 격렬했다. 그것은 몸 안에 응축되어 있다가 거세게 용솟음치고 무너진 둑에서 쏟아져 나온 것 같은 진지한 우정의 혈류가 만든 온기였다. 그는 자신도 모르게 잡은 손을 꼭 쥐고 놓지 않았다. 그 순간 그들 두 사람은 이미 한 몸이 된 것 같았다. 뜨거운 혈류는 한 사람의 몸에서 다른 한 사람으로 몸으로 흘렀다. 이 격정적으로 맴도는 피의 파도는 누구의 것인지 분간하기 어려웠으며, 그들의 미약한 영혼 또한 서로 위로하고 의

지하면서 어느 누구도 쪼갤 수 없는 일체가 된 것 같았다.

“형!” 감동을 억누르지 못한 둥렌주의 목소리가 떨렸다. “형이 말하는 신선한 것이 뭔지 알겠소. 내가 구해 올 테니 기다리시오. 금방 다녀오겠소.” 그는 세세한 것까지 그에게 당부했다.

“좋소! 형, 어서 가시오. 가슴이 무척 아파요.” 쉐장푸는 가늘게 눈을 뜨고 고개를 끄덕인 후 몸을 돌려 도로 눈을 감았다.

셰자린에서 헤이룽 강변까지는 90리 정도의 거리였다.

구사일생으로 험준한 고개를 기어오르고 늪지대와 황량한 초원, 삼림을 가로지른 그는 이튿날 저녁, 마침내 헤이룽 강변에 도착했다.

아! 이 얼마나 아름다운 한 폭의 수채화 걸작인가. 쪽빛 헤이룽 강물은 질주하는 수만 마리의 말 떼, 또는 포효하는 거대한 짐승 같았다. 강물은 저리도 맑고 투명하고 조금도 더럽혀지지 않은 채, 오랜 세월 한시도 쉬지 않고 곡조를 연주하며, 또 꽃처럼 반짝이는 물결을 엎치락뒤치락하며 밤낮과 계절을 가리지 않고 발원지로부터 천 리를 흘러 내려온 것이다. 강 양안의 국방림은 짙은 녹색이었다. 울창한 고목과 푸르른 나뭇잎, 빽빽하고 무성한 풍경은 모두 예사롭지 않아 보였고, 강 양쪽의 순백색 모래톱은 기복을 이루며 그 끝을 알 수 없을 만큼 길게 이어져 있었다. 이름난 강돌들은 강안 주변에 흩어져 있었는데, 하나같이 보석처럼 동그랗고 반질반질하여 무척 앙증맞았고, 아기자기하고 영롱한 색깔 또한 화려했다. 그것들은 담홍색, 등황색, 짙은 회색, 옥색, 옅은 자색 등 다양한 색깔을 띠고 있었고, 어떤 것은 호박 같고, 어떤 것은 마노* 같았으며, 또 어떤 것은 명주처럼 보였고, 어떤 것은…. 푸르른 수면 위에는 배가 서너 척 떠다니고 있었는데, 거기서 들려오는 노 젓는 소리는 아주 경쾌했다. 파도가 모래사장을 때려 모래알이 흩어지는 소리도 끊이지 않고 이어졌다. 서쪽 하늘을 곱게 수놓은 붉은 노을은 이곳 거울 같은 강물에 반사되어, 강물과 하늘이 만나는 곳이 어디인지, 어디까지가 강물이고 어디서부터가 하늘인지 분간할 수 없게 했다. 몇 마리 메추라기가 곽곽 울어 대는 소리는 강변의 저 천고의 비경을 뒤흔들었고, 그 여음(餘音)은 강안 저편의 숲 속으로 깊이 침투하여 천만 개의 반향을 일으켰다.

둥렌주의 가슴엔 격정이 일었다. 그는 이 감동적인 대자연의 위대함에 흠뻑 취해 있었다. 그는 말로 표현할 수 없는 환희가 그의 가슴을 떠다니고 있음을 느낄 뿐이었다. 그는 감격을 억누르지 못하고 눈물을 흘렸다. 그는 이곳이 국경(國境)이라는 걸 알고 있었다.

"이보시오 형씨! 물고기 한 마리를 사겠소." 그는 가련하리만치 여기저기 기워진 낡은 신발을 벗어 버리고 바짓단을 걷어 올린 채 강변으로 걸어갔다. 황혼 녘 강물은 강기슭에 와서 부딪히며 맑은 소리를 발산하고 잠시 후 다시 평온을 되찾는 일을 반복했다. 식물의 잎, 지푸라기, 나뭇가지 따위들이 모래톱 근처의 수면에서 표류하고 있었다. 그는 노를 저으며 낚싯대를

---

* 석영, 단백석, 옥수의 혼합물-역주

드리운 청년을 향해 말을 건넸다.

“물고기가 어딨소, 한나절 낚싯대를 드리웠지만 한 마리도 잡질 못했소.” 청년의 대답은 마치 돌멩이 하나가 해저에 가라앉듯 그를 한동안 망연자실하게 했다.

“부탁 좀 드리리다. 돈은 더 얹어 주겠소. 사람 하나를 살리는 일이오. 내 형제가 병이 중해서 거의 죽게 되었는데, 그가 신선한 것을 먹고 싶다고 하니 물고기 한 마리만 꼭 좀 내게 파시구려.” 이렇게 말하는 가운데 둥롄주는 청년의 어선으로 뛰어올랐다.

“당신은 참 미련하구려. 내가 물고기가 없다 해도 믿질 않으니. 보시오!” 그는 곧바로 어선 바닥에 있는 광주리를 보여 주었다.

“그럼 나도 형씨와 함께 고기를 낚겠소. 한 사람이라도 더 있으면 낫지 않겠소?” 둥롄주는 집요하게 거룻배에서 내려가기를 거부했다. 그의 두 눈은 불이라도 뿜어낼 듯 조바심을 드러냈다.

거룻배는 철삿줄을 따라 강물 안쪽으로 흔들거렸다. 철삿줄은 땅속 깊이 꽂혀 있는 나무 말뚝에 묶여 있었다. 그리고 철삿줄 위에는 한 장(丈) 간격으로 돼지 피로 물들인 줄이 매어져 있었다. 각각의 낚싯줄 끝에는 날카롭게 반짝이는 찌를 달아 놓았지만, 미끼는 달려 있지 않았다. 연어는 먹이를 먹지 않는다. 그것들은 추위에도 아랑곳없이 수면으로부터 2~3척 깊이의 물속을 떼를 지어 헤엄치다 등이나 배가 강물 한가운데 드리운

찌에 걸려 포획되고 마는 것이다. "형씨, 저쪽에서 어떤 무리들이 날아오고 있는지 보시오." 둥롄주는 놀란 표정으로 강의 북쪽 라오마오쯔(老毛子) 방향의 국방림 위를 비행하는 한 무리의 새 떼를 쳐다보았다. 그는 신기하다는 듯 그것들을 향해 손짓했다.

"저것들은 꿩이라오." 청년은 고개를 들고 새 떼를 바라보았다. 그의 얼굴에는 의기양양한 웃음기가 배어 있었다.

그는 이어서 말했다. "형씨, 신선한 먹거리가 생겼구려."

"어디 말이오?" 둥롄주는 놀림을 당한 듯 어리벙벙했다.

"모르시오? 꿩이라는 놈은 말이오, 우리들과 비슷하게 인정(人情)과 생활의 안락함을 이해한다오. 시일이 좀 더 지나면 날씨가 추워져 강의 북쪽 지역은 누구라도 추위를 버텨 낼 수 없게 될 거요. 녀석들도 얼어 죽을까 두려워 이쪽 지역으로 날아오는 것이고." 청년은 득의양양 이야기를 늘어놓았다. 그는 진작부터 낚싯대를 드리우지 않고 노를 저어 배를 강 한복판으로 몰고 있었다.

"우리가 있는 이 지역이 더 따뜻하다는 걸 동물들도 모두 안다오." 둥롄주는 그 말을 듣고 솔깃했는지 감정이 고양되어 한마디 말을 더했다.

"오! 대단하군요. 보시오, 저기 꿩 한 떼가 어쩌다 강물에 떨어진 거요?" 둥롄주의 눈은 황혼으로 물든 강물 위에 떠 있는 꿩들을 신기하게 바라보고 있었다. 놈들은 강물에 빠져 거듭 날개를 퍼덕거렸지만 그럴수록 물속으로 가라앉을 뿐이었고,

나중에는 제풀에 지쳐 옴짝달싹도 못 하게 되었다.

“어쩌다 강물에 빠졌냐고요? 이건 예로부터 변하지 않는 자연의 이치요. 나는 이 헤이룽 강에서 몇 년 동안 물고기를 잡았는데, 어느 해 가을, 쉰 마리도 훨씬 넘는 꿩을 낚았지 뭐요! 나는 그동안 단번의 날갯짓에 강의 북쪽에서 남쪽으로 건너간 꿩을 한 번도 보질 못했소. 당신이 보기에 이 강은 퍽 좁아 보이겠지만, 꿩들이 날아서 건너기에는 굉장히 넓다오….” 청년은 설교투로 끝없이 말을 늘어놓았고, 둥롄주는 그가 왜 배를 강의 한복판으로 몰았는지를 비로소 알게 되었다.

“형씨, 날 좀 도와주시오. 내가 노를 저을 테니 손을 뻗어 저것들을 주워 담아 주시오.” 그는 몹시 다급했다.

둥롄주는 큼지막한 손을 뻗어 동쪽으로 흐르는 강물 속에서 깃털이 화려하고 무게가 묵직한 꿩을 연달아 세 마리나 집어 올렸다. 그는 기쁜 마음에 어쩔 줄 몰라 하면서, 속으로 꿩도 신선한 먹거리일 수 있다고 생각했다.

청년은 짙푸른 강의 한복판으로부터 강안까지 능숙하게 배를 몰았고, 미련을 가지고 두 번째 낚싯줄을 들어 올렸다. 그런데 낚싯바늘에 예기치 못한 큼지막한 열목어와 족히 열 근은 되어 보이는 연어가 걸려 있었다. 그는 그것들을 바늘에서 떼어냈다.

둥롄주는 기쁜 나머지 깡충깡충 뛰면서 그것들을 받아 들었다. 그의 눈가에는 이미 감격의 눈물이 흘러내리고 있었다.

강을 방어하는 몇 척의 포함(砲艦)이 고요하게 수면을 지나고 있었다. 함정 위를 수놓은 붉은 등, 초록 등은 하늘 저편의 밝은 별들과 혼연일체가 되어 반짝반짝 빛을 발했고….

이날 밤, 둥롄주는 배들에게 항로를 알려 주는 등불을 매단 숙소에서 묵었다. 그는 그 선량한 청년이 공짜로 준 꿩 한 마리와 3위안으로 얻은 신선한 물고기를 움집 처마 아래에다 정성껏 걸어 놓고, 밤새 단꿈을 꾸었다. 꿈속에서 그의 동료 쉐장푸는 신선한 꿩고기와 물고기를 먹은 후 위중한 병세가 많이 호전되었고, 샤오싼쯔가 사 온 약을 먹자 남은 증세가 연기처럼 사라졌다. 그들은 전과 다를 바 없이 친 혈육처럼 화목하게, 그야말로 투명한 사물처럼 서로의 마음을 적나라하게 들여다보며 살아갔다. 산가를 함께 부르며, 끝없는 들판에서 나무를 베고 숯을 태우고 사냥을 하고 또 희희낙락하면서….

다음 날 새벽 눈을 뜨니, 상대방의 얼굴도 알아볼 수 없을 만큼 짙은 안개가 온 세상에 자욱하게 내려와 있었다. 그러나 그는 집에 돌아갈 생각으로 조급하여, 앞뒤 가리지 않고 귀갓길에 올랐다. 신선한 산해진미를 등에 지고 더듬더듬 길을 찾아 걸었다. 그러다 그는 올바른 길을 찾지 못하고 결국 길을 잃고 말았다.

깨끗이 치울 수도, 한편으로 밀어낼 수도 없는 짙은 안개가 아득한 그물처럼 그의 주위를 휘감았다. 그것은 속임수처럼 그를 고통에 빠뜨렸다. 그는 어떻게도 집으로 돌아갈 수 없게 되었다. 사물을 분간할 수도, 동서남북을 판단할 수도 없었고, 새벽인지 황혼인지조차 알 수 없었다. 안개는 사라질 날이 영원히 오지 않을 것처럼 갈수록 짙어져, 그가 돌아가고자 하는 앞길을 단단히 봉쇄했다.

안개는 어느새 융모처럼 보드라운 가랑비로 변해 있었다. 가랑비가 내렸다. 물기 없는 풀과 나뭇잎 위에, 표피가 모두 벗겨진 메마른 자작나무 위에, 가로누워 있는 고산준령 위에, 조급함과 초조함으로 꽉 찬 그의 마음 위에….

짙은 안개가 그 일대 사람들의 발길을 끊어 놓았던 그날 밤 숲속에서, 둥롄주의 동료 쉐장푸의 생명의 불씨는 결국 조용히, 조용히 사그라들었다.

검은 고양이는 아무 일도 없었다는 듯이 몸을 웅크린 채 죽은 이 옆에 쪼그려 앉아 인간이 이해할 수 없는 만가를 중얼거리고 있었다.

『화문오사카마이니치(華文大阪每日)』 제8권 제9기 1942년 5월에 수록
(번역: 박민호)

왕추잉

혈채 血債

왕추잉(王秋螢) 1913~1996

1913년 푸순(撫順)에서 출생했으며 본명은 왕즈핑(王之平), 추잉은 필명이다. 1926년 푸순현 초급중학에 입학했고, 이듬해부터는 선양(瀋陽)에 위치한 육재(育才)중학에서 학업을 이어 갔다. 이 시기 왕추잉은 관내의 다양한 신문학 작품을 접하며 진보적 사상을 흡수한다. 1933년에는 친구인 천인(陳因)과 함께 선양에 있던 시절 애국 반일 운동에 참여했던 친구들을 기념하기 위해 '표령사(飄零社)'라는 문학단체를 설립하고, 『푸순민보(撫順民報)』의 문예주간지 『표령(飄零)』을 창간하며 본격적으로 창작 활동을 전개한다. 1934년부터는 선양 『민성만보(民聲晚報)』의 편집을 맡기 시작했으며, 이후 창춘(長春)의 『대동보(大同報)』, 선양의 『성경시보(盛京時報)』, 『문선(文選)』 등의 편집을 맡기도 했다. 왕추잉은 1937년 잡지 『명명(明明)』을 중심으로 발생한 '향토문예 논쟁'에서 량산딩(梁山丁) 등과 함께 만주국 사회의 현실을 폭로하는 '향토문학'을 만주국 문학의 방향성으로 주장했고, 이후에도 이러한 문제의식이 반영된 작품을 다수 창작한다. 1944년에는 만주 문학사를 정리한 『만주신문학사료(滿洲新文學史料)』를 출판하며 문학사가로서의 면모를 드러내기도 했다.

왕추잉의 문학 창작은 1933년 이후부터 1943년 시기에 집중되어 있는데, 특히 1941년 출판한 단편소설집 『거고집(去故集)』과 이듬해 출판한 『소공차(小工車)』는 그의 대표적인 소설집으로 꼽을 수 있다. 그 외에도 1941년부터 『성경시보』에 장편소설인 『하류의 밑바닥(河流的低層)』을 연재하기 시작해 다음 해 단행본으로 출판하기도 했다. 해방 직전이었던 1944년 왕추잉은 일본 헌병대의 수배를 받고 쫓기는 신분으로 잠시 상하이(上海)로 도피하기도 했지만 이내 곧 다시 선양으로 돌아온다.

왕추잉의 작품은 식민지 만주국에 대한 일본의 경제적 약탈로 인해 고통받는 민중, 노동자, 농민들의 생활을 사실적으로 묘사한 것이 큰 특징이다. 이를 반영하듯 왕추잉의 소설은 탄광촌으로 유명한 자신의 고향 푸순을 배경으로 광산과 광부를 소재로 하는 작품들이 다수를 차지하고 있다. 또한 어린 시절 토지 매판에 저항하다 여러 번 투옥을 경험했던 아버지의 영향을 받아 왕추잉의 작품에 등장하는 인물들은 불합리한 상황에 대해 강한 저항 정신을 보여 주는 경우가 대다수이다. 이렇듯 왕추잉의 작품은 만주국 민중들의 애환과 이들이 겪는 잔인한 현실을 폭로하는 데 초점을 맞추고 있다.

본 역서에 수록된 「혈채(血債)」 역시 식민지배자들의 침략과 경제적 수탈로 인해 고통받는 농민의 현실을 사실적으로 그려 낸 작품이다. 왕추잉은 해당 작품을 통해 일본인들의 유입으로 변질된 만주 농촌의 풍경을 묘사하는 동시에 가난한 농민들을 수탈하는 매판 세력의 횡포를 고발한다.

_ 정겨울

혈채

1

"여보, 날이 곧 밝아요, 빨리 일어나서 추수하러 가야지요. 죽은 돼지마냥 여태까지 자면 어떡해요! 아이, 일어나요! 빨리 일어나라고요!"

때가 탄 창호지에 새하얀 빛이 스며들고 있었다. 이불 속에서 일어난 황진성(黃金生)의 아내는 옆에서 죽은 개처럼 누워 단잠에 빠져 있는 남편을 쉰 목소리로 깨웠다.

고된 노동에 지친 황진성은 어젯밤 구들장에 눕자마자 일찍 잠이 들었건만, 여전히 꿈에서 깨어나지 못하고 있었다. 아내가 옆에서 아무리 소리쳐도 일어날 기미가 보이지 않았다.

뿌연 방 안은 어둠 속에서 어수선한 윤곽만 보일 뿐이었다. 공기가 차가웠다. 꽉 닫히는 법이 없는 엉성한 창문 틈 사이로 새벽녘 가을바람이 스며들어 왔다. 매서운 가을 추위에 그녀는 자기도 모르게 몸을 떨었다.

성냥을 긁자 노란 불꽃이 생기더니 이내 컴컴한 아궁이를 밝게 비추어 주었다. 불꽃은 아궁이의 장작을 태웠고, 얼마 지나지 않아 솥뚜껑에서는 하얀 수증기가 피어올랐다. 차가운 공기와 뜨거운 공기가 뒤섞여 생긴 연기가 어두컴컴한 방 안을 가득 메웠다. 방 안은 마치 회색빛의 안개가 가득 찬 것 같았고, 더욱 뿌옇게 변해 갔다.

그녀는 펄펄 물이 끓고 있는 솥에 어젯밤 미리 준비해 두었던 쌀을 넣은 뒤, 방으로 들어가 여전히 잠을 자고 있는 남편을 다시 깨웠다.

"일어나요! 밥도 다 됐어요!"

단잠에 빠져 있던 황진성도 더는 게으름을 피우며 누워 있을 수만은 없었다. 그는 굵고 시커먼 팔과 낫자루를 하도 쥐어 굳은살이 박인 두 손을 이불 밖으로 꺼냈다. 허리를 쭉 펴며 입으로는 알 수 없는 소리를 중얼거렸다. 그러고는 계속해서 단잠을 자려는 듯 몸을 한 번 뒤집었다. 구들장에 서 있던 아내는 그 틈을 타 남편을 흔들며 더욱 큰 소리로 말했다.

"죽은 돼지 같으니라고! 늦었어요, 태양이 중천에 뜰 때까지 잠만 잘 거예요? 일어나요! 일어나!"

그는 다시 한번 몸을 뒤척이더니 눈곱이 가득한 두 눈을 거슴츠레하게 떴다. 하얀 창호지를 멀뚱히 바라보다 그제야 늦었다는 것을 깨달았다. 그는 더 이상 게으름을 피우지 못하고 즉시 구들장에서 몸을 일으켰다.

황진성은 땀과 먼지투성이인 솜저고리를 걸쳐 입고, 세수할 겨를도 없이 아내가 갓 지은 뜨거운 밥을 허겁지겁 먹어 치웠다.

집을 나서자 하늘은 이미 완전히 밝아 있었고, 동쪽 지평선 회백색 구름 사이에서는 아침노을이 붉은 미소를 비추고 있었다. 북쪽 땅의 가을 아침에는 얼음 같은 냉풍이 휘몰아쳤다. 추위가 빨리 찾아오는 이 지역에는 끝없는 황야가 눈앞에 펼쳐져 있었다. 가을 길은 빛바랜 잿빛 띠처럼 구불구불 아득히 먼 곳까지 뻗어 있었다.

황량한 마을을 둘러싸고 있는 높은 산과 양옆의 초원은 이미 푸른색에서 누런색으로 옷을 갈아입었고, 먼 산도 짙은 보라색으로 변해 있었다. 이슬이 깔린 회백색 땅 위에는 짓밟힌 낙엽들이 처량하게 널브러져 있었다.

밭 근처에 다다른 황진성의 눈에는 수많은 점처럼 늘어서서 밭에 있는 작물을 수확하고 있는 사람들의 모습이 들어왔다. 바짝 마른 작물은 허연 낫 아래 흔들리며 신음했다. 낫질이 끝난 밭은 회백색과 녹색의 빈 공간을 불쑥 드러냈다. 아직 낫이 지나가지 않은 자리에는 아침 바람에 흔들리는 농작물이 불규칙한 물결을 만들며 쉭쉭 소리를 냈다.

"황진성! 자네 또 늦었구먼!" 누군가가 그에게 소리쳤다.

"늦잠을 잤지 뭐야, 마누라가 깨워 주지 않았으면 지금까지도 자고 있었을 걸세!" 그는 민망한 듯 손에 쥔 낫을 흔들며 옆에 있는 동료에게 조용한 목소리로 말했다. 그러고는 쓴웃음을 지으며 자기와 약간 떨어진 자리에 서 있는 새로 이사 온 마을 주민들을 슬쩍 쳐다보았다.

"예전처럼 자기 집 밭일을 하는 게 아니라고, 어떻게 늦잠을 잘 수가 있나?" 옆에 있던 동료가 그를 책망하면서 경고하듯 말했다. 그러나 여전히 낫질은 쉬지 않았다.

봄에 씨를 뿌리고 가을에 수확하는 것은 오랫동안 이어져 온 관습이었지만 수확량은 전과 같지 않았다. 더군다나 예전에는 밭에서 작물을 수확하면 자기 집으로 가져갈 수 있었다. 그러나 원래 지주였던 사람들이 지금은 완전한 소작농 신세가 되어 남을 위해 수확을 해야 했고, 노동의 대가로 돈을 받아 생계를 유지해야만 했다.

황량한 벽촌에 불과했던 마을은 주변 환경의 변화에 따라 새로운 모습으로 바뀌어 갔다. 기름 공장, 쌀 공장이 지어졌고 무슨 소비조합이라는 명칭도 생겨났다. 이곳 토착민들에게는 모두 낯선 것들이었다. 이들은 소비조합 안에 있는 신기한 물건들의 이름조차 알지 못했다.

과거 이 지역은 한동안 상당히 혼란스러운 시기를 거쳤는데 그야말로 농민과 비적을 구분할 수 없는 상태였다. 지금은 새로 이주해 온 주민들로 인해 치안이 많이 나아졌고, 그러면서 마을 사람들의 생활 방식 역시 변화했다.

"황 형, 요새도 마누라랑 자주 싸우나?" 별명이 '사팔뜨기'인 동료 루잔이(鲁占一)가 얼굴을 돌리며 별생각 없이 물었다.

"싸우는 게 어때서? 사팔뜨기, 그럼 자네는 마누라와 안 싸우나?" 황진성은 시답잖다는 듯 반문했다.

황진성과 그의 아내가 자주 다툰다는 것은 이미 알 만한 사람은 다 아는 사실이었다. 황진성은 소작농 생활을 하게 된 이후부터 무슨 이유에선지 늘 조바심을 냈다. 그래서 조그만 일로도 아내와 심하게 다투었다. 그러나 싸운 이후에는 항상 자기가 잘못했다고 후회하며 만나는 사람들마다 하소연을 했다.

가을 아침의 태양은 이미 하늘 높이 솟아올라 황금색의 따스한 빛을 비추고 있었다. 황금빛 초원 위에는 녹아내린 성에가 투명하게 빛나는 이슬로 변해 있었다.

태양이 따스한 온기를 쏟아붓자 밭일을 하던 사람들은 모두 몸에 열이 오르는 것을 느꼈다. 대다수 사람들이 두꺼운 솜저고리를 벗어 던졌다. 황진성도 솜저고리를 벗었다. 그러면서 그는 자기가 서 있는 곳에서 얼마 떨어지지 않은 곳에 있는, 일찍이 자신의 소유였던 땅을 지그시 바라보았다. 그의 마음속에는 말로 표현할 수 없는 실의와 슬픔의 감정이 북받쳐 올라왔다.

황진성은 본래 본분을 지키는 농민이었지만 지금은 성격이 완전히 변해 버렸다. 예전에 그는 돈 한 푼도 허투루 쓰는 법이 없었다. 그러나 지금은 하루 종일 고된 노동으로 번 돈을 마을에 새로 개업한 술집에 가서 몽땅 써 버리곤 했다.

황진성은 친구 캉궈량(康國亮)의 말이 옳다고 생각했다. 하루 종일 힘들게 일했는데 잠깐의 즐거움도 없다면 다 무슨 의미가 있단 말인가? 게다가 이까짓 돈은 모아 봤자니 그저 하루 벌어 하루 즐겁게 살면 그만인 것이었다.

정오, 점심을 먹은 후는 모두가 가장 신이 나 활기차게 떠드는 시간이었다. 사람들은 이 시간이 되면 우스갯소리를 하며 잡담을 했다. 그래야만 반나절 동안의 고된 노동의 피로를 해소할 수 있을 것만 같았다.

“내가……내가……내가 어……어제…….” 장카바(張喀叭)는 말을 더듬었지만 스스로는 말하는 데 어려움을 전혀 못 느끼는지 모두들 한곳에 모이기만 하면 제일 먼저 말할 기회를 가로채서는 끝낼 줄을 몰랐다.

“자네가 뭐? 또 허풍을 떨려고?” 캉궈량은 말하느라 힘이 들어 얼굴이 벌게진 장 씨를 보며 그의 말이 끝나기도 전에 놀려댔다.

“아니야. 캉 형, 내버려 두게나.” 캉궈량이 장 씨의 말을 가로막자 사팔뜨기 루 씨는 기분이 상했다. 장 씨가 항상 이들의 대화에서 웃음거리가 되었기 때문이다.

“허…허….허풍, 어, 어, 어제 내가, 시, 시, 시, 시내에 갔……갔, 갔는데, 한참 동안, 가, 가서……”

“무슨 식당 같은 데서 밥을 먹었다고? 그렇지?” 또 다른 사람이 이어서 물어봤다.

말더듬이 장 씨는 자신을 경멸하고 놀리는 상대방의 눈빛은 전혀 느끼지 못한 채 계속해서 말을 이어 갔다.

“먹었, 어, 아주, 아주……아주 큰 여러 개…..개, 자, 자네들……삼, 삼……삼선 교자…..가, 뭐, 뭔지…….아나?……알, 알려주지……돼지고기……부추……추……닭고기……”

“개소리하지 마! 도대체 누구한테 들은 거야!” 캉궈량이 욕지거리를 하자 사람들이 떠들썩하게 웃어 댔다. 이들의 웃음소리에 말더듬이 장 씨의 마지막 말은 묻혀 버렸다. 그러나 그는 전혀 굴욕적이라고 느끼지 못한 채 여전히 자신이 값비싼 음식을 먹었다는 이야기를 이어 갔다.

“말더듬이! 자네 아직도 개소리를 하고 있나? 자네가 어제 집 안에 드러누워 있는 걸 본 사람이 있다고. 자네 같은 사람이 그 망할 놈의 삼선 교자를 먹어 봤다니, 자기가 하루에 얼마를 버는지 잊었나 보군!” 캉궈량의 마지막 말을 듣고 신이 난 황진성도 덩달아 장 씨를 욕했다.

이에 말더듬이 장 씨는 마음이 급해졌다. 그러자 말하는 것이 더 우둔해졌다.

“자네……자네……제길 못 믿어? 믿어?……내가 어제, 어제……마……만났어, 리(李) 십장……십장을, 같이 유……유, 유곽도 갔다고……”

그러자 모두가 큰 소리로 떠들썩하게 웃었다. 웃음소리는 마치 봄날의 우레처럼 들판으로 퍼져 나갔다.

하지만 그 가운데서 웃지 못하는 사람이 하나 있었다. 바로 황진성이었다. ‘리 십장’이라는 세 글자가 그의 마음을 심란하게 만들었다. 그는 마치 큰 타격을 받은 것만 같았다.

리 십장, 그의 이름은 리주안(李久安)으로 마을에 온 지는 채 일 년도 되지 않았다. 비록 그는 재산이 없었지만 그렇다고 매일 고된 노동을 하는 것은 아니었다. 그는 이곳에 새로 이주해 온 주민들에게 노동력을 대 주는 일을 하며 충분한 돈을 벌 수 있었기 때문이다.

올봄, 황진성은 일자리를 찾기 위해 리 십장과 안면을 트게 되었다. 왜냐하면 황진성 본인이 직접 새로 온 주민들로부터 일거리를 얻을 수는 없었기 때문이었다. 그런데 그때쯤부터 리 십장은 갖가지 방법을 써서 황진성의 젊은 아내를 꾀어내려고 했다. 리 십장은 한동안 이런 생각을 접었던 적도 있었으나, 최근 황진성과 그의 아내가 자주 다툰다는 것을 알게 되자 이 기회를 틈타 다시 집적거리기 시작했다.

2

북서풍이 몇 차례 지나가자 날씨가 급격히 추워지기 시작했다.

나뭇가지의 잎은 이미 모두 떨어져 버렸고, 추수가 끝난 들판은 검누른 색으로 변해 있었다. 간혹 햇빛이 좋을 때도 있었지만, 차가운 바람이 황량한 마을을 스쳐 갈 때면 사람들은 곳곳에서 겨울날의 전율을 떠올렸다.

하늘은 납빛으로 변했고, 군량과 마초 더미는 땅에 있는 초가집보다 더 높게 쌓여 있었다. 추수철이 끝나면서 일거리가 없는 마을 사람들은 한가로운 생활을 보냈다. 마을은 쥐 죽은 듯 조용했다.

마을 동편에 있는 아편관에서는 뿌연 연기 속에서 얼굴이 검누르스름하게 뜬 수많은 사내들의 모습이 흔들리고 있었다. 긴

나무판 위에 놓인 말라비틀어진 누런 연등*에서는 굵고 노란 빛이 뿜어져 나왔다. 이곳은 그야말로 개구멍같이 지저분했다. 그러나 아편쟁이들은 이곳을 마치 천국과 같이 여겼다.

사실 이곳을 떠나지 못하는 사람들 대부분은 부근에서 일하는 노동자들과 추수를 끝낸 마을 사람들이었다. 그러나 이들이 꼭 아편을 피우는 것은 아니었다. 그들의 진짜 목적은 여기에 있는 십장을 찾아 일거리를 얻는 것에 있었다.

“리 형, 요 며칠 시내에 재미 좀 보러 갔었는가?” 리 십장 곁에 누운 사람 하나가 아편을 다 피우고 차를 한 모금 마시더니 기운이 난다는 듯 그에게 물었다.

리 십장은 마침 다른 사람이 그에게 말아 준 아편을 피우느라 정신이 없어 잠시 대답이 없었다. 그는 ‘쉭쉭’ 아편을 피우고는 편안하다는 듯 마지막 한 모금을 코로 뿜어냈다. 그러고는 무언가를 골똘히 생각하는 듯 잠시 멈췄다가 천천히 입을 열었다.

“아니, 그렇잖아도 가서 며칠 좀 놀아야겠는걸! 제기랄, 그래도 거기가 재미가 있단 말이지, 아편 한 대를 피워도 계집들이 수발을 드니, 정말이지 추이훙(翠红) 그 계집이 아편 하나는 끝내주게 만단 말이야!”

“흠, 자네 중독된 거 아닌가?” 옆 사람이 다시 물었다.

“무슨 망할 놈의 중독이야, 할 일도 없는데 그럼 뭘 한단 말인가?”

---

* 아편을 피울 때 불을 붙이는 작은 등-역주

리 십장 맞은편에 누워 연등을 지키던 자는 또다시 새로 만 아편을 그의 면전에 대령했다. 그는 그것을 받아 들고 불을 붙인 후 다시 한 모금을 들이마신 후 몸을 반쯤 뒤집었다. 그는 게슴츠레하게 뜬 두 눈으로 낮고 지저분한 지붕을 쳐다보며 혼잣말을 중얼거렸다.

"지난 달에 시내에 갔을 때 정말 좋았다지! 목욕탕에 가서 실컷 목욕도 하고. 그 '물오리'*는 얼마나 예쁘고 살이 뽀얗던지, 난생처음으로 그런 맛을 보았지 뭐야, 정말 좋단 말이야, 그 계집들이란…."

그는 이렇게 혼잣말을 하고는 크고 누런 앞니를 드러내며 웃었다. 야생말처럼 생긴 얼굴 위로 소름 끼치는 주름이 불쑥 드러났다.

웃음소리와 말소리가 사람을 자극하는 연기 냄새 속에 섞여 들어갔다. 그곳에 있는 사람들은 바깥의 추운 바람 따위는 까맣게 잊고 있었다.

이때, 아주 낡고 짧은 솜저고리를 입은 사내 하나가 리 십장 앞에 나타나 말을 걸었다.

"리 십장, 요 며칠 사람 쓰는 데가 없는지요?"

리 십장은 두 눈을 살며시 뜬 채 방금 전 자기가 한 말의 달콤함을 곱씹고 있었다. 그러던 중 이런 소리를 듣자, 그는 두 눈을 크게 뜨고 자기 앞에 서 있는 사람을 쳐다보며 성가시다는

---

* 창녀를 뜻하는 은어-역주

표정을 지었다. 그는 한참을 침묵하다 반문하듯 물었다.

"요 며칠 무슨 일이라도 있는가?"

그런데 이 말을 마친 후 리 십장은 떠다니는 담배 연기 속에서 자기 눈앞에 서 있는 사람이 바로 황진성의 이웃인 루잔이라는 것을 알아챘다. 그러자 그는 무슨 일이라도 생각난 듯이 목소리를 부드럽게 가다듬고는 다시 말했다.

"사팔뜨기, 자네 좀 앉아 보게."

사팔뜨기로 불리는 루잔이는 순순히 그의 다리맡에 앉았다. 그는 리 십장의 얼굴을 쳐다보며 아무 말도 하지 않았다.

"저기 말이야, 황진성은 요새도 아내와 자주 싸우나?"

"자주 싸우는 것은 아닙니다."

"뭐가 자주가 아니라는 거야, 듣자 하니 그 집은 허구한 날 싸운다던데." 리 십장은 사팔뜨기 루잔이의 말에 불쾌한 기색을 드러냈다.

"싸우기는 싸우지요, 그러나 매일 싸우지는 않습니다요." 사팔뜨기 루 씨는 상대방의 불쾌한 기색을 보고는 말을 살짝 바꾸었다.

"왜 그리 자주 싸우는 건가?"

"왜 싸우는지는 아무도 모르지요, 아무튼 사내놈이 일이 없이 놀고만 있으니, 성질을 안 부릴 리 있겠습니까만."

"그 집 아내는 남편을 원망하진 않고?"

"그렇다고 또 남편을 그렇게 미워하지는 않습니다. 황 형 아내는 그래도 꽤 인내심이 있거든요."

리 십장은 또다시 두 눈을 감았다. 그는 말없이 생각했다. 감은 눈 속에서는 황진성 아내의 고운 모습이 아른거렸다. 큰 눈, 긴 속눈썹, 이마 앞에 늘어뜨린 새카만 앞머리….

"사팔뜨기, 가지, 내가 술 한잔 사겠네." 리 십장은 갑자기 몸을 뒤집어 일어나더니 앉아 있던 루잔이에게 아주 친절하게 말했다. 그러고는 옷 주머니에서 방금 핀 아편 값을 꺼내 아편 바구니에 넣었다. 루잔이는 이런 과분한 대우를 받자 기뻐 놀라면서도 한편으로는 불안감을 느꼈다.

아편관을 나서자 방금까지 아편 연기 때문에 흐리멍텅했던 루잔이의 머리는 찬바람에 의식이 돌아오는 듯했다. 동시에 그는 리 십장의 의도를 알아차렸다.

멀지 않은 진흙 길을 걸은 후, 리 십장은 그를 주변에 있는 작은 음식점 안으로 데리고 들어갔다.

식당 안에는 손님이 한 명도 없었다. 빨간 칠을 한 목재 식탁 몇 개만이 반지르르하게 빛을 내며 덩그러니 놓여 있었다. 적막한 식당 분위기에 리 십장은 더욱 만족했다. 식당 점원은 리 십장이 들어서자 아주 반갑게 인사를 했다.

두 사람은 외진 구석 자리에 앉아 요리 두 개와 데운 술을 시키고는 천천히 술을 마시기 시작했다. 점원은 멀찌감치 서서 멍한 표정으로 두 사람을 쳐다보고 있었다.

술 두어 잔이 배 속에 들어가자 리 십장은 또다시 빙그레 미소를 지으며 루잔이에게 낮은 목소리로 말했다.

"사팔뜨기, 자네 내 뜻을 알겠는가?"

루잔이는 천성적으로 약삭빠른 사람이었기에 상대방이 용의를 내비치기도 전에 이미 그 의도를 알아차리곤 했다. 좀 전의 불안감은 어디 갔는지 그는 즉시 대범한 태도로 돌변했다.

"다 알고 있습니다."

"안다고? 그러면 일이 쉽겠군, 내가 일전에 말더듬이 장 씨에게 부탁을 했건만, 그 개자식은 영 글러 먹었어. 그 여자한텐 접근도 못 하고는 온갖 허풍만 떨고 말이야, 제대로 할 줄 아는 것은 하나도 없다니깐. 자네가 말해 보게, 그 여자를 손에 넣을 수 있겠는가!" 리 십장의 얼굴은 흥분해서인지, 술기운이 올라서인지 점차 벌겋게 달아올랐다. 그의 두 눈은 루잔이의 사팔뜨기 눈을 뚫어져라 쳐다보고 있었다.

루잔이는 잠시 침묵하더니 이내 천천히 입을 열었다.

"지금 당장은 쉽지 않습니다. 적당한 기회를 찾아야죠."

"무슨 기회?"

"가장 좋은 것은 그가 집에 없을 때입니다. 그렇지 않다면…" 루잔이는 잠시 생각에 잠겼다가 말을 이어 갔다. "아시다시피, 일거리가 없어 그가 매일 집에서 놀기만 한다면 분명 집안 사정이 좋지 않을 겁니다. 일이 생긴다 해도 또 그 돈으로 술을 마시러 갈 테고, 돈을 술 마시는 데 다 쓰면 두 사람은 또 싸움을 하겠죠. 싸움을 자주 할수록 그 아내는 속이 상할 테고요. 이때를 기회로 삼으면 뭘 좀 해 볼 수 있을 겁니다."

리 십장은 한동안 골똘히 생각하더니 상대방의 말을 인정하는 듯 고개를 끄덕였다. 그러더니 잔에 남아 있는 술을 단숨에

배 속에 부어 넣고는 사팔뜨기 루 씨에게 말했다.

"그렇다면 기회를 봐서 자네가 나를 도와주게, 공짜로 부탁하는 게 아냐."

술 한 주전자를 다 마시자, 리 십장은 고기 국수 두 그릇을 주문했다. 이때 밖에서 재킷을 입은 세 사람이 식당으로 들어왔다. 리 십장과 루잔이의 대화는 중단되었다. 세 사람 중 두 사람이 요리를 주문하자, 나머지 한 사람은 밖에서부터 하고 있었던 얘기를 이어 나갔다. 새로운 주민과 관련된 어떤 일을 이야기하는 듯했다. 그들은 새로운 주민들을 항상 '작은 부대'라고 불렀다. 리 십장은 그들의 이야기는 들을 생각이 없었다. 그는 그저 접시에 남은 음식을 집어 먹는 데 열중하며 주문한 국수를 기다렸다.

국수가 막 나오자 밖에서 또다시 두 명의 손님이 식당으로 들어섰다. 한 명은 짙은 남색의 양복을 입고 있었고, 다른 한 사람은 협화복*을 입고 있었는데 나이는 모두 중년 정도로 보였다. 손에는 가죽 가방을 들고 있었다. 그들은 식당에 들어서자마자 먼저 외투를 벗었다.

두 사람의 옷차림은 마을에서 흔히 볼 수 있는 것은 아니었지만 이미 익숙한 것이었다. 루잔이조차도 이들이 먼 곳에서 온 여행자라는 것쯤은 알고 있었다. 왜냐하면 이 지역에는 깔끔하게 차려입고 관광을 하러 찾아오는 사람들이 많았기 때문이다.

---

* 만주와 일본이 한마음 한뜻임을 강조, 상징하기 위해 제작된 국민복-역주

두 사람은 식사를 하기 위해 식당에 온 것이 아니었는지 그저 국수 두 그릇만을 주문했다. 그리고는 식당 내부의 장식들을 흥미롭다는 듯이 둘러보았다. 동쪽 편에 있는 방구들과 그 위에 놓인 작은 책상, 벽에 걸린 재물신의 초상화는 그들에게 모두 흥미롭게 다가왔다.

두 사람은 담배에 불을 붙이더니 앞서 들어온 세 사람과 이야기를 하기 시작했다. 그러고는 이곳의 생활환경을 비롯해 주민들이 서로 왕래를 하는지 등을 물었다.

"저희는 별로 왕래를 하지 않습니다. 말도 잘 안 통하고요." 세 사람 중 한 사람이 간단하게 대답했다.

"당신들은 같은 공간에서 자주 어울리지 않나요? 혹시 마음이 맞지 않아 싸우거나 한 적은 없고요?" 양복을 입은 사람이 담배 한 모금을 피우며 푸른 연기를 뿜더니 물었다.

"흔하지는 않습니다."

"있을 경우에는 어떻게 해결을 합니까?"

재킷을 입은 세 사내는 이와 같은 갑작스러운 질문이 다소 생소하다고 느꼈지만 이내 그 의미를 알아차렸다.

"우리가 있는 마을의 촌장은 정말이지 저희에게 아주 잘 대해 줍니다. 어쩌다 우리와 그들이 말다툼이라도 하게 되면 촌장은 항상 자기네 사람들이 잘못한 것이라고 하지요. 그러니 누가 그들과 다투겠습니까?"

계속해서 이어지는 대화는 이곳 사람들의 생활 현황에 관한 것이었다. 그러나 리 십장과 루잔이는 그들의 대화를 자세히 들을 마음이 없었다. 리 십장이 서둘러 돈을 지불했고 그들은 차례로 식당을 나갔다. 그들이 나중에 들어온 손님 두 명의 곁을 지나가다 보니, 그 두 사람은 다른 한 명이 건네준 거주 증명서와 대동(大同)불교회 회원 증서를 흥미롭다는 듯이 자세히 들여다보고 있었다.

태양은 이미 서쪽으로 기울고 있었다. 쭉 뻗은 진흙길은 행인 하나 없이 고요했다. 이따금씩 괴상한 모양의 고쟁이와 통이 좁은 바지를 입은 여자 한두 명을 마주쳤지만, 그들은 별로 관심을 두지 않았다.

헤어질 무렵, 리 십장은 더 이상 루잔이를 '사팔뜨기'라고 부르지 않았고, 오히려 아주 친근한 목소리로 '루 형'이라고 불렀다.

"루 형, 내일 시간 있을 때 내가 자네를 찾아가겠네."

루잔이는 기뻐하며 집으로 향했다. 차가운 바람이 그의 검은 얼굴을 스쳐 지나갔다. 집 문에 막 들어서자 남녀가 싸우는 소리가 들렸다. 그는 황진성이 또 아내와 말다툼을 하고 있다는 것을 알아챘다. 그러고는 이것이 좋은 기회라고 생각했다. 그는 집 문 난간에 들어서자마자 자신의 아내에게 말했다.

"황 형네가 또 싸우는가 보군. 정말이지, 항상 저런다니까, 당신이 그 집 아내를 우리 집으로 데려와 좀 달래게나."

3

마을 사무소에서 명령이 떨어졌다. 패장*들은 집집마다 찾아가 다음과 같은 소식을 전했다.

"마을 사무소에서 산에 들어가 벌목을 하고 도로를 만든다고 하네. 비적들이 숨어 지낼 곳도 없앨 겸 말일세. 지원해서 가는 사람은 하루 일당이 3원이고, 그렇지 않으면 할당금을 내야 하네."

일거리가 없어 놀고 있는 사람들이 할당금으로 낼 돈이 어디 있단 말인가, 게다가 이들은 하루 일당이 3원이라는 것에 혹했다. 이는 그들에게 상당히 큰 금액이었다. 꽤 많은 사람들이 자원해서 군부대를 따라 산으로 들어갔다.

할 일 없이 놀고 있던 황진성도 그중 한 명이었다.

이튿날 새벽녘, 남루한 차림의 사람들이 마을 사무소 앞에 모여 출발 준비를 하고 있었다. 날씨는 음침했다. 아직 늦가을이었지만 차가운 날씨는 엄동설한이나 다를 바 없었다.

흑연 같은 눈 먹구름이 몰려 있는 지평선에는 태양의 그림자조차 보이지 않았다. 그저 먼 곳 동쪽 지평선 위에 뜬 엷은 회색빛 먹구름 속에서 회색 종이 위에 누런색을 덧칠한 듯 뿌연 황색빛 한 조각만이 보일 뿐이었다. 계속해서 불어오는 서북풍에

---

* 청대 보갑제도에서 유래한 것으로, 10호(戶)를 1패(牌)로 이를 관리하는 우두머리를 의미한다.-역주

뿌연 황색 구름 그림자는 빠른 속도로 엷은 회색빛으로 변해 갔다.

“눈이 오려나 보군.” 누군가 음산한 하늘을 보며 고개를 움츠린 채 떨리는 목소리로 말했다.

땅은 이미 하얀 얼음이 얇게 깔려 있었다. 사람들의 발은 점점 무감각해지고 있었다. 하지만 오랫동안 추운 빙원에 살던 사람들은 이러한 추위를 두려워하지 않았다.

그들이 군부대를 따라 산으로 들어가기 시작하자 먹구름은 점차 걷혔다. 그러나 찬 바람은 더욱 거세게 불어왔다. 바람이 황량한 들판을 휩쓸고 지나갔고, 하늘의 회색 구름은 질주하는 말처럼 날아올랐다. 이따금 구름에 뒤덮였던 차가운 태양이 검노란 얼굴을 드러냈다.

날씨가 개기 시작하자 음울했던 사람들의 마음도 밝아지기 시작했다. 그러나 여전히 따듯한 온기라고는 찾아볼 수 없었다. 불규칙적으로 뿔뿔이 흩어져 있는 무리의 행렬은 찬 바람을 직격으로 맞았다. 아무도 말을 하지 않은 채 그저 묵묵히 얼어붙은 땅을 밟으며 산속으로 걸어 들어갈 뿐이었다.

얼음장처럼 매서운 산바람이 산을 타고 내려오면, 무리는 마치 검은 실처럼 기복이 심한 산길을 따라 꿈틀거렸다.

울창한 삼림은 여전히 원시의 모습을 그대로 간직하고 있었다. 번들번들 빛나는 나무의 가지들이 뽐내듯 하늘을 향해 뻗어 있었다. 사람의 손길이 한 번도 닿지 않은 밀림은 음침하고 묵직한 기운을 드러내고 있었다. 바람은 나무 위에서 빙빙 돌며 비참하게 울부짖는 소리를 냈다.

인간과 자연의 대결은 바로 이 깊은 산속 밀림에서 시작되었다.

저녁노을이 점차 산을 감싸기 시작했다. 노동의 피곤함도 함께 밀려왔다. 작업이 중지되고 밥 먹는 시간이 되었다. 식량을 미처 준비하지 못한 사람들은 군인들이 솥을 설치하여 밥을 짓는 모습을 보자 비로소 자신들의 실수를 깨달았다. 하지만 지금 와서 후회해 봤자 소용이 없었다. 그들은 그저 배고픔의 고통을 참는 수밖에 없었다. 피로와 배고픔, 추위가 사람들의 몸과 마음을 관통했다. 그나마 군인들이 식량을 준비하지 못해 굶주리고 있는 사람들에게 먹고 남은 음식을 주었고, 일부 마음씨 좋은 사람들은 자기가 준비해 온 식량을 조금씩 나눠 주기도 했다. 이렇게 해서 그들은 겨우 허기를 달랠 수 있었다.

밤이 깊어지자 황량한 산림은 더욱 추워졌다. 차가운 초승달이 동쪽에서 솟아올랐다. 달은 희뿌연 빛을 내뿜으며 뭇 산들의 검은 윤곽을 따라 곡선을 그려 냈다. 뭉쳐 있는 공기는 마치 떠다니는 얼음덩이 같았고, 뼛속까지 스며드는 찬 바람은 사람들의 피부를 잔혹하게 파고들었다. 군인들이 장막을 치고 잠자리에 드는 모습을 보자, 멀뚱거리며 있던 사람들도 잠자리에 들어 하루 동안의 피로를 해소하고자 했다. 그러나 얼음장같이 차가운 땅에서는 도저히 잠을 잘 수 없었다.

황진성은 집을 떠올렸다. 비록 낡고 초라한 집이었지만 춥고 황량한 산림에 비하면 분명 아늑한 곳이었다.

지금 황진성의 집은 정말 온기가 가득할까?

누런 등불 한 쌍이 여인의 아름다운 자태를 비추고 있었다. 이 여인은 쓸쓸히 등불 아래 앉아 겨울에 남편에게 줄 낡은 솜저고리를 바느질하며 속으로는 잡다한 일을 생각하고 있었다. 딴생각을 하는 탓에 바늘이 자꾸만 손에서 엇나갔다.

집안 살림을 생각하자 그녀의 마음은 더욱 무거워졌다. 점점 변해 가는 남편의 성격도 그녀를 고통으로 몰아넣었다. 남편과의 말다툼은 그럭저럭 참을 수 있었다. 하지만 그가 하루 종일 번 돈 대부분을 술집에서 써 버리는 것만은 참을 수 없었다. 수중에 돈 한 푼 없이 언제까지 버틸 수 있단 말인가.

적막한 밤, 음울한 슬픔이 한없이 펼쳐졌다.

황량한 마을의 겨울밤, 공기는 죽은 듯이 적막했다. 창문 밖의 찬 바람만이 '사박사박' 창호지를 두드리며 적막한 밤의 처량함을 더해 갔다. 이따금씩 먼 곳에서 들리는 개 짖는 소리가 밤의 처량함을 더욱 길게 늘어뜨렸다. 마치 슬픔이 큰 소리로 울부짖는 것 같았다.

방 안의 공기는 차가웠다. 여인의 두 손은 무감각하고 둔해졌다. 이때, 무슨 일인지 그녀의 마음속에 한 남성의 얼굴이 떠올랐다. 길고 기름진 얼굴, 크고 누런 앞니….

그녀는 "퉤" 하고 침을 뱉으며 속으로 자기 자신을 경멸했다. 왜 그 사람이 생각난 것인가, 실로 이상한 일 아닌가.

그러나 그 사람은 그녀의 마음 한구석에 확실하게 자리를 잡고 있었다. 그는 일전에 몇 번 기회를 틈타 그녀의 집에 온 적이 있었다. 최근에는 이웃집 사팔뜨기 루 씨 집에서 그를 두어 번 마주친 적이 있었다. 그녀는 그를 떠올리면 혐오감이 일었지만, 몇 번 말을 섞은 이후로는 그가 그리 나쁜 사람은 아니라는 생각이 들기도 했다. 게다가 루잔이 부부를 비롯해 말더듬이 장 씨 역시 예전부터 항상 그가 마음씨 좋은 사람이라고 칭찬했다.

그녀가 잊지 못하는 일, 그러나 남편에게는 비밀로 해야 했던 사건은 나흘 전 발생했다. 그가 루잔이의 아내를 통해 그녀에게 옷감을 선물한 것이다. 이유는 그녀의 가난한 상황이 불쌍해 보여서였다.

—이게 무슨 의미란 말인가?

선물을 받는 것이 왠지 불안했지만, 그녀는 무슨 심정에서였는지 결국 그 선물을 수락했다.

여기까지 생각이 미치자 그녀는 마침 남편이 없는 틈을 타 그 옷감의 아름다운 무늬를 자세히 살펴보고 싶었다. 그녀가 옷감을 싼 종이 포장을 막 걷어 올리려는 순간, 바깥에서 어슬렁거리는 발소리가 들렸다.

그녀는 종이로 바른 창문 위쪽에 난 작은 유리 구멍으로 고개를 내밀고는 불안한 듯 밖을 쳐다보았다. 심장이 세차게 뛰기 시작했다.

은색 달빛 아래 한 남성의 형체가 불쑥 나타났다.

—바로 그 사람이었다! 맙소사! 이게 무슨 일인가!

가볍게 문을 두드리는 소리가 들렸다.

그녀는 본래 약간 둔한 성격의 소유자였지만, 이 순간 그가 찾아온 진짜 이유가 무엇인지 짐작이 갔다. 그녀는 대담하게 물었다.

"누구세요… 뭐 하는 거예요? 문을 열 수 없으니 어서 썩 꺼져요!"

"…."

그는 계속해서 가볍게 문을 두드렸다.

"가라고요, 어서 꺼지라고요!"

"좀 열어 보시오. 모르겠소? 그저 자네에게 몇 마디 할 말이 있어서 그러니 무서워하지 마시오. 만약 내가 계속 여기 서서 문을 두드리고 있는 모습을 다른 사람이 보고 소문이라도 나면 어쩌겠소?" 밖에서 문을 두드리는 사람이 조용히 대답했다.

불안한 생각이 그녀를 엄습해 왔다. 마치 꿈을 꾸듯 그녀는 결국 문을 열고 말았다.

방에 들어온 그 사람은 그녀가 바로 조금 전까지 생각하던 리 십장이었다.

야생마 같은 얼굴에는 여전히 능글맞은 웃음이 희번덕거리고 있었다. 그는 아랫목 위에 놓인 종이 포장지 사이로 보이는 옷감을 보고는 웃으며 물었다.

"형수, 아직 안 자고 있었소? 그래 내가 준 이 옷감은 맘에 듭니까?"

그의 마지막 한 마디에 여인은 곧바로 화를 낼 용기가 사그라들었다. 그녀는 얼굴을 붉히며 고개를 떨구었다.

리 십장은 이 기세를 몰아 그의 포획물을 자신의 품에 끌어안았다. 하지만 여인은 예상 밖으로 남자의 따귀를 힘차게 때렸다. 낭랑한 소리가 울린 후 리 십장의 얼굴에는 붉은 자국이 올라왔다.

그러자 리 십장의 웃음 띤 얼굴은 곧바로 험상궂게 변했다. 그는 허리춤에서 끝이 날카로운 칼을 꺼내 들었다.

침묵이 흘렀다. 방 안은 즉시 죽은 듯이 조용해졌다.

밤은 더디고 길었다. 누런 등불이 꺼지자, 새까만 어둠이 추악함을 덮었다.

남자의 거친 웃음소리, 눈물을 머금은 채 견디는 여인, 인간의 가장 큰 죄악이 바로 이 어둠 속에서 연출되고 있었다.

어둠이 점차 걷히며 모호한 빛이 창호지를 물들였지만, 여전히 어슴푸레했다. 곧 날이 밝을 참이었다.

"빨리 여기서 나가세요!" 여인은 건장한 남자 곁에 누워 쉰 목소리로 애원했다. 그녀의 마음은 분하면서도 초조했다.

리 십장은 여인의 얼굴을 한 번 쳐다보고는 자신의 얼굴을 그녀의 얼굴에 갖다 대려 했다. 그러나 그의 얼굴에 닿은 것은 베개 자락을 적신 차가운 눈물 웅덩이였다. 그는 만족한다는 듯이 웃었다. 서둘러 옷을 입고 문을 나서며 그는 10원짜리 지폐 한 장을 남겼다. 그러고는 여인을 보며 명령하듯 말했다.

"자네 사고 싶은 것을 사라고 주는 걸세! 오늘 밤의 일은 아무에게도 말하면 안 되네."

밖을 나서자 해 뜨기 전의 찬 바람이 그의 옷을 파고들었다.

그는 몸서리를 쳤다.

마을은 여전히 고요한 어둠에 잠겨 있었다.

하늘은 회백색이었고, 땅에는 얼음이 한층 더 얼어 있었다.

날이 밝았지만, 텅 빈 마을 길에는 행인 한 명조차 없었다. 그는 조금 전 아늑한 둥지에서 기어 나온 몸을 이끌고 자신의 처소로 돌아가 다시금 그 달콤한 꿈을 곱씹어 볼 생각이었다. 그런데 이때, 회색의 새벽빛 속에서 검은 사람의 그림자가 다가오고 있었다. 가까이 다가가서 보니 그는 캉궈량이었다.

"리 십장, 이렇게 이른 아침에 나와서 뭐 하십니까?" 캉궈량은 이미 모든 것을 알고 있었지만, 짐짓 모르는 체하며 물었다.

"오! 볼일— 좀— 보러."

리 십장은 대답을 얼버무리며 뒤도 돌아보지 않고 앞을 향해 걸어갔다. 그러고는 속으로 "저자는 황진성의 친한 친구인데 아무 일도 없으려나?"라고 생각했다.

그러나 이러한 생각은 이내 그의 마음속에서 사라졌고, 되레 강한 자신감이 일어났다.

"안다고 해도 뭐 어쩌겠어?"

4

낮부터 밤까지 이어지는 고된 노동에 피로감이 몰려왔다. 깊은 원시 산림 속에서 황진성과 그 무리는 여전히 고통을 참아가며 대자연과 씨름하고 있었다.

산속에서 펼쳐지는 이들의 고된 여정은 나무들을 베어 넘어뜨리는 것 말고도 무거운 기구와 식량을 진 채, 고통을 참아 가며 전진하는 것이었다. 다들 건장한 사내들이었지만 배불리 먹지 못하고 잠을 충분히 자지 못한 터라, 결국에는 더 이상 버텨낼 수가 없었다. 어떤 두 사람은 너무 무거운 짐을 지고 걷느라 입에서 선혈을 토해 내기도 했다. 몸이 약한 사람들은 얼음장 같은 산길에 그대로 쓰러져 버렸다.

아침부터 밤까지 행군과 노동만 있을 뿐, 휴식과 멈춤은 없었다.

하늘은 일부러 그들에게 잔혹한 형벌을 주는 것 같았다. 산으로 들어온 지 사흘째 되던 날 아침, 땅바닥에서 일어나 보니 무정한 눈보라가 맹렬하게 흩날리고 있었다.

사람들은 최대한 몸을 움츠린 채 낡은 솜이 다 삐져나온 솜저고리를 단단히 조여 맸다. 그래도 이가 덜덜 떨리는 소리가 들려왔다.

바람은 멈추었지만 묵직한 눈송이는 여전히 흩날리고 있었다. 하얀 눈은 온 산야를 천천히 뒤덮었다. 눈부신 백색의 설원 때문에 그들은 눈이 아물거렸다.

흰 눈이 모든 것을 덮었지만, 산 아래를 내려다보니 아직 큰길은 구분할 수 있었다. 저 굽이지고 황폐한 길을 걸으면 이들 모두는 집으로 갈 수 있었다. 그러나 마음처럼 할 수 있는 일이 아니었다.

"하루에 3원을 벌겠다고 이런 개고생이라니! 빨리 집에 돌아가지 않으면 여기서 얼어 죽겠어!" 누군가가 바들바들 떨며 나지막이 말했다. 뒤이어 긴 탄식이 쏟아졌다.

"마실 술이라도 있다면!" 황진성은 마을에 있는 술집을 생각하며 술에 대한 갈망을 참을 수 없었다.

"돌아가면 반드시 술집부터 먼저 가서 한바탕 실컷 마실 테야." 그의 옆에 있던 동료도 같은 마음이었다.

사흘 동안의 고된 노동과 부족한 수면 탓에 두 눈은 무서울 정도로 시뻘겋게 충혈되었다.

형언할 수 없는 고통에 사람들의 마음은 바싹 타들어 갔다. 사람의 수는 많았지만 아무도 서로에게 온기를 전달할 수는 없었다. 일을 시작해야 그나마 추위의 습격에서 약간은 벗어날 수 있었다. 두 손은 나무처럼 무뎌지기 시작했다. 그러나 이들은 굳은 손으로 끝나지 않는 일을 지속해야만 했다.

6일 동안의 시간은 고통 속에서 지나갔다. 산에서 나와 집으로 돌아가는 길에 오르자, 사람들은 지난 6일 동안의 시간이 6개월과 같이 길게 느껴졌다.

여기저기 쑤시고 피곤한 몸을 이끌고 걸어가는 길이었지만, 집으로 가는 길 위에서 그들의 대화는 그래도 제법 활력이 있었다. 그들은 지옥에서 해방된 것마냥 죽다 살아난 기쁨을 만끽했다.

"아! 첫눈이 이렇게 많이 내리다니!" 땅에 쌓인 눈을 밟고 걸어가는 그들의 말투에는 경쾌함이 묻어 있었다.

"제기랄! 요 며칠 얼마나 개고생을 했는지, 내 기필코 며칠은 푹 쉬기만 할 테야!"

"먼저 술집에 가서 거나하게 한잔하자고!" 황진성이 제안했다.

마을에 들어서자 황진성은 먼저 마을 사무소에 들렀다. 때를 잘 맞춘 걸까? 아니면 그들이 며칠 동안 고생한 것을 위로해서일까? 그들의 품삯은 즉시 지급되었다!

고생과 맞바꾼 돈을 들고 마을 사무소에서 나온 황진성은 캉궈량과 마주쳤다.

"어이! 황 형, 오늘 돌아왔는가?" 캉궈량은 그를 보자 친근하게 물었다. "요 며칠 산에서 어땠는가?"

"에잇! 말도 말라고, 가자고. 내가 술 한잔 대접하지!" 황진성은 상대방이 말할 틈도 주지 않고 그의 팔을 붙잡고는 곧장 술집으로 뛰어갔다.

황진성은 예전처럼 궁상맞게 굴지 않고 웬일로 요리를 두세 개나 주문했다.

"캉 형, 마시자고! 평소처럼 어디서 돈이 나서 술을 마시냐고 간섭하는 사람도 없으니 말일세. 지금 이 돈은 내가 갖은 고생을 해서 번 돈이야." 그는 흥분하며 친구에게 술을 권했다.

그러나 상대방은 시종일관 침묵하며 말을 꺼내지 않았다. 까맣게 반짝이는 고집스러운 두 눈은 상대방의 검고 핼쑥한 얼굴과 충혈된 두 눈을 바라보았다.

"캉 형, 자네 어찌 기분이 안 좋은가?"

"기분 안 좋을 일이 뭐가 있겠나! … 그런데 자네 집에는 가

보았는가?"

"아직 안 갔네, 왜 집에 무슨 일이 있나?"

상대방은 잠시 망설이더니 이윽고 낮은 목소리로 말했다.

"남사스러운 일!"

사실 캉궈량은 며칠 동안 고생을 하고 돌아온 친구에게 속에 있는 말을 바로 꺼내고 싶지는 않았다. 그러나 솔직한 성격의 사내였던 그는 남자 둘이서 술이 거나하게 되자 마음속에 있는 말을 더 이상 숨길 수 없었다. 그는 황진성에게 그날 아침 길에서 리 십장을 만났던 이야기를 모두 털어놨다. 그러나 여전히 목소리를 낮추어 다른 사람이 듣지 못하게 조심했다.

"정말 그런 일이 있었다고?" 술과 분노에 불타오른 황진성의 목소리가 부들부들 떨리기 시작했다.

"내가 자네를 속이겠는가?"

"좋아! 내 반드시 이 자식을 찾아내서…" 격렬한 분노로 인해 그의 혈관은 거의 폭발할 지경이었다. 그는 사납게 술잔을 깨부수고는 자리를 박차고 나가려 했다.

황진성보다 이성적인 캉궈량은 그를 붙잡고 말했다. "자네 미쳤나? 지금 가서 그를 찾으면 그가 인정하겠는가?"

"그럼 어떻게 하란 말이야?"

"천천히 고민을 좀 해 보자고."

"난 지금 아무 생각도 떠오르지 않는다고!"

캉궈량은 다시 목소리를 낮춰 조용히 말했다.

"자네 우선은 집에 돌아가지 말고, 나와 우리 집으로 가서 숨어 있게나. 밤이 되면 나랑 함께 자네 집 앞 으슥한 곳에 숨어서 그놈이 오는지 안 오는지를 확인하자고. 그때….”

“역시 내 친구야! 자네 말대로 합세!”

두 사람은 또다시 묵묵히 술을 들이켰다. 그들은 술에 취한 몸을 이끌고 술집을 나섰다.

회색빛의 일몰 속에서 두 친구의 그림자는 점차 멀어져 어두운 곳으로 사라졌다. 그들이 취한 모습을 길에서 본 사람은 아무도 없었다.

술과 분노는 두 사람의 취한 심장을 불태웠다.

5

이튿날 날이 어슴푸레 밝을 무렵, 황진성의 아내는 불을 지피기 위해 방문을 열고 밖으로 나왔다. 그 순간 그녀는 희미한 새벽빛 속에서 뚜렷한 사람 형체 하나가 집 대문 앞에 나뒹굴고 있는 것을 목격했다. 놀라서 앞으로 다가가 보니 야생마 같은 긴 얼굴이 낯이 익은 얼굴이었다. 그러나 그 얼굴은 더 이상 간사한 웃음을 띠고 있지 않았고, 되레 죽은 물고기 같은 두 눈을 무섭게 치켜뜨고 있었다. 그녀는 시체 옆에 얼어붙은 피 웅덩이를 보고 소스라치게 놀랐다. 그러고는 날카로운 비명을 지르며 차가운 눈 바닥으로 쓰러졌다.

해가 뜨자 이 놀라운 소식은 삽시간에 마을 전체로 퍼졌다.

“리 십장이 황진성 집 앞에서 살해를 당했대!”

이 사건이 발생한 이후 마을에서는 황진성과 캉궈량의 모습을 찾아볼 수 없었다.

나중에 누군가는 그 잔혹한 살인 사건이 발생한 날 밤, 두 사람이 어두운 밤을 틈타 마을 밖에 있는 산으로 들어가는 것을 목격한 사람이 있다고도 했다.

하지만 누구도 감히 이것이 사실임을 증명하지는 못했다. 결국 누가 그들의 행적을 목격했는지 아는 사람은 아무도 없었다.

소설집 『소공차(小工車)』에 수록, 문선간행회(文選刊行會) 1941년
(번역: 정겨울)

우잉

신유령 新幽靈

신여성의 길 新坤道

란민 濫民

우잉(吳瑛) 1915~1961

만주족 출신인 우잉의 본명은 우위잉(吳玉瑛)으로 1915년 지금의 지린시(吉林市)에서 태어났다. 1931년 16세가 되던 해 우잉은 만주국 내 유명 편집자로 잘 알려진 우랑(吳郞)과 결혼한다. 1935년 「밤의 변동(夜里的變動)」으로 등단한 우잉은 1939년 단편소설집 『양극(兩極)』을 발표, 『양극』이 '문선상(文選賞)'을 수상하며 문학가로서 이름을 알리기 시작한다. 이 시기 우잉은 만주국의 다른 여성 작가들과도 친분이 깊었는데 특별히 메이냥(梅娘)이 1940년 출판한 소설집 『제2대(第二代)』의 서문을 써 주기도 했으며, 「만주 여성 문학인과 작품(滿洲女性文學的人與作品)」(1944)이라는 글을 통해 만주국 문단의 여성 작가들을 소개하기도 했다. 그리하여 당시 만주국 문단 내에서는 우잉과 메이냥을 '만주 문단의 쌍벽(滿洲文壇雙璧)'으로 칭하기도 했다. 이 밖에 우잉은 1942년 발표한 소설 『허원(虛園)』으로 예문사(藝文社)에서 주관하는 '예문상(藝文賞)'을 수상하기도 했다.

우잉은 문학가로서뿐만 아니라 편집자로서도 활발하게 활동했다. 등단하기 전이었던 1934년 잡지 『대동보(大同報)』에서 기자 생활을 시작했으며, 같은 해 잡지 『사민(斯民)』의 편집 일을 맡았다. 1940년에는 잡지 『신만주(新滿洲)』의 편집자로 활동했고, 이듬해에는 문예잡지 『만주문예(滿洲文藝)』의 주편집자를 역임하기도 했다. 우잉은 만주국의 유일한 여성 대표로서 1942년 일본 도쿄에서 열린 제1회 '대동아문학자대회(大東亞文學者大會)'에 참가하기도 했는데, 이는 훗날 우잉에게 적지 않은 트라우마를 안겨 준 사건이기도 했다. 1943년 이후부터는 창작 활동이 뜸해지고 주로 편집 일에 주력했으며, 해방 이후 1946년 남편 우랑과 난징(南京)으로 이주해 난징건업구문화관(南京建鄴區文華館)에서 도서관 관리로 일했다. 1951년 만주국 시기의 이력으로 인해 화둥인민혁명대학(華東人民革命大學)에 들어가 사상개조를 받는 고초를 겪기도 했다. 이후 다시 문화관 관리직으로 복직했지만 1961년 신장병으로 사망한다.

우잉의 작품은 작가의 세밀한 관찰력을 바탕으로 일본의 식민 지배와 봉건적 사회 구조 속에 억압받는 여성들의 비극적 현실과 고통을 사실적으로 묘사한 것들이 주를 이루는데, 이로 인해 우잉은 '만주 묘사의 명수(滿洲白描聖手)'로 불리기도 했다. 우잉의 대표작 중 하나로 꼽히는 「신유령(新幽靈)」은 표면적으로는 화목해 보이는 도시 중산층 부부의 기형적 심리와 행동을 사실적으로 묘사한다. 남편에게 과도한 집착을 보이는 아내와 이런 아내를 못마땅하게 여기며 몰래 기방을 드나드는 지식인 남편의 이중적인 모습은 한편으로 만주국 사회 구조가 지니는 이중적 면모와 부조리함을 상징하기도 한다. 중국 내 대표적인 만주국 문학 연구자 류샤오리(劉曉麗)는 「신유령」을 식민 구조를 간접적으로 와해시키는 '해식문학(解殖文學)'의 전형적인 작품으로 평가하기도 했다.

「신여성의 길(新坤道)」은 작품의 제목에서도 유추할 수 있듯이 '곤도', 즉 '여성이 마땅히 지켜야 할 도리'를 말하고 있지만 실제로는 이러한 도리가 무엇인지 의문을 자아내게 한다. 우잉은 해당 작품에서 여성의 이혼을 바라보는 사회적 시선, 여성의 사회 활동과 경제적 자립의 어려움 등을 사실적으로 그려 낸다. 이를 통해 우잉은 여성에게 있어 결혼이라는 제도가 어떤 의미를 가지고 있는지, 나아가 여성의 진정한 '도(道)'란 무엇인지에 대한 근본적인 물음을 던진다.

「란민(濫民)」은 우잉의 대다수 작품이 여성 주인공을 중심으로 하는 것과 달리 열일곱 살 소년 화자의 독백으로 이루어진 작품이다. 소년은 자신의 부모가 권력과 재물에 대한 집착과 탐욕으로 인해 자식의 목숨까지도 저버리는 비정한 모습을 낱낱이 고발한다. 이런 상황에서 아무것도 할 수 없는 무기력한 상태에 빠진 어린 소년은 그저 절대자에게 자신이 이와 같은 고통에서 해방될 수 있도록 은혜를 베풀어 줄 것을 간구한다.

_ 정겨울

신유령

1

어느 이른 봄. 계절의 변화에 따라 춘화싸오(春華嫂)의 배도 점점 불러 왔다. 노래에 맞춰 행진을 하듯 전진하는 춘화싸오의 배는 너무 커서 보기가 거북하기까지 했다.

아, 춘화싸오가 남편을 사랑한다는 사실을 누가 모르겠는가! 춘화싸오 눈에 남편은 실로 위대한 인물인 것을! 학식을 따져 보자. 학교라고는 다녀 본 적 없는 춘화싸오는 학식이라는 것이 뭔지는 잘 모르지만 자신의 남편이 베이징(北京)의 어느 대단한 학교 출신이라는 것은 잘 알고 있다. 게다가 남편은 외국어, 아니 영어를 술술 말할 줄 아는 사람으로, 이는 듣기에도 참 좋다. 그야말로 최고의 인재가 따로 없다. 춘화싸오 주변에는 아무도 학교라는 곳을 다녀 본 사람이 없었다. 예전에는 장원(壯元)이니 진사(進士)니 하는 것이 있었다고들 하는데, 만약 남편이 그 시절에 태어났다면 분명 장원을 했거나 아무리 못해도 진사에는 들었을 것이다. 흥, 그러나 지금은 세상인심이 예전 같지 않다. 인물을 따져 보자. 남편은 네모난 얼굴에 너무 크고 두꺼워 우스꽝스럽기까지 한 귀를 가지고 있다. 입이 좀 큰 게 흠인데 이건 사실 걱정할 필요가 없다. 옛말에 남자가 입이 크면 어딜 가도 먹을 복이 있다고들 했다. 그렇기에 남편은 분명히 크게 출세하여 배를 곯는 일은 절대 없을 것이다. 그렇다면 출세한 남편 덕에 사모님이 되는 기분이란 어떨까? 그런데 참 이상하다… 가끔씩 춘화싸오는 그다음 일을 생각할 엄두가 나지 않는다. 춘화싸오 본인도 그저 답답할 따름이다. 남편의 출세만 생각하면 갑자기 마음속에 큰 납덩어리 하나가 내려앉는 느낌이다. 이렇게 뒤얽힌 감정을 어떻게 풀어야 할지 모르는 춘화싸오는 심란한 마음에 투덜거리기 일쑤다. 상관 말자. 출세하든 안 하든 남자는 원래 믿을 만한 물건이 아니며 그저 여자만 밝힐 뿐이다. 남편이 출세라도 한다면 분명 온갖 계집들이 다 들러붙을 것이다. 내 이 불룩한 배와 볼품없는 두 발을 보라. 다섯 개의 발가락 중 네 개는 발바닥 쪽에 일렬로 들러붙어 있어 하나 남은 엄지발가락으로 이 큰 배를 지탱하며 뒤뚱뒤뚱 걷는 폼이 참으로 볼 만할 것이다. 요 며칠 동안에는 발꿈치까지 빨갛게 부어올랐지만 그래도 하녀를 고용할 수는 없다. 아이! 남의 집 일하는 여자들에게선 장점이라고는 눈 씻고 찾아볼 수 없는데 하녀라니! 돈 몇 푼이 아까워서가 아니다. 사실 문제는… 만약 그렇게 되면 남편의 행동을 저지할 만한 핑곗거리를 어디서 찾는단 말인가. 그냥 내가 고생하고 말지!

춘화싸오는 전족한 발에 대해 이상하리만치 예민하게 굴었다. 그녀는 다섯 살 난 아들의 옷을 지으며 수시로 자기의 두 발을 쳐다보았다. 다른 여자들은 전족하지 않은 큰 발을 가지고 있다는 사실을 생각하니 갑자기 화가 치밀어 올랐다. 사실 춘화싸오가 그런 여자들을 증오한다기보다는 질투한다는 표현이 더 적절할 것이다.

이게 다 아버지란 작자 때문이다. 아직 시집도 안 간 처녀 발을 편지 뭉치 묶듯이 꽁꽁 싸맸으니 말이다. 싸매고, 싸매고 또 싸매고! 결국에는 전족을 하게 되었다. 요즘 시대에 누가 전족을 한단 말인가. 가끔 새 신발 한 켤레를 사 신으려고 해도 발에 맞는 신발이 없었다. 이게 다 아버지 탓이다. 생각하면 할수록 아버지가 원망스러울 뿐이다. 춘화싸오는 매번 신발을 사고 돌아오면 이렇게 한바탕 푸념을 늘어놓았다. 하지만 이렇게 화가 날 때 남편을 쏙 빼닮아 통통한 다섯 살짜리 아들이 뜰 안에서 뛰어놀고 있는 모습을 떠올리거나 아들 녀석이 그녀의 품속으로 와락 파고들기라도 하면 춘화싸오는 언제 그랬냐는 듯이 화가 사그라졌다. 그러고는 언제나처럼 "그래도 내가 아들을 낳아 이만큼이나 키운 것은 큰 공을 세운 거나 마찬가지 아닌가. 게다가 또 이렇게 배가 불러 있으니 아들 하나를 더 낳아 키울지 누가 알겠어. 그럼 애 아빠도 감히 날 어떻게 하지 못할 거야!"라고 말했다.

자신의 신세를 생각할 때마다 춘화싸오는 마음이 혼란스러워 차라리 아무 생각도 하고 싶지 않았다.

저녁 식사 시간이 되자 아들 녀석은 아빠를 마중 나가겠다고 떼를 부리기 시작했다. 춘화싸오는 너무 바쁜 나머지 거무스름하고 두툼한 살집이 다 떨릴 지경이었다.

'따각따각' 하는 가죽 구두 소리가 들리자 눈치 빠른 아들 녀석은 퇴근해서 집에 돌아온 아빠의 품으로 쏜살같이 달려들었다. "아빠!" 하는 소리가 유난히 다정했다. "귀여운 녀석!" 하고 남편도 대답했다. 이 순간 춘화싸오의 얼굴에는 봄날의 따사로운 기운이 퍼지는 듯했고, 괜스레 우쭐한 마음에 은근슬쩍 미소까지 흘러나왔다. "역시 내 아들이야."

그렇다면 춘화싸오의 남편이자 아이의 아빠라는 사람을 좀 더 살펴보자. 그는 말할 필요도 없이 춘화싸오가 알고 있는 전형적인 대학생의 모습에서 한 치도 벗어나지 않는 그런 인물이다. 그는 영어도 할 줄 알고, 체격도 아주 건장했다. 그는 언제나 위아래로 양복을 쫙 빼입고 반질반질 윤이 나는 구두를 신고 다녔다. 대학생 남편이 가장 싫어하는 것은 두루마기나 마고자와 같은 옷이었는데 이런 옷들을 입고 다니는 것은 소위 시대적 조류에 걸맞지 않기 때문이었다. 바꿔 말하면 이런 옷은 유행에 뒤처진 것이었다. 자고로 대학생은 유행을 좇는 사람으로 옷은 그중에서도 아주 중요한 조건이었다. 옷이 날개라고 하지 않았는가. 양복을 쫙 빼입은 외국인들의 모습이 얼마나 의기양양하던가!

이 모든 것은 우리 대학생의 인생 철학이었다. 그렇다면 대학생은 도대체 몇 개의 양복을 가지고 있어야 적당한 것인가?

그저 몇 개 정도가 아니라 몇 벌이어야 할 것이다. 그래야지 때마다 골라 입을 수 있지 않은가!

됐다! 좋은 일을 해야지 우리 대학생을 곤란하게 만들어서는 안 된다. 손가락을 꼽아 가며 봄, 여름, 가을 겨울을 차례대로 세어 보니 이런 논리라면 대학생은 최소한 세 벌의 양복이 있어야 할 것이다. 물론 여기에 대해 우선 우리는 대학생의 가르침과 인생 철학을 들어 봐야 할 터이다. 봄과 가을에 입을 양복 한 벌과 여름에 입을 한 벌이 있으면 된다. 그렇다면 겨울은? 겨울은 그냥 봄과 가을에 입던 양복을 입으면 된다. 철학자가 완벽한 경제학자로 변하는 순간이다.

그를 만나 본 사람이라면 알겠지만 우리 대학생은 항상 상냥한 미소를 띤 얼굴로 아내를 바라본다. 이러니 어찌 춘화싸오가 남편을 사랑하지 않을 수 있단 말인가?

"메이윈(美雲), 하녀 한 명을 고용하지 그래요, 그래야 당신도 쉴 수 있잖소."

보시라, 역시나 우리의 대학생은 춘화싸오에게 이렇게 어여쁜 이름까지 지어 주었다. 어디 무식한 촌사람이 이렇게 예쁜 이름을 얻을 수나 있겠는가. 이렇듯 대학생은 시종일관 교양있는 기품을 유지했다. 그러나 우리의 춘화싸오는 이름이라는 걸 가져 본 적도 없는 사람이었다. 시골에서 자란 처녀가 어디 이름 같은 것에 신경 쓸 겨를이나 있었겠으며 그게 다 무슨 소용이 있단 말인가?

남편의 말을 들은 춘화싸오는 이내 투덜거리기 시작했지만 속으로는 기뻐했다. 그녀의 마음속으로 온기가 밀려들었다. 히! 히! 춘화싸오가 솜씨를 발휘할 타이밍이다. 우리의 춘화싸오는 남편의 비위를 맞추는 데 제법 수완이 좋았다. 그래서 그녀는 남편에게 말을 하기 전에는 항상 먼저 히죽거리며 눈알을 데굴데굴 굴렸다. 다른 사람한테는 어떨지 모르겠지만 정말 화가 났을 때를 제외하고 그녀는 항상 남편 앞에서 이렇게 행동했다. (춘화싸오가 남편에게 화를 낸다니? 남편이 계집질을 하지 않는 이상 어디 두 사람이 싸울 일이 있겠는가. 그러나 실상은 오로지 춘화싸오만이 알고 있다.) 사실 그날을 떠올려 보면 춘화싸오는 진짜로 화가 난 것이 아니었다. 그러나 기분이 썩 좋지 않아 견딜 수 없었다. 그렇다면 남편이 그녀의 화를 돋우었는가. 당신은 상상도 못할 것이다. 춘화싸오가 그렇게 화가 난 이유를 누가 안단 말인가. 그녀는 젊고 예쁜 아가씨, 아무튼 여자들만 보면 희한하게도 속이 쓰릴 정도로 부아가 치밀어 올랐다. 남편이 기집질하는 곳에 가는 건 아닌가? 그곳에 예쁜 여자가 있는 것은 아닌가? 남편이 더 이상 날 사랑하지 않는 건가? 아들이 남편의 마음을 돌릴 수 있을까, 나는 왜 이렇게 시커멓고 퉁퉁하며 볼품없는 발을 가졌는가?…… 이런저런 모든 생각들이 춘화싸오의 화를 돋울 뿐이었다.

"나도 그렇게 생각하지만 하녀 부리는 돈이 아까울 따름이에요. 그 돈이면 우리 식구 한 달 식비로 쓰기에 충분한걸요."

아! 우리의 춘화싸오는 얼마나 지혜로운 여인인가!

저녁 식사를 마친 후 춘화싸오가 그릇을 씻을 때면 우리의 대학생이 아들과 놀아 줄 시간이었다.

"얘야! 아빠가 영어 읽는 법을 가르쳐 줄 테니 아빠 말하는 걸 잘 들어 보렴!"

그릇을 다 씻은 후 춘화싸오는 대야에 세숫물을 받는다. 세수를 한 후 화장까지 해야 하니 여간 귀찮은 일이 아니다. 사실 춘화싸오한테는 화장이라기보다 얼굴에 분을 덕지덕지 바른다고 말하는 편이 맞겠다. 춘화싸오는 어디서 구했는지 모를 구이즈홍(鬼子紅)*을 얼굴에 바르고 문지르며 한참을 분주하게 굴었다. 춘화싸오의 화장에서 가장 중요한 부분은 입술이었다. 보시게나, 빨갛다고 하기에는 번들거리는 자줏빛이 도는 것이 예쁜 건지 아닌지 누구도 알 길이 없었다. 그러나 춘화싸오 눈에는 혈색이 좋아 보이기 그지없었다.

단장을 마친 춘화싸오는 구들장 쪽으로 뒤뚱뒤뚱 걸어가 윗목에 엉덩이를 붙이고 앉았다. 그리고는 안뜰에서 놀고 있는 아들과 남편의 모습을 바라보았다.

"얘야, 아빠 춤추는 것 좀 봐라!" 아, 그렇다. 우리의 대학생은 〈월명지야(月明之夜)〉나 〈포도선자(葡萄仙子)〉**와 같은 노래에 맞춰 춤을 출 줄도 알았다. 아들 녀석은 아빠의 춤추는 모습을 보고 신이 나 함께 껑충껑충 뛰었다.

---

* 녹색 빛을 띠는 결정체로 물에 닿으면 자홍색으로 변한다. 민간에서 자주 쓰던 약의 일종으로 입술 상처나 피부 궤양 등의 치료 목적으로 사용하였다.-역주

** 중화민국 시기 아동 가무극의 창시자였던 리진후이(黎錦暉)의 대표작들로, 대중적으로도 상당한 인기를 끌었다.-역주

춘화싸오는 남편이 아들과 놀아 주는 모습을 볼 때마다 온몸이 편안해지는 것을 느꼈다. 그녀는 아들이 없었다면 남편이 자기를 어떻게 대했을지를 생각했다. 춘화싸오는 아들이 있어 좋은 점을 천천히 음미하며 달콤한 자아도취에 빠져들었다.

시간이 얼마나 지났을까, 춘화싸오는 여전히 아이 옷을 바느질하고 있었다. 아빠와 노는 것이 지겨워진 아들은 아빠를 내버려 두고 다른 아이들과 함께 모래 장난을 하러 나갔다. 혼자 덩그러니 남겨진 우리의 대학생은 안뜰에 쭈그리고 앉아 있었다. 아들이 놀러 나가자 그때서야 대학생은 겨우 한숨을 돌릴 수 있었다. 퇴근하고 와서도 아내를 도와 아이까지 돌봐야 하다니! 정말 어떨 때는 대학생도 이해가 되지 않았다. 자기같이 교양 있는 사람이 어떻게 글도 모르는 여자와 결혼을 했는지 말이다. 자신의 아내가 배운 것도 없고 시대에 뒤떨어진 사람이라니…… 대학생의 마음속에는 그야말로 물음표가 그려졌다. 계속해서 아내에 대한 이야기를 좀 해 보자. 사실 아내라기보다는 안주인이라고 하는 것이 더 적절할 것이다. 그런데 안주인이라는 사람은…… 이 문제는 우리의 대학생을 정말 고통스럽게 만들었다. 자고로 안주인이라는 사람은 우선 남들 눈에 보기에 인물이 괜찮아야 할 터였다. 그런데 애 엄마, 아니 메이윈은 인물이라고는 전혀 없었다. 그렇다면 건강한 곡선미라도 갖추었는가. 말도 마시라, 이는 우리의 대학생을 속상하게 했다. 게다가 둥근 감자처럼 생긴 두 발은 정말 투박하기 그지없었다! 전족이라니! 더욱이…… 사실 이것이야말로 대학생이 아내에게서 가장 두려워하고도 싫어하는 것이었는데 바로 그 못생긴 얼굴에 붙어 있는 흉측하고 교활한 두 눈알을 데굴데굴 굴리는 것이었다. 그녀를 사랑하기는 하는 것인가? 그는 감히 이 문제에 대해 생각할 엄두가 나지 않았다. 그의 눈앞에는 또다시 월하노인(月下老人)*의 모습이 아른거렸다. 그럼 그는 왜 항상 자신이 아내의 화를 돋울까 전전긍긍하는 것인가? 월하노인이 무서워서? 꼭 그렇지만은 않다. 그러나 아내가 삼일 밤낮으로 난리를 친다면 아무리 무쇠처럼 단단한 사나이라도 이를 당해 낼 재간이 없기 때문이다.

흥! 대학생은 10파운드짜리 포환도 여러 번 던져 본 사람이다. 이런 힘 좋은 사람이 여자를 무서워하겠는가. 그렇다면 아내가 자기를 너무도 사랑하는 것이라고 치자. 그런데 그녀는 왜 가끔 입에 거품을 물고 나에게 달려들어 말대꾸를 하는 것인가. 하지만 이런 것들을 따지는 것이 결국 다 무슨 소용이란 말인가! 쓸데없는 말을 너무 많이 주절거렸다. 그저 우리의 대학생이 마음씨 좋은 사람이라고 생각할 수밖에. 그는 절대로 아내에게 배은망덕한 짓을 할 사람이 아니다.

"X새끼!" 이것은 아들이 욕하는 소리가 아닌가. 대학생은 놀라서 벌떡 일어났다. 아들 녀석은 큰 소리로 욕지거리를 해 대고 있었다. 아이들끼리 싸우는 게 뭐 대수겠냐마는 아들 녀석은 분을 참지 못하고 욕을 한바탕 해 대고 있었다.

---

* 부부의 인연을 이어 주는 중매인을 의미한다.-역주

"X새끼, X새끼…" 다시 한번 욕지거리가 들려왔다. 다른 아이들은 감히 입도 뻥끗하지 못하고 그저 아들 녀석의 욕을 듣고만 있었는데 그렇지 않으면 춘화싸오의 심기를 건드리기 때문이었다.

"여보! 다 큰 어른이 아이 하나도 제대로 돌보지 못하면 어떡해요. 애를 저렇게 울리면 병나요." 대학생은 아내의 말투에서 심기가 불편함을 느꼈다.

그는 다섯 살 난 아들을 안아 올려 이리저리 흔들며 달랬다. 입으로는 쉬지 않고 노랫가락을 흥얼거렸다.—경극 가락까지 등장했다. 땀이 한 방울, 한 방울 흘러내렸다. 그러나 아들은 여전히 엄마만 찾아 댔다.

아들은 엄마 품에 안겨 코를 훌쩍거렸고 대학생은 의자에 앉아 한숨을 돌렸다. 춘화싸오가 아들의 통통한 머리를 쓰다듬자 아이는 구시렁거리며 불평을 늘어놨다.

"샤오바오(小寶)가 내 뺨을 때렸어!" 아들은 작은 눈망울로 엄마의 얼굴을 쳐다봤다.

"또 너를 때리다니 샤오바오 그 녀석 정말 못된 놈이구나. 좀 있다 엄마가 가서 샤오바오 그 나쁜 놈을 때려 주마!" 춘화싸오는 아들을 달래며 남편을 쳐다봤다.

"이게 다 네 아빠 탓 아니겠니! 아이를 제대로 돌보기는커녕 오히려 괴롭힘당하는 걸 보고만 있다니. 우리 아가! 네 아빠를 탓해라 망할 놈의 아빠 같으니라고." 그러자 아들은 아빠를 보고 "히! 히! 망할 놈, 하하!" 하며 손바닥을 쳤다. 남편과 아들의 웃음소리에 춘화싸오의 날카로운 웃음소리가 뒤섞였다. "어이구, 우리 아들 좀 보게!"

또다시 퇴근 시간이 찾아왔다. 우리의 대학생은 여느 때와 같이 구두 소리와 함께 양복을 잘 빼입은 건장한 모습으로 집에 돌아왔다. 우리 춘화싸오는 정말이지 총명한 여인이다. 오늘 밤 이야기를 해 보자. 춘화싸오는 남편의 발걸음 소리가 평소와 다르다는 것을 느꼈다. 분명히 무슨 좋은 일이 있는 것 같은데 그렇지 않고서야 발걸음 소리가 오늘따라 이렇게 경쾌할 리가 없었다. 둘이 부부로 지낸 세월이 얼마인데 춘화싸오가 남편의 마음을 꿰뚫어 보지 못한다는 것은 오히려 이상한 일이었다.

그렇다면 우리의 대학생을 살펴보자. 아내의 예측은 꼭 맞아떨어졌다. 그는 그 큼직한 입을 평소보다 몇 배는 더 벌린 채 대문을 성큼 들어섰다. 히죽거리는 남편의 모습에서 춘화싸오는 도대체 무슨 일인지 갈피를 잡을 수 없었다.

저녁을 다 먹자 대학생은 아내에게 친구들이 같이 야간극(夜劇)을 보러 가자고 했다며 슬며시 그녀의 의중을 떠보았다. 얼마 지나지 않아 그는 이리저리 옷매무새를 만지고 구두에 묻은 먼지를 털어 내고 있었다.

누구와 같이 야간극을 보러 간다는 것이며 이는 과연 사실인가. 남편이 오늘 밤에도 외출을 하려고 구두를 닦는 모습을 보며 춘화싸오는 불안감에 휩싸였다.

남편이 문을 나설 채비를 하는 모습을 지켜보고만 있던 춘화싸오는 결국 억눌렀던 화를 참지 못했다. 무슨 수를 썼는지 모르겠지만 춘화싸오가 입을 한 번 빼쭉거리자 아들 녀석이 쏜살같이 달려들어 아빠의 바짓가랑이를 붙잡았다.

"나도 갈래! 아빠, 나도 갈래!" 대학생은 대수롭지 않다는 듯이 "착하지, 아빠가 네가 좋아하는 사탕이랑 공을 사다 주마." 하며 아들을 달랬다.

아들은 끈질기게 매달리며 아빠가 무슨 말을 해도 놓아주려 하지 않았다. 결국에는 '삼촌금련(三寸金蓮)'*의 발을 가진 우리의 춘화싸오가 뛰쳐나와서야 남편은 겨우 그 곤경에서 벗어날 수 있었다.

"그만 아빠를 보내 드리렴. 당신 분명 야간극을 보러 간다고 했지요? 그럼 올 때 공연 팜플렛 하나를 꼭 가져다주세요!" 춘화싸오는 눈동자를 데굴데굴 굴리며 말했다.

"공연을 보러 간다고 했으니 당연히 공연을 보러 가지! 팜플렛? 좋소, 내 당신을 위해 하나 가져오리다."

아들의 울음소리는 대학생의 구두 소리에 묻혀 갔다.

마침내 오늘 밤 우리의 대학생은 춘화싸오의 집요한 의심의 눈초리에서 간신히 빠져나올 수 있었다. 시간은 밤 열두 시를 가리키고 있었다.

---

* 전족한 여성의 발을 의미한다. 삼촌(三寸, 약 10cm) 크기의 자그마한 발을 연잎 위에 올려놓고[금련(金蓮)] 감상했다는 데서 유래했다.-역주

2

관청의 말단 직원은 언제나 그렇듯이 규칙적인 생활을 한다. 아침에는 항상 시간에 쫓겨 일분일초를 아껴야 했다. 우리의 대학생은 항상 다른 동료들보다 5분 정도 일찍 사무실에 도착한다. 그런데 영어도 잘하고 $(A+B)^2=A^2+2AB+B^2$와 같은 문제도 풀 줄 아는 이런 완벽한 인재가 관청의 말단 직원이나 하고 있다는 게 말이나 되는 소리인가. 그러나 우리의 대학생은 이에 대해 전혀 불평하지 않는다. 어차피 인생은 행복 아니면 불행 아닌가. 우리의 대학생은 소위 이러한 불행 속에 살고 있는 사무관으로 과장 같은 직책에는 별로 신경 쓰지 않는다. 2분 후면 정시가 된다, 2분 후면…… 대학생은 속으로 중얼거렸다. 막 사무실 문턱을 들어서자 그의 시선에 들어온 것은 뚱보 과장의 옆모습이었다.

대학생은 화들짝 놀랐다. 큰일이다. 과장의 성격은…… 평소에 누가 지각이라도 한다면 반드시 그의 악랄한 조롱을 한바탕 들어야만 했다.

"요즘 시대에는 뭐든지 열심히 해야지. 나를 보라고. 과장인 나도 자네들보다 일찍 출근하잖나!"

과장은 바로 이런 사람이었다. 그의 말에는 언제나 가시가 돋쳐 있었다. 과장에게 아침 인사를 하기 전 대학생은 우선 허둥지둥 외투를 벗었다. 그러고는 다시 깍듯한 자세로 과장 앞으로 다가갔다. 과장의 얼굴은 벽을 쳐다보고 있었다.

"오하요오 고자이마쓰!"* 그는 과장의 얼굴에서 눈을 떼지 않았다. 과장의 안색은 굳어 있었다.

대학생은 다시 한번 목청을 높여 소리쳤다. 그제야 과장이 얼굴을 살짝 돌리더니 고개를 두어 번 끄덕였다.

대학생이 과장의 책상 쪽에서 걸어오자 샤오장(小張)이 그에게 눈짓을 보냈다.

두 사람의 손이 엇갈리며 작은 종이 하나가 대학생의 손바닥에 들어왔다. 샤오양(小楊)과 샤오천(小陳)은 모두 자기 자리에 앉아 고개를 숙이고 있었다.

대학생은 자기 자리에 앉아 종이를 펼쳐 보았다.

"도대체 무슨 이유야? 과장이 자네한테는 상당히 친절하던데?"

그러게 말이다. 대학생의 마음속에는 또 하나의 물음표가 떠올랐다. 무슨 이유지? 손목시계를 보니 여덟 시 정각이다. 지각을 하지는 않았다! 그래서 과장이 나에게? ……

크고 둥근 원형 의자에 앉아 있는 과장의 얼굴은 여전히 벽을 향해 있었다.

긴장감이 감도는 사무실 공기가 직원들의 얼굴을 감쌌다.

대학생은 어제 완성하지 못한 통계표를 꺼내 들고는 다시 책상 앞에 앉았다.

과장의 맞은편에 앉은 샤오류(小劉)는 순서에 맞춰 책을 정리

* 일본어로 "좋은 아침입니다"를 의미한다.-역주

하느라 바빴다. 샤오류는 어딜 가나 '열심히 일하는' 척을 했다.

그나저나 샤오천과 샤오양 이 둘은 뭐를 그리도 열심히 쓰고 있단 말인가? 알쏭달쏭한 수수께끼라도 풀고 있는 건가? 대학생은 통계표를 정리하며 자신도 모르게 왼편에 앉은 샤오천을 계속 염탐했다.

샤오천의 종이 위에는 뚱뚱한 남자 하나가 둥근 의자에 앉아 있는 모습이 그려져 있었다. 그는 마치 과장의 옆모습과 같았다. 과장을 그린 건가? 잘하는 짓이군. 샤오천이란 녀석은 익살스러운 짓을 잘하는 놈으로 출근해서는 종일 그림만 그려 댄다. 그런데 그가 그린 그림은 솜씨가 제법 그럴싸하다. 샤오천은 과장을 그리고 난 다음 샤오펑(小鳳)의 모습을 그렸다. 제대로 된 교육을 받지 못한 탓인지 정말이지 진지한 구석이라고는 찾아볼 수가 없다. 그는 그저 그림만 그릴 줄 아는 녀석이다. 흠, 쓸모없는 인간 같으니라고. 대학생은 앞으로 샤오천과 아는 척을 하고 싶지 않았다.

모두가 한참 동안 침묵을 지키고 있을 때 과장을 찾는 전화 한 통이 걸려 왔다. "과장님, 댁으로 들어오시랍니다!" 아첨을 잘 떠는 샤오류가 먼저 전화를 받았다.

"여보세요! 여보세요! 갈게— 간다고!" 심부름꾼이 과장의 외투를 집어 들었다. 과장은 결국 자리를 떴다.

샤오류가 먼저 입을 열었다. "또 그 가녀리고 날카로운 목소리의 여자 전화였어!"

"라오류(老劉), 보아하니 과장이 오늘 기분이 별로 좋지 않은 것 같던데!" 샤오장은 고개를 쭉 빼고 차를 마시며 말했다.

"과장이 기분이 좋든 말든 상관할 게 뭐람, 그는 아마 오후에도 돌아오지 않을 거야!"

"또 느긋한 하루를 보내겠군—" 샤오양이 옆에서 장단을 맞추었다.

샤오천은 더욱 장난기가 발동해 사무실 책상 위에 아예 걸터앉아서는 담배를 물고 흥얼거렸다.

우리의 대학생만이 아무런 반응을 하지 않았다. 그러나 그의 눈은 샤오천의 책상 위에 놓인 과장과 샤오펑의 그림 위에 머물러 있었다. 쓸모없는 녀석, 쓸모없는 녀석, 과장님과 샤오펑을 그리다니. 샤오펑의 모습, 그리고 아내의 모습을 생각하니 대학생은 참을 수가 없었다.

"라오장(老張, 대학생을 가리킴)! 무슨 생각 해? 오늘 밤 갈 거야?" 라오류의 목소리가 들렸다.

"좋아! 당연히 가야지! 한동안 재미를 보지 못했잖아?" 대학생이 큰 소리로 대답했다. "사랑스러운 샤오펑!"

"사랑스러운 샤오펑? 자네 부인에게 들키지 않게 조심하라고!" 샤오양이 눈을 찡긋했다.

"여자들은 다루기 쉬운 상대야! 자네 부인은 자네가 뭐하고 다니는지 아는가? 아무튼 자네들 반드시 비밀을 지켜야 하네!"

"그럼 당연하지!" 샤오천은 닭이 울듯이 목청을 높여 대답했다.

3

가로등에 불이 들어온 것을 보니 해가 질 무렵이었다. 뚜벅뚜벅, 여러 명의 구두 소리가 춘화싸오의 집 쪽을 향해 들려왔다. 샤오류가 앞장서서 걷고 그 뒤를 샤오양, 샤오장이 따르고 있었다. 샤오천은 안뜰로 들어서자마자 화장실부터 찾았다. 이런 풍경은 춘화싸오가 평소에 자주 보던 것이었다.

"아, 다들 왔어요!"

"형수님! 형수님!" 보고 싶던 사람을 만났다는 듯 이보다 더 살갑게 굴 수는 없다. 툭, 그들은 모자를 책상과 의자 위에 벗어 던졌다.

아들은 사과를 먹고 싶다고 엄마에게 떼를 썼다. 남편은 차를 따르며 "얘야, 그만 보채거라, 삼촌들이 오셨잖니!"라고 말했다.

"얘야, 삼촌한테 얘기 좀 해 보렴, 너희 엄마랑 아빠가 또 입을 맞추진 않았니?" 샤오양은 아이의 작은 손을 끌어당기며 물었다. 이 녀석은 집에 들어오자마자 또 장난질이다.

"엄마! 아빠랑…… 입을 맞춘다고요, 젠장할." 아들은 입을 벌려 웃었다.

"쓸데없는 소리 그만해요! 이 조그만 녀석 좀 보게! 샤오양은 진짜 못 말리는 사람이군요, 당신이야말로 마누라와 그런 짓을 하는 거 아닌가요!" 춘화싸오가 반박했다.

모두가 그 말을 듣고 웃었다.

"샤오양, 자네 오늘 밤 아주 혼쭐이 나겠어. 쉿!"

하, 그러나 샤오양은 전혀 신경도 쓰지 않았다. "맞습니다, 형수님. 저는 그런 것만 밝히는 나쁜 놈이에요. 그럼 형님(대학생을 가리키며)은 좋은 사람인가요?" 샤오양은 눈을 게슴츠레 뜨고는 춘화싸오를 바라보며 말했다.

"우리 애 아빠 말인가요! 다 똑같지요. 내가 형수님이라 하는 소리가 아니라 남자 중에 어디 좋은 물건이 있기나 한단 말인가요?" 깔깔깔, 춘화싸오가 웃기 시작했다.

"이야! 정말 너무하십니다. 어떻게 남자들은 죄다 나쁜 놈들이라고 하시나요!"

"그렇지 않아요, 인정 못 합니다. 인정 못 해!"

샤오류, 샤오천, 샤오장이 한 목소리로 말했다.

"나조차도 좋은 사람이 아니라고 하니 이거 정말 억울하구먼. 자네들 형수는 의심이 너무 많아!" 대학생이 눈을 동그랗게 뜨고 대답했다.

"좋은 사람이라, 여자를 좋아하는 사람이야말로 좋은 사람이지요. 요즘 시대가 어떤 시대인지 보세요. 세련된 여성이라는 작자들은 그야말로 창기나 다름없고 아주 되바라졌지요. 게다가 어디 인품이라는 것이 있기나 한지. 만약 그런 여자를 아내로 맞이하면 어디 살림이라는 것을 알기나 한답디까? 우리 애 아빠는 걸핏하면 여자가 돈을 버네 마네 하는데! 으으, 나는 여자가 돈 벌고 어쩌고 하는 얘기는 듣고 싶지도 않아요. 그런 여자는 조상이 죄를 지어 태생 자체가 천하고 그저 누군가의 첩이나 되려는 심산이지요!"

“우리 형수님은 정말 말을 잘하십니다! 이렇게 대단한 ‘명언’이라니!” 샤오양은 일부러 ‘명언’을 더 강조해 말하며 빙그레 눈웃음을 지었다.

“안 그래도 나는 남편한테 돈 좀 쓰면서 아우들과 연극이나 영화도 보고 밥이라도 사 먹으라고 권한답니다. 이게 큰 형님으로서의 도리 아니겠나요. 그런데 알다시피 형님은 외출을 별로 좋아하지 않잖아요. 누구처럼 여기저기 돌아다니지를 않으니 다른 집 아내들도 다 칭찬을 하지 뭐예요!”

“맞아요!” 샤오장이 갑자기 소리치며 춘화싸오 앞에 엄지손가락을 내밀었다.

“메이윈, 그렇잖아도 오늘 밤 우리는 야간극을 보러 가려고 하네. 그 유명한 저우야촨(周亞川)*이 오늘 딱 하루만 공연을 한다고 하더군!” 대학생은 눈웃음을 치며 춘화싸오에게 말했다.

“허락해 주시나요, 형수님?” 샤오양 이 멍청한 녀석! 그가 먼저 입을 열어 물었다.

“아이야! 말하는 것 하고는! 공연을 보러 간다는데 못 가게 할 이유가 있나요? 게다가 아우들과 같이 가겠다는데 내가 뭐 걱정할 거리가 있기나 하겠어요.”

춘화싸오는 아들을 토닥여 재웠다. 그러고 나서는 또 혼자 거울 앞에 앉아 얼굴에 분을 바르고 옷을 갈아입고는 남편의 옷깃을 깨끗하게 세탁까지 했다. 그러나 오늘 밤 춘화싸오의

* 중화민국 시기 유명했던 경극 배우-역주

마음속에는 또다시 의심의 환영이 떠오르고 있었다. 샤오양 그 녀석은 돼먹지 않은 놈이다. 여자나 만나고 놀러 다니기 좋아하는 샤오양 녀석이 있으니 아마도 오늘 밤 이들은 또 기생집을 들락거릴지도 모른다. 샤오양 이 자식, 이 자식. 춘화싸오는 분해서 이를 바득바득 갈며 눈알을 데굴데굴 굴렸다.

4

며칠 동안 샤오펑에게 홀려 있던 대학생의 머릿속에 그 일은 결국 폭포수처럼 쏟아져 내려왔다. 그 원인은 바로 샤오천의 입 때문이었다. 춘화싸오가 며칠 동안이나 의심했던 것이 사실로 밝혀지는 순간이었다. 기집질, 기집질, 춘화싸오는 이제 기집질이라는 소리만 들어도 진절머리가 났다. 이게 다 샤오천 그 놈 때문이다.

"그래, 잘하는 짓이네요. 기집질을 하고 다닌다고요? 집에 있는 여편네들은 돈 한 푼 쓰려고 해도 이것저것 따져야 하는데, 염병할, 그 천박한 년들! 남자들은 밖에 나가 돈을 아무렇게나 쓰지만(돈? 춘화싸오는 자신이 화내는 이유가 돈이 아니라는 것을 잘 알고 있다) 우리 같은 여자들은 하루 종일 살림하며 돈 한 푼이라도 아끼려고 아등바등한다고요! 누구는 밖으로 놀러 다니기나 하고 나는 집에서 죽든 말든 상관도 안 하지요. 그런 천박한 요물 같은 년한테 홀려 가지고는, 젠장, 당신 내 속을 뒤집어 놓는군요!" 보시라, 춘화싸오는 구들장에 앉아 엉덩이를 달싹

거리며 울고불고 난리를 쳤다. 그녀는 밥도 안 짓고 잠도 안 자고 하루 종일 울기만 해 댔다. 우는 것을 멈추면 곧바로 한바탕 욕을 퍼부어 댔는데 화가 정말 단단히 난 것이 틀림없었다! 큰일이다. 춘화싸오는 예전에도 이렇게 군 적이 있었는데 그때는 정말 미친 사람과도 같았다.

대학생은 의자에 앉아 눈물을 흘렸다. 아들은 검은 눈동자를 치켜뜨고는 큰 소리로 욕을 해 대는 엄마와 눈물을 뚝뚝 흘리고 있는(아니, 이 어린 것은 눈물을 흘린다는 것이 뭔지도 모르고 그저 운다는 것만 알 뿐이다) 아빠를 쳐다봤다.

춘화싸오가 난리법석을 피우지만 그렇다고 대학생을 걱정할 필요는 전혀 없다. 두고 보시라. 대학생은 대학생만의 학식이 있기에 분명히 아내를 정복할 방도 역시 알고 있을 터이다. 사실 그 유일한 방법은 바로 양심에 호소하는 것이었다. 대학생은 양심이 있는 사람이었다. 그가 공부를 오래 해 머리가 커졌다고 해서 양심까지 잃은 것은 아니었다. 특히나 조강지처에 대해서는 말이다.

“샤오천이 아니었다면 나도 그런 곳에는 별로 가고 싶은 생각이 없었소. 맹세하건대 다음부터는 절대로 다시는 안 갈 거요. 내 양심을 걸고……” 대학생은 이 모든 일의 책임을 완전히 샤오천에게 미루었다. 죽일 놈의 샤오천, 재수 없는 놈 같으니, 자기나 혼자 그런 곳을 싸돌아다닐 것이지.

“천박한 샤오천 그놈을 왜 따라다녀요, 젠장…… 이게 다 당신 집 조상 대대로 이어져 온 내력 때문이에요, 누군들 당신 아버지가 한 그 짓거리들을 모르나요……"

"그만하시오. 내가 이렇게 잘못을 인정하는데도 아직 부족하단 말이오? 이제부터는 당신이 하라는 대로 하겠소. 그러니 그만 화내시오. 메이윈!"

아이고, 하늘이시여. 계속 꼬리를 내리던 대학생은 태도를 바꿔 하마터면 큰소리를 칠 뻔했다. 하! 그럴 리가. 그는 큰소리를 치기보다는 아내를 살살 달랬다. 그렇지 않았다면 춘화싸오가 울기만 하지는 않았을 것이다.

재앙 같던 이 사건은 그렇게 마무리되었다. 대학생의 마음속에는 뭔가 묵직한 것이 내려간 느낌이었다. 그제야 그는 집에서 평온한 마음으로 아들을 돌볼 수 있었다.

춘화싸오가 남편과 다투는 일이 다시 생길 것인가? 만약 여자와 관련된 일이라면 춘화싸오는 한바탕 난리를 치며 자신이 절대로 그리 만만한 상대가 아님을 똑똑히 알려줄 것이다. 그 다음에는? 흥, 남편이 또다시 요물 같은 년들을 가까이한다면, 감— 히—, 춘화싸오의 눈알이 또다시 데굴데굴 굴러갔다.

여자들은 모조리 다 죽여 마땅한 존재이며 남자들은 모두가 다 난봉꾼이다. 가장 좋은 것은 이 세상에 오로지 대학생과 춘화싸오만 있는 것이다. 그래야만 춘화싸오가 비로소 안심할 수 있기 때문이다.

소설집 『양극(兩極)』에 수록, 문예총간간행회(文藝叢刊刊行會) 1939년
(번역: 정겨울)

신여성의 길

1. 딸들이 다 돈을 벌잖아!

기름 냄새가 솔솔 풍기자, 나는 어머니가 솥에 콩깍지를 집어넣는 것을 흘낏 보았다. 기름 섞인 콩깍지에서 지글지글 소리가 나자, 둘째 이모도 옆에 서서 엄마에게 말을 걸었다.

“둘째 언니네는 식구가 적어서 그나마 먹을 수 있지만, 우리 집은 어림도 없어요. 콩깍지 한 솥에 기름을 한 국자씩 넣었는데도 어딜 갔는지 기름내를 맡기도 어려우니.” 엄마는 솥을 뒤적거리며 말했다.

“무슨 말이야, 그래도 여기가 낫지. 딸들이 다 돈 벌어 오는데, 애들에게 고기 좀 먹이는 것이 무슨 부담이 된다고.” 둘째 이모는 두툼한 입술을 삐죽거렸다.

“네? 고기는 무슨 고기. 이거 우리 둘째 먹이면 남는 것도 없어요. 종일 이것저것 챙기느라 밥 먹을 짬도 없지만. 타이핑 배우는 사람이 열 명이 넘어도, 우리 둘째가 가르치는 숫자와 일치하는 것도 아니고, 한 명이 겨우 십오 위안 내면서 숙식까지 포함이니 남는 게 뭐가 있겠어요!" 엄마는 된장을 한 국자 퍼서 솥에 넣고 뚜껑을 덮더니 뒤돌아서 나를 봤다.

"이 계집애야! 가만 서서 뭐 하냐, 빨리 둘째 이모한테 담배라도 한 대 갖다 드리지 않고! 이모가 오랜만에 오셨는데."

나는 알겠다고 하면서 집에 들어가 백마표 담배 한 대를 이모에게 건네주었고, 이모는 손에 들고 있던 담배꽁초로 담배를 이어 피웠다. "오늘 왜 출근 안 했니? 둘째는 출근했니? 자매 둘이 같이 출근하니까 진짜 좋지." 둘째 이모가 나에게 말을 건네며 다가왔다.

나는 머리가 아프다고 하고, 엄마는 서둘러 수수쌀을 씻자, 둘째 이모는 가만히 있는 것이 참기 힘들었나 보다.

둘째 이모는 돌아가면서 엄마와 나에게 자기네 집에 놀러 오라고 했다.

엄마는 둘째 이모를 배웅하고 오자마자, 나보고 동흥공(同興公)에 가서 둘째 언니에게 퇴근길에 소금 두 근을 사 오도록 전화를 걸라고 했다. 나는 엄마한테 아직 세수도 안 했고 누렇게 뜬 얼굴로 나갔다가 아는 사람이라도 만날까 걱정되니, 저쪽방 학생들에게 시키라고 했다. 엄마는 내가 하루 종일 빈둥거리면서 멋 부리는 데만 신경 쓴다고 잔소리를 하는데, 나는 정말이지 엄마가 그러는 게 싫다. 엄마는 누구에게나 한두 마디씩 잔소리를 하고 싶어 하지만, 둘째 언니에게만은 잔소리하는 걸 들어 본 적이 없으니, 진짜 이상하다! 오히려 가끔 둘째 언니가 엄마한테 불만 섞인 말을 한다. 내가 이런저런 생각을 하는 중에 엄마가 타자 배우는 방에 들어가는 소리가 들렸다. 열어 놓은 문틈으로 엄마가 딸깍딸깍 움직이는 소리가 들려오자 나는 안도의 숨을 쉬었다. 나는 둘째 언니의 물수건으로 얼굴을 문질러 닦은 후 손바닥에 레몬수를 덜어 얼굴에 바르고 롤링파우더*를 발랐다. 아직 촉촉함이 남아 있을 때 나는 스펀지로 마른 파우더를 발랐고 양 볼에 붉은 볼터치를 했다. 그리고 마지막으로 립스틱을 가져다 입술을 칠했다. 언니는 이렇게 화장을 했던 것이다! 나는 오리알 모양의 거울을 가져다가 얼굴을 비춰 보면서 아주 괜찮다고 생각했다. 그리고는 곧장 방에서 나와 정원 한복판에 서서 꽃을 보는 척했지만, 사실 건너편에 사는 샤오쩡(小增) 선생의 책상 쪽을 향해 시선을 두고 슬그머니 그를 보았다. 샤오쩡 선생이 나를 못 본 듯하여, 나는 샤오쩡 부인을 불러 이야기를 나누었다. 그러나 얼굴은 여전히 샤오쩡을 향하고 있었다. 그녀와 이런저런 얘기를 나누었지만 무슨 말을 했는지 기억도 나지 않는다. 어쨌든 샤오쩡 부인은 나한테 정말 예쁘다고 하면서 웃는 것도 예쁘고 말하는 것도 예쁘다고 했다. 얼굴을 들어 보니 때마침 둘째 언니가 대문을 열고 들어왔다. 언니의 얼굴을 쳐다보니 언니 역시 볼과 입술에 빨간색으로 화장을 하고 있었다.

"둘째 언니 정말 예쁘죠?"라고 말하며 샤오쩡 부인을 흘깃

---

* 롤링 회사에서 나온 가루 형식의 화장품-역주

봤더니, 그녀는 눈꺼풀을 껌벅이며 둘째 언니를 쳐다보다가 몸을 휙 돌려 가 버렸다.

둘째 언니가 예쁘니까 언니랑 말도 안 하고, 언니에게 관심도 보이지 않으려는 것이다. 정말 이상하다. 나는 속으로 잡생각을 하다가 언니가 짜증 내는 소릴 듣고 슬며시 집으로 들어갔다. 엄마는 땅바닥에 쪼그리고 앉아 곰방대 담배를 피우고 있었고, 담배 연기가 슬금슬금 위로 올라왔다.

"소금까지 나한테 사 오라고 하면, 내가 죽으면 누구한테 시키려고요. 회사에서 남의 눈총이나 받고, 집에 돌아오면 가족 눈치나 보고. 엄마는 늙은이처럼 잔소리만 하면서 밖에 나갈 엄두도 못 내니까 갈수록 더 어리바리하게 되는 거잖아요!"

"진이네는 아직 퇴근 안 했니?" 둘째 언니가 나한테 물었다.

"몰라, 어디로 갔는지 누가 알겠어." 내가 둘째 언니에게 답하자, 언니는 검은 가죽 지갑을 열심히 뒤지더니 누런 편지 봉투를 꺼내어 펼쳐 보았다. 흰 종이 두세 장에 빽빽하게 적혀 있는 검은 글자가 보였고, 언니의 편지는 나를 배신하지 않았다. 둘째 언니가 어렵사리 편지를 읽어 내려가는 중에, 방금 전 엄마와 싸울 때의 눈빛이 빙그레 웃는 표정으로 변했기 때문이다.

2. 그 원수 같은 것들 정말 못됐다!

둘째 언니는 편지를 읽자마자, '웃기는 놈이네!'라고 한마디 하고는 바로 거울 앞으로 가 얼굴과 옷을 살펴보았다. 나도 둘째 언니의 얼굴을 바라보며 언니가 참 예쁘다고 생각했다. 언니는 예쁘다는 이유로 회사에서 남들에게 눈총을 받았는데 여기에는 나까지 포함되어 있었다. 그야말로 견디기 힘들었다. 타자 일을 하는 여자 동료 두 명이 나와 언니와 함께 같은 줄에 앉아 있는데, 이 둘은 진짜 못됐다. 타자를 틀리게 칠 때마다 언니와 나를 나무라면서, 나와 언니가 타자를 잘못 쳤다고 떠들어 댄다. 그 둘은 사범대와 고등학교를 졸업했다는데, 나나 언니와 어떻게 비교할 수 있겠는가? 그 둘은 우리에게 말도 제대로 못 하고, 옷도 제대로 못 입는다고 흉보면서, 앙숙처럼 하루 종일 말을 안 건다. 출근을 해도 퇴근을 해도 말 한 마디 하지 않는다. 회사 동료 중 남자는 스무 명 정도 되는데, 그중 몇 명은 정말 준수하다. 그들은 업무 보는 것 외에는 우리를 쳐다보지도 않고, 특히 둘째 언니에게는 아무도 말을 걸지 않는다. 나만 종종 그들을 훔쳐볼 뿐이다. 일이 없을 때면 나는 작은 거울을 꺼내서 화장을 고쳤고 둘째 언니도 그랬다. 안 그러면 타자기 앞에 앉아 있기가 정말 무료하기 때문이다. 우리가 화장을 고치고 있으면 원수 같은 그 둘은 슬쩍 입을 삐죽거리며 서로 눈짓을 하니, 생각할수록 화가 치밀어 오른다. 둘째 언니가 어느새 타자 배우는 학생이 있는 방으로 갔는지 모르겠다.

"시간이 되었으니 그만 쉬고, 내일 다시 연습해요."라는 언니의 말이 들리자, 학생 몇 명이 수군수군 떠들기 시작하더니 타자기 소리는 더 이상 들리지 않았다. 나는 엄마에게 밥을 먹자고 하려는데, 엄마는 온돌 가장자리에 앉아 눈물을 흘리고 있었다. 이때 진(琴)과 원(文)은 모두 진흥합(振興合)*에서 새로 산 흰 상의에 녹색 치마 차림의 양장을 입고 걸어 들어왔다. 진과 원은 모두 나보다 나이가 많았지만, 나는 그 둘의 고모였다.

"할머니, 무슨 일 있으세요? 무슨 울 일이 있다고 그러세요. 누가 할머니를 건드렸어요? 그냥 제 옷이나 꿰매 주세요." 진은 집에 오면 엄마한테 종종 부탁을 했는데, 엄마가 한참 동안 실을 꿰지 못하자 나와 진은 같이 웃었다. 타자 배우는 방에서는 왁자지껄 시끄러운 소리가 났고, 언니는 다시 짙은 화장을 하고는 일이 있어서 나갔다 온다고 했다. 누가 언니를 기다린단 말인가.

3. 교장 선생님 올해 연세가 어떻게 되십니까?

쑨(孫)씨 성을 가진 학생이 둘째 언니가 나가는 것을 보고 나에게 물었다.

"교장 선생님 나이가 올해 서른 몇입니까?" (교장 선생님은 둘째 언니다.)

"서른 몇 살이라니요? 겨우 스물일곱이에요." 나는 언니가 올해 서른 살이라는 것을 알고 있었다. 하지만 둘째 언니는 나와 엄마, 조카 둘에게 누가 자신의 나이를 물어보면 서른이라 하지 말고 스물일곱이라고 하라고 당부했다.

---

* 신징에 있던 지역사회 시장 시스템이며, 전신은 일본의 합작회이다.-역주

"스물일곱이요?" 쑨 씨랑 후(胡) 씨는 눈꺼풀을 깜빡거렸다. 난 두 사람의 불량한 모습을 보고 싶지도 않고 그들을 상대하는 것도 싫어서, 언니가 싫으면 언니한테 타자를 배우지 않으면 되고, 그게 아니라면 언니에게 꼭 교장 선생님이라 불러야 한다며 화를 냈다.

밤이 되자 떠들썩한 게임판이 벌어졌다. 남자 대여섯 명이 모였는데, 아마도 둘째 언니가 전화로 연락을 했을 것이다. 그 중 두 명은 같은 고향 출신으로 장사하는 사람이었고, 서너 명은 직장에 다니는 사람들이었다. 그들은 언니가 들어오기도 전에 벌써 패를 돌리기 시작했고, 짝짝 소리 내며 난리 법석을 피웠다. 진과 원은 사람들이 카드놀이를 하는 것을 구경하기 좋아했고 관심이 많았다. 나 역시 여럿이 시끄럽게 노는 것을 좋아했고, 엄마도 사람들과 이런저런 사는 얘기를 주고받는 것을 싫어하지 않았다.

"우리 둘째가 참 대단하지. 두 손녀도 모두 출근하는데, 다 둘째가 찾아 준 일이잖아."

"여자로서 쉽지 않은 일이죠. 웬만한 남자보다 낫죠."

"이보게, 딸은 공부시킬 필요가 없어. 우리 딸도 중학교에 다닌 적이 없지만 똑같이 사십 위안 정도를 벌고 있잖수. 공부를 많이 해 봐야 소용없어. 그거 다 헛소리지. 우리 둘째는 겨우 삼사 년 공부했지만 사실 모두 혼자 연습해서 익힌 거라니까. 우리 손녀들과 작은딸도 둘째 손을 거쳐 자리 잡은 거라우."

"아, 유능하시군요, 신징(新京)에서 여기 둘째 아가씨 모르는 사람이 없습니다."

"아이구, 근데 우리 둘째도 한 가지 아쉬운 게 있지. 다들 짝이 있는데, 이리 나이를 먹었는데도 사위가 없으니…."

"그만하세요 할머니, 말씀이 너무 많으세요, 사람들 카드놀이 하고 있는 거 안 보이세요." 진이 엄마를 흘겨봤고, 엄마도 진을 쳐다봤다.

그때 둘째 언니가 작은 꾸러미를 들고 들어왔고, 엄마에게 새로 산 꽃무늬 유리 쟁반을 가져다 달라고 했다.

"내일 출근해야지, 아직도 안 자고 뭐 하니!" 언니는 나와 원을 보고 말했다. 그러면서 손에 잡히는 대로 서양배 하나를 집어 나에게 주었고, 진과 원에게도 건냈다. 나와 원, 그리고 엄마는 그제야 자러 들어갔다.

"언니는 꼭 우리한테만 먼저 자라고 하더라. 이렇게 떠들썩한데." 나는 속으로 언니를 원망했다.

"고모! 둘째 고모는 정말 원기 왕성해 보여요. 매일 그렇게 밤을 새우고 잘 시간도 없어 보이던데…." 진이 목을 내밀며 나에게 물었다.

"둘째 고모는 바쁘잖아!" 내가 그녀에게 말했다.

"무슨 멍청한 소리야, 둘째 고모는 카드게임을 하고 있잖아!" 원이 진을 툭 쳤다.

"너야말로 멍청한 소리 하고 있네. 어젯밤을 말하는 거잖아, 어젯밤에는 카드 안 쳤거든. 고모가 한밤중에 일어나 화장을 하더라고. 벌레가 무는 바람에 내가 잠이 깨서 베개를 보니까 둘째 고모가 없는 거야. 그러고 나서 한참 뒤에야, 아마 오늘 아침에 들어온 거 같아. 둘째 고모는 정말 이상해. 어디서 자는 거지? 잠을 안 잔다고? 잠도 안 자는데 고모가 피곤해하는 것도, 조는 것도 못 봤어." 진은 말을 길게 늘어뜨렸다.

"멍청한 계집애, 모르면서 무슨 말을 그렇게 늘어놓니!"

진과 원의 수다를 들으면서, 나 역시 둘째 언니가 어디서 잤는지 알 수 없었다.

남자 몇 명의 말소리에 언니의 가녀린 웃음소리가 섞여 들려왔는데, 이 웃음소리는 좀 이상하긴 했다. 참새 소리처럼 작지만 날카롭고 맹한 느낌이 나는 것 같은 웃음소리가 그렇게 카드 소리에 섞여 있었다.

4. 이케베(池邊) 씨는 마음이 따뜻하네요!

봉급은 모두 퇴근 후에 지급되는데, 언니는 나에게 자기 것도 같이 받아 오라고 하고는 파우더를 덧발랐다. 나는 사십 위안, 언니는 사십이 위안, 그 두 나쁜 것들 중 하나는 사십육 위안, 다른 하나는 사십팔 위안이었다. 사실 나와 둘째 언니가 일은 훨씬 많이 하고 있으며, 속도가 좀 더딜 뿐이지 맡은 일은 모두 깔끔하게 마무리한다. 나는 화가 나서 원고를 고쳐 준 젊은 이케베 씨에게 말했다. 이케베는 "내가 말이 느려요. 당신에게 돈 많이 주어야 해요. 오, 당신 한 것 아주 좋아요. 아, 리(李)상"이라고 말했다. 나는 둘째 언니처럼 웃었고, 언니도 이케베

옆의 테이블로 다가가 그에게 말했다.

"이케베 씨, 당신은 마음이 아주 따뜻하네요."

그는 새로 자른 언니 앞머리를 가리키며 이렇게 말했다.

"당신, 소녀 같습니다!"

나와 언니는 낄낄 웃었고, 언니는 이케베의 굵고 누런 담배 한 대를 빼앗았다. 두 원수는 나를 쳐다보지도 입을 내밀지도 않은 채, 아무 일 없는 것처럼 책을 보는 척했다. 정말 가관이다!

저녁에 엄마는 둘째 이모가 중매 선 일을 언니와 상의하고 있었다. 엄마 얘기로는 이모가 둘째 언니에게 소개한 그 남자는 아직 회사원이고 올해 겨우 스물일곱인데, 부인이 죽어서 둘째 언니가 그녀를 대신해 집에 들어가는 거라고 했다. 사실 둘째 부인 자리로 가는 것도 아닌 게, 그는 고향에 아내가 한 명 더 있으며 아이는 없다고 했다. 죽은 부인과 사이에 아들이 있지만 본처와는 아이가 없어서, 다른 사람을 구해도 그 사람을 고향에 데려가지는 않을 거라고 한다. 죽은 부인이 바로 이런 처지였으니, 엄마는 첩으로 가는 건 싫다고 했다. 언니는 그 남자의 외모가 별로라서 싫긴 하지만, 후처로 가는 건 상관없다고 했다.

"누가 그런 사람한테 시집을 가요. 나도 그 남자와 자주 마주치는데 아주 아편쟁이처럼 말라서 조금도 건강해 보이지 않아요." 진도 거들었다.

"그 사람, 아주 쩨쩨한 놈이야! 둘째 고모와 이혼한 둘째 고모부보다도 못해. 그만큼도 안 되는데 결혼을 할 수는 없지."

원도 끼어들었다. 엄마도 둘째 언니도 말없이 그저 눈치만 보고 있었다.

내 의견을 말하자면, 나는 그래도 언니가 시집가는 게 좋을 것 같다. 그 남자가 아니면 양복 입고 다니는 사람이면 된다. 한 울타리에 사는 샤오쩡 선생과 회사의 이케베 씨를 생각하면 둘 다 괜찮았다. 둘째 언니가 소개받은 그 남자를 나도 봤는데, 꽤 괜찮아 보였다. 엄마와 언니는 조건이 너무 나빠서 그 남자와는 안 한다고 하는데, 진과 원 역시 앞으로 냄새가 진동할 때까지 집에서 버틸 거다. 둘 다 시집 안 간다 안 간다 하지만, 시집 안 간다는 사람들이 오히려 남자한테 농담도 잘하고 놀기만 잘한다. 내가 입을 꾹 다물고 아무 말도 안 하는 이유는 내가 뭐라 얘기해도 안 믿을 테니까 그냥 눈치만 보고 있는 거다.

이튿날 엄마는 둘째 이모에게 언니가 그 선 자리를 원하지 않는다고 말했다. 이번 일은 그냥 접고 앞으로 좀 더 신경을 써 달라고 하니, 둘째 이모는 "아주 이상하지 않으면 하지 그래. 남자라면 누구 할 것 없이 처녀를 좋아하지 않겠어."라고 말했다. 엄마는 아무 말도 하지 않았다. 둘째 언니는 여전히 집에서 잠을 자지 않지만, 피곤하지도 졸려 보이지도 않았다.

소설집 『양극(兩極)』에 수록, 문예총간간행회(文藝叢刊刊行會) 1939년
(번역: 노정은)

란민

"선생님!" 제가 말하는 이 세 글자는 저의 스승이나 다른 어떤 이를 칭하는 대명사가 아니라 세상의 지존한 영감을 의미하는 말입니다. 저는 저주하고 울부짖기 시작했으며, 그저 당신의 은혜만을 간구할 따름입니다!

저는 열일곱 살의 어린 소녀으로 이 글은 바로 제가 쓰는 것입니다. 저는 열일곱 살의 소녀이 이처럼 심각한 우울증을 앓게 될 것이라고는 생각지도 못했습니다. 그리고 이렇게 어린 나이에 노인과 같이 아둔한 정신 상태를 가지게 되리라고는 믿지 못했습니다. 더욱이 어떨 때 저는 온전한 감정에서 벗어나 심한 난동을 부리고 싶기도 합니다. 이에 대한 확실한 증거는 제가 저의 아버지와 어머니, 그리고 스승에 대한 존경과 신뢰를 완전히 잃어버렸다는 데에 있습니다. 그리하여 저는 하늘이 부여한 본능을 벗어나 세상 사람들에게 불효자로 불리게 되었습니다. 일찍이 저의 어머니는 제 우울증을 걱정했습니다. 어머니는 제가 다른 또래들과는 조금 다르다는 것을 알았고, 이 병을 고치기 위해 아깝지만 몰래 모아 둔 돈을 써가며 유명하다는 의사를 모시기도 했습니다. 결국 저는 그들이 줄줄 외는 의학 지식의 보고(寶庫)를 공손하게 듣고 있어야만 했습니다. 그런데 선생님! 이게 저에게 무슨 이로운 점이 있단 말입니까?

선생님! 저는 제 스스로의 경험을 통해 소위 인류의 사랑이나 혈육 간의 정이라 하는 것들을 깊이 깨달았습니다. 단언컨대, 저의 집, 저의 아버지와 어머니 관계에서 제가 본 것은 그야말로 음험하고 악독한 속임수를 만들어 내는 것뿐이었습니다. 저는 이러한 속임수 속에서 성장했습니다. 저는 제가 이 속임수로부터 벗어나 스스로의 생활 방식을 찾아야만 정상적인 생활로 돌아갈 수 있다는 것을 알고 있습니다. 그러나 저는 이것이 열일곱 살의 소년이 버텨 내기에는 어려운 것임을 잘 알고 있습니다. 그런 까닭에 저는 어머니가 말하는 일반 청년들과는 다른 모습의 청년이 되기에 이르렀습니다. 저는 우울증이라는 중병을 앓으며 평범한 청년들이 가진 왕성한 생기를 잃어버렸고, 청년기의 예리한 지혜와도 멀어졌습니다. 무엇보다 저는 청춘의 고귀한 꿈을 상실했습니다.

어젯밤, 아버지의 강요로 어두운 불빛 아래에서 학교 공부를 복습하고 있을 때, 저의 신경은 또다시 혼란스럽고 답답해졌습니다. 그러자 저의 어머니는 마치 죄인을 감독하는 간수와 같은 눈빛으로 아버지 몰래 저에게 천편일률적인 교훈을 늘어놓기 시작했습니다.

"너는 말이다, 병이 있어. 너는 일반적인 청년들과는 달라 무엇을 해도 만족하지 못하지. 요새는 나에게 냉정하게 굴고 말이야. 어렸을 때는 나에게서 한 발짝도 떨어지지 않으려 하더니 모두 잊은 게냐. 도대체 요새 하루 종일 무슨 생각을 하는 거냐? 나하고는 말 한마디도 섞지 않으려 하고 말이야. 네가 내 품에서 나와 여태껏 이렇게 성장한 것을 잊은 게냐. 오랜 시간에 걸쳐 한 사람을 성인으로 성장시키는 게 얼마나 고된 일인지 아니? 네가 막 세상에 태어났을 때, 점쟁이에게 물어보니 네 팔자에 관운이 있다고 하더라. 그래서 나는 네가 성인이 되어 그럴싸한 관직이라도 하나 얻든지 혹은 돈 많은 부자가 되기를 얼마나 기대했는지 모른다. 그래서 늘그막에는 지금과 같은 가난에서 벗어나고, 네 아버지가 반평생 동안 돈 때문에 나를 괴롭힌 것에서 벗어날 수 있기를 기대했다. 그래야만 친족들은 내가 아들 하나는 잘 키워 늘그막의 팔자가 폈다고 하며 보는 사람마다 부러워할 것이니 말이다."

선생님! 이것이 바로 제가 기억이 있던 어린 시절부터 받아왔던 위대하신 어머니의 가르침이자 교훈이었습니다. 이 교훈은 저에게 세상의 재물과 명예로운 관직을 좇을 것을 가르쳐 주었고, 제가 권력과 재물을 좇아 생명을 바쳐 이것들을 쟁취하도록 만들었습니다. 선생님, 이것이 세상에서 말하는 혈육 간의 사랑입니까? 이것이 바로 세상의 정의로운 가르침입니까? 권력과 재물을 좇는 자야말로 세상에서 정의롭게 살아갈 수 있단 말입니까? 선생님, 간구하오니 제게 은혜를 내려 주시옵소서!

이렇게 제가 어머니의 사랑을 이해하고 받아들일 때부터 어머니는 저의 모든 행동을 냉정하게 감시하기 시작했습니다. 어머니는 제가 거리를 떠도는 소년들과 가깝게 지내는 것을 극렬히 반대했고, 가난한 친구들이 저를 찾아오는 것을 거절했습니다. 어머니는 제가 이 세상 위대한 어머니들이 겪는 양육의 고난을 가볍게 여기지 못하도록, 권력과 재물을 좇는 생존 방식의 한계를 벗어나지 못하도록 만들었습니다. 그래서 저는 그 떠돌이 소년들을 더욱 선망했고, 부유한 사람들에게 외면받은 채 떠돌아다니는 그들에게 무한한 동정심이 일기 시작했습니다. 선생님! 이것은 그저 호기심에 의한 행동이었지 마음속에서 우러나는 인간적인 사랑은 아니었습니다. 그래서 저는 냉정한 시선에서 떠돌이 소년들의 실제 생활을 관찰해 보기로 했습니다. 그러나 그들이 부자들이 하는 부도덕한 행위보다 더 나쁜 행동을 하는 것은 찾아볼 수 없었습니다. 그리하여 저는 어머니가 또다시 동일한 법칙을 가지고 제 어린 동생들을 훈계하는 모습을 보고 경멸했습니다. 게다가 어머니는 저와 제 동생들의 눈앞에서, 괴팍한 아버지 곁에서 자신이 어떻게 돈을 모으고 가세를 일으켰는지와 같은 퍽 감격스러운 이야기들을 늘어놓으며 연기를 했습니다. 하지만 제가 본 것이라고는 어머니가 시도 때도 없이 기만과 속임수, 모략을 써서 아버지가 가진 것을 뺏어 가는 것이었습니다. 제가 이러한 말로 저를 낳아 주신 어머니를 형용하는 것을 세상 사람들이 본다면 아마 대역무도한 짓이라 생각할 것입니다. 그러나 선생님! 부디 이해해 주십시오. 이러한 수식어가 아니라면 저는 어떤 적당한 말로 이를 표현할 수 있을지 도저히 모르겠습니다.

언젠가 한번, 저의 아버지는 자기가 고생해서 모은 돈의 일부를 돌아가신 먼 친척 과부 할머니의 장례를 위해 내놓았습니다. 그리고는 꼬박 닷새 동안 직접 장례 준비를 하기도 했습니다. 이 사건은 제 아버지가 여태껏 잘 사는 친척들의 장례를 위해 단 한 번도 나선 적이 없었던 관례를 깨뜨린 것이었습니다. 더욱이 제 외가 쪽에서 저의 외조부는 친척 중 제일가는 부자였습니다. 어머니는 너무 분한 나머지 저에게 아버지의 욕을 해댔습니다. 하지만 친척들은 아버지의 선량한 마음과 의로운 행동을 칭찬했습니다. 그날 밤 어머니는 저에게 말했습니다. "보거라, 네 괴팍한 아버지를 말이야. 그는 정말 이상한 사람이야. 집에서 귀한 아가씨였던 내가 네 아버지한테 시집을 와서는 여태껏 혼수만 다 써 버리고 말았단다. 내가 쓰는 비용이라든지, 심지어 사람 부리는 것, 의료비조차도 그는 단 한 푼도 준 적이 없고, 모두 다 네 외할아버지한테 기대야만 했다. 이는 부양의 의무를 저버리는 것이야. 그런데 이번에 먼 친척 과부 할머니에게 그렇게나 돈을 쓰다니, 도대체 그 과부 할머니가 자기한테 무슨 온정을 베풀었길래, 왜 자기가 나서서 그녀의 장례를 치르고, 지극정성으로 효를 다한다는 게냐? 얼마나 사람을 원통하게 하는지, 그러면서 자기 처와 자식들은 실컷 고생시키고 줄 돈도 그렇게 아끼면서 왜 상관도 없는 사람에게 그렇게 돈을 쓰는 건지. 이게 바로 네 아버지가 말하는 자선이란다! 네 아버지는 자기도 언젠가는 늙을 거라는 사실을 완전히 잊고 있어. 그는 자식들이 효도할 것은 물론, 죽은 후 자기를 위해 장례를 치러 줄 거라 기대하지 말아야 해….”

선생님! 아버지에 대한 제 어머니의 이러한 저주는 소위 사람들이 말하는 의로운 저항을 증명하는 것입니까?

이튿날 바로 제 어머니는 아버지가 먹을 쌀 한 톨까지 다 써 버리는 행위로 그의 고귀한 의도를 산산조각 냈습니다. 어머니는 아버지가 산 물건을 혼자서만 사용했고, 맛있는 음식을 만들면 아버지 몰래 먹었습니다. 그러고는 제 인색한 아버지를 위해서는 밥상에 간소한 음식들만 차려 냈습니다. 돈에 대한 권한은 전부 아버지의 수중에 있었기 때문에 어머니는 이런 사소한 것에서만 혼자만의 권리를 누릴 수 있었습니다. 선생님, 이 모든 것이 제 눈에는 다 모순적으로 보입니다.

이상의 예시들은 제 어머니의 악랄한 이기심이 탄생하게 된 동기입니다. 어머니는 아버지의 인색함을 깔아뭉개며 저에게 자신의 공적을 설명했습니다. 어머니가 제게 훈계의 구실로 삼았던 말들을 아래에 몇 자 옮겨 보겠습니다.

“너는 말이다, 내가 혼자서 키운 거야. 기억하렴. 네 아버지는 양육의 책임을 진 적이 없어. 그저 너에게 공부나 하라고 몰아붙일 뿐이지, 너네한테 드는 비용은 한 푼도 부담한 적이 없단다. 세상에서 어머니의 은혜보다 귀중한 것은 없지. 특히 네 아버지랑 비교해서 나는….”

선생님! 저는 이와 같은 양육 권한의 쟁탈전 사이에서 방황하며 자식으로서 부모에게 효를 다해야 한다는 생각에 이르렀습니다. 이 밖에 제가 무슨 교훈을 얻을 수 있단 말입니까? 어머니의 이러한 말들은 제가 성인이 되며 겪는 심경의 변화 과정에서 자식으로서 할 수 있는 모든 것을 다해야 한다는 관념을 가지도록 만들었습니다. 그리고 어머니는 저를 세상 누구나가 칭찬할 만한 아들로 만들어 남편과 가족들에게 과시하고자 했습니다. 그리고 만약 제가 부자가 된다면 가난함에서 벗어나고자 하는 어머니의 욕망을 충족시켜 줄 것입니다. 이는 두 가지를 다 얻는 동시에 그녀의 고생이 만들어 낸 아름다운 기적을 증명하는 것이 되겠지요.

선생님! 그다음으로 제가 말하고자 하는 것은 저의 괴팍한 아버지에 관한 것입니다. 열일곱 살 청년인 저는 분명한 관념이나 예술가와 같은 필력도 없습니다만, 제 아버지의 모습을 축약해 묘사해 보고자 합니다.

선생님! 제 어머니는 이미 '인색'이라는 두 글자로 제 아버지의 생활 방식을 형용했습니다. 저의 아버지는 소위 부유한 사람들이 경멸하는 자신의 재산을 지키는 데는 선수인 사람이자, 세상 사람들이 보기에도 평범하기 그지없는 사람입니다. 아버지는 높은 관직에 나아간 적도 없으며, 부자나 권력자들과 관계를 맺는 것도 싫어하는 사람입니다. 그는 부자나 권력자들 앞에서 경의를 보인 적도 없으며, 그들에게 머리를 숙인다거나 자신의 청렴함을 드러내고자 한 적은 더더욱 없습니다. 그는 도박이란 것도 할 줄 모르며 여태껏 여색에 빠진 적도 없습니다. 게다가 부자들의 고귀한 향락을 추구하지도 않으며 세상의 모든 호화스러운 것에도 관심이 없습니다. 그의 삶 속에는 투쟁이나 거짓이 없으며 사치는 더더욱 없습니다. 아버지는 그저 조상으로부터 물려받은 얼마 안 되는 재산과 자신의 권한을 지키기를 바랄 뿐입니다. 그런데 이런 예를 들기보다는 오히려 그가 맹목적으로 자신의 생존 신념을 지키고자 행동하는 것을 말하는 편이 나을 것입니다. 그러나 그는 자신의 생활신조에 세상 사람들의 칭찬이라는 영광을 덧칠해 스스로의 청렴함을 증명하기도 원하지 않습니다. 이는 인류가 보유한 극히 드문 습성을 보여 주는 사례로 일종의 단순하고도 옹졸한 충직함이라 할 수 있습니다. 그는 자식들이 쓸모없는 종이 한 장을 밟는 것에도 고통을 느꼈는데, 이는 그의 신념을 무너뜨리는 것이었기 때문입니다. 그는 이런 작은 일들로 밤낮 노심초사하며 괴로워했습니다. 그리하여 그는 혈육 간의 정도 저버린 채 분노했고, 끝없는 잔소리가 이어졌습니다. 그는 자신의 삶을 이와 같은 작은 일들에 완전히 허비했습니다. 이로 인해 그는 친족들의 멸시 섞인 조롱거리가 되고 혹독한 비난을 받기도 했습니다. 또한, 자칭 지혜롭다는 사람들로부터 그가 만물의 존재에 대해 잘못 알고 있으며 자신의 삶을 남용하고 있다는 지적을 받기도 했습니다. 그러나 이러한 혹평의 마지막에는 그의 굳은 의지와 고집에 대한 감탄만이 남을 뿐이었습니다.

아버지는 제 어머니가 비난했듯이 자녀 양육에 대한 책임의 의무를 저버렸습니다. 그는 돈은 한 푼도 쓰지 않았지만, 저에게 책을 암기할 것을 독촉하는 일은 항상 잊지 않았습니다.

그는 매일 아침 저에게 일찍 일어날 것을 명령했고, 아침을 먹지 않고 학교에 갈 것을 지시했습니다. 그는 제가 운동하는 것을 반대했는데, 운동은 경망하고 방탕한 소년들이 가진 나쁜 습관이라고 여겼기 때문입니다. 제가 운동을 하다 부주의하여 새 신발을 망가뜨리기라도 할 때면, 그는 곧바로 제가 방탕함에 빠져 노는 것에만 정신이 팔려 있다며 혼을 냈습니다. 그러고는 제게 낡아 빠진 집 안에 떨어진 돌 부스러기를 줍고 먼지를 청소하라는 벌을 내렸습니다. 또한 제가 어쩌다 음식의 맛을 칭찬하기라도 할 때면 그는 바로 화를 내면서 저를 음식을 탐하는 졸렬한 자라고 끊임없이 질책했습니다. 그러고는 저를 세상 사람들에게는 칭찬받지만 연약하기만 한 서생으로 만들려고 했습니다. 무엇보다 그는 저를 자신의 기준에서 우상으로 생각하는 그런 사람으로 만들고자 했습니다. 그리하여 그는 다른 청년들이 자신이 생각하는 악랄한 행위를 하면 곧바로 욕을 퍼부었습니다. 그러고는 제가 밖에서 다른 청년들과 어울리는 것을 금지했고, 그저 어두운 등불 아래에서 쓸모없는 책만 외우도록 묶어 두었습니다.

선생님! 이렇게 비정한 교훈과 가르침이 제가 인생을 살아가는 데 있어 무슨 이익이 된단 말입니까? 선생님! 이것을 불합리한 법칙의 행위라고 말해도 될까요? 그렇다면 분명 세상 사람들은 저를 죄 많은 불효자식이라고 욕할지 모르겠습니다. 그러나 세상 사람들이 어떤 말로 이처럼 불합리한 법칙의 증거를 부인할 수 있을지는 모르겠습니다.

여덟 살인 제 남동생은 사흘 전 아버지에게 교복을 살 돈을 달라고 졸라야만 했습니다. 심지어 이미 돈을 내야 하는 기간이 한참 지났던 터라 제 남동생은 학교에서 선생님의 질책과 친구들의 조롱을 받아야만 했는데, 이로 인해 그의 병세가 악화되었습니다. 학교에서 교복을 나눠 주기 시작했을 때, 제 동생은 이미 세상을 떠난 뒤였습니다. 이 사건은 제 아버지가 세상에서 얼마나 잔혹한 사람인지를 증명하기보다는 그가 얼마나 불합리한 사람인지를 증명하고 있습니다.

선생님! 그리하여 저는 이 불합리한 생존 방식에 모순을 느꼈고, 이 모든 것들은 미성숙한 제 영혼을 고통스럽게 만들었습니다. 저는 인간에 대한 믿음을 상실했고, 혈육 간의 사랑을 의심하게 되었으며 이 모든 것은 제 영혼이 변화하는 데 밑거름이 되었습니다. 그리하여 저는 이로부터 도망쳐* 그저 망상을 좇았습니다. 그리고 저는 생명에 큰 위협을 느꼈습니다. 선생님, 이것은 열일곱 살 소년이 가질 만한 변태적인 심리인가요? 저는 지혜로운 자가 아니기에 스스로의 나약함과 무능함을 교묘히 숨길 수도 없습니다. 제 미성숙한 영혼으로 판단해 보건대, 저는 앞으로 펼쳐질 제 인생에 대해 공포감을 느끼고 있습니다. 그리하여 선생님, 간구하오니 제게 은혜를 베풀어 주십시오!

선생님! 이 모든 것들은 제가 아버지와 어머니에 대한 믿음

---

* 원문에서는 글자 하나가 확인되지 않고 있으나 문맥상 '탈피하다, 도망가다'로 추측 가능하다.-역주

을 잃고 그들을 증오하도록 만들었습니다. 그리하여 선과 악을 분명히 따지고자 하는 어머니의 눈에 저는 소위 불효자로 인식되었습니다. 어머니는 저에게 한결같이 잔소리를 해 댔고, 자신의 충언을 들을 것을 강요했습니다. 마치 몹쓸 병과 같은 증오심으로 인해 제가 어머니와 한두 마디 언쟁이라도 할 때면, 그녀는 미친 사람마냥 울부짖으며 저에게 욕을 퍼부었습니다.

"뭐라고? 나는 네 어미다. 이 세상 누구도 자기 어머니를 무시하고, 그 지위를 멸시하는 사람은 없다. 네가 거리의 떠돌이 소년들과 어울리고 그들의 행동을 배우고자 하는 것은 불효라는 죄악에 빠져드는 것이야. 예로부터 전해 내려오는 효심과 관련한 아름다운 이야기들을 모른단 말이냐? 이는 앞으로도 대대손손 전해질 거야. 효의 길에서 벗어나려는 청년은 어떤 것으로도 그 죄를 씻을 방법이 없다. 내가 너 때문에 겪었던 모든 고생이 다 물거품이 된다면 나는 평생을 불행 속에서 살아가야 하겠지…."

선생님! 어머니는 제 눈앞에서 울며 당신의 온갖 괴로움을 드러냈습니다. 그리하여 저는 아무 말도 할 수 없었습니다. 선생님, 제가 불합리한 권세에 빠져든 것이 아닌지요? 그러던 중 저는 소위 세상에서 말하는 불효라는 악한 생각을 떠올리게 되었고, 불량한 자식이 되는 망상을 하며 부모를 배신하고자 했습니다. 그러나 저는 이러한 불효의 방식을 어떻게 해야 하는지 모르며, 거리의 소년들과 같이 남을 속이는 교묘한 말을 할 줄도 모릅니다. 또한 저는 신에게 벌을 받을 만한 그런 속임수가 두려웠습니다. 그래서 저는 다시 현실에 안주했습니다만, 그렇다고 세상 사람들이 욕하는 패덕과 불효라는 명사에서 벗어날 수도 없어 그저 일생을 고통스럽게 살아갈 뿐입니다.

어젯밤, 학교에서 돌아온 저는 철학개론 책을 한 권 사고자 어머니께 돈을 요구했습니다. 선생님, 아시겠지만 제가 어떤 이유로든 돈을 요구할 때 제 어머니는 거절하는 법이 별로 없습니다. 이는 어머니가 자신의 언행에 대한 증거를 남기고자 하는 것으로, 본인이 자식을 가르치고 키우는 데 있어 고생하고 있음을 증명하려는 것입니다. 그런데 나중에 아버지가 이 일을 알게 되었습니다. 그러자 아버지는 크게 화를 내며 분노했고 어머니와 저를 공격하기 시작했습니다.

"우물에 앉아 망상을 하고 있는 꼴이군. 또 무슨 철학을 공부한다고? 철학을 연구하면 관직을 얻을 수 있단 말이냐? 아니면 부자가 된단 말이냐? 꿈 깨라고. 내가 비록 가난하다지만 네 덕은 기대하지도 않는다. 너는 네 자신을 알아야 해. 학교 공부도 제대로 하지 않으면서. 네 성적 좀 봐라. 이렇게 쓸데없는 망상이나 하다니 다 배가 불러서 그래. 할 일이 없으니 이런 잡생각이고 하고 말이야. 이런 경망한 꼴을 더 이상 봐줄 수가 없군…."

이 말은 어머니의 심기를 건드렸고, 심지어 그녀가 평소 남편을 두려워하던 마음마저도 완전히 사라지게 만들었습니다.

"당신은 망상도 하지 말고 집에 앉아 그저 조상이 남긴 그 쥐꼬리만 한 돈을 평생 지켜요! 그러려면 먹지도 마시지도 말고,

한 푼도 쓰지 않아야 할 거예요. 그렇지 않으면 언젠가는 앉아서 그 재산을 다 까먹을 테니깐요. 당신은 그저 가진 것을 지킬 줄만 알지 생산이라는 걸 모르지요. 온갖 말로 권력과 재물을 반대하면서 말이에요. 가난하지만 청렴하게 살고자 한다는 이유로 자식들까지 그렇게 고생하며 살게 할 작정인가요! 당신은 집안이 부유하게 되는 영광 따위는 바라지 않는다지만, 이런 가난은 당신이나 견디지, 다른 사람은 당신과 같을 수 없다고요…."

"맞소!"

미동도 없던 아버지는 큰 모욕을 당했다는 듯 어머니의 말을 끊으며 대답했다.

"그렇소! 당신은 가난을 참을 수 없겠지. 그럼 왜 아직까지도 이 집안에 미련을 두고 있소? 왜 반평생 동안 원망하는 비극적 운명을 벗어나지 않는 게요? 내가 살아 있는 동안에는 당신과 애들이 탐욕을 부리고 망상하는 것을 단 하루도 허락할 수 없소. 눈만 떠도 세상에는 수많은 부자가 있지 않소? 가난이 싫다면 스스로 억울해할 필요가 없소. 아니면 당신은 영원히 당신이 원하는 이상적 행복을 실현할 수 없을 것이오."

이 논쟁 이후, 아버지는 마치 모든 사람과 천추의 한이 있는 듯 화를 내기 시작했습니다. 그는 자식들에게 화를 냈고 우리의 행동에서 벌을 줄 만한 것을 찾아내고자 했습니다. 그가 외조부 집안사람들을 만나기를 거부할 때까지, 저희들은 이 전쟁의 공포에 휩싸여 분노와 질책이 가득한 공기 속에서 두려움에 떨어야만 했습니다.

선생님! 어쩌면 이러한 현상들을 세상의 평범한 이야기라고 말할 수도 있습니다. 그러나 이것이 한 소년의 선량한 영혼을 해치지는 않는다고 누가 감히 쉽게 부정할 수 있겠습니까?

선생님이시여! 간구하오니 제게 은혜를 베풀어 주소서!

저의 어머니는 자신의 주장을 관철하지 못하자 화가 잔뜩 났고, 계속해서 본인의 한결같은 생각을 고집하였습니다. 그녀는 자신이 저의 행복을 위해 희생하고 심혈을 기울인 것을 잊지 말라고 당부했습니다. 그녀의 간곡한 잔소리를 저는 완전히 외울 수 있을 정도가 되었습니다. "얘야, 권력을 좇고, 재물을 추구해야 한다. 권력과 재물을 통해 세상의 행복을 쟁취해야 해."

그래서 저는 이러한 권력과 재물을 극도로 혐오하게 되었습니다. 비록 추위와 배고픔, 불운이 떠오른 적도 있지만요.

선생님! 세 번째 사건은 이것입니다. 저는 일찍이 객관적인 시선에서 제 유일한 여동생을 세심하게 관찰해 본 적이 있습니다. 저는 항상 제 여동생이 다 썩은 과일을 먹는 것에 분노했습니다. 이 과일은 길에 버려진 것을 주워 온 것도, 길가 상점을 지나다 사 온 것도 아니었고, 그저 우연한 기회에 공짜로 얻은 것이었습니다. 그러나 아버지는 마치 진귀한 보물을 소중히 간직하듯 그것을 썩을 때까지 보관한 후에야 비로소 일부분을 떼어 제 여동생에게 주었습니다. 어쩌다 여동생이 실수로 손에 쥐고 있던 과자를 땅에 떨어뜨리기라도 하면 아버지는 즉시 여동생에게 땅에 떨어져 흙이 묻은 과자를 입안에 집어넣으라고 강요했습니다. 언젠가 한번 저는 여동생이 손에 천 조각 하나를 들고 놀고 있는 것을 보았습니다. 이때도 역시 아버지는 그 천 조각을 빼앗아 보관하고는 여동생에게 바느질을 배우게 되면 다시 주겠노라고 말했습니다. 아버지는 여자아이가 밖에서 노는 것을 강하게 반대했습니다. 그래서 제 여동생은 어렸을 때도 방 안에만 갇혀 삼촌이 어린 시절 가지고 놀던 장난감만을 가지고 놀아야만 했습니다. 장난감들은 매우 낡았지만 저 역시 어린 시절 그것들을 보물과 같이 여기곤 했습니다. 아버지는 그 때 묻은 장난감들을 여동생에게 주며 절대로 망가트리지 말라고 신신당부했습니다. 아버지가 여동생에게 이렇게 당부하는 이유는 언젠가 제가 작은 칼로 장난감의 표면을 살짝 긁은 적이 있었기 때문인데, 그로 인해 저는 아버지에게 집안을 말아먹을 놈이라는 욕을 먹어야만 했습니다.

이런 연유로 여동생은 매번 다른 사람의 음식이나 물건을 보면 탐을 냈고, 어떤 때는 이러한 탐심을 참지 못해 그것을 훔쳐야겠다는 나쁜 생각까지 하기도 했습니다.

언젠가 한번 저는 제 여동생이 외조부 집 아이들의 그림 붓을 훔치는 모습을 몰래 훔쳐보았습니다. 붓을 가지고 놀며 한참을 좋아하던 여동생은 저에게 그 모습을 들키자 혼비백산했습니다. 겁을 먹은 그녀는 하는 수 없이 자신의 진귀한 보물을 저에게 내줄 수밖에 없었습니다. 물론 여동생은 그 물건을 포기하고 싶어 하지 않았습니다. 이 사건은 제 여동생이 물건을 훔치는 행위에 수치스러움을 느끼지 않고 있다는 것을 충분히 증명하는 것이기도 했습니다. 사실 그녀가 당황하며 놀랐던 이유는 아버지가 풀 한 포기, 물건 하나라도 낭비하는 것은 집안을 망하게 하는 것이라고 한 훈계가 생각났기 때문이었습니다.

선생님! 비록 쉽지 않겠지만 이런 나쁜 생각이 주입된 어린 여자아이를 다시 선(善)의 길로 인도할 수 있을까요? 지혜로운 자 앞에서 저는 제 스스로의 존재를 숨길 수 없습니다. 사실은 저 역시 이와 같은 수많은 악행 속에 빠져 있기 때문입니다. 그리하여 간구하오니 제게 은혜를 베풀어 주소서!

선생님! 저는 열일곱 살의 소년입니다. 어쩌면 저는 가정과 학교, 그리고 친족이라는 아주 작은 범위에서의 삶만을 경험해 본 어린아이라고 말하는 것이 나을지도 모르겠습니다. 저는 아직 사회에 발을 들여놓지도, 미지의 복잡한 생존 여정에 발을 담그지도 못했습니다. 그렇기에 저는 제가 매일 발을 들일 수밖에 없는 학교생활에 대해 몇 자 적어 보도록 하겠습니다!

첫째, 제가 학교 선생님에게 받는 지도와 우리 집안의 훈계는 그야말로 하나의 대립을 형성합니다. 비록 깊이 있게 설명할 수는 없지만, 예를 들어 제 아버지는 저에게 기계적으로 책을 암기하라고 가르치는 반면, 학교 선생님은 그런 방식은 지혜를 추구하는 가장 유치한 방식이라고 했습니다. 또 다른 예로 저의 아버지는 운동을 반대하는데 이는 불량한 소년들이 유일하게 할 줄 아는 기술이라고 생각하기 때문입니다! 그러나 학교 선생님은 되레 운동을 통해 청년의 중요한 근본을 가르치고자 합니다. 또한 제 어머니는 저에게 재물과 권력을 추구하도록 가르쳤는데, 이로 인해 저는 되레 친구들에게 저속하고 비열하다는 소리를 듣는 수치를 당해야만 했습니다. 그저 열일곱 살의 소년인 제가 이처럼 서로 모순적인 문제들을 어떻게 해석해야 하는지요? 제가 이러한 모순을 해결하고자 하는 이유는 소위 세상의 명예란 것을 얻기 위한 균형을 잡으려는 것도 아니며, 스스로가 수치스럽고 저급한 자로 전락하는 것이 두렵기 때문도 아닙니다. 더욱이 이러한 미(美)와 악(惡)의 단어를 사용해 지혜로운 자에게 미움을 받을 것을 경계하고자 함도 아닙니다. 그런데 선생님! 당신도 제가 영웅을 사모해 그를 위해 말을 많이 한다고 생각하십니까? 혹은 성자를 숭배해 그를 위해 쟁론하는 것이라고 생각하십니까?

여기까지 쓰고 보니, 갑자기 저는 제 말이 공론으로만 흘러가고 있다는 것을 깨달았습니다. 물론 저는 실제적인 증거를 찾아내 제가 한 쓸데없는 말들을 증명해 내야겠지요.

저는 일찍이 시험에서 조금이나마 더 좋은 점수를 얻기 위해 친구들을 배신하고 혼자 학교 교실에서 죽을힘을 다해 공부하곤 했던 것을 기억합니다. 이렇게 얻은 성적으로 저는 학교 선생님에게는 칭찬과 상을 받았지만, 친구들에게는 이기적이고 질투심이 많은 녀석이라는 비난과 함께 교활하고 간사한 놈이라는 욕을 들었습니다. 이후 저는 아버지의 강요로 인해 운동과목을 기피했는데, 이로 인해 선생님으로부터 질타와 벌을, 친구들로부터는 부패하고 멍청한 녀석이라며 비웃음을 사기도 했습니다.

이때부터 저는 학교 공부를 소홀히 하기 시작했습니다. 학교 교과목이 학술 추구라는 제 오랜 망상에 무슨 도움이 된단 말입니까? 그러나 저는 결국 또 눈앞에 있는 천박한 생각에서 벗어나지 못하고, 학교 선생님과 친구들 사이에서 비겁하게 행동했습니다. 쓸모없는 책을 죽어라 공부하라는 아버지의 강요는 더욱 심해졌는데, 여기에는 학교 교과의 성적을 위한 것이라는 그럴싸한 구실이 깔려 있었습니다. 재물에 대해 과도한 욕심을 지닌 어머니는 이를 보고 저에 대한 경계심이 생겨나기 시작했습니다. 어머니는 부자들의 온갖 눈부신 업적들로 저를 미혹했습니다. 그리고는 간절한 말투로 제가 그들의 영광스러운 업적에 심취할 것을 세뇌시켰습니다. 또한 장자(長子)라는 제 지위를 들먹이며 저를 위협하기도 했습니다.

선생님! 이 모든 것들은 저를 위협하고 있으며 저는 제 모든 기대가 물거품처럼 사라지는 것을 느끼고 있습니다. 한때 저는 제 어린 마음의 문을 걸어 잠근 채, 저만의 작은 세계를 멸망시켜 없애 버리려고도 했습니다. 인류를 향해 슬피 울부짖기도 했고, 이로부터 달아나고자 하는 허황한 생각을 하기도 했습니다. 다른 한편으로는 저 역시 지혜로운 자의 정신을 본받아 이 세상의 모든 오류와 투쟁을 하려고도 했습니다. 그러나 전자에는 경계심이 일었고, 후자에는 희생이 따랐습니다. 그리고 이는 결코 미성숙한 소년이 해낼 수 있는 일도, 순진한 소년이 저항할 수 있는 것도 아니었습니다. 그리하여 저는 잠시 이 극렬한 싸움을 포기할 수밖에 없었습니다. 선생님, 당신은 분명히 제가 현실을 회피했다고 말할 것입니다. 바라건대 다시 한번 당신의 지혜를 간구하옵니다!

선생님! 마지막으로 저는 제가 만났던 친족들에 대해 이야기하려 합니다. 친족들과 교류하기 시작했을 때 제가 얼마나 겁쟁이 같은 존재였는지를 과연 어떤 말로 형용할 수 있을까요? 돈과 권력을 가진 친족들은 저와 그들 사이에 분명한 귀천의 경계가 있음을 보여 주었습니다. 그들은 재물로 저의 가치를 저울질했고, 빈천한 위치에 있던 저는 그들에게 제 스스로가 가난하고 평범한 사람임을 증명해야만 했습니다. 저는 유년 시절 부유한 친족들 사이에서 자라긴 했으나 오로지 제 외조부로부터만 물질적 도움을 받았을 뿐입니다. 외조부의 무조건적인 도움은 제 자존감의 고결성을 앗아 갔습니다. 그러나 어머니는 되레 이것을 자녀들로부터 평생의 존경심을 얻는 방편으로 삼았습니다. 무엇보다 어머니는 이를 통해 아버지 앞에서 자신의 위치를 은근슬쩍 높이고자 했습니다. 외조부에게 있어 이러한 베풂은 그저 당연한 의무였습니다. 그렇기에 어머니는 항상 기회를 틈타 외조부로부터 약간의 재물을 뜯어내고자 했고, 이를 사람들에게 과시했습니다. 반면, 저는 외가 쪽 동갑내기 친척들과 어울릴 당시 종종 작은 갈등으로 인해 그들—재물과 권력으로 자신의 고귀함을 변증하며 모든 것을 경멸하는 자들—로부터 능욕을 당하곤 했습니다. 그들은 저를 가난한 속물이자 그저 남의 재물을 취하려는 사람으로만 여겼습니다. 저는 어린 시절 돈 있는 자들이 독재자처럼 권세를 부리는 모습을 보며,

제 가난하고 비천한 처지를 탄식했습니다. 그래서 저는 항상 부자들 앞에서 주눅이 들어 있었습니다. 게다가 저의 어머니가 외조부의 재물을 가지고 과시하면 할수록 제 두려움은 더욱 커져 갔습니다. 재물을 소유하는 데 급급한 저의 어머니는 매번 외조부 집안 식구들이 돈을 물 쓰듯 하는 것을 질투했고, 외조부를 속여 약간의 돈을 얻어 내곤 했습니다.

저는 이와 같은 많은 일들을 잊을 수 없습니다. 어린 시절 외조부 집을 방문해 동갑내기 친척들과 만날 때면 그들은 허름한 옷을 입은 저와 함께 식탁에 앉기를 꺼렸고, 오히려 자신들의 화려한 옷을 저에게 자랑하곤 했습니다. 함께 놀이를 할 때면, 그들은 저에게 비천한 종 역할을 시켰고, 자신들이 가진 부와 명예로 저를 위협하곤 했습니다. 이렇듯 서로 장난을 치는 와중에도 그들은 자신들이 가진 부와 권력을 음미했고, 저를 억눌러 자신들에게 머리 숙이도록 만드는 것에서 만족감을 느꼈습니다.

선생님! 이러한 일들로 저의 아버지는 제가 이들과 어울리는 것을 금지했고, 저에게 그들과의 왕래를 끊고 쓸모없는 책만 죽도록 공부할 것을 명령했습니다. 아버지는 부유한 집 자녀들의 악랄한 행실을 예로 들며, 그들이 상대할 가치가 없는 자들이라고 말했습니다. 그러나 어머니는 되레 저에게 구구절절 세상의 재물과 권력에 관한 이야기를 했고, 저에게 부자가 되기 위해 싸울 것을 강요했습니다. 선생님! 이렇게 유약한 소년기에 제가 무슨 방법으로 완벽한 삶을 위한 투쟁을 할 수 있단 말입니까? 또한 그때 제가 느낀 무기력함, 분노, 그리고 증오를 무슨 방법으로 보상받을 수 있을까요… 저는 무슨 말로 이를 형용해야 할지, 제 솔직한 감정을 증명해야 할지, 그리고 이토록 기이한 운명의 장난을 묘사해야 할지 모르겠습니다. 사람을 농락하는 이러한 복잡한 감정, 생각과 행동의 혼돈 속에서 저는 제 운명을 열어젖혔습니다.

선생님! 저는 모든 것을 당신에게 털어놓고자 합니다. 제 부유한 친척들은 그 후에도 여전히 화려한 의복을 입은 채 가난하고 비천한 자들에게 자신들의 명예를 과시했습니다. 그리고 저는 여전히 그들 사이에서 비겁하게 생존하며 그저 몰래 그들의 생활을 관찰할 뿐이었습니다. 선생님, 제가 성인이 되면 저는 제 자신이 방관자였음을 순순히 인정할 것입니다. 이 밖에 어떤 방법으로 저의 비겁함을 메꿀 수 있겠습니까! 저 역시 언젠가는 우주 만물이 뒤바뀌는 날이 오리라는 것을 알고 있습니다.

선생님! 저는 한때 사람들이 떠돌이 불량소년들이라고 일컫는 자들의 삶을 동경한 적도 있습니다. 이는 제가 지혜로운 자들의 우아한 단어에 현혹되어 일부러 그런 행동을 한 것이 아니라 순전히 충동적인 것이었습니다. 저는 단순히 그들과 알고 지내려던 것뿐만 아니라 여러 번 그들 무리에 섞여 들어가고자 시도하기까지 했습니다. 선생님! 이런 사람은 세상에 많고 많습니다. 그러나 제가 용기를 내어 그들과 어울리고자 했을 때, 저는 즉시 제가 생활의 정상적인 노선에서 역행하고 있다는 것과 그동안 사람들에게 선량하다고 칭찬받았던 제 인생의 궤도에서 벗어나고 있음을 발견했습니다. 비록 저는 이러한 인생의 궤도가 그저 잔혹한 속임수이자 저의 신념을 속박하는 것임을 알고 있었지만 그렇다고 해서 그들의 세계에서 절대적으로 지지할 만한, 진실한 삶을 창조할 수 있는 지혜를 찾는 것도 불가능했습니다. 결국, 저는 주변의 옳지 않은 세력을 보고도 그것을 관망할 수밖에 없었습니다. 선생님! 이 상황에 대해 당신은 제가 이토록 퇴폐하고 속물적인 관념을 가지게 된 이유가 오직 저의 혈통과 교양의 문제 때문이라고 말씀하시렵니까? 하지만 저는 나중에 그 떠돌이 소년들이 사람들이 손가락질하는 패덕하고 비열한 짓을 하고, 인류가 증오하는 각종 악랄한 행동을 서슴지 않는 것을 목격하게 되었습니다. 저는 그들이 단순히 재미를 위해 사람들에게 교활한 속임수를 쓰는 것을 목격했습니다. 그들은 색정을 좇아 세상의 선한 도의를 저버렸고, 쾌락을 탐닉하며 사회의 도덕적 윤리를 배반했습니다. 선생님! 당신은 이러한 생존 방식이 그래도 솔직함을 잃지 않은 것이라 말씀하시렵니까? 아니면, 이러한 솔직함이 바로 방황하는 수많은 소년을 유혹할 수 있는 것이라고 말씀하시렵니까? 그런데 선생님, 당신께서도 이것이 무지와 음탕함, 사악함으로 향하는 세상에서 가장 위험한 행동이라고 말씀하시렵니까? 이러한 행위는 세상의 혼란과 속임수, 투쟁만을 만들어 낸다고 하실 것인가요?

선생님! 저는 이 페이지에서 저의 유치한 글을 마무리하며 이별을 고하고자 합니다. 저의 하나뿐인 여동생은 지금 병든 채 나무 침대 위에 누워 가쁜 숨을 들이쉬고 있습니다. 저의 어머니는 아마도 또 혼자서만 몰래 맛있는 음식을 먹고 있을 것입니다. 어머니는 주방에서 나와 아버지에게 간소한 음식을 차려 주며 이렇게 영양가 없는 음식은 먹기 싫다며 함께 식사하는 것을 거부했습니다. 또한 저는 아버지가 식사 도중에 땅에 떨어진 밥 한 알을 아까워하며 줍는 모습을 보았습니다. 그리고 그 순간 저는 그 밥 한 알로 인해 아버지의 잔소리를 들어야만 했습니다. 아버지는 여동생이 병에 걸린 것을 통책하며 자신은 본디 가난한 운명이기 때문에 반평생 동안 허름한 생활을 하면서도 건강을 유지한다고 말했습니다. 그리고는 가난한 집안에서 태어난 여동생이 하필이면 부자들처럼 잦은 병치레를 하는 것을 책망했습니다. 아버지는 가난한 집안 사정에 유약한 자녀를 키우는 것은 어려운 일이며, 부자들처럼 함부로 돈을 써 의사를 부르고 약을 달여 먹는 꼴은 절대 용납할 수 없다고 말했습니다. 그래서 아버지는 여동생을 전혀 돌보지 않았고, 그 아이가 신음 소리를 내는 것도 금지했습니다. 어머니는 이에 대해 아무 말도 하지 않았습니다. 그러고는 몰래 저에게 다가와 아버지가 분명 약값으로 한 푼도 내지 않을 것이라고 말하며, 그 비용을 부자인 외조부의 수중에서 얻어 내야겠다고 했습니다. 어머니는 저축한 돈이 한 푼도 없다고 말하며 반평생 동안 자신이 겪은 비운을 주절주절 늘어놓았습니다. 이어서 저에게 딸은 키워 봤자 나중에 아무런 보상을 받지 못하니 이는 그저 낭비일 뿐이라며 구구절절 설명하기 시작했습니다.

선생님! 제가 이런 변변찮은 사소한 일들을 가지고 세상에 존재하는 사랑을 증명하려는 것과 당신의 크고 신비로운 지혜를 낭비하는 것을 용서하소서. 그러나 저는 당신이 제게 세상의 선함과 악함이 무엇인지를 설명해 주시길 원하는 바입니다!

선생님! 새벽녘이 지난 시각, 저는 햇빛 한 줄기 들어오지 않는 방에 홀로 앉아 생각에 잠겨 있습니다. 이 순간 병상에 누워 있는 여동생의 연약하고 고통스러운 신음 소리가 들려옵니다. 어머니는 약값 한 푼 내지 않으려는 아버지에게 태연자약한 태도로 일관하며, 오히려 하나뿐인 여동생의 병이 더욱 위태해져 아버지가 자신의 행동을 후회하기만을 바라고 있습니다. 반면 아버지는 여동생의 신음 소리를 못 들은 척하며 되레 제가 학업을 포기하려 했다는 것을 핑계로 자신의 화를 발산하고 있습니다. 그러나 사실은 아버지는 이를 구실 삼아 어머니에게 자신은 약값으로 한 푼도 내지 않겠다는 것을 암시하고 있는 것입니다. 그러고는 여전히 자신의 한결같은 신념만을 주장하고 있습니다. 선생님, 이 글을 읽는 것이 괴로워도 부디 참아 주시기를 바라며, 저는 아버지가 한 말을 아래에 몇 자 적어 보고자 합니다.

"가난한 집안에서는 부자들처럼 살 수 없다. 누구라도 이 집안에서 가난을 참지 못하겠다면 내가 죽을 때까지 기다렸다 그때 가서 마음대로 살아! 내가 숨이 붙어 있는 동안에는 그 누구도 평범한 옷과 음식 외에 다른 곳에는 일체 돈을 쓰지 않겠다는 내 신념을 깨뜨릴 수 없을 거야."

이렇듯, 어머니는 천연덕스럽게 아버지가 자신의 신념을 바꾸지 않겠다고 말하는 것에 방관하는 태도로 대항하는 방법을 선택했습니다. 그러고는 자신의 주머니에서도 여동생의 치료비로 돈이 나가는 것을 원치 않았습니다.

선생님! 제가 생각할 때 이 수많은 유치한 글들이 당신의 분노를 일으킬 것만 같습니다. 혹은 이 모든 것은 그저 세속의 보잘것없는 것들이기에, 신성한 지혜를 지닌 당신의 노여움을 불러일으켰을지도 모릅니다. 그러나 선생님, 당신을 위해 제 어머니가 아버지의 신념에 저항하며 했던 말을 이곳에 다시 적는 저의 행위를 부디 용서하소서. 한번은 아버지가 듣지 않을 때 어머니는 확신에 차서 이렇게 말했습니다.

"언젠가 네 아버지가 후회할 날이 반드시 올 테야. 네 남동생도 죽었고, 태어난 지 얼마 안 된 동생들도 모두 요절했잖니. 이제는 네 유일한 여동생까지 병에 걸려 생명이 위태로우니 이는 그애가 희생할 아주 좋은 기회란다. 딸은 키워 봤자 아무런 보상도 없으니 나는 그 아이의 생명을 그다지 애석하게 여기지도 않는다. 만약 그 아이의 목숨을 담보로 네 아버지의 신념을 꺾게 된다면 이는 내 반평생의 행운일 거야. 그래서 나는 네 여동생의 목숨을 걸고자 한다!"

선생님, 이보다 더 저를 두려움에 떨게 하는 무시무시한 말은 그 어떤 것도 없습니다. 생명에 무관심한 냉정한 태도, 생명보다 돈을 중시하는 아버지의 관념, 불운을 행운으로 여기는 어머니의 잔인한 생각. 선생님, 제가 모든 것을 낱낱이 헤아려 보았지만, 이 집안의 재산은 단 한 푼도 저에게 속한 것이 없었습니다. 왜냐하면 아버지와 어머니에게 있어 생명과 자식은 행복을 약탈하기 위한 교역품일 뿐이기 때문입니다. 선생님, 이처럼 행복과 안위를 얻고자 도박을 하는 심리 역시 조물주의 한없는 잔혹함 탓으로 돌릴 수 있을까요?

선생님! 이상은 저를 공포로 몰아넣는 잔혹한 도박의 내용이었습니다. 저는 마치 흉악한 괴수들이 저를 향해 포효하는 모습을 본 것만 같았습니다. 선생님, 저는 당신의 심판의 날이 하루빨리 도래하기를 간구합니다. 저를 구원해 주소서! 겨우 열일곱 살밖에 안 된 이 소년의 삶을 구해 주시고, 부디 세상의 모든 존재를 부인하지 마옵소서!

『예문지(藝文志)』 제1권 제3기 1944년 1월에 수록
(번역: 정겨울)

위안시

이웃 세 사람 鄰三人

삼림의 적막 森林的寂寞

위안시(袁犀) 1919~1979

랴오닝성(遼寧省) 선양(瀋陽) 사람이며 1919년 선양의 펑시(奉係)군벌가정에서 태어났다. 중국관방문학사에서 항일문인집단으로 알려진 문총파(文叢派)에 속한 작가이다. 본명은 하오웨이롄(郝維廉)이고, 소년시절 자신의 속마음을 표현하기 위해 하오허(郝赫)라는 이름을 사용하기도 했다. 1939년 항일활동을 할 때는 신분을 감추기 위해 하오칭쑹(郝慶崧), 하오쯔젠(郝子健)이란 이름을 사용했다. 필명으로 주로 위안시를 사용하였고, 그 밖에 마진(瑪金), 우밍스(吳明世), 량다오(梁稻), 리우솽(李無雙)을 사용했다. 1947년에는 이름을 아예 리커이(李克異)로 개명하였고 이후 작품에는 모두 리커이로 표기하였다.

위안시는 1927년 펑톈 공립 제1소학교(奉天省立第一小學)에 입학했고, 1932년에는 펑톈 공립 제2초급중학교(奉天省立第二初級中學)에 입학했다. 중학교에 입학한 이듬해, 일본어 강연회에서 일본인 교사가 일본어 대화를 강요하는 것에 반항하다가 퇴학당하였다. 1934년 국사(國事)를 논하던 편지가 만주국 경찰에 발각되어 경찰국 블랙리스트에 올라가자 화를 피하기 위해 베이징으로 도피했다. 1935년 베이징을 유랑하면서 지행보습학교(知行補習學校) 3학년에 들어가고, 이듬해인 1936년 봄에 베이징예문중학(北京藝文中學)에 입학한다. 1937년 여름에 고향 선양으로 되돌아왔다가 1938년 다시 베이징으로 간다. 1939년 겨울 다시 선양으로 되돌아와, 문선간행회(文選刊行會)에 참가하고 거기서 작품창작과 지하항일운동에 종사했다. 1941년 12·30사건(하얼빈 좌익문학사건)이 일어나자 수사를 피하기 위해 200원에 출국증을 비밀히 구매하여 다시 베이징으로 도피했다. 1941년 베이징에서 류룽광(柳龍光)의 소개로 우더(武德)신문사에 들어가 자료 정리하는 일을 하였다. 1942년 1월 시즈먼(西直門) 폭발사건에 참여하였다가 체포되어 반년 동안 옥살이를 하고, 그해 9월에 류룽광이 주도한 화베이작가협회(華北作家協會)에 가입하였다. 그 후 계속 화베이 윤함구(華北淪陷區) 지역에 머물렀다. 국공내전 시기엔 만주로 돌아갔지만 지병인 천식 때문에 1949년 말 다시 베이징으로 돌아온다. 1945년에는 순수문예지 『양(糧)』을 편집했으며, 1946년에는 문예지 『초원(草原)』의 책임편집을 맡았다. 한국전쟁 시기에 그는 두 차례나 조선을 방문하기도 했다. 1979년 5월 책상에 앉아 마지막 작품 『역사의 메아리(歷史的回聲)』의 원고를 수정하다가 뇌출혈로 급사하였다. 이 작품은 그의 아내 야오진(姚錦)에 의해 완성되어 1981년에 출판된다.

위안시는 1933년 첫 단편소설 「빵 선생(麵包先生)」을 『민성석간(民聲晚報)』에 발표하면서 등단했다. 1941년에는 단편소설집 『수렁(泥沼)』을, 1942년에는 장편소설 『패각(貝殼)』을, 1943년에는 단편소설집 『삼림의 적막(森林的寂寞)』을, 1944년에는 장편소설 『면사(面紗)』를, 1945년에는 단편소설집 『시간(時間)』을 발표하였다. 신중국 성립 이후에도 1953년 보고문학 작품집 『전투(戰鬥)』와 1981년 장편소설 『역사의 메아리』를 세상에 내놓았다. 이 중 장편소설 『패각』은 '제1회 대동아문학상 부상(副賞)'을 수상하였다. 토지개혁을 배경으로 한 1947년 작 「그물, 땅, 물고기(網和地和魚)」는 어느 단편소설집에도 실리지 않았는데, 공산당의 선전정책에 부합하지 않아 당시 문예공작자 회의로부터 심한 비판을 받은 소설이기도 하다. 이런 비판 때문에 위안시는 만주작가라는 이미지와 선을 긋고자 리커이로 개명한다.

그의 작품 경향은 1942년 『패각』을 경계로 두 가지 성향으로 나뉜다. 그 이전에는 하층노동자, 매춘부, 빈민, 거지, 좀도둑, 쿨리 같은 프롤레타리아트 계층의 삶을 문학으로 형상화하였다. 지식인이 나오더라도, 책상도 없고 석탄도 부족해 추위에 떠는 문인들이었다. 하지만 『패각』에서부터 더 이상 프롤레타리아트 계층의 비참한 삶을 그리는 것이 아니라, 부르주아 계층의 사치스럽고 향락적인 삶을 묘사하는 것으로 창작 경향이 바뀐다. 주인공들은 대학교수, 의사, 시인같이 대부분 사회적 지위가 있는 지식인들이지만, 그들은 도덕적으로 타락했고, 향락과 사치에 젖어 있는 사람들이다. 그의 의도는 도덕적으로 타락한 부르주아 계층을 비판하고 풍자하는 데 있었다. 『패각』 이후에도 지식인을 주인공으로 삼아 그들을 비판하는 작품이 많다.

「이웃 세 사람(鄰三人)」(1937)은 『명명(明明)』 잡지에 발표되고 후에 소실집 『수렁』에 실린 위안시의 초기 소설이다. 사회 저층의 삶을 그린 소설로 그의 초기 창작 경향이 잘 드러나는 작품이다. 『수렁』에는 이 작품 이외에도 「십일(十天)」, 「어머니와 딸(母與女)」, 「해안(海岸)」, 「애꾸눈 치중과 그의 친구(一隻眼齊宗和他的朋

友)」, 「아득한 밤하늘(遙遠的夜空)」, 「수렁」이 있다.

「삼림의 적막(森林的寂寞)」(1943)은 만주의 원시림을 배경으로 한, 도시 지식인이 주인공인 위안시의 후반기 소설이다. 삼림 속에 들어와 살면서 나름 자연과 일체 되었다는 주인공의 자부심이 원시적 아름다움을 지닌 '이국적 타자(여인)'에 의해 무참히 깨지는 내용이 주선율이며, 만주 삼림 개발과 벌목 노동자들의 갈등을 그리고 있어 당시 만주국의 일면이 잘 드러나는 작품이다.

_ 정중석

이웃 세 사람

창문 틈을 뚫고 들어오는 살을 에는 듯한 찬 바람에 나는 나도 모르게 몸을 부르르 떨었다. 오른손은 이미 마비될 정도로 얼어서 펜대가 손에서 미끄러져 빠져나가곤 했다. 낡고 오래된 알탄 난로는 진작에 불이 꺼져 허연 재만 남았고, 바람은 창 틈으로 쉴 새 없이 들어왔다. 나는 담배를 찾으려 서랍을 열었고, 너덜너덜한 원고 뭉치를 헤집고 나서야 겨우 한 모금 필 수 있을 정도로 작은 담배꽁초를 찾아내었다. 그것에 불을 붙이고 낡은 외투의 옷깃을 세운 다음 목도리를 단단히 동여맸다. 나는 더 이상 글을 쓸 수 없어 얼음장 같은 책상에서 일어나 판자로 만든 침대에 드러누웠다. 창문에 얼음과 서리가 잔뜩 낀 걸 보니 올겨울은 진짜 추울 것 같다고 속으로 생각했다.

날이 어두워지자 내 방에도 어둠이 깔렸다. 창문에 어렴풋이 비친 사람 그림자가 줄지어 유리창 위에서 바쁘게 이동하고 있었다. 그 사람들을 보지 않았어도 나는 그들이 하루 일을 끝낸 노동자라는 걸 알고 있었다. 그들은 매일 아침 여길 지나가고 매일 저녁 여기로 돌아온다. 나는 그들의 익숙한 발걸음 소리를 거의 알아챌 수 있었고, 그때마다 내 머릿속에는 그들의 빈혈기 있는 얼굴과 더러운 기름때로 물든 회색 작업복이 연상되었다.

그러다 보니, 나는 작년에 머물렀던 지역에서 알게 된 사랑스러운 이웃 두 명과 여인 한 명이 생각났다.

역시 이런 엄동설한의 겨울이었고, 하늘도 얼고 땅도 어는 계절이었다. 나는 밥벌이를 하기 위해 여기저기를 떠돌아다니다가, 작년 겨울 매우 번화하고 사치스러운 대도시로 들어오게 되었다. 돈이 없었기 때문에 후미지고 더러운 거리에 있는 작은 건물 위층의 낡은 방 한 칸을 얻었다. 그리고 거기서 먹고살 수 있는 기회가 오길 기다렸다.

매우 좁은 방 안에는 곧 부러질 듯한 판자 침대가 하나 있었는데, 나는 그 위에 짐을 늘어놓고 겨우내 그 방에서 묵었다. 탁자를 놓는다면 잠잘 공간이 없어지기 때문에, 탁자도 놓지 못했다. 다만, 의자 하나가 있어 그 위에 세숫대야를 놓았다. 편지를 쓰든지 글을 쓰든지 반드시 침대에 엎드려 써야 했다. 더구나 전등도 없어 매번 양초를 사서 켜야만 했기 때문에 그해 겨울 내 눈은 완전히 망가질 정도로 혹사당했었다.

작은 건물 위층에는 세 개의 방이 있었고, 아래층에도 세 개의 방이 있었다. 내 옆방에는 두 명의 막노동꾼이 살고 있었다. 아래층 방에는 자질구레한 식품을 파는 장사꾼이 연로한 어머니 그리고 어린 누이동생과 같이 살고 있었다. 그 어머니는 매일 자신의 아들을 욕했다. 아래층 다른 방에는 월급제로 인력거를 끄는 젊고 건장한 사내가 부인과 같이 일고여덟 명의 아이들을 데리고 살고 있었고, 또 다른 방에는 어린아이와 아이의 아버지, 어머니가 살고 있었다. 그 아버지는 병을 앓아 하루 종일 침대에 누워 신음하고 있었고, 아이는 매일 울어 댔다. 이 건물에서 혼자 방을 사용하는 사람은 나뿐이었고, 내가 살고 있는 위층의 다른 옆방은 비어 있었다.

판자 침대에 엎드려 글 쓰는 시간을 제외하고 나는 매일 해진 이불을 머리끝까지 뒤집어쓰고 잠을 잤다. 친구가 돈을 부쳐 오면 알탄을 사서 불을 때고 방세를 냈다. 아침에 나가서 뭘 좀 먹고, 나간 김에 저녁에 먹을 것을 사서 돌아오는 것을 제외하면, 절대 밖으로 나가지 않았다.

나의 옆방 이웃은 매일 무척 일찍 일어났다. 그때는 겨울이라 잠에서 깨어났을 때 아마도 이미 다섯 시쯤 되었을 것이다. 옆방의 부산스러운 기척에 나는 편안히 잠들지 못했다. 한 사람은 나지막이 콧노래를 흥얼거렸고, 다른 한 사람은 다시는 입을 벌리지 못할 것처럼 노래를 흥얼흥얼댔다. 다 흥얼거리고 나면 이렇게 말했다.

"네미, 젠장."

반복해서 욕하는 소리와 발 구르는 소리뿐만 아니라, 그들 중 한 사람이 마구 피워 대는 담배 연기도 나무판자벽 틈으로 새어 들어왔다. 그들은 어떨 때는 아침을 먹고 어떨 때는 먹지 않는 것 같았는데, 아무튼 밥을 먹고 나가는 때는 극히 드물었다. 그들 중 한 사람은 큰 소리로 집주인과 추운 날씨를 욕하면서 마룻바닥에서 쿵쿵쿵 하는 큰 소리가 날 정도로 힘을 주어 걸었다. 이 때문에 어떤 집의 아이들은 놀라 잠에서 깨어 엉엉 울었고, 여자는 낮은 소리로 욕을 했다. 그러면 이들 둘은 더욱 필사적으로 힘을 주어 계단을 뛰어 내려갔다.

나는 줄곧 기회를 봐서 옆방 이웃을 방문하고 싶었으나 유감스럽게도 내가 일어나면 그들은 이미 일을 나가서 없었고, 내가 잠자리에 들 땐 그들은 아직 돌아오지 않았다. 그들은 매우 바빴는데, 야간 초과 근무를 하거나 겨울에 납품할 물품의 수량을 맞춰야만 하는 듯했다. 깊은 밤중 그들의 시끄러운 얘기 소리에 난 종종 잠에서 깨곤 했다. 그들은 번갈아 가며 누군가를 욕했고, 그들 중 젊은 친구는 크게 웃거나 추운 날씨를 심하게 욕했다. 그들 방에는 나와 같은 알탄 난로가 없었기 때문에 입으로 "호호" 입김을 불면서 마룻바닥에 발을 굴렀다.

그들은 매일 한바탕 소란을 피우고 나서야 잠을 잤다. 잠자리에 누우면 젊은 친구는 마누라가 없다고 투덜거리면서 세상의 모든 여자들을 욕했고, 나이가 많은 사람은 한숨을 내쉬곤 괴상하게 웃었다. 나이가 많은 사람은 평소 말을 잘 안 했지만, 여편네에 대해서는 말하기 좋아했다. 그러다 그들은 점점 십장을 욕하기 시작했다.

친구 혹은 누군가가 돈을 부쳐 주면 난 알탄을 많이 사 두었다. 낮에는 아래층 아이들이 모두 내 방으로 오는 탓에 내 작은 방은 항상 아이들로 붐볐다. 아래층 방들은 그저 창밖에 헌 헝겊 조각이나 마대 조각을 겹겹이 못으로 박아 놓았을 뿐, 모두

불을 피우지 않았기 때문이다. 난로에 불이 있을 때면, 너덜너덜한 솜저고리를 입고 얼굴엔 석탄가루를 묻힌 아이들은 즐겁게 웃고 떠들며 엄마와 아빠를 욕하기도, 나에게 친근감을 표현하기도, 또 기이한 질문을 하기도 했다. 아이들은 난로에 불이 있을 때만 왔고, 불이 없으면 오지 않았다.

이 작은 건물에서 유일하게 내 방에만 난로가 있어, 이 사람들 틈에서 나는 자본가 같았다.

여느 때와 마찬가지로 아래층 아줌마가 아들을 큰소리로 욕하며 부르는 소리가 들리는 어느 날 아침, 옆방 이웃이 일어나는 소리가 들리지 않았다. 오늘은 그들이 지각할 것 같다는 생각이 들어 장난스럽게 손으로 나무판자벽을 두드리며 말했다.

"어이, 친구들, 일어날 시간이야!"

"망했어, 형님이 병이 나 쓰러졌어!" 젊은 친구의 목소리였다.

이렇게 해서 나무판자벽을 통해 처음으로 대화가 이루어졌다.

"뭐라고요? 동료가 쓰러졌다고요?" 저쪽 편에서 가냘픈 신음 소리가 났다. "쓰러졌어요. 정말 미치겠네. 젠장, 어제까지만 해도 멀쩡해서 펄펄 날더니 오늘 갑자기 몸을 움직이지도 못한다니! 무슨 희한한 일이야?"

"노동하는 사람은 몸 하나에 의지해서 살아가는데…."

"일터에 뼈를 묻을 작정으로 하루 종일 죽도록 일하는 게, 염병할, 다빙(大餠)* 몇 조각을 먹기 위해서인데. 이렇게 움직이지

* 밀가루를 반죽하여 크고 둥글게 구운 떡으로, 북방의 주식(主食) 중 하나-역주

도 못하면, 나가 죽으라는 거잖아! 젠장!”

난 그 말에 뭐라 대꾸할 수 없었다.

“선생님, 그 방에 뜨거운 물이 있습니까? 형님이 마실 물이 필요해요!”

때마침 어제 친구가 돈을 부쳐 와서 사 둔 알탄이 있었다.

“뜨거운 물은 없지만 난로가 있어요!”

그러자 젊은 녀석이 빠르게 내 방으로 건너왔다. 그는 키가 매우 컸으며 떡 벌어진 어깨와 비쩍 마른 얼굴, 검고 굵은 눈썹, 반짝이는 눈을 가지고 있었다.

“아직 못 일어나고 있어요. 어쩐다….” 그는 매우 난처해했는데, 그 모습이 매우 순진해 보였다.

“걱정 말아요!” 말을 마친 후 나는 재빠르게 그와 함께 난로에 불을 지폈다. 그는 급하게 물주전자를 난로 위에 놓고 두 손을 뻗어 난롯불을 쬐었다.

“선생님은 무얼 하시나요?”

“글을 써요.”

“글을 쓴다고요?” 그는 글 쓰는 것이 무엇인지 모르겠다는 듯 눈을 크게 뜨고 나를 바라보았다.

“당신들은 육체적인 힘을 써서 밥을 먹고, 나는 머리를 써서 밥을 먹는다오!” 밥을 먹는다는 말을 하고 나서, 글을 팔아서는 배불리 먹을 수 없다는 생각이 들어 계면쩍었다. 하지만 배불리 먹을 방법이 없으니 그냥 그렇게 말하는 수밖에 없었다.

그는 계속 물어보지 않고, 건너편 동료의 신음 소리를 귀 기울여 들었다. 신음 소리 한 번에 눈살을 찌푸렸다.

"젠장, 뭔가를 먹여야 돼…."

날은 아직 밝지 않아 바깥은 어두컴컴하였다. 벌겋게 달아오른 난로가 몇 줄기 반짝이는 붉은빛을 벽에 드리웠고, 그 빛은 젊은 친구의 얼굴에서도 반짝거렸다. 나는 이 젊은 친구가 박력이 넘치는 사내라는 걸 알아챘고, 나의 이러한 관찰이 틀리지 않다고 생각했다.

"물이 끓네요." 주전자 뚜껑으로 물거품이 흘러나오자 그는 황급히 물주전자를 들고 뛰어나갔다.

"나중에 뵙겠습니다, 선생님. 폐 끼쳤습니다."

"더운물이 필요하면 다시 와서 끓여요!"

아픈 사내가 물을 마시고 한숨 돌린 모양인 것 같아, 나도 옆방으로 뛰어갔다. 마흔 살가량으로 보이는 그 사내는 자리에 누워 있었어도 키가 작다는 걸 알 수 있었다. 까무잡잡하고 주름투성이 얼굴을 한 사내는 가까스로 사흘은 버텼지만, 오늘은 더 이상 버틸 수 없었다고 괴롭게 신음하며 내게 말했다. 그는 걸핏하면 한숨을 쉬곤 했는데, 근심과 걱정이 가득한 얼굴, 다시 말해 생활의 말발굽 아래 이리저리 치인 그런 사람의 얼굴을 가지고 있었다. 비록 첫인상이었지만, 그의 무겁고 우울한 얼굴은 활기차고 억척스러운 젊은 청년의 그것과는 완전히 상반된 느낌을 주었다.

그들은 예의를 따지지 않는 사람들이라 나는 그들과 거리낌없이 많은 말을 나누었다. 대화하면서 앓아누운 사내가 쉬차이(許才)이고, 젊은 청년은 자오바오루(趙寶祿)라는 걸 알게 되었다.

그들의 방은 내 방보다 약간 컸고, 두 사람이 같이 자는 듯한 비교적 큰 침대가 있었다. 방에서는 고약한 냄새가 났으며 바닥에는 낡은 세숫대야와 더러운 작업복, 다 떨어진 팬티가 널브러져 있었다.

내가 불이 있는 난로를 그들이 있는 곳으로 옮겨 주자, 쉬차이는 고맙다는 말을 여러 차례 했다. 이렇게 나와 이웃은 친해졌고, 그 이후로 우린 친구가 되었다.

자오바오루에게 1각(角)*을 주면서 '아스피린'을 사 오게 했고, 이튿날 쉬차이는 출근할 수 있었다. 알고 보니 그의 병은 심각한 것이 아니었다. 노동자에겐 병이 있어서는 안 되었다.

매일 저녁 그들은 퇴근 후 내 방으로 와서 몸을 녹였다. 자오바오루는 잘 웃었고, '아스피린'이나 '버들잎은 뾰족하다네…' 같은 노래를 마구 불러 젖혔다. 그는 큰 소리로 웃으면서 이야기했고, 세상 사람들이 모두 다 원수인 양 마음대로 욕을 해 댔다. 십장을 욕했고 여자들을 욕했고 심지어 자기 자신도 욕했다.

"자오바오루, 말하자면 말야, 이 힘이, 이 힘이 말이야, 나…에게 하루에 3각을 벌어다 준다네!" 그는 두 손으로 번갈아 어깨 팔을 두드리며 말했다.

쓸데없는 말을 늘어놓길 싫어하는 쉬차이였지만 그 역시 불

* 중국의 화폐단위. 1원의 1/10-역주

만이 있었고, 그 불만은 종종 탄식으로 변해 터져 나왔다.

그들은 아내도 자식도 없는 것을 다행으로 여겼다.

"마누라가 있으면 자식도 있을 텐데, 우린 적어도 마누라와 자식을 굶겨 죽이지는 않잖아, 젠장!"

이 말을 마치자, 아래층 병에 걸린 아이들의 아빠가 가여웠는지 아래층 아이들을 욕하기 시작했다.

매일 저녁 그들은 많은 말을 나누면서 집주인과 여자, 여학생, 십장을 욕했다. 그런 후에 쉬차이는 온갖 고생을 다 겪은 머리를 내저으며 천천히 그들의 방으로 건너갔고, 자오바오루는 '아스피린'이나 '버들잎은 뾰족하다네…'를 흥얼거리며 침대에 올라 여자에 대해 구시렁거렸다.

나는 일찍이 내가 서생(書生)이었던 사실을, 이른바 '지식인'이었던 사실을 점점 잊어버렸다. 끓는 기름 솥에서 들들 볶이는 듯 고생하며 사는 두 청년 덕분에 나는 적지 않은 인간 세상의 일을 이해할 수 있게 되었고, 운치 있는 서재를 가진 문학가가 되겠다는 꿈을 더 이상 꾸지 않게 되었다. 당시 나의 감정이 어떠했는지 말로 표현하기는 어렵다. 그들 사이에 있으면 난 어떤 힘에 맞닿아 있는 것 같았고, 그 힘은 적어도 내가 쓸데없이 공상하거나 추억하는 걸 막았다. 마침내 나는 나 역시 배불리 먹을 수 없는 가난뱅이라는 걸, 우리는 모두 같다는 걸 깨달았다.

어느 날 길거리에서 다빙을 샀던 적이 있다. 그것을 싼 종이 포장지에는 가사가 적힌 축음기 음반 표지처럼 약간 훼손된 노래 가사가 한 줄 한 줄 파란색 글자로 쓰여 있었다.

우리는 모두 밥도 제대로 먹지 못하는* 가난한 친구들

굶주림의 길을 같이 걸어가네

자연으로 인한 재해는 우리를 한 가족으로 만들고

사람으로 인한 재난은 우리가 서로의 손을 꽉 잡게 만드네…

뒷장에도 가사가 있었다.

밥을 주는 친구는 천천히 걸으라 하네

우리는 강도가 아니지

짐꾸러미 속 밥과 반찬은 모두 함께 먹는 것이고

거리의 태양은 모든 사람의 것이라네**

마음속으로 이 노래가 너무 좋아 제목도 모른 채 악보를 따라 단숨에 불렀던 기억이 있다.—올해 가을에서야 어떤 친구 집에서 이 노래가 영화에 삽입된 〈신연화락(新蓮花落)〉***이라는 노래의 가사임을 알게 되었다.—어찌 되었든 이 노래를 줄곧

---

* 원문에는 "靡飯吃的窮朋友"로 표기되어 있으나 "沒飯吃的窮朋友"의 오기이다.-역주

** 노래 〈新蓮花落〉의 첫 번째 곡이다. 任光(1900~1941) 작곡, 安娥(1905~1976) 작사-역주

*** 蓮花落는 몇 사람이 간단히 분장하고 대나무 판을 치면서 노래하는 통속적인 가곡을 의미한다. 이 곡의 전체 가사 중 "花開來蓮花落(꽃이 피면 연꽃이 떨어진다)"라는 구절이 있어 '연꽃의 떨어짐'으로도 해석 가능하다.-역주

좋아했기에 점점 능숙하게 부르게 되었다.

하루는 작은 서점에서 내게 5원을 부쳐 왔다. 돈이 생기자 금세 의기양양해진 나는 오늘 저녁 나의 이웃과 함께 한바탕 먹고 마시기로 결심하고, 직접 나가서 많은 술과 고기 그리고 적지 않은 사오빙(燒餅)*을 샀다. 언뜻 보니 세 사람이 신나게 진탕 먹기에는 충분해 보여, 매우 기쁜 마음으로 산 것을 가지고 집에 돌아왔다.

어둡고 기울어진 계단을 오르는데, 눈이 너무 나빠졌을뿐더러 하얗게 눈 덮인 밝은 바깥에서 갑자기 어두운 건물로 들어오다 보니 뭐 하나 제대로 보이는 것이 없었다. 계단에서 어떤 여자와 부딪친 느낌이 들었다. 그녀는 "앗—" 하는 외마디 소리를 내뱉었고, 나는 연거푸 "미안합니다"라고 말했다. 난 재빨리 계단을 뛰어 올라왔고 마음속으로 새로운 이웃이 왔다고 생각했다.

그 여자는 내 옆방에 사는 것 같았다. 나이 든 목소리와 날카로운 목소리가 들리는 것으로 보아, 비어 있던 옆방에 어머니와 딸이 새로 이사 왔다는 걸 알 수 있었다.

하지만 나는 그런 것에 아랑곳하지 않고 서둘러 술을 데웠다. 날이 어두워졌고 난 먼저 혼자 조금 챙겨 먹었다. 10시가 되자 자오바오루가 큰 소리로 속요를 부르며 돌아오는 소리가 들

* 밀가루 반죽을 동글납작한 모양으로 만들어 화덕 안에 붙여서 구운 빵으로 중국식 호떡이다.-역주

렸다. 나는 그들에게 뜻밖의 기쁨을 줄 요량으로 얼른 고기와 술, 사오빙을 침대 밑으로 옮겼다. 그들은 쿵쿵쿵 소리를 내며 계단을 올라와 바로 내 방으로 들어왔다. 쉬차이는 숨을 헐떡이며 "젠장, 더럽게 춥네."라고 말했고, 자오바오루는 여전히 '아스피린' 노래를 반복해서 불렀다. 나는 바싹 다가가 그를 잡아당기며 말했다.

"맞춰 봐요, 이 방에 뭐가 있게요?"

쉬차이는 나를 보고 웃었다.

"우, 술 냄새가 나는데…."

나는 그가 이렇게 빠르고 정확하게 알아맞힐 줄은 미처 생각지 못했기 때문에 "하하" 하고 너털웃음을 터뜨리고 말았다. 이때 그들은 벌써 술과 고기를 들추어내고 있었다.

"류(劉) 선생, 많은 돈을 벌었나 봐요!"

"후각이 예민한 건 정말 알아줘야 한다니까!"

"이렇게 지독히 추운 날에는 술이 딱 좋지!" 쉬차이가 이렇게 중얼거렸고, 자오바오루가 위로 올라가 그를 누르면서 바닥에 유리병이 더 있나 살펴보자 그 모습에 모두가 한바탕 웃음을 터뜨렸다.

술을 뜨겁게 데우고, 난로에 알탄을 더 넣고, 창문턱에 양초를 놓았다. 내 판자 침대를 밥상으로 삼았고 자오바오루는 의자에 앉았다. 이렇게 우리는 흉금을 털어놓고 마음껏 술을 마셨다. 모두 다 얼굴이 새빨개졌고, 난로의 불은 한창 활활 타오르고 있었다.

"정말 천당에 온 것 같네!" 쉬차이는 중얼대며 술을 벌컥벌컥 들이켰고 고기도 잔뜩 먹었다. 그를 안 지 열흘쯤 되었지만, 이렇게 즐거워하는 모습은 본 적이 없었다. 자오바오루는 더욱 열심히 노래를 불렀다. 나 또한 일 년이 넘도록 이렇게 즐겁고 유쾌하게 술을 마셔 본 적이 없었기에 나도 모르게 그 노래 가사를 흥얼거렸다.

"무슨 노래를 부르는 거예요?"

자오바오루가 감탄하는 자세로 경청하자, 나는 그에게 들려줄 요량으로 더욱 소리 높여 불렀다.

"좋네요. 자연으로 인한 재해는 우리를 한 가족으로 만들고, 사람으로 인한 재난은 우리가 서로의 손을 꽉 잡게 만드네. 류 선생님, 아름다운 가사예요!" 그는 엄지손가락을 치켜들었다.

"우린 모두 같다네!"

난 웃으며 말했다.

우리는 많은 이야기를 즐겁게 나누었다. 나는 소설의 소재를 조금이라도 찾을 생각으로 그들에게 살아온 내력을 물어보았다. 그들은 정말 친절하게 이야기해 주었지만, 말은 거칠고 상스러웠는데, 그 거칢과 상스러움이야말로 더욱 그들의 진실함을 보여 주는 것이라서 오히려 내가 부끄러워졌다.

자오바오루는 돈을 벌어 사장이 되고 싶어서 열여섯 살에 산둥(山東)에 있는 집을 뛰쳐나왔다고 했다. 그런데 올해 스물여섯 살이 될 때까지 십 년, 그 십 년간 막노동꾼으로 날품팔이하느라 굶주림과 추위에 시달린 것 외에는 아무것도 남은 것이 없었다. 물론 마누라도 얻지 못했다. 그는 힘껏 허벅지를 내리친 후 울적하게 술을 마셨다.

"형님은 어땠어요?"

"나? 아버지가 이런 일을 했어. 할아버지도 이런 일을 했고, 나 역시 이런 일을 하고 있지. 난 열대여섯 살부터 지금까지 삼십여 년 동안 여전히 이런 일을 하고 있는 거야. 내 아버지는 칼처럼 생긴 기계 밑에서 죽었어. 두 다리가 잘린 채…."

나는 그가 눈물을 흘릴 것이라고 예상했지만, 그는 핏발이 선 두 눈을 동그랗게 뜬 채 술병을 집어 들고 후루룩 한 모금 마셨다.

"형은 화석(化石)을 등에 짊어지고 운반하는 일을 했는데, 하루는 높은 산꼭대기에서 한 자루에 이백 근(斤)이 되는 돌덩이를 짊어졌다가, 뾰족한 칼 같은 돌산으로 굴러떨어졌지. 데굴데굴 굴러 산 밑까지 떨어졌는데도 여전히 그 화석 한 자루가 시체를 짓누르고 있었어. 몸에는 피가 흥건했을 뿐만 아니라 구르면서 모든 게 떨어져 나가 얼굴도 코도 보이지 않았고, 시체 옆에 팔 한쪽만 떨어져 나뒹굴고 있었지…."

자오바오루는 술을 마시지 않고 사오빙 반쪽을 손에 든 채 눈을 크게 뜨고 그를 바라보았다. 쉬차이는 화를 내는 듯도 했고, 삶에 회의를 느끼는 듯도 했다. 그는 또 술을 한 모금 벌컥 들이켰다.

"때마침 병을 앓고 있던 어머니는 갑자기 돌아가셨고, 혼자가 된 형수는 조카 둘을 데리고 도망을 쳤는데, 듣자 하니 일찍이 거리의 창녀가 되었다고 해…. 이렇게 나 혼자 남게 되자 난 전국 방방곡곡을 돌아다니며 거지 노릇을 해서 밥을 빌어먹고 얻어먹었지. 부두 막노동을 하거나 남의 집 바닥 청소를 하기도 했고, 광부가 되어 납을 캐기도 했고, 인력거 끄는 일도 했고, 아무튼 갖은 고생을 다 했어. 난 별의별 어렵고 힘든 일을 다 겪었단 말이야. 고생 끝에 낙이 온다고? 무슨 낙이 오는데? 어쨌든 우리는 고생하려고 태어난 놈들이야. 제기랄….”

말을 마친 그는 입을 크게 벌리고 정신없이 술을 들이켰다. 나는 그를 위로하고 싶었으나 적당한 말이 생각나지 않았다. 하지만 우리가 더욱 가까워졌다는 느낌이 들었다.

그때 갑자기 자오바오루가 벌떡 일어서더니 누구에게 욕하는지도 모르는 채 큰 소리로 마구 욕설을 퍼부었다. 나는 그를 끌어당겨 앉혔다. 술은 이제 한 방울도 남지 않았고, 고기와 사오빙도 다 떨어졌다. 촛불도 이미 꺼진 채 모두들 조용히 앉아 있었다. 그러자 비로소 새로 이사 온 할머니의 기나긴 탄식이 들려왔고, 이에 자오바오루는 깜짝 놀라 자리에서 벌떡 일어났다. 나는 그에게 옆방에 어머니와 딸이 새로 이사 왔음을 알려주었으나 그는 아직 모르는 듯했다.

그 젊은 여자는 집에 없는 것 같았다.

“모두 우리와 같군!”

나는 한숨을 내쉬며 말했다. 그들이 돌아갈 때 내가 다시 말했다.

“내일 또 마시죠!”

그들은 고개를 끄덕였고, 자오바오루는 다시 노래를 부르기 시작했다. "우리는 모두 밥도 제대로 먹지 못하는 가난한 친구들이라네!" 나무판자벽을 사이에 두고 그가 물었다.

"류 형, 다시 한번 불러 줘요! 멜로디가 어떻게 되었지요?"

오늘 저녁부터 그들은 나를 류 형이라고 불렀다. '류 형'이라고 불리니 영광스럽기도 하고 친밀감도 느껴졌다.

잠자리에 들었을 때 옆방의 젊은 여인이 돌아왔다. 구슬프고 처량한 목소리로 엄마를 부르면서 발이 몹시 시린지 마룻바닥에 발을 굴렀다. 잠시 후 침대에 누워 훌쩍거리며 울기 시작하더니 어머니가 노쇠한 목소리로 딸을 달래는 소리가 들렸다. 나는 이 여인의 직업이 무엇인지 충분히 짐작할 수 있었다. 마음속으로, 여기에 사는 사람들은 모두 비슷한 운명을 지녔으며 모두 삶에 짓눌려 꼼짝할 수도, 숨 쉴 수도 없는 사람들이라고 생각했다.

그 여인은 대낮 매우 늦은 시간에 일어났다. 이러한 사실은 나의 추측을 더욱 확고하게 만들었다. 하루는 그녀가 내 방에 와서 성냥 한 개비를 빌려 갔는데, 이 작은 성냥개비 덕분에 우리는 서로 알게 되었다. 나와 친숙해진 이후로 그녀는 자연스레 쉬차이와 자오바오루와도 잘 알게 되었다.

그 여인은 스물대여섯 살로 얼굴이 동그스름했다. 얼굴엔 연지와 분이 조악하게 발라져 있어 희롱당한 흔적이 역력했지만, 결코 못생긴 얼굴은 아니었다. 아무튼 여자인지라, 여자 한 명이 우리들 세 명에 합류하게 되자 모두 무척 신이 나는 모양이었다. 이 여인은 음침한 이곳 건물의 공기를 적잖이 따스하게 해 주었다.

나는 적은 분량이지만 여전히 글을 쓰고 있었고, 쉬차이의 이야기를 소설로 만들 생각도 했었다. 그러나 이런 종류의 이야기는 다른 사람에겐 너무 평범하게 느껴져 돈이 될 만큼 팔리지 않을 것 같아, 비록 쉬차이가 누차 내게 집필을 독촉했음에도 난 그것을 소설로 쓸 수 없었다.

어떨 때 나는 한 달 내내 땡전 한 푼도 없어 알탄 난로를 피우거나 술 마시는 건 고사하고, 아침밥도 먹지 못하는 경우가 종종 있었다. 그럴 때면 그 두 사람은 항상 다빙과 젠빙(煎餠)* 따위를 잔뜩 사 오곤 했다.

대낮에 나는 이 어두컴컴한 작은 방에 틀어박혀 이불을 푹 뒤집어쓰고 잠을 잤다.

나의 이웃 두 사내는 항상 품삯을 공제당해 하루 이틀은 굶어야 했다. 자오바오루가 아무리 큰 소리로 욕을 해 봐도 소용없었다. 언제쯤이면 배부르게 먹을 수 있을까 우리는 생각했다. 저녁 잠자리에 들어서도 배가 고파 잠을 못 이룬 적이 많았다. 돈이 생기면 나는 곧장 나의 이웃 세 명을 초대했고 알탄과 잉크, 원고지 같은 것들을 샀다.

여인의 이름은 진펑(金鳳)이었다. 그녀는 종종 한밤중에 나무판자벽 위로 눈깔사탕을 던져 우리들을 잠에서 깨우곤 했다.

---

* 묽은 곡분 반죽을 얇게 펴 익혀 만든 중화권의 부침 음식-역주

그녀는 우리들의 침대 위치를 어렴풋이 가늠하는 것 같았다.

그녀는 우리들의 옷을 꿰매고 기워 주었고, 때로는 우리 대신 빨래를 해 주기도 했다. 그녀의 늙으신 어머니 역시 온화하고 선량한 사람이었다.

아마도 모두 고생을 많이 한 사람들이라 그런지 서로 매우 친하게 지냈다.

이렇게 난 이곳에서 두 달을 지냈지만, 여전히 직업을 구할 수 없었고, 친구들은 마지못해 거의 달마다 8, 9원의 돈을 부쳐 주었다. 하지만 이 돈으론 담배, 종이, 우표, 알탄을 사는 것은 물론 방세와 식비를 부담하기에도 부족했다. 나는 어두컴컴한 방에서 탄식할 수밖에 없었다. 낮에는 진펑이 건너와서 한바탕 구구절절 이야기를 늘어놓은 후, 내 판자 침대 가장자리에 엎드려 자신의 신세를 한탄하며 울었다.

세월은 하루하루 흘러갔다. 어느 날 저녁, 매우 늦게 돌아온 쉬차이와 자오바오루는 내 방에 들어오지도 않았다. 자오바오루는 '우리는 밥도 제대로 먹지 못하는 가난한 친구들'이란 노래도, '아스피린'이란 노래도 부르지 않았다. 그때 옆방의 진펑은 아직 집에 돌아오지 않은 상태였고, 나는 잠자리에 누워 잠을 청하고 있는 중이었다. "끝장났어!" 쉬차이는 매우 비참한 목소리로 중얼거렸고, 자오바오루는 그저 욕만 해 댔다. 나는 참지 못하고 물었다.

"쉬 형, 무슨 일이 끝장났다는 거야?"

"쉬 형님이 오늘 잘렸어요!"

잘렸다는 말에 나는 깜짝 놀라지 않을 수 없었다.

"어떻게 된 거야?"

"어떻게 된 거긴, 이렇게 돼 버렸지!" 쉬차이가 잔뜩 화가 나서 말했다.

"윗사람들이 사람을 쓰지 않겠대요. 사람을 고용하는 데 돈을 쓰고 싶지 않대요! 남은 사람들도 품삯을 25%나 깎았어요!" 자오바오루가 내게 대신 대답해 주었다.

나와는 상관없는 일이었지만 마음속에 어두운 그림자가 드리워진 것 같았다.

"쉬 형, 걱정하지 말아요. 일할 힘만 있으면 어디서든 밥은 먹을 수 있어요!" 생각해 보니 하루 이틀 일거리를 받는 노동자에겐 하루에 3각을 버는 것도 쉽지 않은 일이었다.

쉬차이는 아무 말도 하지 않고 단지 길게 한숨을 내쉴 뿐이었다.

다음 날 자오바오루는 전과 다름없이 출근했고, 쉬차이는 스스로 일감을 찾아 나섰다.

"일을 하지 않으면 굶어 죽을 수밖에 없어. 죽기를 기다릴 수는 없지!"

그는 매일 아침 일찍 나갔다가 저녁 늦게야 돌아왔는데, 돌아올 땐 세찬 북풍에 얼굴이 찢기기도 했고, 어깨에 눈송이를 얹고 오기도 했다. 그래도 일거리를 찾지 못했다. 연이어 십여 일 동안 일감을 찾지 못하자, 그는 더욱 울적하고 침울하게 변해 갔다. 그는 매일 미간을 찌푸리고 양손으로 머리를 괴고 있었지만, 난 그가 무엇을 생각하는지 알 길이 없었다.

진펑은 늘 밤새도록 돌아오지 않았다. 그녀는 얼굴과 손이 모두 얼어서 부어올랐는데도 겨우 두 겹으로 된 치파오(旗袍)* 만 입은 채 뛰어나갔다가 역시 뛰어 돌아왔다. 모두들 아무런 방법이 없었다.

누가 상상이나 했을까, 자오바오루도 똑같은 신세가 되었다. 그는 작업장에서 소란을 피웠고, 회사 측은 그런 말썽꾼을 거부했다. 하지만 해고의 직접적인 원인은 그가 25% 감액에 불만을 품은 것이었다.

그야말로 뜻밖의 일이었지만 자오바오루는 걱정하지 않았다. 입으로는 악착같이 욕을 해 댔지만 웃음은 더욱 많아졌다. 그 역시 매일 아침 일찍 나갔다가 저녁 늦게야 돌아왔다.

이렇게 해서 나와 진펑이 그 두 사람의 끼니를 책임지게 되었다. 나 역시 돈이 없는 것은 두 사람과 마찬가지였지만, 진펑이 젖가슴과 입술로 번 돈을 내놓는 것을 보곤 나는 글을 좀 더 쓸 수밖에 없었다. 하지만 그것은 충분한 돈이 되지 못했다. 때마침 멀리 있는 친구가 10원을 부쳐 왔다.

쉬차이와 자오바오루는 필사적으로 일거리를 찾았다. 매일 날이 밝기도 전에 나갔다가 깊은 밤이 되어서야 돌아왔고, 매일 나의 수중에서 2각의 돈을 가져갔다.

눈이 오던 어느 흐린 날, 나는 작은 창문을 통해 까만 하늘

---

* 치마에 옆트임이 있는 원피스 형태의 중국 전통의상-역주

을 바라보았다. 하늘에서 시커먼 연기가 눈송이를 휘감고 나뒹굴고 있었다. 그 아래는 회색 담벼락이 나의 시야를 가리고 있었다. 매일 내가 볼 수 있는 거라곤 음침한 하늘 한 조각과 어지럽게 뒤엉켜 있는 전깃줄뿐이다. 마음속으로 여러 가지 일들을 생각하던 중에 갑자기 자오바오루가 뛰어 들어왔다. 언제 짐을 꾸렸는지 보따리를 짊어지고 있었다.

"류 형, 안녕히 계세요!"

안녕히 계시라는 그의 말을 듣고 영문을 몰라 물었다.

"떠나는 거야? 어디로 가는데?" 나는 그의 옷소매를 붙잡았다.

"전 떠나지 않으면 안 돼요. 류 형! 우리 다시 만나요. 형을 잊을 수 없을 거예요!"

"어디로 가는지 말해 봐!"

"정해지지 않았어요. 류 형, 전 떠나야 해요. 우리 다시 만나요. 언젠가 다시 볼 날이 있을 거예요!"

무슨 심각한 일이라도 있는 듯 그의 머리에서는 땀이 났다. 그는 억세고 큼직한 손을 내밀더니 나의 손을 뜨겁게 쥐었다.

그리고 그는 잡았던 손을 황급히 놓고는 뒤도 돌아보지 않고 뛰어나갔다. 나는 멍하니 창가에 서 있다가 정신을 차리고 쫓아갔지만, 그때는 이미 아득히 먼 설원 속에서 보따리를 짊어지고 씩씩하게 걷고 있는 건장한 사내의 검은 뒷모습만 보일 뿐이었다.

쉬차이가 저녁에 돌아왔을 때, 내가 그에게 자오바오루가 왜 떠났는지를 물었더니, 그는 망연자실해 했다. 알고 보니 쉬차이도 전혀 모르고 있었던 것이었다. 내가 사실을 알려 준 후에야 그는 뭔가를 이해했다는 듯 고개를 끄덕였지만, 나에게 설명해 주진 않았다. 그날 저녁, 그와 나는 많은 이야기를 나누었고, 이야기 도중 그는 이해했다고 말했지만 난 그가 이해한 것이 무엇인지 알지 못했다. 하지만 묻고 싶지 않았다. 떠날 때가 되자, 그 역시 한마디 말만 남겼다. "안녕히 계시게!"

이튿날 이른 아침, 해진 허리띠와 세숫대야만 남겨 놓은 채 쉬차이도 떠났다.

느닷없이 친구 둘을 잃게 되자 마음속엔 큰 실망감만 남아 나는 어떻게 해야 좋을지 몰랐다. 진평은 그들이 떠난 사실을 전혀 모르고 있었다. 내가 모든 사실을 말해 주자 그녀는 울음을 터트렸다. 알고 보니 그녀는 자오바오루를 사랑하고 있었다.

나 역시 더 이상 그곳에 머물고 싶지 않았다. 사흘째 되는 날, 진평이 나간 뒤 나는 어두운 밤을 틈타 등에 짐을 지고 또다시 유랑을 시작했다.

오늘에 이르기까지 나는 여전히 직업을 구하지 못했다. 지금 이 방에는 글을 쓸 수 있는 네모난 탁자 하나가 더 있을 뿐이다.

소설집 『수령(泥沼)』에 수록, 문선간행회(文選刊行會) 1941년
(번역: 정중석)

삼림의 적막

숲에는 봄의 기운이 약동하고 있다. 나무에는 새싹이 돋아나고 작년에 떨어진 낙엽은 사람들 발에 밟혀 소리를 내면서 눅눅하게 썩어 문드러져 냄새를 풍겼다. 공기 또한 곰팡이가 필 것처럼 축축했다. 쌓였던 눈이 점점 녹아 산골짜기마다 물이 천천히 흘러나왔고, 그 물은 실도랑을 이루었다. 땅은 축축해졌고 목재를 덮었던 얼음과 눈은 패잔병처럼 뿔뿔이 흩어져 작은 폭포처럼 사방으로 흘러갔다. 사람들은 겨우내 일해서 얻은 목재를 서둘러 뗏목 형태로 엮었다. 그들은 일렬로 놓인 큰 목재들에 가는 통나무를 가로로 놓은 다음, 넝쿨로 통나무와 목재를 교차해 묶었다. 사람들은 작년 겨울에 함께 벌목하던 동료들을 생각했다. 어떤 이는 베어 넘어지는 큰 나무 아래 깔려 죽었고, 어떤 이는 늑대 무리에 물려 죽었고, 어떤 이는 곰 발바닥에 맞아 계곡에 떨어져 죽었다. 이런 생각을 하니 사람들은 봄이 되었어도 한숨을 내쉬며 자신도 뗏목 위에서 목숨을 잃을지 모른다고 자조적으로 말했다. 우레와 같은 소리를 내며 흐르는 산속의 세찬 물줄기에 뒤집힌 사람이 매년 수십 명씩 되었기 때문이다. 겨울이 되면 목재회사가 말 몇 필을 데려와 얼음과 눈으로 뒤덮인 산 정상에서 산 아래까지 목재를 끌고 내려갈 것을 생각하니 또다시 한숨이 나왔다. 그렇게 거대한 목재가 산 정상에서 얼어붙은 산을 따라 미끄러져 내려오면, 산골짜기는 얼음이 깨지는 소리로 화답하곤 했다. 이러한 생각이 들자 사람들은 고개를 들어 운무에 가려진 높고 험준한 산봉우리를 바라보면서, 얼마나 높은지 알 수 없는 산봉우리에서 자신이 누군가의 손에 떠밀려 깊이를 가늠할 수 없는 계곡 아래로 굴러떨어지는 것을 연상했다. 사람들은 한숨을 내쉬며 이런 생각을 했지만 알 수 없는 힘과 운명에 의지하면서 탄식에서 벗어나 자연에 온몸을 내맡기는 용감하고 도전적인 삶을 살고자 했다. 그래서 그들은 간단하고 상투적인 말로 서로를 비웃으며 욕했고 그 순간, 그들 스스로는 알지 못했지만 이미 가늠할 수 없는 삶의 심연에 도달했던 것이었다.

산속에 들어온 지 얼마 안 된 목재회사 청년 직원 진지광(靳濟光)은 이런저런 생각을 하며 사람들이 고되게 노동하는 모습을 보면서, 그들이 도끼와 끌로 댕그랑댕그랑 소리 내는 걸 듣고 있었다. 그는 자신의 통나무집에서 걸어 나와 조소와 동정이 뒤섞인 눈빛으로 벌목 노동자들의 작업을 지켜보았다. 그가 무슨 생각을 하는지 누가 알겠는가! 벌목 노동자들은 그를 한 번 힐끗 보고 다시 머리 숙여 각자 자신의 일을 했다. 진지광은 마음속으로 작년 겨울 다른 목재회사의 벌목 기술을 보았던 걸 생각하고 있었다. 지금 여기 노동자들에 비하면 그들은 정말로 원시적인 작업 방식을 사용하고 있었다. 그들은 왜 우리 목재 회사에 들어오지 않았던 걸까? 일종의 어리석은 고집에 가까울 뿐이다. 그는 즉시 작년에 눈보라가 무섭게 몰아치던 때를 생각했다. 그때의 눈보라는 대지를 갈라 놓을 듯, 산봉우리를 때려 부술 듯 굉장한 위력으로 불어 댔고, 몇 세대 동안 산봉우리에 쌓였던 눈을 순식간에 산 아래로 떨어뜨렸다. 그는 눈에 매장된 그 벌목 노동자들이 떠올랐다.

지금은 벌써 봄이다. 그는 산속에 혼자 머무르면서 산새들의 노랫소리, 소나무숲의 바람 소리를 들을 수 있었고, 산봉우리 흰 구름이 변화하는 것, 꽃이 피고 지는 것을 볼 수 있었다. 그는 이런 생각이 들자 자기 주변 풍경을 죽 둘러보았다. 그를 둘러싼 산봉우리, 그를 포위하고 있는 푸른 소나무와 잣나무가 보였고, 산 중턱 사냥꾼의 오두막이 희미하게 보였다. 그의 뒤로는 성냥갑 같은 집들로 이루어진 작은 촌락이 있었다. 산골짜기에서 목재에 구멍을 뚫어 뗏목을 엮는 노동자들의 떠들썩한 소리와 댕그랑거리는 도끼 소리를 제외하면, 이 산속은 모든 게 아름답고 고요했다.

이런 산속에 그들이 있다는 게 마음에 들지 않았지만, 그렇다고 그들이 없다면 이곳은 얼마나 적막하겠는가? 그는 이렇게 생각하며 발길을 돌려 자신의 통나무집으로 걸어 들어갔다. 그는 낯선 사람의 집에 들어간 것처럼 자신의 집 안을 신기하게 바라보았다. 집 안은 누추했다. 그는 흰 빛깔의 나무 책상 옆에 앉아 맞은편 벽에 걸린, 도시에 사는 그의 화가 친구가 선물해 준 〈삼림의 상상〉이란 제목의 그림을 바라보았다. 이것은 진지광이 삼림으로 파견된다는 소식을 들은 친구가 그를 위해 특별히 그린 그림이었다. 친구는 그의 적막한 산중 생활에 이 그림이 하나의 장식품이 되길 바랐다. 그러나 그 친구는 지금까지 삼림을 한 번도 본 적이 없는 듯했다. 그렇기에 초목이 무성한 밀림 속에서 머리를 산발한 채 고목나무 아래에 앉아 책을 읽는 지저분한 은자(隱者)를 그림 속에 그려 넣고 이러한 제목을 붙인 것이다. 화가 친구는 속세를 피해 은둔하는 공간으로 삼림을 상상할 뿐, 삼림 속에 도끼와 톱을 들고 벌목하는 건장한 남자가 있을 거라곤 전혀 생각지 못하는 것 같았다. 그는 이런 생각을 하다가 문득 독일의 삼림화가 쉬원터(胥溫特)가 기억났다. 그의 그림에서도 도끼를 휘두르는 벌목 노동자들은 보이지 않았다. 왜 그럴까? 그는 특별히 도시에서 운반해 온 철제 침대에 드러누웠다. 갑자기 이 철제 침대를 도시에서 산속까지 힘들게 가져온 것이 어리석은 행동이었단 생각이 들었다. 부족한 나무로 엉성하게 엮은 누런 지붕을 보면서 그는 몇 개월 동안의 산중 생활이 결코 자신의 기질을 변화시키지 못했다고 느꼈다. 도시에 있는 목재회사가 산속에 사무소를 설치하려 할 때부터, 목재회사가 삼림 속에서 사업계획을 실행할 때부터, 그는 회사 당국에 자신을 산속에 파견해 달라고 요청했고 회사는 결국 그의 요청을 들어주었다. 그는 지긋지긋한 도시에서 벗어나는 것 자체에 대단한 기쁨을 느꼈고, 이 기회가 자신의 삶에 커다란 전환점이라고 여겼다. 그는 도시에서 경험한 정신적인 굴욕과 고통을 잊어버리고, 신경질적이고 타락한 도시에서 탈출하여 자연에 귀의하려고 했다. 그러나 겹겹이 이어진 산들, 아주 오래된 은빛 산봉우리, 일망무제의 삼림은 왠지 모르게 자신과 맞지 않고 어우러지지 못하는 부분이 있었다. 그는 그 원인을 아무래도 자신의 지식 때문이라고 여겼다. 수개월 동안 그는 이러한 부조화를 극복하려고 노력했고, 봄이 되었을 때는 자신이 어느 정도 성공한 것처럼 느껴졌다. 이런 면에서 그는 벌목 노동자들에게 질투 비슷한 감정이 들었었다. 그는 고독하게 침대에 누워 널따란 창문을 통해 그들이 쉬지 않고 일하는 걸 보았다. 그의 시야에서 꽤 멀리 떨어진 수풀 앞에 뭔지 알 수 없는 짐승 두 마리가 급하게 도망가고 있었다. 석양의 엷은 노란빛이 뭇 산들을 비추고 있어 골짜기마다 황금빛 면사포를 덮어쓴 듯했다. 좁은 하늘에 짙은 청색의 새매가 나는 듯 스쳐 지나갔다. 적막감이 즉시 그의 온몸을 감쌌고 그는 다리를 벌려 온몸의 긴장을 풀었다. 그는 이 적막감이 자연과 자신의 간격에서 비롯됨을 깨달았다.

그때, 나이 든 집사가 그에게 저녁밥을 가지고 왔다. 황혼의 장막이 황망하게 내려오자 댕그랑거리는 도끼와 끌 소리가 황혼에 의해 차단된 것처럼 점점 잦아들었다. 그는 밥알을 씹으면서 자신이 산속에 들어와서 이런 참기 어려운 적막을 견디어 내는 것이 실상 자부심을 느낄 만한 초인적인 행동이라고 생각했다. 어떤 청년이 도시 커피숍의 붉은 등과 아양 떠는 여급을 마다하고, 재즈 음악과 미술 전람회를 거부하고, 요컨대 모든 문화적인 영위와 관능적인 향락을 포기하면서까지, 아무런 이유 없이 대도시에서 2천 리나 떨어진 삼림지대에 들어오겠는가? 이곳의 모든 생활 방식은 도시와 3세기 정도 차이가 난다. 여전히 어리석고 원시적으로 생활하는 이곳 사람들은 미약한 사람의 힘으로 대자연과 어리석고 완강한 투쟁을 계속하면서 최저 수준의 생활을 영위한다. 현대 기계문명은 이 사람들에게 조금도 혜택을 베풀지 않고 그들 또한 그것을 이용할 생각을 절대 하지 못한다. 몇 개월 동안 그가 산속 주민을 관찰하고 얻은 것은 그들의 모든 것에 대한 무서울 정도의 집요함이었다. 진지광은 매번 그것들과 부딪칠 때마다 두려운 감정이 들었고, 이는 자신의 연약한 정신으로는 감당하기 힘든 커다란 스트레스였다. 그가 생각하기에, 대도시를 떠날 실질적인 이유는 하나도 없었다. 그는 친구들이 추측하는 것처럼 실연을 겪어서 도시를 떠난 것도 아니었고, 목재회사 내부의 일이 뜻대로 되지 않아서 떠난 것도 결코 아니었다. 그가 도시를 떠난 것은 그저 지식 때문이었다. 이러한 것을 생각할 때마다 그는 자부심이 생기는 걸 억제하기 힘들었다. 심지어 그는 스스로 여기에 오는 것을 고집스럽게 요청하고, 통나무집에서 홀로 고독한 생활을 하며 산속의 거친 음식을 힘겹게 씹어 먹는 것이, 정말 모든 사람들을 깜짝 놀라게 할 만한 행동이라고 생각했었다. 여기까지 생각하고 그는 집사를 불러 밥공기와 젓가락을 치우게 했다. 그리고 창가 한쪽에 걸린 거울 앞으로 걸어가서 자신의 얼굴을 무심코 바라보았다. 스물여덟 살의 젊음으로 가득한 얼굴이 거울 속에 비쳤다. 그는 자신의 얼굴을 보면서 슬쩍 미소 지은 후 곧바로 창밖의 야경을 보았으나 어둡고 음산한 산 그림자가 그의 시선을 가로막았다. 그는 고개를 들어 산봉우리를 쳐다보았지만, 그것 역시 아득히 멀리 있어 보이지 않았다. 그는 낙담하여 모든 시도를 포기하고 실없이 탄식했다. 좁은 하늘가엔 푸른 별이 반짝이고 있었다.

그는 집 밖으로 나와 바위 위에 서서 동쪽 일대에 있는 벌목 노동자들의 간이 움막을 관찰했다. 그들이 피워 놓은 모닥불에서 나는 장작 타는 소리가 멀리 떨어진 이곳까지 전해져 왔다. 어떤 일꾼이 우렁찬 목소리로 통속적이고 저속한 산가(山歌)를 불렀고, 이어 떠들썩하게 웃어 대는 사람들의 소리도 함께 들려왔다. 그들의 이런 유쾌한 정서는 진지광의 마음을 심란하게 만들었다. 그는 그들이 있는 곳을 한참 동안 바라보면서도 그들이 왜 그렇게 즐거운지 이해할 수 없었다. 그들은 마치 희망으로 가득 찬 내일이 있는 것처럼, 아니면 내일을 완전히 잊어버린 것처럼 즐거워했다. 그는 그것을 야만의 정서라고 여겼다. 그는 그 사람들이 허리춤에 나뭇잎을 찔러 넣고 모닥불 주위를 맴돌며 춤추는 듯한, 이런 대자연의 밀림 속에서 짐승 고기를 모닥불에 구워 먹고 있는 것 같은 착각이 들었다. 진지광은 원시시대의 꿈을 꾸고 있는 걸까? 아니면 가면무도회에 들어와 있는 걸까? 그는 기계문명이 그 영역을 확장할 수 없었던 이유가 이 사람들이 원시성을 완고하게 고집했기 때문이라고 생각했다. 하지만 현

대문명이 과연 그들을 받아들일 수 있을까?—이러한 것들을 생각하니, 문화 교양이 인간의 삶에 대해 가지는 의미는 단지 인간의 의지를 퇴화시키고 위축시키는 것뿐이라는 생각이 들었다. 도시 사람들은 이미 오래전에 웅장한 자연과 투쟁할 의지를 상실해 버리지 않았던가? 갑자기 그는 자신이 왜 이런 생각을 하는지 의문이 들었고, 더 이상 고민하고 싶지 않은 듯 생각의 방향을 바꾸기로 했다. 산속에 들어와서 오히려 생각이 많아지는 것은 입산할 때의 초심에 어긋나는 것이라 여겼다. 하지만 아무런 생각도 하지 않는다면 구태여 산에 들어올 필요가 있을까? 그는 생각할수록 아무런 결론을 얻을 수 없었다.

밤기운이 점점 짙어졌다. 타다 남은 모닥불의 연기 냄새에 소나무와 잣나무 향기가 뒤섞여 공기 중에 전해져 왔고, 멀리 계곡에서 콸콸거리는 물소리가 희미하게 들려왔다.

"봄이네. 이틀이 지나면 방배(放排)*작업을 할 수 있겠어." 그의 곁에 서 있던 집사가 혼잣말을 하듯 중얼거렸다.

산안개가 피어오르자 모든 것이 안개 속으로 녹아 들어갔다. 그는 공기 중에서 매캐한 냄새를 맡을 수 있었다. 그는 집 안으로 들어가 남포등 아래서 『포박자(抱朴子)』**의 「등섭(登涉)」***

---

* 뗏목으로 화물을 운송함. 여기서는 벌목한 목재를 뗏목으로 강 하류까지 띄워 보내는 것을 의미한다.-역주

** 동진(東晉)의 갈홍(葛洪)이 지었다는 신선방약과 불로장수의 비법을 서술한 도교 서적-역주

*** 원문에는 '등척(登陟)'이라고 표기되어 있으나 이는 '등섭(登涉)'의 오기로 보인다. '등섭'은 『포박자』의 내편 중 17번째 수록된 글이다.-역주

편을 펴서 읽었다. 책 속에 그려진 입산하는 사람들에게 필요한 부적을 보면서, 난세를 피해 명산에 잠적하는 사람들과 대낮에 땅이 가라앉고, 해와 달이 빛을 잃으며, 사람과 귀신도 분간할 수 없는 둔갑술*에 대한 까닭 없이 부러운 마음이 일었다. 외발 아기 모습을 한 산속 요괴**를 만나 밤늦도록 얘기할 수 있다면 분명 재미있을 거란 생각이 들었다. 이어서 그는 낮에 생각했던 독일 삼림화가의 〈산속 괴인(山怪)〉이란 제목의 그림을 떠올렸다. 그 그림에는 뿌리가 휘감기고 줄기가 뒤얽힌 고목의 구불구불한 숲속 길을 나무 슬리퍼를 신고 검은 옷을 입은 사람이 걷고 있는 모습이 그려져 있었다. 그 사람은 손에 짧은 막대기를 들고 있었고 수염은 강철바늘처럼 곧게 뻗어 있었다. 주변을 아랑곳하지 않는 태도와 조금은 멍청한 표정을 한 채 앞을 향해 성큼성큼 걷고 있는 그의 모습은 흡사 방금 산속 동굴에서 나온 듯했다. 바로 이런 모습의 사람이 그의 창밖에서 자신과 같은 문명인을 호기심 어린 눈으로 엿보는 것 아닐까? 그는 자기도 모르게 몸을 돌려 뒤쪽 창문을 쳐다보았다(창밖은 캄캄한 밤이었다). 그는 생각했다. 이런 사람들은 문명인을 무엇으

---

* 『포박자』 「등섭」편에는 명산에 들어가려면 둔갑술을 배워야 하고, 난세를 피하여 명산에 잠적하려면 정묘일(丁卯日)이 좋다고 한다. 그날은 대낮에 땅이 가라앉고, 해와 달이 빛을 잃으며, 귀신도 보이지 않는 날이라고 서술한다. 저자는 정묘일에 일어나는 현상이 둔갑술에 의해 생긴다고 파악한 듯하다.-역주

** 『포박자』 「등섭」편에 나오는 산속 요괴를 가리킨다. 산속 요괴는 아기 형상에 발이 한 개이며 그 발은 뒤를 향해 있고 사람 해치는 걸 즐긴다고 한다.-역주

로 볼까? 묘일(卯日)*에 자신을 서왕모(西王母)**라고 칭하는 사슴이라고 생각할까?*** 아니면 배불리 먹을 수 있는 걸 찾았다고 생각할까? 그는 이런 생각을 하다가 한바탕 실소를 하고 남포등을 끄고는 잠자리에 들었다. 만약 이때 붉은 옷을 입은 숲속 괴물이 문을 열고 들어왔다면 그는 그 괴물을 어떻게 상대했을까? 그는 나이 든 집사가 그에게 말해 준, 이 산에서 일어났다고 하는 수많은 괴상한 이야기가 생각났다. 창밖에는 산바람이 불고 있었고 그는 깊은 잠에 빠져들었다.

방배작업을 보는 것이 좋은 자극이 될 것 같아, 며칠 동안 진지광은 산자락 큰 강물의 발원지로 올라가 방배작업을 보았다.

산에서 흘러내리는 물을 따라 험준한 산비탈에서 돌진해 내려오는 뗏목은 정말 보는 사람의 마음과 넋을 사로잡았다. 돌길 위로 세차게 흐르는 물은 거대한 암석과 만나 솟구쳐 하얀 물보라를 일으켰고, 그 물보라는 눈송이처럼 사방으로 흩날리면서 징과 북 같은 소리를 내었다. 사나운 거대한 짐승이 포효하듯이 물은 세상 누구도 상대할 수 없는 위력으로 산 위에서

---

* 지지(地支)가 묘(卯)로 된 날, 토끼날. 을묘일(乙卯日)·정묘일(丁卯日)·기묘일(己卯日)이 있다.-역주

** 쿤룬산(崑崙山)의 요지(瑤池)에 살며 불로불사(不老不死)의 영약(靈藥)을 가졌다고 하는 고대 신화 속의 여신-역주

*** 『포박자』「등섭」편에는 12지지(地支) 날짜별로 산속에서 만날 수 있는 귀신을 열거하면서 그것들의 실체를 알면 화를 면할 수 있다고 말한다. 묘일에 장인(丈人)이라고 자칭하는 것은 토끼, 동왕부(東王父)라고 자칭하는 것은 고라니, 서왕모(西王母)라고 자칭하는 것은 사슴이라고 서술한다.-역주

세차게 흘러내려 왔다. 오륙십 척 되는 거대한 뗏목도 지푸라기 한 단과 같이 물 위에 둥둥 떠서 무서운 속도로 돌진해 내려왔다. 뗏목의 앞과 뒤에는 서너 명의 건장한 사내가 서서, 한 장(丈)*이 넘는 긴 상앗대를 손에 쥐고 민첩하고 신중하게 행동했다. 그들은 모든 신경을 곤두세워 암초와 강 양쪽의 암석에 주의했다. 그들이 상앗대를 가볍게 조금만 밀어도 그 큰 뗏목이 완전히 사람 뜻대로 움직였고, 그 속도는 화살같이 빨라 사람 눈으로 좇아가지 못할 정도였다. 뗏목 위의 사내들은 때때로 우렁찬 함성을 내질렀다. 뗏목이 급류를 타고 꼬리에 꼬리를 물며 세차게 내려왔다. 그들 앞에는 끝없이 하얀 물보라를 일으키는 급류가 산과 들판을 둘로 갈라놓으며 미지의 먼 곳으로 달려 나가고 있었다. 무한한 강인함을 지닌 사내들은 자신의 몸과 목숨을 놓고 이 급류와 도박을 했다. 뗏목 위의 사내들은 이 급류를 따라 강으로, 바다로, 자신들의 세계로 달려 나갔다.

진지광은 경악하였고, 도시인으로서의 그의 감각은 전율하였다. 비할 바 없이 장렬한 풍경에 그는 때때로 넋을 잃고 말았다. 만약 그가 저 뗏목 위에 서 있었다면 어떠했을까? 그는 감히 상상할 수도 없었다. 거대한 뗏목은 급류 속에서 공중제비를 하는 것처럼 사방으로 흩날리는 물보라에 파묻혔다 다시 나타나기를 반복했다. 물결은 팔뚝으로 휘감듯 뗏목을 에워쌌고, 우레 같은 물소리는 귀청이 떨어질 것 같이 컸다. 진지광이라면

* 대략 3미터. 3.33m-역주

요지부동의 자세로 서서 긴 상앗대로 침착하게 뗏목을 운전할 수 있을까? 이런 상상 자체가 정말 양심 없는 것이었다.

그는 자연의 의지를 깨닫고는 이 의지 앞에 아무 말 없이 머리를 숙였다. 대자연과 완전히 조화를 이루면서도 또한 투쟁하고 있는 뗏목 위의 사람들에 대해서, 진지광은 경멸의 감정을 거두었다. 그는 대자연의 의지를 묵묵히 체득하고 있었다.

이십여 일 동안 그는 매일 강물의 발원지로 올라가 뗏목의 이동을 보았고 불행한 사건도 수차례 목도하였다. 산 위에서 세찬 급류를 따라 빠르게 내려오는 뗏목 위 사람들 중 누구 하나라도 부주의하면 뗏목은 암석에 부딪쳐 우르르 쾅쾅 소리를 내며 부서졌다. 목재는 수십 개의 토막으로 절단되고, 사람은 공중으로 붕 떴다가 굴러떨어져 흰 거품이 가득한 물속으로 바로 휩쓸려 들어가 어디로 사라졌는지 알 수 없었다. 뗏목의 잔해들이 물 위에서 빙글빙글 돌면서 물의 흐름을 가로막아 두 번째 뗏목이 내려오면 부딪쳐 부서졌다. 세 번째, 네 번째 뗏목도 연달아…. 흰 물결이 하늘로 솟구쳐 물의 장벽을 이루다가 다시 아래로 떨어졌고, 그것은 산산이 부서진 뗏목을 덮치며 포효했다. 순식간에 수십 명의 시체가 급류 속으로 가라앉았다. 진지광은 이러한 불행한 사건을 접하면서 또다시 불가해한 대자연의 의지를 깨닫게 되었다. 그는 순간 당혹감이 일었다.

날이 따뜻해지자 살구나무에는 이미 꽃봉오리가 맺혔고, 일찍 핀 살구꽃은 산비탈을 군데군데 붉게 장식했다. 진지광은 예전처럼 매일 도시를 그리워하지는 않았다(그런 생각을 억제하는 건 거의 고통에 가까웠다). 그는 산 주변을 마음대로 산보했고, 달이 뜬 밤에는 문 앞에 앉아 집사와 한담을 나누었다. 그는 자신이 점점 차분해진다고, 이런 적막한 심경이 꽤 좋아지기 시작했다고 느꼈다.

동틀 무렵 진지광은 삼림 속을 거닐었다. 태양이 산 너머에서 아직 떠오르지 않아 동쪽의 먼 산봉우리 위에서부터 아름다운 아침놀이 깔려 있었고, 청명하고 푸른 아침 햇살이 수풀을 뒤덮고 있었다. 새로 생긴 잎눈이 갈색과 초록색이 섞인 부드러운 풋가지 위에서 파릇파릇 돋아나고 있었다. 나무 기둥은 비온 뒤 곰팡이가 필 것 같은 축축한 냄새를 풍기며 소나무의 싱그러운 향기와 뒤섞여 있었고, 나뭇가지와 잎은 서로 뒤엉켜 햇빛을 가리고 있었다. 그는 숲속 깊은 곳까지 들어가지 않고 주변에서 숲 내부를 들여다보았다. 이름을 알 수 없는 새가 지저귀면서 날갯짓을 하고 있었고, 높은 전나무 위에는 딱따구리가 부리로 나무 기둥을 탁탁 쪼고 있었다. 밀림같이 어둡고 깊은 숲속을 바라보면서 머릿속에 목재회사의 거대한 계획과 야심이 떠올랐다. 이렇게 웅장한 삼림이 머지않아 산산이 베어진다고 생각하니 자신도 모르게 서글픈 감정이 일었고, 소위 '문명'에 대한 원망에 가까운 감정도 어렴풋이 생겼다. 그는 이렇게 삼림 앞을 천천히 산책했고, 이것은 어느덧 매일 아침의 일과가 되었다. 그가 아침마다 산책하는 동안, 봄이 갑자기 와 버렸는지 하룻밤 사이에 모든 산과 고개의 녹음이 더 짙어졌고, 나뭇잎도 비대해졌다. 이름을 알 수 없는 무수한 꽃들이 피어

산기슭에도 산간 평지에도 사방이 온통 꽃이었다. 그의 통나무 집 뒤쪽으로는 산비탈을 따라 개간된 논밭이 보였고, 계단 모양으로 개간된 논밭의 농작물은 녹색 양탄자처럼 쫙 펼쳐져 있었다. 큰 느릅나무 뒤에는 누런 시골집들이 줄지어 있었다. 흙길에 나 있는 자동차 바퀴 자국이 구불구불 북쪽으로 가다가 나중에 작은 강줄기와 나란히 뻗어 있는 것이 어렴풋이 보였다. 진지광은 그 길이 작년 겨울 자신이 여기 왔을 때, 얼음과 눈으로 뒤덮여 있던 길임을 알아차렸다. 당시 회사의 커다란 차량조차 운전하기 어려운 그 길 위에서 하루 종일 버둥거렸는데, 지금 그 길은 거무스름하고 질퍽한 진창길이 되어 버렸다. 수레 한 대가 회색 노새에 이끌려 그 길을 더디게 기어오르고 있었고, 수레를 모는 사람은 긴 채찍을 높이 쳐들고 있었다. 이때 갑자기 차량 한 대가 지하에서 솟아나듯이 굽이진 흙길 꼭대기에 나타났다. 마치 작은 상자 같던 그 차는 점점 커지며, 언덕과 줄지어 서 있는 나무 사이에서 나타났다 사라졌다를 반복하더니, 시골집을 가로질러 곧장 산어귀까지 달려왔다. 진지광은 그것이 회사의 차량이라는 것을 알고 너무나 기뻐했다. 동시에 자신이 이러한 적막감을 여전히 참지 못하고 있었다는 것도 깨달았다. 그렇지 않다면 그 차를 보자마자 왜 그렇게 기뻐했겠는가? 그는 사람들이 차 안에서 내리길 기다렸다. 어떤 사람이 차 문을 열고 내린 후 다시 차 문을 닫았다. 그 사람은 한눈에 진지광을 알아보고 손짓하여 부르더니 큰 걸음으로 산중턱을 향해 달려왔다. 뒤이어 운전사 역시 차에서 내려 차체를 한

번 점검하고는 산비탈을 뛰어 올라왔다. 곧바로 부근에 거주하는 열댓 명의 어른과 아이가 그 차를 둘러싸고 머리를 끄덕이며 갑론을박을 벌였다.

뛰어 올라온 사람은 그를 보자 모자를 벗었다. 그 사람은 쉬원페이(徐文佩)로 회사의 신임을 받는 젊은 직원이었다. 그러나 회사에서 진지광과 그렇게 친한 사이는 아니었다. 운전사는 차를 몰 줄 아는 동료였는데, 알고 보니 회사 운전기사가 병이 나서 그를 대신한 것이었다. 운전사와 쉬원페이는 모두 상부의 같은 지시를 받고 온 것이었다.

"이보게, 내가 운전사가 됐어. 내 운전 실력이 꽤 괜찮아 보이지 않아? 회사는 한 명의 밥값을 아꼈다니까." 그는 진지광의 어깨를 치면서 말했다.

진지광은 집사에게 다른 방 하나를 준비하라고 지시했다. 그 방은 작년 겨울에만 사람이 머물고 사용하지 않았기 때문에 곰팡이 냄새가 약간 났다. 그들은 모든 창문을 열어놓고 앉았다.

"숲을 수매하는 일 때문이지." 쉬원페이는 즉시 온 이유를 설명했다. "우리도 어쩌면 여기서 사나흘 머물러야 할지 몰라. 일의 갈피가 잡히면 돌아가려고. 이후의 일은 자네에게 부탁하고…. 여기 생활은 어때? 정말 적막하겠다. 근데 공기는 좋네!"

"공기야 좋지." 진지광은 이러한 점을 생각하지 못하고 있다가 문득 깨달았다는 듯이 이 말을 반복했다.

이어서 속세에서 온 그 친구는 회사가 여기서 추진하려는 일이 많기 때문에 몇 사람을 더 파견하여 진지광의 일을 도울 예정이라고 했다. 회사 당국이 이 새로운 벌채 구역을 확보하는 것에 대해 큰 기대를 품고 있다는 말도 덧붙였다. 그러고 나서 그 친구는 애초에 진지광이 여기에 오겠다고 회사에 요청한 것을 두고, 그가 정말 남다른 안목이 있었다고 칭찬했다. 이곳에 사무소가 세워지면 그의 공헌을 무시할 수 없어 자연스럽게 주임이 될 수 있다는 논리였다. 진지광은 이러한 오해에 변명할 방법이 없었다. 그는 그저 이렇게 말했다.

"나한테 뭐 가져온 거 없어?"

"아, 맞아! 차 안에 있다. 내가 가서 가져올게. 너무 배고파 정신이 없어 가죽 가방을 차에 두고 왔네. 우리 회사 이야기는 그만하고 밥이나 먹지." 차를 운전한 류다(劉達)가 말했다.

진지광의 친구들은 그를 위해 신간 서적 십여 권과 벽을 장식할 수 있는 판화 두 장을 가지고 왔다. 그들이 식사를 할 때 진지광은 자신의 책임을 쉬원페이에게 떠넘기며 말했다.

"숲을 수매하는 일이나 개인적으로 벌채하는 목재업자와 노동자들을 흡수하는 일에 대해 난 거의 문외한이니 이 임무는 자네가 맡는 게 좋을 것 같아. 난 그저 한가롭게 지내면서 산속에서 요양이나 하고 싶어. 자네 생각은 어때?"

쉬원페이는 굳이 사양하지 않았다.

"자네와 회사가 양해를 해 준다면 상관없지 뭐. 원래 난 회사 일이라면 뭐든 마다하지 않고 다 견디지 않았나!" 이어서 그는 목재회사의 풍부한 자본에 대해 쉬지 않고 말하면서, 뗏목을 타는 사람들은 물론이고 모든 소규모 목재업자가 자발적으로 회사에 들어오게 될 거라고 말했다. 그는 일 년 이내에 회사가 이 일대의 삼림을 독점하게 될 것을 확신했는데, 이번에는 이 산에서 개인소유의 숲을 수매할 뿐이지만, 앞으로는 이 사업을 더욱 확대할 것이라고 했다. 하지만 진지광은 그의 말을 조금도 주의 깊게 듣지 않았고, 이러한 대화에도 전혀 흥미를 느끼지 못했다. 오히려 도시에서 온 친구들이 자신의 고독감을 가중시킨다는 느낌만 들었다. 말을 마친 쉬원페이는 집사에게 침대 청소를 시킨 후 잠자리에 들었다. 진지광은 책을 들고 자신의 방으로 돌아갔고, 류다는 집 앞에 서서 산을 바라보다가 쉬원페이를 불렀다.

"쉬 형, 오자마자 자는 거야? 이렇게 아름다운 경치를 놔두고서…." 이렇게 류다는 쉬원페이를 한참 동안 불렀으나 그는 전혀 아랑곳하지 않고 깊은 잠에 빠져들었다. 류다는 알 수 없는 노래를 흥얼거리면서 진지광 방의 창문 안쪽으로 머리를 들이밀고 책상 위에 널브러져 있는 책들을 보면서 나지막이 말했다.

"진 형, 쉬 형과 그다지 친하지 않지?"

진지광은 고개를 끄덕였다.

"쉬 형은 이번에 이삼천 정도를 챙기려고 해." 류다는 입을 삐죽거리며 낮은 목소리로 말했다. "그래서 진 형이 그렇게 말하니 당연히 쉬 형은 좋아 죽지. 얼마나 좋아 죽던지!" 그는 진지광이 자신에게 미소 짓는 걸 보고 말을 이었다.

"여기 정말 좋군. 근데 나는 일주일 정도는 머무를 수 있을 것 같은데, 더 있으면 견딜 수 없을 것 같아."

이때 소규모 개인 채목(採木)상인과 노동자 무리가 그들 집 앞을 지나갔고, 그중 몇 명은 그들에게 원망 섞인 시선을 던졌다. 예전에 진지광 역시 이런 시선을 받은 적이 있었다. 그때는 이유를 알 수 없었는데 오늘 쉬원페이의 말을 들으니 이제야 그 시선의 의미를 이해할 수 있을 것 같았다. 그는 자신의 존재 자체가 다른 사람에게 위협이 될 수 있다는 걸 알게 되자 무력하고 막막한 감정이 일었다.

쉬원페이가 적극적으로 이 일을 추진하면 마을과 지금 벌채를 하고 있는 소규모 채목업자의 반감을 초래할 것이다. 진지광은 이러한 생각을 쉬원페이에게 결코 말하지 않았다.

그러던 어느 날 밤, 진지광이 방 안에서 책을 읽고 있을 때, 지붕에서 돌덩이가 굴러가는 듯한 거대한 소리가 났다. 그 후 밤마다 이와 비슷한 시끄러운 소리가 났다.

'이곳을 떠나야 할 것 같군. 여기서도 내가 적막하게 생활할 수 없다니. 적막함마저 없다면 어떻게 한단 말인가?' 새벽에 그는 이렇게 생각했다.

그는 의기소침한 기분에 빠져들었다. 조용히 침대에 반듯하게 누워 근래 자신의 심경 변화와 노동자를 시켜 돌덩이로 숙소를 습격하는 소규모 채목상인의 원한 섞인 행동 등을 한참 동안 생각했다. 그는 갑자기 자신이 이 모든 것과 어울릴 수 없다는 생각이 들었다. 도시에서도 염증을 느꼈지만, 자연에서도 적막감을 가까스로 참아 내고 있었다. 뗏목을 타는 사내들과는 상당한 거리감을 느꼈고, 쉬원페이와 채목상인에게는 경멸의 감정이 일었다. 머리를 풀어헤치고 홀로 산속 바위 동굴에 앉아 명상을 해야 한단 말인가? 혹은 친구에게서 선물 받은 그림처럼 혼자 삼림 깊숙한 곳 고목나무 아래에 앉아 있어야 한단 말인가? 그의 심정을 조금도 이해하지 못하고 돌을 던지는 폭도들은 그를 어떻게 생각하고 있단 말인가? 순간 그는 짜증과 무료함을 느꼈고, 심지어 도시 커피숍의 붉은 포도주와 과거 흥청거리고 향락에 빠졌던 젊은 시절이 생각났다. 자신이 왜 이런 정신적 고행을 하는 건지라는 생각도 들었다. 그의 은밀한 영혼의 문이 자신을 향해 서서히 열렸고, 그는 자신의 내면을 들여다보았다. 그는 자신이 얼마나 난잡하고 문란하며 공허한 사람인지 깨닫게 되었다.

들꽃의 향기를 품은 초여름의 훈풍이 창밖에서 불어왔다. 음울하고 비가 올 것 같은 축축한 새벽은 사람을 게으르게 만들었다. 산에는 옅은 안개가 끼어 있었고, 계곡에는 미세하지만 묵직한 물소리가 전해져 왔다. 이때 그의 옷을 몇 개월 동안 세탁해 준 집사의 며느리가 문을 열고 들어왔다. 그녀는 세탁을 마친 옷을 탁자 위에 놓고 다시 나갔다. 진지광은 마치 그녀를 처음 본 것처럼 청색 상의와 회색 바지를 입은 그녀의 풍만한 뒷모습을 눈으로 좇았다. 그는 그제야 그녀의 아름다움을 발견한 듯했다.

그는 침대에서 일어나 창가로 다가가 비탈길을 내려가는 그녀의 뒷모습을 바라보았다. 먼 곳 벌목 노동자들의 움막에서는 농담을 건네며 크게 웃는 소리가 들려왔다.

그는 음울하고 따뜻하고 축축한 날씨 속에서 의지할 데 없는 외로움과 공허감을 느꼈고, 무언가를 잃은 듯했으나, 또 무언가를 얻은 듯도 하였다. 쉬원페이와 류다가 그에게 업무에 관한 상황을 전달했지만 그는 전혀 주의 깊게 듣고 있지 않았다.

"개인소유의 숲은 더 이상 큰 문제가 아니야. 그들은 회사에 양도하기를 원해서, 이제 계약서에 서명하는 것만 남았어…." 쉬원페이는 말하면서 얼핏 진지광의 표정을 보았고, 그가 전혀 듣고 있지 않음을 알아챘다. 그는 곤혹스러워하며 자신의 보고를 중단했고, 잠시 뒤 진지광에게 말했다.

"숲의 주인이 오늘 오후 자기 집에 우리를 초대했어. 진 형도 같이 가지!" 그러고 나서 그들은 자리를 떴다.

진지광은 쉬원페이가 삼사천을 이미 챙겼을까 생각하며 문 밖으로 걸어 나왔다. 의식적인지 아닌지는 모르겠지만 그는 집사가 살고 있는 산간 평지까지 내려갔다. 높이가 낮은 나무숲 뒤쪽으로 누런색 가옥이 나뭇가지와 가시덩굴로 만들어진 담에 둘러싸여 있었다. 그는 출입문 쪽으로 가서 안을 들여다보았으나 그 여인은 보이지 않았다. 순간 마음속으로 자신이 우습다는 생각이 들어 몸을 돌려 떠나려 할 때, 갑자기 그 여인의 목소리가 들려왔다.

"진 선생님, 들어와 좀 앉으시죠?"

그는 순간 어떻게 대답해야 할지 몰라 고개를 저으며 말했다.

"그냥 지나가는 길이었어요!" 그러나 문가에 서서 떠나질 못했다.

"그럼 바깥 바위에라도 좀 앉으세요! 오늘 아침 선생님께 옷을 가져다 드렸는데, 그때까지도 주무시고 계신 것 같더군요." 여인은 낭랑하고 시원스럽게 말했다.

바위에 앉은 그는 이 여인의 아름다움을, 삼림 속에 이렇게 아름다운 여인이 있다는 걸 몰랐다는 것이 이상하게 여겨졌다. 이는 자신이 여태껏 한 번도 관심을 두지 않았기 때문이라고 생각했다. 햇빛에 빛나는 그녀의 연갈색 피부와 새까맣고 큰 두 눈은 이러한 날씨에 진지광이란 사람을 미혹하고 있었다.

"당신의 남편은요?" 그가 물었다.

"뗏목을 타고 떠났어요."

"언제 돌아오나요?" 그는 이렇게 물어보며 세찬 격류를 헤쳐가는 큰 뗏목을 상앗대로 조종하는 건장한 사내의 모습을 상상했다.

"가을쯤이요." 여인의 눈에는 아련한 빛이 반짝였다.

"그럼, 오래 걸리지 않겠네요?" 사실 무심코 떠본 말이었는데, 여인은 이 말을 듣고 약간 수줍게 웃으며 말했다.

"몇 개월이나 남았는걸요. 진 선생님은 진중한 사람인 줄 알았는데, 알고 보니 농담도 잘하시는군요!"

계곡 바닥에는 달짝지근한 꽃내음이 은근히 풍기고 있었고, 부드럽고 촉촉한 바람은 연녹색의 넝쿨을 가볍게 흩날리고 있었다. 이 순간 진지광은 자연과 조금의 괴리감도 느껴지지 않았고, 적어도 지금은 자연과 하나가 되었다고 느꼈다.

"당신 남편도 건장하겠지요? 뗏목을 타는 사람들은 모두 건장하더라고요!"

"소가 더 건장하지 않겠어요?" 여인은 문에 몸을 기댄 채 웃고 있었다.

"당신을 본 지 몇 개월이나 되었지만 오늘에서야 당신이 아름답다는 걸 알게 되었네요. 진짜 이상한 일이죠?"

여인은 아무 대답도 하지 않고, 머리를 숙인 채 힐끗 그를 쳐다보았다. 그는 다가가 그녀를 힘껏 껴안았다. 이때 그의 모든 생각은 멈춰 버렸다. 그는 가볍게 떨고 있었다.

"나는 항상 당신 같은 지식인들은 나 같은 시골 여자를 업신여긴다고 생각했어요." 여인은 그의 포옹을 거절하지 않고 도리어 매우 기뻐하며 이렇게 말했다. 이 말을 듣자 그는 마치 충격을 받아 꿈에서 깨어난 듯했다. 짧은 시간 동안 수많은 일들이 그의 머릿속을 스쳐 지나갔다. 무너지듯 그의 두 팔이 풀렸고, 창백한 얼굴로 그는 빠르게 그 자리를 떠났다. 여인은 놀랍고 의아하게 그를 바라보았지만, 어떻게 된 일인지 전혀 이해할 수 없었다.

그는 도망치듯 숲속으로 들어가서 고목나무 뿌리에 앉았다. 그렇게 한밤중까지 골몰히 생각에 잠겨 앉아 있었다.

그가 밤에 요괴가 출몰한다는 신비한 숲속에서 걸어 나와 자신의 통나무집으로 돌아갈 때였다. 길에서 우연히 만난 늙은 집사는 놀라면서 그에게 어디 갔었냐고 물었고, 그가 쉬원페이와 류다처럼 습격을 받지 않아서 다행이라고 말했다. 알고 보니, 쉬원페이와 류다는 그날 초대받은 연회에 참석했다 돌아오는 길에 한 무리의 사람들에게 공격을 받았고, 그들의 통나무집도 파괴되었다는 걸 알았다. 이 일을 저지른 사람들은 전부 도주해 버렸다. 이는 당연히 소규모 채목상인이 교사한 계획된 농간이었다. 늙은 집사는 안심한 듯 한숨을 내쉬며, 그의 행운을 축하해 주었다.

산비탈에 흩어지고 뒤집힌 통나무집, 파손된 서적과 유화 그림, 산 아래 때려 부서진 차량, 남아 있는 차량 시트 위에서 신음하는 쉬원페이와 류다를 보면서, 그는 울지도 웃지도 못한 채 한동안 멍하게 있었다.

진지광은 도시로 돌아갔다.

베이징 『문예잡지(文藝雜志)』 제1권 제2기 1943년 8월에 수록
(번역: 정중석)

이츠

고향의 원수 鄕仇

변경의 노래 塞上行

이츠(疑遲) 1913~2004

본명은 류위장(劉玉璋)으로, 류랑(劉郎), 류츠(疑遲), 이츠(夷馳) 등의 필명을 사용했다. 그는 1913년 랴오닝(遙寧) 톄링(鐵嶺)에서 태어났다. 부모님을 따라 네 살 무렵 하얼빈으로 이주했고, 제3중학교에서 공부하며 러시아 문학에 강한 관심을 갖게 되었다. 1933년 그는 동청철도 산하 학습기관을 졸업하고 기차역에서 검표원으로 1년간 일을 했다. 그는 1930년대부터 작품을 창작해 문예지에 발표하고, 러시아 문학을 번역해서 잡지에 싣기도 했다.

1935년 신징(新京)으로 이주한 그는 만주국 국무원 통계처에서 일하며, 명명파(明明派)의 일원으로 문단 활동을 시작한다. 잡지 『명명(明明)』이 종간 이후 대형문예계간지인 『예문지(藝文志)』로 재탄생하는데, 이츠를 비롯해 구딩(古丁), 줴칭(爵靑), 샤오쑹(小松) 등이 『예문지』에 참여했다. 이들은 산딩을 중심으로 한 문총(文叢)파와 향토문학 논쟁을 이어 가게 되는데, 이때의 문제작이 바로 이츠의 「산정화(山丁花, 한국어 번역본 「야광나무 꽃」)」이다. 「산정화」는 전통적 삶과 근대적 삶에서 모두 착취당하면서도 만주의 자연과 더불어 살아가려는 사람들의 강인한 생명력을 그린 작품이다. 일제의 착취에 대한 작용으로 저항운동의 모습을 그리던 기존 동북작가군의 작품과는 사뭇 다른 모습인 것이다.

이츠는 만주국 문화당국 및 협회에서 여러 가지 압력을 받았다.

특히 대동아전쟁 이후 이츠를 포함한 만주국 작가들은 일본의 문예 검열에서 자유로울 수 없었고, 일본 문인들과 교류가 잦았던 예문지파 동인들을 향한 억압은 더욱 심하였다. 그는 결국 1944년, 신부락 건설을 위한 황무지 개간을 국민의 사명으로 삼아야 한다는 내용을 담은 '개가3부곡(凱歌三部曲)'을 발표하며 시국소설의 길을 걷게 된다. 그의 이러한 행보에 관해서, 생존과 창작을 위한 부득이한 글쓰기였을 것이라는 옹호적 평가와, 분명 자발적이고 내재적 신념이 있었기 때문에 자연스럽게 이런 글쓰기가 나타난 것이라는 비판적 평가가 동시에 존재한다.

그럼에도 그의 작품은 대체로 만주의 척박한 향토와 그 속에 뿌리내린 사람들의 강인한 모습을 그려 내고 있는데, 여기서 러시아 문학에 심취했었던 그의 과거 영향을 확인할 수 있다. 하얼빈에서 어린 시절을 보낸 그는 러시아 문학을 쉽게 접할 수 있었을 뿐 아니라, 북만주의 춥고 황량한 자연환경에 적응하며 살아가던 하얼빈 사람들의 강인한 생명력을 직접 경험했었기 때문이다. 또한 그의 작품에선 '비적'이라는 특수한 무장집단조직이 자주 등장하는데, 이땐 주로 하층 농민을 근간으로 하는 의로운 도적의 모습이나, 그들이 어떤 과정을 거쳐 비적이 되었는지를 상세히 묘사한다. 다른 만주국 작가들이 비적에 관한 내용을 소문, 혹은 사람들의 말을 거쳐 전달할 때, 이츠는 그들의 이야기를 전면에 내세우는 것이다.

수록작 「고향의 원수(鄉仇)」도 아버지의 원수에게 복수하기 위해 고향으로 돌아온 비적을 전면적 주인공으로 등장시킨다. 이츠는 이 작품에서 개인적인 원한 서사도 불합리한 경제 구조에 의해 진행

된다고 묘사하는데, 반복되는 개개인의 원한의 고리를 끊기 위해선 복수의 대상이 개인이 아닌 사회를 향해야 한다고 암시하는 것이다.

「변경의 노래(塞上行)」 또한 몽골 초원의 호걸 목동이 외딴 마을에서 벌어지는 일에 관여하게 되면서 어떻게 지금의 여기를 떠나게 되는지의 과정을 보여 준다. 이츠는 주인공의 마지막을 명확하게 이야기하고 있진 않지만, 농촌을 떠나 향하는 목적지가 어디인지 작은 암시를 던져 주고 있다.

_ 손유진

고향의 원수

1

맞은편 사람의 얼굴을 분간할 수 없을 정도로 길가에 어둠이 깔렸을 무렵, 류빈성(刘斌升)은 마을 끝에 있는 지순여관에 도착했다.

방 안에 들어서니 시큼한 악취가 코를 찔렀다. 스산하고 시커먼 부뚜막 귀퉁이에서는 수증기가 피어오르고, 아궁이의 불꽃은 흙벽에 얼어붙은 서리를 부드럽게 비추고 있었다. 갓이 달린 남포등 하나가 실내에 은은하게 켜져 있었고, 좁은 방구들* 위에는 피곤에 지쳐 잠든 자들이 여기저기 누워 있었다. 잠들지 않은 사람은 피우고 남은 담배 반 토막을 아까워하며 마저 태웠는데, 어둠 속에서 번쩍이는 담뱃불이 마치 수풀 속을 날아

* 구들[炕]은 중국 북동부의 난방시설로, 외부에서 불을 지펴 방바닥 전체를 데우는 한국식 온돌과 다르게 실내에 아궁이를 두고, 방의 일부만 데우는 입식형 구들이다.-역주

다니는 도깨비불 같았다.

"계십니까? 사장님!" 남포등 아래에서 『진영정서(秦英征西)』*를 보던 여관 주인이 구들가에서 몸을 일으켰다.

"남는 자리가 있는지요?" 류빈성은 피곤한 듯 자신의 보따리 짐을 구들 위에 올려놓았다.

"그냥 자면 됩니다. 설마 한 사람 잘 데 없겠습니까!" 주인은 느릿느릿 손을 뻗어 등의 심지를 비틀었다. 이어 고개를 돌려 그를 자세히 살펴보곤 말했다. "…어디서 오셨나요? 가시는 곳은요?"

"전 단자골[段家沟]에서 왔습니다. 이 마을에 볼 일이 있어서요…." 방에서 들려오는 코 고는 소리에 더욱 피곤함을 느낀 류빈성은 바닥을 짚고 비스듬히 구들에 들어앉았다.

"손님은 무슨 일을 하시는지요? 요 며칠 단속이 심해졌거든요."

"아… 장부에 적어야 하나요?"

"쓸 필요는 없어요. 요새 소문이 흉흉해서 자위단이 밤이면 나와 검문을 합디다. 잘 모르는 손님은 받기 꺼려지기 마련이죠."

"사장님, 마음 놓으시죠. 저도 본래 이 마을 사람이었어요! 누가 검문하러 오면, 직접 대답해 드리지요."

---

* 당나라 시대 진경(秦琼)의 손자이자 진회옥(秦懷玉)의 아들인 진영(秦英)이 서쪽으로 가가다 경험한 이야기를 담고 있으며, 전통 희곡, 설창, 평서 등의 다양한 문예 형식으로 창작되었다.-역주

"…공연한 걱정입니다. 저도 어쩔 수 없이 물어보긴 해야 해서요." 주인은 류빈성의 교활하고 번드르르한 눈이 마음에 걸렸다. 그는 구들에 누워 있던 곰보 녀석을 밀쳐 내고 류빈성에게 되물었다.

"식사는 하셨는지요?"

"먹을 것이 좀 있을까요?"

"시골 여인숙에 뭐 먹을 게 있겠어요. 튀긴 밀가루 빵, 사오빙, 절인 오리알 정도 있네요…."

"술은 있나요?"

"있긴 하지만, 돈 받고 파는 건 아니라서요. 원하면 좀 드릴 순 있어요." 여관 주인은 류빈성의 보따리를 곰보가 자고 있던 자리에 놓아두었지만 그래도 여전히 마음이 놓이지 않았다. 그는 몰래 그 보따리를 뒤져 보다가 다시 구들 안쪽으로 밀어 넣었다.

류빈성은 허리띠를 풀고, 다리에 묻은 재와 양말에 달라붙은 눈을 툭툭 털었다. 그러고는 주인에게 샤오빙 열 개와 오리알 두 개를 달라고 한 다음, 주전자에 소주를 뜨겁게 데워 달라고 요청했다. 그는 몸을 돌려 이곳에 누워 있는 사람들을 묵묵히 들여다보았다. 그는 어릴 때부터 이곳에서 자랐기 때문에 이 마을의 사정을 잘 알고 있었다. 십여 년 동안 이 마을은 번영은커녕 오히려 더욱 쇠락해 있었다. 과거 마을에 살던 옛 사람들은 전부 사라졌으니 이 여관 주인 같은 자는 알 턱이 없었다.

류빈성은 담배를 꺼내 불을 붙이고 피웠다. 계획했던 일을 과연 해낼 수 있을까! 연기 속에서 그는 이번에 은밀히 고향에 돌아오게 된 걸 곰곰이 생각하고 있었다. 그는 버릇처럼 허리춤에 차고 있던 녀석을 만져 보았는데, 단단한 그것은 제자리에 그대로 있었다. 잊어선 안 된다. 진산룽(金山龍)이 어제 당부한 말도 잊어선 안 된다. 처음으로 혼자 일을 처리할 때는 무엇이든 각별히 조심해야 하는데, 더군다나 몇 년 전 뼈에 사무친 원한을 갚기 위해 내가 온 것이기에 더욱 그랬다.

십여 년이 지났어도, 그 깊은 원한은 한시도 마음속에서 잊어 본 적이 없다. 요즘에도 임종 직전 괴로워하셨던 아버지의 얼굴만 떠올리면 말할 수 없는 분노가 울컥 치밀어 올랐다. 능욕당한 아비의 원한을 참아 낼 수 있다면, 세상에 견뎌 내지 못할 일이 없을 것이다! 예전에는 내 자신의 무능함만을 탓한 채, 생각했던 일을 제대로 해내지 못한 경우가 많았었다. 벌목 회사가 파산하여 실직한 뒤 진산룽 쪽에 몸을 의탁한 이후로, 현재 나는 몸에 사람을 죽일 물건 하나를 지니게 되었다. 내 손으로 직접 처리한 자린고비 놈들만 해도 모두 열 명이 넘었는데, 이 손에서 거두어진 목숨을 보며, 오래전 고향의 원수를 늘 생각하곤 했다. 공교롭게도 뤄러미(罗勒密) 마을로 갈 기회가 생겼고, 그 길에 허락을 받고 고향에 내려와 내 오랜 회한을 풀 수 있게 된 것이다.

지순여관의 주인이 그의 앞에 술 주전자를 내밀 때까지, 류빈성은 머지않아 속이 후련해질 것을 상상하며, 아랫입술을 깨문 채 이미 흐릿해진 고향길의 모습을 되새기고 있었다.

“드시지요! 이 내장탕에 술 두어 모금이면 추위를 쫓을 수 있을 겁니다.” 여관 주인이 남포등을 가져오며 말했다.

“사장님, 와서 한잔하시지요!”

“먼저 드시죠! 전 여기 할 일이….”

“왜 그러세요, 같이 한잔 마십시다!”

“…됐어요, 난 잘 마시지도 못합니다.” 오리알을 까는 여관 주인의 주름진 얼굴에 점차 미소가 번졌다. “추운 날 마시는 술이 유난히 몸을 따뜻하게 해 주긴 하지만….”

“지당하신 말씀이죠!” 류빈성은 맞장구를 치며 물었다. “사장님, 이 마을에서 몇 년이나 사셨습니까?”

“말도 마세요, 한 7, 8년 정도 됐네요. 처음 몇 년은 물가도 싸고, 남겨 먹는 돈도 쏠쏠했는데, 근래 몇 년은 근근이 입에 풀칠만 합니다.” 여관 주인은 목을 치켜들어 탐욕스럽게 술 한 모금을 마시곤, 돌아서서 옆에 있던 곰보에게 말했다. “셋째야, 바깥방에서 삶고 있는 콩 좀 잘 지켜봐라! …조금 있다 자위단이 오면 눈만 멀뚱멀뚱 뜨고 있지 말고, ‘사이좋게’ 지는 것도 좀 배우고!”

“사장님, 여긴 밤마다 자위단이 가게로 찾아옵니까?” 류빈성이 그의 말을 잘랐다.

“꼭 그렇다고 말할 순 없지만, 어쨌든 요 며칠 동안 소문이 흉흉해서 약간의 번거로움은 있었죠. …마을에 집다운 집이 몇 채나 있는지 좀 보세요!” 소주 몇 모금 마시니, 여관 주인은 지금의 쇠락함이 더 예민하게 느껴지는 모양이었다.

"네." 류빈성은 취기가 조금 오른 주인의 모습을 보자, 서둘러 입을 열어 알고 싶었던 일을 물었다.

"마을에 있는 마치타이(馬啓泰) 영감네 집은 아직 이사하지 않았지요?"

"마—치—타이? 예전에 마을 회장으로 있었던 그 영감? 그 영감 죽은 지 벌써 5, 6년은 됐어요!" 등불 아래에서 대추씨같이 자그마한 눈을 가늘게 깜박거리던 여관 주인이 나지막하게 말했다.

"아, 그 양반… 죽은 지 5, 6년이나 됐군요!" 류빈성은 놀라 되뇌면서, 속으로 자신이 어떻게 이 복수의 기회를 놓치게 되었는지 생각했다.

"죽어서 사람들이 떠벌릴 일도 없는데, 무슨 의미가 있겠어요! 막대한 가업을 물려줘도, 지금은 남은 것도 없고! 여관 주인은 안타깝다는 듯 술 사발을 바라보곤 남포등의 심지를 다시 바로 세웠다. "그 영감이 죽은 이듬해에 그 집 큰아들이 우직하게 일하긴커녕 아편과 노름을 하면서 기와집 몇 칸을 삼천 위안에 팔아먹었어요, 가을엔 그 땅까지 십 리 마을의 제 씨한테 저당 잡혔고… 그 집 둘째는 더 딱해요. 아시겠지만 올해 다 힘들었잖아요, 집안을 잘 이끌어 보려고는 하는데 능력이 부족하니 어쩔 수 없었죠. 설 명절까진 그런대로 버텼는데 이렇다 할 수확이 없으니 엄청난 생활고에 시달렸어요. 봄이 되자마자 큰아들은 아내를 데리고 도망쳤고, 집에 남은 둘째는 남의 집 소작으로….”

“마치타이 아들이 남의 집에서 소작을 했다고요?” 류빈성은 믿을 수 없어, 소주에 젖어 붉어진 눈으로 비스듬히 마주 앉은 주인을 의아하다는 듯 쳐다보았다.

“형씨! 이건 하나도 이상한 게 아니에요! 삶이 바로 이런 거죠. 젊은이가 제대로 일을 하지 않으니, 지주네라도 담장 무너지듯 금방 망한 거라고요…!”

“그래서 그 사람들, 이사는 갔나요?” 그는 마지막 남은 소주 한 모금을 비웠다.

“이사하지 않으면 어찌 되었겠어요! 기와집에 살던 사람이라도 아쉬우면 초가집에서 살아야겠죠. 곰보 완 씨네 그 단칸방은 낡아서 사람이 살 수 없을 정도였는데, 둘째는 거기서 3, 4년을 그런대로 버텼어요.” 기지개를 켜는 여관 주인의 술 취한 얼굴은 꼭 잘 쪄진 꽃게처럼 붉었다.

“곰보라면 그 옛날에 수박농사 짓던 자 아닙니까? 그 사람은 이사를 갔습니까? 당신이 말한 그 초가집이 마을의 남쪽 끝에 있지 않습니까?” 류빈성은 그를 추궁하며 물었다. 그는 딱딱하게 식은 밀가루 빵을 씹으며 어슴푸레한 남포등을 결연한 눈빛으로 바라보고 있었다.

“오, 맞네! 자네 정말 마을에서 산 적이 있나 보오? 기억력 한번 정말 좋네! 자네, 의심스러운 사람이 아니었구먼!” 여관 주인은 구들에서 일어나 옆에서 자던 사람들을 밀쳐 내고, 류빈성의 자리를 마련해 주었다.

그는 주인장이 마련해 준 자리에 누워 눈을 감은 채로 십여 년이 지나도록 잊히지 않던 이 일을 곰곰이 생각하고 있었다. 몇 년 전의 가슴 쓰린 일은, 고통으로 질식할 만큼 그의 가슴을 무겁게 억누르고 있었다. 어찌 되었건 그 해묵은 피의 값은 반드시 곱절로 갚아 주어야만 했다. 마치타이는 죽었지만, 그에겐 아직 죽지 않은 아들이 있다. 류빈성은 슬그머니 몸을 뒤척이며 허리에 차고 있던 물건을 더듬어 만졌다. 강렬한 술기운에 그의 정신은 더욱더 또렷해졌고, 가슴에 사무친 몇 년 전 그 일은 점차 견고한 기억 속에서 선명하게 되살아났다.

2

그 얼마나 입에 오르내릴 만한 일이었던가! 류빈성이 겨우 열세 살이던 그해 유월 무렵이었다.

뜨겁게 태양이 내리쬐고 대낮의 길이가 길어진 때였다. 밥을 다 먹은 개는 더워서 혀를 내밀고 들고양이가 창문 앞에 웅크리고 눈을 감고 있으니, 나이 지긋한 노인이 어찌 졸지 않을 수 있겠는가!

푸릇푸릇한 밭두렁에 졸음이 몰려들고, 황소 몇 마리가 작은 느릅나무에 묶여 있었다. 솔솔 불어오는 산들바람이 밭두렁 푸른 풀을 스쳐 지나가면 자고 있는 사람은 자연히 편안한 느낌이 들기 마련이다.

그러나 많은 불행은 이런 부주의한 틈을 타 찾아온다. 그루

터기에 매여 있던 황소들은 어찌 된 일인지 밧줄을 끊고 서로 아웅다웅하며 인근 보리밭으로 들어갔다. 이들이 밭이랑을 짓밟으며 누르스름하게 바랜 보릿대를 물어뜯은 것은 당연한 일이었다. 소들은 이 보리밭이 누구의 소유인지 분간할 수 없으니까.

류 영감이 시끄러운 소리에 잠이 깰 무렵, 마 촌장의 머슴들은 소 몇 마리를 마 씨 집의 뜰 안으로 끌고 들어갔다. 한창 돈 꿰미를 속으로 세고 있던 마을 촌장 마치타이는 이를 알고 노발대발하며 머슴에게 황소 몇 마리를 서둘러 자기 집 마구간에 묶어 놓으라고 지시했다.

얼마 지나지 않아 류 영감은 두려움에 몸을 떨며 마 씨 집으로 찾아갔다. 머슴들이 벌 떼처럼 집 안으로 밀고 들어가는 바람에 류 영감은 자신도 모르게 무릎을 꿇어앉고 말았다.

"이 개자식! 그 소, 당신이 풀어 놓은 거지?" 화가 난 마치타이는 매섭게 그에게 물었다.

"네. 네. 제가 풀어 놨습니다! 촌장 나으리!" 류 영감의 대답은 이미 예전의 목소리가 아니었다.

"빌어먹을, 네가 그랬단 말이지…" 그러자 마치타이가 하인들에게 말했다. "어서 묶어서 관청으로 보내! 이 새끼 제대로 혼쭐나 본 적이 없어서 아무것도 모르는 거지!" 기와를 뒤흔들 정도로 우렁찬 그의 말과 함께 '새끼'라는 말이 마 촌장의 위엄을 한층 더 높여 주었다.

"촌… 촌장 나으리, 자… 자비를 좀 베풀어 주십시오! 저를 관청으로 보내지 마세요! 촌장님이 내리시는 벌이면, 어떤 벌이든 달게 받겠습니다." 눈물이 그렁그렁한 눈에는 희망의 빛이 번뜩이고, 나지막한 애원의 목소리는 마치 꼼짝없이 갇힌 쥐를 떠올리게 했다.

"제기랄, 내가 벌을 줘서 얻다 써! 관청에 가서 혼 좀 나고 보자고. 빌어먹을, 널 한 번 봐주면, 내일 네 염병할 소가 내 보리밭을 다 파먹겠지! 이 머저리 새끼야, 아직도 모르겠나? 소가 내 밭을 짓밟으면, 내 손해가 얼마나 크겠나! 오늘은 누가 와서 사정해도 안 된다. 너 같은 자식은 꼭 매운맛을 봐야 한다니까!" 마치타이는 말을 할수록 기운이 났고, 가까운 친척이 죽어 재산을 물려받을 양반처럼 얼굴엔 음침함이 깔렸다.

사실 마치타이는 오늘 마을 사람 중 누군가 그를 대신해 간청하러 오면 어쩌나 걱정이 되었다. 머슴은 사납게 류 영감을 결박하고는, 물에 젖은 미친개를 끌듯 관청으로 데리고 갔다.

집 앞에서 콩깍지를 까고 있던 류빈성은 장삼을 걸친 사람들이 모두 거리로 급히 달려가는 것을 보았다. 그는 징이 한 차례 울리는 것을 듣곤, 분명 관청에서 밭에 있던 곡식을 훔친 도둑을 잡았고, 그저 마을에 무언가 평소와 다른 중요한 일이 또 벌어지는 거라고만 생각했다.

군중을 따라 관청 문 앞까지 달려가자 그곳에는 이미 많은 사람이 모여 있었다. 류빈성은 안으로 비집고 들어가지는 않았지만, 안에서 나는 무거운 신음이 분명 아버지의 소리란 걸 알아챘다.

그는 가까이에 있는 풀 더미에 재빨리 올라가 정신을 가다듬고 아래를 내려다보았다. 인간 세상에 이보다 더 가슴 아픈 일이 있겠는가?

깃대 아래에 묶여 있는 사람은 바로 자신의 아버지였다. 그를 채찍으로 때리는 자는 마을에서도 자주 보던 사람이었다. 문간 걸상에 앉아 있던 마 촌장은 성난 얼굴로 마구 호통을 치며 욕을 하고 있었다. 그의 목소리가 아버지의 신음 소리보다 훨씬 또렷했다.

"…이 개자식을 이렇게 손보지 않으면 어디 마을 일을 한다고 할 수 있겠나! 이건 내가 성깔을 부리는 게 아니라, 이 염병할 늙은 놈이 남을 잘도 속였던 거야! 니미럴 것, 오늘 제대로 본때를 보여 주마…."

얻어맞고 있는 아버지는 채찍이 등에 내리꽂히자 소리 내지 않으려 이를 악물고 고개를 저었다. 사방에 모여 있는 사람들은 그 태도가 얼마나 느긋하고 한가롭던지, 태연하게 시내에서 사 온 담배를 피우고 있는 사람도 있고, 평상시보다 더 갖춰 입은 사람도 있었다.

류빈성이 가장 참기 힘들었던 것은 마 씨네 머슴이 마치타이의 아들을 높이 들쳐 안고 있는 모습이었다. 열두세 살 먹은 아이가 행여 이런 광경을 놓칠세라 머슴에게 높이 안겨 있다니, 그 꼴이 얼마나 곱상하던지! 류빈성은 욕을 퍼붓고 싶었다. 하지만 그는 욕은 못 하고 자신도 모르게 돌멩이를 만지작대다 이내 눈물을 닦으며 안에 있는 마치타이를 향해 그 돌을 던졌다. 돌은 똑바로 맞지 않고, 딱 마치타이가 앉아 있는 나무 걸상에 빗맞았다. 마치타이는 사나운 목소리로 욕설을 퍼붓느라 이를 깨닫지 못하는 듯했다.

모두가 신물 나도록 구경하고 나서야, 마 씨네 머슴은 류 영감을 밧줄에서 풀어 주었다. 그는 머뭇거리며 자신의 등을 어루만져 보았다. 아파서 입을 다물지 못한 채 그는 마 촌장의 곁에 쭈그리고 앉았다.

“꺼져 버려, 이 늙은 놈아!” 마치타이의 목소리가 뜻밖에도 조금 누그러졌다. “한바탕 혼이 났으니 아무래도 각인은 확실히 되었겠지. 내 땅 밟은 것을 다행으로 알라고, 만약 다른 사람 땅을 밟았다면 이렇게 싸게 먹히진 않았을 테니 말이야.” 마치타이는 다시 고개를 까딱거리며 자신의 머슴에게 이렇게 말했다.

“그 소 다섯 마리를 얼른 돌려보내!”

“아!” 류 영감이 이런 소리를 내는 것을 들어 본 적이 없었다. “촌장님, 그건 안 되죠!” 그는 갑자기 일어나며 당당한 태도로 말했다.

“뭐?” 마치타이가 오히려 누그러졌다.

“때리는 것도, 욕하는 것도 좋은데, 어딜 내 소를 떼먹으려고요? 그건 말이 안 되죠! 제가 풀어 놓은 소는 총 여섯 마리인데, 한 마리가 없어지다니 그건 아니죠. 소 한 마리에 이삼백 원입니다. 제 목숨값보다 많죠… 제 소를 훔치는 건, 저도 못 참습니다….” 연달아 나온 ‘안 된다’는 말은 그야말로 예상 밖이었다.

그가 동그란 눈을 부릅뜨고 있는 것은 분명 속으로 인정하지 않는다는 의미였다.

"정말 웃기는 소리군. 내가 네 소를 빼내기라도 했다는 거야?" 마치타이는 모욕감에 얼굴을 붉히며 주위를 둘러보았다. "내가 어떤 사람인데… 염병할, 이럴 수 있겠는가! 모두에게 가서 물어봄세!"

"사람들에게 물을 게 뭐 있습니까! 전 류씨 성을 달고 여태껏 양심을 저버린 적이 없습니다. 만약 지금 내가 당신에게 덮어씌우는 거라면, 내 기꺼이 해가 지면 죽으러 가겠소!" 그의 침착한 말투는 주위를 둘러싼 사람들의 마음을 움직였다.

"참나! 이 근본 없는 놈! 나를 속이려 들다니! 이놈을 밟아서 때려라!" 마치타이가 머슴들에게 이토록 명령한 것은 촌장 고유의 위엄을 지키려는 이유에서였다.

"세상에! 맞고 그른지를 따져 줄 데도 없고…" 그는 말을 다 끝내지도 못하고 다시 땅바닥에 깔려 버렸다.

아버지가 다른 사람에게 호되게 매를 맞는 장면을 빤히 보고 있노라니 류빈성의 마음은 초조해지고 멍해졌다. 군중의 어수선한 소음이 아버지의 침통한 외침을 덮어 버렸다. 사방에서 서로 몰래 귓속말을 해 대지만, 누가 감히 이 일의 시비를 가릴 수 있겠는가!

저녁, 등불을 켤 때, 류빈성은 눈물을 글썽이며 왕얼렁(王二楞)이 가져다준 가루 치약을 아버지 등에 발랐다. 가루를 한 줌 발랐는데, 등은 금방 검붉은 핏물로 젖어 들었다. 아버지는 이를 악물며 한 줄기 '윽' 소리를 뱉었다.

"빈성아! 내 분은 못 풀 것 같다! 마 촌장과 어딜 가서 시비를 가릴 수 있단 말이냐! 절대로 낮잠을 자면 안 됐었는데, 촌장을 건드려 봤자 이기지도 못할 걸! 소 한 마리당 이삼백 원인데, 아들아, 이 일을 어쩐단 말이냐!" 그의 메마른 눈에서 눈물방울이 다시 반짝였다.

"아버지! 슬퍼 마세요." 류빈성은 울분을 토해 내며 구들 위에 누워 있는 아버지를 위로하였다. 그는 두 눈을 동그랗게 뜨고 눈물을 글썽이며 말했다. "…나중에 제가 커서 그 개새끼를 꼭 찢어 죽이겠어요!" 비장한 그의 목소리는 훗날의 복수를 예고하고 있었다.

유월의 저녁 바람이 낡은 종이창 너머로 불어왔다. 바람에 일렁이는 벽 모퉁이의 그 흐릿한 등잔불이 곧 다가올 쓸쓸한 소멸을 보여 주고 있었다.

밤이 깊어지자 구들에 웅크리고 있던 류빈성은 피곤함에 막 잠에 빠져들려고 하였지만, 아버지의 입에서 나오는 슬픔에 찬 한탄은 그칠 기미가 없었다. 잠결이라 언제인지 알 수 없으나 아버지는 다시 일어나 앉아, 말라 버린 등잔에 불을 붙였다.

"아버지! 왜 아직 안 주무세요?" 류빈성이 눈을 뜨며 물었다.

"안 되겠다, 아들아! 잠들 수가 없구나! 눈 감으면 죽은 네 어미가 보여! 가슴이 철렁 내려앉는 게 어찌 된 영문인지 모르겠다." 불빛에 비친 아버지의 얼굴이 대낮보다 더욱 흉측하게 느껴졌다.

"일찍 주무세요. 내일 치 씨네 집에서도 소를 찾아봐야 할 거 아니에요!"

"소 말이냐?" 류 영감은 한숨을 내쉬며 말했다. "더는 안 찾을란다. 마 촌장네 마구간에서 묶어 두고 키우라지! 사람이 한평생 뭐 하러 아등바등하는 건지! 참으로 애를 써도 안 되고, 얻을 수도 없는데…" '후' 소리와 함께 등불이 꺼지고 한바탕 기침이 이어졌다.

등불이 꺼져 집 안은 더욱 어두워졌고, 버드나무 그림자가 부서진 종이 창문 위에 고요히 걸터앉았다.

여름밤은 믿을 수 없을 정도로 짧았다. 류빈성은 잠깐 잠이 들었다. 밖에서 수레가 오고 가는 소리가 들렸고, 마을 안의 수탉은 연거푸 울어 댔다. 그는 아버지가 오늘 일찍 일어나야 되는 걸 알았기 때문에, 본인도 더 자고 싶은 마음이 들지 않았다.

"아버지, 일어나세요!" 그는 버릇처럼 이렇게 아버지를 불렀다.

하지만 이 부름에 예상 밖에도 대답이 없었다.

"소 찾으러 가셔야죠?" 류빈성은 혼잣말을 중얼거리며 일어섰다. 끈적하고 차가운 것이 그의 손에 닿았다.

"아니?" 류빈성은 놀라서 소리를 지르며 빳빳하게 굳은 아버지의 주먹을 꽉 움켜잡았다. 아버지가 늘 자신의 머리를 깎아 주실 때 사용하던 그 단도가 주먹에 꽉 쥐어져 있었고, 베개와 이불은 비릿한 피로 범벅이 되어 있었다.

목 놓아 불러도 아무런 대답이 없었다. 멍하니 있을 뿐, 더 이상 무엇을 할 수 있겠는가! 피투성이가 된 아버지의 얼굴에는 아직도 원망이 서려 있었다. 어슴푸레 밝아 오는 아침 햇살이 집 안의 참혹한 광경을 부드럽게 비추고 있었다.

어린 류빈성은 그날부터 외로운 방랑의 길을 걷기 시작했다.

3

오늘 밤은 예전 아버지가 스스로 목을 베었던 그날 밤과 마찬가지로 고요했지만, 그날처럼 밝은 달빛은 없었다. 옆에 누워 있는 여행객들의 일정하게 오르내리는 달콤한 코골이 소리에 류빈성은 이곳이 어딘지 실감이 나면서도 한편으론 진절머리가 났다. 그가 살며시 돌아누우니 바깥방에 불이 켜진 것이 보였다. 여관 주인은 바깥방에서 무얼 하길래 저리 바쁘단 말인가!

몇 년 전의 장면이 자신의 눈앞에 선명하게 펼쳐지자 몰려오는 조급함을 참을 수가 없었다. 자신이 하려는 일은 밤이 깊어 인적이 끊길 때를 기다려야만 했기에, 그는 누워 있으면서도 마음이 초조해졌다.

그는 몸을 일으켜 살금살금 구들에서 내려왔다. 어둠 속에서 다시 자신의 바짓단을 꽉 조이고 솜옷의 단추를 잠그고는 애써 침착한 척 방을 나섰다.

"어, 어떤 일로 나온 거요? 형씨!" 설거지를 하던 여관 주인이 의아하다는 듯 물었다.

“나와서 정원을 좀 둘러보려고요! 여기 구들에 빈대가 너무 많더군요…” 류빈성은 애매하게 대답했다.

“어머, 벌써 시간이 이렇게 됐군요! 밖이 몹시 추우니, 나가지 마세요! 자위단 사람들이 형씨를 만나면 쉽사리 놓아주지 않을 겁니다….” 여관 주인은 걱정이 앞섰다.

“…” 류빈성이 무어라 말했는지 잘 들리지 않았다. 그는 문을 밀고 밖으로 나갔다.

하늘에선 뭇별이 총총한 눈망울을 깜빡이고 있었지만, 밖은 달빛만이 감도는 깜깜한 밤이었다. 큰길 양쪽엔 이삭을 베어 낸 곡식이 쌓여 있고, 땅을 밟으면 찌걱찌걱 소리가 났다. 길모퉁이를 돌던 류빈성은 갑자기 걸음을 멈추고 몸을 돌렸다. 마을의 들개 몇 마리가 그를 보고 마구 짖었기 때문이었다.

류빈성은 재빨리 방향을 바꾸어 급히 마을 밖 동쪽 교외로 달려 나갔다. 어두컴컴한 길을 알아볼 수 있었던 것은 모두 어릴 때의 기억 덕분이었다. 그 당시 아버지가 자신을 이끌고 풀 베던 곳이 이 근방이었다. 그때 아버지는 이곳에 묻히리란 걸 알 턱이 없었다. 오랫동안 돌보지 않은 황폐한 무덤을 보니, 그의 마음이 곧바로 뜨거워졌다. 만약 아버지의 무덤이 아주 작지 않고 땅 가장자리에 바짝 붙어 있지 않았더라면, 그가 어떻게 이런 깊은 밤에 무덤을 한눈에 알아볼 수 있었겠는가!

“아버지!” 단지 이 한 마디에 결국 몇 년 동안 울지 않았던 류빈성은 구슬 같은 눈물을 뚝뚝 흘렸다.

무덤 옆에 쭈그리고 앉아 흙을 만져 보니 손이 얼듯 차가웠다. 마음속으로는 천 마디 만 마디 하고 싶은 말이 있었지만, 그는 어디서부터 시작해야 할지 몰라 한동안 망설였다.

"…십여 년의 세월 동안 아버지 홀로 얼마나 외로우셨어요! 아들이 돌아왔으니 이젠 아버지의 원한을 갚을 때가 온 것이지요."

"이 아들이 일을 순조롭게 끝내도록 부디 지켜 주세요. 내일이면, 향, 종이, 과일뿐 아니라 개새끼 마 씨 놈의 귀까지 잘라 아버지께 드리겠습니다…."

"이 아들은 이제 가면 다시 돌아올 날이 없을지도 모르겠어요… 그러니 아버지 잘 들으셔야 해요!" 눈물 콧물 흘리고, 몇 마디 뱉으니 그의 마음이 조금 편안해지는 것 같았다.

은하수가 높이 걸릴 때까지 한참을 떠나지 못하고 있다가, 비로소 머뭇거리며 마을을 향해 걸어갔다. 매서운 찬바람이 눈물 자국 가득한 얼굴을 스치고 갔다. 저 멀리 나뭇가지 끝엔 구슬픈 새 울음소리가 들렸고, 마을의 개는 이전보다 훨씬 얌전했다.

그는 뒷길을 지나, 가야 할 방향을 찾았다. 작은 절의 깃대를 찾으니, 곰보네 집의 마당이 보였다.

담장을 더듬어 가며 쓸쓸하고 비좁은 마당에 이르렀다. 눈이 담벼락 아래에 그대로 쌓여 있어, 발로 밟으니 미끌미끌했다. 수숫대, 볏짚 따위의 땔나무가 온 마당에 어지럽게 흩어져 있는 것을 보니, 이곳에 매우 게으른 사람이 살고 있다는 것을 한눈에 알 수 있었다.

별채의 안쪽 방은 희미한 등불이 어렴풋이 비치고, 허름한 판자 문이 반쯤 열려 있었다. 방 안에서는 어린아이의 울음소리와 다른 사람의 고성이 뒤섞여 들렸는데, 거친 소리가 고요한 주변을 뒤흔들고 있었다. 류빈성은 조금씩 창가로 다가가 창에 바른 신문 틈 사이로 찬찬히 안을 들여다보았다.

구들 위에 이불을 덮고 누워 있는 자가 바로 자신이 표적으로 삼았던 원수였다. 깡마른 얼굴에 툭 튀어나온 이마뼈, 날카로운 눈은 어린 시절과 조금도 변함이 없었다. 다만 궁핍과 근심이 옛날의 득의양양하던 얼굴을 갉아먹었지만, 짙은 눈썹은 당시의 그 아비를 닮아 있었다. 닭발같이 앙상한 팔은 곁에서 울고 있는 여자아이의 손에 자꾸 붙들려 있었는데, 애원하는 듯한 말은 어찌나 부드럽고 간절한지 몰랐다.

"위 영감님! 그만 돌아가시는 게 어떻겠습니까! 이 아이는 저와 떨어져서는 안 됩니다. 아버지 없는 아이를 제가 십여 년 동안 보살펴 왔어요. 다른 사람이 뭐라 해도 보낼 수 없습니다. 게다가 제가 지금 병에 걸렸는데, 곁에서 보살펴 줄 사람이 없으면 전 끝납니다. 제 다리에 종기만 안 났으면, 일찌감치 영감님네 정산도 마쳤을 겁니다! 영감님의 너그러운 아량을 좀 더 베풀어, 며칠만 더 말미를 주십시오. 위 영감님… 영감님 은혜를 베풀어 며칠만 더 봐주십시오…" 그의 두 눈은 방한화를 신고서 있는 사람을 빤히 쳐다보고 있었다.

"…" 그 위씨 성을 가진 자가 한바탕 냉소를 짓더니 엄숙한 표정으로 말했다. "그만하게, 마 씨! 우는소리 해 봐도 소용없네! 모두를 이렇게 봐주면, 나는 뭘 먹고 산단 말인가! 우리가 잘잘못을 따지자는 게 아니지 않나. 내가 이미 진작부터 싫은 소리를 해 왔는데 기한을 넘겼는데도 어째서 돈을 갖고 오지 않는 것인가! 예전 명망 높던 자네 집안을 믿고 빌려준 것인데 말이야!" 입을 벌리니 가지런한 누런 이가 드러났고, 매 같은 눈은 옆에서 우는 아이를 차갑게 훑고 있었다.

"아이가 아주 예쁘고 생기가 넘치네. 너 같은 염병할 것이랑 살면 고생만 하겠지, 내가 데려가면 절대 굶기지 않을 것이네… 처자식과 재물은 제 몫이 있는 것이 아니라 했네. 더는 소란 피울 수 없으니, 덕이 있는 내가 차지하는 게 맞지!"

"위 영감님, 며칠만 기한을 늦추어 주십시오. 보름 이후에는 저 아이를 파는 한이 있어도 돈을 갚겠습니다…" 그는 구들 가장자리에 바짝 붙어 있는 누이동생을 가리키며 흐느꼈다.

"염병, 다시 말하지만, 너를 봐주면 내가 먹고살 게 없잖아? 가서 알아보라고, 이미 도장 찍은 돈은 만만하게 볼 게 아니라고! 이렇게 추운 날, 나라고 너랑 이런 쓸데없는 이야기를 나누고 싶을까? 쉽게 가자고, 마 씨!" 방한화를 신었어도 발이 얼 것 같은지, 이자는 벌써부터 신경질이 난 모양이다.

"위 영감님! 부디 절 불쌍히 여기시고…."

"염병할, 꺼져, 난 적선은 안 한다고."

"정말입니다, 제 다리에 난 이 종기를 좀 보세요…."

"불쌍한 척하지 마, 내가 널 한두 번 본 것도 아니고…." 위 씨 성의 그자는 돌아서서 그의 누이동생을 움켜잡았다.

열두 살짜리 아이가 이런 일을 알기나 할까! 아이가 엉엉 목 놓아 울기 시작하자 벽에 놓인 등잔불이 일렁이며 꺼질 기세였고, 자지러지게 우는 소리는 마치 도살 직전의 돼지나 양을 연상케 했다. 창밖에 쭈그리고 앉아 있던 류빈성은 듣기 거북해져, 절로 마음속에서 분노가 치밀어 오르기 시작했다.

그러나 위 씨 놈은 이런 상황을 모른 채, 마 씨 누이동생의 팔을 잡아끌었다. 그는 이어 마 씨가 걸치고 있던 누더기 이불을 걷어 내고, 구들 위에 있던 약사발을 바닥에 던졌다. 마 씨의 비참한 울부짖음 따위는 전혀 아랑곳하지 않고, 아이를 끌고 와 낡은 이불로 둘둘 싸고는 서둘러 집 밖으로 나가려 했다. 그가 반쯤 닫혀 있던 방문을 발로 차서 열자, 벽 위에 놓인 등불이 꺼지고 말았다. 창문에 기대고 있던 류빈성이 어찌 이것을 두고 볼 수만 있겠는가! 요 몇 년 동안 밖에서의 삶을 어찌 살아왔던가! 진산룽의 당부 또한 잊어서는 안 됐다. 불현듯 자신이 나서야겠다는 생각이 들었다. 오늘 밤 이곳에 온 본래의 의도는 잊어버린 지 이미 오래였다.

어둠 속에서 그는 허리에 차고 있던 단단한 그것을 꺼내 들고, 민첩하게 걸쇠를 풀었다. 그는 방문으로 빠져나온 그 육중한 그림자를 향해 매섭게 소리를 질렀다.

"거기, 손들어!" 류빈성이 한 걸음 다가가자, 꼼짝없이 선 그 놈의 앞 가슴팍에 닿았다.

"네…?" 벌벌 떠는 목소리였다.

"저쪽으로 물러나!" 류빈성은 그가 데리고 나온 여자아이에게 소리쳤다.

"친구, 서로 얼굴 붉히지 말자고!" 위 씨가 침착하게 말했다.

"지랄하네!" 모질게 마음먹고 손가락을 한 번 까딱거리자, 그놈이 눈앞에서 쓰러지는 게 보였다. 새하얀 신발에 붉은 핏방울이 흩뿌려졌다.

류빈성은 그가 깔고 앉은 누더기 이불을 빼내고, 얼빠진 여자아이를 재빨리 집 안으로 데려다 놓았다.

"이…이게 어떻게 된 일이지? 누… 누구시죠?" 어두운 방 안에 있던 놀란 마 씨네 둘째 아들이 정체를 알 수 없는 그림자를 향해 물었다. 그의 병약한 몸뚱이는 벌써 잔뜩 움츠러들어 있었다.

"쉿, 조용!" 류빈성은 호주머니에서 성냥을 꺼내 등잔에 불을 붙이고, 둘째 아들에게 다시 그 누더기 이불을 덮어 주었다.

"아… 당신이 처리해 주셨군요!" 둘째 아들은 놀라서 부들부들 떨었고, 다시 가쁜 숨을 몰아쉬며 물었다. "이렇게 크… 큰 일이 벌어졌는데, 저는 총을 쏠 줄 모르는 사람입니다. 내일… 내일, 자위단이 오면 어떡하지요?"

"떠나겠소, 남겠소?" 꽃망울이 터지듯 후련한 목소리였다.

"…떠, 떠날게요!" 둘째 아들이 힘껏 몸을 지탱하여 일어났지만, 다리에 난 종기 때문에 다시 드러누웠다.

"이보게, 업히게나!" 류빈성은 허리를 굽혀 둘째 아들을 등에 업었다. 그의 다리가 류빈성의 허리에 감겼다. 그는 이어 왼손으론 여자아이 손을 잡고 성큼성큼 문밖으로 걸어갔다.

때마침 깊은 밤이라, 하늘의 별들은 차가운 빛을 내고 있었다.

소설집 『풍설집(風雪集)』에 수록,
창춘예문지사무회(長春藝文志事務會) 1941년
(번역: 손유진)

변경의 노래

1

칠월 말 타이먼거우(臺門溝) 일대는 이미 후룬베이얼(呼倫貝爾)* 방향에서 황사가 섞인 가을바람이 불어오는 여름의 끝자락에 서 있었다.

이 광막한 황야는 황혼 속 습지대에서 들리는 목동들의 채찍 휘두르는 소리와 말 떼들의 길고 적막한 울음소리를 제외하면, 다른 소리는 거의 들리지 않는 곳이었다. 근처 언덕에는 향기로운 야생 식물들이 많이 자라고 있어 종달새 같은 새 울음소리도 들릴 만하건만, 이곳은 봄날이어도 듣기 어려웠다. 한바탕 소나기가 지나간 후에 간혹 굶주린 매 한두 마리가 날개를 펴고 황야의 상공을 순시하듯 조용하게 선회할 뿐이었다.

차갑고 쓸쓸한 황야에는 밤도 조용하고 은밀하게 찾아왔다.

---

* 네이멍구(內蒙古)에 위치한 도시-역주

이곳은 밤이 되면 불빛도, 하물며 도깨비불도 없었고, 이따금 아득히 먼 곳으로부터 지치고 처량한 말 울음소리만 길게 울려 퍼질 뿐이었다.

목동이 "이우~ 이오~" 하고 부는 몽고피리 소리는 가락이 전혀 맞지 않았다. 하지만 이 소리는 황야의 유일한 음악이었고, 이 음악은 곧 다가올 가을 낙엽과 고향에 있는 백발의 노모를 생각나게 만들었다.

황사의 거센 바람과 뒤섞여 이어졌다 끊어졌다를 반복하며 처량하게 울려 퍼지는 이 기이한 음악 소리는 이곳 변경의 적막한 분위기와 잘 어울렸다. … 드문드문 들려오는 바람 소리, 곧 시들어 버릴 양각초(羊角草), 아득히 먼 곳에 있는 흙 언덕, 아른거리는 잡초 덮인 길, 고요한 밤, 이런 것들이 오랫동안 가지 못한 고향을 공연히 생각나게 했다.

말을 탄 류진(劉進)은 스무여 마리의 가축을 몰고 유유히 집으로 돌아가고 있었다. 오늘 그는 아침 일찍 일어나 가축을 방목하러 집에서 아주 멀리까지 나와서, 주인어른 이레이자타이(義勒札泰)는 분명 문 앞에서 그를 기다리고 있을 것이다. 그는 주위의 하늘빛을 바라본 후, 말 엉덩이를 향해 손을 뻗어 다시 한번 채찍질을 했다.

주위의 황야는 여전히 고요했다. 애수에 젖은 말 울음소리와 먼 곳에서 졸졸거리는 강물 소리 역시 평상시와 같이 우울했다. 앞에 난 길도 어두컴컴하고 끝없이 까마득했으며, 시선이 닿는 지평선에는 거무스름한 구름이 어린나무의 가지 끝에 희미하게 걸려 있었다.

“제기랄! 어두운 밤길은 이미 익숙해졌어! … 달도 뜨지 않은 밤이군. 그때도 똑같이 이런 젠장맞을 밤이었어.” 이렇게 혼자 중얼거리면서 예전 일을 회상하자 마음이 쓰리고 아려 왔다. 집안 말 먹이통 아래에 묻어 둔 그 물건을 생각하니 부끄러워 얼굴이 화끈거렸다. 과거의 수많은 기억들이 그림처럼 떠오르며 그를 괴롭혔다. 그는 가만히 피곤한 눈을 깜박거렸다.

옆에 있는 언덕의 시든 풀을 스쳐 지나가는 가을바람을 맞으며 류진은 말안장에 앉아 예전 일들을 생각했다. ‘그때 전투에서 부상만 당하지 않았어도, 지금 이 지경까지 되진 않았을 텐데. 그해 홍수로 난리가 난 것도 꼬박 십삼 년이 됐네. 야루(雅魯)강, 뤄궈(羅鍋)산, 주자(朱家)두렁 일대를 거쳐 디핑촨(地平川)까지 냅다 달려왔지. 체격 좋고 힘센 서른 살 정도 되는 사내가 천 리 밖까지 도망쳐서 늙은 몽고인을 위해 말을 방목하게 될 줄 누가 상상이나 했겠어?

호랑이는 늙어도 웅장한 뜻을 품고 있는 법! 서른 좀 넘은 건뭐 나이를 먹은 것도 아니야! 제기랄, 피 묻은 무명 적삼을 벗어던지면 틀림없이 뜨끈한 쌀밥을 먹게 될 줄 알았는데… 젠장, 언젠가 고향에 돌아가서 개놈의 자식들을 기필코 혼내 주고 말겠어…!’ 등 뒤 말발굽에서 일어난 약간의 흙먼지가 바람결에 날아왔다. 류진은 코를 가리고 재채기를 했다.

지금과 같이 된 사연을 이야기하자면 정말 끝이 없다. 아무튼 그는 혼자서 스무여 필의 몽고말을 다 관리해야 한다. 이른 새벽 해가 뜨기 전에 그는 말린 음식을 짊어진 채, 말들을 이끌고 머나먼 초원으로 나가야 했다. 야생의 거친 습성이 조금도 죽지 않은 몽고말들은 양각초를 서로 뜯어먹겠다고 종종 상대의 목덜미를 물어뜯곤 했다. 그러면 그는 긴 가죽 채찍과 양어깨의 힘을 사용해 거친 말들을 떼어 놓았는데, 그가 잠시라도 돌아서면 이내 곧 말들은 다시 뒤엉켜 싸우곤 했다. 저녁에 발길을 재촉해 돌아오면, 몽고인 이레이자타이는 곤드레만드레 취해 있는 경우가 대부분이었다. 말에게 물을 먹이고 황토 우리에 집어넣은 후에야 그는 땅바닥에 잠자리를 깔고 장화를 벗고서 누워 잠잘 수 있었다.

밤에도 바깥 상황에 신경을 곤두세우고 있어야 했다. 말이 울부짖거나 소리를 길게 뽑아 우는 것에도 다 이유가 있어서 무슨 움직이는 소리가 조금만 들려도 바로 일어나서 바깥을 살펴봐야 했다. 요즈음 타이먼거우 지역은 예전과 같지 않기 때문이다.

일이 없는 겨울에는 주인어른 이레이자타이를 도와 사방에 널려 있는 누르스름한 말똥을 치워야 했다. 이 부근은 물이 매우 귀해서 씻기는 것도 정말 쉽지 않은 일이었다. 말털들이 서로 엉겨 붙으면 주인어른을 대신해 털들을 하나하나 빗질해 주어야 했고, 아침저녁으로 틈을 내 스무여 마리의 말들에게 먹일 여물을 준비해 두어야 했다. 갖은 고생을 다하는 말 사육은 왕년의 산속 호한(好漢)들과 함께 지내는 것과 비교하면 정말 편치 않은 일이었다.

허기져야 겨우 밥을 먹고

갈증이 나서야 겨우 물을 마시네.

… 마차를 타고 험한 길을 돌파해야지.

예전에 산속 호한들에게 배운 제목도 없는 노래를 가볍게 흥얼거리면서, 솔솔 부는 황야의 가을바람 소리를 듣고 있으니, 마음속에 절로 감상적인 기분이 일어났다. 예전 일들은 다시 생각해 봐야 부질없는 법! 하지만 고향은 아득히 멀고 그리워해도 볼 수 없으니, 가만히 옛 생각에 다시 빠져들었다.

타이먼거우로 가는 길은 류진에게 너무나 익숙했다. 아직 누렇게 변하지 않은 잎을 아래로 늘어뜨린 느릅나무 몇 그루가 드문드문 서 있었고, 하천 가장자리 모래톱에는 며칠 전 취수(取水)를 위해 파 놓은 웅덩이가 지금까지 마르지 않고 있었다. 도도하게 흐르는 하천 소리가 아득히 먼 곳에서 들려왔고, 이웃한 촌락으로 돌아가는 목동의 "이우~ 이오~" 하는 몽고피리 소리는 전보다 훨씬 선명하고 컸다.

류진은 말 무리가 강굽이를 돌아갈 수 있게 크게 고함치면서 속으로는 말의 숫자를 세었다. 벌써 마을에서 개 짖는 소리가 류진이 있는 곳까지 분명히 들려왔다.

그날 저녁이었다.

마을 안은 숨이 막힐 정도로 습했고 하늘빛은 점차 음산하게 변했으며 황사가 섞인 바람 역시 축축해졌다. 류진은 내일 어쩌면 비가 올지 모른다고 생각했다.

말똥과 진흙과 양각초가 섞여서 만들어진 지붕은 유월이 되면 온통 푸른 풀과 새싹으로 뒤덮였다. 봄에 양각초의 뿌리가 다시 살아나기 때문이었다. 하지만 푸른 풀과 새싹은 순식간에 시들어 버리고 마는데, 이것들이 결국 바람을 맞아 휙휙 소리를 내곤 했다. … 이 마을은 언제나 조용했으며 변경 초원지대에 위치해 있어 사람들의 주의도 끌지 못했다. 마을 사람 대부분은 조상의 내력을 말할 수 없었다. 조상들이 죄를 짓거나 유배되어 도시에서 사람 없는 황량한 고비사막 북쪽 변경으로 끌려온 경우가 대다수였기 때문이었다.

외부와 줄곧 단절된 채 살고 있는 마을 사람들은 때때로 야루강의 콸콸거리는 물소리를 들으면서 먼 고향 땅을 생각하곤 했다.

마을 사람들은 갖은 고생을 참아 내며 노동을 했고 소, 말, 노새, 면양, 염소를 방목했다. 어떤 사람은 이제 방목으로는 먹고살기 힘들다고 생각해, 금을 캐기 위해 야루강을 따라 강 상류 보뤄둬(博羅多) 일대의 채굴장으로 가기도 했다. 그런 사람들은 달걀만 한 금덩어리를 캘 수 있다는 풍문을 철석같이 믿고, 보따리를 짊어지고 산 넘고 물 건너는 장거리 여정을 조용히 떠났다. 그러나 한 해, 두 해가 지나도 이 마을에서 누가 금을 캐서 부자가 되었다는 소리는 들리지 않았다. 가을과 겨울 사이 양털을 깎는 시기가 다가오면, 마을의 노인, 아이, 부인,

처녀들은 너나 할 것 없이 모두 부지런히 일했다.

말 무리를 이끌고 집 대문에 도착한 류진은 오늘 밤 뜻밖에도 흙집에 불이 켜져 있다는 걸 알았다. 종이로 바른 창문은 열려 있었고, 웽웽거리는 말모기와 쉬파리가 방 안을 차지하고 있었다. 주인어른 이레이자타이는 오늘따라 술도 마시지 않은 채, 거위 깃털 부채로 부채질하며 가는 눈으로 실실 웃으면서 어떤 낯선 손님을 접대하고 있었다. 그 손님은 비단 장삼을 입고 있었고, 입에는 담뱃대를 문 채 짙은 담배 연기를 연거푸 내뿜고 있었는데, 꽤 오랫동안 주인어른과 아무런 대화를 나누지 않고 있었다.

말을 마구간에 집어넣은 류진은 물을 길어 올 생각으로 물통을 들고 어둠 속을 더듬으며 걸어 나갔다. 이때 방에서 나온 주인어른이 등 뒤에서 그를 꽉 잡고 나지막이 말했다.

“오늘 저녁 말들을 솔로 잘 닦아 놓아라. 내일 이른 아침 이 단골손님이 말을 보러 올 게야!”

“아….” 류진은 그 손님이 말을 사러 왔다는 걸 알게 되었다.

내일 주인어른이 말 가격을 흥정할 수 있도록 류진은 잇달아 십여 통의 물을 퍼 올려 온 힘을 다해 스무여 필의 말을 모두 깨끗이 솔로 씻기고, 다시 전부 말뚝에 묶어 놓아야 했다. 이 말들 중에 몇 필은 류진이 애지중지하는 말이었다. 그것은 바이루화(白蘆花), 샤오칭두(小青肚) 그리고 그가 항상 타고 다니는 칭터우렁(青頭楞)으로, 그는 특별히 주의를 기울여 이 말들을 씻겼다. 류진은 이미 이 말들의 성질을 잘 알고 있어서, 밤중에도 이 말들의 긴 울음소리를 분별해 낼 수 있을 정도였다. 그는 말을 사러 오는 손님은 대체로 좋은 말과 나쁜 말 그리고 말의 나이 정도는 구분할 수 있다는 점을 알고 있었기에, 자기가 애지중지하는 말들이 선택될까 걱정이 앞섰다. 류진은 말을 씻기면서 무심코 칭터우렁의 등을 여러 번 쓰다듬지 않을 수 없었다.

천성적으로 사람 만나길 꺼리는 류진은 말을 다 씻기고 마구간 청소를 마친 후에도 방으로 들어가지 않았다. 그는 창문 밑에 웅크려 앉아 파리채를 양손으로 만지작거리면서 뭔가를 깊이 생각했다.

장삼을 입은 손님과 주인어른이 방 안에서 하는 대화는 그의 귀에 들어오지 않았다. 일종의 편견일지도 모르지만, 타이먼거우로 말이나 양을 사러 오는 손님들 중에서 인간성이 괜찮은 사람은 매우 드물었다. 교활하고 까다롭게 굴며, 신의를 저버리는 손님들을 류진은 수도 없이 봐 왔던 터라, 지금 장삼 입은 손님과 이레이자타이의 대화는 그를 진저리 나게 만들었다.

"헤이룽장(黑龍江)에서 공사를 수주받아 양옥건물을 지었는데, 그해 인건비와 자재비가 너무 올라 내가 완전히 손해를 봤다오! … 그 일이 있은 지 족히 2년은 되었소!"

"아, 그러셨군요."

"내가 이 업종에 종사할 수 있을지 모르겠지만, 강북지방에 있는 몽고 친구 몇몇은 늘 나더러 가축을 키워 보라고 권한다오. … 몽고인들의 식견은 정말 대단하오. 난 당신 같은 몽고인들에게 매우 탄복하고 있소!"

"…손님은 바오터우(包頭), 장자커우(張家口)에도 모두 가 보셨나요?"

"거기는 가 보지 못했소. 하지만 어디를 가든 몽고인이 만주인보다 마음씨가 좋다는 건 알고 있다오. 몽고인들은 무슨 일이든지 자신이 손해를 볼지언정 정당하지 못한 방법으로는 이익을 챙기지 않지요! 친구들이 말하는 걸 들어 보면, 몽고인들은 손님이 오면 언제나 소나 양을 잡아 접대한다던데, 만주인에게는 그런 배포가 없소."

"최근 2년 사이엔 우리에게도 어림없는 소리랍니다! 간단히 말하면 누구든지 소 잡는 걸 아까워하지요. 헌데, 왕(王) 선생님이 양고기 먹는 걸 좋아하셨나요, 아니죠! 말젖 마시는 걸 좋아하셨습니까, 아니잖아요? 그런 것이야 지금도 다 준비해 드릴 수 있지요!" 이레이자타이는 내일을 기약하며 흥정을 했다.

"좋소… 좋아! 번거롭게 하면 쓰나! 나도 어쨌든 십여 일 동안 떠나지 않고 여기 있을 테니. 오늘 낮에 먹은 마을 어귀에 있는 식당의 한 끼 정도면 충분하지! … 술도 많이 마실 수 있고. 내가 먹을 수 없는 음식은 없을 거요!"

"…."

손님 왕 씨의 말에는 이기심과 비열함이 모든 구절마다 묻어났다. 바깥에서 빗방울이 떨어지자 그제서야 옷섶을 여민 손님 왕 씨는 이레이자타이에게 비옷을 빌려 입고 비를 맞으며 길을 나섰다. 류진은 초가집 처마 밑에 웅크려 앉아 꼼짝하지 않았다. 소나기 몇 방울이 그의 어깨 위에 떨어졌다.

손님을 배웅하고 돌아온 주인 이레이자타이는 촛불을 껐다. 마구간의 말 몇 마리는 계속하여 발길질을 하고 있었다.

다음 날, 이른 아침 문을 여니 맵고 차가운 바람이 불어왔다. 어제 저녁에 분 바람에 종이 창문에는 구멍 몇 개가 나 있었다.

가을비가 한차례 내리니 날도 그만큼 서늘해졌다. 손님 왕전하이(王振海)는 주름진 눈꺼풀을 비비면서 바깥을 향해 하품을 길게 했다. 그는 졸렸고 피곤했으며 마음이 뒤숭숭했다. 비 오는 캄캄한 밤, 여관에 빈대가 어찌나 들끓던지! 그는 엎치락뒤치락하며 밤새 잠을 제대로 못 이뤘다. 두 눈은 붉게 충혈되었고, 밥알만 한 눈곱이 눈가에 빽빽이 끼었다. 얼굴이 검고 누렇게 뜬 그는 연거푸 하품을 크게 해 댔다.

"…비가 온 후라, 거리가 매우 질척거릴 텐데!" 그는 혼자 중얼거리며 여관 문을 나섰다. 아무것도 먹지 않은 공복 상태에서 아침 일찍부터 말을 보러 가는 것이 귀찮게 느껴졌다.

초가집 모퉁이를 돌아서 먼저 차탕(茶湯)*을 마실 수 있는 곳을 찾았다. 거리는 양똥과 진흙이 뒤섞여 있어 아쉽게도 베니션에 사슴 가죽을 댄 그의 신발에 양똥 섞인 진흙이 모두 묻어났다. 그는 집 외벽을 따라 걷고 있었는데, 우물가에서 물을 퍼 올려 가축에게 먹이는 사람들 모두가 장삼을 입은 이 보기 드문 손님을 끊임없이 훔쳐보고 있었다. 진흙탕을 밟고 가는 모습이 그들에겐 얼마나 기이한지 몰랐다.

* 기장이나 수수 가루에 뜨거운 물을 부어 설탕을 탄 것-역주

난처한 상황에 있던 왕전하이는 길 서쪽에 붉은 휘장이 걸린 젠빙(煎餠)*가게가 있는 걸 발견했다. 그는 급하게 몇 걸음 걷더니 느닷없이 손을 뻗어 그 옆에 있는 문을 밀어 젖혔다. 버드나무 가지로 엮은 그 문은 빗장으로 잠그지 않고 그냥 닫아 둔 채였다.

뜰 안으로 들어가니 그곳 길은 축축한 양각초가 가득 깔려 있어 더욱 걷기 힘들었다. 발을 내딛을 때마다 차가운 물방울이 그의 신발 양쪽 볼에 스며들었다.

투덜대며 안쪽으로 한 걸음씩 걸어 들어간 왕전하이는 황막한 향촌에서의 일상생활이 불편하다는 걸 뼈저리게 느꼈다. 몸은 줄곧 추위를 느꼈고 명치는 찌릿찌릿 아파 왔다. 그는 충혈된 두 눈을 억지로 뜨고 어둠 속을 더듬거리며 문을 힘껏 열어 젖혔다.

"누구세요? 이른 아침에…."

"여기 무슨 먹고 마실 것을 팝니까?" 그는 사물이 점점 눈에 들어오자 뭔가 잘못되었음을 직감했다. 음식을 파는 가게가 이렇게 어두컴컴할 리 없기 때문이었다. 눈을 감았다가 다시 크게 뜨니 그제서야 방 안의 모든 것이 분명하게 보였다. 그와 이야기한 사람은 뜻밖에도 구들에 누워 아직 자리에서 일어나지 않은 여인이었다.

"젠빙을 사러 왔나요? 그렇다면 길을 잘못 들어섰어요! 옆쪽이 젠빙가게예요…." 그 목소리는 매우 여리고 부드러웠다.

---

* 묽은 곡분 반죽을 얇게 펴 익혀 만든 중화권의 부침 음식-역주

"아니…요. 불 좀 빌리고 싶은데…." 왕전하이는 호주머니에서 '마지리(馬吉利)' 담배 한 갑을 꺼냈다. 이 잠깐의 기지는 방금 전에 생각해 낸 것이었다.

"불이요? 있어요. 궤짝 위에. 알아서 집어 가세요!"

왕전하이는 어둠 속을 더듬어 궤짝 위의 성냥을 찾았다. 성냥 긋는 소리와 함께 담배 한 개비에 불이 붙었다. 왕전하이는 성냥의 불씨를 바로 불어 끄지 않고, 그 약한 불빛을 이용해 구들 위를 몰래 훔쳐보았다.

여인의 나이는 많아 보이지 않았다. 높은 콧날, 큰 두 눈, 긴 속눈썹의 그 얼굴은 정말이지 황막한 변경의 촌구석에서 일생을 보내기엔 너무나 아까웠다. 이 지역을 이삼 년 동안 다녔지만, 이렇게 윤기나고 생기있는 물건을 보기는 처음이었다. 왕전하이는 묵묵히 생각했다.

"아주머님, 이 집 주인어른은 이른 아침부터 나가셨나 보지요?" 한참을 생각하더니 그는 결국 이렇게 말하였다.

"아…." 그녀는 잠시 망설였다. "…집에 없어요. 금을 캐러 보뤄둬에 갔어요. 칠 일에 한 번씩 집에 와요." 시골 여인은 너무나 솔직했다.

"…아, 감사합니다!" 왕전하이의 눈은 늑대의 그것과 같이 탐욕스럽게 사방을 끊임없이 두리번거렸다. 세차게 담배를 피우고 있던 그는 여인이 일어나 앉는 틈을 타, 갑자기 무슨 생각이 떠오른 듯이 가지고 있던 지갑을 의도적으로 방바닥에 몰래 떨어뜨렸다. 유혹인가? 계략인가? 당시 왕전하이도 모호했다.

밖에서 대충 요기를 때운 그는 해가 중천에 떴을 때야 비로소 이레이자타이의 집 마당에 도착했다. 사람들은 이미 꽤 오랫동안 그를 기다리고 있던 중이었다. 이레이자타이는 그에게 볶은 쌀 한 공기를 물에 불려 주었으나 그는 먹지 않았다. 그는 말을 잠깐 동안 살펴보고는 일곱 필을 골랐다. 그리고 이레이자타이에게 오늘은 몸이 좋지 않으니 가격 흥정은 하지 않고 그냥 돌아가겠다고 말했다.

왕전하이가 떠난 후, 이레이자타이는 류진에게 말을 이끌고 초원으로 나가라고 지시했다. 오늘 길이 질퍽거린다는 걸 아는 류진은 검은 가죽장화를 신을 준비를 했다.

바깥에는 비가 보슬보슬 내렸다. 비가 오는 날에는 방 안에서도 시큼하고 퀴퀴한 흙냄새가 났고 습하고 눅눅한 기운이 느껴졌다. 여러 날 동안 씻지 못하니 무릎이 가렵고 온몸이 찌뿌둥했다.

부어오른 뺨과 두꺼비처럼 돌출된 눈을 가진 말고객 왕 씨! 그는 벽에 기대어 떨어지는 빗방울을 바라보며 생각에 잠겼다. 여위고 누런 얼굴에 비단 장삼을 입은 왕 씨는 어떻게 보아도 '얼뜨기'처럼 보였다.

초가집 처마를 따라 빗방울이 똑똑 떨어지고 있었다. 문 앞에는 한 무리의 양치기들이 비를 맞으며 지나가고 있었고, 새끼 양에 달린 구리방울은 움직일 때마다 딸랑딸랑 소리를 냈다. 집 대문까지 걸어간 류진은 고개를 들어 먹구름이 아주 촘촘하게 깔린 하늘을 쳐다보았다. 집 안으로 시선을 돌리니 주인어른이 가랑비를 맞으며 마구간을 열어 젖히는 모습이 보였다. 비가 오는 날엔 채찍을 휘둘러도 소리가 나지 않는다….

이른 아침부터 찢어진 비옷을 걸치고 말을 타고 멀리 나간 후, 버섯이 자라는 나무 밑에서 말을 풀어 놓고 있다 보면 어느새 날이 저문다. 삼 리 길을 재촉해 돌아와 저녁을 먹으면 빗소리는 순식간에 잦아들곤 했다. 흐린 날씨에는 황혼이 지는 시간도 너무나 짧았다!

대부분의 몽고말은 등에 긴 채찍을 몇 번 휘두르면 집으로 돌아가는 줄 알고 철퍽철퍽하며 진흙탕을 밟고 나갔다. 이윽고 류진은 말 떼를 몰고 타이먼거우에 들어왔다.

비 오는 날 타이먼거우의 황혼은 얼마나 적막한지, 마치 완전히 사그라진 재처럼 고요했다! 버드나무 가지로 엮은 울타리 문과 젠빙가게의 붉은 휘장이 비를 머금은 저녁 바람에 단조롭게 흔들거리고 있었다.

"비켜요! 길 좀 비켜요! … 말발굽에 차여요!" 길가에 어떤 사람이 서 있는 걸 보고 말을 타고 있던 류진이 고함을 질렀다.

"어이, 방목하러 나가서 이제 돌아오는 거요?" 왕전하이의 목소리는 오전보다 부드러워져 있었다.

"아…!"

이 시간에 저 '얼뜨기'는 자쿠이(賈奎) 집 대문 앞에서 뭘 하는 거야? 류진은 그를 매우 수상쩍게 생각했다. 그러나 그들은 더 이상 대화를 이어가지 않았다. 말 무리는 마을로 들어선 후,

마구간이 있는 집으로 벌 떼처럼 달려갔다.

2

또다시 황혼이 찾아들었다.

바깥 날씨는 으스스 싸늘했고 방 안은 매우 적막했다. 황사 섞인 바람이 찾아와 흐느껴 울었고, 간간이 창살도 흔들어 댔다.

여관방 부뚜막 구석에서는 귀뚜라미가 슬프게 울었고, 뒤쪽 이웃집 양 우리에서는 새끼 양들이 매에매에하고 울고 있었다. 왕전하이는 애가 타들어 갔다.

어제 이후로 시간이 천천히 흘러가는 것이 이따금 참을 수 없을 정도로 짜증났다. 날이 저물 때까지 가까스로 기다린 왕전하이는 빗물로 여전히 질퍽거리는 길을 더듬어 간신히 버드나무 가지로 엮은 문이 달린 뜰을 찾아내었다. 울타리 문을 밀어 보았으나 문은 잠겨 있었고 안에는 아무런 기척이 없었다. 그는 끈기 있게 기다렸다. 가랑비가 보슬보슬 내렸다.

가장 거슬리는 것은 길을 지나다니는 행인의 발걸음 소리와 튀는 물방울이었다. 하지만 이보다 더 거슬리는 것은 늙은 몽고인을 위해 말을 방목하는 그놈이었다. 그놈은 사람을 볼 때마다 언제나 눈이 음흉하게 번뜩였다. … 얼굴에는 음험함이 묻어났고 말에서는 고집이 느껴졌다. 그놈은 항상 뭔가 있다는 듯 고개를 돌려 뒤를 돌아보았다. 낡은 중절모로 눈을 가리고 있지만, 그 도둑 같은 두 눈은 항상 이글거렸다. 마치 번갯불 같은 그 눈빛은 보는 사람의 온몸을 전율시켰다.

창문 바깥은 순식간에 새까맣게 변해 있었다. 밖에 나가서 술로 기분전환을 하고 싶었다. 이곳에서는 말젖과 양젖으로 담근 술에, 어디서 채취해 오는지 모르겠지만 소금에 절인 남방대추, 여름에 남긴 절인 오이와 절인 버섯을 안주로 삼았다….

그다지 멀지 않은 곳에 남포등이 켜져 있고, 종이로 바른 창에 사람 그림자가 아른거리는 가게가 눈에 들어왔다. 가게에 들어가니 양고기의 비린 노린내가 코를 찔렀다.

"어서 오세요, 구들 아랫목에 앉으세요! 술 드실 거죠? 볶음요리는 무엇으로 할까요?"

"술 한 단지와 삶은 양고기 한 접시 줘요!" 왕전하이는 진흙으로 더러워진 신발과 가짜 파나마 밀짚모자를 벗었다. 구들로 올라가니 퍽 따끈따끈하였다.

뒤편 작은 탁자에는 편한 복장 차림의 사내들이 앉아 있었다. 보아하니 그들은 이미 적지 않게 술을 마신 것 같았는데, 탁자 위에는 제대로 된 요리가 하나도 없었다. 탁자 끝에 앉은 사내는 얼굴이 삶은 게처럼 벌게져 있었고, 말하는 억양 또한 매우 특이했다.

"…젠장, 재수없어! 오늘까지 가랑비가 이틀이나 오네. 날이 개어도 도랑에 물이 가득해서 작업을 할 수가 없잖아…. 하루 품삯이 팔구 마오(毛)*인데, 우리 같은 사람은 정말 견딜 수가 없

* 중국의 화폐단위. 1원의 1/10-역주

어!" 사내의 눈썹은 매우 굵었고 목소리는 물소같이 우렁찼다.

"셋째 형님! 우리 능력이 모자라니 어쩔 수 없죠! 광산의 규율을 누가 어길 수 있겠어요? 그래도 우리의 팔다리는 쓸 만하니, 날이 개어 도랑이 마르면 즉시 작업합시다!" 바깥쪽에 앉아 술에 취해 코가 빨개진 사내가 설득하듯 말했다.

"제기랄 처음부터 란자우얼(蘭扎誤兒) 탄광에서 일하는 게 아니었어! … 말하자면 끝도 없지! 말을 할래도 늘 가려서 해야 하니, 제기랄 망할 놈의 규칙! 현장감독 애꾸눈 판(範) 씨는 정말 비열하기 그지없다니까! 뭘 근거로 우리 반달 치 임금을 떼어먹는 거야?"

"옛말에 눈이 바르지 못하면 마음도 바르지 못하다고 했잖아요!"

"우리가 직접 사금을 걸러 내겠다는데! 제기랄 그걸 못하게 통제해! 광산에서 하는 걸 보라고, 정말 그지 같아서 참을 수가 없네!" 얼굴이 벌건 사내가 눈에 쌍심지를 켜고 화를 내고 있었다. 옆에서 말하는 소리는 전혀 들리지 않는 듯했다.

"내가 보기에 이건 방법이 없어요. 그저 우리 형제들이 재수 없는 거죠! … 예전 헤이룽장에서 일할 때는 이것보다 더 재수가 없었어요!" 왕전하이 뒤에 앉은 사람이 이렇게 말했다.

'헤이룽장에서 일을 했었다고?' 왕전하이는 냅다 고개를 돌려 말하는 사람을 보았다. 그 얼굴형이 마치 어디선가 본 듯했으나 한참을 생각해도 기억나지 않았다. 왕전하이는 술 한잔을 들이켠 후, 어디서 본 듯한 그 사람이 더욱 의심스러워 두려움을 무릅쓰고 이따금씩 그를 훔쳐보았다. 흉악한 늑대 같은 그들의 표정은 왕전하이를 불안하게 만들었다. 변경의 경계선이 최근 들어 불분명하게 변했으니, 범죄를 저지르고 이곳에서 숨어 사는 사람이 많을 것이라는 생각이 들었다. 왕전하이는 주머니 속 브라우닝* 소형 권총을 만지작거리면서 술 단지에 담긴 술을 채 다 먹기도 전에 계산을 하고 그곳을 나와 버렸다.

어둠 속에서 그는 숙소로 돌아가는 길을 조용히 찾았다. 약간의 취기가 올라오자 굵은 실의 꽃무늬 적삼을 입은, 긴 속눈썹의 그 여인이 다시 생각났다. 그날 나눴던 몇 마디의 간단한 대화를 생각해 보니, 자신에 대한 적대감은 없는 것 같았다. 그런데 어젯밤 버드나무 가지로 엮은 문은 왜 그렇게 단단히 잠겨 있었던가! 지금 왕전하이의 마음은 다시 출렁거리고 있었다. 하지만 머릿속에 몽고인 집에서 말을 방목하는 그 녀석과 조금 전 음식점에서 만난 몇몇 사내들이 떠오르자, 매매를 잘 마무리하고 일찌감치 집으로 돌아가는 편이 좋을 것 같다는 생각이 들기도 했다.

'이곳의 여인은 사랑스럽다. 그렇다면 남자는? 짐승같이 정말 밉살스럽다!' 어둡고 고요한 거리에서 왕전하이는 타이먼거우 지역에 대해 이렇게 결론지었다.

왕전하이 뒤편에서 술을 마시던 사내들은 그가 음식점에서

---

* 원문에는 '바이랑닝(白朗寧)'으로 표기되어 있으나 '勃朗寧'의 오기로 보인다. 브라우닝 권총-역주

나간 후에도 흩어지지 않고 계속 술을 마셨다.

얼굴이 벌건 사내는 화가 나서 내일부터 광산에 가지 않겠다고 단언했고, 바깥쪽에 앉은 코 빨간 사내는 계속해서 그를 설득하고 있었다. 탁자 위에는 먹을 것이 거의 없어서 몇몇 사내는 상의하여 요리를 주문했다.

양 내장탕은 본래 안주로 먹는 음식이 아니었지만 그들은 가장 싼 것을 골라야 했기에 굳이 그것을 주문했다. 만약 어제 비 때문에 광산 조업이 멈추지 않았다면, 오늘 저녁에 그들이 이렇게 같이 술을 마시는 건 불가능했을 것이다. 이 조그만 음식점의 단골손님인 광산 노동자들은 항상 외상으로 술을 먹었고, 월말에 가서야 외상을 깨끗이 갚았다. 사실 이 사내들에게는 여기서 술 마시는 것 혹은 여름 야루강에서 목욕하는 것이 유일한 낙이었다. 이것을 제외하면, 오락이라고 할 수 있는 다른 활동은 전혀 없었다.

"셋째 형님, 여전히 꽁하시군요! 내일 광산으로 돌아가지 않겠다는 건 누구에게 화풀이하는 건가요? 우리 같은 사람이 마음 내키는 대로 할 수 있겠어요? 어쨌든 하루 벌어 하루 먹고사는 처지에 굶지 않으면 되는 거죠…."

"제기랄, 우리들이 뭐 부귀영화를 탐하는 것도 아니고, 그냥 밥만 먹으면 되는데. 누군들 성실하지 않고 싶나! 반달 치 임금을 떼어먹으면, 우리들은 무슨 의욕이 생기겠어?"

"요즘 세상엔 정말 정의와 법도라는 게 없군…!"

"젠장, 우리가 노새 한 필, 양 한 마리만도 못하게 개자식들에게 천대를 받다니…!”

“누가 아니래! 요즘 세상에는 착한 사람이 정말 드물어!” 개탄하듯이 술 한 모금을 마셨다.

“맞아, 방금 전 눈 깜짝할 사이에 슬그머니 빠져나간 그 사람 말이야. 내가 보기에 헤이룽장에서 작업을 지시했던 그 자식 같아. 그 자식 정말 못돼 처먹은 놈인데! 우리 이백여 명의 두어 달 치의 임금을 몰래 빼앗았었지. 그게 얼마였는지 계산 좀 해 봐!”

“그렇다면 왜 빨리 말하지 않았어!” 얼굴이 벌건 사내가 꾸짖듯이 말했다.

“이삼 년이나 지났고, 게다가 이제 와서 잘못을 시인할 것 같지도 않고! 백팔십 원이야! 한평생 쓰고도 남겠다…!”

“그건 아니지. 빚은 어쨌든 갚아야 돼! … 그런데 그 자식은 왜 이곳에 온 거야? … 자쿠이!”

“누가 알겠어? … 잠깐 고개를 돌려 봤는데 그 사람 같았어. 아마 틀리지 않았을 거야! 여긴 공사도 없는데, 무엇 때문에 여기까지 왔을까…?” 술을 마시는 자쿠이 역시 자기 눈을 의심하지 않을 수 없었다.

정면에 앉은 벌건 얼굴의 사내는 손으로 턱을 괴고 오랫동안 말을 하지 않았다. 술에 취한 그의 얼굴은 마치 억울한 일을 당한 듯 보였다. 남포등의 불빛은 희미했다.

밤의 정경이 연기 같았다.

매우 조용한 밤이었지만, 왕전하이는 그날 밤도 여전히 잠을 설쳤다.

구들 위에 누워 옆방 투숙객의 잠꼬대 소리, 먼 곳에서 길게 울리는 말 울음소리, 부뚜막 구석의 귀뚜라미 울음소리를 듣고 있었다.

그는 버드나무 가지로 엮은 문과 초가집 구들 위에서 굵은 실의 꽃무늬 적삼을 입고 있는, 긴 속눈썹의 여인을 자신의 기억 속에서 애써 뒤좇고 있었다. 그는 피곤함도 잊고 마음껏 그 뒤를 상상해 나갔다. 만약 어젯밤 그 문이 잠겨 있지 않았다면….

자신도 억제할 수 없는 열정이 마음속에서 타오르고 있었다. 비몽사몽간에 몸을 엎치락뒤치락하는데, 저쪽에서 누군가의 몸 긁는 소리, 코 고는 소리, 남자 특유의 발꼬랑내가 줄곧 그가 있는 쪽으로 날아와 흩어졌다….

'요 몇 년 동안 왜 나는 줄곧 여자에게서 벗어나지 못할까?'

그해 가을 이맘때 헤이룽장에서 만난 후베이(湖北) 출신 여자 이발사가 생각났다. 그녀를 손에 넣는 것은 아주 쉬웠는데! 베이징어를 할 줄 아는 작고 새빨간 입술, 장난기가 심하고 얘기하기 좋아하는 성격… 눈치도 재빨라서 남자가 집에 돌아가서 자고 싶지 않게 만들었지.

그땐 내 수중에 돈이 있었고, 무역거래가 이루어지는 넓은 지역이었으니 수월했지…. 그런데 이 변경의 작은 마을은 곱고 보드라운 살결과 순진하고 무던한 성품의 여인이 있어도, 일년 내내 양각초, 말똥과 떨어질 수가 없고, 양털 묻은 손바닥은 어떻게 씻어도 깨끗이 씻기지 않으니….

고요한 밤의 한 줄기 정적은 그를 옴짝달싹도 못 하게 가둬 놓았다. 마치 굵은 실의 꽃무늬 적삼과 긴 속눈썹이란 거미줄에 걸려든 불나방이 된 것처럼….

이… 우…, 이… 오….

멀리서 들려오는 몽고피리 소리는 듣는 사람을 기분 나쁘게 만든다. 이곳에서 말을 방목하는 사람들은 모두 이렇게 늦게 돌아오는데, 무엇을 바라고 그러는지 전혀 모르겠다! … 이레이자타이 요놈의 몽고인은 일 처리하는 것이 너무나 옹졸하다. 그에게 말을 일곱 필이나 샀는데, 양고기 한 근도 주지 않았다.

제일 꼴 보기 싫은 녀석은 몽고인에게 고용된 말 치는 놈이다! 그 녀석은 언제나 사람을 피했고, 설령 사람을 만나더라도 말을 걸지 않았다. 어제 아침 몽고인 집에서 말을 보고 있을 때도 그놈은 시종 바깥뜰에서 눈을 번뜩이고 다녔다. 그놈에게 몇 마디를 물었는데, 답변은 또 얼마나 귀에 거슬렸는지!

"이 말들 중에서 나이가 적당한 말은 어떤 것인가?"

"알아서 마음대로 고르시죠!"

"낯선 사람이 만지작거려도 괜찮나?"

"제가 여기 있는데, 뭘 겁내십니까?"

소뼈를 씹어 먹고 자랐나 말투가 아주 삐딱했다. 그 눈꺼풀은 또 어찌나 무거운지 그걸 치켜들고 다닌 꼴을 거의 본 적이 없다!

타이먼거우 일대는 이렇게 밉살스러운 인간들이 꽤 많다….

바깥에 별 몇 개가 보이는 걸 보니 아마도 날이 갤 것 같다. 칠월 말 날씨는 얼마나 빨리 변하는지!

부뚜막 구석의 귀뚜라미는 더욱 크게 울었다…. 마치 애도하는 것처럼.

과연 날이 개었다. 자쿠이는 아침 일찍 일어났다.

창문에 스며든 희미한 햇빛이 방 안의 구들까지 들이비쳤다. 자쿠이의 부인은 막 세수를 끝내고 바쁘게 머리를 빗고 있었다. 끓는 밥솥엔 하얀 김이 피어나고 있었고, 자쿠이는 절인 배추를 작은 식탁 위로 옮겼다. 그는 어제 저녁 말리려고 바깥에 걸어 둔 옷을 걷어 올 생각으로 뒤돌아 방문을 밀어 젖혔다.

부인은 머리를 빗으면서 입으로 원망 섞인 말을 늘어놓았다. 그러나 그 목소리는 부드럽고 가냘파서 결코 화내는 것 같지 않았다.

"당신 왜 쓸데없이 둥산둥(董山東) 무리와 그렇게 술을 마셔요? … 보뤄둬에서 칠팔 일에 한 번씩 집에 오면서 집안 사정이 어떻게 돌아가는지 알기나 해요?"

"당신에게 말하지 않았소! 어제 저녁은 말야, 둥산둥이 광산 현장감독에게 반달 치 노임을 떼어먹혀서… 울화가 치밀고 마음도 울적해서 그랬어… 조금 마셔서 각자 부담한 돈도 별로 안돼!"

"에고, 별로 안된다고요?" 그녀는 눈을 위로 굴렸다. "…겨울에 가죽 바지와 가죽 윗도리를 만들고 싶다고 하지 않았어요? 내가 보기엔 다 포기한 듯하네요….”

이 말은 자쿠이로 하여금 한마디 말도 할 수 없게 만들었다. 말문이 막힌 그는 반박할 수가 없었다.

“당신은 정말 너무 성실한 게 탈이에요. 예전에 헤이룽장 작업장에서 일했던 그 청부업자를 우연히 만났다면서 어째서 한마디 말도 못했어요! 두어 달 치의 임금 백여 원이 그게 적은 돈이에요? 괜찮다는 건 진짜 괜찮은 게 아니에요. 이제 다가올 겨울은 어떻게 지내요?”

“사정이 허락되는 대로 보뤄둬로 이사 갈 거야…. 예전에 내가 말했었잖아.”

“흥! 당신 꼴 좀 보라고요….” 두 사람이 아침밥을 다 먹을 때까지 부인은 계속 투덜거렸다.

자쿠이는 배 속 가득 강피죽*을 들이켰다. 광산에서도 좋은 식사는 제공되지 않았고, 절인 배추 종류는 너무 먹어 물린 터라, 멀건 죽이었지만 그런대로 배가 불렀다.

담배꽁초를 입에 문 그는 죽을 담았던 밥그릇을 물끄러미 바라보았다. 누구 집인지 모르겠지만 사람들이 일어나지도 않은 이른 아침부터 양에게 먹이를 주는지 매에매에하는 양 울음소리가 계속 들려왔다. 그 소리는 사람의 마음을 얼마나 황망하게 만드는지 몰랐다.

그는 어제 메고 온 보따리를 벽에서 끄집어냈다. 날이 맑게

---

* 피로만 쑨 죽-역주

개었으니 일찍 광산으로 돌아가야 했다.

대낮의 긴 적막을 생각하니 부인은 무슨 말이라도 해서 남편을 좀 더 붙잡아 두고 싶어졌다. 그녀는 촉촉해진 눈으로 느릿느릿 말했다.

"아이, 어떤 사람이 우리 집에 지갑을 떨어뜨려 놓고 이틀이 지나도록 찾으러 오질 않네! 양심을 저버리고 저것을 주우면 뒷날이 좋지 않겠지요? … 당신이 좀 의견을 내 봐요!"

이 말을 듣자 자쿠이의 마음은 곧 불편해졌다. 이 일은 자꾸만 그의 마음을 비틀어 놓았다.

'남편도 없는 집에 누가 아무런 이유도 없이 돈을 준단 말인가! 담뱃불을 빌리고 마실 물을 찾았다고? … 이상하단 말이야.'

"지난번에 보았던 그 칠칠치 못한 사람이에요." 여인은 고개를 갸웃하며 생각에 잠겼다. 그날 새벽의 일이 조금도 잊히지 않고 또렷이 기억났다.

"물건을 잃어버린 사람이 어련히 찾아오려고! 찾으러 오면 바로 줘 버려!" 말은 이렇게 했지만 자쿠이는 마음속에 여전히 의혹이 가시질 않았다.

햇빛이 작은 네모 모양으로 구들장을 비추었다. 마음 쓸 일이 자쿠이에게 한 가지 더 늘어났다.

한편, 이틀 동안 왕전하이의 마음 역시 편치 못했다. 밤새 아무리 몸을 뒤척거려도 닭이 울 때까지 잠들지 못했다. 이른 새벽에 일어나 쌀죽을 먹어도 마음은 계속하여 불안했고, 정신 또한 줄곧 혼미하였다.

"손님, 오늘 안색이 꽤 안 좋네요! 원래 이곳은 일 년 내내 가문데, 공교롭게도 그저께부터 비가 왔어요…. 평소같이 손님이 집에 계셨다면 먹고 자는 게 모두 편하셨을 텐데! 지금 일 처리하러 여기까지 오시니까 먹고 자는 것 등 여러 가지가 불편하시지요?" 여관 주인은 매우 조심하며 말을 붙였다.

"뭐, 괜찮습니다…. 요 이틀간 마음에 걸리는 일이 있어서요!" 왕전하이는 입을 벌려 하품을 하면서 말했다.

"오늘은 바깥에 바람도 불지 않으니 손님께서 일 보시기에 딱 좋습니다…."

일이라? … 왕전하이는 마음속이 분명해지는 듯했다. 말 몇 필과 양털 몇 수레를 사는 것 말고 또 처리해야 할 일이 있었던가? 이레이자타이는 몽고말 일곱 필의 가격을 받길 조용히 기다리고 있고, 양털 깎는 이는 이틀 후에나 가격을 말하자고 하지 않았던가! … 버드나무 가지로 엮은 문과 굵은 실의 꽃무늬 적삼을 입고 있는, 긴 속눈썹의 여인을 제외하면 이곳에 뭐 기억할 만한 것이 있었던가? 일이라… 그 일은 어떻게 처리한담!

연거푸 '마지리' 담배 세 개비를 피우니 혀와 입이 모두 바짝 말라 왔다. 그는 작은 탁자에 몸을 기대고 눈을 지그시 감았다.

맞은편 방에는 몇몇 사내들이 아침부터 얼굴이 시뻘게지도록 술을 마시고 있었다. 이곳 사람들은 술을 마시는 데 따로 시간을 두지 않았다…. 저들의 모습이란! 머리에 쓴 양가죽 모자를 벗지도 않고 입으로 계속 무언가를 처먹고 있는 모습, 고춧가루가 낀 이를 드러내며 술을 마시고 있는 추잡한 모습은 사람을 정말 불쾌하게 만든다!

왕전하이의 마음은 조급해졌다. 저쪽에서 술을 마시는데 이쪽에서 잠을 자려고 한다는 건 정말 터무니없는 일이다! 바깥 날씨가 매우 좋고 바람도 불지 않는다고 아까 말하지 않았던가! 나가서 좀 걷자…. 버드나무 가지로 엮은 문이 어쩌면 잠기지 않았을는지도 모른다.

여관 대문을 나온 왕전하이는 마음은 조급했지만 얼굴엔 짐짓 아무런 티를 내지 않고 뒷짐을 진 채 천천히 걸었다. 길은 질척거렸지만, 비 온 뒤 짙어진 풀 향기는 사람의 마음을 충분히 설레게 했고, 바로 내리쪼이는 햇빛은 사람의 눈을 줄곧 부시게 했다.

우물가를 돌아가니 죽은 듯이 늘어져 있는 젠빙가게의 붉은 휘장이 보였다. 순간 마음이 심란해진 그는 태양을 향해 재채기를 한 번 했다.

버드나무 가지로 엮은 울타리 문에 조용히 다가서서 고개를 돌려 주변을 둘러보았다. 주위에 지나가는 사람이 없자 그의 담력은 점점 커졌다.

가볍게 그 문을 밀었으나 문은 안쪽에서 단단히 잠겨 있었다. 손을 뻗어 문을 두드려 볼 생각도 했으나 지나가는 사람이 볼까 두려웠다. 여기서 배회하고 있는 건 자기가 생각해도 이상했다. 버드나무 가지로 엮은 문은 어깨높이 정도로 그리 높은 편은 아니었다…. 하지만 지금은 백주 대낮이고 게다가 비단 장삼의 옷차림이다. 만약 밤이라면…!

날이 저물었다.

고요한 밤, 높이 뜬 달에는 달무리가 어스레하게 둘러 있었다. 바람의 세기 또한 약하지 않아, 시들어서 누렇게 된 풀 줄기가 바람결에 흔들거렸다. 황토 우리에 매어 있는 말과 양들이 움직이는 소리는 낮게 깔려 마치 신음하는 듯 들렸다! 보라! 이것이 타이먼거우의 밤이었다.

황량한 들판의 풀덤불 속 가을벌레가 날개를 펼치고 우는데 그 소리가 마치 밤길 행인들을 위해 연주하는 행진곡 같았다. 오늘 밤하늘의 별은 유달리 멀리 보여서 고개를 높이 쳐들고 봐도 잘 보이지 않았다. 우물가를 지나니 가슴이 두근두근 떨려왔다…. 거기서 잠시 배회를 하는 동안 젠빙가게 방 안의 흐릿한 남포등이 꺼졌다.

시간이 되었다! …

왕전하이는 비단 적삼의 옷섶을 걷어 올리고 버드나무가지 문의 꼭대기를 힘껏 잡았다. 몸을 훌쩍 솟구쳐 넘어간 후, 바로 발밑에 있는 버드나무가지 문의 가로 말뚝을 발로 꽉 밟았다. 그는 조심하느라 숨소리조차 내지 않으며 살며시 발을 땅에 디뎠다. 뜰 안은 어두컴컴하고 비 온 뒤의 눅눅함이 배어 있었다. 황토 우리에는 새끼 양 몇 마리가 움직이고 있었다.

한 걸음 한 걸음 걸어서 그런대로 토담집 널문 앞까지 더듬어 찾아갔다. 문을 밀어 보았으나 단단히 잠겨 있었다. 담벽 밑을 따라가서 종이를 바른 작은 창을 찾았다. 고개를 갸웃거려 잠시 안쪽의 소리를 들어보려 했으나 아무런 인기척도 느낄 수 없었다.

살그머니 그 종이 창문을 밀어 보았다. 창문은 안쪽에서 잠그지 않은 상태였다. 왕전하이는 별다른 힘을 들이지 않고 창문턱에 올라섰다.

쌔근쌔근 잠자는 낮은 숨소리가 구들에서 일정하게 들려왔다. 침상에 비스듬히 누워 있는 사람이 자신이 여러 날 그리워했던 여인이라는 걸 어둠 속에서도 알아볼 수 있었다. 단숨에 온몸 전체가 달아오른 왕전하이는 더는 참을 수 없다는 듯 살금살금 기어서 그녀 곁으로 다가가 손을 뻗어 이불을 걷어 냈다.

"…어? …누구예요?"

"…."

"나가요…. 안 그러면, 소리 지를 거예요!"

"…아니, 그러지 말아요. 뭐하러 소릴 질러요! 잃어버린 물건을 찾으러 왔을 뿐인데."

"이런 한밤중에요? 남들이 보면 뭐라 생각하겠어요?"

"안심해요, 아무도 몰라요! … 그날 이후로 난 도저히 당신을 잊을 수 없었소."

"참나! 무슨 말도 안 되는 소리예요?" 이불을 꽉 끌어안고 그녀는 말을 이었다. "안 나가요? 소리 지를 거예요!"

"소리 지르지 말라니까! 그날 난 내 지갑을 흘리고 갔소…. 일러 두겠는데, 난 결코 호락호락한 사람이 아니오!"

그는 뒷짐을 진 채 허리춤에서 뭔가를 더듬어 찾는 듯했다. 한참 동안 아무도 말을 하지 않았다. 왕전하이의 마음속은 점점 분명해졌다….

자쿠이 부인 역시 마음속으로 곰곰이 생각했다.

소리친다면 남들이 이러쿵저러쿵 말을 할 것이고, 그렇다고 소리치지 않는다면 이 상황을 모면할 방법이 없을 텐데! 그날도 이른 새벽에 이 남자는 아무런 이유도 없이 남의 방에 들어왔었잖아! … 비단 적삼을 입고 있는 걸 보면 결코 가난한 사람은 아니야. 지갑을 여기서 잃어버렸을 뿐, 진짜 뭘 바라는 건 아닐지 몰라! 조만간 하는 걸 보면 알게 되겠지….

누구한테 얘기만 안 하면, 뭐 아무 일도 아닌 거잖아! 그녀는 이렇게 대충 되는 대로 머리를 굴렸고, 마음을 정하지 못할수록 온몸에서 기운이 빠져나가는 듯했다.

깊은 밤이 지나고 누런 풀잎에는 이슬방울이 맺혔다. 방 안 구들의 창문 쪽에는 매우 서늘한 공기가 맴돌았다.

잠에서 깨어난 왕전하이는 곁에 있는 여인의 육체를 만졌다. 얼마나 풍만한가! 그다음 여인의 얼굴을 더듬었다. 그녀의 눈가에는 눈물 자국이 아직 다 마르지 않았고, 메밀껍질로 속을 채운 베개는 눈물로 축축이 젖어 있었다.

왕전하이는 그 모습에 조금도 놀라거나 당황하지 않았다. 새로운 여자와 관계를 하면 언제나 이렇다는 걸, 이후 천천히 그리고 자연스럽게 자신을 좋아하게 된다는 걸 알았기 때문이었다…. 이번에 돌아갔다 다시 올 때 홍색 녹색의 알록달록한 비단 머리장식, 오리알분말로 만든 상자에 담긴 화장분 등 몇 가지를 가지고 온다면, 앞으로 그녀의 마음도 자연히 풀어질 것이라고 생각했다….

그는 곁에 있는 여인을 흔들어 깨워서는 아득히 먼 지역의 상황을 거리낌없이 그리고 아주 신이 나서 이야기했다. 그녀에게 이곳으로부터 백 리 떨어진 부근에는 열차와 철도가 있으며 다시 그 철도를 따라 천 리를 더 가면 새로 건설된 도시가 있다고 알려 주었고, 그 도시의 풍경이 어떤지도 설명해 주었다. 자쿠이 부인은 처음에는 전혀 관심이 없는 듯했으나, 나중에 대도시의 백화점에서 파는 재스민 크림과 분, 다양한 무늬와 색상의 비누 얘기를 듣게 될 때에는 이미 대도시가 주는 물질의 유혹에 완전히 빠져 있었다.

"흥, 난 전등도 아직 구경해 보지 못했는걸요!"

"그곳에는 흥미로운 것들이 꽤 많소…. 부귀영화를 따진다면 모두 그곳에 있다고 봐야지."

"…오랫동안 이런 북쪽 변경의 작은 시골에 사는 건 정말 지긋지긋해요. 일찌감치 보뤄둬로 이사를 갔어야 했는데! 만약 그랬다면 이렇게 되지도 않…." 말을 하는 중에 여인은 또다시 흐느껴 울었다.

"괴로워하지 마시오! 내가 이곳에 자주 오리다. 그리고 앞으로 올 때는 반드시 당신에게 줄 좋은 선물을 가져오겠소…." 왕전하이는 계속하여 위로할 말을 찾았다.

"아이구, 모든 것이 예전과 똑같아야 돼요! … 앞으로 우리 마을에 당신이 자주 와서도 안 되구요!"

자쿠이 부인은 생각할수록 마음이 상해 목 놓아 울었고, 어떤 위로의 말도 들리지 않았다. 이곳에서 자란 사람들은 이렇게 마음씨가 곱고 바르며 일 처리도 진지했다. 고통이 있어도 모두 속으로 삼키고 절대 남을 탓하지 않았다. 간혹 하늘을 원망할지언정….

왕전하이는 창밖이 희끄무레하게 밝아 올 때까지 여러 가지 말로 간절하게 그녀를 설득했다. 부인은 하염없이 훌쩍거리면서, 어쨌든 날이 밝기 전에 여기를 떠나야 한다고 그에게 말하며 계속 독촉했다. 잠을 제대로 못 잤던 그는 어둠 속에서 더듬어 옷을 입고 신발을 신은 후 땅바닥에 내려섰다. 그리고 눈을 비비면서 담배 한 개비에 불을 붙였다.

부인도 침상에서 내려와 그에게 문을 열어 주었다. 문을 여니 한 줄기 냉기가 느껴졌다. 바깥은 희부옇게 막 날이 밝아 오고 있었다. 버드나무가지 문 바깥에는 일찍 일어난 목동이 양 떼를 몰고 지나가고 있었다. 왕전하이가 손을 뻗어 버드나무가지 문을 열려고 할 때, 뒤에 있던 부인이 갑자기 그를 잡아당겼다. 문밖의 소리 때문이었다. 문밖의 소리가 다 사라질 때까지 기다린 후, 그녀는 그를 대신해 문의 빗장을 뽑아 주었다.

힘없이 뜰을 나오자 저 멀리 빠르게 달리는 말발굽 소리가 들려왔다. 옷 단추를 채우고 어리둥절하고 있는 동안 말 몇 필이 어느새 그의 눈앞으로 다가오고 있었다.

…팔천 리 원정길, 올려다본 하늘엔 구름과 달뿐이구나…*

이 목소리는 말을 치는 그 멍청한 놈 소리인데. 왕전하이는 마음속으로 생각했다. 눈 깜짝할 사이에 사람과 말이 그의 곁에 다가왔는데, 과연 익숙한 얼굴이었다. 그는 무슨 말이든 해야 될 것 같았다.

"오, 이렇게 아침 일찍 말을 방목하러 가시오?"

"아…."

"아침 날씨가 매우 쌀쌀하구려."

"…."

대답은 대충 얼버무렸지만, 눈빛은 조금도 대충 넘어가지 않았다. 요 몇 년간 교활한 사람이 정말 많아졌어. 이렇게 이른 시간에 남의 집 뜰에서 나오다니, 무슨 좋은 일이라도 있는 건가! 눈알을 한 번 굴리니 며칠 전 황혼 무렵이 생각났다. 저 얼뜨기 녀석 그때도 여기 있었는데!

"당신 주인어른은 일어났나 모르겠네. 오늘 대금을 지불하러 갈 생각인데. 이따가 집에 돌아갈 때, 말을 좀 전해 주면…." 왕전하이는 말하는 김에 얼떨결에 이런 말까지 해 버렸다.

"일이 있으면 일찌감치 처리하시지요. 난 마을 밖으로 나가 이 말들을 방목하고 언제 돌아올지 모릅니다!"

말하면서 말 엉덩이를 때렸고, 말은 쏜살같이 앞으로 달려 나갔다.

---

* 남송의 명장 악비(岳飛)의 〈만강홍(滿江紅)〉의 한 구절-역주

마을을 벗어난 후 말 머리를 쓰다듬었다. 등에서 땀이 나는 것이 느껴지자 다 해진 마고자를 벗었다. 그리고 말 위에서 곰곰이 생각했다. '자쿠이 이 녀석, 매사가 정말 데면데면하고 신중치 못해…. 오늘 아침에도 광산에서 퍼질러 자고 있겠지!'

강가를 따라 시원하고 상쾌한 바람이 불고 있었고, 맑게 갠 하늘 아래엔 군데군데 누렇게 변한 초원이 드넓게 펼쳐져 있었다.

3

완연한 초가을이다. 구름 한 점 없는 연파란색 하늘은 맑고 끝없이 높았다.

저녁이 되어 어둠이 내리니 더 서늘해졌다. 달은 서쪽 하늘에 대야처럼 비스듬히 걸렸다. 이곳 타이먼거우는 더욱 고요해졌고, 가을 이맘때쯤 살이 통통하게 오르는 몽고말들은 여름과 달리 밤새 길게 울어 댔다.

낮이 되자 자쿠이 부인은 머리를 빗고 거울을 보았다. 며칠 전보다 훨씬 여위어 있었다. 눈두덩이 붓기는 아직까지 완전히 가라앉지 않았고 얼굴 역시 누르스름했다.

그날 밤부터 지금까지 그녀는 마음을 도무지 안정시키지 못했다.

그 남자는 사랑이 뭔지 모르는 것 같지만, 말주변이 좋고 사람 마음을 정말 잘 움직이는 사람이었어! … 그날 밤 이후로 밤

마다 문과 창문을 단단히 걸어 잠갔고, 날이 저물면 누가 와도 절대 문을 열어 주지 않았어…. 욕본 건 그걸로 충분해! 이 문으로 혹시 그가 또 들어올지도 몰라!

마음속 울분 때문인지 종일 우울하기만 하고, 광산에 있는 자쿠이가 돌아오길 손꼽아 기다릴 수밖에 없어. 그리고 어쨌든 이곳을 떠나 이사를 가야 해. 실없는 말과 잡담하기를 좋아하는 옆집 젠빙가게에서 소문을 퍼트리기라도 하면 자쿠이는 얼굴을 들고 다니지 못할 거야!

어제 황혼이 깃들 무렵, 몽고인의 말을 치는 류진이란 녀석이 여기까지 오더니 구들에는 앉지도 않고, 자쿠이가 집에 돌아오지 않았다는 걸 전해 들었다면서 그에게 무슨 일이 있냐고 묻고는 다른 말은 전혀 하지 않았지. 류진은 낡은 중절모를 눈썹까지 눌러쓰고, 말할 때 언제나 상대방을 쳐다보지도 않아서 그를 아는 사람은 모두 그가 냉정하다고 말하곤 해. 그런 류진이, 평상시에는 우리 집에 자주 오지도 않다가 어제는 도대체 왜 왔을까? 그 사내의 눈빛이 번뜩이고 수상쩍던데, 설마 이 일을 알고 있단 말인가?

어렸을 적 어머니는 양심에 부끄러운 일을 하면 머지않아 모두가 그것을 알게 된다고 항상 말씀하셨어. 얇은 입술을 가진 그 남자의 말은 절대 믿을 수 없어! 지 맘먹은 대로 되었다고 떠들고 다니면 나중에….

그녀는 창문턱에 기대어 창밖을 멍하니 바라보았다. 하늘 한가운데 솟은 달은 은백색의 빛을 비추고 있었지만 그녀의 눈엔 희끄무레한 뿌연 빛일 뿐이었다. 이해할 수 없는 일은 그저 상상할 수밖에 없었다…. 가을에 접어들면 보뤄둬 광산에서 땀 흘려 노동하는, 또 사금을 채취하는 사람의 손은 모두 물에 불어 빨갛게 부어올랐다! 몇 푼의 돈을 더 벌기 위해 하루에 2교대 근무를 모두 하다 보니, 날이 저물어도 잠을 충분히 자지 못했다! 게다가 강가 하수구 양쪽에 벼메뚜기와 더러운 모기가 들끓는 탓에 그들의 피부는 그것들에 물려 붓기 일쑤였다. 이렇게 고생을 하는데, 만 한 달이 지나 세금과 이자 낼 때가 되면 또다시 현장감독이 그들을 귀찮게 했다! … 그러니 곰곰이 생각해 보시라. 여인이 집에서 이런 일을 당하면, 바깥 사람에게 얼마나 미안하겠는가!

'여자가 서방질을 하면 저승에 가서도 벌을 받는다!' 옛날 어머니가 하시던 말이 생각났다. 공교롭게도 지금 자신이 그런 일을 저질렀다. 나중에 저승에 가서 엄마를 만나면 무슨 말을 해야 할까! … 두렵고 음산하며, 온몸에서 피가 끓는 듯했다. 부끄럽고 창피한 마음에 그녀는 얼굴을 두 손으로 가렸다.

젠빙가게에 등불이 꺼지면 그녀는 서둘러 위아래 종이 창문 두 짝을 모두 닫고 빗장을 단단히 걸었다. 그 남자가 다시 와서 자신을 괴롭힐까 두려웠기 때문이었다. 어둠 속에서 그녀는 고독의 무서움을 깨달으며 밤은 끝이 없고, 별빛은 귀신의 눈과 같다고 느꼈다. 황토로 쌓아 만든 양 우리에서 흘러나오는 양 울음소리는 여러 해 전에 돌아가신 어머니와 아직 광산에서 돌아오지 않은 남편을 생각나게 했다.

며칠 후 자쿠이가 드디어 광산에서 돌아왔다. 안색은 매우 안 좋았고 기력도 전혀 없었다. 겹저고리 차림의 그는 판자를 받친 왼쪽 팔을 옷소매로 고정해 앞가슴에 걸쳐 놓고 있었다. 문을 열어 달라고 하고 방에 들어와서는 아무 말도 하지 않았다. 그저 몸을 돌려 구들에 비스듬히 기댈 뿐이었다.

"당신 팔! 어떻게 된 거예요?" 부인은 쉰 목소리로 급하게 물었다.

"냉수 있으면 한 그릇 따라 봐!" 자쿠이의 말에는 여전히 힘이 없었다. "…정말 재수도 없지. 그저께 해 질 녘 모기에 물렸는데, 어찌 된 일인지 긁적거리다가 상처가 났어. 어제 사금을 채취하기 위해 계속 물에 닿았더니 오후에는 팔이 부어오르더군. 하룻밤을 자고 일어났더니 아침에는 핏발이 팔꿈치까지 올라온 거야. 그리고 오십여 리를 걸으니까 더 심하게 부어올랐지 뭐야…. 봐봐! 핏발이 더 올라가지 못하게 단단히 묶어야겠어!"

"에휴, 빨리 사람을 찾아서 진찰을 받아 봐야겠어요. 핏발이 심장까지 올라가면 생명이 위험할 수도 있어요!" 부인은 허둥지둥 자수용 색실을 꼬아서 남편의 팔꿈치를 묶었다. 구들 가장자리에 있는 물 담긴 그릇을 멍하니 바라보는 그녀의 눈언저리에는 눈물방울이 맺혀 있었다.

"잔병치레하는 걸 가지고 뭘 그렇게 상심하고 그래? 광산에서 일하다 보면 흔히 생기는 일이야."

"아니에요…. 당신은 우선 남쪽 둥산둥 집에 가서 팔을 치료

해요. 저녁엔 당신과 할 얘기가 있어요." 목이 쉰 부인의 말소리는 더욱 잠겼다.

"엉? 어떻게 된 거야?"

"…."

"사람 초조하게 만들지 말고! 할 말 있으면 빨리 해 봐! … 누가 당신을 괴롭혔어? 내가 그놈을 가만두지 않을 테니!"

"아니에요…. 그런 게 아니에요…."

"빨리 말해, 화나게 하지 말고!"

"…." 마음을 졸였던 부인은 갑자기 자쿠이에게 와락 달려들어 그의 품에 안겼다. 그리고 쉰 목소리로 마음껏 흐느껴 울었다.

"요 며칠간 집에 무슨 일이라도 생겼어? 말 좀 해 봐!" 땅바닥에 엉덩방아를 찧은 자쿠이는 오른손으로 구들 가장자리를 짚었다.

이내 부인은 더 심하게 울었고, 입으로 웅얼거리는 소리는 다른 사람이 알아들을 수 없었다.

구들 위에서 부인은 날이 어두워질 때까지 하염없이 계속 훌쩍거렸다. 바닥에 앉아 영문을 몰라 어리둥절했던 자쿠이는 해질 무렵이 되자 볶은 쌀 한 공기를 뜨거운 물에 불렸다. 그제서야 부인은 손으로 눈을 비비면서 바닥으로 내려왔다.

자쿠이는 벽에 기대어 볶은 쌀을 씹으며 곰곰이 생각했다. 밥을 먹은 후엔 어쨌든 팔을 치료하러 나가야 할 것 같았다. 정신을 팔고 있는 사이 어느새 부인은 식칼을 들고 와 구들 가장

자리에 던지더니, 눈을 똑바로 뜨고 섬뜩한 표정을 지으며 말했다.

“당신이 날 죽여요. 어때요?”

“도대체 어떻게 된 거야!” 자쿠이는 일어나 발로 칼을 밀어 바닥에 떨어뜨렸다. “무슨 일이 당신을 이렇게 서럽게 만든 거야?”

“물어볼 필요 없어요. 조만간 내가 알게 해 줄 테니까요! … 당신을 바보로 만들지는 않을 거예요! … 어제저녁 꿈에서 죽은 엄마를 만났어요. 무표정한 얼굴로 내게 인사를 건넸지요. 난 알아요. 내가 오래 살지 못할 것을….”

가슴이 갑갑해진 자쿠이는 칼을 슬며시 숨겼다. 팔의 통증이 심했지만 참고 치료하러 나가지 않았다. 구들에 누워 끈질기게 물어보면서, 한편으로 스스로 조용히 생각에 잠겼다.

밤이 깊어지자 부인은 자쿠이 오른쪽 어깨에 바싹 기대어 그날 밤 그 남자가 담과 창문을 뛰어넘어 방까지 들어온 사실을 처음부터 끝까지 죄다 이야기했다. 처음에 자쿠이는 이를 악물고 응응 하고 대답했으나, 나중에는 들으면 들을수록 귀에 거슬렸고 몇 차례나 일어나 앉았다 누웠다를 반복했다. 가슴에 칼이 꽂힌 듯했다.

‘타이먼거우에 말을 사러 온 장삼 입은 손님이라, 그게 누구란 말인가? … 네댓새가 지나도록 아직 돌아가지 않았다고?’

‘내일 여기저기 돌아다니며 한번 알아봐야겠어. 만약 떠나지 않았다면, 그냥 놔둘 수는 없지!’

분노, 원망, 노여움이 온몸을 감쌌고, 여러 번 몸을 뒤척거리며 눈을 감지 못했다.

황야에서 모래가 섞여 불어오는 바람은 간간이 창살을 두드렸다.

밖이 희부옇게 밝아 오자 행인들의 기척 소리가 들리기 시작했다. 그는 밤새 잠을 못 잤지만 정신은 오히려 또렷했다.

베개 옆 부인의 동그란 얼굴은 약간 부어 있었다. 창문 앞 희미한 햇빛을 통해 핏발이 팔꿈치보다 더 올라와 있는 것이 보여 그는 가슴이 철렁해 침상에서 일어났다.

조용히 문을 밀어젖히자 새파랗게 맑게 갠 하늘이 보였다. 붓고 찌릿찌릿하게 아픈 팔을 목에 멘 채로 피곤한 듯 눈을 비볐다. 버드나무가지 문 바깥에는 양치기 몇 명이 긴 채찍을 휘익휘익 휘두르며 지나가고 있었다. 양들은 얼마나 욕심이 많은지 길을 가면서도 계속 고개를 숙이고 마른 풀잎을 뜯어 먹느라 정신이 없었다.

머리를 숙이고 성큼성큼 앞으로 걸으니 신발 양쪽 볼에 이슬방울이 스며들어 와 신발이 금방 축축해졌다. 맞은편에서 사람이 지나가도 자쿠이는 고개를 들지 않았다. 혹시 부끄러워하는 것일까? 무척 우울한 마음으로 황토 담으로 둘러싸인 뜰 앞을 지나갈 때, 어떤 사람이 그에게 인사를 했다.

“어이! 자쿠이! … 어딜 가는 거야?” 소리를 듣자마자 류진이라는 걸 알아차렸다.

“어, 오늘 아침은 말을 방목하러 나가지 않는 거야?” 돌아보니, 류진은 웅크려 앉아 양각초 다발을 작두로 썰고 있었다.

"풀을 좀 썰려고. 오늘은 안 나가!"

"…그런데, 그저께 날 찾아왔다며. 무슨 일 있어?" 갑자기 어제저녁에 부인이 했던 말이 생각났다.

"음…. 그저께 찾아갔던 건…." 류진은 고개를 들고 약간 쓴 웃음을 지었다. 쥐 같은 눈으로 자쿠이를 빤히 바라보더니 말을 돌렸다. "팔은 어떻게 된 거야? 이렇게 일찍 일어나서 어딜 가?"

"…말도 마, 정말 재수 없었지. 핏발이 서더니 퉁퉁 부었어. 둥산둥을 찾아가서 치료 좀 해 달라고 하려고…."

"그럼, 빨리 가봐! … 그리고 하고 싶은 말이 있으니까 이따가 나 좀 찾아와 줘!"

"에이, 사람 맘 졸이게 하지 말어!" 그 목소리는 마치 애원하는 듯했다. "할 말 있으면 빨리 해!"

"이따가 네가 여기 오면 꼭 말할게!" 류진의 말은 얼마나 단호한지 몰랐다.

"…." 마음이 찜찜해진 자쿠이는 속으로 웅얼거렸다.

황사 바람이 이따금 그의 얼굴을 덮쳐 왔고, 가을날 이른 아침의 황량함은 더해 갔다.

아침밥을 막 다 먹었을 무렵, 자쿠이는 한 걸음씩 천천히 걸으며 다시 이곳으로 되돌아왔다. 묵묵히 생각했다. '정말 답답하군! 얼마나 더 참아야 되지? 족히 대엿새 동안 둥산동이 집에 오지 않았다고? 이 자식 도대체 어딜 간 거야!' 순식간에 팔은 더 심하게 부어올랐고, 두 다리는 쇠뭉치라도 단 듯 무거웠다.

이렇게 바람 부는 날에 어느 집에서 황소 똥이라도 태우는지 갑갑해서 숨쉬기조차 힘들었다. 황토 담으로 둘러싸인 뜰 안으로 다시 들어가니, 창문 아래에서 아직까지 풀을 작두질하는 류진이 보였다. 종이 창문 너머 방 안에서 어떤 사람과 주인어른이 차분하게 이야기를 나누는 소리가 들렸다.

"말해 봐, 류진! 나한테 할 말이 뭔데?" 자쿠이의 목소리는 너무나 우울했다.

"나랑 저쪽으로 가자." 류진은 몸을 일으키더니 자쿠이를 마구간으로 데리고 갔다. 고개를 돌려 주위를 살핀 후 낮은 목소리로 말했다.

"…말하지, 자(賈) 형, 화내지 마시게! … 자네가 보뤄둬에 있는 동안 집안일은 전혀 몰랐을 테니까…. 자네는 기개 있는 사내대장부이니 말을 하겠네."

"에이, 뜸 들이지 말고 빨리 말해 봐!"

"여자는 감정의 동물이야. 잠시 마음이 약해지면 남편에게 부끄러운 짓을 할 수도 있어…. 난 다른 건 보지 못했지만, 여튼 이달 예닐곱 날쯤에 말을 구매하러 온 손님 왕 씨가 동틀 무렵 네 집 뜰에서 나오는 걸 봤어. 내 두 눈으로 직접 보았다니까. 만약 조금의 거짓이라도 있다면, 이 성냥불이 꺼지는 즉시 나도 죽어 버리겠어!" 말을 하면서 류진은 호주머니에서 성냥을 더듬어 꺼내더니 칙 소리를 내며 성냥을 확 그었다.

"에잇, 뭐 그럴 필요까지 있어!" 자쿠이의 얼굴은 순식간에 빨개졌고, 목덜미까지 붉어졌다. "…그 손님이 왕 씨야?"

"응, 성이 왕 씨야."

"그 사람 아직 타이먼거우에 있어?"

"왜, 그를 찾아보게?" 류진은 잠시 머뭇거렸다. "…우리 집 방 안에서 주인어른 이레이자타이와 이야기하는 사람이 바로 그 녀석이야!"

"잘됐군, 그놈과 싸우러 가겠어!" 자쿠이는 몸을 돌려 마구간을 나갔다.

"우선 생각 좀 해 봐! 뭐가 그리 급해!" 류진은 뒤돌아서서 그를 잡아당겼으나 붙잡지는 못했다. 자쿠이가 서너 발짝 걸어서 문을 밀치고 방으로 들어가는 걸 빤히 바라볼 수밖에 없었다.

"누굴… 찾아오셨나…?" 정면에서 그를 맞닥뜨린 이레이자타이가 물었다.

"어떤 새끼가 왕 씨야?" 방에 들어선 자쿠이가 처음 내뱉은 말이다.

"이 사람 뭔데 이렇게 막무가내로 구는 거야! 내가 왕 씨다. 어쩔 건데?"

"어라? … 정말로…, 결국 당신이군! … 여기 있는 이 사내를 못 알아보시겠다? … 나를 그렇게 괴롭혀 놓고. 그해 헤이룽장에서 두 달 치 내 임금을 횡령해 도망갔잖아! … 오늘 저녁에 또 나를 괴롭히려고 여기까지 왔나 보네!" 자쿠이는 부어오른 팔도 잊어버리고 눈을 호두만큼 크게 뜨고 노려보았다. 눈 흰자위는 이미 붉게 충혈되어 있었다.

"이 사람 정말 입만 열면 사람 기분 나쁘게 만드는군! 난 당신을 전혀 모르겠소!" 왕전하이는 지극히 침착하게 구들 위에서 천천히 바닥으로 내려섰다.

"우리 막노동한 사람이 젠장 모두 이백여 명이었어! 공사 청부업자는 너 하나였고, 이 개자식아! 넌 어딜 가든지 날 알아볼 수 있어야지! 며칠 전 저녁, 넌 작은 음식점에서 술을 마시고 눈 깜짝할 사이에 슬그머니 빠져나갔지만, 제기랄 난 진작에 널 알아봤어! 뜻밖에도 내 아내를 욕보인 것도 또 너야! … 오늘은, 이 빚을 반드시 받아 내고야 말겠어! 왕 씨! 나와 한판 뜨자!" 자쿠이는 피가 나올 정도로 입술을 깨물었고, 화가 너무 치밀어 올라 몸을 부들부들 떨었다. 그리고 허리를 굽히고 손을 뒤로 뻗쳐서 등나무 줄기로 된 말채찍을 집어 들었다.

"이 개새끼야, 빨리 나와!" 그는 몸을 기울여 순식간에 앞으로 달려들었다.

"이 사람이 진짜, 어찌 백주 대낮부터 헛소리를 해 대고 그래! 누가 당신 부인과 사통했다는 거야!" 상대편 역시 만만치 않았다. 그는 손을 뻗어 허리춤에서 호신용 브라우닝 소형 권총을 더듬어 꺼냈다.

"앞으로 더 다가오면, 이 총을 쏠 거야!" 창문 밖에서 한가롭게 구경하던 구경꾼들은 방 안에서 총을 쏠 기미가 보이자, 와아 소리를 지르면서 뿔뿔이 흩어졌다.

방 안에서 살인사건이 날까 두려워진 이레이자타이는 서투른 중국어를 써 가며 양측에게 싸우지 말라고 직접 설득하고 애원하였다. 이윽고 밀고 당기는 설득 끝에 겨우 자쿠이를 방에서 나가게 했다.

방에서 나온 자쿠이는 밖을 향해 걸으면서 심하게 욕을 퍼부었다. 밥을 먹은 후 별다른 일이 없었던 부녀자와 어린이들이 대문 앞에 빽빽이 모여서 구경을 하고 있었다.

'돌아가서 마음을 가다듬고 정리 좀 해야지. 팔이 나아지면 곧바로 타이먼거우를 떠나야겠어… 평안하게 거기서 조용히 지내면 냉수만 마셔도 마음이 편해질 거야.'

점점 더 욱신거리는 팔과 곡기가 들어가지 않은 배 속은 그를 정신 못 차리게 만들었다. 집으로 돌아가는 길은 일 리도 안 되었지만 자쿠이는 이미 피곤함을 느꼈다. 길에 있는 양똥과 말똥을 피해 걸으며, 붉은 휘장이 걸린 젠빙가게를 지나 마침내 자기 집 문 앞에 도착하였다.

버드나무가지 문을 밀었으나 문은 단단히 잠겨 있었다. 집 안쪽을 향해 소리를 질러도 아무런 기척이 없었다. 자쿠이는 조급하고 불길한 마음에 탕탕 두세 번 발로 차서 문을 열었다.

뜰로 들어간 후 방문을 한참 두드렸지만 두드릴수록 안은 더 조용해지는 듯했다. 자쿠이는 이상한 생각이 들었다.

'이미 정오인데 아직까지 일어나지 않은 거야? 평소 이렇게 지냈다면 정말 꼴불견인데! 이런 사람이 어찌 가난하지 않을 수 있겠어!'

중얼거리면서 그는 종이 창문을 열어 젖혔다. 방 안은 어두컴컴하고 아무런 소리도 나지 않았다.

"어? … 어떻게 된 일이야! … 목을 매달았어!" 부지불식간에 이렇게 외치고 훌쩍 몸을 솟구쳐 창문턱으로 올라섰다.

신발도 벗지 않고 구들 위로 오른 후, 구들 가장자리에 발을 디디고 서서 부인에게 묶여 있던 허리끈을 풀었다. 그녀를 끌어안아 내리니 팔과 다리는 이미 딱딱히 굳었고 입술은 차디찼다. 바지는 축축이 젖어 있었는데 오줌을 지린 것 같았다.

풀어 헤쳐진 머리칼이 부인의 얼굴을 뒤덮고 있었다! 얼굴빛은 검푸르죽죽했고, 미간을 찡그린 채 눈은 동그랗게 뜨고 있었으며, 피가 묻은 흰 이빨은 입술 바깥으로 드러나 있었다.

진작에 자신의 팔이 붓고 아프다는 걸 잊어버린 자쿠이는 넋 놓고 죽은 이의 얼굴을 바라보았다. … 헤아려 보니, 그녀를 아내로 맞은 지 꼭 십일 년이 흘렀다. 이런 결말을 맞이할 줄 누가 상상이나 했겠는가! 눈에는 눈물이 그렁그렁 맺혔고 눈앞이 한참 동안 뿌예졌다…. 그런 뿌연 눈에 왕 씨가 자신을 향해 흉악하고 섬뜩하게 웃고 있는 모습이 보였다.

이 소식은 마을 전체에 빠르게 퍼져 나갔다. 오후에는 젠빙 가게 근처가 사람들로 가득 둘러싸였다. 사람들은 답답한 듯 웅성웅성 떠들어 댔다…. 우리 안의 새끼 양도 덩달아 울어 댔다. 버드나무가지 문은 이미 사람들에 의해 밀려 땅에 넘어졌고 아이들은 그 위를 짓밟고 다니며 왔다 갔다 했다.

이 소식은 남쪽에 있는 여관까지 곧장 전해졌고, 누워 잠자고 있던 사람들도 모두 일어나서 소문에 대해 숙덕거렸다.

바로 그때, 왕전하이는 여관비를 계산한 다음 보따리를 들고 몰린 인파 틈에 섞여 몰래 여관을 떠났다. 여관문을 나와서 곧바로 몽고인 이레이자타이 집으로 갔다. 잠시 후 이레이자타이는 그에게 줄 말 일곱 필을 우리에서 끌고 나왔다.

그가 말을 끌고 마을을 벗어나 담배 한 대를 피울 무렵, 류진은 막 마을로 돌아왔다. 류진은 뜰에 들어서자마자 우리에 말 일곱 필이 없어진 것을 알아챘다. 마음속으로 모든 상황을 빠르게 이해했다.

'이 얼뜨기 녀석, 몰래 빠져나가는 건 정말 잽싸군!'

방에는 들어가지도 않고 먼저 마구간에 들어간 류진은 허리를 굽혀 통나무로 된 말먹이통을 한쪽으로 옮기고, 말똥 치우는 나무 삽으로 축축한 땅을 팠다. 그렇게 한참 동안 삽질을 하더니 결국 그 물건을 파내었다. 도금하지 않은 철로 된 손잡이에는 약간 녹이 슬어 있었다. 방아쇠를 한번 당겨 보고 아직 쓸모가 있는지 확인한 후, 탄알을 하나하나 장전했다. 그리고 바지허리 뒤쪽에 조심스레 찼다.

"류진, 방에 들어와 점심 먹지 않고 뭐해?" 방에서 주인이 그에게 소리쳤다.

"일이 있어 잠시 나가 봐야 될 것 같아요! 저녁 드신 후에도 기다릴 필요 없어요!" 그는 이렇게 말을 하며 마구간에서 자신의 애마 칭터우렁을 끌고 나왔다.

뜰을 나와 말에 올랐고, 말의 뱃가죽을 발로 찼다. 순식간에 타이먼거우를 벗어나 서쪽 방향으로 곧장 달려 나갔다.

바람에 날리는 모래가 자꾸만 눈에 들어왔지만 말 위에서 사방을 둘러보았다…. 일 리 밖에서 말 몇 필이 내달리고 있었다.

류진은 칭터우렁이 마음껏 달리게 놔두었다. 그는 세차게 휘몰아치는 바람처럼 변경의 황야를 향해 돌진하였다….

소설집 『풍설집(風雪集)』에 수록,
창춘예문지사무회(長春藝文志事務會) 1941년
(번역: 정중석)

줴칭

하얼빈 哈爾濱

귀향 歸鄉

악마 惡魔

줴칭(爵青) 1917~1962

지린성(吉林省) 창춘시(長春市)에서 태어났고, 본적은 허베이성(河北省) 창리현(昌黎縣)이다. 본명은 류페이(劉佩)이고, 필명으로 줴칭, 류줴칭(劉爵青), 랴오딩(遼丁), 커친(可欽) 등을 사용했다. 중국관방문학사에서 친일을 했다고 알려진 예문지파(藝文志派)에 속하는 작가이다.

줴칭은 어렸을 때 아버지를 여의고 홀어머니 아래서 컸으며, 문학뿐만 아니라 미술에도 관심을 두었었다. 유년시절 창춘일본공학당(長春日本公學堂)에서 공부했으며, 후에 창춘교통학교(長春交通學校)와 펑톈미술학교(奉天美術學校)를 다녔다. 1933년에는 일만문화협회(日滿文化協會)의 직원으로 일본 관동군 사령부의 번역일을 맡았다가, 1939년에는 신징(新京, 만주국 수도, 지금의 창춘)의 예문지사무회에 참가하게 된다. 줴칭은 만주국 문단에서 '귀재(鬼才)', '중국의 앙드레 지드'라고 불리었으며, 예문지파의 수장 구딩(古丁)은 그를 '작가 중의 작가'라고 칭송하기도 했다. 그는 앙드레 지드의 작품을 좋아했으며, 그의 소설 중 「탕아(蕩兒)」(1939)와 『황금의 좁은 문(黃金的窄門)』(1943)은 각각 앙드레 지드의 『돌아온 탕자』와 『좁은 문』을 모방하여 창작한 것으로 알려져 있다.

줴칭은 홀어머니와 함께 살았지만 무척 효자였다. 집안의 생계를 혼자서 책임졌을 뿐만 아니라 어머니의 말씀을 따라 6년 동안 열애

하였던 여자친구와 눈물을 머금고 결별하고 순박하고 못생긴 시골 처녀와 결혼하였다고 한다. 생활 형편은 어려웠으며, 울적하고 과묵한 성격에 검은색 옷을 즐겨 입었다. 쥐칭은 어렸을 때 역사를 좋아했고 특히 제갈공명(諸葛孔明)을 매우 숭배하였다고 한다. 또한 그는 일본어를 중국어보다 잘해서 중국어는 더듬거렸던 반면 일본어는 유창하게 말했다고 한다. 예문지 동인이었던 이츠(疑遲)는 쥐칭을 회상하며 "그는 일본어를 워낙 잘해서 일본인과 친하게 지냈고, 관동부 사령부의 일어 번역까지 맡고 있어서 우리는 모두 그를 두려워했지요. 심지어 일본 작가도 그를 두려워했어요."라고 증언하기도 했다.

쥐칭은 1933년 3월 펑톈(奉天), 지금의 선양(瀋陽)에서 결성된 냉무사(冷霧社)라는 시문학단체에 가입함으로써 문학 활동을 시작했다. 1933년에서 1935년까지는 주로 시를 창작하였고, 1936년에서 1945년까지는 소설을 창작하였다.

쥐칭 문학의 특징은 모더니즘, 어두움, 천재에 대한 희구 등이다. 특히 그의 작품에서 보이는 어두운 색채는 식민 현실의 반영이나 저항 혹은 도피라기보다는, 열세 살 때 이질로 아버지를 여읜 불우했던 유년시절과 우울한 그의 내면에서 기원한 것으로 보인다. 이러한 어둠은 그로 하여금 만주국에서 헤테로토피아를 꿈꾸게 만들기도 하였다. 1940년에는 장편소설 『밀(麥)』(1940)이 '문화회 작품상(文話會作品賞)'(제1회 만계상(滿系賞))을, 1942년에는 소설집 『어우양가의 사람들(歐陽家的人們)』(1941)이 '성경시보 문학상(盛京時報文學賞)'을, 1943년에는 장편소설 『황금의 좁은 문』(1943)이 '제

1회 대동아문학상'(2등상)을 수상하였다. 그 밖에도 줴칭은 「천재의 비극(天才的悲劇)」(1937), 「군상(群像)」(1937), 「악마(惡魔)」(1942), 「희열(喜悅)」(1943), 「유서(遺書)」(1943), 「귀향(歸鄕)」(1943), 「예능인 양쿤(藝人楊崑)」(1943), 「연옥(戀獄)」(1943), 「분수(噴水)」(1944) 등 주옥같은 작품들을 남겼다. 그는 1944년 「분수」를 마지막으로 더 이상 작품 활동을 하지 않았다. 만주국이 소멸된 이후 1946년 일본작가 모리 오가이(森鷗外)의 단편소설 「망상(妄想)」을 번역 출간한 것이 그의 마지막 흔적이었다. 중화인민공화국이 성립된 후 1952년부터 1957년까지 창춘의 교도소에 구속 수감되었고, 출옥한 이후 지린(吉林)대학 도서관에서 도서목록 작성작업을 하였다. 그리고 1962년 자신이 태어난 창춘에서 병으로 사망하였다.

「하얼빈(哈爾濱)」(1936)은 줴칭의 대표적인 초기 소설이며 모더니즘 특색이 짙은 작품이다. 줴칭은 창춘에서 태어나 자랐기 때문에 그의 초기 소설은 대부분 대도시를 배경으로 한 것이 많다. 이 소설은 일본 신감각파 요코미츠 리이치(橫光利一)의 영향을 받았으며, 화려한 국제도시 하얼빈을 이야기하면서도 그러한 도시 건설을 위해 희생된 빈민, 이주자, 노동자에 초점을 맞춘 소설이다.

「악마」(1942)는 소설 속에서 작가가 독자와 대화하는 듯한 서술을 삽입하고 있어, 줴칭의 문체적 특징이 고스란히 드러나는 작품이다. 그의 어두운 문학적 특색은 어둠 속에서 활동하는 사람들을 소설의 주인공으로 만들었는데, 그의 소설에 매춘부, 빈민, 거지, 좀도둑, 쿨리 등이 많이 등장하는 것은 그런 이유이다. 이 소설에서도 빈민가 출신의 추악한 외모를 가진 곱사등이 교사와 부랑아처럼 지내는 고아 여학생을 주인공으로 삼아 그들의 이야기를 하고 있다. 줘칭 문학의 특징을 느낄 수 있는 작품이다.

「귀향」(1943)은 만주국이 중국 관내(關內)보다 이상적인 공간임을 은유적으로 말하는 작품이다. 형식은 만주에 사는 화자가 할아버지 고향 허베이성 창리현의 신지(新集)에 가서 얼굴도 모르고 지냈던 친척들을 만나는 내용을 서정적인 필치로 그려 내는 방식을 취하고 있다. 이상 국가를 꿈꾸었던 그의 문학 이상을 조금이나마 엿볼 수 있는 작품이다.

_ 정중석

하얼빈

높은 언덕에서 내려다보니 건축물들은 회색 분지에 펼쳐진 가파른 절벽처럼 늘어서 있고, 건물과 건물 사이에 끼어 있는 도로는 종횡으로 흐르는 혈관처럼 얽혀 있었다. 말, 차량, 무질서한 사람들의 발걸음은 흡사 빠르고 세차게 흐르는 혈액 같았다. 멀리 보이는 지붕 꼭대기의 광고등은 석양을 따라 알록달록한 글자를 그려 내고 있었다. 하얼빈의 도시 풍경이 황혼으로 물든 자줏빛 안개 속으로 가라앉고 있었다. 해 질 녘에 불어온 바람이 또다시 분지 속 건물들을 향해 불었고, 언덕 위에 서 있는 청년 무마이(穆麥) 곁을 스쳐 지나가며 흐느끼고 있었다. 무마이는 하얼빈에 온 지 막 한 달이 된 청년으로, 밍랑(明朗)의 학교 실험실을 나온 후, 반년 동안 실직 상태였다. 이런 이유로 그는 먼 길을 마다하지 않고 소개받은 하얼빈에 왔고, 어느 부르주아 집안의 가정교사가 됐다. 그는 도시의 소란을 자연의 완전무결한 원시적 경치로 대체할 생각은 없었으나, 전원적인 분위기로 일상의 피로를 푸는 것은 필요하다고 느꼈다. 그래서 매일 해가 질 때면 이 높은 언덕에 올라와 한 시간 동안 우두커니 서 있는 것이 이제는 그의 낙이 되었다.

석양의 마지막 한 줄기 붉은빛이 서쪽의 피라미드 같은 백양나무와 화강석 건물 사이로 드리워지자 자신의 기다란 그림자도 점차 사라져 갔다. 그가 언덕에서 내려올 때, 어느 외국인 아가씨가 아스팔트 길가 벤치에 앉아 저속한 음색의 아코디언을 연주하고 있었는데, 그 한가로운 풍경이 그를 갑자기 멍하게 만들었다. 그는 발걸음을 늦추고 아코디언에서 흘러나오는 노랫가락을 가만히 듣고 있었다. 그런데 갑자기 건장한 사내가 다가오더니 그녀를 낚아채듯 언덕 위로 끌고 가 버렸다.

무마이는 언덕을 내려와 백계 러시아인*의 과일가게를 지나고 철길 하나를 건너 주인댁 저택으로 갔다. 그는 방에 들어가 길거리 담배 가게에서 4분(分)**을 주고 산 맥시건 담배를 꺼내 입에 물고, 눈을 감은 채 소파에 앉아 휴식을 취했다. 그가 묵고 있는 방은 주인이 그에게 특별히 골라 준 방으로, 계단을 오르면 오른쪽에 위치해 있었다. 밖에서 보면 방은 협죽도와 분재한 터키 측백나무로 둘러싸여 있었지만 무마이는 이 방에서 편안함을 느낄 수 없었다. 막 접해 본 이 도시에서 그는 여기가 오래 머물 만한 곳이 아니라는 인상을 받았다. 방 안에 든 저녁놀

* 1917년 러시아 혁명 때 국외로 망명한 러시아인. 혁명 당시 혁명파가 붉은색을 상징으로 삼은 것에 반해 보수적 반혁명파가 백색을 상징으로 삼은 것에 연유한다.-역주

** 중국의 화폐단위. 1원의 1/100-역주

은 이미 엷어졌고, 고대 이집트 남자 시종이 그려진 실내등은 게슴츠레한 눈을 뜬 것처럼 천장에 늘어져 있었다. 벌써 일곱 시였다. 주인의 장남 다쥔(大駿)과 둘째 리쯔(莉子)가 영문법을 배우러 올 시간이었다. 도시의 이 소년 소녀들 덕분에 그는 오히려 한가한 시간을 보낼 수 있었고 오랫동안 여유 있게 쉴 수 있었다.

무마이는 다섯 아이들의 교사였다. 원래 아이들을 가르치는 일은 주인의 본처가 책임지고 있었으나, 유감스럽게도 어질고 총명한 그 부인은 3개월 전부터 병상에 누워 있었다. 나머지 두 명의 부인 중 한 명은 신경쇠약에 걸려 요양 중이고, 다른 한 명은 백화점에 가서 물건을 사는 것 외에 다른 일은 조금도 신경쓰지 않았다. 주인은 본래 사저에 머물면서 아이들에게 어느 정도 관심을 가졌으나, 요 반년 사이 공장 쪽에 대대적인 개혁이 필요해지면서 자가용으로 사저에 돌아와 아이들을 잠깐 보는 것 말고는 매일 교외의 공장에 있었다. 주인은 벌써 두 달째 공장 일로 밤낮없이 바빴고, 이에 무마이가 소개를 받아 이 집의 가정교사가 된 것이었다. 다쥔은 막 열여섯 살이 된 사내아이로, 주인의 용모와 분위기를 쏙 빼닮았다. 무마이는 그 아이가 다오와이(道外)*에 있는 고등학교에서 돌아오면 매일 영문법을 가르쳤다. 리쯔는 초콜릿을 매일 입에 달고 지내며 남자

* 1930년 러시아가 건설한 동청철도[東清鐵道, 중국은 '중동철로(中東鐵路)'로 명명함]는 하얼빈 시를 남북으로 관통하는데, 철도의 동쪽은 다오와이(道外), 철도의 서쪽은 다오리(道裏)라고 불렀다.-역주

들을 놀리는 데 열중하는 열네 살 된 중학생 소녀다. 무마이에게 프랑스어와 그림도 배우고 싶어 하는 리쯔 역시 매일 다쥐안과 함께 영문법을 배우고 있었다. 셋째 샤리(霞利)는 매일 세 시에 학교에서 돌아오면, 자신의 총명함을 십분 활용하여 무마이에게 수학과 초급 영어를 배우는 열두 살 소녀였다. 넷째와 막내는 각각 다섯 살 된 남자아이와 네 살 된 여자아이로, 이 아이들 때문에 무마이는 유치원 선생님의 역할까지 해야 했지만, 너끈히 이 아이들을 보살폈다. 샤리는 매일 세 시부터 다섯 시까지 그에게 착 달라붙어 있었지만, 다쥐안과 리쯔는 이미 완전히 현대도시에 물든 아이들이어서, 늘상 무마이 방으로 와서 수업을 들을 수 없는 이유를 구구절절 나열한 다음 나가 버리곤 하였다. 무마이는 일이 고되다고 생각하진 않았지만 좀 더 쉴 수 있길 바랐고, 이 도시의 기압이 너무 낮다고 느끼며 청량하고 높은 하늘을 원했다.

"무마이 선생님, 안에 계신가요?" 사락사락 발걸음 소리가 문 앞에서 멈추더니 경쾌하고 아름다운 음성이 들렸다. 주인의 셋째 부인인 링리(靈麗)였다. 소문에 의하면, 수년 전 주인이 펑톈(奉天)에 갔을 때, 어느 큰 고객이 계약을 성사시키기 위해 무도회장에서 선물로 주인에게 그녀를 소개해 주었다고 한다. 혈관 속에 늘 남성을 유혹하는 피가 흐르고 있어서인지 그녀는 본래의 품성을 벗어나지 못했다. 안주인으로서 손님에게 은근히 부탁하는 그녀의 태도는, 무마이가 하얼빈에서 받은 안 좋은 인상 중 하나였다.

"있습니다. 들어오세요!"

문이 확 열렸다. 회색 문틀에 요염한 여성의 육체가 나타났다. 그녀의 긴 머리칼은 한쪽 어깨에 늘어져 있었고, 새로 닦았는지 붉은 옥 장신구에서는 붉은빛이 반짝거렸다. 그녀는 살랑살랑 걸어오더니 티 테이블 뒤쪽에 있는 의자에 앉았다.

"아이들이 나가 버리면 정말 적막해 죽겠어요. 다쥔과 리쯔는 친구 집에 갔고 셋째, 넷째, 다섯째는 모두 영화관에 갔네요. 어제 상하이에서 보내온 잡지 꾸러미를 뒤지다가 우연히 재미있는 프랑스 화보를 발견했는데, 거기에 나온 만화에 완전히 정신을 빼겼지 뭐예요. 마침 시간이 있으니 내게 설명 좀 해주세요…." 그녀는 화보 한 묶음을 가만히 탁자 위에 내려놓고, 몸을 돌려 무마이가 앉은 소파 위에 앉았다.

"아…." 그녀 몸에서 풍기는 육감적인 향기 속에 감각을 잃어버린 듯, 그는 화보를 펼쳐서 노란색 불빛 아래 놓고는 이따금 시선을 링리의 얼굴로 옮겼다. 굶주린 불꽃 같은 그녀의 두 눈망울이 단번에 무마이를 녹였다. 화보 표지에는 막 세상을 떠난 어떤 음악가의 초상화가 그려져 있었다. 한두 장을 넘기니 추계 살롱전에 전시된 입체파의 괴상한 그림 몇 점이 나왔고, 이어서 1934년형 최신 유행 스타일의 여성복이 보였다. 시사(時事) 사진이 나오는 페이지로 넘겼을 때, 그녀는 마치 침략자처럼 그의 곁에 다가와 있었다. 두 사람의 시선은 화보를 향하고 있었지만, 어깨에 드리워진 여인의 긴 머리칼은 음탕한 향기를 내뿜고 있었고 무마이는 그 향기에 어질어질하여 자신의 체내에서 어떤 것이 분비될 것만 같았다. 잠시 눈을 감고 정신을 가다듬은 무마이는 갑자기 주인과 처음 만났을 때가 생각났다. 베란다에서 다기(茶器)를 벌여놓고 주인과 링리를 마주보며 이야기를 나누고 있었는데, 탁자 밑 자신의 발 사이로 갑자기 다른 발이 끼어 들어와서 화들짝 놀랐던 기억이 났다.

"이 만화를 이해하고 싶다고요? 정말 아무 의미 없어요. 안 그래요? 실연한 한 남자가 공원에 들어가 커피를 마시다가 옆에서 밀회를 즐기고 있는 한 쌍의 청춘남녀를 보고 화가 나 가버리는 거잖아요. 그래서 흰색 나무 의자 근처로 걸어갔는데 공교롭게 거기에도 한 쌍의 남녀가 있어 오래 머무르지 못하지요. 그는 공원을 나가야겠다고 생각했지만, 공원 문 옆에서 합창하는 아이들에 의해 다시 발이 묶이죠. 그런데 합창하는 노래를 가만히 들어 보니 '우리는 오렌지 꽃 아래서 키스를 했다네'라고 하는 연가(戀歌)를 부르고 있었다는 거고요…." 달콤한 위협이 엄습해 왔다. 무마이는 여인의 품에서 몸을 살짝 움직였고, 계속 말하기가 곤란해졌다. 그는 신사적인 손님이라는 품격을 지키기 위해 즉시 자리에서 일어나 차 두 잔에 뜨거운 물을 부었고, 이러한 동작을 핑계 삼아 맞은편 의자로 자리를 옮겼다.

무마이는 담배에 불을 붙이고, 아무 생각 없이 화보를 보고 있는 링리를 싱숭생숭한 마음으로 바라보면서 생각했다. '이대로 가다간 하얼빈을 떠날 날이 머지않겠는걸.' 눈앞에 있는 요염한 몸짓과 위험한 생각 그리고 불같은 갈망은 자신이 감당할 수 있는 게 아니었다.

문이 열렸다. 나이 든 하녀가 공장에 있는 주인에게서 셋째 부인을 찾는 전화가 왔다고 전했다. 그제야 링리는 화보를 겨드랑이에 끼고 맥이 빠진 듯 걸어 나갔다. 무마이는 가까스로 안도의 한숨을 내쉬고, 시선을 돌려 창밖을 바라보았다. 마침 혜성 하나가 꼬리를 끌며 밤하늘을 긋고 있었다. 블라인드가 드리워진 창에는 우울함을 담은 가을바람이 불어왔고, 어두운 거리에는 반딧불 같은 자동차가 지나가고 있었다. 그는 다시 담배 한 개비에 불을 붙이고, 노곤해져 소파에 드러누웠다.

그는 족히 30분 동안 시체처럼 가만히 누워 있다가 방문을 두드리는 소리에 놀라 깨어났다.

"무마이 선생님! 셋째 마님이 공장 자동차로 아오롄터(傲連特)까지 모셔다 달라고 하십니다." 나이 든 하녀의 목소리였다.

"두통이 있어 오늘 저녁은 곤란하다고 전해 주시오." 그는 피곤한 모습으로 소파에서 일어나 문간에 서 있는 나이 든 하녀를 보았다.

하녀는 문밖으로 나갔다. 무마이는 다시 소파에 드러누웠고, 내뱉은 담배 연기는 벽에 어두운 그림자를 그렸다.

20분 후, 적막 속에서 다시 방문 두드리는 소리가 났다.

"선생님! 쉬세요? 영문법을 배우고 싶은데요…." 둘째 리쯔의 목소리였다.

"오늘 밤에는 머리가 좀 아파서 수업을 할 수 없을 것 같단다. 내일 아침 일찍 다시 오렴. 보강을 해 줄게…." 막 평온해진 마음을 새빨간 입술로 어른티를 내는 여자아이 때문에 다시 어지럽힐 수 없었다. 무마이는 정말 쉬고 싶었다.

리쯔는 멀리 걸어갔다. 무마이는 복도에서 멀어지는 발자국 소리를 들으면서 자신이 일에 이토록 태만해선 안 된다고 자책했다. 하지만 새 담배를 피우고 나니 바로 잊어버렸다.

다섯 번째 담배를 피운 후, 그는 전등을 껐다.

일요일이 되자 다쥔은 꼭 쉬어야 한다는 핑계를 대고, 무마이를 마뎨얼(馬迭爾)* 호텔의 극장으로 끌고 갔다. 그들은 엘리자베스(愛納保絲)의 도도한 표정을 기다리고 있었다.

극장 안의 전등은 황혼의 태양처럼 등황색의 희미한 빛을 내뿜고 있었다. 무마이의 오른편에는 여학생 무리가 초콜릿을 먹으며 담소를 나누고 있었다. 아마도 무대 위에 서 있는 새 영화 광고판의 큐피드가 사랑의 화살을 그녀들의 가슴에 쏘았으리라. 맥시건 담배를 입에 물었다. 그는 이런 오락 생활이 주는 편안함과 향락의 의미를 모르는 것은 아니었지만, 즐거워하는 사람들 속에 마지못해 섞여 있으려니 소모감과 불쾌함이 느껴졌다. 우스꽝스러운 억양의 러시아인이 앞 좌석에 앉아 있었는데, 그의 빛나는 대머리가 무마이의 시선을 방해하고 있었다. 무마이가 시선을 오른쪽 세 번째 줄에 앉은 젊은 부인에게 돌리려 할 때, 등 뒤 위층에서 한 줄기 거대한 빛이 발사되더니 극

* 1906년 하얼빈에 건설된 호텔로 당시 하얼빈에서 가장 화려한 호텔이었다. '마뎨얼'은 러시아어로 '최신 유행', '모던'의 뜻이다. 지금의 하얼빈 모던 호텔-역주

장 안이 이내 어두워졌다.

먼저 시끄러운 동물 만화와 화장품 가게 광고가 나왔고, 이어서 검은 가운을 입은 엘리자베스가 등장했다. 자극적이고 색정적인 이 주인공은 루이스(劉威斯)의 괴짜 여인 도즈 왓슨(道治華綏)를 스크린에 옮겨 놓은 것이었다. 그녀의 매혹적인 성적 매력은 관중들의 마음을 단번에 사로잡았다. 어린 주인*은 오늘 영화를 볼 생각이 없는지 극장 불이 꺼지자마자 외투와 무마이만 남겨 둔 채 자리를 떴다. 무마이의 시선은 스크린 위에 머물고 있었지만, 마음은 도시 청춘남녀의 심리를 따져 보고 있었다. 엘리자베스가 대서양 선원의 뺨에 붉은 입술을 맞추는 장면에서 등황색의 불이 켜지며 극장 안은 다시 원래의 상태로 되돌아왔다.

언제 돌아왔는지 어린 주인이 자리에 앉아 있었다.

"선생님, 셋째 엄마가 왔어요."

무마이는 엄마를 언급하는 그의 표정을 보고, 틀림없이 뭔가 잘못되었다는 걸 직감했다. 하지만 도시 가정에서 자란 데다 그들이 친어머니와 아들 관계도 아니기에 서로 헐뜯을 수 있는 상황이라는 걸 무마이는 잘 알고 있었다. 그저 번거로움을 피하려고 이렇게 말했다.

"영화관은 누구나 올 수 있는 거야."

"온 것이 문제가 아니에요. 옆에 앉은 사람이 누군지 봤어요?"

---

* 다쥔을 가리킨다.-역주

과연 그 옆에 앉은 사람은 여태껏 본 적 없는 사람이었다. 무마이가 수많은 사람들의 뒷모습 속에서 그들을 찾았을 때, 입술 위에 새까만 콧수염이 난 사람의 옆모습이 눈에 들어왔다. 그 콧수염은 주인의 아내 곁에 바싹 붙어, 다른 사람에게는 들리지 않는 밀담을 나누고 있었다. 무마이의 눈과 입은 멍하니 굳어졌고, 마음속에서는 강한 의구심이 일었다. 유부녀가 어떻게 다른 남자와 함께 영화관에 앉아 있을 수 있는가? 이때 갑자기 링리가 머리를 뒤로 돌렸다. 극장 안에 아는 사람이 있다는 걸 알아차린 그녀는 즉시 머리를 움츠렸다. 다행히 극장 안이 다시 어두워지면서 후반부 영화가 상영되기 시작했고, 모두의 마음속 불안도 사라졌다. 하지만 불이 꺼지자 어린 주인은 무마이의 어깨를 치며 말했다.

"선생님! 보고 계세요! 전 먼저 가 봐야겠어요." 왜 가야 하는지 물어볼 겨를도 없이 다쥔은 이미 외투를 팔에 걸치고 어둠 속으로 사라졌다. 향수 냄새를 풍기는 어떤 여자가 옆자리를 차지했다. 스크린의 키스 장면이 그의 시선을 끌긴 했지만, 그 콧수염이 링리 몸에 기대어 속삭이는 모습이 좀처럼 잊히지 않았다. 아무리 도시이고 아버지의 아내가 자신의 친어머니가 아니라 해도 아들이 그런 꼴을 보아서는 안 되었다. 자신의 주인도 기이한 인물임이 틀림없었다. 그런 여자를 집안에 데리고 와서 제멋대로 남자를 만나는 모습을 기어코 자신의 아들이 보게 했으니…. 엘리자베스가 스크린에서 펼치는 연애의 비술을 보고 있던 무마이는 그녀에게 눈을 떼지 못했지만, 생각은 온통 링리에게 꽂혀 있었다.

관객들이 물밀듯이 쏟아져 나올 때, 링리는 이미 출구 쪽에서 콧수염과 함께 길을 가로막고 서 있었다.

"오늘 친구 한 명을 소개할게요." 링리는 말하면서 입가에 쓴웃음을 지었다. 하지만 쏟아져 나온 관객들 때문에 무마이는 링리가 있는 곳에서부터 멀리 떠밀렸고, 그는 어쩔 수 없이 출구 밖 계단에 서서 손짓하며 콧수염과 링리가 인파 속에서 빠져나오길 기다렸다.

"이쪽은 쑨궈타이(孫國泰) 선생이고, 여긴 무마이 선생…."

영화관 문 앞에서 두 사람은 서로 소개받았고, 이내 인파에 휩쓸려 계단을 내려와 사람과 말의 거대한 흐름 속으로 섞여 들어갔다. 초면인 두 사람은 길거리에서 인사를 나누었고, 주선자의 입장에서 링리는 남편이 없으니 같이 집에 가서 이야기를 나누자고 제안했다. 하지만 막 소개받은 쑨 선생은 링리의 대담한 제안에 매우 놀란 듯 깨끗한 찻집을 찾아 이야기를 나누자고 했다. 결국, 그들은 쑨 선생의 주장에 따라 담청색의 마차를 타고, 색맹 테스트 검사지마냥 광고판이 어지럽게 달린 거리를 지나 백계 러시아인이 운영하는 찻집 발코니에 자리를 잡았다.

남자 두 명에 여자 한 명이 끼어 있는 어색한 분위기는 모임 내내 계속되었고, 세 사람은 불편한 마음으로 날씨와 기온, 커피 원산지, 요리법 등을 이야기했다. 이 간단한 모임은 이런 한가한 담화로 끝을 맺었다.

찻집 입구에서 낯선 손님은 다른 차에 올라탔고, 무마이와 링리는 같은 차를 타고 집으로 향했다. 아마도 큰 충격을 받은 탓인지 오후의 하늘 아래 우뚝 솟은 건물들, 거리를 가득 메운 자동차들, 큰 유리 속의 진열대 장식들이 그야말로 험준하게 솟은 산의 횡단면 속에 모습을 드러낸 태고의 화석층 같아 보였다. 인도에서 오고 가며 서로 포옹하는 청춘남녀와 신기한 광고판들도 무마이의 눈 속에선 그 실체를 잃고 있었다. 가솔린 기관의 시끄럽고 어지러운 소리와 타이어의 마찰음이 마치 성난 바다의 거대한 파도 소리같이 들려 그는 약간의 현기증을 느꼈다. 신경이 곤두선 그의 눈앞에 불현듯 한 조각의 검은빛이 나타나더니 그의 지각을 마비시켰다.

"무마이 씨! 오늘 왜 이렇게 말이 없는 거예요?" 링리는 덜컹거리는 차 안에서 오른팔을 그에게 부드럽게 갖다 대었다.

"아무것도 아니에요. 그냥 너무 피곤해서요."

차가 스르륵 저택 현관에 멈췄다. 차에서 내리니 리쯔가 대문 앞 돌계단에서 사탕 한 다발을 들고 세퍼드와 장난을 치고 있었다. 그러나 무마이는 빨리 방에 들어가 침대에 드러누워 쉬고 싶을 뿐 다른 생각은 나지 않았다. 무마이는 리쯔를 제쳐 두고 링리를 방으로 들여보낸 후 자신의 방으로 비틀거리며 걸어 들어갔다. 막 겉옷을 벗고 넥타이를 느슨하게 풀려는데 리쯔가 뛰어 들어왔다. 세퍼드도 이 소녀의 수호신이라도 되는 양 장난을 치며 그녀 뒤에 서 있었다.

"오늘 셋째 엄마랑 어딜 갔어요?" 열네 살의 도시 소녀는 위험하다. 무마이는 소녀의 오빠에게서 느꼈던 것과 같은 성가심을 느꼈다.

"바라쓰(巴拉斯) 영화관에서 엘리자베스가 나오는 영화를 봤어."

"선생님! 다음번에는 셋째 엄마랑 가지 말고 저랑 가요!"

갑자기 무마이의 가슴이 두근거렸다. 도시의 어두운 그림자가 즉시 그를 휩싸는 듯했다. 벽에 걸린 괘종시계의 짧은 바늘이 다섯 시를 가리키는 것을 보면서 그는 침착하게 말했다.

"아가씨, 아직 공부할 시간이 되지 않았으니 잠시 밖에 나가 계시지요."

복도에서 소녀의 발자국 소리가 사라진 후, 그는 침대에 누워 호주머니 속 담배를 꺼내 입에 물었다.

보름이 지난 어느 날 정오였다.

지타이예쓰(基泰耶斯) 거리 중간에 있는 약국에서 수면제를 사서 나오는데, 약국 옆 강렬한 색채로 꾸며져 있는 대형 상점의 진열대가 그의 눈길을 끌었다. 무마이는 걸음을 멈추고 그 안의 고급 양탄자에 앉아 눈물 흘리는 듯한 밀랍인형을 바라봤다. 혀가 꼬부라지도록 술을 마신 백계 러시아인이 어슬렁거리며 걸어오더니 진열대 안을 유심히 들여다보았다. 그는 긴 한숨을 푹 내쉬고는 다 해진 가죽신을 끌면서 콘크리트 길 위를 비틀거리며 다시 걸어갔다. 무마이는 마음속으로 생각했다. '이 갈색 피부의 타국 유랑민은 화려했던 모스크바의 지난날을 그리워하며, 우울하게 떠도는 자신의 신세와 따뜻한 집을 떠나온 것에 대해 몹시 슬퍼하고 있을지도 모른다. 그런데 이 거대한 도시란 존재는 이런 사람에게 단순한 충족이나 위로조차도 줄 수 없단 말인가? 산처럼 쌓여 있는 이 상품은 도대체 무엇을 의미하고 있는 걸까? 오로지 인력거꾼과 짐꾼, 그리고 빈곤에서 도망치려는 쿨리(Coolie)만이 이 도시의 가장 큰 동력이다. 도시의 심장과 생명, 활력은 그들의 갈색 피부에서 흘린 땀으로 이루어진 것이다. 하지만 반대로 이 도시의 모든 자산은 그들의 것인가? 그들은 단지 대형 상점의 진열대 장식 앞에 서서 혹은 경제 관련 방송을 들으며 이따금 탄식만 할 수 있을 뿐이다….'

1각(角)*의 돈으로 바꾼 신문이 백계 러시아 신문팔이 소년의 손에서 그의 눈앞으로 건네졌다. 헤드라인은 무솔리니가 파시스트 신교육 정책을 단행했다는 것과 런던 해군 군축(軍縮)에 관한 것이었다. 하지만 이러한 일들은 무마이의 마음속으로 들어오지 못했다. 갑자기 지난달 어린 주인 다쥔과 함께 구석진 어느 다방에서 만난 유대인 여자가 생각나서 신문을 코트 주머니 속에 쑤셔 넣고 콘크리트 길 위에 드리워진 건물 그림자를 따라 걸었다. 점심이라 다방의 여급들은 아마 아직 집에 있겠지만, 색이 바랜 후미진 벽 구석에 앉아 술을 좀 즐기는 것도 색다를 것 같았다. 그는 이런 생각을 하며 그 다방 안으로 들어갔다.

공교롭게 쑨궈타이도 그곳에서 홀로 술을 마시고 있었다.

---

* 중국의 화폐단위. 1원의 1/10-역주

"기막힌 우연이네요, 무 선생!" 콧수염 아래에서 간사한 웃음소리가 새어 나왔다.

"그러게요! 요즘 잘 지내고 계시죠?"

"잘 지내지요. 자, 이리 와 앉아요! 한낮에 이런 곳에서 이야기하는 것도 재밌겠네요."

말할 때 짓는 그의 표정은 유독 이상했다. 무마이는 술을 주문하고 그의 맞은편에 앉았다.

찾던 유대인 여자는 다섯 시나 되어야 나온다고 해서, 무마이는 그저 묵묵히 술을 배 속에 채워 넣고 있었다. 콧수염은 축축한 술거품을 입가에 묻힌 채 말했다.

"무 선생은 하얼빈에 온 지 오래되었나요?"

"아! 아닙니다. 이제 막 두 달 정도 되었습니다."

"무 선생! 하얼빈에 대한 인상은 어떤가요?"

무마이는 갑작스러운 질문에 당황하며 대답하기에 적당한 말을 찾을 수 없었다. 그는 꾸물거리며 말했다.

"아마도 하얼빈을 빨리 떠나야 할까 봐요! 이곳은 절 편안하게 내버려 두질 않네요."

"아마 여자 때문이겠죠."

이 말에 무마이는 하마터면 펄쩍 뛰면서 격노할 뻔했다. 신사의 존엄을 지키기 위해서는 갓 알게 된 사람에게 예의를 갖추어야 한다는 걸 알았지만 이처럼 질이 나쁜 사람에게는 오히려 한바탕 호되게 욕을 해 주고 싶었다. 뜻밖에도 콧수염이 말을 이어 갔다.

"이 말을 꺼내면 당신이 싫어할지 모르겠지만 그래도 난 진실을 말해야겠소. 그날 찻집 모임에서는 나에 대한 모든 걸 밝힐 수 없었지만, 오늘은 내가 누구인지 낱낱이 해명할 필요가 있을 것 같소. 떠들기 좋아하는 사람을 만나면 신선이라도 그 입을 막을 수 없다 하지 않소. 당신네 셋째 부인 리나(李娜, 지금의 링리)는 이 도시에서 분명 위험한 계집이오. 나는 그녀가 학생이었을 때부터 알았으니까 당신보다 일찍 안 거지. 당시 베이징(北京)의 어느 사립 외국어학원의 학생이었던 그 여자는 립스틱을 붉게 바르고 다니면서 기상천외한 방법으로 연애편지를 남자들에게 전달하곤 했었지. 나중에 그 여자는 우리와의 로맨스에서 빠져나와 다른 남자와 떠나더군. 그녀가 가 버리자 다들 실의에 빠졌지만, 나는 그 김에 베이징을 떠났소. 그동안 그 여자는 부잣집 아들과 함께 상하이(上海)로 갔다, 다시 일본으로 떠났고, 나중에 무희로 전락했다가 지금은 사장의 아내가 된 거요. 나는 거의 십 년 동안 여러 지역을 떠돌았고 그 불행한 세월이 나를 나약하게 만들기도 했지만, 강한 자신감으로 그 세월을 견뎌 왔소. 내가 두 번째로 리나를 만난 곳은 여관이었소. 어느 불량배에게 유인을 당해 여관방에 갇혀 위험에 빠진 어린 모녀를 구해 줬는데, 알고 보니 그녀가 십 년 전 내 연인이었던 것이오."

"최근 리나를 통해 아주 젊은 당신이 그 집에 고용되었다는 걸 알게 됐소. 당신이 하얼빈에 살면서 그녀 때문에 불안감을 느끼고 있다는 걸 알고 있지만 그래도 나에 대한 해명은 해야 할 것 같소."

무마이는 자기로 인해 이 이야기가 나왔기 때문에 그가 계속 이야기하게 둘 수밖에 없었다.

"리나가 자기는 당신을 무척 좋아하고 있는데, 당신이 파고들 틈을 주지 않는다고 말하더군."

"하얼빈에서 직업 없는 이런 생활을 난 더 버티지 못할 것 같소. 당신도 알다시피 난 현재 실직한 상태이고, 대도시에서 실업자는 가엾을 정도로 나약하고 힘없는 존재잖소. 그래서 머지않아 하얼빈을 떠날지도 모른다오. 덧붙여 당신에게 알려 주고 싶은 것은 그 여자와 내가 같이 하얼빈을 떠날지도 모른다는 것이오. 그녀가 당신을 사랑하는 건 욕망 때문이지만, 나를 사랑하는 것은 의무 때문이거든."

이 긴 이야기는 무마이를 완전히 혼란에 빠뜨렸다. 그는 콧수염이 왜 이런 방식으로 자신에 대한 이야기를 하는지 알 수 없었다. 하지만 무마이는 그에게 뭔가를 물어볼 마음이 전혀 없었으므로, 고개를 숙이고 술을 마시면서 복잡한 도시인에 대해 생각했다. 특이한 과거와 현재를 가진 술집의 손님, 과거가 복잡한 여자를 아내로 맞아 집안에 들인 후 자기는 전자계산기 앞에 앉아 이윤을 따지는 자본가. 공교롭게도 그 자본가의 아내는 지금 주점에 앉아 있는 손님과 십 년 전 인연으로 얽혀 있다. 심지어 가정교사로 여기에 온 지 두어 달 정도밖에 되지 않은 청년 역시 이 혼란한 소용돌이 속으로 휘말려 들어갈 수 있는 것이다….

잡다한 대화 속에서 시간은 흘러 오후의 햇빛이 창문 커튼을 뚫고 들어오고 있었다. 술에 흠뻑 취한 두 사람은 마치 뜻이 맞는 옛 친구처럼 서로 어깨동무를 한 채 몽롱한 상태로 포장된 길을 걸었다. 불어오는 가을바람에 순간 정신이 살짝 든 무마이는 술을 너무 많이 마셔서 신발 바닥이 인도에 끌리고 비틀대며 똑바로 서 있지도 못하고 있단 사실을 깨달았다.

"무 선생! 내 숙소로 가지요! 당신, 술을 너무 많이 마셔서 돌아가서 아이들 보기도 불편할 것 같은데."

말이 채 끝나기도 전에 거리의 마차가 두 사람을 태우고 큰길과 작은 골목을 누비며 달렸다. 무마이는 입을 다물었고 그의 눈에 비친 건물들은 1초 만에 흔적도 없이 사라졌다. 행인과 마차는 모두 거꾸로 달리고 있었고, 창가에 놓인 마네킹들은 상점에서 뛰쳐나갔으며, 화려한 러시아 여인은 돌바닥길 위에서 팔을 벌리고 통곡하고 있었다…. 불안, 혼미, 아찔함이 눈앞에서 한데 뒤섞였다. 콧수염이 어깨를 한 번 토닥거린 후에야 무마이는 몽롱한 상태에서 정신을 차릴 수 있었다. 이때 마차는 이미 코너를 빙 돌아 두 사람을 다오와이 거리로 실어 가고 있었다. 마차는 첫 번째 길, 두 번째 길을 지나 전차와 전차 사이를 과감하게 건너더니 그다지 크지 않은 건물의 골목 어귀에 이르러 다시 북쪽으로 방향을 바꿔 달렸다. 콧수염이 두 번째로 어깨를 두드려 정신이 들었을 때, 마차는 이미 비좁은 사거리 모퉁이에 멈춰 서 있었고, 콧수염은 벌써 차에서 내린 상태였다.

아래로 비탈진 길 같았다. 청회색 흙먼지가 발밑과 눈앞에서 흩날렸고, 시체 썩는 듯한 악취가 무마이의 취기를 산산이 깨뜨렸다. 두 사람이 더럽고 불결한 식당을 막 지나가고 있을 때였다. 어두운 쪽방에서는 싸구려 요리에서 나는 냄새가 스며나왔고, 기름때에 찌든 장삼을 입은 요리사가 망나니 같은 눈을 부라리며, 문밖에서 더러운 손으로 바오쯔(包子)*를 만지작거리는 대머리 아이를 욕하고 있었다. 그 옆집의 과일가게는 문밖에 대나무 광주리를 쌓아 놓고 있었다. 쥐가 번식할 정도로 이끼가 무성한 그늘진 곳에 칙칙한 얼굴빛의 산둥(山東) 아줌마가 거무스름한 발을 밖에 드러내 놓고 앉아 있었다. 무마이는 눈에 이러한 풍경이 들어오자 숨을 참고 싶었다. 그러나 한 걸음 더 내딛자 의외로 신선한 광경이 그를 흥분시켰다. 세 명의 노동자가 길가의 노천 식당에 앉아 간단한 저녁 식사를 하고 있었는데, 그들의 검붉은 관자놀이와 넓죽한 입, 이어지는 웃음소리가 그의 가슴을 뛰게 만들었다. 세 사람이 식사하는 곳을 지나치니 약국이 즐비한 거리가 나왔고, 그 거리의 수많은 광고 간판은 아래로 늘어져 있어 오가는 행인의 머리가 부딪칠 정도였다. 저지대를 지나니 밥 짓는 하얀 연기 속에 작고 음습한 통나무집들이 드러났다. 통나무집들의 용마루는 들쑥날쑥했고, 어떤 용마루 위에는 세탁된 해진 상의와 바지가 바람에

* 소가 든 찐빵 모양의 만두-역주

나부끼고 있었으며, 통나무집들 사이의 좁은 길에는 그림자가 아른거리고 있었다. 통나무집들이 있는 거리 끝자락에는 조개빛을 띤 수초와 이끼가 떠다니는 더러운 연못이 있었다. 어딘지 모를 창가에서 외설적인 통속 민요 한 곡이 흘러나왔다. 무마이 옆에 서 있던 콧수염이 말했다.

"하얼빈에서 가장 어둡고 부패한 곳이 바로 앞에 있지 않소?"

"홍등가!" 무마이는 불현듯 통나무집들이 눈앞에서 일제히 무너져 버리는 모습을 상상했다. 귓가에서 떠들썩한 고함과 비명이 울리더니, 몸을 가누지 못하고 콧수염 품속으로 쓰러졌다.

깨어나 보니 창문에 빛이 들지 않는, 있으나 마나 한 창문이 있는 컴컴한 방에 누워 있었다. 아래로 내려오는 계단이 문밖에 있는 걸 보아 여기가 지하실임을 알 수 있었다. 옆에 앉아 있는 콧수염이 석유등의 푸른 연기 속에 비쳤다. 신문지를 붙인 벽에는 괴이한 사진이 걸려 있었다. 콧수염은 물 한 잔을 무마이 곁에 두었다.

"무 선생, 기절했었소."

"괜찮습니다!" 무마이는 신음소리를 내며 말을 이었다. "오늘 술이 너무 과했네요. 그렇게나 마셔 댔으니 어찌 견디겠어요? 제가 술에 익숙하지 않은 사람이라 오늘은 정신을 잃었네요."

"무 선생! 여기까지 오는 것도 위험했소. 당신뿐만 아니라 나도 어질어질했으니까. 하얼빈의 수많은 남편은 여관 침대에 앉아 전화번호부를 뒤적이며 처제나 다른 여자에게 전화를 건다오. 반면 그의 아내의 허리는 영화관에서 다른 남자의 팔에 감겨 있지. 5분 전만 하더라도 갑부였던 상인은 금융거래소에서 나와 한 장의 유언장도 남기지 않고 강에 뛰어들어 자살하고, 숫처녀는 장난치듯 자신의 순결을 다른 남자에게 바친다오. 단지 홍등가 모퉁이 노천 식당에서 식사하는 노동자만이 십 년을 한결같이 지내지….”

콧수염은 계속 말을 이어가려고 했으나 누워 있던 무마이가 이미 잠든 것을 보고 말을 멈추었다.

깨어나 지하실에서 나왔더니 밤이 이미 도시의 거리를 점령하고 있었다. 마차를 타고 주인 저택에 돌아오니 시간은 이미 여덟 시였다. 그는 아프다는 핑계를 대고 자기 방에 들어가 다시 잠을 잤다.

무마이가 야수와 다를 바 없는 링리에게 제대로 위협받은 때는 어느 날 밤이었다.

정오에 아이들이 저녁엔 친척 집 연회에 가야 한다고 해서, 무마이는 집에서 나와 오후 내내 영화관에 앉아 있었다. 영화관에서 나오니 이미 해 질 무렵이 되었다. 조그만 식당에 가서 느긋하게 저녁 식사를 한 후 집으로 돌아가는 것으로 이 가을 저녁을 보낼 생각이었다. 하얼빈에 온 두 달 동안, 하루도 긴장하지 않은 날이 없었다. 기분을 전환할 이런 저녁이라도 없다면, 아마도 그는 신경쇠약에 걸렸을지도 몰랐다. 강렬한 색채의 광고와 야릇한 음모를 꾸미는 듯한 행인들 사이를 가로질러 다소 인적이 드문 거리로 걸어 들어갔다. 그리고 과일 가게에서 담배 한 갑을 산 다음, 평소 자주 가던 광둥(廣東) 분식점을 향해 걸어갔다. 그때 갑자기 이상한 손이 무마이의 어깨를 쳤고, 이어서 짙은 향기가 그를 덮쳤다.

"어디 가요?"

링리였다. 두 손에는 백화점에서 방금 산 듯한 물건이 들려 있었고, 눈에는 애교가 서려 있었다. 무마이는 놀라며 실망스러운 감정에 사로잡혔고, 어렵사리 얻은 이 한가로운 저녁이 막 백화점에 다녀온 부유한 부인에 의해 망가질 듯한 느낌이 들었다.

"뭐, 어딜 가려는 건 아니었고요. 저녁 식사를 하고 집에 돌아가려던 참이었어요."

"마침 잘 되었네요! 전 세 시에 나와 이것저것 좀 샀어요. 아이들은 모두 친척 집에 가서 집에 없고, 이왕 우리 둘 다 식사를 안 했으니 지금 같이 밥 먹으러 가요!"

무마이는 미처 대답도 하기 전에 부드러운 손에 이끌려 길가에서 손님을 기다리고 있던 마차 안으로 끌려 들어갔고, 마차는 조명과 사람들로 가득한 번화가를 향해 달려갔다. 그는 흔들거리는 마차에 말없이 기댄 채 바퀴가 돌바닥길에 부딪치며 나는 소리를 듣고 있었다. 무마이는 이성을 완전히 잃은 시체가 된 듯했다. 그는 마차를 멈추고 링리에게 돌아가겠다고 말하려 했지만, 그런 의도와 상관없이 오히려 한 사람의 부정한 말초적인 향락의 제물이 될 참이었다. 거리의 창문 장식과 광고가, 사람과 말의 윤곽이, 1934년의 풍경이 차창 밖으로 유성같이 스쳐 지나갔다. 핸드백에서 초콜릿 사탕을 꺼낸 링리는 시선을 차창 밖에 둔 채, 몸으로 부들부들 떨고 있는 무마이의 입술을 천천히 느끼고 있었다….

호텔 식당에서 간단한 저녁 식사를 했다. 식당에서 나온 후, 무마이는 방금 타고 온 차가 아니라 뜻밖에도 식당 옆에 있는 방으로 끌려갔다. 그는 눈앞에 공포에 질린 수많은 얼굴이 줄지어 떠올랐으나 한마디 말도 할 수 없었다.

"좀 쉬었다 가요!"

"네? 당신이나 쉬어요! 난 가 봐야겠어요…."

그러나 자신의 머뭇거림과 다른 이의 부드러운 유혹으로 인해, 그는 반들반들 윤이 나는 목제가구가 가득 널린 방 안으로 이미 끌려와 버렸다. 무마이는 기가 꺾인 채 스프링 의자에 앉아 한마디 말도 하지 않았다. 링리는 손에 든 물건을 내려놓고, 고개를 돌려 얼빠진 무마이를 보고 웃었다.

"당신의 생각이 이렇게나 단순하고 직선적일 줄은 정말 생각지 못했네요. 당신은 여기서 살기에는 적합하지 않아요."

불안에 떨린 듯 가늘고 긴 손가락 사이에 담배가 끼워졌고, 담배 연기 속에 장난스러운 눈빛이 비쳤다. 무마이는 의자에 앉아서 숨만 쉴 뿐 10분 동안 꼼짝도 하지 않았다.

"당신이 우리 집에 왔을 때부터 난 당신을 좋아하게 됐어요. 그런 늙은이와 부부가 되는 걸 두고 사람들은 그저 일반적인 결혼이라고 여기겠지만 전 조금도 그렇게 생각하지 않아요. 하물며 사람은 반드시 한 사람에게만 소유되는 것도 아니지요!

그는 여자도 자기 재산을 관리하듯 다뤄요. 아이를 낳고 키우려고 시집온 아내로서 보살피는 것이 아니지요."

요강(要綱)을 낭독하는 듯한 그녀의 일장 연설이 끝나자 무마이는 한동안 멍해 있었다. 그는 의자에서 일어나 두 손을 바지 주머니에 넣고, 거리가 보이는 창가로 다가가 입속의 담배 연기를 어두워진 밤을 향해 내뱉었다. 북방의 이 도시를 그는 조금도 이해할 수 없었다. 왜 50만 명의 사람들은 고통도 못 느끼며 하루하루를 살아 낼 수 있는가? 왜 이 도시는 무너지지 않을까? 달빛에 젖은 하늘이 거리를 짓누르고 있는 이 도시에는 떠들썩한 소리 속에서 꿈틀거리는 수많은 생물이 눈앞에 살고 있지 않은가. 그는 뭐라도 떨구고 싶은 듯 담배꽁초를 입에서 떼서 창밖으로 던졌다.

"왜 이렇게 침묵하고 있어요?"

이미 긴 가운을 벗고 누드톤 속옷만 입은 링리가 몸을 천천히 흔들면서 다가와 한 손을 무마이의 어깨 위에 얹었다.

"전 언제 하얼빈을 떠날지 몰라요. 이런 부르주아 집안에 나 같은 사람이 있어 봐야 좋은 게 별로 없지요. 내가 떠날 땐, 한 통의 간단한 편지를 사람들에게 남겨 놓고 조용히 몰래 도망갈 거예요. 아마도 머지않은 일이 되겠죠. 전 당신과 무척 친하게 지내고 싶었는데, 당신은 날 실망시켰어요. 전 오랫동안 당신을 이런 조용한 곳에 불러 얘기 나누고 싶었는데 아쉽게도 기회가 없었네요. 하지만 내가 불러내서 당신이 고민하는 건 더 원하지 않았어요. 근데 공교롭게 오늘 우연히 당신을 거리에서 만났고, 당신을 여기로 오게 했네요. 아마 오늘이 지나면 이런 날은 더 이상 없겠죠. 가정주부가 집안의 손님을 사랑하게 되는 게 그렇게 희한한 일은 아니지만 사랑받은 남자가 당신 같은 경우는 매우 드물지요….”

검푸른 야경이 그녀 얼굴에 비쳤고, 격렬하게 요구하는 듯한 그 눈동자는 무마이의 모든 것을 완전히 무너뜨렸다. 몸부림칠 힘도 없는 환자처럼 침대 가장자리의 부드러운 침구로 끌려갔고, 그다지 뜨겁지 않은 눈물이 눈에서 스며 나왔다.

그날 밤 무마이는 한마디 말도 할 수 없었고, 자신의 이성을 다시 깨어나게 할 수도 없었다. 그는 부드러운 침대에 누워 석고상이나 나무 인형처럼 링리의 잡다한 얘기를 듣고 있었다.

이튿날 아침에 일어나서야 주인의 아내와 함께 호텔에서 하룻밤 잤다는 사실을 철저히 깨달았다. 그는 아직 단잠에 빠진 링리를 침대에 두고, 어젯밤 자신이 서 있었던 창가로 다가갔다. 벌써 한 줄기 햇빛이 그들이 쉬고 있는 건물의 꼭대기를 비추고 있었다.

주인의 아내를 호텔에 남겨 둔 채 무마이는 아침 공기에 젖어 있는 포장된 길로 나섰다. 적막한 건물들 틈새에서 불어오는 바람이 기분 좋은 비누 거품처럼 그의 몸을 감쌌다. 무마이는 ‘어떻게 하다가 주인의 아내와 함께 호텔에 있을 수 있었지? 도시의 소란스러움과 현란함에 이성을 잃었었나?’라고 생각했다. 교회의 지붕은 거무스름한 누런빛이 반사되어 빛나고 있었고, 긴 기적 소리는 저 멀리 교외의 공업지대에서 바람을 타고 전해져 왔다. 무마이는 이미 아침 안개를 뚫고 나아가는 전차에 앉아 있었다.

전차에서 내려 늘 그랬듯 같은 거리의 풍경을 지나 주인의 저택으로 들어갔다. 자신의 방문을 막 열려고 할 때, 계단 바깥방에 묵고 있는 늙은 하인이 종이쪽지 하나를 건네주었다. "내일 오전에 공장에 오셔서 이야기 좀 하죠. 6일에 메모를 남깁니다."

하인이 말했다. "사장님이 어젯밤 선생님께 남긴 쪽지입니다. 사장님은 어제저녁 집에 들어오셔서 선생님과 셋째 마님이 집에 없는 걸 알고, 이 종이쪽지를 남기셨어요."

"알겠습니다."

방에 들어가 어젯밤 호텔 침대에서 구겨진 옷을 갈아입고 찬물로 세수를 한 다음 공장으로 발걸음을 옮겼다. 덮개가 없는 마차를 탔다. 말은 고삐에서 필사적으로 벗어나려는 듯 심하게 울부짖었고, 가을 햇빛은 그의 머리를 부드럽게 어루만지고 있었다. 높은 건물의 그늘을 가로지른 다음 낮은 건물의 상점가를 지나 점점 사람이 드문 교외로 접어들었다. 흔들거리는 마차에 앉은 무마이는 한 폭의 연한 회색톤의 유화 그림 속을 지나가는 듯한 느낌이 들었다. 근래 들어 공장 내부에는 노사갈등이 심해졌고, 다행히 이튿날 원래 상태를 회복하였지만 얼마 전에는 한나절 조업을 중단하는 사태까지 발생하기도 했었다. 그런데 주인은 오늘 무슨 일 때문에 그를 부른 것일까? 마차 안에서 초라하고 지저분한 교외의 빈민굴과 토목공사 노동자들의 천막을 보는 사이 어느덧 마차는 길을 보호하는 돌이 쭉 깔린 아스팔트 대로를 달린 후 모퉁이를 돌아 공장 정문 앞에 멈추어 섰다. 그는 생각했다. '골치 아픈 일이 또 시작되려 하는군.'

소설집 『어우양가의 사람들(毆陽家的人們)』에 수록,
창춘문예서방(長春文藝書房) 1941년
(번역: 정중석)

귀향

어떤 행위는 무의식중에 곧잘 자위가 되어 버린다. 어떤 친구가 지적하였듯이, 여러 책들을 마구잡이로 난잡하게 읽는 나의 독서습관은 분명 자위행위이다. 서적의 독소들이 내 머리를 뚫고 들어오는 것에 대해 난 아무런 선택권이 없다. 서적의 세계가 내 머릿속을 제멋대로 설치고 돌아다니다가 이내 곧 마음대로 사라져 버리고 나면, 내 머릿속엔 무한한 혼란만 남게 된다. 이러한 독서가 자위행위가 아니라면 무엇이겠는가? 예전에 프랑스 전통주의 작가 모리스 바레스(M. Barres)의 『자아예찬』이라는 책을 읽은 적이 있다. 당시 그 작가가 파헤친 "흙과 망자"라는 정신세계를 경모했었다. 그는 앉으나 서나 항상 조상, 혈통, 고향, 무덤, 뭐 이런 것들만 생각했다. 예를 들어, 허전하고 무료하게 길을 걷다가도 사람이 붐비는 곳에 다다르면 갑자기 '이 사람들의 출신은 어디일까?', '이 사람들의 조상은 누구일까?', '이 사람들은 무덤에 대한 애정을 갖고 있을까?' 같은 문제를 생각하는 것이다. … 그런데 몇 개월이 지나지 않아 이런 기묘한 일들이 내 머릿속에서 일어났다.

조상을 추억하거나 숭배하면 자칫 사람들의 비웃음을 받기 쉽다. 우리같이 비교적 새로운 세상에 사는 사람들은 부자지간이더라도 함께 식사하고 더치페이하는 미국인들의 습관을 최상의 미덕이라고 칭송한다. 조상이나 무덤 같은 것들은 구태의연한 전통이라고 여길 뿐이다. 하지만 스스로 급진적이라고 여길지라도 그 속에는 중도를 지키고자 하는 마음이 여전히 남아 있다. 예전에 어떤 책을 읽은 적이 있다. 아메리카의 어떤 부족은 늙은 부모를 나무 꼭대기까지 기어오르게 한 후, 자녀들이 나무 밑에서 나무줄기를 흔든다고 한다. 만약 늙은 부모가 나무에서 떨어지면, 선량한 자녀들은 그 현장에서 즉시 흉기를 들고 부모를 때려죽이는 신성한 의무를 이행한다고 한다. 그 이유는 부모에게 노쇠해지는 고통을 덜어 드리기 위함이다. 만약 부모가 여력이 충분해 능히 나무줄기를 붙들고 나무에서 떨어지지 않는다면, 자녀들은 부모가 아직 사냥과 노동을 할 능력이 있다고 여기고 이러한 합리적인 살육을 잠시 유예한다고 한다. 물론 이들 부족의 장례법은 생활과 경제에 가장 적합한 풍장(風葬)*이다. 이러한 부족에 비하면 우리가 조상을 경시하는 것은 지나치다고 할 수 없다. 나에겐 조상에 대한 애정도 없고 지명으로 사용될 만한 조상의 무덤도 없다. 그런데 『자아예찬』을 읽고 난 후에 내 조상과 무덤에 대해 담담한 애수의 감정

* 시체를 지상에 버려두어 자연히 소멸시키는 장례법-역주

이 생겼다. 유랑민의 후예로서, 곤궁하고 우여곡절이 많았던 몇 세대 전 선조들의 사적을 좇는 것은 오히려 즐거운 일이었다.

우리 집 원적은 허베이(河北)성 창리(昌黎)현의 신지(新集)라고 불리는 소읍이다. 할아버지 세대에 만주로 이주한 이후로 백 년이 채 지나지 않았지만 원적과는 거의 아무런 왕래가 없다. 할아버지는 혈혈단신으로 이곳 북쪽으로 와서 현지 출신인 할머니와 결혼했고 그 후 한 번도 고향에 가지 않았다. 할아버지는 아버지가 다섯 살 때 쥐꼬리만 한 재산과 과부가 된 아내와 고아가 된 아들만 남겨 둔 채 세상을 떠났다. 나의 아버지는 평범한 사람이었다. 짧은 생애 동안 먹고살기에 급급했던 아버지는 할머니의 장례도 간신히 치렀다. 가문을 빛내겠다는 효심도 없었고 집안을 남들 앞에 드러낸 적도 없었다. 그러니 고향과는 당연히 아무런 관계도 없었다. 젊었을 적에 하급 관리였던 아버지는 공무 때문에 고향 부근에 갈 일이 있었는데, 간 김에 고향을 한번 들른 적이 있었다. 그때 아버지는 친족을 통해서 할아버지 명의의 초가집과 택지가 있다는 걸 알게 되었다. 하지만 그곳은 땅이 척박했고, 물려받은 조상의 재산이 있었지만 팔아도 몇 푼 안돼, 친족 형제들에게 관리를 부탁하고 서둘러 만주로 돌아왔었다. 그 후 십여 년 동안 아버지는 찢어지게 가난한 세월을 보냈고, 고향의 형제들과는 가끔씩 편지를 주고받았을 뿐이었다. 내가 열다섯 살 때, 아버지 역시 할아버지와 마찬가지로 타지의 혼령이 되었다. 사실, 아버지 세대 이후로 이미 타향과 고향의 경계가 없어졌고, 우리 집은 만주의 토박이가 되어 버렸다.

나는 할아버지를 본 적이 없다. 할아버지가 살아 계셨을 때, 아마도 만주엔 이미 사진술이 전해져 있었겠지만, 할아버지 같은 유랑민들은 설사 꽤 돈을 벌었더라도 영정사진을 찍어 후사들에게 남겨 줄 만큼 여유 있는 마음을 가지지 못했을 것이다. 따라서 할아버지의 얼굴은 전혀 추측할 수 없다. 내가 여섯 살 때 세상을 떠난 할머니는 다행히 아버지의 권고로 한 장의 사진을 남겨 놓으셨다. 하지만 만주 출신인 탓에 할머니 역시 할아버지가 만주로 오기 전의 모습이나 고향의 상황은 알지 못했다. 딱 한 번 할아버지의 고향에 가 보았던 아버지는 어떨 때는 신이 나서 그곳의 풍물에 관해 얘기했지만, 그곳에 관한 이해는 수박 겉핥기식에 지나지 않았다. 따라서 나의 세대에 이르러서는 거의 원적을 모르게 되었고, 고향이 없는 가족이 되었다. 물론 가족 중 한 사람만이라도 부자로 이름이 알려졌더라면, 고향에 있든 만주에 있든 상관없이 서로 긴밀히 연결될 수 있었을 것이다. 허베이에서 유랑해 온 사람들 중 부자가 된 사람들이 적지 않지만, 아쉽게도 우리 집안은 만주로 오기 전과 마찬가지로 빈한했다. 이러한 상황이 몇십 년 동안 계속되자, 친족과 우리는 마침내 서로에 대해 안부조차 묻지 않게 되었다. 그래서 소학교를 졸업할 때 나는 원적을 적는 칸에 "지린(吉林)성 창춘(長春)현"이란 여섯 글자를 아무 거리낌 없이 써넣었다.

근래에 사람들은 가풍을 그다지 믿지 않는다. 젊은 사람들은 잠든 부모님 베갯머리에 격양된 어조의 작별 편지를 놔둔 채 아무것도 챙기지 않고 빈손으로 떠남으로써 가풍을 청산했다. 사실, 가풍이라는 것은 매우 기묘해서 버리려고 해도 버릴 수 없는 구석이 있다. 최소한 직계존속의 혈통은 자신의 몸에 남아 있다. 나 역시 이러한 할아버지와 아버지의 피를 이어받았기에, 나의 체질과 성격에 잠복해 있는 선인들의 기질을 백방으로 노력해도 없앨 수 없었다. 열네다섯 살 청소년기의 나는 체격이 보잘것없었을 뿐만 아니라 약간 고지식했고, 주체할 수 없는 고독감으로 초조했고 소심했다. 게다가 가정형편은 하루에 두 끼 식사만 가능할 정도였으므로, 다른 곤궁한 집안의 소년과 마찬가지로 나의 성격도 매우 거칠어져 갔다. 타인의 부를 시기했고, 거리낌 없이 행동했다. 유명해지고 싶은 마음은 없었지만 허영심이 가득 자라났고, 주머니 사정은 나빴지만 오히려 대범한 듯 낭비를 일삼았다. 열다섯 살이 되던 해 가을, 만주사변이 일어나자 학교는 임시 휴교했다. 스스로 불행하다고 여겼던 나는 학생복을 입은 거리의 부랑아가 되어 갔다. 그때 나보다 나이가 약간 많은 주변의 몇몇 친구들이 먼 곳으로 여행을 가자고 했다. 비록 난 여행경비는 없었지만, 그들과 섞여서 두 해 동안 만주 여기저기를 돌아다녔다. 사람들은 자신들의 정처 없는 유랑에 대해 온갖 화려한 미사여구를 붙여 어떨 때는 애수의 방랑이라고, 어떨 때는 위대한 개척이라고 명명한다. 사실 이러한 것들은 핑계를 만들어 자신의 행위를 가식적으로 꾸미는 것에 불과할 뿐이다. 그 시절을 생각하면, 허망한 세월을 보냈다는 말 이외에, 자신을 꾸밀 수 있는 어떤 말도 생각나지 않는다. 그런데 이 허망한 세월 중에 나는 뜻밖에도 할아버지의 고향에 관해 다시금 배울 기회를 얻게 되었다.

내 나이 열일곱 살 되던 봄이었다. 여기저기 떠돌다 우연히 펑톈(奉天)시에 머무르게 되었다. 빈둥거리며 보낸 소년 시절, 모든 것이 뜻대로 되지 않았고, 집에 돌아갈 면목도 없을 정도로 돈이 없었다. 그러던 중 갑자기 집에 계신 어머니에게서 환어음을 동봉한 편지를 받았다. 당시 어머니는 외아들인 나에게 무한한 사랑을 베푸셨지만, 집안 형편이 어려워서 내가 돈을 요청하는 편지를 쓰지 않으면 돈을 부쳐 오는 일은 거의 없었다. 따라서 어머니가 아무 근거 없이 돈을 부친 것이 기쁘기도 하고 의아스럽기도 했으며 조금은 이상하게 느껴졌다. 편지를 뜯어 보니, 과연 다른 사정이 있었다. 어머니는 나에게 창리현에 한번 가 보라고 했다. 어머니는 고향에 있는 육촌 형이 갑자기 편지를 부쳐 왔다고 했다. 편지에는 이렇게 쓰여 있었다.

“우리 소유의 재산을 아버지와 동년배인 한 당숙이 오랫동안 차지해 왔다고 하는구나. 그 당숙은 술과 도박을 좋아해, 사기 밥그릇 하나만 남겨 놓고 모든 가산을 탕진했다고 한다. 그런데 이제 우리 재산까지 팔아먹으려고 하니, 급히 사람을 보내 당숙을 막아 달라고 편지를 보내왔단다. 편지는 아버지에게 보내온 것인데, 네 아버지가 돌아가신 지 아직 2년이 되지 않아, 고향에 있는 친척들은 아버지의 죽음을 알지 못하는 것 같구나. 편지를 보낸 사람은 아버지와 잘 알고 지냈던 당숙의 아들이었단다. 알고 보니 그 당숙 역시 수년 전에 죽었고, 사후 뒤처리는 일면식도 없는 육촌 형이 모두 책임지고 하는 것 같더구나. 육촌 형은 예전에 아버지와 처음으로 서신을 주고받은 사람인데, 당숙이 죽고 난 후 오랫동안 편지를 보내지 못했다는 등의 말도 했단다."

요컨대, 아버지 세대의 형제 둘은 약속이나 한 듯이 연이어 세상을 떠났다. 그런데 친족과 우리는 서로 알리지도 않았고 그 책임은 오롯이 다음 세대가 짊어진 것이다. 어머니는 나보고 가라고 했고 혹시 상대방이 못 알아볼까 봐 그 육촌 형이 편지에 동봉한 환어음을 증거로 삼으라고 했다. 고향에 도착한 이후의 일은 상황에 따라 알아서 처리하라고 하셨다. 조상의 재산이니 가족이 공동 소유하는 것은 무방하나, 성(姓)이 다른 사람의 수중에 재산이 떨어져 남의 비웃음거리가 되고 조상의 재산을 팔아먹을 정도까지 집안 형편이 몰락했다는 소리를 들으면 안 된다고 하셨다…. 어머니의 편지를 받고, 왠지 모르지만 내 마음속에는 말로 형용할 수 없는 감정이 일었다. 마치 극장에서 가난하고 불쌍한 사람을 표현한 희비극의 마지막 장면을 보고 있는 듯, 비웃고 싶기도 하고, 눈물을 흘리고 싶기도 하고, 태연자약하게 아무런 관심을 두고 싶지 않기도 했다. 나는 이틀 동안 망설이다가, 어머니가 주신 환어음을 현금으로 바꾸어 남쪽으로 내려가는 차표를 샀다. 열차는 밤새 달려 산하이관(山海關)을 통과했고, 다음 날 정오가 되기 전 고읍(古邑) 창리현에 도착했다. 나는 현에 있는 아는 친척 집에서 하루를 묵었고 그다음 날 아침에 작은 마차를 빌려 현에서 삼십 리 떨어진 신지로 들어갔다.

사실, 고향에 가든 안 가든 그것은 중요한 것이 아니었다. 솔직히 창리현의 친척 집에 도착했을 때, 나는 갈 생각을 완전히 단념했었다. 그 친척 집은 내 사촌 누나 집이었다. 누나는 만주 출신이었지만 공교롭게도 창춘(長春)사범학교에서 교사 일을 하는 창리현 사람에게 시집을 갔다. 내가 열두 살 때, 교사였던 그 창리현 사람은 국민당과 내통했다는 혐의를 받았고, 그 즉시 사촌 누나를 데리고 자신의 고향으로 돌아갔다. 그는 삼 년 동안 은거하다가 세상에 나와 현의 교육국장이 되었다. 당시 고향에 가고자 하는 나의 의지는 그리 확고하지 않았지만 누나가 내게 한번 가 보라고 백방으로 재촉했었다. 그래서 그다음 날 작은 마차를 빌려 타고서 신지로 들어간 것이었다.

신지는 롼허(灤河)강이 보하이(渤海)해로 흘러 들어가는 강하구에서 북쪽으로 이십 리 떨어진 곳에 위치한 지역이다. 마을 전체가 함몰된 저지대라, 몇 군데 있는 마을 언덕에 올라가도 강줄기와 보하이해가 전혀 보이지 않는다. 단지 바람이 북쪽으로 불어올 때, 습하고 구린내 나는 바닷바람이 일으킨 모래 먼지가 이곳을 여행하는 사람들에게 여기가 바다에서 그리 멀지 않은 인적 드문 마을이라는 걸 알게 해 준다. 롼허강과 청말민초의 내란은 톈진(天津) 북쪽의 여러 현들을 도탄에 빠뜨린

양대 괴물이었다. 내란은 거주민의 평화와 안녕을 앗아갔고 롼허강은 그들의 재산과 저장된 곡식을 다 쓸어 갔다. 나는 지질학이나 지각의 변동에 대해 잘 모르지만 가끔씩 어른들이 롼허강에 대해 얘기하는 걸 들어서 이 강이 매우 기묘하다는 건 알고 있었다. 롼허강은 세계의 유명한 하천인 나일강이나 황허(黃河)와 마찬가지로 매년 범람한다. 그런데 문제는 이 강이 범람하는 시기가 정해져 있지 않다는 데 있다. 롼허강의 범람은 하늘이 내린 복이기는커녕, 그야말로 예측할 수 없는 재앙이었다. 더구나 강의 양안은 보하이해에서 밀려온 모래로 되어 있어 강이 범람을 해도 다른 강들처럼 농경지에 도움이 되는 비료가 될 수 없었다. 이 강의 결점이 비료 작용을 하지 못하는 것뿐이라면, 그건 결점도 아니다. 오히려 더 큰 재앙은 강 양안이 모두 부드러운 모래로 되어 있는 탓에 강줄기가 수시로 바뀌는 데 있다. 올해 강줄기와 마을 사이의 거리가 다섯 리였다면, 만약 내년에 롼허강이 범람할 경우, 강줄기는 마을 앞 토지신 사당의 섬돌까지 접근할 수도 있다. 범람이 끝나면 마을과 강 사이에는 십여 리 되는 모래땅이 느닷없이 생기기도 한다. 이러한 강줄기의 이동은 정말로 신의 장난 같아서, 주민들을 울지도 웃지도 못하는 상황으로 내몬다. 예를 들면, 올해 강 북쪽 기슭이 리(李)모 씨의 토지였다면, 내년에는 강줄기가 북쪽으로 이동하여, 강 남쪽 기슭의 쑨(孫)모 씨의 토지와 합쳐진다. 중국은 고대 이집트처럼 정밀한 측량술이 발달하지 않았기 때문에, 강 양쪽 기슭의 토지를 기하학적으로 측정할 수는 없었다. 따라서 자신의 토지가 자연의 배치로 인해 타인의 소유로 변하는 걸 그냥 바라볼 수밖에 없을 때는 정말 울지도 웃지도 못하는 상황이 된다. 그런데 사람을 더욱 난감하게 만드는 것은, 토지가 자기 소유이든 타인의 소유가 되든, 이러한 땅이 모두 경작할 수 없는 모래땅이라는 것이다. 가난한 농민들은 경작할 수 없는 모래땅이 남북으로 이동하는 걸 바라보며 그저 탄식만 할 뿐이다. 인문지리적으로 본다면, 롼허강의 이러한 특징 때문에, 그 연안에는 창리현과 같은 역사가 오래되고 인구가 조밀한 성읍이 생길 수 없는 것이 맞다. 따라서 수천수백 년 이전에는 롼허강이 지금과는 판이하게 달라서 강 양쪽의 농경지에 상당히 많은 이익을 주는 하천이었을 가능성이 있다. 세월이 흘러감에 따라 강의 성격이 점점 변했고 먼 곳에서 이곳으로 흘러들어 온 주민은 부농이 되기도 하였고, 그 부농은 다시 빈농이 되기도 하였다. 현재 롼허강 유역 출신의 상인이 만주에 특히 많은데, 그 이유의 절반은 만주의 근대화 개발 때문이고, 나머지 절반은 롼허강과 간접적인 관계가 있을 것이다. 창리현 출신의 상인들이 재정관리를 유난히 잘하는 것도 근거가 있다. 아마도 조상 대대로 롼허강과 투쟁한 세월 속에서 집요하고 강인한 성격이 길러졌기 때문이리라. 이러한 성격이 재정관리에서 발휘된다면, 도움이 되면 되었지 못 되지는 않았을 것이다.

내가 작은 마차를 타고 신지에 들어간 것은 그날 오후였다. 신지는 소읍이기도 했지만 매우 황량했다. 백색의 돌담과 옅은 잿빛의 둥근 지붕은 오랜 세월 비바람에 의해 침식된 모습이었고, 아직 싹이 트지 않은 앙상한 버드나무 가지에는 이제 초봄의 기운이 막 솟아나는 듯했다. 가축들은 모래바람 속을 어정어정 거닐고 있었다…. 이러한 풍경들이 검붉게 늘어진 태양빛 속에 덮여 있어, 보는 사람으로 하여금 더욱 황량한 느낌을 일으켰다. 이곳이 내 조상의 땅이며, 내 피의 근원이 되는 땅이지만, 마을 어느 곳에서도 행인 한 사람 보이지 않을 정도로 매우 적막했고 후손의 입장에서 이 향토는 적막의 극치라고 말할 수 있었다. 그때 지붕의 몇몇 굴뚝에서 연기가 나지 않았다면 나는 여기가 시가전(市街戰)의 전날이 아닌가 하는 의심을 하였을 것이다. 이 일대의 자질구레한 일들을 시시콜콜 늘어놓는 마부의 이야기를 듣고 있는 동안 마차는 어느덧 마을 어귀의 골목길에 다다랐다. 눈을 크게 뜨고 사방을 둘러보고 있을 때, 칠이 벗겨진 대문에서 갑자기 개 한 마리가 튀어나와 나를 향해 맹렬하게 짖기 시작했다. 이어서 얼굴 가득 흙터 투성인 아이가 머리를 대문 밖으로 빼꼼히 내밀었다. 내가 마차에서 내려 아이에게 다가가 물어보려고 하자 뜻밖에도 아이는 외마디 비명을 지르며 대문 안으로 쏙 들어가 버렸다. 나는 매우 이상한 생각이 들어 고개를 돌려 의아한 눈빛으로 마부를 바라보니 그제서야 그가 내게 알려주었다. "손님이 외국 옷을 입고 있고, 게다가 마차를 타고 왔으니 손님을 무서워하는 건 당연하지요!"

나는 교복을 입고 있었고, 손에는 모포와 가죽가방을 들고 있었다. 확실히 이러한 옷차림에 향촌 사람들은 경계심을 품을 수밖에 없었다. 하지만 마차를 타고 온 것은 도대체 왜 두려운 것인지 당시엔 아무리 생각해도 이해되지 않았다. 나중에 육촌 형을 통해, 마차를 타고 신지에 들어오는 사람은 마을의 공안 지국장 이외에 거의 아무도 없다는 사실을 알게 되었다. 그래서 마을 사람들은 나를 어떤 관료로 의심했던 것인데, 사실 내가 탄 마차는 은양(銀洋)* 일원이면 탈 수 있는 거였다.

나는 어찌할 바를 몰랐다. 개가 점점 더 사납게 짖어 대자 그 집 사람들은 집 밖에 어떤 변화가 생겼다고 여겼을 것이다. 한참 지나서야 가장인 듯 보이는 남자가 궁색한 낯빛을 하고 나타났다. 내가 모자를 벗으며 찾아온 이유를 말하니 그제야 남자는 의혹이 풀린 듯이 안심하고 말했다.

"좋소! 내가 '환터우(煥頭)'에게 일러 놓지요. 당신이 찾는 집은 서쪽 거리 끝에 있소."

말이 끝나기도 전에 남자는 재빨리 뛰어 들어가 버렸다. 당시 나는 '환터우'가 누구를 지칭하는지 몰라 매우 당혹스러웠다. 알고 보니 '환터우'는 내 육촌 형의 아명(兒名)이었다. 사람들에게 아명으로 불리는 걸 보니, 육촌 형은 분명 천진난만하고 재기발랄한 소년일 거라 생각했다. 한 오 분이 지나고 난 후, 마을 사람들에게 아명으로 불리는 육촌 형이 뛰어왔다. 그런데 전혀 뜻밖에도 육촌 형은 등이 구부정한 오십 대 중년이었다.

---

* 옛날 중국에서 통용되었던 은화(銀貨)의 통칭. 은의 순도는 100분의 90으로, 1935년 법에 의해 유통이 금지되었으며 이후 중화인민공화국에서는 '인민폐(人民幣)'가 쓰였다.-역주

"아! 동생!"

피로 맺어진 인륜은 미묘하고 견고해서 깰 수가 없다. 그 중년남성은 목구멍에서 '동생'이라는 두 글자를 내뱉으며, 눈물을 머금은 채 내 손을 잡고 내 손에 있던 모포와 가죽가방을 챙겼다. 이때 거리에 드문드문 서 있던 남녀들은 서로 일면식도 없었던 친족의 만남을 지켜보고 있었다. 그들의 눈에는 부러움과 의아함이 담겨 있었다. 아마도 외국 복장의 사람, 그것도 공안 지국장만 탈 수 있는 마차를 타고 온 사람이 자신들과 같은 부류의 사람과 연결되어 있다는 것이 의아하다고 생각하는 듯 보였다.

나는 육촌 형에게 이끌려 길을 건넜다. 우리는 거리의 서쪽 끝까지 걸어가서 삼대 이전의 조상이 남긴 뜰로 들어갔다. 뜰은 길가에 있었으며, 뜰 중앙의 장작더미 뒤편으로 높이가 낮은 별채 두 채와 본채 한 채가 있었는데 육촌 형은 서쪽 별채에 거주하고 있었다. 서쪽 별채 문 앞에는 일찌감치 형수가 남루한 옷을 입은 아이와 함께 나를 기다리고 있었다. 그런데 육촌 형은 내가 바로 방으로 들어가는 걸 바라지 않는 듯이 내 손을 꽉 잡았다. 그의 손바닥은 매우 거칠고 뜨거웠으며, 떨고 있는 듯했다.

"저기가 네 집인데, 지금은 그가 살고 있어." 육촌 형은 본채를 가리키며 내게 말했다. '그'라는 말에는 짙은 적의가 담겨 있었다. 이제서야 나는 삼대 동안 아버지만 한 번 왔을 뿐인 할아버지 고향에 도착했다. 이곳은 육신과 핏줄의 고향이다. 재산을 차지한 친척 어르신에게 나는 적의라기보다는 오히려 바다처럼 끝없고 아득한 애정을 느꼈다고 하겠다. 육촌 형이 가리킨 본채는 겨울인데도 창문 한 짝이 없었다. 그 창문 턱에는 대여섯 살가량의 아이가 웅크려 앉아 손가락을 입에 물고 나를 응시하고 있었다. 나는 한눈에 그 아이가 당숙의 아들인 걸 알아챘다. 모두가 같은 피를 타고났지만 그 아이의 눈에는 노름꾼 술고래의 아들로 태어난 것에 대한 무한한 원망이 감추어져 있는 듯했다. 아! … 지금에서야 운 좋게 만나게 된 어린 동생의 가엾고 순진한 얼굴이 내 눈물 속으로 바로 녹아들었다.

나는 육촌 형의 감정을 가라앉히고 방 안으로 들어갔다. 형수는 내가 쉴 수 있도록 해져서 온통 구멍이 난 요를 이미 온돌 아랫목에 깔아 놓고 있었다. 방 안은 매우 어두워 곡식을 담은 마대 두 자루가 방 한가운데에 있다는 것만 보였다. 눈을 크게 뜨고 집중하여 자세히 보니, 마대 뒤쪽으로 오래된 가구의 윤곽이 보였다.

형수네 아이는 심부름으로 찻잎을 사러 거리로 나갔다. 육촌 형 집에는 차를 마실 만한 손님이 한 번도 오지 않은 듯, 아이는 그 일을 무척 이상히 여겼다. 밥을 하러 나간 형수는 나무 접시를 받쳐 들고 전족한 발로 비틀비틀 걸으며 바깥에서 분주히 움직였다. 나는 육촌 형과 조용히 마주 앉아 아이가 가져온 차를 마시고 있었다. 순간 밥솥에서 뿜어져 나온 수증기가 해진 문을 뚫고 방 안으로 스며들어 왔다. 수증기를 사이에 두고 궁핍한 얼굴의 형을 바라보자니, 달려들어 와락 그를 끌어안고 싫어졌다. 그래서 수십 년간 멀리 떨어진 우리의 피를 같이 흐르게 하고, 영원히 소멸하지 않는 거대한 흐름과 소용돌이를 만들고 싶었다. 그러나 나는 그렇게 하지 못했고, 그저 눈물만 조금 흘렸을 뿐이었다. 그 눈물로 닷새 동안의 귀향 생활을 시작했고, 그 눈물을 핏줄로 이어진 향토에 바쳤다.

식사를 하고 나니 벌써 등불을 켤 시간이 되었다. 나와 육촌 형은 많은 대화를 나누었다. 나는 그에게 아버지가 돌아가신 후 어머니와 나만 생활하고 있으며, 공부를 계속해서 꼭 관료가 될 거라고 말했다. 시골 사람들은 관리가 되는 걸 선망하니까 그렇게 그를 속인 것이다. 그는 관리가 되면 얼마나 벌 수 있냐고 물었다. 나는 적어도 은양 팔십 원을 벌 수 있다고 대답했다. 육촌 형은 그 말을 듣고 크게 기뻐하였다. 왜냐하면 은양 오십 원을 버는 이곳 공안 지국장보다 내가 더 많이 벌기 때문이었다. 계속되는 대화 속에서 나는 육촌 형의 생활 형편을 알게 되었다. 그는 마을 위쪽의 한 묘(畝) 정도 되는 땅에서 농사를 짓고 있어, 집안의 식량은 문제될 게 없었다. 더구나 매월 5일, 장*이 열릴 때마다 뜰에 인접한 길가에 노점을 벌이는 많은 행상들에게 자릿세로 오륙백 개의 동원(銅圓)**을 받을 수 있었고, 그 돈은 한 집안이 매달 용돈으로 사용하기에 충분했다. 그 밖

---

* 원문은 '逢五排十五日一集'로 매월 5일, 15일, 25일에 장이 열린다는 의미이다.-역주

** 청말(淸末)부터 항일 전쟁(抗日戰爭) 이전까지 통용된 동으로 만든 보조 화폐-역주

에 여름과 가을의 환절기에는 마을 밖으로 나가 나뭇가지와 지저깨비를 가져올 수 있었기 때문에 연료 역시 자급자족이 가능했다. 작년 한 해는 가정형편이 꽤 괜찮아서, 조상 무덤을 메꾸는 데만 은양 십 원을 썼다. 또한 당숙이 돌아가셨을 때 빚진 오륙십 원의 채무도 말끔히 갚았다. 단지 지금 본채에 머물고 있는 당숙이 항상 말썽을 일으켜 화를 안 낼 수가 없는 상황이었다….

나는 당숙을 뵈러 본채에 가야 했다. 비록 이번 고향 방문의 목적이 당숙의 문제를 잘 처리하는 데 있었지만, 나는 아버지와 한 번 만났던 당숙에게 깊은 애정을 담아 머리를 조아려 인사드려야 했다. 육촌 형을 따라 들어간 본채에는 뜻밖에 아무도 없었다. 황혼 무렵이어서 모든 것이 모호하고 흐릿하였기에 한참을 살펴본 후에야 방 안이 텅 비었다는 걸 알았다. 안쪽으로 걸어 들어가다가 갑자기 무언가가 발에 걸려 나뒹굴었다. 알고 보니 자루만 남은 대빗자루였다.

"아! 큰일 났다! 이사를 가 버렸어!" 육촌 형이 크게 소리를 질렀다.

"당숙이 이사를 갔다고요? 어디로요?" 내가 물었다.

육촌 형은 정신이 나간 채로 문에 기대었다. "아마도 가마굴로 이사 갔을 거야."

"가마굴로요? 어떤 가마굴이요?" 나 역시 정신이 없었다.

"저쪽 모래언덕에 오래된 벽돌 굽는 가마굴이 있어. 도박으로 인해 빚이 쌓이면 그는 다른 사람이 자기를 찾지 못할 것이라 생각하고 그 가마굴 속으로 숨곤 했어. 이번에도 그는 이 낡은 수법으로 장난치는 거야." 육촌 형은 그를 절대 '숙부'라고 부르지 않았다.

"그렇다면, 짐은요?"

"짐?" 육촌 형은 눈을 크게 떴다. "짐은 무슨 짐! 내가 편지로 알려 주지 않았어? 사기 밥그릇 한 개만 남았을 뿐이야."

"아!" 나는 탄식했다.

가난한 친척들. 일면식도 없는 가난한 친척들. 나는 혈족에 대한 사랑을 공손하게 보여 주려고 왔건만, 그대들은 왜 보이지 않는가? 낯선 행인에게도 도움을 주는데, 하물며 우리는 친족이 아닌가? 왜 여러 세대가 지났어도 여전히 똑같은가? 나는 흙냄새가 나는 방 안에 말없이 서서 전에 아이가 웅크려 앉았던 창문을 통해 황혼이 더욱 짙어진 뜰을 바라보았다. 나는 육촌 형과 함께 본채를 나왔다. 조상이 아버지에게, 또 아버지가 나에게 물려준 재산인 이곳에서 이렇게 어리석고 졸렬한 희비극이 연출되고 있다고 생각하니, 뜨거운 한줄기 눈물이 눈가에서 흘러내렸다.

그날 밤 육촌 형은 당연히 당숙의 졸렬한 행동에 관해서만 이야기했다. 신지의 가난한 사람들은 대부분 밤에 등불을 붙이지 않지만 그날 저녁 형수는 특별히 등불을 붙였고, 나에게 잠자리에 들라고 재촉한 후에야 불을 불어 껐다. 육촌 형 일가도 나와 함께 잠자리에 들었다. 잠을 이룰 수 없었던 나는, 어둠 속에서 창밖 하늘에 떠 있는 북쪽과 다르지 않은 별들을 바라보며 육촌 형의 불평하는 소리를 가만히 듣고 있었다. 그의 어투에서 당숙에게 품고 있는 원망 속에 커다란 슬픔이 담겨 있음을 알 수 있었다. 육촌 형은 마을에서 부유하지는 않지만 신용 있는 사람이었다. 그런데 당숙이 제멋대로 못된 짓을 하고 다니니 항상 사람들에게 비웃음을 당했다. 무엇보다 참을 수 없었던 것은 조상의 무덤이 마을 바깥에 있어 조상 덕을 못 본다고 사람들에게 비웃음 당하는 것이었다. 당숙은 어렸을 적부터 근처 마을에서 빈둥거릴 뿐 한 번도 제대로 일을 해 본 적이 없었고, 노름을 하지 않으면 술을 마시거나 사고를 쳤다. 하룻밤을 넘길 양식이 없을 정도로, 몸 하나 가릴 옷이 없을 정도로 도박을 했다. 알고 보니, 물려받은 재산도 채 십 년이 못 되어 모조리 팔아 치웠고 이제는 막다른 골목에 이르러, 황당하게도 다른 사람의 재산을 팔아 치울 생각까지 하다니…. 육촌 형은 이런 내용의 이야기를 쉬지 않고 중얼거렸고 나는 약간 귀찮은 느낌이 들어 잠든 체하였다.

사실 내가 어찌 잠들 수 있겠는가? 육촌 형은 내가 이미 깊이 잠든 줄 알고, 곁에 있는 형수에게 작은 소리로 말했다.

"우리는 정말 훌륭한 동생을 두었소."

형수도 작은 소리로 말했다. "자기 아버지보다도 훨씬 능력이 있는걸요. 아! 우리가 빈곤에 시달린 것도 헛되지 않았어요. 몇 세대가 지나도 이런 훌륭한 인물은 나오기 힘들 거예요!"

나는 눈물을 흘렸다. 능력은 없지만 이렇게 우직하고 선량하며 모든 곤궁과 재난을 온몸으로 받아들이는 이들은 장차 어디로 가야 할까? 그렇다. 이들은 아마도 머지않아 이 세상을 떠날 것이다. 그러나 옆에서 코를 골고 있는 다음 세대들은? 그들도 여전히 이러한 처지를 운명이라 여기고 살아가야 할까?

"형님, 형님네 식구들도 제가 사는 곳으로 오시지요!" 나는 갑자기 육촌 형에게 말을 붙였다.

"아! 동생 아직 안 잤군! 에휴, 이 나이에 거길 가서 무슨 소용이 있겠나. 장차 아우가 관리가 되면 여기 조카들을 불러 자네를 돕도록 해 주게. 정말 고향은 떠나기 쉽지 않아…."

육촌 형은 울먹였다. 그렇다. 세상에는 형과 같이 고향을 애써 지키면서 그곳을 떠나지 못하는 사람이 있는가 하면, 나같이 정처 없이 떠돌다 고향에 돌아오지 못하는 사람도 있다.

아이들의 코 고는 소리가 더욱 커졌다. 귀엽고도 가여운 아이들의 코 고는 소리가 방 안에 가득 찼다.

다음 날 동틀 무렵 나는 아침밥을 먹고 육촌 형과 앉아서 한담을 나누고 있었다. 어제 창문 턱에 웅크려 앉아 나를 노려보던 아이가 반쯤 열린 창문으로 갑자기 머리를 내밀더니 놀란 듯 소리를 질렀다.

"리터우(立頭)!"

이곳 고향에서는 아명에 '터우(頭)' 자를 많이 붙이는 듯했다. 갓 여덟 살이 된 천진무구한 개구쟁이인 '리터우'는 육촌 형의 둘째 아들이다. 아침에 나는 가죽가방에서 휴지를 꺼내다가 우연히 담뱃갑 속에 있던 삼국지 그림카드 십여 장을 발견하고 아이에게 주었다. 지금 리터우는 그림카드를 손으로 만지작거리다가 누군가 자기를 부르는 소리를 듣고, 바로 그림카드를 들고 반쯤 열린 창문을 통해 뛰어나갔다.

육촌 형이 손으로 아이를 붙잡으려 했지만 저지하지 못했다. "요놈의 자식, 그 애랑 놀면 안 돼!"

아이들의 행동에 나 역시 놀랐다.

"어째서요?"

아이 둘은 뜰 가운데로 달려 나갔다. 육촌 형은 매우 분노하며 말했다. "아이들이라고 분별력이 없지는 않을 텐데, 어른들을 전혀 상관하지 않고, 원수하고 같이 노는군!"

당숙은 어제 사기 밥그릇을 들고 몰래 도망쳤는데, 아이의 어린 마음은 가져가지 못한 듯했다. 어른들 사이의 적대감이 끊이지 않고 불행의 균열이 아무리 심할지라도, 그것이 아이들의 세계까지 이어지지는 않는다. 당숙의 아들은 아마도 차가운 가마굴에서 잠을 자며 악몽을 꾸었을 것이다. 내가 아이의 어린 조카 집에 머무는 것이 아이를 두려워하게 만들었을지 모르지만, 그럼에도 아이는 위험을 무릅쓰고 자기 단짝을 찾아온 것이다. 나는 갑자기 이 두 아이가 사랑스럽단 생각이 들어 창문 위에 엎드려 아이들을 불렀다. 그러나 아이들은 뜰 중앙의 장작더미 옆에 나란히 서 있을 뿐 앞으로 다가오지 못하고 그저 나를 쳐다보기만 했다.

"얘들아, 용돈 줄게!" 나는 호주머니에서 이삼십 개의 동원을 꺼냈다. 아이들을 창문 아래까지 오도록 하여 틈을 타 머리를 쓰다듬을 생각이었다.

그런데 두 아이들은 꼼짝도 하지 않았다.

"용돈 준다니까! 두려워하지 말고 이리 오렴!" 나는 다시 한 번 말했다.

아이들은 내게 악의가 없다는 걸 간파하고 입을 벌리고 웃었지만 여전히 앞으로 다가오지 않았다. 아이들은 천진난만하게 웃으며 서로 계속 얼굴만 쳐다볼 뿐 어찌할 바를 몰라 했다. 뜻밖에도 차가운 가마굴에 숨어 하루를 보낸 나의 작은 원수가 익살스러운 표정을 지으며 손을 뻗어 흔들었다. 그것은 자신이 앞으로 갈 수 없으니 동전을 던져 주길 바란다는 의미였다.

나는 흥분되어 온몸이 뜨거워졌다. 그 작은 원수는 당숙의 아들인 나의 육촌 동생이다. 지금 나와 그 작은 원수는 혈육으로 서로의 간극을 좁히지는 못하지만, 동전이 그리는 무형의 포물선의 힘을 빌려 우리의 애정을 주고받을 수 있게 되었다. 나는 즉시 창문턱에 올라가 이삼십 개의 동전을 힘껏 던졌다.

아이들은 명랑하게 깔깔 웃으며, 쨍그랑 소리를 내는 동전을 주우러 앞다투어 뛰어다녔다.

사람의 앞날엔 희망이 있어— 느닷없이 백일몽 같은 마음속 말이 하마터면 내 입 밖으로 튀어나올 뻔했다.

그날 나는 육촌 형 집에서 꼼짝하지 않고 온돌 위에 누워서 한없이 큰 희열을 음미했다.

세 번째 날은 초닷샛날로 마을에 장이 열렸다. 동이 트기 전부터 시장의 시끌벅적한 소리가 뜰 안까지 전해져 왔다. 처음에 나는 거리에서 무슨 소동이 일어난 줄 알았으나 육촌 형에게 물어본 후에야 장이 열렸다는 걸 알게 되었다. 장은 새벽녘부터 시작되었다.

식사 후 육촌 형은 나와 함께 당숙을 찾아서 본채의 사용권 문제를 빨리 해결하길 희망했다. 나는 완곡한 말로 급하게 서두를 필요 없다고, 친척들 사이의 다툼이니 천천히 상의하는 것이 좋다고 말했다. 나의 성의와 관대함을 보고 화를 가라앉힌 형은 갈대로 엮은 바구니를 가지고 나와 같이 거리로 나섰다. 형이 가지고 나간 바구니는 거리의 노점상에게 자릿세를 징수하기 위한 용도였다.

며칠 전만 해도 거의 인기척도 없이 조용했던 거리가 그날은 오가는 촌민들로 북새통을 이루어 정말로 번화가가 된 듯했다. 길 양쪽에는 각종 상품을 파는 노점이 촘촘히 들어찼다. 상인들의 호객 소리와 촌민들의 고함 소리가 뒤섞여 거리 전체를 흔들 만한 거대한 소음을 만들어 냈다. 이 거리에는 물질을 추구하는 아름다운 욕망과 이러한 욕망을 채우기 위한 들뜬 환희가 떠다니고 있었다. 아침 햇살이 노점을 강렬하게 비추고 있었고, 햇빛에 반사된 물건 특유의 산뜻하고 아름다운 색채는 나의 눈을 부시게 만들었다. 여기 노점상들은 대부분 톈진 북쪽 여러 현에서 오랫동안 장사를 해 오던 행상인들이다. 그들은 창리현, 롼(灤)현 등지에서 각종 물건을 도매로 사들여 손수레나 노새가 끄는 수레에 싣고 시골과 소도시를 오가며 물건을 판다. 비교적 큰 마을에 정기적으로 장이 서면 그들은 밤새 달려와 하루 장사를 한다. 이 지역 촌민들은 대부분 일생 동안 한 발자국도 고향을 떠나지 않기에, 베이징과 톈진은 말할 것도 없고 삼십 리 떨어진 창리현도 그들에겐 미지의 천당이다. 따라서 그들은 축제를 학수고대하는 것처럼 즐거운 마음으로 장날을 기다린다. 매번 장이 열리는 날이면, 남녀노소 모두 거리로 쏟아져 나와 잠시 옮겨 놓은 도시의 풍경을 감상했고, 적막한 삶을 살아가는 토박이들의 안목도 여기서 트일 수 있었다.

나는 육촌 형의 뒤를 따라서 오가는 군중 속을 천천히 거닐었다. 나를 의심 어린 눈빛으로 훑어보는 향촌 사람들 때문에 나는 난처했지만 육촌 형은 오히려 몹시 흐뭇해했다. 아마도 나같이 젊고, 장래에 관직을 맡을 희망이 있는 동생이 자신의 생애 중 다시 없을 하루를 영광스럽게 장식한다고 생각하는 듯했다. 시장에는 일용품, 휘황찬란한 옷감, 알알이 둥근 백미, 반질반질하고 독특한 도자기, 음식, 고기, 사탕, 장난감, 종이 등등 없는 것이 없었다. 시계 수리도 겸하고 있는 어느 도자기 판매 노점에는 진기한 풀과 새, 신화와 풍속이 가득 그려진 그릇 사이로 탁상시계 두 개와 태엽 몇 개가 진열되어 있었다. 어느 촌민은 입을 벌리고 누렇게 때가 낀 앞니를 드러낸 채 괴상한 상상을 불러오는 태엽을 응시하고 있었다.

“요 몇 해 사이, 여기도 시계를 사용하기 시작했어.” 육촌 형이 내게 일러 주었다.

“아!” 나는 주의 깊게 그 촌민을 바라보았다. 그의 우둔하고 솔직한 얼굴에 불현듯 연민이 일었다.

육촌 형은 나를 데리고 다시 집 앞 뜰로 걸어가더니 그곳에서 자릿세를 징수했다. 뜰에 인접한 길가에는 칠팔 장(丈) 길이로 노점 두 곳이 차려져 있었다. 한 곳은 신발을 파는 노점이고, 한 곳은 머릿고기와 순대를 파는 노점이었다. 육촌 형은 나를 세놓은 상인들에게 하나하나 소개했고, 그들은 나에게 무척 굽신거렸다. 먹거리 노점상은 나에게 노랗게 물들인 순대를 공짜로 주었다. 그 노점상의 말에 의하면, 삼대에 걸쳐 우리 집 앞에서 머릿고기와 순대를 팔고 있으며, 삼십 년 전 아버지가 고향에 왔을 때, 자기 아버지와 같이 술을 마셨다고 한다. 대대로 이어지는 친분이니 순대를 주고 싶다고 했다. 나는 기쁨에 눈시울을 붉히며 그 순대를 받아 들었다.

그날 하루 종일 거리를 돌아다닌 나는 저녁 무렵 샹궈(香果)를 사 가지고 돌아와 육촌 형에게 성묘하러 가자고 했다.

무덤은 마을에서 북쪽으로 일 리 정도 떨어진 곳에 있었고 그곳에 도착하니 이미 석양이 비스듬히 비추는 시간이 되었다. 새로 메운 무덤이 모래땅 위에 돌출되어 있어 무덤마다 기울어진 그림자를 드리우고 있었다. 새까만 까마귀 한두 마리가 날아다니는 때를 제외하면 아무런 기척도 없이 조용했다. 수백 년에 걸친 조상의 피와 살이 이 무덤 안에서 썩고 있다는 걸 생각하니 정말 감개가 무량하였다. 나는 육촌 형에 이끌려 증조부모 무덤 앞에 조용히 무릎을 꿇었다. 증조부모 무덤 아래는 당연히 조부모와 부친의 무덤이어야 했지만 이제 이 혈통은 만주에서 이어지고 있었다. 이산의 비애가 나를 감쌌다. 여기서 지금 당장 죽어 자손을 간절히 보고 싶어 하는 증조부모의 영혼을 위로해 드리고 싶을 정도였다.

"그곳의 무덤은 훨씬 크지?" 육촌 형은 만주의 무덤에 대해 물었다.

"엄청 크지요!" 나는 호응해 주었다. 사실 만주에 있는 우리 가족의 묘지는 그리 크지 않았다.

석양이 질 무렵 우리는 집으로 돌아왔다. 나는 가죽가방에서 은양 십 원을 꺼내 육촌 형에게 주면서 청명절에 무덤 앞에서 다시 샹궈를 태워 달라고 부탁했다.

네 번째 날, 먼 친척뻘 되는 과부 할머니가 내게 식사 초대를 했다. 나는 호의를 거절할 수 없어 승낙했고, 정오가 지나서 육촌 형과 함께 그 할머니 집에 도착했다.

할머니는 후사가 없었기에 십오 년 전 유랑민의 여자아이를 수양딸로 삼아 기르고 있었고 이들은 외로운 날들을 서로 의지하며 보내고 있었다. 할머니는 손에 지팡이를 쥐고 문 어귀에 서서 우리를 맞이해 주었다. 얼굴엔 심하게 늘어진 주름살이 가득했고, 웃을 때마다 이가 다 빠진 잇몸이 드러났다.

"우리 손주!"

할머니는 나를 보자마자 바로 껴안았다. 내가 할머니의 품에 안겼을 때, 그녀는 기뻐 웃으며 다시 한번 불렀다.

"우리 손주!"

나는 할머니 손을 잡고 부축하며 초가집으로 들어갔다. 매우 깨끗이 정리된 집 안에는 식량과 땔감이 쌓여 있었고 집에서 쓰는 베틀 같은 것이 놓여 있었다. 집 안의 이러한 물건들로 봐서 모녀는 비교적 풍요롭고 평화로운 일상을 보내고 있음을 알 수 있었다. 초가집 마당 한가운데에는 맷돌이 있었고, 맷돌 옆에는 어릴 때 수양딸로 입양된 고모가 서 있었다.

나는 매우 즐거웠다. 특히 그 젊은 고모에게 나는 호감을 느꼈다. 그녀는 흑갈색 톤의 갸름한 얼굴에 높이 솟은 코 양옆으로 반짝거리는 큰 눈을 가지고 있었다. 그 눈은 수줍은 듯, 억제하기 어려운 환희를 마음속에 품은 듯 이따금씩 나를 훔쳐보았다. 그녀의 옷차림은 남루했지만 매우 깨끗하였다. 그녀의 행동은 상당히 가볍고 민첩했는데, 전족을 한 시골 처녀들 중에서는 매우 보기 드문 일이었다. 그래서 나는 실례를 무릅쓰고 그녀의 발을 쳐다보았고 그제야 그녀의 발이 전족을 하지 않은 자연 그대로의 발이라는 걸 알았다. 그녀의 발을 통해 그녀를 낳은 부모는 자신의 딸조차 돌볼 여력이 없는 가난한 사람들이었다는 걸 짐작할 수 있었다.

우리는 그날 순두부를 먹기로 했다. 신지에서 순두부는 각자 자기 집에서 맷돌로 갈아서 만든다. 할머니가 "우리 손주" 하고 여러 번 부르는 소리를 들으며 나는 당나귀처럼 맷돌 축에 몸을 숙인 채, 맷돌 주위를 뱅뱅 돌았다. 내가 이렇게 한 것은 할머니의 농담 섞인 분부 때문이기도 하지만 사실 가장 큰 이유는 그 고모 역시 맷돌질을 하고 있었기 때문이었다. 젊은이의 호기심에, 나는 그녀와 함께 이런 신기한 노동을 할 수 있다는 것이 마냥 즐겁게만 느껴졌다. 나는 교복을 벗고 고모와 맷돌의 양쪽 끝에 서서 함께 맷돌을 돌리기 시작했다. 우리 사이에는 변하지 않는 거리가 있었다. 영원히 따라잡을 수 없는 거리여서 초조하게도, 우습게도 느껴졌다. 그녀는 맷돌 축 위에 몸을 교묘하게 숙였고 가끔씩 풍만한 허리를 흔들었다. 순간 나는 기묘한 생각이 들었다. 나와 그녀 사이의 일정한 반원의 간격은 내가 충분히 따라잡을 수 있는 거리였지만, 불과 삼사 척 정도 되는 그 거리는 내가 아무리 노력을 기울여도 결코 극복할 수 없는 거였다. 이렇게 한참을 생각하니 갑자기 이 간격이 무섭게 느껴졌다.

맷돌에서 콩국이 갈려 나오자 할머니는 직접 간수를 넣었다. 할머니는 즐겁게 이 일을 하시면서 자신이 젊었을 적에 간수를 넣어 두부를 굳히는 기술이 마을 전체에서 으뜸이었다고 내게 자랑하셨다.

그날 나는 고향에 온 이후의 근심과 걱정을 모두 털어 버리고 사람들과 같이 작은 식탁에 둘러앉아 식사를 하였다. 고모는 분주히 움직이면서도 나를 정성스럽게 대접했다. 나는 그녀의 목소리를 매우 듣고 싶었으나 그녀는 종내 입을 다물고 검고 큰, 매력적인 눈으로 사람들을 바라볼 뿐이었다. 그녀가 눈을 떴을 때 너무나 크고 동그래서 나는 갑자기 그녀가 눈을 감았을 때의 모습을 보고 싶다는 기이한 생각이 들었다. 아니나 다를까 오 분이 채 지나지 않아서 고추를 많이 먹은 그녀가 그 자극을 버티기 위해 자기도 모르게 눈을 감고 미간을 찡그렸다. 이때 검고 긴 속눈썹이 아래 눈꺼풀에 닿았는데, 그 모습이 마치 꽃송이 속 성긴 꽃술이 꽃잎 바깥으로 늘어진 것 같았다. 나는 그 모습에 매우 만족하였다.

그때 갑자기 할머니는 나의 할아버지가 만주로 도주한 이유를 이야기하기 시작했다. 당시 열여덟 살이었던 할아버지는 도박 삼매경에 빠질 정도로 도박을 좋아했다. 정월 십오 일 대낮에 그는 집안의 소달구지를 몰래 팔아 치우고 도박 소굴로 들어갔다. 아쉽게도 도박 운은 좋지 않았다. 서너 번의 패가 돌자 소달구지는 이내 다른 사람의 호주머니로 들어갔고 그는 거액의 빚까지 지게 되었다. 마음이 초조해진 할아버지는 버선발로 구들에서 내려와 바깥채에 있는 재물신의 제상 앞에서 향불을 피웠다. 그리고 신발도 신지 않고 향불을 등불 삼아 밤중에 만주로 도망갔다. 향불을 들고 도망친 이 노름꾼은 교묘하고 기이한 행동 때문에 죽은 후에도 지옥에 떨어지지 않고 천당에 갔을는지도 모른다. 나의 할아버지가 이러했다는 것에 대해서 나는 비관하거나 열등감을 느끼지 않았지만 그렇다고 재미있는 얘기로도 여기지 않았다. 인생은 어느 지점에서 시작되는가? 뜻밖에도 재난에서 시작될 수도, 스스로 분발하는 데서 시작될 수도, 육욕에서 시작될 수도 있다. 할아버지처럼 서너 번의 패에서 시작되는 인생도 있다. 이는 사실상 인생은 수많은 우연에 의해 지배된다는 사실을 말해 준다. 할머니의 이야기를 듣고 나서 나는 약간 쓴웃음을 지었다.

이윽고 나와 육촌 형이 할머니 집을 떠날 때가 되었으나 그때까지 고모는 한마디 말도 꺼내지 않았다. 헤어질 때가 되어서 그녀는 '수(壽)' 자를 수놓은 전족한 여성이 사용하는 비단 신발을 특별히 꺼내더니 내 어머니에게 전해 달라고 말했다. 어머니는 한 번도 보지도 못한 누이동생이 보내온 선물을 아직도 상자 안에 보관하고 있다.

나중에 알게 되었지만, 당시 할머니는 자신이 들어갈 관을 이미 사 놓았고 고모 역시 혼수를 다 장만했었다고 한다. 모녀 두 사람은 순박한 사랑으로 가득한 그들의 가정을 세월이 갈라놓을 때까지 그렇게 하루하루를 보내고 있었던 것이다.

다섯 번째 날은 귀향 일정의 마지막 날로 신지를 떠나야 했다. 육촌 형은 본채의 사용권을 해결하자고 내게 거듭 재촉했다. 그러나 당숙이 아직 돌아오지 않은 상황을 보고 나는 연민의 정이 저절로 생겨났고 가난한 어르신을 더 이상 난감하게 하지 말아야겠다고 생각했다. 만감이 교차하는 중에 신지를 떠날 때가 되었다. 나는 육촌 형에게 본채에 당숙이 일 년 동안 머무는 걸 허락하고 그에게 집을 수리 보수하는 걸 맡기자고, 조상의 유산이니 모두 같이 사용하고 힘을 합쳐 지킬 필요가 있다고 말했다. 당숙이 돈을 마련하기 위해 재산을 팔아 치우는 문제에 관해서는, 내가 이미 왔다 갔으니 시골 사람의 배짱으로는 절대 그렇게 하지 못할 것이라고 했다. 마지막으로 육촌 형은 당숙의 가난한 처지를 상세하게 말했다. 그의 말에 따르면,

당숙은 현재 사오십 원의 채무를 즉시 상환해야 했다…. 아무튼 육촌 형은 당숙이 부동산을 팔아 버린 이유를 최대한 부풀려 말하고 있었다. 그때 좋은 생각이 떠오른 나는 주머니 속에 남아 있던 사십 원 중 절반을 나누어 육촌 형에게 바로 주며 당숙에게 전달해 빚을 갚는 데 사용해 달라고 했다. 육촌 형은 나의 성의를 알아차리고 어쩔 수 없다는 듯이 이십 원을 받아 두었다.

나는 육촌 형이 빌려 온 소달구지를 타고 신지를 출발했다. 헤어질 때 형은 갑자기 눈물을 흘렸다. 한번 헤어지고 나면 언제 또다시 볼지 모르기 때문이다. 더구나 쉰 살의 형과 열일곱 살의 아우이니, 소위 재회라는 것은 공연한 기다림에 불과할 따름이었다. 나를 멀리까지 배웅할 수 없었던 육촌 형은 달구지가 마을 밖에 이르자마자 달구지에서 내려서 나와 헤어졌다. 그런데 나를 태운 달구지가 마을 밖 해자를 벗어나려고 할 때, 뜻밖에도 육촌 형이 뒤에서 쫓아오는 것이 아닌가! 형은 아무 말 없이 좀 전에 내가 주었던 이십 원을 돌려주었다. 난 매우 놀랐다.

"왜요? 형님!"

육촌 형은 눈물을 참고 말했다. "동생! 이걸 가지고 돌아가서 관외(關外)*의 백모님에게 옷이나 사 드리게. 고향 조카의 성의라고 전해 주고. 숙부에게는 내가 직접 몇십 원을 건네줄게."

* 산해관 바깥을 의미하는 말로 여기서는 만주를 가리킨다.-역주

육촌 형은 삼 일 동안 대화하면서 당숙을 항상 '그'라고 불렀는데 지금 처음으로 '숙부'라는 두 글자를 사용했다. 나의 기쁨은 이루 말할 수 없었다. 나는 나도 모르게 눈물을 흘렸고 한마디 말도 못한 채 묵묵히 그 돈을 받았다. 육촌 형은 놀랄 정도로 수척해진 눈으로 나를 뚫어지게 바라보더니 돌연 몸을 돌려 뛰어가 버렸다. 멀리서 바라보니, 우직하고 불행한 시골 사람이 손으로 얼굴을 가린 채 모래바람이 뿌옇게 일어난 마을 속으로 사라지고 있었다.

나는 조상의 땅, 내 피의 근원지를 떠나 만주로 돌아왔다. 세월은 쏜살같이 흘러 어느덧 십 년이 지났다. 고향 사람들은 어떻게 지내고 있을까? 동전을 차지하려던 두 아이는? 늙어서 거동이 불편했던 할머니는? 진주 같은 눈을 가졌던 고모는? … 그들 모두 어떻게 지내고 있을까? 아버지가 보냈던 찢어지게 가난한 세월은 나의 세대에 와서도 여전히 나아지지 않았고 나 역시 지금까지 팔십 원을 벌 수 있는 관리가 되지 못했다. 모든 것이 헛된 꿈이 되었다.

조상을 추억하거나 숭배한다고 해서 우리가 어떤 이득을 얻는 것은 아니다. 그러나 생명의 유래를 탐구하고 거기서 애수와 은은한 행복을 느끼는 것이 결코 헛된 일은 아니다. 자손의 번영은 우리 세대에서부터 시작되어야 하지만 과거의 영광 역시 우리의 오늘을 더욱 찬란하게 만들지 않았겠는가? 훌륭한 어머니는 죽은 아들의 유품을 사용해 위대한 모성애를 만들어

내고 이를 통해 자신의 삶을 충실하게 한다. 훌륭한 우리 역시 조상의 지난 일을 이용해 인생의 희열을 만들어 내야 하고 이를 통해 우리의 삶을 충실하게 만들어야 한다. 비록 죽은 아들이 불효자였고, 조상이 나의 할아버지처럼 도박을 좋아하는 유랑민일지언정 말이다.

"흙과 망자"라는 말을 했던 작가 모리스 바레스의 청동빛 여윈 얼굴이 지금 갑자기 내 눈앞에 나타났다. 나는 거리로 나갔다. 그의 작품의 독소들이 내 머릿속을 뚫고 들어왔고, 그의 작품 세계가 내 머릿속을 제멋대로 휘저었다. 붐비는 사람들 속에서 지나가는 행인의 조상, 혈통, 고향, 무덤… 같은 그런 종류의 기묘한 일들을 반복해서 음미해 보았다.

소설집 『귀향(歸鄕)』에 수록, 창춘문예서방(長春文藝書房) 1943년
(번역: 정중석)

악마

‘악마’를 제목으로 삼아 무슨 음산하고 불쾌한 귀신이나 여우 이야기를 하려는 것은 결코 아니다. 나는 단지 ‘악마’라는 이 어휘의 느낌을 좋아할 따름이다.

소설의 제목은 이따금 그 내용을 뛰어넘어 과장되곤 한다. 예전에 ‘젖소’라는 제목의 소설을 읽은 적이 있었는데, 절반을 넘게 읽어도 젖소 한 마리는커녕 목장 경영자도 나타나지 않다가 마지막 페이지에 이르러서야 이 기이한 작가가 발문(跋文)에서 언급한 말을 발견할 수 있었다. 알고 보니 이 작가는 젖소에 대해서 관능적인 애착을 가지고 있었고, 소설의 내용을 순화해 순결함을 표현하기 위해 젖소라는 어휘를 차용한 것이었다. 이는 스탕달의 『적과 흑』이 후세에 비평가들이 앞다투어 논쟁하는 고전이 되자, 세상의 호사가들이 『적과 흑 해제』와 같은 매우 방대한 글을 써 내는 것과 같은 이치이다. 소설 제목에는 소설가들의 거의 질병에 가까운 특이한 버릇이 드러난다. 나의 이야기 역시 비록 제목이 ‘악마’이지만, 음산하고 불쾌한 인물이

나 사물은 등장하지 않는다. 따라서 그런 것을 기대했던 독자는 책을 덮어 주길 바란다.

등장하는 인물은 백주 대낮에 흔히 볼 수 있는 평범한 인물로 박봉을 받는 시립 소학교의 교사이다. 나이는 스물일고여덟 살쯤이었고, 그의 이름은 오래전에 잊어버렸다. 나는 그를 '이 남자' 혹은 '그'라고 부르기로 하겠다. 왜냐하면 이야기 중간에 소녀가 나오고, 이러한 호칭이 성별상 구분하기 쉽기 때문이다. 각설하고, 그는 독신 남성으로 출생지 또한 불분명했는데, 사려 깊은 천성에 서생 티가 나는 구부러진 등을 보면, 남방의 어느 성(省) 출신인 듯했다. 나는 앞에서 음산하고 불쾌한 이야기는 하지 않겠다고 말했으나, 우리 주인공의 체구에 대해서는 묘사해야겠다. 지금 그를 인상 깊게 묘사할 터이니 독자들은 인내심을 가지길 바란다. 대략적으로 다음과 같은 단어가 그를 묘사하는 데 사용될 수 있겠다. 대머리, 큰 눈동자, 노르스름한 얼굴, 매부리코, 언청이, 기다란 목, 곱사등이, 짧은 다리… 아무튼 누가 보더라도 조물주가 그를 지나치게 해학적으로 창조했다고 느끼지 않을 수가 없었다. 만약 조물주가 그의 육체에서 모든 추악함을 없앨 수 있다면, 그 조물주는 진실로 우주를 지배할 능력이 있는 것이다. 고시(古詩)에 보면, 항복한 번왕(蕃王)이 환심을 얻기 위해 외모가 추악한 난쟁이를 황제에게 바치는데, 이 남자는 아마도 그러한 난쟁이들의 후예일 것이다. 못생긴 이 남자는 노랑부리저어새의 깃털 때문에 기이한 운명을 맞게 된다.

노랑부리저어새 깃털은 아무래도 너무 느닷없는 느낌을 준다. 요컨대 사정은 이러했다. 어느 봄날 오후, 이 남자는 교과서와 출석부를 겨드랑이에 끼고 교장과 상의할 일이 있어 교장실로 들어갔다. 교장 앞의 널찍한 탁자 위에는 노랑부리저어새 박제표본이 놓여 있었고, 그 옆에는 교복 단추가 반쯤 떨어진 학생이 서서 머리를 가슴팍에 붙인 채 반질반질해진 소매로 눈물을 훔치며 매우 억울한 일을 당한 듯 울고 있었다.

"말해 봐! 네가 망가뜨린 거지?" 교장은 푸른 눈을 부릅뜨고 탁자를 두드리며 학생에게 물었다.

외국의 어느 사범학교 출신인 교장은 평소 학생들을 엄격하게 단속하는 것으로 유명했고, 최근에는 외국 교육 시찰단에 참가하여 해외에 다녀오기도 했었다. 그 노랑부리저어새 박제표본은 요번 시찰에서 받아 온 선물이었다. 이 학교는 교실이 여섯 개, 직원실이 한 개밖에 없었던 탓으로 오르간이나 우승기, 혹은 기타 귀중품 같은 것들은 모두 교장실에 보관했다. 그래서 시찰을 하고 받아 온 노랑부리저어새 박제표본 역시 교실의 수업자료에서 교장실의 장식품으로 바뀌어 교장의 탁자 위에 진열되어 있었다. 문제의 깃털은 수컷 저어새의 머리 뒤쪽에 붙어 있었다. 그날 교장은 교장실로 걸어 들어오다가 한 학생이 깃털을 아래로 꺾는 걸 보고 그 학생을 붙잡아 추궁하기 시작했다.

"말해 봐! 왜 공공물품을 훼손하는 거지?"

학생은 더욱 처량하고 슬프게 울었다. 교장이 분노하는 모습을 본 그는 교장과 상의할 일을 말하기 곤란해 그저 문가 의자에 앉았다. 빛깔과 광택이 곱고 아름다운 깃털 몇 개가 탁자 위에 떨어져 있었고, 오후의 햇살을 받은 박제표본은 동물시체 특유의 음험하고 화려한 빛을 내비치고 있었다.

표정이 점점 엄숙해진 교장은 그 학생을 철저하게 처벌할 의도가 있는 듯했다. 그 학생은 교장의 책망에 아무런 반박도 하지 않고 그저 억울한 듯 오열하고 있었다. 눈물 한 방울이 뺨에서 굴러떨어져 햇빛 속에서 가루로 부서지더니 일곱 빛깔 무지개로 흩어졌다. 그는 자신이 옆에 있어 교장의 존엄이 손상되는 걸 원치 않았고, 다른 사람 앞에서 학생을 혼내는 데 익숙한 교장의 교육 방법 역시 맘에 들지 않아, 그의 화가 식을 때까지 기다렸다가 업무를 상의하기로 결심했다.

"아! 무슨 일이지요?" 교장은 그가 나가려는 걸 보고 갑자기 미안한 기색을 내비치며 물었다. "할 말 있으면 하세요. 난 전혀 바쁘지 않으니까요."

"아…."

"시 정부에 학교건물 보수를 신청해야 한다는 그 건인가요?" 조만간 여름인데, 우기가 되면 학교건물 일부에 항상 빗물이 새었다. 이 일에 관해 일찍이 그는 교장에게 여러 번 건의한 적이 있었다.

"아닙니다!" 무슨 이유인지 모르겠으나 그는 돌연 울적함을 느꼈고 얼떨결에 이렇게 말해 버렸다. "아닙니다! 교장 선생님께 말씀드리고 싶었던 건 제가 그 박제표본을 망가뜨렸다는 것입니다.”

무심코 이런 말을 남기고 그는 문을 열고 나갔다. 교실 계단에는 한 무리의 학생들이 쪼그리고 앉아 머리를 맞대고 소곤거리며 노랑부리저어새의 소식을 기다리고 있었다. 2분이 지나자 조금 전 교장실에 있던 학생이 눈물을 훔치며 걸어 나왔다.

그는 그 학생을 바라보며 마음속으로 생각했다. ‘정말 언짢은 오후군!’

과거 그의 반평생 삶이 그랬던 것처럼 그의 생활은 항상 우울했다. 그 일이 있은 후 교장은 곧잘 그를 앞에 두고 의료기기 회사에서 그 저어새 박제표본을 매우 고심하여 선물했음을 과장하여 설명하곤 했다. 그는 이러한 질책을 마음에 두지 않았으나, 여전히 그의 삶은 매우 우울했다.

일주일이 지나고 이틀 동안 봄비가 내렸다. 그의 우울감도 비 온 뒤 날씨가 개면서 나아졌다. 수업을 마친 후 저녁 식사를 한 그는 발길 가는 대로 빗속을 뚫고 거리를 한가롭게 거닐었다. 그날은 토요일이었다.

비열하고 저속한 시정(市井) 풍경은 그의 주의를 끌지 못했다. 왁자지껄하고 구불구불한 거리에는 행인과 광고판이 한데 뒤엉겨 꿈틀거리고 있었고, 그는 거리 풍경의 파편들을 주워 담으며 무의미한 사색에 빠져들었다. 이러한 사색은 소심하고 장래성 없는 남자들에게 늘 생기는 질병이었지만, 시야의 분산이 때때로 이러한 사색을 방해하기도 했다. 예를 들면, 앞으로 걸어가다가 그의 시야에 두 필의 말이 끄는 맥주회사의 화물마차 광고가 들어오면, 다른 것을 생각하고 있던 그는 곧장 말에 대한 사색으로 옮아갔다. 그는 생각했다. '말의 눈은 머리 양측에 달려 눈 사이 거리가 멀기 때문에 말의 시야는 절대 사람처럼 완전하지는 않을 거야. 말의 시야는 분명 사람보다 더 입체적일 테야. 만약 나의 형상이 말의 망막에 맺히면 아마도 내가 두 개 혹은 세 개로 보일 텐데, 도대체 몇 개의 내가 진실한 나일까? 나와 말의 시야 중 과연 누구의 것이 정확할까…?' 이처럼 무의미한 생각을 이리저리 하면서 그는 거리를 거닐었다.

그는 앞을 향해 걷다가 돌을 쌓아 만든 푸른 돌계단에 이르렀는데, 그 계단이 그의 사색을 다시 방해했다.

"선생님!"

돌계단 아래쪽 저잣거리로 내려와 거리 끝 저(低)지대인 빈민가에 도착한 그가 악취 나는 빈민가를 가로질러 자신의 거주지로 방향을 바꾸려고 할 때, 갑자기 등 뒤에서 누군가 "선생님" 하고 부르는 소리가 들렸다. 푸른 돌계단 아래 저잣거리에서 빈민가를 향해 걸으면 마치 그림에서 나와 어둠 속으로 들어선 것처럼 기분이 매우 불쾌했다. 제화공의 작은 나무집, 장난감 같은 시계포, 바깥에 커튼이 드리워진 식료품 가게, 생김새가 추한 남자, 머리에 문둥병 같은 피부병이 있는 아이들… 약간의 결벽증이라도 있는 사람은 코를 막고 길을 걸어야 했다. 그가 빠른 걸음으로 앞을 향해 걷고 있을 때, 갑자기 등 뒤에서 전해 온 "선생님" 소리는 그를 어리둥절하게 만들었다. 그는 길가 처마 밑에 서서 주위를 한번 둘러보고 나서야 두 갈래로 머리를 땋은 소녀가 부랑아들 사이에서 그를 향해 달려오고 있다는 걸 알 수 있었다.

"선생님!"

산뜻하고 아름다운 색상이지만 매우 허름한 두루마기를 걸친 소녀는 땀에 젖은 네다섯 개의 동전을 손에 쥐고 있었다. 흥분된 얼굴빛에 막 익은 과실같이 돌출된 양쪽 뺨은 붉은빛을 은은하게 내비치고 있어 호수같이 맑고 투명한 두 눈을 더욱 돋보이게 하였다.

"선생님! 그날은 정말 감사했어요."

소녀는 경망스럽게 웃는 얼굴을 하고서 그의 곁으로 다가왔다. 하지만 이런 갑작스러운 행동은 도리어 그를 매우 당황스럽게 만들었다.

"그 박제표본을 망가뜨린 건 저였어요." 소녀는 부드럽고 매력적인 자세로 그를 바라보았다. "제가 그 깃털을 뽑았는데, 교장 선생님은 그것도 모르고, 그 학생을 붙잡고 죄를 캐묻더라고요."

그제야 그는 이 소녀가 최근 자신의 교실에 앉아 있었던 학생이라는 사실을 어렴풋이 떠올렸다. 만약 교실이었다면 자신의 여제자를 알아볼 수 있었겠지만, 이렇게 갑자기 빈민가에서 튀어나오니 그 소녀를 알아볼 길이 없었다.

"아!" 그는 꿈에서 깨어난 듯이 멍하니 자신의 여제자를 바라보았다.

"정말 감사해요, 선생님. 선생님은 그 학생을 구하기도 했어요."

"아! 그럼 너는 왜 학교 공공물품을 훼손했지?" 소녀가 자신의 제자이니만큼 그는 교사처럼 행동과 억양을 바꾸면서, 엄숙하면서도 관대한 표정으로 눈앞의 소녀를 바라보았다.

소녀는 여제자로서의 겸손한 태도는 조금도 보이지 않으며 바보스럽게 웃었다. "테니스공을 주우러 교장실에 갔다가 그 새의 머리끝에 나 있는 깃털을 보고 너무 예뻐서 그냥 그걸 꺾어서 주머니 속에 넣었죠."

"그것이 못된 짓이라는 걸 모르니?"

소녀는 그에 대한 대답은 하지 않았다. "그걸 꺾고 나니 터무니없게도 교장 선생님은 엉뚱한 학생을 잡아서 캐묻더군요. 다들 문밖에 숨어서 웃었어요."

오륙 년 동안 교사 생활을 해 온 그였지만 이렇게 모호하고 기괴한 소녀는 어떻게 대해야 할지 몰랐다. 소녀는 무지와 죄악의 화신처럼 태연자약하면서도 천진난만하게 자신의 잘못을 말했다. 그것은 분명 교사라는 그의 신성한 직업을 조롱하는 것이었다.

"좋아! 이 일은 내일 학교에서 다시 이야기하자꾸나. 그런데 다 큰 여자애가 이런 곳에서 뭘 하고 있었니?" 소녀의 경박한 태도에 그는 다시 얼굴이 굳어졌다.

"선생님." 소녀는 약간 부끄러워하며 고개를 숙였다. "정말 안타깝게도 오늘 저는 많은 돈을 잃었어요. 저기에서 주사위로 내기를 했거든요. 오늘은 운이 너무 안 좋아 줄곧 잃기만 했지 뭐예요."

소녀는 말을 마치고 먼 곳에 서 있는 부랑아 무리를 손가락으로 가리켰다. 그곳엔 허름한 행색을 한 영양실조처럼 보이는 소년들이 의아한 눈빛으로 그들을 바라보며 서 있었다.

"세상에! 너희들은 길가에서 노름을 한 거니?" 교육자에게 도박은 수행자에게 색욕과 마찬가지로 끔찍하게 금기시되는 것이었다.

"선생님, 전 돈을 잃었어요."

"그런데, 너희 집은 어디냐?"

소녀는 약간 자책하듯이 무력한 눈빛으로 그를 바라보다가 저지대 끝에 있는 흰색 건물을 가리켰다.

"바로 저 건물 안이요."

그 건물은 이 일대에서 유일한 건축물이라 할 만한 것으로, 사찰 형식의 3층짜리 건물이었다. 그 건물은 삼십 년 전에는 외국계 은행이 사용했으나 지금은 제분회사가 매수하여 직원들의 가족 기숙사로 사용하고 있었다. 소녀가 그곳에 산다고 했으니, 짐작건대 이 소녀의 가정은 어느 정도 부유할 것임에 틀림없다.

"저 건물에서 산다고?"

"네! 그런데 위층은 아니에요…."

"그럼, 아래층이니?"

"아래층도 아니에요. 일 층 계단 옆에 살아요."

"계단 옆? 문패가 몇 호인데?" 그는 이참에 교육자로서 가정 방문을 갈 생각이었다.

"문패 같은 건 없어요. 나무상자 두 개만 있을 뿐이에요."

"나무상자? 어떤 나무상자?"

"위가 뚫려 있는 나무상자요. 뒤집으면 삼면이 벽으로 둘러싸인 방과 같아져서 저녁이 되면 거기 들어가서 자요."

"너 혼자서?"

"이따금 친구와 함께요."

"어떤 친구?"

"일곱 살 된 집 없는 눈먼 아이요."

빈민가 길거리에서 나눈 스승과 제자의 대화는 이렇게 해학과 쓴웃음 속에서 끝이 났다. 조금 전 길가에서 기다리고 있었던 부랑아들이 갑자기 휘파람을 불자, 소녀는 선생님의 질문을 기다리지도 않고 그 부랑아들 속으로 뛰어 들어가 버렸다.

그는 악덕의 수렁에 빠진 작은 악마들을 바라보면서 망연자실해졌다. 교육자로서의 자각은 그의 시야를 유달리 선명하게 만들었고, 그 선명해진 시야 속에서 자신의 여제자와 부랑아 무리들은 그를 비웃는 것처럼 그의 신경을 건드렸다.

다음 날 아침 그는 학교에 갔다. 수업 시작 전 교정에서 놀던 학생들이 난쟁이인 그에게 인사를 하였으나 그는 이를 전혀 아랑곳하지 않고 곧장 서무직원을 찾아가 학생들의 학적 원부를 요청했다. 그 소녀의 이력을 조사할 심산이었다.

그는 꽤 많은 시간을 허비하고 나서야 자신이 담당한 학급의 학적부에서 그 소녀에 관한 기록을 찾아낼 수 있었다. 자신의 학생이었지만 이름을 기억하지 못했기 때문에 기록을 찾아낸 후에야 그 소녀가 2주 전에 전학 온 학생이라는 걸 알게 되었다.

이 소녀의 이름은 교사의 남자 이름과 마찬가지로 이 이야기에 조금도 이롭지 않기 때문에 생략하고 언급하지 않기로 하겠다. 본적을 적는 칸에는 이 도시명이 쓰여 있었고, 지금으로부터 십사 년 전 팔 월 십육 일에 태어나 올해 나이는 열다섯이라고 적혀 있었다. 보호자를 적는 칸은 공백이었다. 이웃 현 어느 소학교의 이수 증서를 가지고 있어 그가 담당하는 학급에서 수업받는 것이 허락된다고 쓰여 있었다.

신체검사 결과를 적는 칸에는 영양상태 중급, 척추 곧음, 좌측 시력 1.2 우측 시력 1.5, 청력 양호, 호흡기 양호라고 기재되어 있었다. 그 외 기타 질병을 적는 칸에는 갈겨쓴 글씨체로 모두 "없음"이라고 쓰여 있었다.

뜻밖에도 여백의 비고란에는 당시 심사 책임자였던 교장이 직접 쓴 쓸데없이 길고 진부한 주의사항이 적혀 있었다.

"이 학생이 본교로 올 때, 책임질 보호자가 없었다. 들리는 바에 의하면, 집안 형편이 지극히 가난하고 가족 모두 직업이 없어, 버려진 아이처럼 취급받았다고 한다. 취학연령에 이르러서도 예정대로 입학하지 못했고, 다른 현의 3학년 이수 증서를 가지고 있었을 뿐이다. 이 학생은 배움에 대한 갈망이 절실하고, 예전 학교의 이수 증서를 지참하여 여러 차례 본교에 간청한 바, 신중한 고려 끝에 차세대 국민교육 계획을 위해 예외적으로 해당 학생을 수용하기로 한다. 입학할 때 이 학생은 안색이 초췌하고 신체는 비쩍 말랐으며 매우 기운이 없어 보였다. 약간 말을 더듬거리고 왼손잡이인 데다가 때때로 말에 두서가 없었다. 그러나 감각이 예민하고 사색의 논리는 꽤 독창적이어서…."

그는 기록에서 의외의 참고사항을 발견하길 희망했으나 온통 담담한 서술뿐이었다. 추측하건대 이 소녀는 약간의 특별한 기질이 있는 어린 학생일 뿐이었다. 그 소녀가 건물 계단 아래 나무상자 안에 산다고 직접 말하는 걸 어제 이미 들은 탓으로, 보호자가 없다는 구절은 분명하게 이해할 수 있었다.

그는 아무런 소득 없이 학적 원부를 서무직원에게 돌려주고 수업 종소리를 들으며 교실로 들어갔다.

그는 교실에서 소녀를 볼 수 있을 거라 생각했으나 그날부터 그 기괴한 여제자는 무단결석을 하기 시작했다. 닷새 만에 며칠 동안이나 비워져 있던 자리에서 전처럼 바보스럽게 웃고 있는 그 소녀를 발견했다.

그날 수업시간에 그는 식물 생태를 설명했고, 무슨 이유인지는 모르겠으나 평이한 이야기에서 생명체와 생명의 문제로 갑자기 이야기 주제를 옮기고 있었다. 교실에 있는 열서너 살의 아이들은 당연히 생명체나 생명이 무슨 의미인지 이해하지 못했으나, 그는 신경쓰지 않고 추악한 언청이 입술을 내밀고는 흥미진진하게 생명의 오묘함, 인간의 건설력, 동물의 삶과 죽음 그리고 그것들의 행동에 대해 이야기했다. 그리고 달은 얼음같이 차가운 하나의 광물이며, 성경 속 측백나무는 신화가 된 채로 사라졌지만 2천여 년 전의 물고기, 파리, 새, 꽃 등은 진화를 거쳐 살아남았다고 설명했다. 마지막으로 그는 진기한 이야기가 생각나서 말했다. "한 사람이 횃불을 들고 앞으로 내달리다가 지쳐 넘어진 후 바로 그 횃불을 다른 사람에게 건네준다면, 그 사람이 횃불을 들고 다시 달릴 수 있겠지? 이렇게 한다면 설령 뛰다 넘어진 사람이 목적지에 도달하지 못하더라도, 횃불은 계속 타오를 수 있을 거야. 횃불이 바로 생명이란다. 생명을 가진 것들은 달리는 사람과 같이 생명을 지니고 앞으로 뛰다가, 그 생명의 횃불을 자기 자손에게 건네주는 거지. 자손은 다시 앞으로 내달리고…."

이 이야기는 학생들의 정신을 집중시켰고, 백여 개의 눈들이 모두 그에게 쏠렸다. 그런데 이 수많은 눈들 사이에서 반짝반짝 빛나는 눈 하나가 창밖을 향하고 있었다. 그는 매우 화가 나 즉시 교단에서 내려와 그 눈을 향해 달려갔고, 그 눈앞에 이르러서야 혼내려던 학생이 바로 그 소녀라는 걸 알아차렸다.

그 소녀는 그가 앞에 있다는 걸 알아차리지 못하고 여전히 미동도 없이 창밖을 멍하니 바라보고 있었다. 창밖에는 학생들이 새로 만들어 놓은 타원형의 화단 여섯 개가 기하학적으로 배열되어 있었다. 따뜻한 봄바람은 화단 흙에서 피어오르는 양기(陽氣)를 불러내고 있었다. 소녀의 책상 위에는 연필 한 자루와 종잇조각 하나가 놓여 있었고, 종잇조각에는 답을 내지 못한 나눗셈이 적혀 있었다.

6 ÷ 3 =

그는 더욱 격노하여 정말로 크나큰 치욕을 당한 듯 탁하고 책상을 내리쳤다.

"일어나!"

소녀는 그제야 비로소 고개를 돌려 그를 바라보고 웃었다. 그리고 선생님의 성난 모습을 보고 나서야 웃음을 거두고 가까스로 몸을 일으켜 세웠다.

"왜 수업을 듣지 않지?"

소녀는 멋쩍었지만 여전히 침착하게 말했다. "이 나눗셈은 어떻게 해도 풀 수가 없어요."

늘 그랬듯 소녀의 이러한 동문서답은 그를 더욱 격분시켰다. 하지만 그는 풀 수 없다던 산술식에 의문이 들어 고개를 숙이고 그 종잇조각을 바라보았다. 종이에는 확실히 '6 ÷ 3 ='이라고 적혀 있었다.

괴상한 대답 때문에 그 역시 오리무중에 빠진 듯 혼란스러웠다. "수업 들을 시간에 수업은 듣지 않고 무슨 못된 장난질을 하는 거냐?"

소녀는 그 종잇조각을 진지하고 조심스럽게 치켜들고 일생동안 풀지 못할 난제를 만난 듯 말했다. "정말로 어떻게 해도 계산해 낼 수 없다니까요."

이때 마침 수업 마치는 종소리가 울리자 그는 엄숙한 목소리로 학생들에게 모두 퇴실하라고 지시하고, 그 소녀만 교실에 남게 했다. 소녀의 삶에 얽힌 의혹을 낱낱이 파헤칠 생각이었다.

"말해 봐! 뭣 때문에 수업을 하나도 듣지 않은 거냐?"

소녀는 고개를 숙였다. "정말 죄송해요, 선생님. 이 나눗셈을 풀 수 없어서 모든 걸 잊고 있었어요."

그는 종잇조각의 '6 ÷ 3 ='을 다시 보고 큰소리로 무섭게 말했다. "헛소리하지 마! 이 수식이 뭐가 어떻다는 거야?"

"선생님, 화내지 마세요! 원래 6원이 있었어요. 어제도 주사위로 내기를 했는데 그 돈은 어제 우리 세 사람이 딴 돈이었어요. 6원을 세 사람 몫으로 나누면서 제가 다른 두 사람보다 1원 더 많게 나누고 싶었지요. 예를 들면, 전 3원을 가지고 다른 두 사람은 1원 50전을 가져가는 걸로요. 그런데 하나의 수식으로는 그렇게 나눠지지 않는 거예요. 하나의 수식으로 계산해내려고 한나절 동안 애를 먹었어요. 선생님, 정말 죄송해요."

"허튼소리 집어치워! 세 사람이 6원을 균등하게 분배하는데 어떻게 3원과 1원 50전이라는 두 개의 몫이 나올 수 있겠니?" 너무 집중해서 듣고 있던 탓에 그는 계속 꾸짖어야 한다는 걸 잊어버리고, 그만 자기도 모르게 우스꽝스러운 이 수학공식에 말참견을 하고 말았다. 그는 자신이 실언했음을 즉시 깨달았다. "허튼소리 그만해! 수업은 왜 안 듣는 거냐?"

소녀는 난처했지만 여전히 침착함을 잃지 않았다. "이 6원은 균등하게 나눌 수 없어요. 제가 반드시 더 많이 가져야 하고 그렇게 하려면 나눗셈으로는 계산할 수가 없어요."

"헛소리! 산수는 학문이지, 너희들이 돈을 나눌 때 사용하라고 있는 게 아니야!"

"하지만 만약 나눗셈으로 6원을 3원과 1원 50전으로 한 번에 나눌 수 있다면 더 의미 있지 않겠어요?"

그들의 대화는 거의 우스갯소리나 잠꼬대 같은 소리가 되어갔다. 계속해서 더 써 내려가면 이 이야기는 해학문학이 될 것 같아 스승과 제자의 대화는 여기서 끝내기로 한다. 그는 분노를 핑계로 소녀를 때릴 생각까지 했었으나 마음속에 헛웃음과 연민이 일어 차마 그러지 못했다. 그는 만감이 교차하여 교실을 빠져나왔고 문 앞에 이르러 고개를 돌려 골칫덩어리 여제자를 바라보았다.

그날 이후로 교실에서 그 소녀는 또다시 보이지 않았다. 사흘 후에도, 나흘 후에도 여전히 보이지 않았다. 닷새 후 정오 무렵, 그는 교무실로 가려던 참에 교장의 호출을 받고 교장실로 향했다. 알고 보니 경찰관이 그를 만나고자 한 것이었다.

경찰관의 말에 의하면, 전날 밤 빈민가에 무리를 이룬 불량소년 십여 명과 불량소녀 한 명이 갑자기 나타나 행인이 없는 시간을 틈타 나무 방망이와 돌멩이를 가지고 거리 양측의 가로등 60여 개를 때려 부쉈다는 것이었다. 더구나 이 악동들의 파괴 욕망은 그것으로 채워지지 않았는지 뒤이어 상점 유리와 출입문 전등까지도 부숴 버렸다고 했다. 경찰은 도망치는 네 명 중 세 명을 붙잡았고, 그 가운데 하나가 이 학교 여학생임을 심문하여 알아냈다고 했다. 경찰관이 말한 여학생의 이름은 과연 예상대로 그의 여제자였다. 경찰 측은 학교에 와서 책임을 물을 수밖에 없었다고 말했다. 왜냐하면 심문 결과 그 여학생이 집이 없는 부랑아임을 알게 되었고, 심문 후 구류 처분이 내려졌지만 여학생은 간수가 부주의한 틈을 타 도주했기 때문이었다. 경찰은 학교 측에 매우 공손했다. 경찰은 소위 어떤 법적 처분을 내리려는 것이 아니라, 그저 학교 측 사람들과 상의해 절충하고 싶었을 뿐이었다.

처세에 노련한 교장은 바로 그 자리에서 믿음직스럽고 탁월한 언사로 매우 만족스럽게 경찰관을 응대했다. 교장의 아랫사람이자 직접적인 책임자인 그는 당연히 교육자의 태도를 보여야 했지만 시종일관 입을 다물고 한마디도 하지 않았다. 그 이유는 첫째, 교장의 존엄을 위해서였다. 교장은 이미 믿음직스럽고 탁월한 언사를 가진 이 지역사회의 교육가로 평판이 나 있었기 때문에, 교장이 자신을 드러내는 기회를 빼앗는 것은 곤란했다. 둘째, 그 기이한 여제자는 이미 골칫거리의 씨앗이 되었기 때문에 그는 더 이상 말할 용기가 나지 않았다.

이어서 교장은 자신의 식견을 자랑하기 위해서 사회교육 입장에서 청소년의 범죄문제를 논했다. 그의 식견에 따르면 청소년 범죄 중 가장 악질적인 것은 환경의 유혹으로 인해 일어난 범행으로, 예를 들면 절도, 금전사기, 협박, 미성년 강간, 공공질서 위반 등이었다. 이와 같은 범죄에 대한 경험은 범죄자의 지능을 훈련시키는데, 이는 나이가 들어 감에 따라 발전하므로 그들을 교정하고 교화하는 것은 매우 어렵다고 했다. 이와는 반대로 나이와 생계문제로 일어난 범행, 예를 들면 구타, 살인, 강간, 암살, 방화, 불경죄 등은 나이와 생활의 변화에 따라 사회 교정 교육을 받으면 교화되는 효과를 거둘 수 있다고 했다…. 이런 오묘한 그의 범죄론에 경찰관은 침묵하기도 했고 찬사의 말을 하기도 했다. 결국 경찰관은 얼굴 가득 웃음을 머금고 교장실을 떠났다.

그날 밤 그의 마음은 평온한 바다에 갑자기 성난 파도가 이는 것처럼 안정을 잃었다. 기이한 여제자의 얼굴이 자꾸만 그의 뇌리를 스쳐 지나갔다.

그는 늙은 과부집에 거주하고 있었으며 먹고 마시는 모든 일상생활을 그 과부가 보살펴 주고 있었다. 매일 해 질 무렵 늙은 과부는 보온병에 끓는 물을 담아 놓고 16와트의 전등을 비틀어 켠 다음 그의 방에서 나온다. 그는 낡은 등나무 의자에 앉아 전등빛에 의지하여 자신의 신발과 의복을 정리한 후, 보온병을 열어 습관처럼 위장약을 복용하면서 나프탈렌 냄새가 나는 두꺼운 창문 커튼을 친다. 이로써 수년 동안 한결같았던 적막한 밤 보내기가 시작된다. 그는 술도 마시지 않았고 담배도 피우지 않았으며 최근 몇 년 동안은 밤에 책 읽는 습관도 그만두었다. 그러므로 밤을 보낸다는 것은 순전히 피와 살의 생명으로써 무한한 시간에 맞서는 것이었다.

그러나 그날 밤은 아무래도 맞설 수가 없었다. 그는 다시 옷을 차려입고, 편치 않은 마음을 달래기 위해 자신의 숙소를 나왔다.

그는 기이한 여제자, 열다섯 살의 불행한 소녀를 찾아갈 참이었다. 아주 가까운 거리에 있지만 실제로는 인간 세상 바깥에 있는 소녀의 영육(靈肉)을 자신이 살고 있는 세상으로 불러올 생각이었다. 그렇다. 만약 그도 인간 세상에서 배제당한 불행한 사람이라면, 죄악의 화신이라 할 수 있는 소녀의 몸에서 인간의 고상함과 아득함을 재발견하고 소녀와 함께 다시 인간 세상으로 뛰어들어 올 수 있으리라. 이런 생각을 하며 그는 그 건물을 향해 걸어갔다. 그날 밤 갑자기 안개가 끼기 시작했고, 짙은 안개는 액체처럼 빈민가의 저지대에 가라앉아 그의 옷을 축축하게 적셨다. 그는 이를 전혀 개의치 않았으나 단지 자신의 폐가 너무 약해 축축한 곳에서 생기는 장독(瘴毒)이 오를까 걱정되어 손수건으로 콧구멍을 가렸다.

건물로 들어간 그는 어두운 빛 속에서 계단을 더듬어 찾았고, 그늘지고 축축한 계단을 따라가 그 밑에서 말로만 듣던 나무상자를 발견했다. 그의 기쁨은 이루 말할 수 없었다. 그는 예리한 청각으로 나무상자에서 코 고는 소리가 난다는 걸 즉시 알아챘으나 다음 순간 완전히 실망하고 말았다. 왜냐하면 나무상자에서 코 고는 아이를 끄집어내고 보니 사내아이였기 때문이었다. 그날 아마도 나무상자는 천장이 없는 방과 같았을 것이다. 온몸에서 비리고 퀴퀴한 냄새가 나는 발가벗은 사내아이가 그에 의해 그 천장 없는 방에서 강제로 끌려 나왔다. 행동이 굼뜬 아이는 그를 바라보며 줄곧 몸을 부르르 떨었다. 물론 이 아이가 바로 일곱 살 된 집 없는 눈먼 아이였다. 아마도 오랜 기간 거동이 불편했기 때문인지 이 눈먼 아이의 하반신은 이미 뭉그러질 정도로 퇴화되어 있었다.

그는 하반신이 축 늘어진 아이를 두 손으로 흔들며 자신의 여제자가 어디 있는지를 캐물었다.

그 사내아이는 온몸을 부들부들 떨며 정신을 가다듬더니 그제서야 입을 열었다. "몰라요."

낙담한 그는 더 이상 캐물어 봤자 소용없다는 걸 깨닫고, 썩어 문드러진 그 몸뚱어리를 나무상자에 다시 쑤셔 넣었다. 그리고는 왔던 길을 더듬어 건물 밖으로 빠져나왔다.

그는 심장이 마비되는 것 같았다. 두 다리에 신경성 경련이 일어난 상태에서 손수건으로 코를 가린 채 빠른 걸음으로 골목길 몇 개를 가로질러 푸른 돌계단을 올라갔다. 그의 눈앞에 등불의 바다와 같은 저잣거리가 펼쳐졌다. 안개가 옅어진 돌계단 위쪽에 이르러 코를 가렸던 손수건을 치우자 그는 마비될 것 같았던 심장이 약간 가뿐해지고 편안해지는 걸 느꼈다. 그러나 다리는 걸어갈 수 없을 정도로 경련이 멈추지 않았기에 바로 발밑의 돌계단 맨 꼭대기에 주저앉을 수밖에 없었다. 이곳 푸른 돌계단은 밤이 되면 사람들이 바람을 쐬거나 노숙을 하는 장소였다. 저지대의 재봉사, 잡화점의 어린 점원, 길거리의 여인, 하급관리 등이 모두 여기에 모이지만 오늘은 뜻밖에 한 사람도 보이지 않았다. 그는 얼이 빠진 듯 주변의 경치를 바라보았다.

저지대의 짙은 안개가 점점 걷히자 빈민가의 윤곽이 분명해지기 시작했다. 몽롱한 등불 속에서 사람들 그림자가 꿈틀거리고 있었고, 그 그림자들은 무수한 모래알이 서로 부딪치는 것처럼 미세한 소리를 내고 있었다. 아마도 거리 탓인지 그의 눈에 비친 정경은 삶을 축소해 놓은 풍경처럼 보였다. 그는 저지대의 풍경을 빌려 자신의 청소년기를, 여기서 4천 리 떨어져 있는 고향 항구를 회상하려고 애를 썼다. 고향이라고 해도, 그가 자신을 인지했을 때, 이미 그는 고모집에 양육이 맡겨진 고아였다. 들리는 바에 의하면 그의 아버지는 죽으면서 일정한 돈과 함께 그를 고모에게 맡겼다고 한다. 본래 고모집은 조상 대대로 명문 가문이었으나, 집안사람들 모두가 게으름이 몸에 밴 탓에, 고모의 시부모 세대에 이르러서는 명문 가문이라기보다는 가문의 유산을 빌려 살아간다고 말하는 편이 나았다. 소장해 온 진귀한 골동품과 서화를 팔아 입에 풀칠을 하며 살아왔기 때문에 고모 세대에 와서는 속임수와 사기를 부리는 미술상이 되었다. 이윽고 고모는 미술상도 해낼 수가 없어 표구장으로 전락했고, 표구장이 되어서도 생계를 유지할 수 없게 되자 그의 아버지가 남겨 준 돈도 다 써 버렸으며, 이후 그를 노예 다루듯 혹사시키기 시작했다. 고향에도 이곳과 같은 저지대가 있었는데, 그곳은 패전조약으로 개방된 무역항이었다. 높은 지대에는 외국 상인 아니면 내국인 중 비교적 부유한 사람만 거주할 수 있었고, 그와 같이 가난한 사람들은 저지대에 거주할 수밖에 없었다. 높은 지대가 저지대의 동쪽에 위치해 있었기 때문에 저지대 사람들은 매일 동틀 무렵 태양을 볼 수 없었고, 해가 뜬 지 이삼십 분이 지나서야 비로소 한 줄기 아침 햇살을 볼 수 있었다. 아침 해를 볼 수 없었던 저지대에서 그는 고모의 학대와 빈곤을 몸소 겪으며 십삼 년을 보냈다. 열네 살이 되던 봄, 그는 무언가를 추구하며 달라질 생각을 하기 시작했다. 왜냐하면 그는 빈곤이 싫었고, 고모의 학대에 반항하고자 했기 때문이다. 그의 방문 앞에는 바다로 흘러 들어가는 작은 하천이 있었다. 운명의 그날 밤, 강 위에 붉은 등 두 개를 뱃머리에 단 작은 배 한 척이 노를 저어 왔다. 그는 그 배가 자신의 도주를 도와줄 동반자임을 직감했다. 그는 배를 향해 간단하게 손짓을 하고는 강물에 뛰어들어, 그 배를 타고 강을 건넜다. 맞은편 기슭에 발을 내딛는 순간 그는 자신의 운명을 결정지었다. 그날 밤 그는 높은 지대에 올라 자신이 살았던 저지대를 오늘처럼 내려다보았다. 그곳은 여기서 4천 리나 떨어져 있을 뿐만 아니라 자그마치 십삼사 년의 세월도 흘렀지만, 당시의 광경이 아직도 눈에 선했다. 그날 이후 그는 운명적으로 고난을 겪기 시작했다. 그는 먼저 소도시에 있는 작은 점포에서 3년 동안 말단 직원으로 일했다가 신문사에서 인쇄공으로 반년 동안 일을 했다. 열여덟 살이 되던 해, 그는 북쪽 어느 도시로 이주하여, 시(市) 장학금을 받으면서 사범학교를 4년 동안 다녔다. 그러나 유년 시절 그에게 남겨진 우울과 고독은 여전히 그의 운명과 뒤엉켜 떨어지려 하지 않았다. 스무 살이 되었을 때, 그는 자신의 추악한 외모를 새삼 깨달았고, 과로로 인한 질병까지 더해져 생활은 더욱 절망스러웠다. 이러한 절망 속에서 사범학교 생활을 했던 4년 동안, 그는 입학 당시 자신의 좌우명으로 삼았던 모

대학 교육학자의 “각각의 사람은 세상 모든 것을 자신의 몸속에 보관하고 있는 백과사전이다. 수많은 삼림이 묘목 한 그루에서 생겨난 것처럼.”이라는 잠언도 다 잊어버렸다. 그러곤 서둘러 이 도시로 와서 박봉의 소학교 교사가 되었다. 그의 삶은 나침반을 잃어버린 처녀항해와 같았다. 나침반이 없다고 해서 반드시 침몰하는 것은 아니겠지만 그렇다고 나침반이 없는 항해가 절대 바닷속으로 침몰하지 않는다고 누가 장담할 수 있겠는가? 사람은 자기 인생도 이해할 수 없는 법이니 말이다. 무력한 의식, 허약한 본능, 멈춰버린 투쟁… 인간의 삶 자체가 그의 머리 꼭대기까지 뒤덮은 악몽이었다. 지금 이 순간 흡사 고향과 같은 저지대를 보고 있자니 그의 마음은 거의 고독의 지옥으로 변해 버린 것 같았다. 자신의 여제자 역시 운명의 저지대에 살고 있지 않는가? 어쩌면 그 소녀는 구제할 수 없을는지도, 오늘 밤 길가에서 죽을는지도 모른다. 하지만… 이렇게 그의 생각은 사실에 대한 회상에서 허무한 공상으로 옮겨갔다. 그는 온몸을 부르르 떨었다.

그는 몸을 일으켜 저잣거리 방향으로 걸음을 옮겼다. 반드시 지나가야 하는 저지대를 가로질러 가파른 절벽을 따라 자신의 숙소로 돌아갈 생각이었다.

그날 이후로 사나흘 동안 교실에서 소녀는 보이지 않았다. 그 사나흘 동안 그는 매일 저녁 건물의 계단 밑 나무상자에 가서 소녀를 찾았으나 그때마다 하반신이 축 늘어진 눈먼 아이는 모른다고 대답했다.

거리에 음악 밴드의 맑은 음악 소리가 울리고 깃발이 나부끼는 어느 휴일, 봄날의 햇살이 스며드는 방에서 그는 요 며칠 동안의 일들을 초조하게 생각하고 있었다.

신경은 매우 날카로웠지만 그는 등나무 의자 위에 모포를 깔고 앉아 잠깐 동안 낮잠을 자려고 했다. 편안한 자세로 막 휴식을 취하려던 순간, 갑자기 그 소녀가 황급히 뛰쳐 들어왔다. 매우 불안한 모습을 한 소녀는 머리가 산발이 된 채로 방 안으로 뛰어들어 와 침대 가장자리에 걸터앉더니, 지치고 가녀린 짐승처럼 숨을 헐떡거리기 시작했다.

네댓새 동안 숨어 있다가 갑자기 그의 방 안에 나타난 소녀를 보자 그는 까무러치게 놀라 등나무 의자에서 벌떡 일어섰다. "너… 어떻게 된 거야?"

침대에 앉은 소녀의 창백하고 초췌한 얼굴 위로 눈물이 주르르 흘러 내렸다. 잠시 후 소녀는 그의 앞으로 다가가 주머니에서 뭔가를 꺼내 그의 품속에 던졌다.

그것은 금으로 만든 유아용 장신구였다. 부잣집 유아들 사이에서 아이에 대한 부모의 사랑과 부잣집 아이라는 증표로 아이들이 이런 장신구를 패용하고 다녔다. 장신구는 자물쇠 모양으로 그 양끝은 목에 걸 수 있는 정교하고 아름다운 잠금 고리로 연결되어 있었는데, 부모들은 사랑하는 자녀를 위해 이 장신구를 아이의 목에 걸어 주었다. 이는 액운이나 악귀가 자식의 생명을 빼앗지 못하도록 자녀를 잠그는 것을 의미했다. 이런 장신구에는 보통 용이나 봉황 같은 상징적인 상상의 동물이 조각되어 있고, 조각 근처에 축복의 말도 덧붙여 새겨져 있다. 소녀가 가지고 있던 자물쇠 장신구에도 곧 날아오를 것 같은 용이 조각되어 있었고, 그 위에 무병을 기원하는 덕담이 새겨져 있었다. 글자는 용 조각을 더욱 돋보이게 하고 있었다. 그는 이 물건을 보자마자 소녀가 훔쳐 온 것임을 눈치챘다.

"선생님! 저 좀 살려 주세요. 지금 뒤에서 사람이 쫓아와요…." 소녀는 울면서 그의 발밑에 무릎을 꿇었다. 소녀의 흐트러진 머리를 비추는 햇살이 홍갈색의 아름다운 머리카락 속으로 스며들었다.

"왜 남의 물건을 또 훔쳤니? 말해 봐!"

"아니에요, 선생님. 우선 저를 좀 숨겨 주세요. 그 사람들이 여기까지 쫓아올 거예요." 소녀는 헐떡이는 가슴을 두 손으로 부여잡으며 애걸했다.

"안 돼! 말해 봐!" 그는 이런 미성년자의 절도행위에 대해 비애와 분노를 느꼈다. "남의 물건을 왜 또 훔쳤지?"

소녀는 일어나 커튼 뒤에 숨어서 살그머니 창밖을 살피더니, 다시 그의 발밑에 무릎을 꿇었다. "선생님! 저 역시 그런 것을 가지고 있어 그걸 끔찍이 좋아한답니다. 그래서 훔쳤어요. 아니, 훔친 것이 아니라 빼앗은 거예요."

"뭐? 너도 가지고 있다고? 어디에 있는데?"

"선생님! 그런 건 묻지 말아 주세요. 그건 제 몸에 새겨져 있어요."

"거짓말! 날 속이지 말거라!"

소녀가 상의를 벗자 희고 보드라운 가슴이 드러났다. 과연 오른쪽 유방 아래 자물쇠 모양과 비슷한 문신이 있었다. 그 자물쇠는 영양 상태가 좋지 않은 근육 위에 새겨져 있었는데, 심장 박동에 맞춰 살짝씩 움직이고 있었다. 그 모습은 그를 전율케 했다.

"선생님! 어제 그 아이를 보았는데, 그 아이는 매우 좋은 옷을 입고 있었고, 가슴에 이 물건을 차고 있었어요. 제가 그 아이를 쳐다보자 걔는 집으로 들어가 버렸지요. 저는 그 물건을 무척 갖고 싶었어요. 아니, 빼앗고 싶었어요. 그래서 걔 집 앞에서 하룻밤을 지새웠지만 그 애가 나오는 걸 보지 못했어요. 마침 오늘 아침 그 애가 이 물건을 차고 다시 거리로 나와 놀고 있길래 빼앗아 달아났는데 그만, 그 순간 그들에게 발각되었어요. 선생님, 그들이 날 쫓아와요. 선생님! 절 좀 숨겨 주세요!"

"안 돼! 남의 물건을 훔치면 그 사람이 반드시 널 잡을 거야. 말해 봐! 도대체 왜 남의 귀중한 물품을 훔쳤지? 팔아서 그 돈으로 노름을 하려고? 지금까지 넌 얼마나 많은 물건을 훔친 거냐?"

아직도 그 자물쇠는 소녀의 가슴 위에서 미세하게 움직이고 있었다. "선생님! 솔직히 말씀드리면 전 정말로 많은 물건을 훔쳤어요. 아이들의 모자, 집주인의 돈, 가게에 진열된 양말, 기차역 화물 하역장에 있던 사과와 생선을 훔쳤고, 심지어 교장실에 있던 책도 훔쳤어요. 돈이 필요했어요. 다른 사람들처럼 맛있는 것도 먹고 싶고, 좋은 옷도 입고 싶었기 때문이에요. 하지만 선생님, 훔친 것들을 팔아 마련한 돈은 모두 노름으로 잃었어요."

그는 이 소녀를 어떻게 판단해야 할지 몰랐다. 열다섯 살 된 소녀가 상습적으로 절도를 하는 것에 대해 그는 정말 아연실색했다. "하지만 지금 네가 훔친 이 장신구는 매우 값나가는 물건이라는 건 알고 있니? 그걸 팔아서 뭘 하려고 했니?"

"값나가는 거라고요? 그걸 훔쳐서 팔 생각은 전혀 하지 않았어요. 그냥 가지고 놀려고 그랬어요, 선생님!"

소녀 앞가슴의 자물쇠가 다시 그의 눈에 들어왔다. "이 자물쇠 문신은 누가 해 준 것이냐?"

"모르겠어요. 크고 난 후 보니 제 가슴에 이런 것이 있더라고요. 아마도 아버지가 새긴 것 같아요."

"네 아버지는 무슨 일을 하시는데?"

"저는 아버지가 세 명 있었어요. 마지막 아버지는 어머니에게 살해당했고요. 선생님! 저를 빨리 숨겨 주세요." 소녀는 필사적으로 애원했다.

"안 돼! 말해 봐! 네 아버지는 무슨 일을 했어?"

"들은 바로는 첫 번째 아버지는 약장수였고, 이 자물쇠 문신은 첫 번째 아버지가 제 몸에 새겼다고 해요. 근데 너무 일찍 죽어 버렸어요. 이후 두 아버지에 대해서는 아는 바가 없어요."

그는 생각했다. 소위 약장수라면 아마도 강호를 떠도는 사기꾼 의사일 텐데! 인간의 비극은 어느 정도인 것인가! 오랜 세월 세상을 유랑하던 가난한 협잡꾼이 미개한 풍습에서 유래한 애정을 억제하지 못하고 자신의 딸아이 몸에 이런 상징적인 자물쇠 모양을 문신했을 것이다. 아마도 딸에 대한 사랑을 억제하지 못한 소녀의 아버지는 지고지순한 부성애를 가지고 딸아이의 통곡 소리를 들으며 영원히 소멸되지 않는 사랑의 각인을 새겼을 것이다. 소녀의 아버지는 육체의 고통으로 황금을 빚어 이 아름다운 사랑을 완성한 것이다. 부유한 사람은 황금으로 자식을 가둬 두지만, 소녀의 아버지는 잔혹하고 미개한 문신으로 자식을 가둬 두었다. 집 없는 소녀가 이렇게 지금까지 살 수 있었던 것은, 아마도 식인종과 같은 잔인한 아버지의 사랑이 그녀를 보살펴 주었기 때문이리라. 그는 사납고 독살스럽게 생긴 남자가 무릎 꿇은 소녀 뒤에 서 있는 듯한 환영을 보았다. 그 사람은 분명히 소녀의 아버지로 그에게 "선생! 내 딸을 빨리 부축해 일으켜 세우시오!"라고 말하는 듯했다.

그는 무릎 꿇은 이 소녀를 똑바로 바라볼 수 없어 시선을 내리깔고 소녀에게 일어서라고 손짓했다.

"어머니는?"

"엄마는 세 번째 아버지를 죽이고 어떤 남자와 함께 도망갔어요. 그래서 저만 남았고요."

"어떻게 이 학교에 들어왔지?"

"가죽가방 하나를 훔쳤는데 그 안에 이수증서 한 장이 들어 있었어요. 다른 사람에게 물어보니 그 증서만 있으면 학교에 들어갈 수 있다고 해서 학교에 오게 되었고요."

그는 소녀에게 윗옷을 입으라고 하고 유령처럼 창가로 걸어

갔다. 소녀가 훔쳐 온 장신구를 손에 쥔 채 그는 창밖을 멍하니 바라보며 조금도 움직이지 않았다. 소녀는 이러한 침묵이 두려웠는지 그의 발밑으로 달려와서 다시 무릎을 꿇고 애원했다.

"선생님! 저를 숨겨 주세요!"

그러나 그는 꼼짝하지 않고 그 자리에 서 있었다. 창밖의 봄 풍경이 눈물 속으로 스며들었다.

이렇게 악마의 출현도, 악마의 기습도 없는 '악마' 이야기가 끝나 간다.

그날 오후 어느 부잣집 젊은 부인이 경찰관을 데리고 그의 집에 들어와서 소녀와 금으로 된 장신구를 가지고 갔다. 그때 소녀는 그의 몸 뒤에 숨어 부들부들 떨며 백치같이 큰 눈으로 젊은 부인과 경찰관을 바라보았다. 그는 그들의 말에 반박하며 온갖 방법으로 소녀를 변호하였지만 결국 소녀를 경찰관에게 넘겨줄 수밖에 없었다.

인간에게 행운 혹은 불행이라는 것은 없다. 단지 인간과 조물주 모두 어쩌지 못하는 곳에서 누군가는 울고, 누군가는 웃을 뿐이다. 그는 생각했다. 소녀를 둘러싸고 나타난 인물들, 예를 들면 일찍 사망한 그녀의 아버지, 간통한 어머니, 하반신이 마비된 눈먼 아이, 교육자인 교장과 자신, 부잣집 젊은 부인, 사회정의를 대표하는 경찰관, 그들 중 누가 소녀의 운명을 좌지우지할 수 있을까? 소녀의 가슴에 먹물로 새겨진 자물쇠는 그녀의 생명을 인간 세상에 가둬 놓았을까 아니면 운명 속에 가둬 놓았을까? 소녀의 모든 토대는 자물쇠였다. 불행한 유년 시절도 자물쇠였고, 어머니도 자물쇠였고, 학교도 자물쇠였으며, 계단 밑 나무상자도, 경찰관도 모두 자물쇠였다…. 아마 이 소녀가 간 곳은 감화원이었을 텐데, 그 감화원 역시 자물쇠였을 것이다. 그 자물쇠들은 행복의 자물쇠였을까 아니면 불행의 자물쇠였을까?

다음 날 그는 시(市) 당국에 사표를 제출했다. 그를 다시 한 번 '이 남자'로 부르기로 하겠다. 우리가 이름조차 알지 못하는 이 남자는 박봉의 시립 소학교 교사를 그만두었다.

『신만주(新滿洲)』 제9권 9기 1943년 9월과 11기 1943년 11월에 수록
(번역: 정중석)